中国网络文学研究年编·2023

ZHONGGUO WANGLUO
WENXUE YANJIU NIANBIAN·2023

梁鸿鹰 何 弘 ◎ 主编

时代出版传媒股份有限公司
安徽文艺出版社

图书在版编目（CIP）数据

中国网络文学研究年编 . 2023 / 梁鸿鹰，何弘主编.
合肥：安徽文艺出版社，2025. 3. -- ISBN 978-7-5396-
8312-6

Ⅰ. I207.999

中国国家版本馆 CIP 数据核字第 2025JQ9939 号

出 版 人：姚 巍　　　　策　　划：朱寒冬　姚 巍
责任编辑：宋潇婧　　　　装帧设计：张诚鑫

出版发行：安徽文艺出版社　　www.awpub.com
地　　址：合肥市翡翠路 1118 号　　邮政编码：230071
营 销 部：(0551)63533889
印　　制：保定市正大印刷有限公司 (0312)2209511

开本：710×1010　1/16　印张：34.5　字数：450 千字
版次：2025 年 3 月第 1 版
印次：2025 年 3 月第 1 次印刷
定价：138.00 元

（如发现印装质量问题，影响阅读，请与出版社联系调换）

版权所有，侵权必究

2023中国网络文学蓝皮书

中国作家协会网络文学中心

2023年是全面贯彻落实党的二十大精神的开局之年,网络文学界认真学习贯彻习近平文化思想,积极承担新的文化使命,提振精气神,创作类型日益丰富,创作质量持续提升,行业生态不断创新,海外传播稳步推进,作家队伍新人涌现,在文化强国建设和文化事业发展中成绩显著,展现出新气象、新作为。

一、作品类型融合创新,网文新形态加速形成

截至2023年底,中国互联网络信息中心CNNIC发布数据显示,网络文学用户规模达5.2亿人。据全国50家重点网络文学网站数据,作品总量超3000万部,年新增作品约200万部,增速趋缓,平台对创作质量重视程度提高。网络文学推介引导力度增强,类型进一步融合创新,现实、科幻、历史等题材成果丰硕,主流化、精品化进程加快。

1. 精品创作已成业界共识。中国作协发布2023年网络文学选题指南,围绕新时代山乡巨变、中国式现代化、科技创新和科幻、中华优秀传统文化、人民美好生活等重点选题,扶持45部优秀作品,引导网络文学创作;举办"新时代山乡巨变创作计划"改稿班,对20部现实题材作品组织集中改稿,作家现实题材创作能力有所提升;《向上》《陶三圆的春夏秋冬》入选中国作协"新时代山乡巨变创作计划";国家新闻出版署继续实

施"优秀现实题材网络文学出版工程";中宣部协调学习强国平台开展"2023优秀网络文艺作品年展"活动,15部网络文学作品入选。

2. 现实题材创作呈现类型融合特征。经过扶持引导,现实题材创作数量、质量均有较大提升,本年度新增现实题材作品约20万部,总量超过160万部,继续保持高速增长态势。更多网络作家向现实大地投注目光,发挥想象力优势,探索书写现实新路径。年度优秀现实题材作品大多呈现"现实+"的融合性,类型更趋成熟。作者精品意识增强,呈现与传统文学融合的趋势。如《茫茫黑夜漫游》以夜间网约车司机的视角"景观式"速写都市人间百态;《沪上烟火》用上海方言展开20世纪80年代上海充满"人间烟火气"的世情长卷。部分作品聚焦专业性强的行业,呈现"现实+行业文"的特征,《国民法医》将现实题材、"系统"设定和行业文融合,工笔描摹法医的职业全貌。部分作品呈现"现实+言情"的特征,如《柳叶刀与野玫瑰》书写神经外科医生的科研与临床工作,将情感叙事细腻融入新时代女性科研人自强奋进的主线。部分作品在写法上融合多种叙事模型,如《特工易冷》将流行的"战神归来"叙事结构用于现实题材创作,增强了作品的可读性。

3. 科技科幻题材不断取得创新突破。中国作协实施"2023年度中国网络科幻文学创作扶持计划",多网站开启科幻题材征文,网络作家纷纷转型科幻写作,将人工智能等元素融入创作,体现了网络作家对时代的热诚关切和对未来的深入思索。全年新增科幻题材作品约25万部,同比增长15%,现存科幻题材作品近200万部。《我们生活在南京》获"银河奖""星云奖";《隐秘死角》以近未来的科幻想象唱响人类的勇气赞歌,获第34届"银河奖"最佳网络文学奖;《穿越微茫》《深海余烬》《深渊独行》等深入探讨未来人类在危机中延续文明之路。表现科技创新的作品日益增多,如《只手摘星斗》用硬核专业知识展现中国卫星导航的发展历程;《大国蓝途》用翔实细节书写我国水下机器人研发的筚路蓝缕。

4. 历史、幻想等类型呈现多元素融合趋势。历史题材创作工笔还原朝代风貌,体现出正确的人民史观。《终宋》展现了南宋末年小人物在乱世的建功之途;《晚唐浮生》讲述烽火之中底层武官的挣扎与韧劲;《北宋穿越指南》以幽默老到的文笔与有根有据的细节展现北宋的世情风貌;《满堂华彩》重现盛唐之雄浑华美;《衣冠不南渡》以精彩的智斗复现三国的朝堂之争。幻想题材创作高度成熟,多与流行元素、思潮融合。《我在精神病院学斩神》以出色的群像设计和热血的家国情怀"出圈";《天启预报》展开精彩繁复的奇幻设定,表达浪漫的理想主义内核;《天之下》以宏大缜密、层层推进的"大江湖"书写掀起武侠文复古浪潮;《道诡异仙》将东方修仙、神佛文化与克苏鲁内核融合,形成独特的"中式克苏鲁"风格;《道士夜仗剑》融合意识流修仙与克苏鲁元素,《玄鉴仙族》书写独特的家族式修仙,《我本无意成仙》以松弛舒展的笔调呈现仙侠"公路文",均对传统仙侠题材有所突破;《宿命之环》关注"人"的命运和价值,展现丰沛动人的人文精神;《十日终焉》以虚拟世界的游戏与冒险救赎现实人生的无奈与遗憾,呈现现实主义创作品格。

5. 中华优秀传统文化成为创作热点。网络作家从中华优秀传统文化中寻找素材、创新表达,"非遗"等元素成为热点。《寰宇之夜》表现年轻文艺工作者进行中华传统文化创造性转化的努力和热诚;《我为中华修古籍》聚焦中华大典的修撰和流失文物的回归;《炽热月光》关注南派舞狮文化;《一梭千载》讲述"杭罗"传承和发展的艰辛;《登堂入室》展现中华瓷器文化;《天衣》致力打造独特的东方刺绣世界。各平台积极挖掘更多书写中华优秀文化的主题作品,如阅文集团和恭王府博物馆联合主办

"阅见非遗"大赛,番茄小说与国家图书馆发起"古籍活化,传承书香"联合征文活动等。

6.女频创作在爱情叙事之外探寻新天地。女频作品中,事业、冒险等叙事占比普遍加大,弱化单一感情线的情况多有出现,以展现更丰富多元的女性内容。这说明网络文学女频创作与女性读者不再囿于"爱情"这一类型化、套路化的单一叙事模型,不再局限于"爱情"这一狭窄维度,开始向更广阔的世界和人生维度投注目光,想象力与笔触,强化女性的主体意识,弘扬女性的"她力量",为女频书写开拓新的叙事路径、元素和可能。《买活》在基建文的框架下塑造有蓬勃生命力的女性群像;《早安!三国打工人》《一碗水》在"大女主"的事业叙事中正面书写女性的人生追求;《为什么它永无止境》关注女性价值和生存现实。

7.基于互联网的文学新形态正在形成。作为依托互联网诞生的新文学样式,强互动性是网络文学的突出特征。作家创作与读者评论相互影响,原来单向、完成态的"创作—阅读"模式,已经转型为多声部、进行态的共同创作和交互阅读。《我在精神病院学斩神》在番茄小说上的单章最高段评数近10万条,起点中文网《道诡异仙》本章说总数达214万条,在书友圈引发3万篇互动讨论,晋江、LOFTER等女频、同人网站也纷纷开启"段评"功能,网络文学正在形成一种文学的新形态,展现了媒介变革所带来的新的文学经验。

二、IP 转化呈现新特点,行业格局面临新变革

2023年度付费阅读发展趋缓,行业关注新业态,多点布局寻求突破,AIGC成为影响产业发展的重要因素,IP产业链进一步整合,微短剧等新业态迎来爆发。

1. 加强统筹引导,形成行业发展合力。中国作协组织召开全国重点网络文学网站联席会议、网络文学平台专题工作会等,成立维权工作委员会、内容建设委员会、海外传播工作小组和新科技挑战应对工作小组,引导各平台进一步加强文化强国建设的责任心和使命感,对行业发展存在的问题和网络文学工作的重点深入探讨。各平台凝聚共识,同向发力,积极营造网络文学转型升级发展的良好生态。

2. 网络文学平台多点布局探索新业态。据全国50家重点网络文学平台数据,2023年营收规模约340亿。付费阅读网站在线阅读板块营收增长低迷,网站纷纷探索新业态。短篇、同人业务等进入多网站商业布局,知乎上线"盐言故事"平台,主打短篇小说;多平台以"热点向"短故事征文的方式试水网络文学短篇;部分网站开启"同人"频道,"同人"创作出现商业化趋势。番茄小说等免费阅读平台着重经营原创内容,借鉴付费阅读平台机制,上线作者等级体系、"巅峰榜"等作品口碑榜单,举办创作者大会,完善作者储备和原创内容生态,免费阅读平台着眼内容分化运营,逐步走上原创内容的精品化路径。

3. AIGC助推网络文学产业新变革。ChatGPT引发大众对AIGC应用场景的热议,AIGC与网络文学业务的结合成为行业探索热点。百度大语言模型"文心一言"发布后,七猫、中文在线、掌阅就接入"文心一言",达成合作;阅文发布国内网络文学行业首个大模型"阅文妙笔"和基于该模型的应用产品"作家助手妙笔版",为作家提供世界观设定、角色设定、情景描写和打斗描写等创作辅助,帮助作家丰富细节、提升效率,降低网文创作门槛;掌阅科技发布对话式AI应用"阅爱聊",为用户提供创新体验的阅读交互方式;知乎与国内大模型团队"面壁智能"达成深度合作,开发中文大模型产品并推进应用落地;中文在线与澜舟科技合作,打造国

产 AIGC 生态产能。网络文学更依赖情节、设定，AIGC 能在何种程度上构建故事、能否在创作中还原人类情感逻辑等话题引发热议，套路化写作存在"替代危机"，网络作家不断创新的意识被有效激发。

4. IP 产业链进一步整合，微短剧等新业态迎来爆发。头部网站进一步倾斜全版权产业链运营。阅文集团聚焦内容生态，深挖 IP 价值，发布"恒星计划"，打造以作者内容创作为核心的 IP 孵化前置模式。番茄小说发布"和光计划"，深入参与到 IP 改编的多个环节。豆瓣阅读启动系列 IP 向征文，多网站开启"古风""女性""年代"元素征文，均带有强烈的 IP 孵化指征。网络文学改编影视剧授权总数超过 3000 部，改编动漫授权数 5000 余部。改编自网络文学的《莲花楼》《长相思》《长月烬明》《长风渡》《他从火光中走来》《装腔启示录》等影视剧、《希灵纪元》《沧元图》《仙逆》《大主宰》等动漫热播。微短剧呈井喷式增长，2023 年上线微短剧超 1400 部，备案近 3000 部，年度市场规模 370 多亿元，同比增长约 268%。年新增微短剧改编授权 800 部左右，同比增长 46%，《招惹》《锁爱三生》等改编微短剧分账突破千万。在授权改编之外，网络文学的叙事模式正以更广泛的影响力进入更多媒介生态。网络文学叙事、微短剧演出以"真人互动影像游戏"模式进入单机游戏领域，结合男频套路、galgame 游戏类型和微短剧式演出的《完蛋！我被美女包围了！》登顶 steam 国区热销榜，并迅速火爆海外，带动网络文学和微短剧内容以单机游戏的形式进入市场。

三、AI 助力网文出海，"Z 世代"成关注重点

2023 年，网络文学海外传播整合力明显加强，AIGC 技术提升出海效率，扩大传播半径，中国网络文学叙事手法等被海外网文、微短剧广泛

借鉴。

1. 网文出海合力逐渐形成。中国作协开展"网文出海"专题调研,召开网络文学国际传播工作协调推进会,以海外"Z世代"为传播重点,系统规划网络文学未来三年的国际传播。2023中国国际网络文学周以"多彩亚洲 精彩世界"为主题,举办多场国际交流活动;《中国网络文学在亚洲地区传播发展报告》发布,亚洲地区市场规模突破16亿元;网络文学"Z世代"国际传播工程成功实施,《雪中悍刀行》《芈月传》《万相之王》《坏小孩》四部作品被改编为外语广播剧和有声书,并通过系列访谈、对话节目推动海外传播;第三届海南自由贸易港网络文学论坛探讨网文"出海"新路径及国际传播的四大转变;首期网络文学国际传播培训班在京举办;网络作家海外交流、平台负责人海外考察效果良好;由中国作家协会、中国驻波兰大使馆文化处主办的"中国文学读者俱乐部——中国网络文学分享会"在波兰举办。中国音像与数字出版协会支持的《2023中国网络文学出海趋势报告》总结网文出海的四大趋势。在各方共同努力下,网文出海强化共识,提升效率。

2. AIGC提升网文出海效率。2023年网络文学海外市场规模超40亿,海外活跃用户总数近2亿人,其中"Z世代"占80%,覆盖全球大部分国家和地区。多个海外网络文学App产品日活跃用户数量超10万,部分超百万。晋江全年签署海外输出合同超过500部次,其中实体书出版占2/3,电子书合作占1/3,海外输出规模持续扩大。AIGC使网络文学的翻译效率与准确度极大提升,成本极大降低,困扰网文出海的翻译问题得到缓解,国内外"同步更新"与"全球追更"迎来可能。起点国际启动多语种发展计划,借助AI翻译上线多个语种,多个海外产品也将使用AI技术,提升翻译与传播效率,拓展目标国家及地区,扩大传播半径。

3.海外原创生态形成,中国网文运营模式、叙事手法被广泛借鉴。截至 2023 年末,各海外平台培养海外本土作者近百万,签约作者以"Z 世代"为主,创作海外原创作品 150 余万部。海外平台借鉴中国网络文学运营模式,开启原创内容的 IP 转化和产业链开发,营建全球 IP 生态,起点国际征文大赛 40% 获奖作品已获 IP 开发。中国网络文学的经典叙事结构、人物设定等被海外作者模仿借鉴。韩国网文《我独自升级》采用中国多年前流行的经典升级文套路,在日、韩广受欢迎,带动漫画、动画、影视等走热,成为东亚火爆 IP。欧美微短剧也广泛借鉴中国网络文学的经典叙事逻辑,一些网文经典套路成为海外微短剧的成功密码。中文在线旗下微短剧产品 ReelShort 位居欧美应用商店排名前列,FlexTV、GoodShort 等流行的欧美微短剧产品依托网文平台,以中国网文套路为里、西方演员与流行元素为表,形成一系列爆款产品,成为中国网文出海的新路径与新形态。

四、理论评论增强在场意识,聚焦时代热点议题

2023 年,网络文学理论评论关注年度发展现象及趋势,深入网络文学现场,更加关注作家作品,研讨推介年度佳作、新作,创新推介手段,切实发挥理论评论对创作的引导作用,推动网络文学健康有序发展。

1.及时总结网络文学发展历史、现状,研判发展趋势。中国作协在河北石家庄举办 2023 中国网络文学论坛,分析研判网络文学态势和高质量发展路径;举办 2023 世界互联网大会"数字素养与技能提升"论坛,探讨数字社会未来发展趋势。《2022 中国网络文学蓝皮书》《中国网络文学年鉴(2022)》《2022 中国网络文学评论年选》《中国网络文学研究年编·2022》等全面总结年度网络文学发展状况。欧阳友权主编的"中国网络

文学三十年"丛书,邵燕君、李强主编的《中国网络文学编年简史》等史料性专著问世。李玮《从类型化到"后类型化"》等论文深入探讨近年中国网络文学创作的新变,捕捉网络文学的转向趋势,探索其背后的时代心理嬗变与文明经验更替。ChatGPT引发学界关注,AIGC将如何影响网络文学创作,能否从本质上重塑网络文学等话题引起热议。中国文艺理论学会以"人工智能发展与中国网络文学未来"为主题,探讨人工智能时代网络文学的未来。

2. 在场意识普遍增强,回归文本趋向显著。针对"理论多评论少、现象多作品少"的不足,中国作协协调扬子江网络文学评论中心开展"网络文学阅评计划",组织全国30余名从事网络文学研究的"80后"青年评论家,深入网络文学现场,对各大平台的热点、重点、新上线作品等进行动态跟踪,甄选、推介优秀作品,引导阅读。7月开始,网络文学中心以每月两次的频次组织召开优秀作品研讨会,意在增强网络文学研究的在场性、动态性、即时性,真正发挥对创作、阅读的引导作用。本年度网络文学作家作品论增多,一方面说明网络文学研究更加深入,另一方面说明网络文学作品质量显著提高。

3. 理论评论队伍壮大,传播阵地建设加强。2023年度中国作协网络文学理论评论支持计划共扶持10个项目,并召开理论评论项目推进会暨座谈会,加强对历年入选项目的跟踪,用好项目成果。扬子江网络文学评论中心联合多所高校打造"网络文学青春榜",中国作家网"网络文学季度新作推荐"邀请高校审读小组共同参与,吸引并培养大批网络文学爱好者与在读研究生介入网络文学评论。随着年轻力量的壮大,新媒体平台被广泛运用于推介传播。"网文视界""中国作家网"等公众号开辟网络文学评论专栏,"扬子江网文评论""网文界""安大网文研究"等各大

网络文学研究基地官方账号纷纷刊载最新理论评论文章,进一步扩大辐射范围,提升推介实效,让理论评论真正引领创作和阅读风尚。

4. 表彰优秀作家作品,发挥示范引导作用。中国作协发布 2021、2022 年度中国网络文学影响力榜,共推介 59 部优秀作品与 18 位新人;中华文学基金会"茅盾新人奖·网络文学奖"评选推出 10 位网络作家;中国小说学会"2023 年度中国好小说"评选出 10 部网络文学;上海第二届"天马文学奖"评选出《诡秘之主》等 5 部作品;百花文学奖增设网络文学奖。《上海凡人传》等 103 部网络小说,《庆余年》等 14 部 IP 改编的影视、动漫作品以数字形式入藏上海图书馆;各网站平台举办现实、科幻、非遗等主题征文活动,推介优秀作品,发挥示范引领作用。

五、组织力进一步加强,作家队伍更具活力

2023 年,网络作家队伍进一步扩大,"Z 世代"渐成创作主体,全国网络文学组织建设逐步推进,培训力度加大,思想引领提升,团结服务优化,网络作家对网络文学在新时代的地位和作用认识进一步提高,承担新的文化使命的自觉性显著增强。

1. 作家队伍代际更迭显著。据全国 50 家重点网络文学网站数据,全年新增注册作者近 250 万人,同比增长 10%,新增签约作者 26 万人,同比增长 17%,新增签约作者超六成来自番茄等免费阅读平台,大多为"Z 世代",多家网站"00 后"签约作者占比超过半数。全国省级网络作协会员平均年龄 35 岁,2023 年新加入中国作协的网络作家中,"90 后"作者占五成。新平台及榜单改革等新机制,使新作者有更多机会崭露头角,狐尾的笔、杀虫队队员、季越人等新人写出现象级"年度爆款"。作家队伍的年轻化使网络文学创作更多与流行元素融合,流行动漫、游戏题材设定纷纷

融入网络文学创作。

2.网络作家责任感和使命意识进一步增强。为推动网络文学界更好地承担新的文化使命,中国作协在浙江乌镇"茅盾文学奖之夜·中国文学盛典"活动期间,专门召开网络作家座谈会。中国作协党组书记张宏森出席并发表讲话,强调要将网络文学作为社会主义文学的重要组成部分,置于新时代文学的总体格局中来看待、来推动,要提高站位,重新审视网络文学的地位和作用,致力于创造数字化时代的新文体、新语言和文学新形态。网络作家文化传承发展研讨班、网络文学"创造性转化 创新性发展"研讨班等,引导网络作家弘扬中华优秀传统文化;网络文学视听转化研讨会暨网络作家培训班,跟进微短剧等热点,具有极强的指导性和针对性。2023年中国作协共举办线上、线下培训班各7期,培训网络作家9571人次。

3.网络作家队伍建设组织化程度提高。中国作协在上海召开全国网络文学工作会议,针对网络文学存在的问题部署重点工作。推动广东、河北、四川、山东、甘肃等省级网络作协规范化。全国省级以上网络作协组织21家,各级网络文学组织超过200个,中国作协建立起超过1万人的省级网络作协会员数据库,更多网络作家纳入作协工作覆盖面。针对网络文学发展情况,中国作协协调完善入会审批办法,切实解决免费阅读平台、新媒体平台作者入会难的问题;组织网络作家赴益阳、长沙、苏州、上海、杭州、广州等地深入生活。中国网络文艺知识产权纠纷人民调解委员会切实发挥作用,调解网络作家改编版权纠纷。网络文学平台承担更多社会责任,在中国作协的指导下,番茄小说发起"番茄·网络文学爱心基金",阅文集团发起"益起读好书"公益行动,助力乡村文化振兴。

六、网络文学高质量发展面临的机遇与挑战

2023年,网络文学发展取得了一定成就,同时也存在一些问题,机遇与挑战并存。

1. 同质化、模式化问题依然存在,书名"标签化"问题凸显,部分重点题材创作僵化。网络文学发展至今,类型高度成熟,叙事结构、节奏套路有固化趋势,每每有类型融合的创新之作,短期内跟风、仿写作品即大量出现。网络文学作品数量巨大,随着算法推荐被各平台广泛采用,新入行作者为在算法推荐竞争中胜出,普遍以内容"标签"作为书名,即在书名中列出主要叙事手法、设定元素、创意"脑洞"和具体"金手指",导致作品名越来越长,动辄十数字,沦为广告式"标签化"书名,与内容简介混同,丧失文学性,也缺乏辨识度,势必影响网络文学的品位。现实题材创作中普遍存在对"主旋律写作"认识狭隘的问题,对于乡村振兴等重点题材,在写作手法、素材选择等方面自我设限,缺乏网络文学的高想象力与强故事性特征,与传统文学趋同,情节与人物设计、叙事表达同质化严重。科幻题材近年来备受关注,吸引更多作者在创作中添加科幻元素或世界观背景,但更多"网络科幻"实际上仍是传统幻想题材的套路,不少作者科学精神、科学意识、科学知识存在欠缺,想象过于随意,缺乏科学支撑。

2. 行业发展面临新技术挑战。继ChatGPT后,AI视频模型Sora引发新一轮热议。Sora等AI视频模型或将极大改变场景、特效等细分行业,使更多曾掣肘于制作技术的幻想题材作品变得"可拍",以高幻想见长的网络文学内容或将迎来更多影视化机遇,行业面临转型升级挑战。

3. 微短剧成为行业发展新赛道,提升质量是当务之急。微短剧呈爆发式增长,发展迅猛,但与网络文学的合作目前仍存在诸多问题,精品寥寡;小程序剧泛滥,缺乏监管;头部精品化微短剧愈加倾向原创剧本,"融梗"式创作使网络文学IP在市场竞争中优势减弱。中国作协实施"网络文学IP创作扶持计划",用资金支持、内容提升、IP支持、宣传推介等方式促进网络文学与微短剧"双向奔赴",多出精品。

4. 外国网文平台与国内平台形成竞争态势。海外本土平台的建立,推动海外原创生态逐步形成,中国网络文学面临的海外竞争加剧。随着韩国等本土作者对中国网络文学的借鉴、模仿,海外作者的网络文学写作和网文平台的运营机制均逐渐成熟。如韩国Kakao在北美、日本、泰国、印尼等国家和地区均有平台和业务,发展很快。原本以翻译发表中国玄幻、武侠类网文为主的Wuxia World被Kakao收购后,韩国本土网文已和中国授权网文数量基本持平,我国网文在传播影响力上的优势面临挑战。《全知读者视角》等韩国网文在东亚地区火爆,并以简体中文出版反向输出中国。受益于其动漫、影视等优势行业积累,日、韩等国家拥有成熟的IP开发产业链,相比中国的输出内容,其本国网文IP化效率高、障碍少,在海外输出上更有优势。中国网络文学改编微短剧在欧美的输出同样面临其本土原创的冲击。

5. 网络文学应走出类型小说藩篱,开创互联网时代文学的新形态。网络文学成为以类型小说为主的文学样式,源于21世纪初商业资本的选择、推动。但网络文学独特的"追更"模式、评论区、书友圈、"本章说"段评等,使"创作—阅读"生态发生颠覆性变化,静态文本成为流动文本,文本意义不断丰富、衍生,文本变成"社区",文学作品成为不断延伸的文本网络。网络文学不应囿于类型小说、通俗文学的框架,应充分利用互联网提供的全新可能,开创真正属于互联网时代的新文体、新语言和文学新形态。

经过20多年的发展,网络文学的文化业态已相对成型,并以其基于互联网形成的独特审美,成为中国式现代化催生的文学新形态;以其用新叙事手段对中华历史文化的创造性转化、创新性发展,成为中华民族现代文明的新表达;以其在国际文化交流中的独特作用,成为世界了解中国的新渠道;以其对下游文化产业的内容支撑和引领作用,成为建设文化强国的新载体;以其海量作者的创造活力,成为新时代文学发展的新力量。网络文学是社会主义文学当之无愧的重要组成部分,新时代新征程,网络文学界要增强历史主动,强化责任担当,直面各种挑战,坚持守正创新,为中华民族伟大复兴贡献新的更大的力量。

目录 Contents

2023 中国网络文学蓝皮书

第一辑 视野·探索

新时代十年中国网络文学发展的基本成就和基本经验 何 弘 / 003

网络文学的文学史书写 房 伟 / 017

网络文学与 90 年代的连续性 周 敏 / 026

中国网络文学的属性和经典化路径 汤哲声 / 034

网络文学的"过渡"属性 张永杰 / 049

网络文学：互动性、想象力与新媒介中国经验 许苗苗 / 067

"数码人工环境"与网络文学专业批评 邵燕君 / 098

以文为戏：数字时代文学的游戏批评范式 黎杨全 / 119

从作品本体到存在本体
　　——论网络文学研究的四个层面 祝晓风 / 145

游戏现实主义与现实主义的"游戏"
　　——象征界真实、想象界真实与实在界真实 周志强 / 166

再现、呈现与模拟
　　——论网络文学与现实的三种关系 韩模永 / 180

论中国网络文学中华优秀传统文化的"两创"面向及实践路径
　　王婉波 / 199

第二辑：现象·思潮

网络文学产业的文创形态及其风险规制　欧阳友权 / 221

消费主义视野中的"爽文学观"　高　翔 / 245

网络文学原生评论的形态、特征与意义　江秀廷 / 266

网络文学对古典小说叙事的转化　贺予飞 / 285

网络科幻小说的想象力资源及其审美范式　鲍远福 / 303

中国网络文学创作中的原创性和著作权问题　郑熙青 / 321

"可见即收益"：网络文学平台化生产的可见性研究

　　蒋晓丽　杨　钊 / 346

赛博银河里的文学繁星

　　——中国网络作家代际谱系观察　马　季 / 362

从类型化到"后类型化"

　　——论近年中国网络文学创作的新变（2018—2022）　李　玮 / 384

2023 年网文 IP 改编剧集：在流量密码与喜闻乐见之间　谌　幸 / 405

超媒介叙事模式下网络文学内容生产与开发的策略研究

　　　　　　　　　　　　　　　　　　　　　　　杨　扬 / 412

网络文学，讲好中国故事的有力载体　杨　晨　何　叶 / 426

第三辑：访谈·评论

网络是浮躁的，但网络文学不是　远　瞳 / 445

如何搭建赛博游戏感的小说世界　桉　柏 / 449

基建文会是下一个风口吗？　御井烹香 / 453

工业题材小说中的工业逻辑　龚江辉 / 458

"悬疑喜剧"：网络悬疑新风格

　　——陆春吾访谈　陆春吾　邢　晨　张珈源 / 463

"终焉之地"的灯塔亮起,"回响"生生不息　　杀虫队队员 / 475

写作开始于"胸怀突然激烈",之后是"冉冉征途"

　　——访《赤心巡天》作者情何以甚　情何以甚　吉云飞等 / 488

没有网文最初的时代,就没有我

　　——藤萍访谈录　王　颖　藤　萍 / 496

"我"寄雄心与明月

　　——论新世纪大众文艺中的晚明想象　李　强 / 509

当你凝视深渊时,深渊也在凝视着你

　　——《道诡异仙》读札　陈泽宇 / 528

第一辑

视野·探索

新时代十年中国网络文学发展的基本成就和基本经验

何 弘

中国网络文学发端于20世纪90年代后期。不论是主张"平台起源说"把1996年"金庸客栈"或1997年"榕树下"等平台的创办作为起点，还是主张"代表作起源说"把1998年痞子蔡创作《第一次的亲密接触》等作为起点，或者是主张"现象源说"把1998年《第一次的亲密接触》走红作为起点，以及主张综合多种因素考量的"多起源说"等，无论从哪种观点看，中国网络文学都经历了20多年的发展历程。

中国网络文学诞生之后，经过四五年的探索，从2003年开始形成VIP付费阅读模式，为其商业化发展奠定了基础，至2008年"盛大文学"公司成立，网络文学进入资本主导的发展时期，以惊人的速度爆发式增长。这个时期的网络文学基本处于自然生长状态，作品普遍呈现出"快""长""爽"的特点，这使网络文学在蓬勃发展的同时，"三俗"倾向、质量总体偏低成为长期存在的问题。因此，此时期的网络文学总体上可以概括为"野蛮生长、泥沙俱下、良莠不齐"。

党的十八大以后，网络文学受到党中央高度重视。2014年10月15日，习近平总书记主持文艺工作座谈会并发表重要讲话，专门就网络文学做出重要论述，为网络文学发展和网络文学工作开展指明了方向。党的十九大以后，中国作协、国家新闻出版广电总局等有关部门延长工作手臂、扩大覆盖范围，加强对网络作家的团结引导，使网络作家的责任感、使命意识不断增强，网络文学步入健康有序的发展轨道。

2022年10月,党的二十大胜利召开,大会报告对新时代十年的历史成就与宝贵经验进行了全面总结。与新时代十年伟大变革相呼应的网络文学,基本成就和经验同样需要总结。2022年,不少网络文学专家撰文盘点网络文学新时代十年取得的成就。中国作家协会网络文学中心也专门在《2022中国网络文学蓝皮书》(以下简称"《蓝皮书》")①中设置了"新时代十年网络文学发展的基本成就和基本经验"部分。在主持《蓝皮书》起草工作的过程中,我对此问题进行了较多的思考。《蓝皮书》受篇幅所限,只是对新时代十年网络文学发展的基本成就和基本经验做了极为简要的概括。下面我想结合个人的思考,对此做些更全面的阐述。

一、新时代十年中国网络文学发展的基本成就

新时代十年,中国网络文学发展最突出的特点是主流化、精品化进程加快,网络作家积极传播正能量,现实题材创作不仅数量大幅增长,质量也稳步提高;行业发展从以文本阅读为主向建立全IP生态链转型,网络文学对文化产业的内容支撑作用进一步凸显;网文出海规模持续扩大,出海形式更加多样,路径更为丰富,网络文学成为中华文化海外传播的重要载体和亮丽名片;网络文学理论评论受到文化领导管理部门、高校、研究机构和网文行业的高度重视,引导创作的作用更加突出;网络作家队伍日益发展壮大,组织建设持续加强,对网络作家的吸引力、凝聚力显著增强。

(一)网络文学进入主流化、精品化发展新阶段

网络文学前期的发展,资本的推动发挥了重要作用,但也导致"三俗"问题突出,有些作品甚至存在价值观偏差,特别是历史虚无主义和不

---

①中国作家协会网络文学中心:《2022中国网络文学蓝皮书》,《文艺报》,2023年4月12日。

良亚文化等错误倾向时有出现,类型化发展导致同质化、模式化严重,作品总体质量不高。新时代十年,特别是近5年来,通过正确引导,过去长期困扰网络文学发展的一些问题逐步得以纠正、改善,网络文学发展更趋健康有序。

资本主导下的网络文学,走的是类型化的发展路子,幻想、历史和言情是三种主要的大类型,在网络文学创作中占比较大。

幻想类作品包括玄幻、奇幻、武侠、仙侠、异能等,以想象力的张扬和创作手法的创新受到广泛关注。幻想类作品基本的故事模式是小人物的逆袭,通常是出身卑微的小人物因某种奇缘而功力爆长,从原本的"废柴"一跃成为修行天才,并在战斗中快速崛起,终至成"仙"成"神"。这样的故事模式,底层逻辑通常是强者为王的思想和丛林法则。这类以小人物逆袭为基本主题的作品,较好地满足了底层读者朴素的人生想象,因而广受喜爱。但也因此使作品过度追求"爽感",人文关怀、理性思考、思想深度、情感表达不足,思想性和艺术性不强,故事发展的内在逻辑难以自洽,高度模式化。通过正确引导,新时代网络文学有了很大改观,幻想类作品在保持其自身特点的同时,也自觉对中华优秀传统文化进行创造性转化、创新性发展,注重传播正能量,思想内涵、艺术品质都有大幅度提高。中华上古神话、民间传说等成为网络作家重要的创作资源和灵感来源,以网络文学独特的方式实现新的表达。

历史题材是网络文学创作的另一主要类型,过去主要采用戏说、穿越、架空等方式,存在的主要问题是以调侃的态度对待重大历史事件和历史人物,过分夸大个人在历史进程中的作用、随意改变历史走向及潜在的历史虚无主义倾向等。通过加强正确历史观、民族观、国家观、文化观的引导,网络作家逐渐树立起唯物史观,戏说的成分逐渐减少,正面描写历

史的作品越来越多。

言情小说在网络文学创作中占比较大,尤其受女性读者的喜爱。言情小说大体分为现代言情即"现言"和古代言情即"古言"两大类。这类作品最大的问题是,爱情大于一切,所有人做的所有事似乎只有恋爱,别无他事。这类作品常常无视生活实际,按套路凭空编造,为博眼球虚构离奇故事情节,存在认知和道德伦理偏差,一些"古言"作品把重大历史事件的决定因素归结为爱情的作用,鼓吹"爱情决定论",甚至以此为反面人物翻案、抹黑英雄人物,更有一些描写诸如"耽美""虐恋"等不良亚文化的作品对青少年读者产生较大负面影响。通过正确引导,言情类作品不再简单张扬爱情至上,而是把个人情感放在事业、社会、民族、国家的大背景下进行书写,表现时代与社会的变迁,讴歌女性的自立自强、事业奋斗、家国情怀、美好情感等,作品的广度和深度等都大大提高。

新时代十年网络文学发展的一个重要成就,是改变了过去远离现实、作品集中在幻想神怪和言情历史等领域的状况,越来越多的网络作家把目光投向社会现实,积极创作反映新时代的作品。目前网络文学已经累计有超过150万部现实题材作品,尽管与幻想、历史、言情等类型相比总体数量仍然偏低,但增速大有超越,作品主题和叙事视角也更加多元。结合党和国家重大事件、重要时间节点,网络作家积极创作重大现实题材作品,"工业强国流""大国重器流"成为创作热点,涌现出《大江大河》《大国重工》《复兴之路》《浩荡》《重卡雄风》《何日请长缨》等优秀作品。科技创新成为表现重点,如《北斗星辰》《南北通途》等都是此类作品的代表。《朝阳警事》《写给鼹鼠先生的情书》等则着重描写基层英雄,《全职妈妈向前冲》《糖婚》等则着重描写新时代人民群众的家庭日常生活,表达人民对美好生活的期盼等。

科幻题材新作频出,形成创作热潮,是近年来网络文学发展的另一成就。目前,网络文学现存科幻题材作品超过150万部,科幻设定成为流行元素,在多种类型的创作中形成潮流。当前科技发展异常迅速,向人们展现出全新的宇宙图景,人们对自身、宇宙内在秘密及可能性探究的愿望越发强烈。网络科幻作家直面世界科技前沿,进一步放飞想象力,把玄幻、奇幻、仙侠等向科幻拓展,极大丰富了网络文学的创作题材和类型。《我们生活在南京》《第九特区》《从红月开始》《黎明之剑》《保卫南山公园》《夜的命名术》等都是优秀科幻题材网络文学作品,或巧妙运用科幻元素,获得较大反响。

新时代十年,网络文学不仅持续进行类型融合创新,在类型文学创作方面取得了突出成就,更开创了全新的文学生态,网络文学作品打破静态文本的局限,在具有充分交互性的社区中通过跟帖、讨论、同人写作等方式不断进行再阐释、再创作,成为不断延展的文本网络。

(二)网络文学为文化产业发展提供了重要的内容支撑

网络文学不仅赢得了海量读者,而且因对故事性的高度重视和想象力的恣意飞扬,为影视、游戏、动漫等文化产业提供了大量优秀的文学蓝本。同时因为网络文学的连载机制与连续剧播出机制的同在同构性,互动机制形成的读者反馈为影视拍摄提供的前期市场预判和试错机制,使网络文学的IP开发可以少走很多弯路,获得较好的市场表现。

具有广泛大众影响的热播影视剧,由网络文学作品改编的剧目达六成以上。《琅琊榜》《后宫·甄嬛传》《择天记》《花千骨》《庆余年》《全职高手》《知否?知否?应是绿肥红瘦》《半妖司藤》《芈月传》《暗格里的秘密》《都挺好》《亲爱的,热爱的》《小欢喜》《少年的你》《赘婿》《雪中悍刀行》《风吹半夏》《相逢时节》《少年歌行》《苍兰诀》《长安十二时辰》等网

文改编剧都广受好评。

国漫、动漫广受年轻人喜爱。国漫的主要内容来源是网络文学作品，超过半数的动漫也由网络文学作品改编，而且年度授权 IP 数量持续增长，《斗罗大陆》《斗破苍穹》《星辰变》《全职法师》《择天记》《仙王的日常生活》《大王饶命》等作品备受好评。网络文学 IP 一直是网络游戏改编最重要的内容来源。早期的《飘邈之旅》《诛仙》《神墓》《星辰变》《剑仙神曲》《鬼吹灯》《搜神记》等改编为网络游戏后都吸引了大量玩家。前几年，有关部门对游戏行业的乱象进行整顿，网络游戏改编相对低迷。近两年，游戏改编向精品化方向发展。《庆余年》等改编手游营收出色，《隐秘的角落》游戏登陆 Steam 平台，网络文学 IP 向单机游戏拓展。

近两年火爆的微短剧主要由网络文学 IP 改编，每年授权作品超 300 部，年增长率近 70%。《拜托了！别宠我》《重回 1993》《今夜星辰似你》等剧以高播放量获得高额分账。有声改编规模增速极快，八成以上的 IP 授权来自网络文学。

（三）网络文学成为中华文化海外传播的重要载体

新时代十年，中国网络文学海外传播规模不断扩大，营收从当初的不足亿元增长到超 30 亿元，海外活跃用户超过 1.5 亿人，访问用户超 9 亿，翻译输出作品超过 16000 部，实现了对世界主要国家和地区的全覆盖。传播方式从爱好者自发翻译向实体书出版、线上传播和本土化传播发展，机制更加成熟，影响力进一步扩大。

对外输出作品中，实体书授权超 5000 部，传播更为广泛的是在线翻译传播。起点国际、掌阅国际版 iReader、纵横 TapRead 等海外网站、App 等，在线翻译出去的网络文学作品超过 9000 部。

除文本输出之外，对外 IP 改编授权越来越多，大量由中国网络文学作品改编的影视、动漫、游戏作品向海外发行,有的则授权海外机构开发,使中国网络文学的影响力进一步扩大。《知否?知否?应是绿肥红瘦》《天盛长歌》等影视作品不仅受到亚洲观众的喜欢,在欧美、澳大利亚等地上线播出后同样大受欢迎。中国网文作品改编翻译的漫画海外传播规模也越来越大,起点国际有《修真聊天群》《元尊》等大约500部漫画作品上线,其他多家海外平台也都有大量改编翻译漫画上线。

中国网络文学日益受到西方主流文化重视,大英图书馆中文馆藏书目收录16部中国网络文学作品。除作品输出之外,中国网络文学企业纷纷赴海外进行本土化运营,在海外建立网络文学网站翻译传播中国网络文学作品,同时把中国网络文学商业模式移植到海外,搭建本土作者创作平台,吸引本土作者进行创作。目前中国网络文学企业的海外平台已培养海外本土作者60余万人,创作外语作品数十万部。海外作者创作的作品,很多不仅世界设定、故事框架借鉴中国网文,同时大量使用具有中国特色的文化元素、生活元素,带动了中华文化的海外流行,为塑造可信、可爱、可敬的中国形象发挥了积极作用。

(四)网络作家队伍迭代发展组织化程度不断提高

新时代十年,网络作家队伍进一步壮大。网络文学最大的特点是极大解放了文学生产力,任何人都可以在线创作发表作品,使无数青年作家梦的实现变得触手可及,因而吸引超过2000万人次在文学网站注册,参与网络文学写作;尽管大量注册作者因各种原因难以创作完本作品,但仍然有超过200万人有作品上架,成为文学网站的签约作者;签约作者中,大约有70万人是持续写作的活跃作者;持续写作的作者中,有近20万人成为职业作者;网络文学作者中,大约有1万人加入了省级以上作协或网络作协,加入中国作协的网络作家有465人,其中有16位网络作家当选

十届中国作协全委会委员。网络作家相对普遍年轻,加入省级网络作协的网络作家平均年龄为35岁。目前各平台新增签约作者,绝大多数为"Z世代"(1995年以后出生)作者。阅文及其他重要网站数据显示,目前活跃的头部作者中,"90后"占比超过80%。网络作家队伍的年轻化、专业化、多元化,带动行业文、二次元、轻小说等从小众题材演变为流行题材。

网络作家队伍的发展壮大,对组织化建设水平的提高和服务引导能力的提升提出了更高的要求。中国作协不断探索新的机制、办法,着力构建"全国网络文学一盘棋"的工作格局,推动成立21家省级网络作家协会,其中网络文学较发达的地区还进一步扩大覆盖面,成立了市级网络作协。中国作协网络文学中心通过线下办班和打造线上培训平台等方式扩大培训覆盖面,在加强思想和价值引领的同时,提升网络作家创作能力。通过正确引导,网络作家进一步坚定了正确的创作方向,同时积极参与社会公益事业,正面影响进一步扩大。

(五)网络文学评论研究不断加强

评论研究受到重视,导向作用得到发挥。中国作协加强评论人才培养、选题资助,每年举办中国网络文学论坛,发布《中国网络文学蓝皮书》,资助出版《中国网络文学年鉴》《中国网络文学理论评论年选》等,既关注网络文学的理论问题,又深入创作和行业现场,分析网络文学发展面临的新情况、新问题,研判网络文学发展新趋势。

新时代十年,从事网络文学理论评论的人数在不断增加。北京大学、中南大学等较早建立了网络文学研究团队,山东大学、安徽大学、南京师范大学等也相继组建起专业团队,会聚起网络文学研究的年轻力量。中国作协网络文学中心指导下的扬子江网络文学评论中心开展网络文学阅评活动,及时推介优秀作品,评论的导向作用进一步发挥。

建立适应网络文学特点的理论体系和评价标准一直是网络文学理论评论界关注的首要问题。这个问题也得到了国家社科规划及教育部的重视,由多个团队立项开展研究。网络文学作为当代文学的重要组成部分和文学现象,已到了当代文学研究者无法忽视的地步。罗岗、吴俊、陈晓明等专家认为,网络文学是新的文学范式形成的标志,预示着文学进入了另一个时代,文学史进入了网络新媒体语境。

有关单位更加注重发挥表彰推介优秀网络文学作家作品的示范导向作用。中国作家协会每年发布的中国网络文学影响力榜,从推介原创小说,拓展到增加表彰优秀 IP 改编作品及海外传播作品,进一步增设新人榜,加强青年人才培养。有关组织、单位和地方作协等设立了"茅盾新人奖·网络文学奖"、网络文学双年奖、金键盘奖、天马奖、金桅杆奖等或在原有文学奖项中设立网络文学子项,在表彰推介作家作品、提高网络文学社会关注度方面发挥了积极作用。

二、新时代十年中国网络文学发展的基本经验

新时代十年网络文学能取得如此成就,是在党的正确领导下,网络作家刻苦创作、网络文学工作者辛勤奋斗的结果。总结起来,有以下基本经验:

(一)坚持党的领导是网络文学繁荣发展的根本保证

党中央高度重视网络文学,习近平总书记掌舵领航,亲自擘画,在文艺工作座谈会及文代会、作代会等会议上多次就网络文学发表重要论述,使网络文学工作开展有了根本遵循。2014 年,习近平总书记在文艺工作座谈会上发表重要讲话,特别就网络文学、"两新"进行了重要论述。习

近平总书记明确指出:"要适应形势发展,抓好网络文艺创作生产,加强正面引导力度。近些年来,民营文化工作室、民营文化经纪机构、网络文艺社群等新的文艺组织大量涌现,网络作家、签约作家、自由撰稿人、独立制片人、独立演员歌手、自由美术工作者等新的文艺群体十分活跃。……我们要扩大工作覆盖面,延伸联系手臂,用全新的眼光看待他们,用全新的政策和方法团结、吸引他们,引导他们成为繁荣社会主义文艺的有生力量。"①在中国文联十大、中国作协九大开幕式上,习近平总书记再次强调:"要加强联络,延伸工作手臂,加强对新文艺组织、新文艺群体的团结引导,把千千万万文艺从业者、爱好者凝聚起来,不断增强组织吸引力。"②《中共中央关于繁荣发展社会主义文艺的意见》和中办、国办印发的《"十四五"文化发展规划》明确提出鼓励引导网络文艺创作生产。各级党委、政府制定多种措施,将网络文学纳入国家文化和产业发展规划,给予政策扶持,推动了网络文学的健康发展。正是有了习近平总书记的这些重要论述,才有了"两新"这个概念,网络文学发展、网络文学工作开展才有了根本遵循。延伸手臂、扩大覆盖、团结引导,这些网络文学工作的基本内容和基本方法都是习近平总书记亲自提出的。成立中国作协网络文学中心,正是中国作协落实习近平总书记关于文艺工作和群团工作重要论述的具体体现。

　　网络文学工作者深刻把握习近平总书记关于"两新"工作的重要论述精神,充分认识新时代文学使命所系、价值所向,充分认识新时代文学高质量发展必须借互联网之力、过互联网之关,充分认识网络文学作为新

---

①中共中央文献研究室编:《习近平关于社会主义文化建设论述摘编》,北京:中央文献出版社,2017年版,第159页。

②习近平:《在中国文联十大、中国作协九大开幕式上的讲话》,北京:人民出版社,2016年版,第20页。

时代文学生力军的地位及其在文化强国建设中的作用,使得新时代网络文学不断繁荣发展。

(二) 坚持以人民为中心确保了网络文学繁荣发展的正确方向

新时代十年,网络文学能够改变野蛮生长的状态,步入健康发展的轨道,根本原因是通过正确引导,开始坚持以人民为中心创作导向,坚持"二为"方向,贯彻"双百"方针,坚持创造性转化、创新性发展,自觉以建设民族的科学的大众的中华民族新文化为己任,源于人民,表现人民,服务人民,会聚起一支庞大的作者队伍,创作出类型众多、数量巨大的文学作品,使网络文学成为人民群众喜闻乐见的新文学样式。

坚持以人民为中心的创作导向,强化了网络作家的担当意识,有了传播正能量、弘扬社会主义核心价值观的自觉,从而不再只是以娱乐、游戏、消遣的心态看待网络文学,不再一味以低俗、庸俗、媚俗的内容迎合读者,从而克服错误的创作倾向,大力弘扬中华优秀传统文化,积极反映新时代。

(三) 新时代十年的伟大变革奠定了网络文学繁荣发展的坚实基础

新时代十年,中国经济、政治、文化、社会、生态文明建设取得了伟大成就,实现了伟大变革。科技的巨大进步使互联网,特别是移动互联、移动支付广泛普及,网络文学有了繁荣发展的技术基础和现实可能;深化改革,破除体制机制弊端,社会主义市场经济高速发展,使网络文学有了繁荣发展的市场基础;新时代中国人民的伟大实践,为网络文学提供了取之不尽的生动素材,使创作有了坚实的生活基础;全面小康、富裕起来的中国人民有了对文化生活的更多需求,使以付费阅读为主要经营模式的网络文学有了坚实的读者基础;新发展理念的贯彻,使网络文学高质量发展有了良好的经营环境和理论基础;积极主动的开放战略、"一带一路"倡

议、构建人类命运共同体的理念,使网络文学国际传播有了政策支撑和共同的价值基础。

(四)坚持守正创新是网络文学繁荣发展的活力源泉

新时代十年,网络文学界坚守以人民为中心的正道,大力推进主流化、精品化,基于互联网特性,不断推动类型创新、题材创新、表达创新,强化与下游文化产业的融合联动,使网络文学持续保持生机与活力。

因为守正,网络文学才明确了自身的价值和意义追求,不再把娱乐和消遣作为唯一的目标,得以明确自身的文化使命,努力表达社会的主流价值、主流文化。因为创新,网络文学得以在题材方面进行创新,开始对时代经验、时代精神做出表达,现实题材创作持续增长,在类型上进行创新,避免了类型的固化、僵化,从而保持生生不息的发展动力。

(五)强化引导扶持是促进网络文学繁荣发展的关键举措

2014年文艺工作座谈会召开后,网络作家得到各方面的高度重视,从中央到地方,网络文学组织建设得到加强,中国作协网络文学中心及各级网络作协纷纷成立,在团结服务网络作家方面发挥了积极作用。多年来,各级作协组织准确掌握网络作家的基本信息和创作情况,建立网络作家跟踪管理机制,形成完备团结引导工作体系;完善联系网络作家机制,建立联系名单,广交、深交网络作家朋友,及时掌握作家队伍情况,协调解决他们创作、生活中的困难和问题,做好职称评定等工作;加强青年网络作家的发现和培养等,在行业建设中发挥主导作用。全国网络文学重点网站联席会议有近50家成员单位,在内容管理、行业自律、权益保护等方面发挥积极作用。作协组织和联席会议协同发力,形成了"全国网络文学一盘棋"的工作格局。

中国作协的重点作品扶持、理论评论扶持、中国网络影响力榜及各地作协的相关活动,国家新闻出版署(国家新闻出版广电总局)等组织的多项活动,有效推动网络文学把高产量提升到高质量,用大流量传播正能量,有力推动了网络文学的主流化、精品化。

(六)遵循发展规律营造了网络文学繁荣发展的良好环境

网络文学的发展有着和传统文学不一样的特点和规律,新时代十年,正是因为我们尊重、遵循网络文学发展规律,才为网络文学的繁荣发展提供了良好的环境。尊重文学属性,始终以文学的标准看待网络文学、尊重网络文学,网络文学才能继承传统文学的优点、长处,在新时代文学的宏大格局中创新发展,精神内涵和艺术品位不断提高。尊重产业属性,网络文学才能走出传统文学固有的发展模式,建立起自己的商业模式和产业生态,并构建起以网络文学 IP 为核心的文化产业链。尊重网络属性,网络文学才能充分发挥自身的优势,利用互联网特性形成即时性、伴随性、互动性等新特点并广泛传播,成为深受大众喜爱的新文学样式。网络属性是网络文学区别于传统文学的根本特性。随着对网络文学网络属性认识的不断深化,网络文学最终将冲破类型文学的局限,开创独属于网络文学的全新叙事手段、表现形式以及文学形态,迈上网络文学发展的新高峰。

新时代十年网络文学的繁荣发展,在中国当代文学史、中国新文学史、中国文学史以及世界文学史上都具有重要意义。网络文学的发展形成了新的文学范式,使文学史全面进入网络新媒体语境,文学进入一个全新时代。网络文学不仅极大满足了人民群众的精神文化需求,还为世界文学发展提供了新选择,贡献了中国智慧、中国方案,更为人类文化发展进步作出了重要贡献。

当然,网络文学的发展目前也出现了一些新情况、新问题。比如,

"三俗"和同质化现象仍一定程度地存在、行业发展遇到瓶颈、竞争加剧影响网络文学行业生态、行业监管缺乏统筹、评论评奖有待加强、海外传播各自为战、盗版侵权打击不力、应对人工智能等高新、科技挑战不充分等。这都要求对网络文学的管理引导扶持进一步加强。作为互联网时代新兴的文学样式,在党的正确领导和各有关部门的大力推动下,网络文学一定能更好地承担新时代的文化使命,在文化强国建设中发挥重要作用,为建设中华民族现代文明作出更大的贡献。

原载于《南方文坛》2023 年第 5 期

网络文学的文学史书写

房 伟

经过二十多年发展,网络文学已从一个"文学事件"变成了"文学现象",进而成为不可忽视的"文学潮流"。网络文学的研究,已从最初的忽视与遮蔽,渐渐变成了研究新热点。很多学科不断介入,文艺学、传播学、比较文学、文化产业学、现当代文学等诸多学科,都从各自角度介入网络文学研究,形成了"多元争鸣"的研究现状。然而,一方面,由于网络文学是基于新媒介传播产生的新文艺,任何一个传统学科,都很难从单一学科知识背景出发,形成真正"有效"的阐释。其研究方法,必然要求多学科的融合。另一方面,我们对网络文学的学科定位和文学史定位,也产生了诸多混乱,很难做到真正统合。这种情况下,"网络文学入史"也就凸显了它的复杂性和难度。

一

网络文学能否入史?如何写网络文学史?网络文学研究已出现历史化倾向,并出现了文学史写作,以及将之纳入文学史规划的努力。从研究成果来看,欧阳友权的《中国网络文学二十年》是目前网络文学史书写的成功尝试:"文学史的意义上,该著是对中国网络文学二十年发展的系统总结,对网络文学的历史地位、贡献及其问题、局限做了概括与研判,初步形成了中国网络文学史的概貌,而且该著还对中国网络文学的理论评论进行了专门的概述,形成了中国网络文学批评史的雏形,这显然有着重要

的历史意义。"①如果仔细研读,会发现该著作的特点在于,立足大数据,以史论结合、宏观与微观相结合的方式,细致勾勒中国网络文学演变脉络,概览全民写作时代隆起、文学网站平台、网络作家阵容、网络文学作品、网络文学产业经营、网络文学阅读、网络文学理论批评、女性与少数民族网络文学等不同分支的发展历程。

可以明显看到欧阳友权的文学史书写思路与传统中国文学史写作的不同。它有非常强的媒介性和理论性,不是以"作家作品"为中心,也不是以"文学思想史""文学与政治的关系"为经纬,而是立足于"媒介变革",并非常强调理论和读者接受,网络文学平台媒介和产业经营的作用被凸显。这表明了网络文学形态本身变化对中国文学史书写的冲击。而其对媒介传播、读者接受、边缘文学史群体(女性与少数民族)的重视,也并非"天外来客",是与改革开放以来中国文学史书写的诸多关注热点有着密不可分的关系。特别是中国现当代文学领域,这些年已产生了不少重要研究成果,例如,钱理群的《中国现代文学编年史——以文学广告为中心(1915—1927)》。然而,欧阳友权的这本书,依然有强烈的"网络时代风格",即它是建立在研究方法综合基础上的,也是建立在学科交叉融合基础上的。因此,这本网络文学史,既不同于传统中国现代文学史,也与通俗文学史写作大异其趣。其传统的"作品作家论"地位下降,表现在"融合视野"内,则是"专门史"地位上升,与传统文学史写作的沟通性,则显得仍然有待探索。

当然,回归传统文学史工作,立足作家作品经典化的尝试,也有很多成功案例。比如中南大学、北京大学、山东大学研究团队历年推出的《中

---

①何弘:《中国网络文学二十年·序》,欧阳友权主编:《中国网络文学二十年》,南京:江苏凤凰文艺出版社,2018年版,第4页。

国网络文学年鉴》《中国网络文学双年选》和《中国网络文学理论评论年选》等资料准备。比如邵燕君的《网络文学经典解读》《创始者说：网络文学网站创始人访谈录》等著作，在网络文学资料整理、经典化筛选等方面，做了扎实有效的工作。单晓曦的《入圈：网络文学名作细评》《网络文学的合作式批评》等专著，探索利用传统细读方法研究网络文学的可能性。其他诸如陈定家、桫椤、王祥、李玮、吴长青等学者，也做了大量文学史基础工作。

二十多年的时间，虽然不是很长，但产生了巨量的网络文学作品和作家，仅2021年，全国45家主要网络文学网站全年新增作品250多万部，存量作品超过3000万部，新增注册作者150多万人，新增签约作者13万人。[①] 其中每年活跃的作者，大概有70多万。网络文学也形成产业化规模，创造了巨大的经济效益，其对国内普通民众的影响力与海外的影响力也都有着不容小觑的发展。2020年网络文学出海市场规模增速为145%，海外市场规模达11.3亿；用户规模增速160.4%，达8316.1万人。[②] 网络文学也产生了很多具有一定"共识"的经典化作品——尽管这种"共识"并非精英文化圈的共识，它主要产生在网络文学的作者读者圈内。由此，我们看到，经过二十多年发展，网络文学已具备文学史写作的基础，也已出现了自身经典化的文学史逻辑诉求。网络文学形成文学史，抑或说网络文学入史，也标志着网络文学走出纷乱的文学批评现场，最终会在史学领域经历经典化提升。

在这个过程之中，也有不同声音，也形成了对"网络文学入史"的质疑。这种质疑的声音主要来自两个方面。一是某些传统文学史研究者，

[①] 中国作家协会网络文学中心：《2021中国网络文学蓝皮书》，《文艺报》，2022年8月22日。

[②]《网络文学创新"出海"模式》，人民网，2021年10月21日。

他们坚持精英文学的文学史标准，网络文学良莠不齐，且大多是通俗类型文学，并不具备进入文学史的资格。这种反对的声音，主要是在相对保守的精英文学圈，声音虽不大，但影响深远。二是在网络文学研究内部，也存在着反对网络文学入史的声音。这种激进化研究思路，受到科技与后现代思维影响，它更强调网络文学本身断裂性与自足性，更愿意将网络文学科技化、符号化与游戏化。这种激进的网络文学研究思路，试图将网络文学变成"事件"，进而将之永久地现场化与理论现象化，更热衷于讨论游戏文本与网络文本的互文性，凸显媒介性与产业性的独一无二性。它拒绝经典化，拒绝网络文学的有效学科归属，拒绝进入现有文学史研究框架。这种网络文学认识论有着取消文学性，以科技属性替代文学属性的潜在危险。

二

那么，网络文学究竟该以何等面目入史呢？它的文学史定位又在哪里？这也是我们讨论网络文学入史的关键性问题。问题复杂在于：一方面，网络文学有特殊主体所指，即在新世纪初出现的，由文化产业与网络新媒介技术结合，利用通俗文学传统，形成的"新类型文学"；另一方面，网络对文学的改变又是决定性的。它不仅影响了类型文学的发展，还影响了文学的整体形态；既有多媒介融合的科技化文本形式，也有着后现代先锋化的网络短篇，甚至在当下语境之中，还出现了沟通现代文学传统的新现实主义文艺。这种错位交集的情况也导致了网络文学入史问题的认知混乱。以下，我将从个人观点出发，谈谈对这个问题的一些粗浅认识。

一是从发展总态势来看，网络文学属于新媒介影响下的通俗类型文学,应予以新的命名,即"新类型文学"。尽管网络文学包含不同文学形态,但类型文学是"主流",也是决定性因素。对于类型文学的考察,我们不能完全脱离通俗文学研究的固有模式,而应该将网络文学视为通俗类型文学在网络语境下的媒介转换式发展。例如,玄幻文学与还珠楼主等民国小说的联系等。网络最终对所有文学形态的改变,也应放在一个大的文学发展脉络之中去谈,才能彰显其有效性。一方面,我们要承认网络的媒介转型作用,承认网络对文学形态的巨大改变和特异性;另一方面,我们不能隔断网络语境下文学发展的前世与传承,满足于将之封闭化与自足化,不能因为媒介转换了,就将"网络"变成一个筐,什么都往里装,割裂了传承性的网络文学,最终会面临无法有效命名的尴尬。例如,同样是媒介转换,我们不能将文学生硬地分为"纸媒文学"与"竹简文学"两个截然对立的类别,而是要在总体文类发展的纵向联系,以及文类与社会变迁的横向联系之中综合考量文学的发展。

二是就学科归属而言,网络文学应归属于中国现当代文学下属三级学科,网络文学的文学史写作,也相应地将之放置在中国现当代文学学科体制之内,才能真正形成有效的文学史书写,有效地解答网络文学"当下性"等问题。我并不赞成,将网络文学完全当成现代文学的"断裂带"看待,比如,将现代文学和古典文学全部划分为传统文学,将网络命名为"新文学",这还是一种现代断裂思维,过于快速的内部定义和概念丛生,只会让网络文学陷入混乱。比如,有研究者将网络文学又分为"传统网文"与"二次元文学"。如果将网络文学归属于文艺学或传播学,只会强调突出网络文学的某种特性,而不能全面认识网络文学的发展和特征,尤其如何正确认识"网络文学与现实"之间的关系、"网络文学与文学传统"之间的关系。例如,近十年来,网络文学出现《大江东去》《浩荡》《大国重

工》《神工》等系列优秀现实主义作品。如果按照某些学者认知,这些所谓"网络现实主义作品",只是某种政策性应景之作,或生硬的政治套用,然而,这些作品已表现出了强大现实表征能力与影响力。其实,网络现实主义文学恰恰表现了社会主义文艺体制之下,体制力量应对新媒介的变法。其发展思路和文学形态,与十七年社会主义现实文学、主旋律文艺有着一脉相承的内在逻辑性。如果离开了对中国现当代文学传统的阐释,就很难讲清楚目前网络类型文学作品的来龙去脉。

三是对文学史分期而言,应将网络文学视为"新世纪文学"书写范畴。如韦勒克所言:"一个时期就是一个由文学的规范、标准和惯例的体系所支配的时间横断面,这些规范、标准和惯例的被采用、传播、变化、综合以及消失是能够加以探索的——一个时期不是一个类型或种类,而是一个以埋藏于历史过程中并且不能从这个过程中移出的规范体系所界定的一个时间上的横断面。"①从物理时间上看,中国网络文学的出现,主要是在新世纪之后这个时间横截面上。网络文学形成主体性标准,进而形成玄幻、穿越、悬疑、竞技等诸多类型范式,既反映了21世纪以来中国文学时空观念的变革②,与新世纪中国文化产业发展密不可分,也反映了网络文学对通俗文学、现代文学的吸收借鉴。例如,网络文学的"超级长度"类型叙事法,"自我实现"的内在诉求,传统文化与后现代文化的对接。也是在新世纪文学"雅俗互动"的维度下,我们才能看清楚当代文学基本格局的变化,即从20世纪末精英文学、主旋律文艺与大众通俗文学的三元格局,变为新世纪的精英文学、新时代文艺与网络文学的三元

---

① [美]雷·韦勒克、奥·沃伦:《文学理论》,刘象愚、邢培明、陈圣生、李哲明译,北京:生活·读书·新知三联书店,1984年版,第306—307页。
② 房伟:《时空拓展、功能转换与媒介变革——中国网络小说的"长度"问题研究》,《文学评论》,2022年第4期。

格局。

三

　　文学史的写作，存在"文学"与"历史"的内部张力，是以文学自身规律与社会历史的变迁规律，形成某种深层次的嵌套性。没有任何文学会脱离社会生活实践，也没有一种文学是社会实践的简单直观的反映。从长远来看，无论作为现象的网络文学，还是作为"新文类"的网络文学，其历史化视野，都是一个必然结果。因此，编写网络文学史，进而将网络文学放置于中国当代文学史书写范畴内，就成了迫在眉睫的任务。这项工作，无疑是对总结网络文学的中国经验、分析中国网络文学在传统与先锋之间的二重性有着重要意义。正如黎杨全总结中国网络文学时指出："中国经验基于双重视野：相对印刷文学而言，它是'网络文学'的经验（先锋性）；相对西方电子文学而言，它是网络文学的'中国'经验。网络文学的中国经验也许不是某种单一理论能囊括的，而是复数的。"[①]中国网络文学，既不完全等同于西方的后现代电子文学，也与传统文学形态有着差异。它在类型化方向的实践，既撬动了印刷文学的权威地位，形成了新网络时代生产的独特体验，也受到中国文化现实语境的规训和制约，并发展出相应的叙事形式。这种制约性也更体现在它与传统的链接和对应上。而要体现出这种联系性和差异性，就必须将之放置到现有的文学史的描述脉络之中。

　　网络文学进入文学史，必然要有一个接受文学标准检验的问题，也是如何将网络文学与当下公认文学史标准对接的问题。如何将网络文学纳

---

　　①黎杨全：《网络文学、本土经验与新媒介文论中国话语的建构》，《文学评论》，2020年第6期。

入现有文学史框架中,介入文学史研究现有的问题与方法,在"特殊性"与"个体性"的基础上,形成文学研究的沟通,促进中国网络文学经典化进程。这个过程中,必须确定网络文学经典作家与经典作品。作品的数量太大,作家的队伍太过庞大,而相应的网络文学的批评与研究力量薄弱,是问题的难点之一。第二个难点在于,如何沟通纸媒意义的经典与网络媒介下的经典。我的基本看法是,网络文学发展史上曾有过产生重大影响的作品,对社会产生重大影响的作品,具有鲜明网生性特质的作品,沟通纸媒经验与网生经验的优秀作品,都应放在经典序列中予以重视。

例如,《第一次的亲密接触》是早期论坛时代的重要作品,直接引发网络书写体验热潮,应予以经典化;江南等集体创作的《九州》系列玄幻作品,既借鉴港台早期网络作品的经验,又上承民国玄幻书写经验,下启网络玄幻风潮,具有文学史意义;《鬼吹灯》《盗墓笔记》是盗墓悬疑类网络经典开山之作,改编成影视作品后,产生了广泛影响,应予以重视;《凡人修仙传》既是中国本土网络玄幻类型集大成之作,开创诸多叙事模式,也鲜明地表现出中国网生体验,应予以文学史经典化研究,类似的网生性强,又具类型经典意义的作品,还包括天瑞说符的《死在火星上》这样有创意的网络科幻作品、烟雨江南的《狩魔笔记》这类经典网络废土文学。其实最具争议的,应是"沟通纸媒经验与网生经验"的优秀作品。这些具有纸媒与网生双重经验意义的优秀作品,往往不能得到传统经典文学与网生文学的承认。在比较激进的网文研究者眼中,经典话题本身就应被消解,而这种具有双重性质的作品,本身就不具有网生性。比如,天使奥斯卡的《宋时归》、榴弹怕水的《绍宋》、酒徒的《家园》等网络历史小说,往往既有穿越等网络虚拟体验,又具有传统历史小说的情节性和人物塑造法,甚至结合"说书人"的口传文学特点,发展出了"全高潮叙事法"等具有浸入性网络体验特质的叙事法则。又比如，鲁班尺的《青囊尸衣》，既符合盗墓小说的类型设定，又有着追求个性解放、反思权力禁锢等精英文学的诉求，并在网络文学的民间性上有着很强的代表性。

另外，将网络文学作品很好地"嵌入"当代新世纪文学史脉络中，必须具有有说服力的结合机制，才能更好地实现网络文学史与当代文学史的整合。比如，将网络文学整体归入通俗类型文艺在新时代的崛起，而在具体亚类型分析时，要注意其具体特征与时代文学主流的关系。例如，网络现实主义文学与主流话语的关系、网络先锋性作品与后现代文学的关系等。当然，"网络文学入史"还在尝试过程之中，不同观点和方法的碰撞，也会产生诸多分歧，这都有待于更多学者提出新的见解。

原载于《粤港澳大湾区文学评论》2023年第4期

网络文学与 90 年代的连续性

周 敏

一

最近两年,一些学者就中国网络文学的源起问题展开了比较激烈的讨论。这些讨论构成笔者思考网络文学与 20 世纪 90 年代(后文简称"90 年代")关系问题的主要背景与动力。中国网文源起何时?概括起来,大致有四种看法:一是欧阳友权提出的"网生起源说",他从"网络文学是基于互联网这一媒介载体而'创生'于网络的新型文学"这一概念出发,把起点锚定在 1991 年《华夏文摘》在北美的创刊;[①]二是以吉云飞为代表的"重要作品起源说";三是马季的"重要现象起源说",认为起点应设在产生了第一个创作高潮的 1998 年,《第一次的亲密接触》的发表与流行则是其标志性事件;[②]四是邵燕君等人所主张的"论坛起源说",即从 1996 年成立的"金庸客栈"算起,因为"金庸客栈"具备了基于 UGC(User Generated Content)的粉丝经济模式以及"以爽为本"的"爽文"模式的雏形,而这两点乃中国本土网文的主脉性质。[③] 此外,许苗苗、黎杨全等学者也都提出了自己的意见。

[①] 欧阳友权:《哪里才是中国网络文学的起点》,《文艺报》,2021 年 2 月 26 日。
[②] 马季:《一个时代的文学坐标——中国网络文学缘起之我见》,《文艺报》,2021 年 5 月 12 日。
[③] 邵燕君、吉云飞:《不辨主脉,何论源头?——再论中国网络文学的起始问题》,《南方文坛》,2021 年第 5 期。

在当前语境下言说起点问题,实质上是在承认对象已经发展到了一定历史阶段的前提下对其性质与价值的再次评估和界定,尤其是想通过历史性回顾,清理出一条能够清楚地解释中国本土网文何以会如此蔚为大观("成于本土"并"走向世界")的内在发展脉络。纵观这些讨论,尽管意见分歧较大,但在致力于论证网文新颖性的态度上则是一致的。他们强调网文乃"网生文学","网络性"使得其与纸媒文学(无论是精英文学还是通俗文学)之间的断裂明显大于延续。即便如邵燕君、吉云飞那样强调除"网络性"外还得综合其他因素为中国网文的主脉画像,但目的依然是在描绘与分析何为中国网文的"正统"及其"横空出世"之历史现场。而强调网生文学,也就不得不从构成其基本条件的技术基础与文学制度这两个层面来加以论证。

这自然是言说起点问题的应有之义,但在笔者看来,对于网文何以能成于中国本土这一问题视域而言,这两个层面还不能让人感到满足。必须要承认,网文既具有网络性,也是一种文学,要想更为全面地考察网文在90年代中后期中国本土的兴起,至少还应补充一些更偏向于文学内部的视角,其中很有必要的,是从90年代文学整体氛围中把握其接受语境。这无疑会更倾向于发掘网文与纸媒文学的延续性,但这也应是讨论起点问题不能被忽略的视角,更重要的是,从中可以捕捉到中国网文内在特点(如文学风格、人物塑造与叙事模式等)的历史根源,如果以2003年VIP阅读制度的形成为界将中国网文分前后两个主要阶段的话,那么这些特点却是始终贯穿的,也就意味着它们同样内蕴在邵燕君等人所判定的中国网文主脉属性之中。而且,从网络文学出发,亦可以很好地理解"长90年代"的属性,即它之于"新世纪文学"的源头意义与阶段性特征。

二

网文何以能在 90 年代文学语境之中生根发芽？这不仅因为网络技术恰好在此时趋于成熟，或者新文学制度的萌芽在因缘际会下促进了网文的"野蛮生长"，而且还应考虑 90 年代文学环境对人们阅读期待、阅读趣味的影响。可以说，如果没有 90 年代文学的铺垫，网文会不会在世纪之交这个节点兴起以及以何种面貌为大众所知，都是较难估计的。从此视角出发，笔者更看重以下几个问题：为什么金庸客栈会成为网络读者的第一个聚集地？为什么是《第一次的亲密接触》更为大众所熟知并成为人们对网文的第一印象？为什么李寻欢与邢育森会继痞子蔡之后成为中国内地的网络文学大咖？为什么被视为文学与网络最亲密接触的"超文本型""多媒体型"网文会逐渐小众化并最终几乎无人问津？等等。

从网文回看 90 年代，首先要注意到的是大众文化的崛起与通俗文学的繁荣。武侠、言情、社会、官场等通俗小说类型开始拥有巨大的读者群体，更重要的是，通俗文学在文学等级序列中的地位得到了实质性的提升。从五四时期文学研究会发表宣言"将文艺当作高兴时的游戏或失意时的消遣的时候，现在已经过去了"开始，无论是"人的文学"还是"人民文学"，无论主张"革命文学"还是"纯文学"，以游戏与消遣为主旨的通俗文学都一直处于暧昧不明的状态，或多或少受到以"文以载道""感时忧国"为内在精神的主流文学/严肃文学的压制。但人们对通俗文学/文艺的需求一直存在，这也是革命文艺不得不利用、改造民间通俗形式的原因之一。到了 90 年代，一方面通俗文艺的繁荣势不可当；另一方面启蒙精神、精英文学失去了不证自明性，原有的主次格局被打破了，渐渐形成了一个并峙的新局面。一个典型的事例是在 1994 年的"重排大师"事件中金庸被选入20世纪小说大师行列中,排在鲁迅、沈从文与巴金之后,位列第四。通俗文学地位提升的一个后果是它真正满足和释放了人们对通俗阅读的需求。正是这种需求,推动了通俗文学的繁荣,同时又进一步刺激与唤醒了人们对通俗文学的消费欲望。而互联网的出现,缓解了这种迫切感。在此意义上,金庸客栈能够于1996年出现绝非偶然,它既利用了互联网"压缩时空"的特点,通过快速上载黄易等港台通俗作家的最新作品聚拢了人气,也成为培养初代网络作家的孵化器。

但这种培养是需要一些时间的,尤其是长篇通俗小说作者的培养,更需要时间以及某种制度保障。因而,初代的中国本土网文作者所推出的作品基本只能被归于"泛大众""泛通俗"范畴内,还不是纯正的能接榫通俗文学传统的形态。这种"泛通俗"作品的出现,自然是90年代文学转型的结果,可以被统一命名为"文学读物"。受市场经济的强势影响,不仅"纯文学"作家们纷纷从"形式实验"的探索中回撤,重新思考如何讲好一个能让读者沉浸其中的故事,而且那些直接以经济收益为追求的消费型文学作品也纷纷问世。二者合力催生出这种"文学读物",其涵盖范围很广,从王朔的"顽主"系列小说到"布老虎"丛书,以及余秋雨、张中行的散文,都在其中。① 无论在文学审美价值还是思想含量上,它们的共同特点都是变阅读为"悦读",乃至成为一种风尚,加上高校扩招等因素带动全面文化水平提升,自然受众颇广。

与文学市场化相伴随的,是文学的去精英化,那种感时忧国的并多少带有一些悲剧英雄色彩的启蒙主体,以及在文体实验中突出强化个体化感觉和经验的先锋主体最终都淡出了。作品某种程度上回到了19世纪

---

① 陈思和主编:《中国当代文学史教程》,上海:复旦大学出版社,1999年版,第323页。

经典小说状态,在这种状态下,"读者可以把注意力集中于故事本身,而不是讲故事的人"①,而这些故事凸显的则是世俗个体。所谓"世俗",说得更直白点,它最终指向的是欲望式体验,即与世俗性幸福相关联的婚姻、家庭、财富和地位等。这为网文的出世奠定基础,而网文为何未能在"超文本型""多媒体型"等文体实验上大放异彩,正可以在其中找到原因。

三

无论是文学市场化还是去精英化,王朔都扮演了十分关键的角色。王朔也是初代网文作者们的某种精神导师。李寻欢与邢育森等人写于1999年前后的作品,如《缘分的天空》《迷失在网络与现实之间的爱情》《活得像个人样》等都有点王朔式的玩世不恭与痞气,其中的纯情与放纵、自恋与失落以及真诚与戏谑,甚至用"废弃的官话"所营造的调侃味十足的语言,皆是肉眼可见的王朔风。当然也不排除对《第一次的亲密接触》的某种跟风,但是该作品能够在内地迅速流行,至少有一部分得益于王朔等人开拓的文学接受氛围。

从90年代看网文,王朔是重要的中介,经由王朔施加在网文上的深层影响在于以下几个方面:第一,王朔文学中的痞气构成了网文最初的"爽感"来源。王朔曾说:"我最感兴趣的,我所关注的这个层次,就是流行生活方式。在这种生活方式里,就有暴力,有色情,有这种调侃和这种无耻,我就把它们给弄出来了。"②本土网文最初展示于人的多是这样的

---

① [美]彼得·盖伊:《现代主义:从波德莱尔到贝克特之后》,骆守怡、杜冬译,南京:译林出版社,2017年版,第120页。
② 王朔:《我的小说》,《人民文学》,1989年第3期,葛红兵、朱立冬编:《王朔研究资料》,天津:天津人民出版社,2005年版,第15页。

生活方式。这种"痞气"的生活方式,一方面指向了破坏与发泄的快感,另一方面则指向了某种超越世俗日常的优越感与精神自由状态。如蔡翔所说,"痞子"意味着"放荡不羁不拘细行的生活状态"以及"一种在'至俗'的淤泥中证明自己'不染'的天性"①。

第二,"痞"的优越感还来自这种自我矮化比一味地鼓吹崇高更能体现人性的"自然"与"真诚",因为后者很有可能会因言行不一而变得虚假与伪善,对社会造成的伤害更大。王朔认为,"中国社会最可恶处在于伪善",这也是他厌恶知识分子的缘由,因为"伪善风气的养成根子在知识分子"②。王朔在公开发表的文章中从不回避自己对名利以及"体面生活"的追求,应出于这一认识。它也构成了90年代袭击精英主义与去理想主义的主要武器。80年代初"潘晓讨论"中躲躲闪闪的自我与自私,在市场经济中获得了合法性,既然市场和私有制被理解为"现代经济的普遍形态"③,那么所谓的"理性经济人"自然也是——或者说"更是"——符合人性的。这也意味着写作的某种去道德化,而这一特点在网文写作上得到了充分的发扬,而且更重要的是,它基本贯穿在本土网文发展的全过程之中。如在一些故事中,无论纯情还是滥情、高尚还是堕落,主人公们都在刻意避免与道德挂钩,他们重体验而轻责任,兴之所至又随波逐流。之后的《悟空传》与《成都,今夜请将我遗忘》同样如此,道德都被理解为束缚个体自由,因而理应被甩脱的包袱。到了类型化发展阶段,尽管在文体与制度上发生了巨大的变化,但主人公们几乎个个都被处理成"理性经济人",似乎不如此,就无法顺利地一路"打怪升级"。

---

① 蔡翔:《日常生活的诗情消解》,上海:学林出版社,1994年版,第119页。
② 王朔:《我的文学动机》,葛红兵、朱立冬编:《王朔研究资料》,天津:天津人民出版社,2005年版,第74页。
③ 汪晖:《去政治化的政治:短20世纪的终结与90年代》,北京:生活·读书·新知三联书店,2008年版,第73页。

第三，用"痞子"的方式来实施对社会、文化的破坏，既是痛快的，也是软弱与自我消解的。它有力地嘲讽了知识分子的伪善，却急不可待地把伪善背后可能存在的理想主义也否定了，而因缺少文化建构的环节，也就难免造成批判力度的减弱。这反映到初期的网文上，则可以看到：虽然在虚拟的世界中（如"网络聊天室"），主人公们常常以"痞子"的方式体验到某种自由与满足，甚至偶尔也能延伸到线下，却难以给人带来足够的身心充实感，所以，虚拟的世界随时面临现实"惘惘的威胁"，其构建的自在与美好极容易破碎。人物因而似乎只能随波逐流，及时行乐。这倒不是说他们立刻就成了虚无主义者，《活得像个人样》（邢育森作）中，主人公曾嘲笑自己"天生一副小资产阶级的完美主义和理想主义的贼坯子"，这无意中道出了 90 年代的一个情感结构，即"完美主义"与"理想主义"由于是"天生"的，所以也是倔强的、难以被抛弃的，但往往容易演变成落不到实地的怀旧，并滋生出一种对现实的无奈，因此被人又爱又恨（所谓"贼坯子"），进而造成人格的某种分裂。另外，以玩世不恭、嬉皮笑脸的方式批判现实，也意味着对现实的无奈与妥协。如果说 80 年代文学与现实的关系是严肃而紧张的，那么 90 年代文学则明显软化了二者的关系，这不仅体现在王朔式的文学中，也体现在刘恒《贫嘴张大民的幸福生活》、莫言《师傅越来越幽默》等作品中，甚至"现实主义冲击波"中所产生的"分享艰难"的逻辑也遵循着这样的特点。现实太难以改变，只好苦中作乐，而王朔式文学的不同在于它在把无奈转化为语言的戏谑之余，干脆加入现实，进而想象建立在这一现实规则——主要指消费主义规则——之上的个人成功。这种对社会规则的顺从，恰好构成本土网文内在精神的另一维度。①

结　语

　　网络文学作为新媒体文学,确实表现出了足够的新颖性,它不仅因技术基础与文学制度在整体上区别于纸媒文学,而且也不能简单地看成传统通俗文学的"投胎转世"。如果从这一认识出发,确实应把本土网文的起源追溯到金庸客栈。不过从网络文学的人物性格与内在精神看,不可忽视90年代文学尤其是王朔式文学(也包括"大话文化",二者在精神上有相通之处)对它的深刻影响,而且从中也可以捕捉到2003年前后网络文学的一种内在一致性。因为尽管同是"升级打怪换地图",类型化网文那种去道德化的"理性经济人"式"打怪升级"主体,迥异于金庸的"侠客",他们完完全全是从90年代文学与文化中生长出来的,讨论本土网络文学的源起与特点,不可不注意这一延续性的维度。

原载于《文艺理论与批评》2023年第3期

---

①参见周敏:《"坏"与"顺从"——对20年网络文学主角形象演变的一个观察》,《热风学术(网刊)》,2018年冬季刊。

中国网络文学的属性和经典化路径①

汤哲声

中国网络文学的迅猛发展是近年来最引人注目的文化现象之一。2022年4月7日,中国社会科学院发布了《2021中国网络文学发展研究报告》。报告显示:截止到2021年12月底,我国网民总规模为10.32亿,互联网普及率达73%,互联网应用规模位居世界第一;我国网络文学用户总规模达到5.02亿,较去年同期增加4145万,占网民总数的48.6%,读者数量达到了史上最高水平。如此庞大的读者群,令人吃惊,也令人感奋,同时也提示我们要重视中国网络文学经典化的构建,对如何实现中国网络文学经典化做出更为深入的科学思考。习近平总书记指出:"优秀作品并不拘于一格、不形于一态、不定于一尊,既要有阳春白雪、也要有下里巴人,既要顶天立地、也要铺天盖地。只要有正能量、有感染力,能够温润心灵、启迪心智,传得开、留得下,为人民群众所喜爱,这就是优秀作品。"②中国网络文学也许不是"顶天立地",但一定是"铺天盖地"。不仅仅要传得开,还要留得下,这才是优秀作品。

中国网络文学经典化的研究与探索,近年来已被很多学者所关注,并已取得了相当不错的成绩,不少论者的卓见给人很多启发。然而,也有很多论述让人难以释然,甚至一些基本性的问题还需要进一步明确,其中最亟须解决的问题是中国网络文学的属性。中国网络文学究竟是什么属性

---

① 本文为国家社会科学基金基础类重点项目"中国当代通俗小说史与大事记整理研究"(20AZW019)阶段性成果。

② 习近平:《在文艺工作座谈会上的讲话》,北京:人民出版社,2015年版,第7—8页。

的文学,这是研究中国网络文学所有问题必须明确的前提,论述中国网络文学经典化更是如此。中国网络文学的属性都不清楚,又怎么确定经典化路径呢?对于中国网络文学的属性,我的观点是它是中国传统通俗小说的当代呈现。这样的观点的形成基于两个判断:一是史学判断,二是文学判断。对于中国网络文学的经典化路径,我的观点是在传统文化传承中的文学性的坚持和中华性的创化。这样的观点的形成同样基于两个判断:一是中国网络文学的实践判断,二是中国网络文学海外传播的认知判断。

一、中国传统通俗小说是中国网络文学的"根"

中国网络文学不是无根之木,它的根是中国传统通俗小说。元末明初成书的《三国志通俗演义》大概是中国最早用"通俗"冠名的历史演义小说。何谓"通俗"?庸愚子在为其作序中有这样的表述:"文不甚深,言不甚俗,事纪其实,亦庶几乎史,盖欲读诵者,人人得而知之,若《诗》所谓里巷歌谣之意也。"[1]这是一种介于"理微义奥"的文史之文和"失之于野"的讲史话本之间的新文体,其目的是读史劝俗,使得读者"留心损益""人人得而知之",即所谓"若读到古人忠处,便思自己忠与不忠,孝处,便思自己孝与不孝"[2]。根据史实讲故事,将大众作为目标追求文本阅读的最大化,并从中体现文化思想和道德品质,这就是这部小说被命名为"通俗"之意。这部小说所创造的文体也就被称作"通俗文体"。根据小说的创作实践以及社会影响,晚明时的冯梦龙对中国小说文类做了进一步分类。他将中国小说分成两类:"大抵唐人选言,入于文心,宋人通俗,谐于

---

[1] 庸愚子:《三国志通俗演义序》,黄霖、韩同文选注:《中国历代小说论著选(上)》,南昌:江西人民出版社,1982年版,第104页。
[2] 庸愚子:《三国志通俗演义序》,黄霖、韩同文选注:《中国历代小说论著选(上)》,南昌:江西人民出版社,1982年版,第104页。

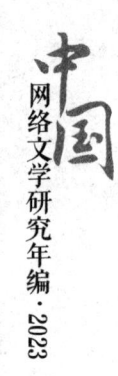

里耳,天下之文心少而里耳多,则小说之资于选言者少,而资于通俗者多。"①一类是知识分子偏好的小说,如唐传奇;一类是老百姓喜欢的小说,如宋话本。"通俗小说"至此也就成为一种文类。冯梦龙不仅给通俗小说命了名,还对其美学特征作了深入阐释。他明确提出了通俗小说的类型化特征:"私爱以畅其悦,仇憾以伸其气,豪侠以大其胸,灵感以神其事,痴幻以开其悟,秽累以窒其淫,通化以达其类,芽非以诬圣贤而疑,亦不敢以诬鬼神……姑就睹记凭臆成书,甚愧雅裁,仅当谐史,后有作者,吾为裨谌。"②通俗小说是不同于"雅裁"的类型小说,不同类型的通俗小说有不同类型的表现方式。至冯梦龙时,中国通俗小说的美学形态已基本成型,表现为阅读最大化的大众性、传统文化的劝俗性和讲故事的类型性。《三国志通俗演义》之后,通俗小说成为中国小说创作的主流,并出现了《隋唐演义》《水浒传》等一系列的优秀小说。善与恶、美与丑、悲与喜、曲与直,中国人深浸其中,在阅读中形成了中国大众的审美习惯。中国通俗小说所形成的美学形态在众多优秀小说创作中显示出强大的生命力,在代代相传的众多读者阅读中显示出强大的影响力。创作与阅读、传播与接受、作家与读者共同构建了中国通俗小说的美学传统。"话须通俗方传远,语必关风始动人"③,中国小说要能够被中国大众最大化地美学性接受,毫无例外地要依据中国通俗小说美学传统创作,因为这已成为"民族传统"。

中国网络文学的文化视野和美学呈现都有其当代性,然而,无论有什

---

①绿天馆主人(冯梦龙):《古今小说序》,黄霖、韩同文选注:《中国历代小说论著选(上)》,南昌:江西人民出版社,1982年版,第217页。
②詹詹外史(冯梦龙):《情史叙》,黄霖、韩同文选注:《中国历代小说论著选(上)》,南昌:江西人民出版社,1982年版,第229页。
③冯梦龙:《范鳅儿双镜重圆》,《警世通言》卷12,北京:人民文学出版社,2007年版,第154页。

么变化，它们都是在中国通俗小说美学传统中创化与前行。一是在阅读最大化中获取社会效应和经济利益。虽然运作的手段和表现的空间都有别于中国传统的通俗小说，但大众文学的性质不变。二是以中国传统文化作为是非曲直的终极价值判断。中国网络文学受到了很多外来大众文化的影响，例如欧美的魔戒文化、日本的虚拟文化等。这些外来文化拓宽了中国网络文学创作的想象空间，给小说的文化设定和人格表现增添了多种选择的可能。但是中国网络文学有一种底线原则，那就是最终的是非判断一定是中国的传统文化。儒家文化是人格标准，国家意识、道德伦理评判着人物的善恶是非，即使是在那些想象力非凡的架空历史小说中，那些极度的个人欲望追求者都难善终，例如江南等人的"九州系列"、猫腻的《庆余年》等小说。同样，即使是在那些魔戒气息浓厚的灵异空间中，中国的道家文化和佛家文化还是人的生命意识的最高境界，无论是在天蚕土豆的《斗破苍穹》中的斗气，还是在唐家三少的《斗罗大陆》中的斗魂，都是如此。三是类型化的叙事模式。中国网络文学叙事形态有着多方面的呈现，游戏话语、动漫呈现、影视形象等都对中国网络文学的叙事形态产生了深刻影响。然而，无论叙事形态多么多样，中国网络文学一定是类型化表述。早期中国网络文学的类型依据中国现当代纸质通俗文学而设定，例如武侠小说、悬疑小说、都市小说等。随着中国网络文学创作的发展，其类型快速裂变，以致眼花缭乱。[①] 中国网络文学发生在媒介传

[①] 20多年来，中国网络文学以类型化为主要创作形态，在不同领域进行创作实践，目前有60多个大的类型，大致分为玄幻、奇幻、仙侠、架空、穿越、武侠、游戏、竞技、都市、言情、军事、历史、科幻、抗战、惊悚、魔幻、修真、太空、灵异、推理、悬疑、侦探、探险、盗墓、末世、丧尸、异形、机甲、校园、青春、商场、官场、职场、豪门、乡土、纪实、知青、海外、同人、图文、女尊、女强、美男、宫斗、宅斗、权谋、传奇、动漫、影视、真人、重生、异能、女生、童话、明星等，它们还可以进一步细分为近百种小的类型，比如仅玄幻类一项就可分为东方玄幻、转世重生、魔法校园、王朝争霸、异术超能、远古神话、骇客时空、异世大陆、吸血家族等，其内容与形式各具特色。参见马季：《网络文学创作与评价的路径选择》，《网络文学评论》，2019年第6期。

播如此发达、信息交流如此便利的当下,多样的文化观念的接受和多样的美学形态的交融势成必然。令人惊叹的是,中国网络文学的优秀作家们能够将这些多样性纳入中国文学的审美传统中,并能够有逻辑性地使其一体化地呈现出来,这使得中国网络文学进入了中国通俗小说的系列之中。

中国通俗小说的审美传统是中国网络文学的"根"。这不仅仅是中国网络文学的客观存在,更是中国网络文学优势所在。根是一种传承,更是一种底气。1917年以后,被新文学作家严厉批判的中国现代通俗文学之所以打而不倒,凭借的就是其创作中的中国通俗小说的美学传统。当下中国网络文学之所以蓬勃发展,凭借的也是创作中的中国通俗小说美学传统。中国文学的审美传统之所以有如此重要的作用,是因为中国读者熟悉它、认可它,并赋予它巨大的生命力。网络文学之后中国一定会有新的文类出现,如果想获得中国读者最大限度的接受,也一定会赓续中国通俗小说的审美传统。

认知中国网络文学是中国通俗小说审美传统的当代呈现,是为了明确传统是中国网络文学发生、发展的根本,是为了明确只有在中国传统的传承和创化中中国网络文学经典化才有根基,是为了明确传统中的发展思考才是中国网络文学经典化的科学思考。至于中国网络文学发生于国内还是国外,是什么网站还是什么论坛,都是技术层面上的探究,何况这些技术层面上的探究也只是比较文章发表的时间和文章的网络文学性,都是些很难说清的表层现象。纠缠于表层现象,而忽视本质属性,是当下中国网络文学经典化研究的重要缺陷。

二、文学性是中国网络文学的"本"

从媒介角度上说,网络文学就是互联网赛博空间①中的文学信息流。然而,文学又恰恰不能与一般的信息流等同,它还是一种精神创造。网络文学对纸质文学创作产生了巨大的冲击,表现在文本阅读快点的捕捉、文学创作中的交互性、情节故事的虚拟性等。纸质文学创作需要反复琢磨、不断磨合的问题在网络文学创作中显得很方便、更快捷、被放大。然而,无论网络对文学创作产生什么样的作用、有着多大的影响,对文学创作来说,网络只是一个媒介平台,"文学"是本,"网络"是末,不可本末倒置。

中国通俗小说与大众媒体有着密不可分的关系。媒介性是中国通俗小说创作机制的重要特征,跨媒介是中国通俗小说传播机制中的重要手段。中国古代通俗小说作品基本上是根据民间传说和话本小说改编的文人创作,民间的口口相传和书场书肆是小说创作的媒介平台。正因为是来自民间传说和话本小说,中国古代通俗小说就有浓厚的"说话味"和"说书味"。19世纪末之后,报刊是中国发展最为强劲的大众媒体,也迅速成为中国现当代通俗小说的媒介平台,包天笑、周瘦鹃、平江不肖生、还珠楼主、王度庐、金庸等人是中国现当代通俗小说的优秀作家,同时也是中国现当代报刊的优秀编辑。同样,新闻报刊的写作风格直接影响了中国现当代通俗小说的创作美学,说中国现当代通俗小说就是报刊文学并

---

① 赛博空间是美国作家威廉·吉布森(William Gibson)在1984年的小说《神经质罗曼蒂克》里创造的一个词。"赛博空间,这是亿万人共同的幻象,每日每时,世界各国合法的使用者体验共同的幻象……这是从所有计算机库存里抽象出来的全部数据的图像式表征。"……互联网里的赛博空间是"共同的幻象",其意义是:互联网用户能从服务器获取信息,十分神奇;服务器看不见,不知在何处,使用者却能顷刻之间挖掘出其中的内容。参见[加]罗伯特·洛根:《理解新媒体——延伸麦克卢汉》,何道宽译,上海:复旦大学出版社,2012年版,第211页。

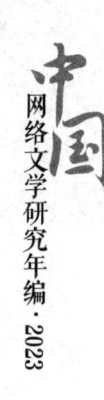

不为过。20世纪末,数字经济、数字文化等智能媒介兴起,网络成为最为强劲的大众媒体,成为当代通俗小说的媒介平台,网络文学免不了具有网络特征。通俗小说追求的是阅读的最大化,对大众媒介的追求自然能产生最大的社会、经济效益,所以说通俗小说的大众媒介化势成必然。然而,无论通俗小说与何种大众媒介融合,大众媒介只是创作传播平台,而不是主体。因为大众媒介产生不了作品,只有创作者依据文学的创作规律创作才能产生作品。

明确了"文学"的主体性,必然会引发对当下中国网络文学创作与批评中的很多现象和问题的思考。

1. 网生文学。无论是将"网生文学"解释为"网络产生的文学"还是"网络发生的文学"都不科学,因为网络既不能产生文学,也不能发生文学。网络的一些媒介特征会形成网络文学的一些美学特征,但形成不了文学的美学体系。所以严格地说,网络文学只能称为"网上的文学",如同中国现当代通俗文学不能称为"报生文学",只能称为"报上的文学"一样。"网生文学"的提法的产生是因为对"文学"主体性的认知不够,其结果是割断了中国网络文学的历史传承,并对网络文学的文学性产生伤害。

2. "爽文"。网络文学之所以被很多学者称为"爽文",是因为很多故事情节能使读者从中获取存在感和成就感,例如很多写手特别喜欢写小人物在职场(或江湖、武林)击败对手和在武林中等级提升。文学创作本无规例,但是深刻的社会思考和人性思考是优秀作品的标准。如果仅仅停留在追求文学舒爽感,则难以产生经典的作品。"爽文"提法的产生应该有三个原因。一是网络文学的草根性。无论是创作还是阅读,很多人都是在网络文学中获取认同感。二是网络信息所具有的现象性、情绪性特征。三是网络游戏叙事模式的移植。"爽文"实际上是阅读网络文学的感觉化。感觉化的阅读是一种浅阅读,文学经典需要从阅读感觉走向人生哲学的深刻思考。从这个要求出发,网络文学就不能仅仅是"爽文",而应是承载着喜怒哀乐、悲欢离合的"文学文"。

3. 对网络文学 IP 的极度追求。IP 是通俗小说重要的传播机制,是通俗小说获取社会、经济利益的重要路径。但是当下的中国网络文学要警惕对 IP 过度追求而伤害文本创作。自大众媒体流行以来,IP 一直是通俗小说的追求,从包天笑、周瘦鹃、平江不肖生,一直到金庸、梁羽生、古龙等人都有大量作品被改编成影视剧、评话、漫画、连环画等。他们的作品之所以能够成为 IP 是因为文学文本经典,具有很高的质量。经过了大众媒体的改编,他们的作品流行更广、影响更大。中国网络文学 IP 的最大的问题是很多改编本与原创本的脱节。很多原创本只起到提供 IP 故事梗概的作用,例如《琅琊榜》,电视改编本和原创本之间有着很大的差距。过度依赖 IP,受到伤害的是网络文学的原创质量和能力。打铁需要自身硬,自身不硬,网络文学就只能是引发其他大众媒体二度创作的故事梗概,看起来轰轰烈烈,却不是网络文学的经典。

4. 网络文学批评中新词满天飞,不断玩弄新概念。黄发有对这样的现象也做过批评:"我们不妨先看看在网络文学研究中不断出现的新词:赛博空间、比特世界、大数据、互联网+、二次元、区块链、人工智能、异托邦、后媒体、后女权、元宇宙、VR、AR、IP、人设、营销学 4R 理论、文创产业的 OSMU 原理、拉斯韦尔的'5W'传播模式、模因传播、SWOT 分析法、Folksonomy、Cite Space、调色盘、互动仪式链……这些术语或方法确实让人耳目一新,但细察之下,不难发现一些研究者自身对这些概念和方法也缺乏深入了解,只是通过移植看似新奇的术语和方法对网络文学进行表象化的现象描述,概念和方法都只是一种外在的马甲,处于一种悬置和空

转的状态。"①他将这样的现象称为中国网络文学批评的"快闪""马甲""玄学"。我赞成他的观点与评判。

值得思考的是,中国网络文学的批评为什么会出现这些问题和现象呢?其根本原因是对网络文学的网络性和文学性的关系缺乏科学认知。网络的媒介性对网络文学的文化构成、美学呈现和语言书写都产生了深刻影响,这样的影响客观存在,无法抹去。但是网络对网络文学来说就是一个媒介平台,网络文学就是凭网络平台而起的"文学","文学"才是根本。没有这样的认知,网络文学的批评就只能停留在媒介层面上。停留在媒介层面上的批评,再怎么论证,说的都是网络文学的媒介性。如果为了强调网络文学的独特性而有意区别于纸质文学,不但与网络文学的实践不符,还将使得中国网络文学经典化所有的探索变成空中楼阁。

三、中华性是中国网络文学海外传播的"魂"

《2021中国网络文学发展研究报告》对网文出海给予了重点关注。报告显示,有20多万名外国作者开始使用自己的母语在中国网络文学海外网站上创作小说,海外原创小说上线近40万部。② 海外用户数量超过1亿。③ 另据2021年《中国网络文学国际传播发展报告》④显示,截至2020年,中国网络文学已向海外传播作品10000余部,其中授权实体书4000余部,翻译上线作品3000余部,网站订阅及阅读App用户达1亿。

---

①黄发有:《网络文学研究的反思与突破》,《中国当代文学研究》,2022年第4期。
②中国社会科学院:《2021中国网络文学发展研究报告》,引自中国社会科学网www.cssn.cn(引用日期:2022年6月30日)。
③中国社会科学院:《2021中国网络文学发展研究报告》,引自中国社会科学网www.cssn.cn(引用日期:2022年6月30日)。
④2021年,在中国作家协会和浙江省人民政府共同主办的"2021中国国际网络文学周"上,中国作家协会发布《中国网络文学国际传播发展报告》。

《2021年中国网络文学出海报告》①也显示,中国网络文学海外市场规模进一步扩大,达到268.1亿。在中国文化"走出去"的过程中,中国网络文学已经成为世界级的文化现象,并且是中国文学海外传播的最热赛道。在这条赛道上的选手,不仅仅有中国人,还有正在增多的不同国籍的选手。这就提示我们:中国网络文学的海外传播绝不能停留在先发优势的位置上,而应提纯取粹进行经典化探索。中国网络文学经典化的研究不仅要具有中国判断,还应有国际视野。

何谓中国网络文学海外传播的经典化?目标很明确,就是要保持中国网络文学海外传播中的话语权和主导权。中国网络文学海外传播如何经典化,我认为应从两个层面加以思考。

首先要认知海外读者对中国网络文学兴趣何在,从而认知中国网络文学海外传播的活力所在,认知中国网络文学海外传播经典化的核心内涵是什么。与中国很多图书海外传播推广项目不一样,中国网络文学的海外传播基本上是商业行为。虽然近年来题材有所扩大,但中国网络文学海外传播的主要题材还是玄幻类小说。海外最有影响的中国网络文学的翻译阅读平台是北美的 WuxiaWorld(武侠世界)。目前该网站首页呈现的作品以仙侠、奇幻和玄幻作品为主。对此,该平台在官方介绍中做了说明:"网站起于翻译金庸和古龙的武侠小说,后转向如《盘龙》《我欲封天》《修罗武神》等现代的仙侠、奇幻和玄幻小说,致力于将中国流行文化和小说的影响力扩展到西方世界。"②网站中并无详细的类型导航,不同的作品通过标签进行分类。首页中出现频率最高的题材标签主要有 Xu-

---

①2021年9月3日,艾瑞咨询发布《2021年中国网络文学出海报告》,https://www.iresearch.com.cn/Detail/report?id=3840&isfree=0。

②介绍来自武侠世界官方网站,https://www.wuxiaworld.com/about。

anhuan（玄幻）、Xianxia（仙侠）、Virtual Reality（虚拟现实）、Fantasy（幻想）、Action（动作）、Modern Setting（现代）、Romance（浪漫）、Reincarnator（重生）等。从这些热门标签及作品来看，WuxiaWorld 最受欢迎的作品是玄幻小说。中国国内网络文学最大的海外推送平台起点国际（Webnovel）的作品分类导航虽然种类繁多，但是最热门的搜索是 Fantasy（幻想）、Romance（浪漫）、Action（动作）、Adventure（冒险）、Reincarnation（重生）、Comedy（喜剧）、R18（成人）、System（系统）、Harem（后宫）、Cultivation（种田）、Magic（魔法）。① 由此可见，国内网站的推送最受欢迎的还是玄幻类作品。为什么玄幻类作品在海外最受欢迎呢？主要原因是中华文化。中国玄幻小说从传统神魔小说发展而来，经还珠楼主（李寿民）将其现代化、黄易将其科幻化，并给予"玄幻"命名，至网络文学蔚为大观。从《西游记》《封神演义》《蜀山剑侠传》《月魔》《寻秦记》到《诛仙》等网络玄幻小说，中国玄幻小说产生了众多经典作品。以中国道家文化为主，兼以儒佛等中国传统文化作为人生价值观，将人生境界、人性境界和人身境界融为一体构造奇幻的故事，将中华宗教、艺术、文学、食品、服饰等点缀其间，中国网络玄幻文学打造的是中华文化之境。解读中华文化、感受中华文化是中国网络文学能够海外传播的主要原因和活力所在。这就提示我们：中国网络文学海外传播的经典化的核心内涵就是科学地传播中华性，使其更有活力，更有竞争力。近年来，中国网络文学创作题材正在扩大，现实题材、科幻题材的作品逐渐增多。但是无论是何种题材，中国网络文学的海外传播的核心内涵都是中华性。中华性是中国网络文学的标识。没有中华性，中国网络文学海外传播将黯然失色。

其次是对中国网络文学海外传播如何表现中华性的思考。如果我们

---

① 分类来自起点国际 Webnovel 海外网站，https://www.webnovel.com/。

仔细考察中国网络文学海外传播的状态就会发现,不同地区对中国网络文学的接受状态并不一样。日本、韩国、东南亚国家更多地接受中国网络文学的故事性,例如《三生三世十里桃花》就在这些地区掀起了一阵一阵的阅读热。虽然该书也有英译本,阅读却没有那么热。英语地区的读者似乎更喜欢有着更多东方文化秘境的小说,例如《择天记》。英语世界的受众之所以被这部小说所吸引,是因为这部小说所设定的进阶境界:洗髓境(凝神、定星、洗髓)、坐照境(初入、中境、上境、巅峰)、通幽境(初入、中境、上境、巅峰)、聚星境(初入、中境、上境、巅峰)等。这些来自中医、围棋的术语,被作者捏合在一起构成武功境界,并上升到人生境界,其中渗透了中国老庄生命哲学的玄妙。不同地区、不同受众的不同接受,与本土文化传统有很大关系。东亚和东南亚地区与中华文化是同一个文化圈,读者对中华文化有着更多的认知感,而英语世界的读者更多是对东方文化的感受,他们将那些玄幻小说当作"东方文化密码"来解读。对于这种现象,金庸在《书剑恩仇录》日译本的《给日本读者序》中就曾说过:"我的小说虽有英文版、法文版,却很难引起西洋人的共鸣。而以朝语、印度尼西亚语、泰语、越南语等东方语言来翻译却能博得好评,这是因为文化背景相似吧。"[1]中国网络文学海外传播如何根据不同地区的读者精准施策,作为成功案例的金庸小说海外传播的经验很值得借鉴。东亚、南亚地区文化圈大致相同,各个国家本土也有武士道文学、义贼小说、剑侠小说等。金庸小说在这些地区之所以能够广为流传、受到读者极大的欢迎,是因为他的小说所展现出的大格局、大传奇,展现出大中华文化。金庸小说所展现的文化纵深和艺术呈现,是那些国家的本土同类小说无法比拟的,

---

[1] 转引自林遥:《韦小宝不就是丰臣秀吉? 武侠小说席卷全球的隐秘故事》,《文化纵横》,2021年8月刊。

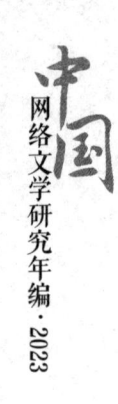

甚至影响了其本土同类小说创作，让它们也有了"金庸味"。在英语世界的金庸小说的翻译中，不仅故事情节做了大量删减，主人公的姓名都做了改动，突出的是中华文化和中国历史，有些具有历史文化内涵的人物名称甚至用注释加以介绍。显然，面对英语世界的读者，金庸小说翻译追求的是东方文化的传播和读者如何接受。① 金庸小说海外传播的经验得失对中国网络文学的海外传播来说，有很多启发之处。

中国网络文学海外传播如何表现中华文化还在于如何书写。为什么网络文学成为当下中国文学海外传播热门文类？除了网络传播快捷流畅之外，另一个重要原因与网络文学的故事构成模块有关。中国网络文学的叙事模式从中国传统通俗小说发展而来，还是类型化的情节套路式，但是与传统通俗小说的因果式的情节套路不一样，中国网络文学采用最多的是"折叠式"叙事模式。所谓"折叠式"叙事模式是指情节模块的组合。② 中国网络文学的故事构成有着很强的世界性，日本的动漫叙事、欧美的奇幻叙事，还有遍及全球的电子游戏叙事等对中国网络文学的情节模块的构成有很大影响，例如近两年在国内外大受欢迎的作品《诡秘之主》（海外译名：Lord of Mysteries），故事情节模块就有着很多西方奇幻文学的叙事模式，有着明显的克苏鲁风格和维多利亚蒸汽朋克风格。在中华文化中读出似曾相识的故事是很多海外读者阅读中国网络文学的感受。这样的感受对中国网络文学海外传播的走向有很强的影响力，很多海外阅读网站跟随读者偏好进行动态调整。如掌阅科技公布的《2021 年

---

①参见林遥：《韦小宝不就是丰臣秀吉？武侠小说席卷全球的隐秘故事》，《文化纵横》，2021 年 8 月刊。

②关于网络文学的"折叠叙事"分析，可参见汤哲声、黄杨：《网络小说折叠叙事的文化传承与海外传播》，《甘肃社会科学》，2021 年第 6 期。

度掌阅数字阅读报告》①显示,掌阅海外阅读平台 iReader 中最受海外用户欢迎的题材为甜宠、狼人、吸血鬼等题材。在 iReader 上,这些主题的作品相应较多。如何在与外国文化与文学情节模块的组合中突出中华文化就成为中国网络文学海外传播经典化的重要创作路径。折叠叙事有利于中国网络文学走向海外,但是如果为了中国网络文学的出海就削弱中华文化,这样的网络文学就是"假洋鬼子"。中国网络文学海外传播中,中华性的主导性、主体性的需求应该有思想观念上的清晰,也需要创作观念上的明确。近期起点国际版翻译作品排行榜(Translations' Power Ranking)榜首的作品《全球废土:避难所无限升级》(*My Post-Apocalyptic Shelter Levels Up Infinitely*)是部值得肯定的作品。小说有"末日流""全球流""避难所""基建流"四大功能模块的组合。"全球流"和"基建流"是大国崛起全球化建设的中华叙事,具有很强的大国风范和当代性。"末日流"和"避难所"则是西方电影叙事模块。在构建人类命运共同体中艺术性地表现中华文化的价值和中国大国形象,是这部小说获得好口碑的主要原因。

结语:中国网络文学经典化需要固本培元

作为数字人文的组成部分,中国网络文学风云际会,极速扩展。中国网络文学经典化就是要让这个文类为中国文学留下点具有历史价值的作品。否则,再怎么铺天盖地、再怎么气势磅礴也是过眼烟云。

经典化的过程是核心价值的评判、留存和发扬。习近平总书记指出:"文艺创作不仅要有当代生活的底蕴,而且要有文化传统的血脉。'求木

---

①掌阅科技:《2021 年度掌阅数字阅读报告》,2022 年 1 月 14 日,https://mp.weixin.qq.com/s/-3EOFRGr7JCB01ev8wjbdg,2022 年 7 月 15 日。

之长者,必固其根本;欲流之远者,必浚其泉源。'"①中国网络文学具有当下性、网络性和多元性,数字人文对网络文学的文化构成、情节组合和语言书写都留下了时代的印记和美学的烙印,这是中国网络文学的个性,谁都不会忽视,谁也不能否定。但是,对中国文学发展史来说,它们都是不同姿态的枝叶,都是不同颜色的花朵。中国网络文学的血脉是传统性、文学性和中华性。没有传统性,中国网络文学就无家可归;没有文学性,中国网络文学就无美可谈;没有中华性,中国网络文学海外传播就没有生命力。无家、无美、无活力的中国网络文学谈何经典?同时,我们也应该认识到,传统性、文学性和中华性是一个整体,传统性是说明中国网络文学的基因,文学性是说明中国网络文学的面相,中华性是说明中国网络文学的发展,它们彼此关联、不可分割,在世界文学场域中呈现出了"这一个"。强调这些看似老生常谈放之四海而皆准的道理,似乎空泛,但对当下中国网络文学经典化研究来说极具针对性和必要性。

原载于《中国文学批评》2023 年第 1 期

---

①习近平:《在文艺工作座谈会上的讲话》,中共中央宣传部:《习近平总书记在文艺工作座谈会上的重要讲话学习读本》,北京:学习出版社,2015 年版,第 28 页。

网络文学的"过渡"属性[1]

张永杰

文学的性质在当下的媒介转换过程中正在发生着改变。马歇尔·麦克卢汉的"媒介即信息"的重要观点,强调了媒介的更迭改变了信息的性质,而在网络成为新的文学媒介之后,网络文学即展现出了诸多与传统印刷纸媒文学不同的性质。但是媒介的转换更迭并非一朝一夕即可实现,其过程中仍将体现出一种历史性的发展状态,正如麦克卢汉所指出,在今天"文字习惯仍然流连于我们的言语和感知之中,仍然流连于我们日常生活的时空安排之中。只要不遇到大的浩劫,文字和视觉的偏向在抗衡电力技术和'统一场'的意识时,可以坚持很长一段时间"[2]。现实亦是如此,网络文学至今并未完全取代传统印刷纸媒文学,网络媒介与传统媒介之间的矛盾发展尚未达到引发质变的历史节点,因此,当下的文学媒介更迭转换带来的文学性质的变化在诸多方面都体现出一种"过渡性"的状态。

网络文学作为一种具有"过渡"属性的文学,在当代文学范式转型过程中起着承上启下的"过渡"作用。在网络文学自身的发展演化过程中,这种"过渡性"具体表现为网络文学正在从传统的"文学"中心范式过渡到"网络"中心范式,这一从"文学"到"网络"的范式过渡转型,凸显出从

---

[1] 本文系 2019 年度国家社会科学基金重大项目"文学理论中国范式研究"(19ZDA266)阶段成果。
[2] [加]埃里克·麦克卢汉,[加]弗兰克·秦格龙编:《麦克卢汉精粹(第二版)》,何道宽译,北京:中国大百科全书出版社,2021 年版,第 160 页。

传统印刷纸媒到网络等新媒介的媒介更迭带来的文学性质的改变,而随着网络文学范式的历史演化与转型升级,网络文学的新的内容与形式也将在媒介更迭的过程中生成。

一、范式转换:从"文学"到"网络"

如何界定"网络文学"的性质是当代网络文学研究中诸多问题与争议的生发点。当下诸多关于网络文学问题的争端,很大程度上都是基于对网络文学的不同角度理解而引发、形成的。就网络文学的当代发展而言,由于网络文学的性质正随着媒介的发展而不断发生着变化,因此对网络文学产生不同理解乃必然现象,这些不同理解也使得对"网络文学"性质的界定成为一个亟待解决的重要问题。

丹尼尔·贝尔在《后工业社会的来临》中提出"后工业时代"的概念,并由此引发出一系列"后"理论的延伸。贝尔认为,"后"作为一种时代属性,具有"过渡性"的特征:"在社会学领域,这种踏步不前、生活在空白间歇期之感,最突出地表现在广泛使用'后'(用前缀来表达'以后的时期')一词来综合性地说明我们正在进入的时代。"[①]而对于当下的网络文学而言,网络文学的发展如今也正处于这种"过渡性"状态当中,处于范式转型的历史节点。具体来看,在网络文学的当代发展中,网络文学正在经历着由传统的以"文学"为中心到未来的以"网络"为中心的范式转换,如果以"后"这一术语来界定这种"过渡性"状态,现阶段两种不同范式的网络文学则可分别称为传统网络文学与"后"网络文学。目前学界对网络文学的争议大多围绕着传统网络文学与"后"网络文学的不同属性特

[①] [美]丹尼尔·贝尔:《后工业社会的来临》,高铦、王宏周、魏章玲译,南昌:江西人民出版社,2018年版,第46页。

征而展开。由于这两种网络文学的侧重点并不相同,二者所形成的网络文学范式也有着较大的区别。

传统网络文学范式立足于传统意义上的"文学"角度,更加注重网络文学的文学性质,以此而形成的以文学性为出发点的网络文学研究,对网络文学的初期发展具有重要意义,网络文学的历史起源与发展历程也成为此范式的重点关注领域。传统网络文学范式以传统纸质媒介的立场审视网络文学,并期待网络文学最终能够走上文学经典化之路。总体来看,传统网络文学范式的特征包括:

1.倾向于当代文学领域,认为网络文学代表着一种新兴文学作品现象;2.研究基于传统文学范式,即"文学+网络媒介"的范式,强调文学在网络媒介中的创作与接受;3.以打造"网络文学经典"为理想目标,甚至在一定程度上体现出对传统印刷纸媒的捍卫与对网络等新媒介的抵制。

传统网络文学范式整体上围绕传统精英文学群体而建立,代表传统的精英文学观念。由于早期网络文学更侧重于科技化与精英化的表达,因此具有以西方高科技为基础的较强的西化理性特征。最早一批网络文学研究者正是来自国内精英文学群体,例如作为第一批对网络文学进行关注研究的学界代表,欧阳友权即经历了网络文学由科技到人文范式的转变过程。早在1996年的《现代高科技的美学精神》中,欧阳友权即指出科技理性对人文思想的重要影响作用:"伴随着第三次技术革命而迅猛发展起来的现代高新科技,在感性现实的功利指向上,迅速改变着人们的生产、生活方式和社会面貌;而在形而上的精神境界中,它又以新的科学理性催生思维的云朵,促使思想'逻各斯'在自然哲学的前沿拓展人类的认知。"[1]在1998年《现代高科技的审美特征》《品味高科技的诗意美》

---

[1] 欧阳友权:《现代高科技的美学精神》,《求索》,1996年第6期。

等文章中,欧阳友权不断强调科技对审美的重要影响:"现代高科技把人类生存的两极境界——科学与诗,现实地统一起来。……现代高科技有三个主要审美特征:以实用功能美作为精神审美的先导,让物质性的功利价值折射出人文精神的洞天;通过调解人与自然的矛盾来调解人与社会、人与人的关系,实现美与真善的相互依存,合规律与合目的的完美统一;以新奇的科学发现和技术发明加速科学与诗的结合,为人类的精神空间拓展诗意想象的审美境界。"[①]"科学技术的迅猛发展不仅极大地改变着我们的生产、生活方式和社会面貌,而且还在精神的层面上为人类提供了新的审美对象。蕴含在现代高科技中的诗意美,便是科技发展给予人类最好的精神馈赠。"[②]可见,欧阳友权早期对网络文学的认识正是以现代高科技为生发点,并进而形成了对文学发展空间的扩展,而早期的现代高科技也以较强的理性色彩决定了网络文学在传统研究中的精英属性。

而在网络文学发展转型的过程中,曾经由西方科技理性主导的传统网络文学在经历中国本土化的过程中也产生了诸多水土不服与发展局限。由于网络媒介的日益普及,网络文学在当代已经演化成为一种大众文学,与传统精英文学之间产生了截然的对立,这也使得传统意义上网络文学的发展面临着瓶颈,难以走上文学经典化之路。对此,欧阳友权指出:"我国网络文学诞生时间不长,但增速惊人,从规模体量和影响力看,已经成为当代文学主流。网络文学尚存在'量大质不优'现象,精品力作占比不高,经典更是难觅。文学经典一般需具备原创性、恒久流传、具有多向的阐释空间和艺术价值的永恒魅力等特征,网络创作要打造文学经典,一要倡导'工匠精神',鼓励网络作家降速、减量、提质;二要有推进网

[①] 欧阳友权:《现代高科技的审美特征》,《湘潭师范学院学报(社会科学版)》,1998年第1期。
[②] 欧阳友权:《品味高科技的诗意美》,《学习月刊》,1998年第2期。

络文学经典化的举措,诸如评价、研究、推优、评奖、改编等;三是打造经典,需要规避媒介歧视、过度商业化、跟风'套路'等误区。"①透过欧阳友权的分析可见,虽然希望网络文学能够产生新的经典是作家与批评家的当代愿景,但网络文学在当代呈现出的大众属性特征似乎已无法逆转,这也使得传统网络文学范式面临着新的挑战。

而强调媒介更迭影响文学性质的"后"网络文学范式则更侧重于网络文学的"网络"层面,主张未来网络媒介科技的发展将成为网络文学发展演化的突破口,网络媒介的发展也将最终改变文学的性质,促进文学新范式的生成。因此,网络媒介、数字技术、人工智能等新媒介技术发展与网络文学之间的互动,成为"后"网络文学研究的关注领域。总体来看,"后"网络文学范式的特征包括:1.倾向于文学理论领域,主张网络文学代表着一种新的文学范式,更加注重文学的未来发展;2.以"网络文学的整体性"为网络文学范式,强调文学与网络的有机融合;3.将网络媒介发展视为一种理想目标,注重网络等新媒介将取代传统印刷纸媒的历史发展趋势。

约斯·德·穆尔认为,"每一种媒介都携带着自己独特的世界观或者形而上学"②,相较于传统网络文学范式,"后"网络文学范式强调网络媒介并不仅仅是传达文学信息的工具,因此更为注重网络媒介对文学性质的改变以及网络与文学之间的整体性与融合互动发展。如单小曦提出的"媒介存在论"的网络文学批评方法:"建构网络文学批评标准需要采用合理的价值预设和历史性、语境化的原则。在新媒介时代可以'倾向'或'根据'文学活动的媒介要素,建构出契合网络文学批评需要的'媒介

---

①欧阳友权:《网络创作能否打造文学经典》,《上海文化》,2021年第8期。
②[荷]约斯·德·穆尔:《赛博空间的奥德赛——走向虚拟本体论与人类学》,麦永雄译,桂林:广西师范大学出版社,2007年版,第86页。

存在论'批评。媒介存在论的网络文学评价标准,由网络生成性尺度、技术性—艺术性—商业性融合尺度、跨媒介及跨艺类尺度、'虚拟世界'开拓尺度、主体网络间性与合作生产尺度、'数字此在'对存在意义领悟尺度等多尺度的系统整体构成。"①这种"媒介存在论"的批评方法即强调在网络文学中,网络与文学并不是单纯机械相加,而是具有"存在"的整体性,因此在网络文学的批评中需要更加注重文学与网络媒介的整体性关系。

但是"后"网络文学范式同样存在着诸多局限。由于"后"网络文学侧重于网络媒介技术的发展革新,因此论及此类意义的网络文学,必须依赖于科技的发展,而这往往容易导致文学受制于技术,成为科技的副产品,使得文学发展的未来失去主动,而这也导致了"后"网络文学因缺少可靠的存在证据而只能成为一种理论推测。如当下的"人工智能""元宇宙"等诸多科技概念目前仍然只停留于设想阶段,导致网络文学的未来发展呈现出更多的不稳定性,也使得当代网络文学发展"踏步不前"与"空白间歇"的特征更加凸显。

就两种网络文学范式的关系来看,两种范式分别与"网络文学"的历史演变与未来发展相关,分别代表历史与未来、传统与创新。前者侧重于传统的"文学"性质,后者侧重于"网络"媒介对文学性质的影响;前者强调网络文学的经典化,后者强调网络文学的新发展;前者捍卫经典文学,后者指向未来文学。二者在网络文学发展中具有整体性关联,互为依存,缺一不可。可以说,二者代表网络文学不同历史发展时期的特征,都是网络文学历史发展中不可缺少的环节。

当下的网络文学正介于此两种范式的转换之间,正处于由"文学"到"网络"的承上启下时期。因此,网络文学在当下体现出从传统到未来的

---

① 单小曦:《网络文学评价标准问题反思及新探》,《文学评论》,2017年第2期。

过渡属性。就传统网络文学而言,至今尚未有划时代意义的经典网络文学出现,现阶段的网络文学也大多按照传统的文学模式运作,当下文学形态仍是以印刷纸媒作为主体的传统文学;就"后"网络文学而言,网络媒介仍未与文学实现有机融合,单纯依靠网络科技作为文学媒介只能视为文学媒介更迭的开端,真正以网络作为文学的主要媒介,实现网络与文学有机融合的网络文学尚未诞生,文学并未真正形成科学革命带动下的范式转换。因此,在网络媒介并未完全取代印刷纸质媒介成为主流媒介的当下,网络文学的发展仍处于等待媒介科技革命带来范式转换的停滞空白期间。而随着未来赛博时代的全面来临,新的时代语境必将孕育出新的文学形态,具有全新精神内容与外在形式的新的网络文学范式必将生成。

二、"新传统"文化:网络文学的新内容

在当下从"文学"到"网络"的范式转换中,二者之间的"过渡性"状态也造成了当下网络文学在发展中的瓶颈状态。这主要是由于传统文学的精神内容已无法满足网络文学的发展需求,传统的文学评价标准也不再普遍适用于网络文学的批评,因此网络文学在当下寻求自身的新的精神内容,以适应媒介更迭带来的冲击与变迁。

网络文学当下寻求的精神内容是经过现代性转化的中国传统文化,即具有"新传统"性质的文化。网络文学最初以高新科学技术为特征进入中国,而在经历了二三十年的发展之后,逐渐与中国语境相融合,网络也从最初的科技领域延伸到人文领域,并逐步实现对中国传统文化精神的转型式继承。这种转型式继承使得"新传统"文化有别于一般意义的传统文化,具有按照历史辩证法逻辑演化升级后的传统文化特征。中国传统文化在当代作为网络文学的精神内容的回归,并非以僵化生硬地照

搬传统的方式回归,而是在进行着经历过西方理性精神洗礼后的"升级式"回归,是对中国传统文化有所取舍的回归,是当代中国文学发展的自觉选择,并将克服传统文化的诸多弊端。

因此,"新传统"文化在网络文学中的形成发展促进了中国传统文化的当代复兴与转型升级。21世纪以来,中国文学一直在实践传统文化的复兴,而网络文学的发展将促进文化复兴的进程。诸多历史经验证明,在当代文学活动中,单纯地继承中国传统文化并不能突破西化精神的束缚,而在网络文学中升级后的"新传统"文化则有望打破西化束缚进而确定自身的文化主体性地位。因为在网络文学中的中国传统文化虽然在内容上与纸媒的传统文化看似相同,但是二者的精神内涵已经发生了质变。在经历网络媒介的科技理性洗礼后,网络上传播的中国传统已经是经历过西方理性洗礼的"新传统",而非单纯原封不动地继承中国文化传统,中国文化传统在此过程中已经发生了精神层面上的"质变",因此能够与当代人的精神形成呼应、对接。

对于中国传统文化的当代继承形成了网络文学范式转换的内部动因,"新传统"文化在网络文学中的形成与发展决定了网络文学的"过渡"属性。在网络文学的发展过程中,由于传统网络文学具有印刷纸媒的特征,侧重于精英群体,具有西方理性化的特征,而面对大众群体,网络文学则需要具有能够被普遍接受的新内容,而这一新内容恰恰具有中国传统文化的诸多特征。虽然中国传统文化经历过历史的断层,但是中国传统文化的内容仍在当代人的精神层面延续,而在新的具有大众性的网络文学中,中国传统文化得到了转型式继承。对此,贺予飞以网络小说中的叙事结构为例,认为网络文学与中国传统文化之间具有一条"隐秘的通道":"古典文学与网络文学之间通过叙事搭建了一条穿越古今的隐秘通道。中国古典小说的叙事思想蕴含了我国传统社会的价值观念、情感结构与心理需求,它们历经时间之流的疏瀹甄淘,在网络文学中发挥重要的模式构型作用。"①这种"隐秘的通道"指的正是中国传统文化在当代的继型式继承。

随着网络文学具有"新传统"特征的精神内容的进一步形成,中国传统文化将在网络文学中得到升级式继承,中国传统文化的当代复兴亦成为历史发展的必然。由于中国传统文化的群体性与言说性等大众文化特征在网络媒介中更具有优势,因此诸多中国传统文化特征在网络文学中得以升级式回归。尤其在经历了二三十年的发展之后,网络媒介技术的进步使得文学的大众属性逐渐形成:曾经的高科技得到了群体化的普及,曾经口语时期的观看视听传统也重现于网络媒介,并且由于"新传统"文化更具科技理性的支撑,中国传统文化在历史演化中实现了质变与升级。而网络文学的大众属性特征也与中国传统文化形成呼应,使得传统文学的精英性被极大弱化,也使得大众能够广泛参与文学的创作,文学逐渐脱离精英化的表达方式,这也为网络文学在中国的广泛兴起与传播奠定了坚实基础。

正如约翰·哈利特所描绘:"大众的自我出版在今天变得并非不可想象了。"②网络文学大众属性的凸显使得网络文学在当代逐渐打破传统文学的精英化格局。尽管早期的网络文学由精英群体引进国内,但是在传播发展过程中,网络文学逐渐被中国传统同化并与中国传统文化特征相融合。网络文学也以其大众性质形成了对早期精英文学的反命题,实现对中国传统文化的转型式继承,并推动文学范式在当代的转型与升级。

---

① 贺予飞:《网络文学对古典小说叙事的转化》,《中国文学批评》,2023年第1期。
② [澳]约翰·哈特利:《数字时代的文化》,李士林、黄晓波译,杭州:浙江大学出版社,2014年版,第20页。

网络文学因此成为当代中国文学范式转型发展的必经之路。网络文学在当代的兴盛不但有科技进步的成因,更有当代人文自觉选择的重要因素。由于网络文学的精神内容源自中国传统文化,所以虽然网络媒介科技源于西方,但网络文学只有在中国取得了迅速与长足的发展。这与中国传统文化对当代中国文化精神的模铸作用密不可分,正如在现代化进程中,中国文化自觉地选择了马克思主义,并形成了具有中国特色的马克思主义理论,而网络文学也将在文学的自觉选择过程中形成具有"新传统"特征的当代文化精神,以更加适应符合中国人的文化习惯。随着网络文学的精神内容在当代的逐步建构成型,中国传统文化也将在网络媒介中得到更广泛的传播和普及,而随着当下网络文学在海外广泛传播并形成世界范围的影响,中国文学首次在新时期走在了世界前沿,同时也期待科技革命对文学新的外在形式的促进形成。

三、科技革命:网络文学新审美形式的生成

在网络文学的"过渡性"进程中,科技革命带来的媒介技术升级将成为网络文学范式转换的关键因素,并将推动网络文学的新的外在形式的生成。随着网络文学媒介技术的更迭,新的媒介技术能够赋予在精神内容层面继承了中国传统文化的网络文学以新的审美形式,使得具有"新传统"性质的网络文学范式在内容与形式层面都得以发展完善,实现历史逻辑演化中的"质变"。

对于媒介更迭的重要性,哈罗德·伊尼斯认为:"一种新媒介的长处,将导致一种新文明的产生。"[1]麦克卢汉的"媒介即信息"理论亦提出,

---

[1] [加]哈罗德·伊尼斯:《传播的偏向》,何道宽译,北京:中国人民大学出版社,2003年版,第28页。

媒介技术的更迭带来的不仅是传播媒介的改变,还是文学性质的改变。媒介的改变不仅关乎文学的传播,还关乎文学自身性质的改变。网络文学的性质正是在此过程中发生了质的变化:网络媒介的科技属性作为网络文学范式转型升级的重要一环,其兴盛依赖于科技的进步,由于对网络媒介的早期选择始于国人对高科技的需求,网络文学在发展过程中也充分吸取了西方科技的理性内涵,因此网络文学先天即带有理性色彩,这也使得其对中国传统文化的精神寻根得以在理性层面发起,并进一步与当代的审美形式契合。

在未来,随着网络文学具有"新传统"性质的精神内容不断完善,网络文学的新的审美形式也将逐渐形成。网络文学的审美形式的生成将基于网络媒介科技的范式革命,在当下日益兴盛的网络媒介技术将成为网络文学审美形式确立形成的推动力。由于网络媒介具有以大众日常审美为主导的审美化的特征,这与中国传统文化的审美属性形成了跨时代与跨层级的对接,因此网络媒介技术将赋予网络文学与自身"新传统"精神内容相对应的外在审美形式。这亦是中国传统文化的审美形式呈螺旋递进式上升演化的结果,将体现中国传统文化的形式在当代的转型与升级。

网络媒介的图像化与日常生活审美化等属性将促进未来网络文学审美形式的形成。当代审美的图像化与日常生活审美化趋势正是当代人对审美形式需求的表征。海德格尔在《世界图像时代的到来》中预言世界被把握为图像:"对于现代之本质具有决定意义的两大进程——亦即世界成为图像和人成为主体——的相互交叉,同时也照亮了初看起来近乎荒谬的现代历史的基本进程。"[1]而自乔布斯革命性地将高清摄像头融入

---

[1] [德]马丁·海德格尔:《林中路》,孙周兴译,上海:上海译文出版社,2014年版,第87页。

苹果手机之后，无处不在的拍摄与分享行为使得常态化读图成为当代人生活的重要组成，当代的媒介科技革命也加速了图像化的进程，并且加速促进了文学艺术的新形式的生成。

在互联网时代，以审美化和感性化为导向的文学艺术产生新标准，更加强调日常生活审美化的重要性，使得具有日常生活审美化特征的中国传统审美形式将在网络媒介中得到继承延续。网络媒介的日常生活审美化特征与中国传统文化的审美性质相契合，人们日用而不觉的中国审美传统将在网络文学中获得重新的延续发展。而随着网络媒介成为日常生活审美化的集中发生地，中国传统文化的道德标准和"中庸"审美价值尺度也将在网络时代得以重新确立生成，并进而实现中国审美传统在未来的转型与复兴。

当下网络媒介对传统文化的赓续正在拉开序幕，诸如微信、微博、抖音、快手等新媒介的出现标志着文学艺术的质变即将来临，这些现象正是文学艺术形式转型的初期表征，亦是中国传统文化形式的当代延续，文学范式外在形式的转型与升级也将在此过程中发生。可以预见的是，未来的网络媒介科技可以使文学形式更加轻便，更易理解，更为迅捷，更符合时代的审美标准，未来的网络文学也将在精神内容承继中国传统的基础上，逐步生成新的审美形式，并推动自身范式的升级发展，实现对传统网络文学范式的超越。正如凯文·凯利在《必然》中预言的十二个未来关键词：形成、知化、流动、屏读、使用、共享、过滤、重混、互动、追踪、提问、开始[1]，这些来自科技领域的关键概念亦预示了未来人文精神的发

---

[1] 凯文·凯利认为"这些有机的动词代表着在未来一段时间内都会呈现在我们文化中的一系列元变化。这些元变化已经在当今世界留下了浓墨重彩的描画。……这些动词并非独自运作。相反，它们是高度叠加的力量，彼此依存，相互促进。很难只论其一，不及其他。"参见［美］凯利：《必然》，周峰、董理、金阳译，北京：电子工业出版社，2016年版。

展趋势,而如凯利在最后强调,这一切变化正刚刚开始,网络文学在当代的转型发展中亦然。

随着网络文学发生质变的历史节点即将来临,一系列网络文学生产的新标准即将生成。对此,单小曦认为:"网络文学的健康发展及其理论建设需要澄清网络文学的美学追求。网络文学的严格学理定位应是'网络生成文学'。网络生成文学即计算机网络启动传播性生成、创作性生成和存在性生成等全面审美生成活动的产物。网络生成造就出的数字虚拟创作模式、复合符号性赛博文本、'融入'性审美体验,构成了网络文学的审美特质亦即美学追求。"①可见,在美学层面,网络文学的美学特征延续了中国传统文化的审美体验特征,而伴随媒介更迭形成的新的审美形式将使中国传统审美传统在当代实现转型升级,进而衍生出新的美学追求。

在未来,诸如VR虚拟技术、人工智能、网络游戏等新媒介科技的发展都将促进新的网络文学形式的生成,媒介科技即将全面进入人文艺术领域并推动网络文学的发展。而由于内容和形式之间具有辩证统一关系,在网络文学的"新传统"精神内容具有了新的审美形式后,中国传统文化亦能够获得更大范围的普及与传播。

四、网络文学新范式:人文艺术与科技发展的互动融合

习近平总书记《在文艺工作座谈会上的讲话》中指出:"互联网技术和新媒体改变了文艺形态……由于文字数字化、书籍图像化、阅读网络化等发展,文艺乃至社会文化面临着重大变革。"②在这样的文艺与社会文

---

① 单小曦:《网络文学的美学追求》,《文学评论》,2014年第5期。
② 习近平:《在文艺工作座谈会上的讲话》,北京:人民出版社,2015年版,第12页。

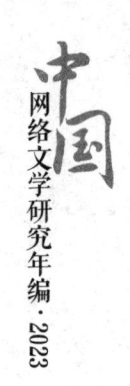

化变革中,由于网络文学的精神内容与外在形式都处于尚未完全发展成熟的过渡阶段,加之网络文学在内容和形式上都与通常意义的传统文化之间存在着"质"的不同,因此这种在内容与形式上的双重"过渡"状态也使得网络文学在当代发展中面临着诸多亟待解决的问题。

就网络文学的大众属性来看,一方面大众属性促进了网络文学的发展兴盛,另一方面大众性也造成了网络文学发展的良莠不齐。对于当代大众心理,古斯塔夫·勒庞认为:"群体在智力上总是低于孤立的个体,然而,从情感以及这些情感引发的行为来看,群体可以比个体表现得更好或者更差。"①"虽然说群体常常放任自己低劣的本性,但他们也不时会成为崇高道德行为的典范。如果说,无私、顺从、全身心地投入某个虚幻或切实的理想,这些品质可以算作美德的话,我们可以说,群体对这些美德的拥有程度,是最智慧的哲学家也无法企及的。"②透过勒庞的分析可见,大众心理由于具有高度感性化的特征,因此引发的庞大群体行为也会产生远高于孤立个体的效应。而大众群体效应正是网络文学在当代兴盛的重要成因,如何引导大众群体性的发展也成为当代文学发展面临的一项重要问题。

而由网络媒介技术发展而引发的人文精神危机,成为网络文学在当代发展中面临的另一难题。如 W. J. T. 米歇尔认为:"媒介总是新的,也总是伴随着技术革新和技术恐惧。"③现代技术对于人文精神的影响在麦克卢汉、尼尔·波兹曼、让·鲍德里亚等人的当代媒介文化理论中也多有

---

① [法]古斯塔夫·勒庞:《乌合之众:大众心理研究》,陈剑译,南京:译林出版社,2016年版,第22页。

② [法]古斯塔夫·勒庞:《乌合之众:大众心理研究》,陈剑译,南京:译林出版社,2016年版,第38—39页。

③ [美]W. J. T. 米歇尔:《图像何求?——形象的生命与爱》,陈永国、高焓译,北京:北京大学出版社,2018年版,第230—231页。

论及。① 如鲍德里亚指出现代媒介的技术问题："其中有一种类似技术惰性的规律，使得人们越是接近真实资料、'直播'，越是用色彩、突出等手段来追踪真实，真实世界的缺席随着技术的日臻完善就会越陷越深。"② 除揭示真实世界在技术中的缺失，在《完美的罪行》中，鲍德里亚还描述了西方现代技术性带来的讽刺效果："我们面对两种互斥的假设：一种是以技术和虚拟消除所有对世界的幻觉；另一种是所有科学和所有知识都有一种嘲讽人的定数，以这种方式，世界和对世界的幻觉可能永久延续下去。"③在此，鲍德里亚以"完美的罪行"来比喻现代技术带来的虚幻性，这也正如当下网络文学发展面临的技术与人文之间的纠葛：是文学运用网络媒介技术还是文学沦为网络媒介技术的附庸，成为网络文学未来发展面临的纠结所在。

面对大众属性与技术属性带来的发展难题，网络媒介科技与人文艺术的互动融合发展能够为网络文学的发展提供新的思路。正如针对后现代文化中的理性缺失，于尔根·哈贝马斯提出"交往合理化"理论④，试图通过建立现代理性精神来阻止后现代非理性化趋势的蔓延，而网络文学在当代发展中亦亟须理性精神与反思精神的注入以应对新的难题。在当代网络文学的范式转换阶段，虽然理性精神得到了初步的普及，但大众群

---

①[加]马歇尔·麦克卢汉在《理解媒介》中强调媒介技术对信息的重要影响；[美]尼尔·波斯曼在《技术垄断：文化向技术投降？》中认为唯科学主义和技术垄断主义将导致当代西方文化的溃败；[法]鲍德里亚揭示了西方当代技术的虚幻本质，呼吁人们保持对技术的警觉。

②[法]鲍德里亚：《消费社会》，刘成富、全志刚译，南京：南京大学出版社，2014年版，第113页。

③[法]让·博德里亚尔：《完美的罪行》，王为民译，北京：商务印书馆，2014年版，第73页。

④[德]哈贝马斯，其"交往合理化"理论主张扬弃西方人文思潮和科学思潮的片面性，以一种全面系统的"交往理性"完善理性精神，实现其构架的人文与科学合流的"新理性"愿景。

体的道德自觉性与审美标准都尚未确立形成,因此,如何树立正确的价值导向,避免低俗泛滥与唯利是图,进而形成网络文学的道德尺度与审美标准,都需要理性精神和反思精神的纠正与介入。

因此,网络文学在范式转型的"过渡"进程中,要兼顾继承中国传统文化的精神内容与通过网络媒介科技获得升级的审美形式的互动融合,并在此过程中确保理性精神与反思精神的持续注入,最终促进新的网络文学范式的形成。

一方面,传统的文化精英群体需要参与介入网络文学的发展,为以感性为导向的大众群体提供理性与反思精神,使网络文学的"新传统"文化精神内容更具有历史延续性与改革创新性,即同时秉承对传统文化的寻根意识与时代创新意识,以厘清网络文学在文学历史发展进程中的位置与作用,为网络文学的当代健康发展提供历史基础与根据,网络文学才能实现对当下瓶颈状态的突破,形成更符合时代特征的新范式。而在网络文学"新传统"文化的形成过程中,充分的理性精神与反思精神的价值引导,亦能避免网络媒介带来的"乌合之众"的群体盲从性。如近年来备受关注的西方网络影视剧巨头 Netflix(网飞),正是依靠网络媒介平台实现了对传统媒介的超越,推出了一系列足以载入经典的影视作品,其成功亦得益于传统的精英影视导演和编剧们的加入,才得以实现创作精英带来的理性与反思精神的不断注入。

另一方面,网络媒介科技的发展将不断助推文学范式的转型与升级,文学与科技将在发展中进一步紧密融合,科技的普及将极大地推动新的文学审美形式形成,以期更加契合中国传统文化的精神内容,并形成对传统文学范式的突破。正如托马斯·库恩的范式理论所强调,科学技术的革命带来人们世界观的改变:"范式一改变,这世界本身也随之改变了。

科学家由一个新范式指引,去采用新工具,注意新领域。甚至更为重要的是,在革命过程中科学家用熟悉的工具去注意以前注意过的地方时,他们会看到新的不同的东西。"①人文思想的跃升依赖于科技的进步,科学革命与人文思想进步之间向来密不可分。新的网络媒介科技亦将赋予文学新的形式与时代特征,将实现"日常生活审美化"的中国传统审美理想,并实现形式与内容共同升级的文学范式。在当代,网络文学已经逐渐呈现出"新传统"精神内容对外在审美形式的塑造推动,而在未来,诸如数字媒介等新媒介技术将为网络文学范式的转型提供了重要契机,也将为中国传统文化的回归与升级提供新的外在审美形式。

因此,网络媒介科技的发展将加速促进中国文学新范式的生成,在未来网络媒介普及的时代,文学将迎来新的范式转型。网络文学虽然最初以高科技为特征进入文学领域,但随着科技与人文精神之间的互动融合发展,网络文学也将逐渐跃出技术的藩篱而与人文精神进一步融合。对此,欧阳友权认为:"以计算机网络为代表的数字媒介,用不可抗拒的技术力量引发了当代中国文学的转型,又约束和限定了这一转型的内涵,为汉语文学的历史演变扮演了'消解'和'启蒙'的双重角色。新媒介使文学的审美构成、表意体制和时空观念产生了根本性变化,也对文学传统的赓续造成伤害甚至异化。前者表现为用平民化的叙事促进文学向'新民间写作'转型,用技术方式赢得更大的艺术自由度,以'词思维'和'自娱娱人'的新理念拉动文学深层观念的调整,为文学体制更新探索了新路;后者则表现为技术对文学性的消解,作家主体责任担承的弱化,技术复制导致对文学经典信仰的消退。21世纪的中国文学仍需秉持人文性的精

---

① [美]托马斯·库恩:《科学革命的结构》,金吾伦、胡新和译,北京:北京大学出版社,2012年版,第94页。

神原点,自觉履行文学的价值承诺,通过调控引导和主体自律改善文学生态,使数字媒介对传统的挑战变成文学新生的契机,让新媒介成为新世纪中国文学发展的强大动力和有效资源。"①通过欧阳友权的分析可见,只有实现人文精神对网络技术的价值引导,实现人文精神与数字媒介的互相支持,才能保证未来文学的健康发展。因此,在网络文学的发展中亦需要建立和强化人文评价尺度,才能更好地契合时代需求的新的网络文学批评标准。

如尼葛洛庞帝所预言:"互联网将成为全世界艺术家展示作品的全球最大的美术馆,同时也是直接把艺术作品传播给人们的最佳工具。"②在未来,随着以新的网络媒介为形式的网络文学形成,科技发展与人文精神也将达到完美融合的状态。人文精神融入科技的发展,科技范式的革命促进文学范式的革命,这种科技与人文的相互作用将推动网络文学的质变,并推动文学范式的转型与升级。网络文学将在当代的"过渡性"进程中完成对中国传统文化的秉承,并迎来媒介更迭带来的全新升级。随着未来新的网络文学范式的产生,新的矛盾对立又将生成,推动文学范式的不断演化与升级。

原载于《当代作家评论》2023 年第 6 期

---

①欧阳友权:《数字媒介与中国文学的转型》,《中国社会科学》,2007 年第 1 期。
②[美]尼古拉·尼葛洛庞帝:《数字化生存》,胡泳、范海燕译,海口:海南出版社,2001 年版,第 262 页。

网络文学：互动性、想象力与新媒介中国经验

许苗苗

新媒体发展加速全球交融，互联网引发了我国文化的变局：一方面，以往自成一体的通俗文化、青年文化与媒介文化的联系更紧密；另一方面，网络共同体也成为当代中国向世界发声的便利渠道。在开放、交融与碰撞中，如何利用有民族特色的媒介话语，在国际舞台上展开当代性国家叙事，是新媒介环境带来的文化新命题。

网络文学作为当前最热门的大众文化现象之一，具备非凡的活力和无限的创造空间。如果说文学负载着一个民族最深厚的族群经验和文化记忆，那么作为文学传统与新媒介之子的网络文学，则不仅传承了本民族文学的全部丰富性，还拥有新媒介环境带来的新内容：它是社会生活的即时反映，更是青年创造力的表达，揭示出当下青年文化向以虚拟技术和好奇心引领的未来模式转变的趋势。其中，无论是纯粹的架空世界，还是具象的日常现实，网络文学都在讲述全球视野下的中国故事。

本文围绕中国网络文学的互动性、想象力和对社会现实的即时回应三个突出特点展开。网络文学的特质即在于它不仅呈现为文本，还体现了文本外的活动。文章首先着眼于网络文学活动整体，分析其如何在互动中得到阅读、传播和改编，显示出"间性"在当代多元开放文化体系中的重要意义。网络让主体间性、文本间性、媒体间性得到了充分彰显，原来的间性隐而不见，现在变成可视化的；原来的间性是延迟的，现在则即时反馈，对网络文学的理解需要从实体走向间性。接下来回到文本中，探

讨网络文学在中国传统文化、世界文化和信息时代新技术的影响下，在表现形式（即想象力的呈现方式）与内容逻辑（社会现实的积淀与触发）两个方面的新变。在媒介文化从生产者主导向产消合一的演变过程中，网络文学这一大众参与、反应灵活的现象，以其中国性、当下性构造了独特的中国经验。

一、以互动为中心的新文学

互动性是网络文学独立于传统书面文学的最主要特征，支撑这种互动的，是网络的多媒体界面和共时交流的次生口语环境。互动不仅模糊文学主体身份、重置文学活动次序，还促进差异化的文艺符码交融，从而刷新文学观念，将传统静止、固化的作品转变为动态的交互活动，建构了不同于书面文学的活态的文学观。

互联网出现之前的书面文学受制于媒介，无法容纳互动。因事即景的民间歌谣被采诗官辑录后，便成"经典"。文学研究的训诂考据将确定字句转化为象征性权威，而誊写编辑的训练、背诵默写的教育等，则以固定的文本作为评价考核的标准。然而，中国古诗里常见的赠答，欧洲17世纪、18世纪的文学沙龙，接受美学、读者反应批评的兴起，都显示出互动是文学的内在需求。遗憾的是，书于竹帛的表现方式，却注定了人们所见的文学作品无法与互动兼容。

信息技术的革命让文本活动了起来。数码文学可追溯到20世纪五六十年代，人们借助编程法则与电脑的对话[1]；90年代网络的崛起则将单机与受众响应结合，催生了多媒体文学、超链接文学和开放性叙事里"故事的变身"；21世纪前夕，中国台湾出现"数位诗"潮流——拼贴游戏、多

---

[1] 参见黄鸣奋：《西方数码文学研究的若干问题》，《学习与探索》，2012年第12期。

向小说等,可视作数码文学的汉语分支。① 这些作品在屏幕上闪烁跳跃,有些甚至需要读者点击开关进行交互,实现了动作上的直观互动。然而,在这个过程中,作品始终横亘在作者和读者中间,作者设计作品,读者点击文本,严格限制阅读顺序和逻辑,读者成为作者手指的延伸,无法实现真正的互动。

当前网络文学的互动性迥然不同。它是人与人之间的互动,是作者与读者、运营者与管理者、盗猎者与改编者的互动。人际互动影响网络文学的表现形式、风格语体、阅读感受,也决定其传播范围和生命周期。良好的人际互动使网络文学从个体独立的精神产品走向群体思想和情感的交互。它也是不同媒介界面、不同艺术符码的互动。技术赋予网络语言以多元表意系统和跨界语法规则,使文学突破以往的语言文字边界,获得诉诸综合感知的表达效果。文学呈现群体性、社区性特点,突出了文本之外人的活动,也在文本之内呈现联想丰富、意蕴无穷的面貌。

(一) 次生口语与网络文学的人际互动

媒介的作用在于沟通,互联网增强并变革了沟通的形式,开启众声喧哗的新媒介时代。新媒介时代文学的变革之一,就是网络将隐秘的构思转变为持续的交流,作品的创作呈现为动态的过程。由此,写作从封闭的个人生命体验转化为公众视野中的人际互动。

从发展历程上看,我国网络文学经历了论坛发帖、网站连载以及"流量文"三种主要形式。它们虽兴起有先后,但人际互动在其中均不可或缺。

最初一批网络文学在论坛产生。如今知名的出版人、作家、编剧如李

---

① 参见须文蔚:《信息科技冲击下的台湾文学环境——数位文学的破与立》,《文艺报》,2013年1月25日,第4版。

寻欢、安妮宝贝、邢育森等最初都是论坛网友,他们不仅在ID的掩护下调侃编派,还主动扮演角色接续故事,将虚幻的网络演绎成生动的江湖。半私人论坛则体现出人际互动的另一面:作家陈村的"小众菜园"只允许受邀者注册发言,普通公众只能围观这一知识群体的文学交往实践。

论坛里人与人之间的问答与对话,不仅带来接龙、打擂和文本共创等游戏式创作的繁荣,还使网络文学成为超空间、跨平台的对象。《临高启明》源于2008年"上班族论坛"中一则"穿越到明朝末年,你的专业能干什么"的帖子。作品想象500人返回古代开展工业化建设,内容虽是穿越却并非空想,而是试图以严密的考据和周全的思路呈现历史的另一种可能。作品由主笔作者和无数龙套作者共同创作,它发端于论坛,移植到网站,如今还产生"微信公众号"和"视频号"等分支,只有网络的人际互动才能酝酿出这样的巨型文本。

进入专业化运营的网站时代,人际互动的作用同样明显。网站主要提供超长篇通俗小说,动辄连载数年的热门作品背后,少不了读者付费订阅、打赏催更的支撑,而累积的点击量和口碑也可为出版、改编增加筹码。来自读者个人的点击、付费和评价,撑起了整个网络文学产业。文学网站最看重的"人气"就是人际互动的体现,人气越高,作品价值也就越高,高人气促使作者投入更多精力,甚至组织团队协作创意;研究者也以高人气作品为对象,发掘其人文内涵和社会价值。文学网站通过一系列措施增强作者与读者的互动:阅读行为与用户等级挂钩,大量浏览和回复为读者赢得象征性荣誉;投票和打榜等竞赛制度则把原本个人化的阅读品位变成不同群体之间的较量。同时,网站还鼓励作者与读者交朋友,将话题扩展到作品之外的生活领域。在作者专属的粉丝团体中,参与者不仅打赏赠礼,还自发对作品进行宣传甚至反盗版维权,充分的互动将以文本为中介的读写关系转化为以情感为中介的人际关系。

这些新型人际关系本质上仍以消费为基础,而近年来网站开发的新功能"间贴"和"本章说"等,则切实反映出人际互动对文学创作过程乃至文本结构的改造。作者不再是故事的提供者,读者也并非被动地享受内容,在贡献金钱与情感的同时,读者也开始参与创作。"间贴""本章说"将点评从讨论区移到文本内部,从形式上看,开启"本章说"功能的作品中,读者评议与作品原文平起平坐。《名侦探修炼手册》即一部利用"本章说"生产内容的小说,作者抛出一个案件,借书评提供破案线索、读者投票选择,然后让主角在捡到的金手指书上查看之前的"本章说"来破案。读者每次阅读时,都能看到作者文本和大众点评两重空间,"本章说"直接转化为小说内容。对这种取巧的做法,连网友都忍不住调侃,模仿主角的口吻说:"加油啊,多给我些书评抄啊……"小说看似依赖读者头脑风暴,但高明之处在于对读者创作欲的激发,促使人际互动在写作中真正发挥作用。

人际互动在晚近出现的"流量文"中同样重要。流量文让读者通过看广告免费阅读,何种广告与哪类作品捆绑由智能终端收集的用户信息来决定;而广告效果也依赖于读者在该页面停留的时长、链接跳转等反馈。更重要的是,它们将文本的阅读对象从无差别的陌生网民延伸到个人现实生活的朋友圈,社交媒体通讯录生成的"朋友在看"清单,会吸引担心落伍的人们一一点开。

网上人际互动通过次生口语文化环境实现。所谓"次生口语文化"是美国学者沃尔特·翁对广播、电视媒介兴起后的口头文化的指称,与之

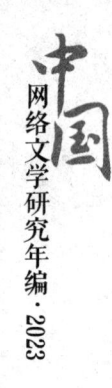

相对的是"原生口语文化"①。翁的观点受到加拿大学者麦克卢汉有关人类"重新部落化"预言的启发②，后者认为在电子媒介的促进下，以往由机械技术主导的远距离人类交流，有望回归类似小群体的口耳相传和即时应答状态。荷兰学者穆尔考察网络介入日常生活的途径，指明作为"书写和口头交流混合体"的网络语言体现出"次生口语"特性③，确认了网络社会与次生口语文化的关系。相关讨论无不围绕媒介对人类思想交流和表达的影响：一方面，口语是人际交流最基本且有效的途径；另一方面，广播、电视媒介仍是单向的传播，只有当媒介有能力还原个体表达的差异性，促成广泛的人际互动，真正意义上的次生口语文化环境才能形成。网络次生口语文化在人际互动中生成，网络文学即其产物之一。近年来，我国学者开始关注次生口语对网络文学的影响，认为次生口语的参与性使网络文学呈现出"活态文化的回归"④。本文援引次生口语文化意在结合中国网络语境，探究充分的人际互动如何释放人们的表达欲并生成新文本，从主体扩张、文体文风、文学观念等方面赋予网络文学能量。

从围绕文本的交流互动到打赏催更的情绪体验，再到对角色乃至作者本人的情感认同，网络文学发展历史上，人际交流越充分，对创作的影响就越强烈。次生口语文化要求评价网络文学不仅要看作品本身，还要看它发起和调动人际互动的能力。作为网络大众人际互动中的"生产者

---

① [美]沃尔特·翁：《口语文化与书面文化：词语的技术化》，何道宽译，北京：北京大学出版社，2008年版，"作者自序"，第1—2页。
② [加]马歇尔·麦克卢汉：《理解媒介：论人的延伸》，何道宽译，南京：译林出版社，2011年，第38页。
③ [荷]约斯·德·穆尔：《赛博空间的奥德赛——走向虚拟本体论与人类学》，麦永雄译，桂林：广西师范大学出版社，2007年版，第227页。
④ 黎杨全：《走向活文学观：中国网络文学与次生口语文化》，《探索与争鸣》，2021年第10期。

式文本"①,网络文学已然超出费斯克对大众文化的解读范畴,为理解数字时代的文化生产提供了新尺度。

(二)界面互动与跨媒介叙事实践

互联网以"多媒体"闻名,它不仅囊括以往印刷、广播和电视等符码体系,还以链接、联想和跨媒介叙事打破文学艺术的类型分野,构成媒介界面之间的广泛互动。界面互动内化在网络文学中,深刻地改变了文学的符号体系。在网络文学中,文字不再局限于表意,而成为表形或表声的多媒介"屏面语"。口语作为网民最熟悉的"文学语言",也带来"口水文"的繁荣。融合漫画构思的"二次元小说"和以叙事贯穿视听碎片的"视频混剪"同样是界面互动的产物。界面互动指向跨媒介叙事,网络文学以叙事整合语料素材,重新生产文本。

网络文学中通用的语言并非言简意赅、向深处挖掘的"书面语",而是所见即所得、听音辨义的"屏面语"。网上评价某个作者写得好,会说他的文字有"既视感",类似"状难写之景,如在目前",但与之相关的"含不尽之意,见于言外"却不受推崇,这说明网民更注重在直观层面达成一致,不追求深层理解的统一。因此,在一些网络作品中,文字符号的表形功能大于表意。《第一次的亲密接触》因运用":)"之类的图标,使辅助性标点变成独立的图语,才能让"网络文学"在大众心目中获得具体的形象。在表形之外,网络文学也用文字来注音。《乔乔相亲记》里充斥着"米孔""刚度"之类令人费解的词,但了解上海方言的读者明白它们对应的是"面孔"和"戆大"的读音。这篇小说起初发表在博客,出版图书后只能用页边的"科普栏"弥补"只给听懂的人看"的遗憾,失去了原作的活泼

---

① [美]约翰·费斯克:《理解大众文化》,王晓珏、宋伟杰译,北京:中央编译出版社,2006年版,第127—129页。

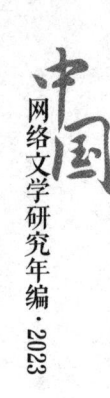

风味。

界面互动不仅影响文字运用,还促进语体变革,"口水文"即网络创作中直接记录口头表述的结果。我们从天蚕土豆《斗破苍穹》"倔着骨、咬着牙、忍着辱"、辰东《完美世界》"仙之巅、傲世间、有我安澜便有天"等网文"金句"中,不难看到说唱歌手口中"弃江山、忘天下、斩断情丝无牵挂"的影子——它们都以有节奏的口语表达情绪。之所以流行,是因为其把握住广大"社会人"的语言特点———一种与深奥文雅的书面文学截然不同的、契合说唱节奏的口头韵律。这种语言进入故事,既带有口头文学的特点,又保有文字自身的特性。作为界面互动的产物,口水文的语言像口头文学一样生动,却不会因文人提炼而失去活力。

口水文的确粗疏简陋,然而,这种写作为网络互动提供了大纲,为界面互动留出空间。故事的单线结构适合碎片化阅读,提前设定的晋级标准则相当于以等级为长篇分段,让习惯跳跃略读的读者迅速定位。重复啰唆的语言降低听觉难度,其"口水语体"的陈规套路,对用软件"读屏"的听众来说非常友善。网络文学里有大量这种类似口头表达的未完成品,它们在草稿、提纲和思维导图之间游移,也总与其他文艺形式关联。这或许可以解释"口水文"层出不穷的原因。在寻常口语的背后,是语音输入、词库联想和民间歌手源源不断供给的新语料,不够精致的语言为广大网友自行"脑补"留下了空间。

在网上阅读文学作品或者追更视频时,界面互动最频繁。这种界面互动不仅指文学语言营造的"既视感",还包括作家构思过程中对其他艺术形式的参考。"二次元网文"因与漫画相似得名,其文字追求与画面互文,将复杂的道理具象化,适合低龄群体阅读。在小说《不二掌门》中,自称掌握"墨家机关"的女主角软绵绵并没有解释什么是"墨家",却以"青花瓷改良汉服,头上的木雕蔷薇花仿佛带有机关似的发出机械的咔咔声"等有画面感的元素,引发青少年的好奇心。在《童年的消逝》中,尼尔·波兹曼指出,电子信息环境中一览无余的媒介通过消解识字构筑的文化边界,将以往的"成人话题"带入儿童的视野①,而二次元网文则反其道而行,通过文字与画面的互文,把画面内化于文字,让青少年主动探索形象背后的文化意涵。

网络文学以强大的概括力和指示性引发互动,引领叙事突破界面的限制。在它出现之前,文学由作者和编辑赋予精密的语言要素,而在电脑多媒体和网络互动视野中,我们看到文学不只基于口语或文字,还可以贯穿多种符号体系。人们企图寻找一种再现全方位感知模态的叙事方式,无奈文字、声音和画面都无法突破界面交融,网络文学从语言起步,具备将影视、游戏等内化于故事的能力,为不同文艺形式真正突破界面,形成基于互动的叙事提供契机。我们常说新媒介的兴起可能导致文学终结,但实际上跨界面的互动也扩展了叙事原有的领地。

叙事的突破离不开媒体技术对文学审美感知与体验的融合。基特勒注意到,留声机、摄像机虽然让音乐和戏剧摆脱"转瞬即逝"的命运,但听唱片和看影视仍受时间限制;与之不同,文学构思和阅读节奏却由人自己掌控。电脑技术打破收听、观看和阅读的界限,破坏了不同艺术门类不可侵犯的神圣领域。"在高科技条件下,艺术女神帕拉斯就是一位秘书"②,只能在被语音识别、暂停放大等技术手段分解的碎片之间,苦苦追寻感官经验的重新整合途径。而新媒体时代的写作似乎能为她提供出路,作为

---

①参见[美]尼尔·波兹曼:《童年的消逝》,吴燕莛译,桂林:广西师范大学出版社,2011年版,第116—168页。
②[德]弗里德里希·基特勒:《留声机 电影 打字机》,邢春丽译,上海:复旦大学出版社,2017年版,第264页。

"大脑心理学和通信技术之间的短路连接"①,界面互动带来多重复合性的审美体验。我们对网络文学的理解不能只停留在纯粹的文字符号层面,在文本深层,是界面互动生成的多媒介审美体验。

(三)走向以互动为中心的文学观

网生互动促进文学主体、文学活动和观念的变革。与之相关,网络文学体现出以互动为中心的文学观。

网络文学不局限于单一作品,而成为综合的思想域,成为可视化的活动。当人们谈论网络文学时,谈论的并非字句或文本,而是人物、情节模式、相关话题、改编和衍生作品。灵活的人际互动触发源源不断的思路接续,形象和内容通过界面互动在想象中充盈。这种以话题串联文化创作与接受的模式,将以往本质化、个人化的文学创作扩展为网络上的文学活动,从独立作品变成相互讨论、交互中的启发和促进;推进文学主体从专业作者延展到整个参与群体,调动并记录了所有人的创作欲望。

与印刷媒体中的批评晚于创作不同,网络文学的发布和批评同步,是一种"现场写作",网民以不同方式参与文学生产,阅读和评论反向催生新作品。作者发布和读者回复处于同一界面,读者的回复敦促作者及时调整笔墨,将模糊的念头表述得更清晰,写作成为在阅读与评价中生成的事件。

网络写作看似不够成熟,其评价和修改痕迹历历在目,但这未完成态反映出构思与创作的活动本质。一个人的灵感往往是突然之间的情感激荡,如何得其精髓、是否选择恰当、能否引发共鸣都非常微妙,而这一过程被印刷媒体统一完善的"作品"埋没。与此相比,我国古代诗话中对诗人

---

① [德]弗里德里希·基特勒:《留声机 电影 打字机》,邢春丽译,上海:复旦大学出版社,2017年版,第251页。

谱系、词句源流的梳理也许更贴合创作研究本身。贾岛和韩愈的切磋"推敲",说明好的构思离不开交流;"春风又绿江南岸"中"绿"的点睛之笔,则凝结着作者的反复锤炼与权衡。文稿无法呈现变动,但诗话着力保存着思维的痕迹,可惜,能进入《刘公嘉话录》《容斋续笔》的只是一小部分。

网络文学中,不仅"作品"由固态走向动态,作者与读者的界限也日趋消亡,形成了读写群体的主体间性。以往处于文学活动后端的接受和反馈移到前侧,先写后读再评的历时顺序转为边写边评的共时创作。读写界限的混淆打破了对作者身份和水平的要求,写作成为网络大众"不过瘾就自己来"的行动,可称他们为"读—作者"。"读—作者"在屏幕上边处理信息边生产内容,大量跟风产出相似又不同的文本,汇聚成潮流化的类型文。中国网络文学这种先扩大数量形成潮流,再自行汰选提高质量的路径,就是媒介的文化结果。而文学作品自身激发创造和想象的能力,得到算法系统的助力,进一步满足多数人的兴趣。共创模式的网络写作使文学进入数据化阶段。① 在海量创作的基础上再寻求进化提高,通过即时数据交互让网络文学内部自行显现评价标准,这是中国网络文学独特的发展轨迹。

只有在新媒体产业发达、用户基数足够的中国互联网上,这种在文学创作内部自我提升的方式才能运转。一方面,我国通俗读物长期匮乏,纸媒时代未出现类似西方"阅读浪漫小说"的读友群,类型小说爱好者在网络上才有机会结成团体;另一方面,网络已成为我国通俗文学创作的主场所。网络创作互相激发,其群起突进的潮涌模式,符合人类大脑的思维模态。工业文明强调理性整一,写作出版、阅读评议的线性流程将文学割裂

---

① 参见许苗苗:《"网文"诞生:数据的权力与突围》,《探索与争鸣》,2021年第10期。

为泾渭分明的要素，并推进其内部自律的专业限制。网络创作则将重点从结果和对象转移到创造过程，它从构思阶段就暴露在公共视野中，与潜在受众互动，也与媒介转型的开发者互动。

在网络文学中，文学的主体间性空前扩张，创作过程以及阅读次序调换夹缠，这种扩张和调换改变了人们对文学的认识，带来一种不同于以往特别是印刷媒体时代的文学观。印刷媒体时代的文学是固化的，只有近乎完美的定稿和勘校严密的书籍才能与好文学相匹配。这种固化并非文学自身的属性，而是来自媒介的限制。口头文学创作则离不开与受众的互动，艺人根据听众的态度调节语速、增删内容。只是当口头文学被文字记载后，才不得已以固定的媒介形式换取广泛的传播，割舍了最初激发创作的互动。网络既弥补了口传媒介的距离局限，又具备超越印刷品的互动性，其动态交流的次生口语环境使网络文学成为拥有多维互动能力的新文学。

当然，这种对文学的认识也并非一蹴而就。在网络文学发展初期，人们将线下出书作为网络文学的终极形态，虽然有些书增加"BBS 留言精选"，但脱离互动的"精选"书也就失掉了网络语境的鲜活。网络文学虽以文字写就，却不同于书面文学，网民的讨论修改是它的一部分。通过筛选书面语的超长句子、华丽辞藻，以及口头表达的停顿、省略和即时应对，网络创作介乎于写文章与说故事之间。这种来回切换与汰旧纳新的互动，让即时即兴的网络创作在不断更新中得到提升。只有伴随对媒介属性认识的深化，我们才能发现媒体和互动对文学的独特价值。

在打通精英话语与大众言说、严肃主题与通俗手法、文学自律和他律之后，网络文学展现了互动的力量。人际互动符合文学构思的本质，在网络时代体现出与文学传统的关联，它经由次生口语文化的多重推进，消除作者与受众的区隔,引导文学活动脱离印刷媒介。界面互动与数字媒介兴起有关,是网络文学的新之所在,它关系到文艺符码的跨界运用、新语体及文学语言的扩充,并引发叙事变革。以往的书面文学和数码文本严格区分文学主客体,并致力于艺术语言边界的清晰,而中国网络文学从诞生起即突出新媒体赋予大众的权力,强调人际互动与界面互动的创新,这构成独特的中国经验。

二、想象力的多重延展

丰沛的想象力是中国网络文学的又一大特色,中华历史、异域文化及媒介经验构成其三个源头。这种想象纵贯古今、囊括中外,同时也极富个人色彩。传统与现代、西方与本土、印刷文化与数字文化的种种冲突,生成了网络文学丰富的想象力。

(一) 历史语汇中的幻想东方

网络文学渗透了来自中国历史的想象。历史足够厚重包容,又充满待解的谜题,网络写作对古典名著、道家词汇和武侠小说等文本再创造,从史料记载和文物传说中寻找依据,结合新媒体受众的需求,创造出幻想中的古老东方。

一方面,网络文学大量借鉴古典文本,从中寻求想象的突破。《山海经密码》《白蛇疾闻录》直接改写传说故事,以名著为模板的"同人文"则以网络文学特有的方式向经典致敬。伟大作家总在与前辈竞赛,比如张爱玲、王安忆虽然并不否认《红楼梦》的影响,却在焦虑中不断谋求突破。而网络文学从不避讳直接利用经典,人们一眼就能看出《庶女攻略》里元娘的香闺照搬秦可卿卧房,《甄嬛传》"些许认得几个字"的眉庄受黛玉的影响,《庆余年》里穿越的范闲更是靠默写《红楼梦》中的诗词赚到第一桶

金。对网络作者来说,"影响"不是焦虑而是骄傲,模仿经典是品位和学识的见证。"红楼"未完的遗憾激发诸多续作,而创造力旺盛的网民更为其添砖加瓦。早在20世纪90年代初北美的第一个汉语论坛里就有人发表《续红楼》;如今,"红楼"的青春之梦更真正跨越时代,林妹妹健身习武,贾环出口成章……传统续写以意逆志,不断猜想作者心思,而网民则穿越进角色,借小说完成自身的梦想。

另一方面,真实的文物和史书同样孕育想象。在网络上,远距离翻查史料、近距离观赏文物并不困难,文史知识的增长鼓励人们将大胆的猜测加入想象。在"历史"标签下,网络小说虽非单纯再现,却也并不任意"开挂",它们借过往讲述当下,在还原宏大历史的同时容纳个人情绪。史书里的概括和省略为文学形象的丰富留出空间,在对神秘朝代向往的驱动和数字化资料强大的支撑下,网络作者借新的技术方法和诠释角度,将确定的知识转变为兴趣导向的历史故事。反向穿越文《史上第一混乱》幻想荆轲、秦始皇、李师师等人来到今天,如果没有足够的知识储备,是很难领会故事情节和历史反差之间埋伏的笑点,看似嬉闹的网络小说让历史从刻板变得鲜活。

仙侠、玄幻、修真、穿越等文类都源于传统激发的想象,它们依靠词汇联想营造审美意蕴,针对年轻读者创造个性化的情感世界。具体来看,表现在三个方面。

首先,这种想象通过一系列词汇、诗文和专有名词唤起有关古老东方的联想。打开网站玄幻频道,触目皆是"太初""太上""元神"在渡劫;而宫斗古言里的婕妤和昭容们,出口便是几百年后的纳兰词……日常极少应用的生词僻字和朗朗上口的古诗词,被用来赋予网络小说古典气质。仙侠小说《剑王朝》用"王后郑袖""公子扶苏"引出秦灭六国的历史,而御剑驱符和转世长生又把现实历史转换成神仙故事。在玄幻小说里,道与道教无关,剑与兵刃不同,与其探寻它们的具体所指,不如将其看作借文辞营造古典美,为演绎中国文化的母题提供便利的符集。

其次,这种想象背靠金庸等人的武侠世界,将侠义江湖转换为网络趣缘共同体的连接。通俗文学中的武侠世界也有其网络版本,然而与武侠书中致力于构建有秩序的家国不同,网络作者更热衷于建设人脉深厚的家族。他们以出身、招式和技能为谱系,为金庸、古龙笔下的大侠寻找网络传人。网络武侠传人最多的姓氏是萧和叶,侠之大者必姓萧,他们是萧峰、萧秋水和萧十一郎的传人;而身世凄惨的俊美少年则传承了叶开、叶孤城的形象,借助与传统武侠互文,江湖超越朝廷,成为公平和正义的家园。武林人士血脉的勾连,则赋予角色深厚的共性。这种共性对于读者获得归属感十分重要,唐家三少的"唐门"、梦入神机的"神机营"等,都以通俗小说的武林门派作为网上书友虚拟共同体的标签。

最后,这种想象虽表现古代世界,却追求契合当代情感。也就是说,它并没有严格遵循古代设定,很大程度上投射的是当今网友的情感和判断。仙侠文开山之作《诛仙》被网民戏称披着仙侠外衣的言情文——言情来自琼瑶,侠即金庸古龙,它们对通俗小说传承的影响可见一斑;而将习武、御兽与人鬼相恋杂糅,将人力修为推向毁天灭地的"高武"境地,这样有意识地拉大与现实的距离,是因为其不求表现的真实,只求自我感受的真实。《诛仙》是网络原创,它将爱与善等同,以自我为判断标准,摒弃以往常见的天理、王法等外部规约,在青少年读者看来,反而显得更为真诚,也得到后续网络写作者的认同。到了猫腻的《庆余年》中,这种以自我感受为中心的价值观被总结为"顺心意""做让自己高兴的事情"。这似乎是一种自私的个人主义,实际上表现了当代青年更注重个人感受,并

由此衍生出"己所不欲,勿施于人"的价值观。

在互联网的整合之下,网络文学对中国传统历史文化的借鉴难免有消极因素,但也存在积极的方面。从积极方面来看,它有助于当代青年对历史文化的再认识与再思考。互联网开放的语境有时任幻想信马由缰,有时理性和自省也会自行归来。对一些优秀作者来说,网络写作充分的自由度更有利于展开对历史、社会与真理的深度思考。比如《唐朝穿越指南》《唐朝定居指南》等,就是在戏谑性的古风创作泛滥之后,对历史原貌和真相展开的反思。这种自发校正不仅显现出公众追问对历史叙述的重要性,还说明人们在网上阅读历史小说,已经不满于概略性的述说,而是追求细节充分、逻辑严密的精品。人们天然有观望历史、回溯来路的欲望。网络文学中的历史是公众在真实史料与媒介虚构之间对传统的自发把握。虽然情绪和情感导向的古风写作不够严谨,但网民对穿越架空等幻想性历史文化题材的喜爱,凸显出当代知识主体将历史从外在框架内化为思维元素的意愿。在网络读写之间,历史以青年人喜爱的故事带动理性的复归,成为人们反思来路、展望未来、观照自身的根源。

从消极的方面看,这种纯粹基于想象力的文本再造容易滋生问题。一方面,对传统的认识浮于表面,元素和套路反复堆砌,导致作品面貌高度相似,《锦绣未央》被指融合上百部作品,《花千骨》《三生三世十里桃花》等也多少涉及抄袭问题;另一方面,对民间信仰和民俗仪式缺乏基本尊重,打着想象旗号"装神弄鬼"。还有些作品将个性化演变为利己主义,以阴谋挟制理性、以私欲嘲弄崇高,在历史文化符号的表象之下,背离仁爱有序、以人为先的中华传统美德。与此同时,将史实和虚构熔为一炉,以不受限制的个人想象勾连整合的网络写作,有时也会陷入泛娱乐化。人们对网络小说犬儒主义、社会达尔文主义以及"比坏"的印象,也由之而来。①

(二)异域故事的中国讲法

文学是世界共通的语言,人们不难在《雷雨》中找到古希腊悲剧的投射。网络小说同样向异域张开怀抱,"西幻""奇幻"等类型小说是以中国语言讲述的西方故事,而网络"衍生文"则多数来自日本的二次元宅文化。互联网加速全球文化交流,网络文学积极吸收世界大众文化资源,更以本土化、个体化的表达呈现不同文明体系各具风情的文艺形象。

我国网络文学写作充分借鉴了欧美大众文化。2000年《哈利·波特》的魔法世界、2002年《魔戒》的奇幻史诗,都在网络写作中得到回应。比如早期奇幻小说代表作《亵渎》就以外国人为主角,佶屈聱牙的外国人名以往构成主要的阅读障碍,如今却成为异域风情的标志。其中的西方符号不仅让国人耳目一新,还在我国网络文学出海时起到打破文化隔膜、建立亲切感的作用。2021年《诡秘之主》在海外市场赢得佳绩,正是由于其奇幻的东西混血。故事主角是从当今中国穿越到维多利亚女王治下的英国人,反派势力有美国怪物克苏鲁,这些设定让西方读者十分熟悉;而故事强烈的"代入感"和主角奋勇的上进心,则洋溢着地道的中国"网文味"。这种以网文节奏重组西方元素的讲法,让中国网文脱颖而出,牢牢抓住世界各地读者的眼球。

除欧美影视之外,日本动漫同样是激发网络文学想象力的主要外来资源。中国网络上的动漫衍生文表现出与日本御宅族文化相似的"资料库消费"特征。② 在其原生土壤中,"宅文化"有明确的社会群体支撑,是日本后现代社会的产物;而在我国则更多是媒介发展的产物,是我国网民

---

① 参见陶东风:《比坏心理腐蚀社会道德》,《人民日报》,2013年9月19日,第8版。
② [日]东浩纪:《动物化的后现代——御宅族如何影响日本社会》,褚炫初译,台北:大鸿艺术股份有限公司,2012年版,第75页。

以流行动漫中的萌形象为要素,重组故事的亚文化潮流。

我国20世纪80年代开始引进日本动画片。日本动漫在简单线条的"二次元"世界里,以去除日本色彩的"萌"形象,讲述源自世界各国的故事。它们剥离原作的历史语境和民族性,将差异性的文化资源打造成面向世界的普适产品。日本动漫突出视觉形象的原创,形式独特的眼睛、耳朵和尾巴,构成吸引力的主要来源,即东浩纪所说的"萌的要素"①。东浩纪认为,御宅族虽有对二次元图像的高超感受力,却如动物般重视即时直观的生理快感,因而他们钟爱的文化产品必须具有能即刻触发情绪的"萌要素"。拥有不同萌要素的角色借助来自不同文明的小故事,完成探索世界、参加比赛等任务。由于故事是碎片化的,结构组织十分松散,具体情节容易被打断或简化,但这并不妨碍整体的完整,只有能独立引发联想的萌要素才不可或缺。因此,在动漫类作品中,可以独立于故事之外的形象、属性和设定更为关键。

日本宅文化进入中国互联网时恰逢大数据兴起,算法根据网民的性别、年龄等参数速配阅读对象,把带有天真蠢萌、温顺乖巧等萌要素的相关文化产品——无论是原版日本动漫还是中文衍生文——匹配给合适的人群。这些人日常可能无暇社交、偏于内向,却在萌要素的归类下,通过看图和写故事找到精神归属,成为其周边产品和衍生文的拥趸。"衍生文"并不专属日漫,可由影视、动漫、流行语甚至社会事件演变而来,但日本动漫的"萌"和"热血"特别契合青少年,能够吸引大批年龄偏低的写作群体。一方面,这些青少年作者在想象力上充分利用萌要素,创造性地将视觉萌要素转换为富有既视感的语言萌要素,如同插件模块般安插到新

---

①[日]东浩纪:《动物化的后现代——御宅族如何影响日本社会》,褚炫初译,台北:大鸿艺术股份有限公司,2012年版,第69页。

故事的相应位置。如《精灵宝可梦》原版动画即《宠物小精灵》一场又一场的比赛对战,衍生文只需描述可爱萌物的技能和进步即可,完全不存在与原有叙事大框架的冲突。另一方面,由于版权限制,衍生文几乎无法跨媒介改编,无收益状态反而促使其回归网络写作追求精神满足的本质。因此,衍生文不像其他商业化网文一样受利益裹挟,它是一种宅文化和二次元文化支撑下的无功利写作。日本动漫在其原生语境中,是原创图像与杂糅故事结合的普适性产品,为销售服务的目的注定其必须迎合市场,而中国网络衍生文虽参考其视觉形象,却并非以文字复述动漫,它是想象力的拓展、无功利的创作,可以脱离大众文化的甜俗。

无论受日本动漫还是西方奇幻启发,网络文学的想象总试图以个人、友谊和爱为中心,加入全球共享的故事世界。我国最先在网上回应这一世界的,是"80后"网络作者。他们亲历21世纪初文化市场开放的冲击,也参与了同期本土网络文化的初创,在粤语金曲、好莱坞大片、韩流日漫的背景音乐中,他们一出场就携带全球基因,也天然具备跨越文化壁垒的能力,虽然一些想法难免受到西方影响,但基于中华文化强大根基的思想体系才是其基本色调。异域文化为其主动运用全球元素提供便利,而私人视角和中国经验则使网络文学成为自主性书写。开放和包容的中华文化具备强大自信,作为其当代媒介产物的网络文学,也由此生发出新型中国话语。

不仅如此,中国网络文学也反向输出,以富有想象力的创意经验和经济模式反馈世界。在盈利渠道方面,文学网站发展出分阶段收费的产业模式,以注意力、情感和流量营收,为非实体经济和数字经济提供一手数据;在生产模式层面,利用本章说、间贴等,充分激活读者的参与性,让文艺生产变成一种集体生产;在产业协作方面,以低成本文字创意结合媒介

转型需求的 IP 思路,极大提高文化创意领域的生产力。这是我国网络文学行业的独特经验。

大众传媒的跨文化传播使文学创作具备世界性视野,参与者众多的网络文学在文化传承与国际交流中寻找原型和灵感。那些受到异域文化滋养又具备中国特色、在受众共通情感和网络强大传播力基础上诞生的中国故事,必然引发读者对中华文化的兴趣与探究,这正是我国网络文学能担负传播中国文化精神的任务,从更广层面"走出去"的原因。

(三)媒介经验与想象力的生成

网络文学写作既受惠于伟大作家和不朽作品,也得到新媒体技术、计算机逻辑以及网络开源精神的助力,新媒介使当今网络作者拥有超越以往的想象空间。

数字媒介本身生成新的想象方式与想象元素。文学以对未知的想象构造文本,媒介变迁则改变想象途径。上古时代敬畏自然,口头传说中的神灵常有反复无常的坏脾气;工业时代重视理性,科幻小说歌颂大机器无可撼动的规矩与节律;网络时代的虚拟化体现出液态性,让世界与人变得可塑,这就带来了网络文学穿越、重生等各种想象力的大爆发。

人们很难理解为什么题材重复的类型化网文能够吸引口味多变的青年。实际上,透过那些重复的套路和烂熟的桥段,往往能看出网生人群的媒介经验。智能媒体时代,人与手机最为亲密,媒介深谙个人的行动轨迹与交往模式。生活的媒介化变异为作品里的形象和行动,当一个古言小说的女主"离魂转世"时,触发她灵感的可能不过是"关机下线";而玄幻文乾坤袋里可大可小的随身空间,发挥的作用则相当于即时下单、外卖上门……由可穿戴设备和电脑游戏沉浸式体验造就的网文与生活的对应联想,有学者称其为"虚拟生存体验"的外化,或反过来视之为写作对游戏的延伸。① 当媒介运算逻辑与历史传说和现实生活相结合时,被计算机抽象化、数字化的现实世界就演变为网络上可无穷拓展的虚拟空间。

由数字媒介生成的想象力,培育了网络文学作者与读者之间的集体无意识与潜在文学规范。虽然网络文学可经媒介转换获得书籍、影视等后续形态,但它的媒介依附性依然极强,也因此对参与者的媒介身份提出要求。② 只有敏于感知热点、长于跨界联想的人,才能成为合格的作者。媒介身份不仅筛选作者,还甄别读者,传统知识背景对阅读网络小说意义不大,而是否熟悉媒介受众圈层,与之共用一套语汇才更关键。对媒介文化身份不合要求的人来说,网络幻想难以理解,甚至可能被看作"魔术化、非道德化、技术化……颠倒自然界和社会世界的规范"③。

媒介经验酝酿的想象赋予网络文学各种写法。比如,网络上虚拟景观与现实对照的二重性,在网络小说的结构设计中得到体现。网络小说的外部结构也叫设定,遵循预先约定的游戏逻辑,如朝代是否架空、角色是人是神,等等。设定在读写群体间建立共同认识空间,如作为"灵异神怪、奇幻仙侠传奇"的《花千骨》难免上天入地、追魂摄魄,读者也以"白衣飘飘有仙气"预想人物形象。网络小说的内部结构则强调情感促成情节的合理性。《花千骨》的男主因爱将女主"镇压海底两百年",这一不可理喻的情节把情绪推到极致,但如果结合二人"上仙""妖神"的对立身份,将虐恋转换为"敌营情侣牺牲小我成全大义"则也能讲通。网络小说以神鬼、穿越、金手指等幻想,配合恋爱、上进等现实境遇的写法绝非毫无来由,它们是游戏逻辑和情节延展的共同结果。这种媒介经验给网络文学

---

① 参见黎杨全:《中国网络文学与虚拟生存体验》,北京:中国社会科学出版社,2021年版,第123、197页。
② 参见许苗苗:《网络文学的媒介转型》,北京:中国社会科学出版社,2021年版,第203—218页。
③ 陶东风:《玄幻文学:时代的犬儒主义》,《中华读书报》,2006年6月30日。

写法带来的影响不仅表现在结构中,还表现在情节、人物设定、叙事节奏等方方面面。

媒介经验还关系到我们对以往文学作品的认识和选择。作品只有进入读者视野,才能成为被借鉴和参照的对象。数字时代的宽广视域拓展对前代文学的认识,揭示出文学与想象相互启发和关联的谱系。19世纪英国作品《平面国》因对空间维度的生动讲解,成为中国网民构想"元宇宙"的阶梯;《小径分岔的花园》在学界获得关注,但网友看到的是平行时空的雏形。网络媒介联想式的阅读触类旁通,影响的焦虑则不断激励作者推陈出新。不仅以往文学作品通过新媒介影响后世,后代的媒介也同样改造前代文学。只有获得媒介选择才能进入文学脉络,从而成为启发同辈、孕育后代文学想象的土壤。文献数字化消解了宏观权力的述史力量,借助完善的文本库和自选关键词,网络新媒介的新语法生成包容广泛的文学视野。在官方典籍、学院传承与民间授受之外,媒介促进了文学的交融多变。

新媒介使经典文本和文艺资源获得更灵活的运用,对新文学形成更明确的刺激与滋养,提升了文化生产动能。与此同时,中国网络文学对其他文本高密度的引用、改写和重述,也源自网络媒体独有的间性联想。书面文学具备文本间性,却受限于纸张的物质属性,难以充分展开。网络媒体一方面让文学数字化,改写内容轻而易举;另一方面也带来海量生产者,无论专业作家还是业余写手都可参与仿写和再创作。在此意义上,文学不再具备本雅明意义上的本真性、此时此地性、唯一性,而成了媒介语法中"类"意义上的文学,新媒介时代的作家也成了类似口头传统相互启发的生产集体。

三、网生宇宙与时代面貌呈现

作为当代青年的自由创作,网络文学在展现现实生活和青年心态方面,相对传统文学更有优势。网络文学表面看来充满欲望叙事与白日梦,但深层呈现社会现实。中国网络文学是青年对时代见证、记录与作为的产物。其中的人情冷暖、欲望表述和叙事革新,与我国网络社会的崛起同步,记录着社会结构的变迁以及时代心态的转变。

(一)代际结构与文化心理演变

作为当代社会文化的即时映射,网络文学的面貌潮涌更替。从"都市强人"到"创世超人",再到"数码新人",传奇故事背后折射的是代际结构、社会心理等现实问题。

20世纪90年代,人们预测互联网是压倒一切、无坚不摧的力量,这种环境下诞生的早期网络文学也主张发动媒介革命、挑战文学权威。当时网上流行的文学作品中,对"都市强人"的想象令人印象深刻。"都市强人"小说即在互联网还未成社会新闻一手消息源时,网上集中出现的,通过第一人称、亲历视角讲述的都市传说。与捕风捉影的流言不同,它们通过日记、档案等形式加强真实感,呈现与宏大叙事相参照的、半虚构半纪实的私人史。这类写作多半在语焉不详的报道之外展开,以"改革开放""国企改革"等时代节点为背景,以城市面貌的变化为底色。其中的主角"强人"通常出生于大城市的上层家庭,是人脉广泛、财力深厚的中年男性。在对社会事件捕风捉影的渲染中,都市成为人们的欲望对象,而强人主角像王朔、朱文一样"躲避崇高",像"身体写作"一样沉溺感官,提供了20世纪90年代文学欲望化写作的网络续篇。

人们认同网络与书刊的区别,"都市强人"小说的出现可看作新媒介

写作题材的突破，其中即便是涉及争议话题也不停留在感官刺激上，而是以视角、手法和真挚的情感趋近批判现实的严肃文学。有些作品在拓宽文学题材的过程中也获得市场的肯定，出版图书，改编成电影。可惜这种状态未能持续，大量跟风之作集中于低俗欲望描写，毫无文学性可言的内容迅速膨胀，最终将"都市强人"排挤出网络。

当然，这类题材的式微也与网络阅读主体更迭有关。对秘闻黑幕之类感兴趣的多是中年人，而网民群体年龄逐年降低，网络阅读向青年靠拢。随着我国信息工程建设的推广，网吧成为页面阅读的主要场景，边打游戏边看小说的主要是青少年。曾经以强烈的年代感和真实感为特色的网络作品大幅缩减，它不再承担前代读者对文学批判现实的期待，而是向更易理解的娱乐、幻想集中，主要角色也从老辣圆滑的中年强人向异世大陆青涩的少年超人转变。

法力接近神仙，行动和欲望又很接地气的"创世超人"，是网民逆袭梦与资本联手的产物。"创世超人"重点在于物质获得和身份跃迁。天蚕土豆《斗破苍穹》、唐家三少的《斗罗大陆》、我吃西红柿的《星辰变》等，瞄准以往受压抑的草根审美，借助网站订阅和打赏互动，将定制情节、左右角色命运的权力赋予读者。在异世穿越的新奇外表下，这类小说梦想着亘古不变的成功。其中的废柴翻身、逆天改命桥段，恰好符合千禧年后全民跃跃欲试的整体氛围。

支撑创世超人小说的是"无身体的姓名""无尽头的征程"和"无对象的爱情"，这三个特点分别指向读者认同的最大化、作品结构的开放化以及为满足不同需求的定向传播和内容分级。人物拥有特定的名字，表示小说家"打算将人物作为一个特定的个体来表现"①,而"无身体的姓名"指角色面貌高度类同:《斗破苍穹》的萧炎、《长生界》的萧晨、《血色至尊》的萧遥,《诛仙》的张小凡则繁衍出叶凡、叶不凡、林凡、林不凡。他们没有血肉之躯,而是以低起点、高回报的奋斗历程吸引读者。个性化的名字和身体是排他的,只有无身体的代号式姓名才能替所有人做梦。与"无身体的姓名"匹配的是"无尽头的征程"。在故事情节中,最让人热血沸腾的就是碾压对手的瞬间,这种爽感催促每个玄幻少年不断努力踏遍四海八荒。然而,在成为王、霸、尊、神的途中,总能遇到新的对手,主角必须在升级的道路上持续奔跑。至于哪里是终点、如何获得终极圆满,读者无法预期,连作者本人也不知道——故事模式本身就决定这是一场无尽头的征程。爱情至上是网络小说的前置逻辑,穷小子总能邂逅红粉知己,女白领穿越中也不乏高颜值异性守护。渴求爱的青春冲动与纯情的精神需求,造就网络爱情故事里处处动情又从不触碰的禁欲式暧昧。

超人创世的玄幻小说,是我国网络文学独有且影响力最大的类型。在"风之大陆""斗气世界"中,异世大陆对应网络空间,武功法宝形同代码语言,弱小废柴则让人联想起步低微的职场新人——其间映射着青年的压力与欲望。超人并不追求"加官晋爵"进入既定权力体系,而是打算创造自己的世界。这种幻想不仅来自虚拟现实全新"宇宙"的承诺,还是对权力的想象性革新。在创世小说初现时,作者群体只有二十岁上下,他们处于青春期这一感受力最强的人生阶段,在尚未成型的网络世界里,网络作者借助套路里的僭越、征服和反转,化解现实生活中的委屈与不甘,实现大众文化意义上的定义和征服。网络文学不仅造梦,还具备现实意

---

① [美]伊恩·瓦特:《小说的兴起:笛福、理查逊和菲尔丁研究》,刘建刚、闫建华译,北京:中国人民大学出版社,2020年版,第11页。

义:它强调技术积极的一面,以抢占新媒体先机的红利促使青年四处寻找机会,不断拼搏努力。网络文学梦幻式的精神抚慰离不开网民的创新贡献,但将其推向主流的力量中,也少不了数字平台扩张的需求。

随着社会结构的转型与生活水平的提升,网络小说的角色也不断转变,渐渐地,那些废柴庶子逆袭而成的超人被平和随缘的"上天宠儿"取代,不断奋斗的故事模式不再流行。《亏成首富从游戏开始》的主角被系统要求赔钱越多升级越快,然而这个善良、愚钝的理财小白却阴差阳错地"亏成首富";《大王饶命》里的吕树处处得罪人,但在"以他人负面情绪滋养自身灵气"的诡异规则下,他却如鱼得水变身大魔王。类似作品搞笑逗趣,统称"欢脱文"。当代男主角放弃内卷,穿越到古代的女主角也不甘再做陪笑讨好的庶女,而是要正大光明做嫡女。女作家吱吱早期代表作《庶女攻略》里,灰姑娘似的十一娘可谓小心做人的范本,而其后作《九重紫》却转而以嫡女理直气壮地清门户、夺财产、择夫婿展开故事。庶女将亲情、爱情当作事业进阶,借柔顺周全上位;而嫡女重生后主张凭正统血脉拿回属于自己的一切。可见,与人为敌的庶女是社会权力体系中的对抗性颠覆力量;而拥有父权体系认可的合法性的嫡女,则力求恢复并维持社会秩序。

由刻苦奋斗到欢脱乐天,由心机庶女到名门贵女,显示出新一批网络文学读者的性格——他们不愿也不敢挑战,懒于打理人际关系。这种共情对象从打脸废柴、翻身庶女转为命运宠儿的变化,与千禧一代读者校园化的成长环境分不开。千禧一代的压迫感主要来自考试分数和升学。因此,小说里的角色不再努力打破成规、争取权利,而转为维护规则,通过开发自身获取成功。

在"校园—社会"的比照认知中,求知欲成为前进动力,知识获得是满足感的来源。就像20世纪初女性群体试图证明"阅读浪漫小说"的"有用性"①一样,网络读者也极力以实用目的为上网阅读辩护。《天才基本法》之类"学霸文"在学习中找到灵魂伴侣、借奥数改变命运的基本法则,不仅引发学生共鸣,还符合"知识就是力量"的社会认知。类似作品的阅读快感固然来自知识拓展的收获、学渣变学霸的碾压,也减轻读者"纯粹在玩"的心理负担。除学科知识外,怀孕、育儿等私人体验也可借网文获得。"多宝文"以"一胎108宝"之类的荒诞情节提醒读者不要当真,虽只是博人一笑,但故事里的萌娃坑爹和望子成龙却来自年轻妈妈作者们的真实期盼。萌娃多宝文不仅提供笑点,还为没有养育经验的读者提供云端预演;"云养娃""云吸猫"满足人们不亲自动手却亲近可爱事物的情感需求。以往因缺乏实体接触而被视作虚拟的网络世界,在越来越多人绑定电子宠物、线上女友和可穿戴设施之后,逐步将可触实体与情感满足分离。

(二)虚拟现实与网络社会的症候

网络文学不仅呈现传统意义上的社会现实,还表现虚拟现实,最重要的一点是,它形成了新的社会意识,即虚拟现实并非"现实"之外的"异托邦",而是内化于生活的存在。有研究者敏锐地指出,中国网络文学表现出人们的"虚拟生存体验"。② 然而,对肉身与ID同样不可或缺的网络原生居民来说,"虚拟生存体验"就是"生存体验",因此,相比具体故事中的对象化描摹,网络文学整体呈现的文化解释和迁移功能更值得重视。所谓"媒介即信息",媒介"对人的组合与行为的尺度和形态……发挥着塑

---

① [美]珍妮斯·A.拉德威:《阅读浪漫小说:女性,父权制和通俗文学》,胡淑陈译,南京:译林出版社,2020年版,第113—154页。
② 黎杨全:《虚拟体验与文学想象——中国网络文学新论》,《中国社会科学》,2018年第1期。

造和控制的作用"①。在网络社会的生成中,拟象、仿真日益超越实体,网络居民理所当然地将虚拟与现实无缝衔接;而网络文学则将抽象的互联网规则转变为具体的经验模式,并在重复套路中使人谙熟甚至接受。这种稳定的重复消弭了虚拟体验的边界,使媒介经验从新奇变成日常,从个体感受成为公众话题,网络世界也得以在文学讲述中日益清晰。

网络文学可以看作虚拟生活的文学表征。早期网络文学中最盛行的题材是网恋,知名小说《第一次的亲密接触》《等待薇安》都有关网恋,随着网络社会在中国的深入发展,网聊、搜索和网购都在网络作品中留下印痕。不过这还只是一种表层的书写,更重要的是,这种写作成了普遍内化的无意识。网络文学的很多表现手法,如时间穿越、生命重置等被传统文学的批评家们视为荒诞幼稚的描写,却是网络角色的基本生存技能。

网络文学有各种流派,如"穿越文""无限流""随身流""系统文"等,这些流派实际上都表现了网络社会的生存现实。以最常见的穿越手法为例,早在前互联网时代,"穿越"就已得到运用,但其在网络文学中的盛行,却是电脑游戏存档重置的投射。这类故事最初借助历史常识激发读者优越感,但一再地提前预知也十分单调、令人厌倦。奇怪的是,网文书写二十余年后,穿越这个老套路不仅没被淘汰,反而成为角色基本属性、行动力和事件的前提,成为网络游戏介入生活后的一种理所当然的设置。如果说穿越通过时间重复构建现代人的交往共识,"无限流"则通过结构重复营造规律,使故事体现出与生活的同构。"无限流"之名源自《无限恐怖》,主线情节是角色必须完成某力量连续派发的任务,需要完成的任务即支线则来自现成影视作品。由于可自由征用外部作品,这种小说原

---

①[加]马歇尔·麦克卢汉:《理解媒介——论人的延伸》,何道宽译,南京:译林出版社,2011年版,第19页。

则上能无限继续,这也是其名称的由来。随着对类型的理解分化,"时间循环"也被纳入无限流,现实题材的网文《开端》即其中典型。主人公在公交车爆炸后不断返回车祸前的时点排查寻找罪犯,故事在给定的时间框架内重复演绎,特殊的叙事频率造就原地踏步的"无限"感受。以上无论是完成任务途中频繁遭遇的外来元素,还是对事件本身的反复修订,都贯穿了永无出头之日的绝望感。跌入"无限"无疑令人恐惧,但角色往往立刻认清处境并组织攻略。故事的反派支配力量并非可供宣战的人或神,而是冰冷无情的"系统";寻找漏洞、破除"无限"则由人力完成。如果说工业社会的机械重复酝酿了现代主义文学的枯燥异化,那么计算机网络里算法与心理机制的合谋无疑为无限流的生成提供滋养。

网络生存的社会现实在网络文学的呈现随着"Z世代"的兴起而更加明显。"Z世代"指伴随数字化媒介成长的"95后""00后"一代,也是生长在我国工业向信息产业数字化转型过程中的一代。他们有关书写、阅读的认知在书本和网络间并行,在多媒体环境中,听觉、视觉和思维等身体功能变成媒介中剪辑、精修的效果,生活与媒介创作融合。对惯用互联网获取知识,将记忆外置于硬盘的一代来说,具备多义性和自我界定能力的网络空间,能在内部构建、定义并执行独特的规则,是独立的第三空间。这一空间的文学以虚拟现实为语境,其主体能力、行事逻辑,以及存在感、归属感和满足感的形成,都体现出深度媒介化生存对日常经验的定义与改造。

网络表现的现实不局限于形态或细节,而是一种"非人化"的内在转换,这对网络文学的套路写作及虚拟现实的营造不可或缺,发挥着在现实和网络之间解释、沟通的功用。以前述穿越文为例,它如今早已不是换个时代"逆天改命谈恋爱"。在"Z世代"作者笔下,它跳出文本,演变出以

"穿书"解谜反转、以"魂穿"换位思考、以"古穿今"承载反套路价值观等新花样,而组队"群穿"则打破单人视角变身"剧本杀"。熟稔套路的读者玩家,综合运用虚构能力和表演技巧,把穿越从网络带进场馆,成为虚构时间、仿真场景下的社交行为。数字媒介的生存体验被纳入网生宇宙,暴君、恶魔都变成不可见、不可触的系统循环;而惩恶扬善的主角也不再依靠肉身的强大。去人性、去人形,不可见和不可触的"非人"是网生宇宙文类中真正的双面主角。网络文学发展多年来,人们对文学功能的认识始终不离歌咏怨刺、娱乐教化。直到"Z世代"登场,才真正有了生于网络、成于网络的网络文学。

网络社会的虚拟现实不仅成为网络文学的内容,还改写了传统内容。比如,网络文学将以往的民间传说、信仰与网络生存相连接,去掉其引发的禁忌性和敬畏心理,将之作为写作技巧运用。在"魂穿""夺舍"等题材中,深层渗透的是网络社会的生存体验。校园小说《明月照大江》开头,一场车祸使校长的灵魂进入一名差生的身体,而学生的灵魂则被挤进一条狗,视角变化让老师和学生换位思考。可见"魂穿"不只讲鬼怪,还能结合网络现实诠释当代生活。《剑王朝》主角死后被"夺舍",寄居在一名少年体内,老辣的意志和稚嫩的躯体产生"众多各自独立不相融合的声音和意识"[1],这种以网络重置经验改写后的重生手法,让十二岁少年角色现出复调效果,有助于小说整合描写争斗却不宣扬暴力的大主题。

通过"强人""超人""宠儿"和"非人",网络文学里不同类型的故事及其映射出的社会现实,在我们熟悉的物理世界、文艺世界与作为第三空间的网络世界之间进行解释、沟通与弥合,并进一步创造出深度媒介化的

---

[1] [苏]M.巴赫金:《陀思妥耶夫斯基诗学问题》,白春仁、顾亚玲译,北京:生活·读书·新知三联书店,1988年版,第29页。

网生宇宙。

　　网络文学萌芽于现实、兴起于想象。基于大众日常经验的网络文学是时代特征具体且及时的体现,也构成对外传播的中国声音。不得不承认,发展迄今二十余年来,网络文学在多种力量的驱使下呈现出良莠不齐的面貌。有些写作唯利是图,以低俗猎奇降低格调;有些作品奉行流量至上,沉溺于泡沫式的言语狂欢。尽管存在种种不足,但网络文学同样为那些跳出利益圈套、突破低俗趣味的独特声音提供了机会。正是众声喧哗、百花竞放的生态,让中国网络文学始终保持活力,并引起世界关注,其背后的深层根源即在于网络文学的中国性。

　　网络文学继承中国民间文化传统,体现当代青年实况,反映了精英化、符码化文艺样态之外的文化需求。它的发展与新媒体兴起同步,从网络文学的语体、想象力、生产机制以及题材类型中,能看到我国网络社会萌芽和发展的过程。因此,网络文学所讲述的并非单纯的架空现实或虚幻狂想,而恰恰正是基于本土经验又反映时代风貌的原生态中国故事。

原载于《中国社会科学》2023 年第 2 期

"数码人工环境"与网络文学专业批评[①]

邵燕君

"数码人工环境"是笔者借来的概念,这个概念是由几位"网生一代"学者(王玉玊、王鑫、高寒凝)在她们的近期著述[②]中提出的,虽然还有待进一步深化和丰富,但作为一个基本概念已经成立。这一概念的提出,对于网络文学研究而言,是一次重要的理论提升。它打开了新的理论维度,也使一些长期含义不明、争论未决的问题,如网络文学的"网络性"、网络文学的定义、网络文学独立的评价体系获得了有效的理论表达。我们对于网络时代文学批评新状态的探讨,如果放在这一概念下,将比在"新媒介"这样宽泛的概念下更有具体的指向性。

一、"数码人工环境"的概念内涵和理论空间

关于网络文学的定义,虽然学术界目前仍然没有一个公认版本,但是经过研究者多年的努力,终于达成一种共识,就是强调网络文学的新媒介属性(网络性),即强调网络文学是一种新媒介文学。这一强调背后有一种反抗意图——反抗传统文学评价体系在雅俗秩序下对网络文学的"安

[①] 本文为 2019 年教育部哲学社会科学研究重大课题攻关项目"中国网络文学创作、阅读、传播与资料库建设研究"(19JZD038)阶段性成果。

[②] 王玉玊:《编码新世界:游戏化向度的网络文学》,北京:中国文联出版社,2021 年版;高寒凝:《罗曼蒂克2.0:"女性向"网络文化中的亲密关系》,北京:中国文联出版社,2022 年版;王鑫:《从中作"梗":数码人工环境中的语言与主体》,北京:北京大学博士学位论文,2022 年。对于"数码人工环境"的文字表述样式,各种著述中有所不同,经笔者与三位学者商议,现共同采用"数码人工环境"写法。但本文中,引文仍保持原文用法。

置"。在这一"安置"下,网络文学只是通俗文学的延续,或者说是通俗文学的网络版。笔者就曾在一篇论文中不无激进地表达:从媒介革命的角度出发,"网络文学的重心在'网络'而非'文学'——并非'文学'不重要,而是我们今天能想到的和想象不到的'文学性',都要从'网络性'中重新生长出来"①。

然而,到底什么是"网络性"?这些年的研究依旧是模糊的。早期的研究者多从文本实验的向度将"网络性"指向文本的超链接性、超文本性,这样的研究倾向受到了青年学者崔宰溶的批评,认为这种抽象化、观念化了的研究脱离了中国网络文学发展的现实性和特殊性。② 他认为网络文学研究的立足点应该从文本(超文本)转移到网站,特别是起点中文网这样的具有独特商业模式的大型商业文学网站,这才是中国网络文学的实际发生地。他认为,"网络性"的概念虽然与"超文本"相似,但又突破了作品、文本、超文本的概念局限,因为所谓的"超链接"不仅存在于文本内,还存在于文本外。他甚至生造了一个古怪的"超文本作品"概念,它可以指几个特别具有互文性的文本,也可以指整个文学类型,甚至整个网站的作品都可以视为一个超大的"超文本作品"。在崔宰溶看来,"网络性"就等于网站的属性,"网络文学的网络特征,即'网络性'和超文本性是只有我们考虑整个网络的结构时才能够看到的"。并且,他明确提出文学网站是数据库,"它给网络文学活动提供一个空间,而这一空间并

---

①邵燕君:《"媒介融合"时代的"孵化器"——多重博弈下中国网络文学的新位置和新使命》,《当代作家评论》,2015年第6期。
②[韩]崔宰溶:《中国网络文学研究的困境与突破——网络文学的土著理论与网络性》,第8—9页,北京:北京大学博士学位论文,2011年。该论文已出版,书名为《网络文学研究的原生理论》(北京:中国文联出版社,2023年),引述内容参见该书第12—13页。

不是空洞的,因为这个空间本身是一种数据库、一个有意义的形式"①。

在崔宰溶的理论基础上,我也对网络文学的"网络性"做出三点概括:"超文本性"、根植于粉丝经济的部落性与ACG文化的连通性。② 其中,"超文本性"延续了崔宰溶"超文本作品"的概念,指文本内外广泛链接、无限流动的网站属性;后两点在趣缘经济和数据库方面有所推进。这些特点的概括基于我和学生们对中国网络文学发展现状的观察,虽然比较贴近现实,但总觉得停留在现象层面。似乎有什么东西呼之欲出了,但终究隔着一层窗户纸。

当看到"数码人工环境"这个概念时,我最直接的感觉就是,这层窗户纸终于被捅破了。应该说这个概念的孕育是基于研究团队的"集体智慧",当然,她们思考的方向也各有不同。

王玉玊在《编码新世界:游戏化向度的网络文学》一书的结语《基于(数码)人工环境的网络文学创作趋向》中,最早对这一概念进行了学术表达。她称"人工环境"的概念借鉴于日本后现代学者东浩纪,东浩纪首先在文学"世界"的意义上使用了"人工环境"这个词,之后在《动物化的后现代2:游戏性写实主义》一书中,以日本"角色小说"为例,提出了"人工环境"这个概念。王玉玊认为,东浩纪的"人工环境"概念,在三个洞见上给了她重要启发。第一,人工环境的兴起、后现代状况与"现实主义"的衰落密切相关。第二,当前文学作品人工环境的底层逻辑深植于数码环境、网络空间与计算机程序逻辑。第三,后现代人工环境是多种多样的,而非如"现实主义"那般,假设只有一种现实、一个"世界",日本角色

---

① [韩]崔宰溶:《网络文学研究的原生理论》,北京:中国文联出版社,2023年版,第90、101、106页。
② 参见邵燕君:《网络文学的"网络性"与"经典性"》,《北京大学学报(哲学社会科学版)》,2015年第1期。

小说的人工环境是(数码)人工环境中殊为重要的一种,但并非唯一的一种。①

王玉玊这一代网络文化研究者大都深受东浩纪的影响,"人工环境"概念的提出,与东浩纪对后现代人类生存状态的哲学思考是一体的。"宏大叙事"(唯一)的凋零、局部"小叙事"(复数)的增生正是《动物化的后现代1:御宅族如何影响日本社会》(2012)的主题。在这本书里,东浩纪提出了很多概念,如萌要素、资料库、大型非叙事等,这些概念的提出还主要依托于纸质出版的轻小说、漫画。在《动物化的后现代2:游戏性写实主义的诞生》(2007)中,他将主要讨论对象转向电子游戏,"人工环境"的概念在这里提出,可见确实与互联网媒介有着深切的关系。这一概念的提出,也使他此前的概念获得了更具系统性的表达。应该说,"人工环境"在哪个世界都存在,但只有在互联网媒介变革之后,才成为一种可以和自然世界作为平行世界出现的环境。对于这个环境,王玉玊这一代"数码原住民"体会更深,随着媒介革命的深入,尤其近年来,越来越多的"三次元人"被卷入这个环境。所以,王玉玊在"人工环境"前加上"数码"的界定是必要的,只有从数码的意义上,才更能发挥这个概念的理论潜力。

在即将刊发的《设定及其反讽——当代流行文艺基于(数码)人工环境的叙事形态》一文中,王玉玊进一步把"数码人工环境"定义为"数码人工环境有双层含义:一方面指向人类生存的技术环境,也即随着数字技术的发展与普及,人类开始生存于现实世界与虚拟网络世界的双层结构之中;另一方面指向叙事类文艺作品新的想象力环境,也即一个新的文学世

---

①王玉玊:《编码新世界:游戏化向度的网络文学》,北京:中国文联出版社,2021年版,第297—298页。

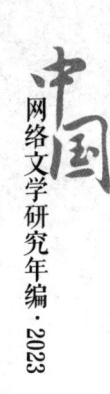

界"。

除了首提"数码人工环境"概念外,王玉玊还将这一概念置于网络文学发展的范畴,并基于中国网络文学(尤其是"游戏化向度"的网络文学)发展的数据库,建构起网络文学"数码人工环境"的内涵。所以她说,她对"数码人工环境"这一概念的使用,不局限于东浩纪的范畴。①

王玉玊提出的网络文学的"数码人工环境"的内涵包括:人物设定和人物关系设定,世界设定,梗。在她看来,典型的基于"数码人工环境"的网络文学作品包括以下六种基本类型:升级—系统文、日常—甜宠向、无限—快穿文、吐槽—玩梗向、脑洞—大纲文、人设—同人向。她还提出"模组化叙事"的概念,用以描述基于"数码人工环境"的网络文学的创作特征:"人物、世界、主线、副本、情感线、事件线等元件都被拆分开来,分别编码,而每一个元件又是由(数码)人工环境数据库中预置的材料结合而成。"最基础的元件都含有初始值和算法,它们被按照数码逻辑组合起来形成小的模块,小模块再组成大的模块,形成各种数据库。数据库中的模块可以被反复调用,形成新的组合。"我们在脑海中按下开始键,所有模块便运行起来,人物与世界碰撞,男孩与女孩相遇,世界法则乘以人物性格,就运算出万千悲欢传奇。"②

高寒凝没有使用"数码人工环境"的概念,但她在论著《罗曼蒂克2.0:"女性向"网络文化中的亲密关系》中使用的"拟环境"概念与之相似。这个概念也借鉴了东浩纪的"人工环境"概念,但又有所不同。在东浩纪的论述中,"人工环境"有时就指代"萌要素数据库"。在高寒凝这

---

① 王玉玊:《编码新世界:游戏化向度的网络文学》,北京:中国文联出版社,2021年版,第294页。
② 王玉玊:《编码新世界:游戏化向度的网络文学》,北京:中国文联出版社,2021年版,第299页。

里,"拟环境"就是指一个环境空间,但是,这个"环境"与传统文学中的可以与人物形象构成一组相应概念的"(典型)环境"不同,因为,"'人设'绝对无法直接从环境中生长出来。事实上,在以'角色配对'为前置动作的文化生产中,环境描写并不是必备要素,也并不必然承担塑造人物的功能"。因而,这个"环境"被高寒凝称为"拟环境",指一种暧昧的存在,"它既可以完全悬置,也不妨成为人设暂时栖居的土壤,总而言之,它并不与'人设'相呼应"。

我认为高寒凝对"拟环境"的概念表述,确实还有些暧昧,我宁愿直接将之指认为她在这本书里提出的另一概念"亲密关系实验场"。这个"实验场"被限定在"女性向"的范畴,为了与带有"宅男"性癖色彩的"萌要素"进行区分,她将之替换为"亲密关系要素"。粉丝们在这里以"角色配对"(嗑CP)的方式,进行亲密关系探讨的思想实验,"以所谓的'萌要素(亲密关系要素)数据库'为基础,依据特定的算法公式,在一个个具有浓厚'趣缘社交'和'参与式文化'氛围的粉丝社群中,将千千万万次循环往复的实验动作汇聚成了繁芜与秩序并存的'亲密关系实验场'"①。高寒凝的"配对算法"也是一种叙事模式,将之与王玉玊的"模组化叙事"结合起来看,"数码人工环境"的底层逻辑和文学叙事模式就得到了比较完整的阐述。

高寒凝最具原创性的概念是"虚拟性性征",它被用来描述罗曼蒂克2.0的基本属性。这个概念的具体内涵包括以下两个要点:"第一,'罗曼蒂克2.0'的行为主体在达成某种想象性的亲密关系/性关系之前,应首先成为'虚拟化身'(即avatar,例如'玛丽苏'式同人创作的女主人公,就

---

① 高寒凝:《罗曼蒂克2.0:"女性向"网络文化中的亲密关系》,北京:中国文联出版社,2022年版,第51页。

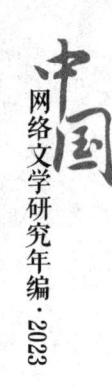

是作者在其虚构作品中的'虚拟化身')或'虚拟实在'(即 virtual being,例如由'亲密关系要素'拼贴而成的'人设')。第二,该行为主体的恋爱对象,必然是另一个'虚拟化身'或'虚拟实在';二者之间的亲密关系也是虚拟形态的,并不存在于自然实在之中。"高寒凝指出,这个"虚拟性性征"的隐喻便是"性与自然实在的分离","以'虚拟性性征'为基本属性和运作机制的亲密关系/爱欲关系早已不再是纯粹的有机体,而是与网络环境、电子媒介、虚拟身体紧密相关的'赛博格(cyborg)状态'"[1]。对"赛博格(cyborg)状态"的描述也是高寒凝对"数码人工环境"概念建构的最大贡献。其实,不仅是"罗曼蒂克2.0"中的行为主体,参与这项以"角色配对"为前置动作的文化生产活动的作者和读者也是以虚拟化身(avatar)的形态登录的。

  王鑫从另一路径进入对"数码人工环境"这一概念的理论建构。除了东浩纪的数据库理论外,她的另一重要理论资源来自汉娜·阿伦特。基于阿伦特的批评性思考,结合系统论和信息论的相关理论,王鑫将"数码人工环境"的概念定义为"人和物(自然)都受互联网控制的环境"。她以"数码人工环境"为关键词,描述了互联网从"乌托邦想象"向"控制论环境"的变化,"数码人工环境是试图把握偶然性的控制论环境","人们可以用命令式制定条件,但不必然命令个人去做或不做某事。只要条件划定得足够充分,人们看起来随机的、偶然的行为也会落必然性的格子里"[2]。王鑫使用"透明化"描述了"数码人工环境"深入快感通道的控制能力,也试图通过"梗""可玩文本"和"意识形态分析"等进行游离和瓦

---

[1] 高寒凝:《罗曼蒂克2.0:"女性向"网络文化中的亲密关系》,北京:中国文联出版社,2022年版,第55、56页。

[2] 王鑫:《从中作"梗":数码人工环境中的语言与主体》,北京:北京大学博士学位论文,2022年,第1、5页。

解。"玩梗"在她这里不仅是一种语言模型,而且是令主体有条件避开"数码人工环境"中的同一性、强制性,获得可以移动、逃离乃至自创玩法的语言游戏。

王鑫除了理论的建构性外,更在于作为网络原住民对身在其中的"环境"的自察,以"从中作梗"的姿态,反抗对技术环境的麻木。得益于对阿伦特、福柯等思想家开创的理性批判传统的自觉继承,论文反复强调"玩是一种反抗的能力",并具体展示了种种"玩"的"招数",尽管反抗的力量或许是微弱的。这使"数码人工环境"这一概念在建构的同时就具备了反观的向度,在获得省察、批判效果的同时,也有了某种更具积极参与性的可能。

三位青年研究者的创新突破,打开了非常宽广的理论空间,而且,她们基于相同经验而不同向度的讨论,特别令人期待。我个人认为,对于"数码人工环境"这一概念,还可以从媒介理论的脉络进行考察。

作为"媒介环境学派"的创始人,麦克卢汉提出的最核心的观点是,媒介是人的延伸。在他看来,印刷文明时代人的所有器官都获得了延伸,而电子媒介延伸的是人的中枢神经。[1] 麦克卢汉确实是一个了不起的预言家,他基于电话、电报的使用体验,预言了地球村,并且说在地球村,人类将重新部落化。在第二版序言中,他甚至提出,"用电子时代的话来说,'媒介即讯息'的意思是,一种全新的环境被创造出来了"。在这个电力媒介塑造的新环境中,以往工业时代的机械化环境成为"内容"。[2]

按照麦克卢汉的理论,"数码人工环境"可以被看作数据库(萌要素、

---

[1] [加]马歇尔·麦克卢汉:《理解媒介——论人的延伸》,何道宽译,南京:译林出版社,2011年版,"作者第一版序",第4页。

[2] [加]马歇尔·麦克卢汉:《理解媒介——论人的延伸》,何道宽译,南京:译林出版社,2011年版,"作者第一版序",第11页。

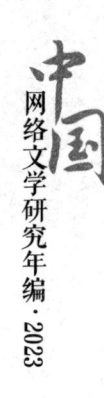

亲密关系要素)和趣缘社群的延伸,数据库和趣缘社群则是人的欲望(性/亲密关系欲望、消费欲望、交往欲望、创作欲望等)的延伸,它们在前网络时代已经诞生,催生它们的是高度发达的印刷媒介(比如书籍杂志出版的速率飞升)、后现代"状况"和消费社会的"丰盛"。但只有互联网这一新媒介出现后,这些延伸的欲望才有了一个生存环境,此前的纸媒环境的内容成为新环境的数据库。

如果我们把"数码人工环境"理解为人的欲望(白日梦境)在网络媒介中的延伸的话,那么在这个环境里,人的"自然"欲望不但被极大地放大了、增生了,也被规则化、系统化了,变得可以人工操作、玩耍了。原本黑团团的无名欲望,被诸多"萌要素/亲密关系要素"条分缕析地分类、标注,放置在"库房"的小格子里,玩耍者可以各取所需,根据"算法"运算得出有趣的结果,这自然会激发出人类前所未有的参与热情。在这个"亲密关系实验场"中,很多长久被压抑、被扭曲的欲望得以伸展舒张,无数"应然""或然"的小世界被重新编码出来,世界有了无限可能,"作为虚拟世界的集体创造者,我们——作为整体的人类——第一次开始过上一种系统的意义性的生活"①。这是"数码人工环境"积极的一面。

消极的一面也可以想见。首先是欲望"自我截除"的危险。按照麦克卢汉的理论,媒介的延伸总会导致被延伸器官的"自我截除",因为人的感官比率需要调整到与更高、更快、更有力的媒介匹配,并且迷恋上这种延伸,陷入"自恋性麻木"的状态。② 相对于人类以往的各种延伸,"梦境的延伸"最让人难以醒来。也就是说,人可能丧失"自主欲望"的能力。

---

① 翟振明:《有无之间——虚拟实在的哲学探险》,孔红艳译,北京:北京大学出版社,2007年版,"序言",第2页。
② 参见[加]马歇尔·麦克卢汉:《理解媒介——论人的延伸》,何道宽译,南京:译林出版社,2011年版,第一部第四节"小玩意爱好者:麻木性自恋",第57—64页。

"罗曼蒂克 2.0"比"罗曼蒂克 1.0"更好吗？高寒凝说"未必"，她认为更新版本未必是优化版本，"反向优化"的案例也屡见不鲜，因此"并不试图捏造或夸大'罗曼蒂克 2.0'的进步性、普遍性、革命性"。那么，新版本会取代旧版本吗？高寒凝认为也未必，"版本更新并不具有强制性"，用户可以一直选用旧版本，新版本也可以尽量兼容旧版本的主要内容和功能。① 这样的回答或许出于谨慎，但背后确实有着对环境边界的清醒认识。进入数码时代后，人类的情感模式会是怎样的？是"二次元人""三次元人"各行其是，还是可以进入"2.5 次元"的状态，在不同环境中自由切换？其实，不管怎样，都需要人们具有良好的媒介素养。媒介自觉中非常重要的一步，就是把媒介延伸的过程展示出来。当"数码人工环境""罗曼蒂克 2.0"这样的概念建立起来，"环境"的边界和运行规则就可见了，"麻木"的状态就成为讨论对象了。

其次是王鑫提出的，在"数码人工环境"里，主体的透明化和系统的整体受控状态。② 当人被数码化，欲望被编码为"萌要素"，一切的运行发生在由数码逻辑建构的环境内按算法进行时，无形的欲望终于落网了。或者说，通过数码化，人类终于找到一个最好的控制欲望的方式。王鑫对技术环境麻木状态的揭示，沿用了麦克卢汉关于"麻木"的理论，将之与控制论的理论相结合，打开了纵深的理论空间。

"媒介环境学派"一直注重研究媒介和环境的关系，"媒介即环境，环境即媒介"的观念，贯穿于这个学派的研究中。继麦克卢汉之后，波兹曼提出的"媒介即隐喻"（1985），梅罗维茨提出的"媒介情境理论"（1985），

---

① 高寒凝：《罗曼蒂克 2.0："女性向"网络文化中的亲密关系》，北京：中国文联出版社，2022 年版，第 57—58 页。
② 参见王鑫：《从中作"梗"：数码人工环境中的语言与主体》，北京：北京大学博士学位论文，2022 年，绪论和第一章。

莱文森提出的"软利器"(1997)、"新新媒介"(2009)①,始终是追踪媒介的发展进行理论创新。将"数码人工环境"的概念放到"媒介环境学派"的理论脉络中考察,也不失为一种理论维度。

二、重新认识网络文学的"网络性"和"文学性"

虽然通过对"数码人工环境"的定义,我们可以进一步辨析、质疑、丰富、完善,但这一概念的提出和基本内涵的确立,确实使网络文学的理论研究上升了一个维度,使一些处在"瓶颈"中的问题有了突破。

首先突破的是网络文学的"网络性"问题。从"数码人工环境"的概念出发,包括笔者在内的研究者以往提出的诸多内涵要素,都找到了底层逻辑。在王玉玊看来,网络文学的"超文本性",并不是以超链接的方式实现的,而是以公共设定的方式实现的,以公共设定为基础的每一部具体的网络小说都是不完整的,要在公共设定的场域之中完成自身,同时超越自身,这就形成了所谓网络文学的超文本的特性。② 这是对崔宰溶的"超文本作品"观点做出的更深层的理论阐释。而关于粉丝经济,王玉玊认为,更应该将其理解为趣缘社群的一种运行方式。公共设定的公共性一定要在粉丝社群中去实现,是粉丝社群共同创造、共同享有的公共财产,粉丝经济只是粉丝社群运行方式的一种。③ 我们可以说,在消费社会的

---

①参见[美]尼尔·波兹曼:《娱乐至死》,章艳译,桂林:广西师范大学出版社,2004年版。[美]约书亚·梅罗维茨:《消失的地域:电子媒介对社会行为的影响》,肖志军译,北京:清华大学出版社,2002年版。[美]保罗·莱文森:《软利器:信息革命的自然历史与未来》,何道宽译,上海:复旦大学出版社,2011年版;[美]保罗·莱文森:《新新媒介》,何道宽译,上海:复旦大学出版社,2013年版。

②参见王玉玊:《编码新世界:游戏化向度的网络文学》,北京:中国文联出版社,2021年版,第15—16页。

③参见王玉玊:《编码新世界:游戏化向度的网络文学》,北京:中国文联出版社,2021年版,第163—202页。

格局下,粉丝经济是一种最具主导性的运行方式,既有"'有爱'的经济学"①的一面,也有"数据劳动剥削"的一面。② 在"数码人工环境"下,无论是"有爱"还是"剥削",都有具体的数据和算法。

我们看到,"数码人工环境"概念的提出,不但使"网络性"的概念落实了,还更丰富、更具系统性。事实上,只要"数码人工环境"的概念内涵确立了,"网络性"的提法就可以取消了,"数码人工环境"的概念内涵就是"网络性"。那么,网络文学是否可以直接定义为基于"数码人工环境"的文学?

网络文学的发展成熟有一个过程,其中一个最重要的向度,就是对其区别于纸质文学的媒介特征"网络性"的充分认识和实现,也就是"数码人工环境"的形成和对其的自觉。在我的观察中,在 2015 年左右网络文学出现明显的风格"转向",这和网络一代的崛起有直接关系。我在一篇论文③中,称之为"二次元转向",并将此前作为主潮的网文称为"传统网文"。但王玉玊不同意转向的说法,认为这并不是一种"创作方向上的转换或者说代际更迭导致的借鉴的主导文化资源的置换",因为"二次元网文"每一个经典特征都能在"传统网文"中找到大量的对应物。她认为,在网络文学形态形成的过程中,一直有两种力量在互相拉扯:现实主义的文学传统和基于"数码人工环境"的创作趋向。"一开始传统文学惯性可能更强大,看到的就是传统网文的形态,在传统网文的形态之中数码人工环境底层逻辑依旧是存在的,只是更好地被掩藏在底下。渐渐地网

---

①林品:《"有爱"的经济学——御宅族趣缘社交与社群生产力》,《中国图书评论》,2015 年第 11 期。
②高寒凝:《罗曼蒂克 2.0:"女性向"网络文化中的亲密关系》,北京:中国文联出版社,2022 年版,第 69—74 页。
③邵燕君:《网络文学的"断代史"与"传统网文"的经典化》,《中国现代文学研究丛刊》,2019 年第 2 期。

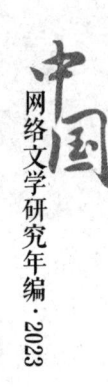

络文学开始走向更充分的自我实现,渐渐甩脱了一些现实主义的文学传统和惯例,实现了更加充分的自我实现,于是看到了一种更加明晰的基于数码人工环境的网络文学。"①我现在同意王玉玊的观点,并且意识到,作为中文系出身又缺乏游戏经验的"传统学者",我势必对"数码人工环境"元素缺乏辨识力。出于谨慎,王玉玊在论著中,只将"游戏化向度的网络文学"称为"基于(数码)人工环境的网络文学"。我反而想更激进一些,直接将网络文学定义为基于"数码人工环境"的文学。因为,对于一种新媒介文学,定义只能基于媒介的核心特征和创作发展的趋向。网络文学毕竟只发展了20余年,处于网络时代的开端时期,"传统网文"只是过渡形态。目前学院派指认的具有"经典性"的作品大都属于"传统网文",其"经典性"只能在"断代史"的限制内讨论,不能影响其文学形态的定义。② 当然,对于网络文学的定义,目前也是初步想法,有待进一步讨论。

从"数码人工环境"的概念出发,文学性的"网络重生"也有了全新的母体。这些年来,学术界一直讨论网络文学独立评价标准的建立问题。但是,如何才能摆脱传统纸质文学标准的规定性影响呢?"数码人工环境"概念的建立有釜底抽薪之功,它的厉害之处不仅在于建立了一个"平行空间",还在于发现了作为中介的"环境"。按照麦克卢汉的说法,当媒介转型之时,媒介被发现了。在"数码人工环境"这一新概念的建构过程中,传统文学中"世界"建构的人工性也被暴露了出来。

王玉玊将"数码人工环境"中被设定的"世界"与艾布拉姆斯《镜与

---

①参见王玉玊:《网络文学的"游戏化"向度及其"网络性"——(数码)人工环境与网络文学的自我实现》,《文学》,第17辑。

②参见邵燕君:《网络文学的"断代史"与"传统网文"的经典化》,《中国现代文学研究丛刊》,2019年第2期。

灯:浪漫主义文论及批评传统》中称之为"自然"的"世界"作对比,指出既然在艾布拉姆斯定义中的"世界"可以是人物和行为,可以是思想和情感,那么它就不是文学作品中的"环境";既然"世界"是直接或间接地导源于现实事物的,那么它也就必然不是作为其源头的'现实'。当我们将现实主义的创作原则简单地理解为文学艺术反映世界的时候,常常忽略了这个作为中介的"世界"的存在。①

为什么这个作为中介存在的"世界"在以现实主义为代表的传统纸质文学中会被忽略呢?不仅由于它是摹仿现实世界创作的(1∶1的尺度、透明的语言、朴实无华的技巧),更在于它不是对现实粗略的摹仿,而是"透过现象看本质"(文学艺术发展到现实主义阶段已经超越了柏拉图的"摹仿说"),无论是现实主义的"镜",还是浪漫主义的"灯",都是"世界"的先在规定性。只要一个地域一个时期的人们,对世界的真实持有共同的理解和信念,艺术家们"源于生活、高于生活"的创作就被认为是展现了更真实的"世界图景"。或者说,在印刷文明时代,特别在浪漫主义、现实主义文学兴盛的启蒙时代,人们正是通过小说展现的"世界图景"去建构对世界的理解的。

事实上,浪漫主义对"灯"的秉持,本身就是"现实之镜"破碎的前兆。"应该走得更远一些;心灵必须背叛自己,催生新我,必是这一活动,镜变为灯。"②"灯"是对"心灵"这一媒介的发现和主观强化。如果说,现实主义背后是基于启蒙信仰的坚定明朗的世界观(世界有本质,并且可以被认识),浪漫主义背后,则是"伟大的心灵"用以"烛照"世界的价值观。尽

---

① 王玉玊:《编码新世界:游戏化向度的网络文学》,北京:中国文联出版社,2021年版,第295页。
② 艾布拉姆斯在《镜与灯:浪漫主义文论及批评传统》(郦稚牛等译,北京:北京大学出版社,2021年版)扉页上引用的叶芝的诗。

管浪漫主义的才子们个个以"上帝之子"自命,但对"上帝是否只有一个"的问题已然悬置。在后现代转型之际,文学世界已经不能再在现实世界中隐身,"世界设定"暴露出来。于是,在"纯文学"和通俗文学方向,我们分别看到了各种各样的超现实主义的"变形记"和作为"拟宏大叙事"的"第二世界"。进入网络时代以后,在基于数码逻辑运行的虚拟环境中,你所设定的世界是否遵守万有引力规则都是可以选择的了。做世界设定不仅是每一个创作者拥有的权利,还是在一部作品展开前需要向读者申明的规则。在中介的意义上,普通网文作者建构的世界,和托尔金的"中土世界"、卡夫卡的"城堡"、马尔克斯的"马孔多",以及巴尔扎克的"巴黎"的关系,都是平行世界的关系。这些"作为中介的世界",是作者和读者基于自觉或不自觉的约定或共识而建立的公共交流平台,这些构成"传达互动的条件"约定或共识,被东浩纪称为"想象力环境",有时"想象力环境"也被直接指认为数据库。①

在"平行世界"的概念下,网络文学自然获得了与传统纸质文学平等的地位。这是两种不同的文学形态,它们的依托环境、想象力环境、主体(作者、读者、作品人物)状态、文学要素、文本内部遵循逻辑、语言等都有明显的不同。简要列表如下:

---

① [日]东浩纪:《游戏性写实主义的诞生:动物化的后现代2》,黄锦容译,台北:唐山出版社,2015年版,第53页。对于"想象力环境"的概念,东浩纪的论述不太充分。傅善超在反思其不足的基础上,重新给出的定义是:"角色、形象、叙事装置套路等文本要素得以共存的背景以及对叙事意义的最终保障。"见其在"AI是什么?网文怎么办?——人工智能时代的语言算法和网文写作"高峰论坛(由北京大学中文系、北京大学文学讲习所举办,2023年6月18日)上的发言,微信公众号北京大学文学讲习所6月21日推文。这一概念很有潜力,可进一步讨论。

文学形态	依托环境	想象力环境	主体生存状态	文学要素	逻辑规则	语言
传统文学（以现实主义为代表）	自然环境	宏大叙事	肉身"有血有肉"的人物形象	典型环境、典型人物、情节	现实世界物理逻辑、生活逻辑	透明
网络文学	数码人工环境	数据库（大型非叙事）	赛博格虚拟化身虚拟实在	世界设定、人设、人物关系设定、梗	数码系统底层逻辑、数值化、平衡感	半透明

在做出这样系统性的区分后，我们很难再用传统纸质文学的批评标准去衡量网络文学。因为，那些对网络文学很重要的东西，如世界设定、人物设定、人物关系设定、梗，传统体系里根本没有。而传统体系里特别重要的东西，如作品的思想深度、环境的典型性、人物的立体性等等，又在网络文学出现以前就不断被瓦解。但这并不意味着网络文学一定是"平面化的""动物化的"。"数码人工环境"是一种"人和物（自然）都受互联网控制的环境"，一种数字化生存环境，基于这一环境的文学，必然要面临无数的人类新命题，只是要处理这些新命题就需要新的理论资源。所以，建立网络文学独立的评价体系，加强网络文学的理论建设，势在必行。

三、新环境下"学院派"如何重建专业批评？

网络媒介和专业批评之间，本来就存在着悖论。网络是去中心化的、去精英化的，专业批评就是中心化和精英化的化身。亨利·詹金斯曾专门讨论了在粉丝"集体智慧"的挑战下，"专家范式"显示出的"老大僵

硬"状态。① 在媒介变革之际,原本占据文化中心位置的学院派具有充分的警觉和反省能力是十分必要的,但这并不意味着在网络时代,学院派的专业批评和研究就没有存在的合法性,只是我们必须在新环境下重建自己的专业性。"数码人工环境"概念的提出,也为学院派重建专业批评提供了新的动力和要求,一些任务和方法也更明确了。

第一,倡导"学者粉丝"立场方法的必要性和掌握"数字人文"方法的迫切性。

"学者粉丝"是詹金斯等粉丝文化研究者20世纪90年代起提出的一种"新型民族志"的研究身份和立场,笔者认为中国网络文学研究应该延续这一路径,这些年也一直和研究团队努力践行。在"数码人工环境"的概念下,深感其必要性进一步加强了。所谓"学者粉丝",就是研究者不再外在于粉丝群体,不再像以往的学者那样,以田野调查的姿态走进部落,找到"社群的'心'",而是作为粉丝社群的一员,为自己为伙伴为社群发出心声。② 詹金斯等人倡导这一研究范式的转型时,还是在前网络时代,趣缘社群还是在线下空间。进入网络时代,传统研究与粉丝研究已经隔了一层"次元之壁",而"数码人工环境"的概念更让我们看到,那是一个独立完整的平行空间,其虚拟性和数码逻辑都超出了"三次元人"可以"将心比心""推己及人"的范畴,需要我们化身(avatar)其间。

数码逻辑也迫使我们必须使用数字人文的研究方法。这种方法已经

---

① 参见[美]亨利·詹金斯:《融合文化:新媒体和旧媒体的冲突地带》,杜永明译,北京:商务印书馆,2012年版,第98—101页。
② 参见《〈文本盗猎者〉二十年后——亨利·詹金斯和苏珊·斯科特的对话》,[美]亨利·詹金斯:《文本盗猎者——电视粉丝与参与式文化》,郑熙青译,北京:北京大学出版社,2016年版,第275—276页。

引进网络文学研究几年了,笔者带领的研究团队也一直在努力尝试。[1]同学们首先遇到的障碍是技术问题:文科生不会编程。但人工智能技术的发展(如最近大火的 ChatGPT)似乎已经可以给我们提供基础工具了,现在考验我们的是态度问题。我们先不要问人工智能不能做什么,先要看它能做什么,它能做的人工做得了吗?如果做不了,就要学会让它做。但首先要保证,我们能充分掌握这个利器。只有把人工智能的能力充分发挥出来,我们才知道,人的用途是什么?使用的过程也是学习的过程。一个好的数字人文研究者,不但要以数字人文为"器",还要以数字人文为"思"。我们只有主动去学习数字人文的新语法,才能把数字人文研究的新范式嫁接在原有的研究方法上,使其成为文学研究的加强版、升级版,将印刷文明阶段数百年积累的成果方法加上数字的引擎。如果我们一味拒斥、麻木不仁,一旦整个学术研究发生系统性转型,未及内部转型的学科就可能在"降维打击"中被格式化。

第二,建立"学院榜"的重要性。

"学者粉丝"可以分为"学者型粉丝"和"粉丝型学者"两种身份。前者的本质是粉丝,"学者"只是作为粉丝的一种特殊"装备",有的粉丝的"装备"是历史知识,有的粉丝的"装备"是工程师思维,我们的"装备"是文学阅读经验和解读能力,如此而已。"粉丝型学者"的本质是学者,粉丝经验是研究的资源。在学者粉丝范式的研究中,一个学者所在粉丝群体的质量,往往会影响其学术研究的质量。当然,粉丝经验如何转换,考验着学者的能力。

互联网媒介前所未有地激发出业余者的参与热情和能量,对"专业

---

[1] 参见《中国现代文学研究丛刊》2020 年第 8 期《新现象研究》、《文艺理论与批评》2021 年第 4 期《新媒介》专栏的两组论文。

范式"发出挑战,但挑战的只是传统范式下的专家。从学者粉丝的范式出发,专业者和业余者不是对抗关系,专业者是从业余者中转化而来的。每一个专业者都应该曾经是(最好一直是)积极的参与式粉丝,在与社区粉丝分享"集体智慧"的基础上,那些"专门的知识"、学术规范和学术传统,才构成其专业者的资格。

"学者型粉丝"的阵地就在网文第一线,在"本章说"下写出高赞的段评,在微博、B站、知乎等社交平台写出高转发的帖子,总之,以用户ID而非学者Title重新获得尊重和影响力。作为"粉丝型学者"则需要重建网络文学的评价体系,其中,做"学院派"榜单是一项基础而重要的工作。

进入消费时代以后,文学场发生的一个重大变化,就是颁发象征资本的权力一再向消费大众倾斜。在数码经济运行机制下,网文读者的选书意愿更直接以算法的方式呈现在数据榜单中。

在付费模式(2003年建立)中,由于自觉付费的用户(由于看盗文方便,付费用户基本只占10%~20%,有时甚至低于10%)大都是高参与度的"社区型用户"(不仅真金白银地订阅、打赏,还积极投票、发表评论,至少喜欢看"本章说"等只有付费用户才能看到的评论),所以,商业榜本身具有文学评价的导向。我们可以说,付费模式下的商业榜也是某种意义上的"精英榜"。

2018年以后,基于流量经济的免费模式兴起。与付费模式不同,免费模式吸纳了大量的"下沉用户",不但囊括了大部分盗版用户,还吸纳很多从来没有读过网文的读者。这些用户更是以文艺产品消费者而非网文爱好者的心态阅读网文的,大数据个人推荐更是基于每个人的欲望模式而非阅读口味,"好看"和"好书"之间的价值链条断掉了,于是,"千人千面"的推荐榜就失去了公共性,很多人在享受个性化服务的同时,反而需要到"书荒广场"求个人荐书。可以说,越是大数据推荐系统,越需要人工榜单的补充。①

事实上,即使在付费模式运行最为良好的阶段,人工榜单也一直存在。其中,既有"三江阁"(起点中文网)这样代表网站编辑导向的推荐榜,也有"农粮榜"(龙的天空)这样代表"老白"(资深读者)口味的"口碑榜",此外,还有各种推文大V的个人推荐(如小紫推文、赤戟的"书荒救济所"等),它们都发挥着非常积极的作用。

在这些人工榜中,"学院榜"不该缺席。分众的社会只是削弱了专家精英集团的审美霸权,并非取消其存在的价值。在网络文学场各种力量复杂的斗争中,学院派应该参与博弈。事实上,当分众进行到越来越细、圈子越来越小的阶段时,更需要具有超越性和公共性的评价体系成为公众价值锁定的锚点。学者粉丝的"学院榜"可能成为锚定点,是因为背后有一个相对稳定的文学评价体系——它来自文学传统,来自学术规范,又经过学者粉丝的转化,获得了网络重生。当然,这个网络重生的文学评价体系还在建设过程中,但理论建设必须建立在批评实践的基础上。追踪网络文学瞬息万变的发展进程,即时推出具有一定公信力、影响力(同时也具备试错功能)的榜单,可以为网络文学史的写作和评价体系的建立提供扎实的基础。

第三,促进新理论原创性及其与传统理论的对话性。

网络文学研究一方面需要接地气的实践批评,另一方面也非常需要原创性的理论开拓一片新天地。这项任务恐怕要落在"网生一代"年轻

---

① 纵横中文网副总裁邢月(本名许斌)2022年8月3日接受笔者采访时称:"番茄有三分之一左右的用户是靠书荒广场互相推荐着去看书的,然后七猫上了这样的机制之后效果也很好。这说明大家其实还是很难找到足够好看的书。"采访稿经过邢月先生审定,同意引用。

学者身上，因为，他们的新经验，需要新的理论体系才能表达，如果囚禁在既有体系里，新事也会被说旧。一旦能有原创概念（如这里提到的"数码人工环境""虚拟性性征"），整个体系就有了新的支点。当然，把整个论述建立在自己原创的概念上，这确实需要勇气。这个概念立不立得住？在此基础上展开的整个理论体系是不是立得住？这是对研究者学术能力的挑战，对此，学术界应该持鼓励和包容的态度。

在我看来，网生一代研究者的研究发展可以分为三步：第一步，原创新的概念充分表达自己的生命经验；第二步，在更丰富的生命经验的基础上完善理论框架；第三步，打通与传统理论的关系，在彼此对话中，进行一种更具理论连通性的考察。因为新理论提出了新参数，以此为契机，既有理论系统就可以被打开，在新的维度上重新考察。如，王玉玊将"数码人工环境"中"世界设定"的概念，与艾布拉姆斯使用的"世界"的概念做比较，就打开了与文学传统理论的对话关系。这种对话关系可以进一步延展。

总之，作为数码时代的第一代"原住民"，"网生一代"学者有着非常广阔的理论探索空间。因为其身份不仅仅是亚文化的经验表达者和阐释者，甚至也并不仅仅是自身理论的建构者，而且可以是理论的更新换代者，使诞生于印刷文明、工业文明的理论，能够进入网络文明的系统，在2.0、3.0版的更新中，获得一个连续性的发展。

原载于《中国文学批评》2023年第4期

以文为戏:数字时代文学的游戏批评范式[①]

黎杨全

面对数字时代的文学,特别是新媒介文学的兴起,批评"失语""困境"的说法比较常见,如何发展当代文学批评以应对新兴文学,成为亟待解决的问题。批评家难以介入媒介场域,批评话语面临调整,缺乏有效批评方法与评价体系,等等,都是造成困境的原因。不过,缺乏适宜的批评范式也是关键要素,传统批评范式常有言不及物之感,难以看见数字时代文学的深层变化。数字时代的文学呈现明显的游戏转向,需从游戏角度去理解文学活动,建构文学的游戏批评范式。已有不少成果探讨游戏对数字时代文学的影响,不过它们主要围绕网络游戏对网络文学文本层面的影响而展开,本文的探讨不限于网络游戏、网络文学,也不限于文本层面,而是从作为人类娱乐活动的"游戏"出发,认为游戏化是数字时代文学活动的世界性现象,不仅从文本层面去考察游戏经验的再媒介化,还从读者的游戏动机、活动机制与作家创作的游戏逻辑等方面去分析,并在此基础上提出文学的游戏批评范式。目前在文学领域还没有游戏批评的说法,本文提出并试图建构数字时代文学的游戏批评范式,其意是指从游戏的视域对文学展开批评,以作为传统文学批评的补充与发展。

一、"文本作为游戏":文学的阅读动机与活动机制

游戏是快乐的,这种快乐在释放用户主体性的数字时代得到充分体

[①] 本文系国家社会科学基金重点项目"数字资本主义与新媒介文艺的转型研究"(项目编号21AZW002)的阶段性研究成果。

现,从人们对文学的消费活动来看,它在很大程度上成了一种遵循快乐原则的游戏。

英国学者威廉·斯蒂芬森(William Stephenson)主张从游戏范式来理解传播,认为早期大众传播研究严重忽视游戏元素,呼吁从传统信息理论走向游戏理论。[1] 受行为主义心理学影响的传统传播效果研究,试图预测并控制受众社会行为,实现有效劝服,这将信息刺激与受众反应之间看成线性关系,忽视受众的个体差异与精神世界的复杂性。在斯蒂芬森看来,用户在传播中是体验快乐的主体,比如人们看报纸,并非必须任务,也无明确目标,而是随心所欲地浏览,成为自主性游戏。"游戏"一词凸显人的自由意志,斯蒂芬森反对传播研究"社会控制"的效果研究误区,也反思了法兰克福学派的传播批判主义,体现了人本主义精神,媒介与信息成为受众游戏的对象。

斯蒂芬森的游戏理论受到荷兰学者赫伊津哈的影响,遵循的是社会学芝加哥学派传统,他强调从信息范式走向游戏范式,这种范式转换显然在当下具有很强的阐释力。当代社会是闲暇社会、丰裕社会,网络兴起后,数字化休闲更是成为人们生活的重要内容,网络聊天、角色扮演、自拍展示、恶搞、操控、互动、玩梗……网民的种种行为都带有游戏性。随着增强现实、混合现实技术的兴起,玩乐活动还溢出了网络,现实世界也可以成为巨大的游戏场域。类似于文化研究开启的"新受众研究",斯蒂芬森不是要我们关注大众媒介,而是关注媒介大众。斯蒂芬森所在的时代还没有网络,传播中的游戏行为主要基于想象,而现在人们可以充分互动、选择、操作,更有参与、行动的游戏感。赫伊津哈将游戏看成人类文化中

---

[1]William Stephenson. *The Play Theory of Mass Communication*, Chicago: The University of Chicago Press, 1967, p. 3.

本体性的存在,这种本体性在数字时代得到真正展现。这也表现在文学上,网民对文学的态度主要基于游戏心理,对文学的阅读、"代入"、戏仿、传播、分享、玩梗、吐槽,以及二次创作,主要是为了"好玩"。需要注意的是,游戏性并不局限于娱乐性较强的大众文学的消费活动,而是指整个数字时代的文学,不管是大众文学还是精英文学,只要它在网上消费,就会出现游戏行为,比如传统经典名著《红楼梦》,网络上有大量关于它的角色扮演、玩梗与二次创作,又比如超文本文学、超媒体文学,对它们的阅读与互动本身就带有游戏性。当然,这不是说以前的文学消费活动没有游戏性,而是说在当下成为一种重要趋势了。

文学消费活动的游戏化实际上是历史趋势。游戏与艺术、文学的游戏性与社会性早期处于原始交融状态,此后开始分离,或强调文以载道,或走向感官游戏。书面文化制约了交互的游戏性,不过也有一些文学实验试图突出读者的主动性,尤其是后现代文学让阅读走向游戏化。在理论上,读者反应批评、接受美学、阐释学、后结构主义、解构主义,都将游戏视为开放性文本的原型。数字技术兴起后,人们可以随意操作文本,文学消费活动进一步凸显了游戏性,如乔纳森·卡勒所说:"在电子文本中,通过种种算法或者程序创造出无数的组合可能性……它们可能会导致这样一种趋势:将文学作品重新想象为某种可以演奏的器具或者是可以玩的游戏。"①

针对20世纪后期以来文艺的这种新变化,瑞安(Marie-Laure Ryan)认为文学活动范式正从"文本作为世界"(The Text as World)转向"文本

---

① [美]乔纳森·卡勒:《当今的文学理论》,生安锋译,《外国文学评论》,2012年第4期。

作为游戏"(The Text as Game)。① 她发现"虚拟"一词在词源上有"仿品(fake)"与"潜能(potential)"两种含义,文学虚构也呈现相应两极变迁,可分别用"文本作为世界"与"文本作为游戏"这两个根隐喻来理解。借鉴可能世界理论,瑞安认为文本构筑的"世界"具有本体性,读者通过"再中心化"而"沉浸"其中;同时文本也发挥着"潜能"作用,如同一曲等待演出的乐谱,成为可不断操弄、重组的"游戏"。如果说"文本作为世界"的美学强调的是沉浸,那么"文本作为游戏"的美学则突出的是距离与自反性,前者在现实主义文学中达到了巅峰,后者在20世纪后期的文学(如后现代小说、超文本文学)中开始占上风,不再是营造世界及其幻觉,而是打破沉浸,将文本游戏化。

可以发现,瑞安等人的理论主要是基于"读者—文本"的关系,强调读者对文本的操控、交互。不过数字时代文学消费的游戏性不只在于读者与文本的关系,还在于主体之间的群体交往。网络阅读与传统阅读的不同在于,论坛环境让人们可以随时交流,社交媒体的兴起强化了这种倾向,人们边看故事边讨论,它并不是瑞安所说的要么沉浸要么交互的状态,而恰好是两者随意转换的自由。"文本作为游戏"概括的是后结构主义文本理论及实践,如果说"文本作为世界"对应的是大众化文本,作为游戏的文本则是具有深奥性和精英性的超文本、视觉诗歌、后现代小说等。② 然而数字时代的文学并不只是后现代小说、超文本的精英类型,还可能是中国网络文学、日本轻小说这种流行文艺。后者具有二元性:一方

---

① Marie-Laure Ryan. *Narrative as Virtual Reality*: Immersion and Interactivity in Literature an Electronic Media, Baltimore and London: Johns Hopkins University Press, 2001, p. 175.

② Marie-Laure Ryan. *Narrative as Virtual Reality*: Immersion and Interactivity in Literature an Electronic Media, Baltimore and London: Johns Hopkins University Press, 2001, pp. 195—199.

面不是精英文学,而是大众化文本;另一方面又并非传统"沉浸"式欣赏,而是因社交而不断打破沉浸,具有游戏性,显然瑞安等人的理论无法完全阐释这类游戏化现象。

值得注意的是,中国传统文论也有"以文为戏"的说法,并提供了西方理论之外的思考路径。"以文为戏"源自中唐裴度对韩愈的批评,韩愈在《毛颖传》中以史传笔法为毛笔写传记,裴度批评了这种游戏写作:"不以文立制,而以文为戏。"①经后世学者阐发,"以文为戏"渐成中国文论重要概念。"以文为戏"就是以游戏态度对待阅读与写作。《毛颖传》体现了这种特点,以史传笔法为毛笔立传,充满戏拟与反讽,读者也心领神会,视其为游戏之作,这与瑞安所说的"文本作为游戏"有相通之处,而韩愈的文人身份与案头化写作,也让这种"以文为戏"类似于精英化的文本嬉戏。

不过,"以文为戏"还指涉着其他情况,被古人用来形容传统文学"跨进跨出"的艺术特征。在《水浒传》第三十回,武松杀了一个丫鬟,另一个见状欲走,却"惊得呆了"。叙述者此时插话:"休道是两个丫鬟,便是说话的见了,也惊得口里半舌不展!"金圣叹评点道:"忽然跳出话外,真是以文为戏。"②叙述者的评论打破了沉浸,"跳出话外",具有游戏性。脂砚斋在评点《红楼梦》中叙述者"跳出话外"的议论时,同样认为这是文学的游戏化:"又忽作此数语,以幻弄成真,以真弄成幻,真真假假,恣意游戏于笔墨之中。"③"跨进跨出"是中国艺术较为突出的特点。中国小说时常有干预叙述,人物视角与说话人视角呈现出流动性。干预叙述在西方也

---

① 裴度:《寄李翱书》,载《中国历代文论选》(上),台北:木铎出版社,1981年版,第465页。
②《金圣叹全集》(一),南京:江苏古籍出版社,1985年版,第466页。
③ 俞平伯辑:《脂砚斋红楼梦辑评》,北京:中华书局,1960年版,第61—128页。

存在,但不像在中国小说中成为一种叙述程式,有些西方学者甚至认为这是中国传统。① 中国戏曲也有同样特征,如剧中"自报家门"、上场诗、下场诗、诗云、词云、背云、断云等都带有跨层性。跨层在评书、相声等曲艺表演中也相当常见,戏谚"一人多角,跳进跳出"指的就是这种特点。

这种"沉浸—交流"的混淆状态,同样呈现的是"文本作为游戏",却不同于瑞安所说的精英化文本嬉戏,原因在于这基于不同文学经验。瑞安的理论奠基于后结构主义及文本实践,这仍是一种个人化的、限于文本本身的文学实验。实际上在这一点,西方学者仍深刻困囿于印刷文化视野。沃尔特·翁曾将德里达、罗兰·巴特等称为"文本主义者",认为他们对文本特征的批评"闪耀着思想的光芒",但耐人寻味的是他们又"最受制于文本的意识形态",因为他们"只玩弄文本特征","把文本当作一个封闭的体系"。在他看来,出路在于摆脱印刷文化视野的制约,从口语文化去理解文本特征。② 对瑞安来说也是如此,面对的是后现代、超文本文学,必然难以从口语文化角度去理解"文本作为游戏",而中国文学"跨进跨出"的叙述程式,与说唱艺术初始对小说、戏曲的影响有关,这与当下数字媒介重建口头文化经验具有相通性,契合了数字时代社交性、群体性的游戏化文学消费活动。从"文本作为游戏"延伸到"以文为戏",表明数字时代文学消费的游戏化呈现多种形式,而中西文论可就此展开对话。

在斯蒂芬森看来,大众传播并非一开始就具有传播游戏与快乐的特点,而是消费时代的产物,丰裕社会形成了"他人导向"(other-direction)潮流,人们关注的是相对琐碎的商品和有限的需求。所有这些都是快乐,

---

① 参看赵毅衡:《当说者被说的时候:比较叙述学导论》(北京:中国人民大学出版社,1998年版)第56页第10条注释中的说明。

② [美]沃尔特·翁:《口语文化与书面文化:语词的技术化》,何道宽译,北京:北京大学出版社,2008年版,第130页。

没有深刻的承诺。[1] 这类似于日本学者东浩纪所说的后现代动物,人们对人性化的"优越愿望"不再感兴趣,而是像动物般活着,追求快乐、崇尚消费、依赖媒介,并结成同好群体。数字媒介强化了这种趋势,对很多读者来说,他们参与、互动、分享、二次创作……与其说是类似传统文学阅读那样欣赏文学之美、获取知识、接受教诲,不如说是在游戏。从游戏范式来理解文学消费活动,才能真正看清当下文学状况。

二、数据库写作、故事生成机器与游戏逻辑

数字媒介兴起,理论上人人都可以创作了,比如中国网络文学在商业机制的刺激下产生了海量的网络作家,此外网上还有网友大量的二次创作,那么这种创作遵循何种机制呢?

日本理论家大塚英志在鲍德里亚的基础上提出"物语消费"的说法。鲍德里亚认为消费成为符号消费,传统政治经济学已然失效,不仅如此,它还成了让我们错失真正批判对象的拟像,因此应走向符号政治经济学。大塚英志认为,在宏大叙事终结后,大叙事的冲动转移到了亚文化之中,一集集剧集背后是作为替代物的"虚构大叙事"。也就是说,消费的并不只是文化产品本身,最先消费并赋予这些商品价值的,是作为背景而存在的大叙事或秩序。[2] 在此情况下,符号消费走向了物语消费(故事消费),这是消费社会的新阶段。

这种虚构的大叙事是什么呢?它并不是指各集碎片联系起来的整个大故事,而是背后的世界观,即各种设定、要素的集合。它是不可见的,是

---

[1] William Stephenson. *The Play Theory of Mass Communication*, Chicago: The University of Chicago Press, 1967, p.89.

[2] Ōtsuka Eiji. *World and Variation: The Reproduction and Consumption of Narrative*, trans. by Marc Steinberg (bio), Volume 5, 01 (2010), pp.99—116.

一种元叙事的存在，如同利奥塔认为大叙事给知识提供合法性一样，这个元叙事也给这些碎片化故事提供了衍生的根据。大塚英志认为游戏的程序正是这种大叙事。游戏程序是被编码的数据的总和，是不可见的存在，玩家被吸引着不断根据个别剧集的信息、地图或攻略去挖掘这个隐藏的秩序（虚构的大叙事）。

东浩纪在此基础上又进一步提出"数据库消费"的说法，认为在"没有他者的充足社会"中，人们的态度正在"动物化"①，按照"欠缺—满足"模式行事，因此不仅大叙事终结了，虚构的大叙事也不复存在，只有作为数据库（设定、要素的集合）存在的大型非叙事，消费者对数据库的要素进行组合，消费由此生成了一个个拟像（二次创作）。

大塚英志与东浩纪的观点存在明显差异（后者解构了前者），不过都强调了设定、要素总体系统的重要性，并认为在此基础上形成了新的创作关系。大塚英志认为物语消费的危险性在于："在小叙事的累积消费结束时，如果消费者掌握了大叙事，他们将能够自由地生产自己的小叙事。"②也就是说，掌握了设定、程序之后，消费者就可以借用这种设定再创作了。这种创作并非抄袭，不再是原作与仿作的关系，而是一种有可能动摇传统著作权制度的新生产关系。东浩纪认为："在后现代当中，拟像和资料库的新对立逐渐抬头，取代了旧有的创作与复制的对立。"③他认为鲍德里亚的拟像理论没有区分拟像与资料库，拟像世界并非毫无秩序地衍生，背后是数据库的支撑。

---

① [日]东浩纪：《动物化的后现代——御宅族如何影响日本社会》，褚炫初译，台北：大鸿艺术股份有限公司，2012年版，第132页。
② Ōtsuka Eiji. *World and Variation: The Reproduction and Consumption of Narrative*, trans. by Marc Steinberg (bio), Volume 5, 01 (2010), pp. 99—116.
③ [日]东浩纪：《动物化的后现代——御宅族如何影响日本社会》，褚炫初译，台北：大鸿艺术股份有限公司，2012年版，第92—93页。

也就是说,一边是设定、要素构成的系统、虚构的大叙事(大塚英志)、数据库(东浩纪)、元叙事的存在,另一边则是将设定、要素不断组合后无数的拟像(二次创作),由此"系统—创作"的关系取代了传统的"原作—仿作"的关系。这种新的创作状况表现的是游戏逻辑,如大塚英志所说:"将它比作电子游戏可能更好理解。在电子游戏中,被编码数据的总体对应着世界观。术语'程序'可以定义为秩序,理解成存在于某特定电子游戏世界中可被提取的可能性的总和。与此相反,每个单独的情节对应一场游戏。玩家与游戏的不同,导致每人玩同一个游戏会有不同的发展。高达的一集对应一场游戏,玩家的不同生成了不同的叙事。"[1]东浩纪对数据库写作的游戏逻辑作了类似的论述:

> 电脑游戏的本体并非是玩家在屏幕上看到的故事情节(小故事),而是这个故事生成的系统……屏幕上所呈现的画面或故事,不过就是因应玩家的操作而生成的一种版本。只要玩家改变操作,相同的游戏会出现不同的画面和故事情节的进展。因此游戏的消费者想当然尔,所接受的并非只有一个故事,而是可能出现不同版本故事的整体。[2]

换言之,世界观与故事是分离的,现在是由数据库系统及其具体化后的不同版本生成的双层构造。不管是原作还是二次创作,都只是基于系统框架之下的不同版本而已,如同玩家们在游戏程序控制下的不同玩法,

---

[1] Ōtsuka Eiji. *World and Variation: The Reproduction and Consumption of Narrative*, trans. by Marc Steinberg (bio), Volume 5, 01 (2010), pp. 99—116.
[2] [日]东浩纪:《动物化的后现代——御宅族如何影响日本社会》,褚炫初译,台北:大鸿艺术股份有限公司,2012年版,第122页。

相互之间已无先后与主次之别。

游戏常被看成是数字媒介兴起后非线性叙事的典型样式，它不是直线发展的传统故事，而是可以创造复数故事的总体性系统。有些学者认为游戏并不是叙事，不过这与游戏是不是叙事无关，而是从生产角度看，游戏构成了故事生产机器，可以有无穷变体。玩家的经历永不相同，成为一组网络化的可能性。瑞安认为，游戏可以不是叙事，却是"生产故事的机器"，假如把"作为规则体系的游戏"与"玩游戏的一次特定实例"进行区分的话，"游戏的叙事地位就很容易领会了"。① "规则体系"就是我们前面所说的元叙事、系统、数据库，"玩游戏的一次特定实例"就是系统之下的一种故事版本。在此情况下，作为游戏与叙事重大差异的开放特性，反而成了游戏被视为故事生成机器的可能性。显然，游戏的二元结构（系统与个人化版本）正深刻地表现了当下创作的原理。

可以看出，系统与个人化故事的二元构造透露出结构主义的味道，实际上结构主义本身成为西方游戏研究者的理论参考。不过生产关系之所以产生质的变化，根源在于数字时代与结构主义语境存在决定性的不同，现在不只是由作家创作，还是由海量的消费者创作，大众的创作主体性充分凸显出来，媒介条件又让二次制作变得极为容易，作品总是被消费者不断解析并要素化，由此形成了庞大的数据库，用户则于其中不断重组。以前是先有了原作，然后有仿作；现在是先有了数据库，然后有了数据库之下通过不同"读取方式"而形成的各种个人化叙事。

游戏深层的符号串（程序、系统、元叙事）需要玩家通过操作将其"玩"出来，呈现为玩家面前个人化的版本。创作的这种游戏构造契合了

---

① [美]玛丽-劳尔·瑞安：《故事的变身》，张新军译，南京：译林出版社，2014年版，第181—182页。

网络的深层原理。在印刷文化中,作品与交互界面往往是等同的,而在数字媒介中两者是分离的,决定表层的并不只是深层,还会随着用户读取顺序的变化而有不同表现。借用阿塞斯(Espen Aarseth)的遍历文学(Ergodic Literature)理论就能明白这一点。"遍历"或"遍历性"(ergodicity)强调受众不是直接接触内容,而需借助媒介与操作在文本系统中获得信息。信息来源的符号序列(verbal sign)、呈现的媒介(medium)与操作者(operator)共同决定了文本机器(the textual machine)的输出结果。① 文本机器即前述"系统",输出结果即个人化"故事""拟像""二次创作"。用户的操作完成一个符号序列,其他符号序列则因为操作而变得不可达了。虽然阿塞斯认为遍历文本有古老的历史,但显然它在数字时代才真正成为主导文化逻辑。

这种新的创作情况也引起了西方学者的关注。列夫·马诺维奇(Lev Manovich)认为,数字时代的媒体要素呈现模块化特点,新媒体对象是由现成零件组装而成的,这不同于浪漫主义从零开始的创造理想。这是新型的作者身份,其创造性体现在对元素的选择和排序上,而不是原始设计上。在他看来,数字时代的文化形象应是音乐 DJ 的形象,他们混合现有音乐曲目来实时创作音乐,而混合中也有真正的艺术。② 在此意义上,可以说艺术的本真性也应作新的理解,不再是本雅明所说的唯一性、此时此地性,而是数码信息不可预计的转变与不稳定性。

创作基于游戏逻辑,如同玩家的一种玩法,从游戏世界秩序中抽取出一系列要素组合,如果其他人成为作品主角或游戏玩家,也会有无数其他

---

① Espen J. Aarseth. *Cybertext*: *Perspectives on Ergodic Literature*. Baltimore: Johns Hopkins University Press, 1997, p. 21.
② [俄]列夫·马诺维奇:《新媒体的语言》,车琳译,贵阳:贵州人民出版社,2020 年版,第 126—136 页。

的故事存在，这是与抄袭有细微差别的创作状况。不过，在这点上不宜走向极端，数字时代多种文化生产同时并存，著作权与个人独创性仍然有效，数据库本身缺乏创造新"面庞"的能力，如果所有创作都只是设定的排列组合，都是均值的，就无法解释一部作品为何比另一部更受欢迎。单纯的元素堆积的数据库理论与现实的文化状况存在偏差。不过需要注意到文艺生产的这一重要趋势，数字时代的写作的确形成了基于游戏逻辑的不断重组状况。不仅大塚英志所说的动漫、影视或轻小说是如此，中国网络文学同样成为套路化的集体生产，网文圈流行的说法是"融梗"，即套路、桥段、设定成为公共财产，无数的网文之间互相借鉴，"融梗"究竟属于抄袭还是借鉴，在网文圈存在巨大的争论，这种争论本身表现了新的写作关系的来临。

可以看出，数字时代创作的游戏逻辑类似于口头传统的机制。在口头文化中，人们根据程式的记忆库进行现场个人化的创编。一些学者认为口头传统与游戏具有深刻的契合性："在游戏和口头叙事当中，文本都是由诗人/玩家即兴编织。"[①]不过我们也要看到区别，口头传统是口头吟唱，而游戏更强化了操作、互动的含义，其非线性、不断重来的复数故事系统与数字媒介的联系更紧密，更适合理解当下的文学生产原理。需要注意的是，创作的游戏逻辑与人们是否运用游戏无关，体现的是游戏所带来的故事生成机器的作用。

在数字时代，人们基于游戏逻辑的二次创作动机不断衍生，正如人们在网上不断点开页面，试图让看不见的东西转为看见，每一次界面呈现都是个性化版本，这成为没有终止的过程。世界观与故事的分离，意味着二

---

① [英]戴安娜等：《电脑游戏：文本、叙事与游戏》，丛治辰译，北京：北京大学出版社，2015年版，第104页。

次元文化里的角色在本质上是元叙事性的,换言之,是游戏一样的存在,可在不同文本类型中实现生的复数化与死的重置。无数消费者借用数字技术,不断改变故事的唯一结局,释放其超叙事性,让其展翅于其他版本之中。在系统化的元叙事支配下,故事总是以不同版本、不同结局、不同媒介样式而展开的想象力驱动着。在深层次上,游戏逻辑表现的是文学写作在由单向性印刷媒体向非线性数字媒体转向之后的结果。

三、以戏为文：游戏经验在文学中的再媒介化

在数字时代,现实中玩游戏的经验也对文学活动产生了广泛影响,这是游戏经验在文学中的再媒介化。在日本,任天堂"勇者斗恶龙"系列游戏的流行,使得"游戏讲故事"的认知成为玩家间的常识,有人认为该游戏对80年代及其后日本新文学的发展起到重要推动作用。[①] 游戏也渗透进了网络文学、轻小说、科幻文学等类型中。作为网络土著民的读写群体的文化背景普遍融入游戏经验,重置了现实的感觉结构,生成游戏式审美体验与文本想象力。

我们可把游戏经验的再媒介化称为"以戏为文",这种倾向非常明显,比如中国网络文学的游戏化是众所周知的事实。世界地图的架设、人物冲突的营造、升级结构的套用、先抑后扬的情感节奏……都充分借鉴了游戏经验。游戏对文学的这些直接影响一目了然,人们也谈得很多了,本文不打算重复,而试图思考其深层影响。在我看来,游戏对文学的影响不只是停留于搬用手法、元素或设定上,而在于成为无法摆脱的想象与思维框架,它们往往是无意识与深层化的。对读写双方来说,游戏经验不是在

---

① 《探寻游戏王国里的宝藏——日本游戏批评文选》,邓剑编译,上海：上海书店出版社,2020年版,第12页。

写作或阅读时才出场，而是作为一种心理结构已经先在地起作用了。

从审美经验来看，这种深层化首先体现在传统文学审美中融入了"玩"的经验。读写双方对这种"玩"都是心领神会的，可以说构成了一种视域融合，如果不是游戏玩家，是难以感受到这种游戏性审美经验的。日本作家平野启一郎的小说《日蚀》在1999年获得芥川龙之介奖，学者中西进认为小说的故事情节颇为独特，给读者设置了"猥杂的流程"，他"惊讶于如此构思的持续力"——明明早就可以到达目的地了，却还让读者不停绕远路。大塚英志认为，中西进惊讶于这种写法，但其实读者"很容易进入"，因为读者掌握了"这类慢吞吞"的"既视感"，而这个"既视感"的原型正是"游戏"：

吊胃口也没什么意义了，"既视感"的原型已被清楚地描述出来，不管如何考虑，这都是在电视游戏上玩RPG游戏时的感受。总之，尽管已大致了解了探索对象，但是在主角到达目的地之前，还是要绕各种各样的远路，不断遭遇许多莫名其妙的人，在进入村庄之后，又必须走遍村庄的每个角落，因此，好不容易以为可与目标人物碰面了，但在此之前仍要忍受森林与洞穴的折磨。中西进紧接着在刚才引用的部分里将之形容为"延迟"的想象力，但我以为它的原型不就是电视游戏一样的东西吗？①

显然，这里表现的是深层的玩游戏经验对写作的制约，游戏需要不断完成任务，必然设计重重的路径，文学描写一般追求简洁，因此受限于固有文学视野的读者与批评家是难以看出来的，也是难以理解的。

这种误读也表现在中国网络文学中。比如跟传统文学相比，网络文

---

① [日]大塚英志：《故事的体操》，转引自吉田宽：《游戏中的死亡意味着什么？——再访"游戏现实主义问题"》，邓剑译，载《探寻游戏王国里的宝藏——日本游戏批评文选》，邓剑编译，上海：上海书店出版社，2020年版，第246页。原文中"原型"为"原形"，疑有错误，改为"原型"。

学对"世界"的虚构引人注目,往往是让人叹为观止的异世大陆、魔法位面、星辰大海。对这些描写,人们除了惊奇之外,并不重视,或以"架空性"笼统称之。但只是这样理解是不够的,需要注意到这与"玩"的体验有关。相对于文字媒体来说,游戏是一个琳琅满目的"物"的世界,并随玩家的历程而敞开,由此将数字媒体的游戏视觉体验带入了文字媒介的想象之中。

不过,这并不能只理解为"看",它也融入了游戏的行动操作逻辑。可以发现,在这些架空世界中,主角常常充满了对改造世界、征服天下的热切向往。在传统武侠小说中,主角更愿意浪荡江湖而不是改造天下,江湖相对庙堂来说,是一个更加自由的他者想象。然而在网络文学中,主角却总有改造世界的野心,在不断变强的过程中,主角凭一己之力不断改变周围、城市、国家、历史、世界甚至宇宙。对世界的征服与改造,固然是为了满足读者的幻想,但背后呈现的是游戏中对世界的塑造与操控。游戏包括了各种世界设计,玩家的操控决定着游戏世界的生成,带来不同的世界结局。网络文学常被理解为想象力的发达,或者脱离现实,但其实并非传统的纯粹想象,而是更具动作意味,渗透的是操控与改造世界的体验;它也不是纯粹地脱离现实或再现现实,而是建构现实。

又比如,网络文学特别突出"爽"与"代入感"。网络文学又称"爽文",读起来要有满足感、痛快感,不要让人郁闷;"代入感"则是让读者能够"代入"主角身上。如果只是从传统文学视野来看,无非认为"爽""代入感"都不过是迎合网友白日梦的轻薄写法,但这实际上融入的是"玩"游戏的体验,玩家依赖第一视角,是玩家"自己"在玩,所以会特别强调代入感。"爽"也是源于"玩"的经验,快感的生成与游戏的升级过关紧密联系,从中可以看出深受游戏影响的网文快感与传统大众文学如金庸小说

之间的区别。在金庸小说中,一招一式都有某种文化意味,而在网文中,快感更具有直接的视觉性、动作感与身体性,这种变化显然是"玩""操作"的游戏经验带来的。也就是说,它不同于文学固有的体验,而是经过了"玩"经验的中介与过滤。

游戏不仅带来了文学审美经验的改变,在叙述方式上也融入了深层想象力。前面谈到游戏代表了数字媒介兴起后的复数故事系统,这种非线性体验也渗透到了文学中,大量穿越、重生、平行世界的描写表现了这一点。这种描写以前也有,但这种想象力在数字时代大规模的兴起,与游戏不断重来的超叙事程式有密切关系。在重生、穿越小说中,主角重生或穿越后开启人生或历史的其他可能,正是游戏重置经验的投射。也就是说,重生、穿越其实是以小说的形式表现出故事复数化、非线性这一游戏的本质。这在日本轻小说中也有大量类似的写作。一般而言,由线性向非线性的转向表现在西方数码艺术中,超文本文学似乎更能代表数字媒介非线性特征的艺术样式,但可以发现,非线性通过游戏经验渗透到了中国网络文学、日本轻小说这些看起来似乎仍是书面文学的文艺样式之中。这也说明,这些常被人们看成垃圾文字的流行文艺,内在表现出文艺经验的先锋性。而看上去"精英"的西方数码艺术与东亚大众文艺之间的差距也并没有那么大,双方在艺术精神上表现出一定的相通性,甚至可以说,后者的日常性、大众性才真正代表了网络社会对文学现实的渗透。

同时需要注意的是,这不只是一种非线性叙述,还是一种转叙。游戏天然具有转叙功能。相对于游戏中的故事世界来说,玩家具有双重性,他既具有看见整个游戏进程与多重选择的上帝视野,也是游戏中的一名角色,因此可在不同叙述层级间自由滑动。他既是内部力量,又是外部力量,正是由于他不断地选择与介入改变了故事进程,而这种体验也投射到了数字时代的文学中。在穿越小说中,主角穿越过去并重构了历史走向,将历史的多重可能世界现实化为个人版本。从叙事学的角度来看,这属于外部力量改变故事世界的本体型越界。这也生成了网络文学中的奇迹原理,传统文学中生成奇迹的多是天外飞仙,而网文中奇迹的制造常常依靠穿越过来的玩家。日本轻小说同样如此,当故事人物无法解决问题的时候,采用的手法常常是"借由故事外玩家的介入,而得以解决问题"[①]。显然,数字时代的文学往往包含着外部与内部、现实与虚构的连接性叙述模式。它表面上是作为一个对象的静观,实际上处处体现着玩家/主角介入故事世界的建构主义,改变了观察者与被观察对象的严格区分,不再是指涉物单纯决定故事内容,而是对故事世界的建构决定了故事的指涉。从这里也可以看出,不仅融入了游戏的非线性体验,还将互动性融入了大众流行文艺中。

　　游戏经验的再媒介化改变了文学固有的结构,扩张了传统审美体验,生成了独有的叙述方式与想象力,人们不断提出文学终结论的说法,或许有些夸大其词,我们既要看到游戏等新兴艺术压抑了文学,造成文学生存的危机,也要看到它扩充了文学,重建了文学的体验,把视觉、行动主义与可玩性逻辑以再媒介化的方式渗入其中。在此意义上,文学在当今并不是衰落了,而是从另一极获得了生命力。

四、走向文学的游戏批评范式

　　可以看出,对数字时代的文学来说,读者活动、消费动机、作家创作原理、文本的手法、深层的审美体验、想象力都与游戏关系密切。基于固有

---

① [日]东浩纪:《游戏性写实主义的诞生:动物化的后现代2》,黄锦容译,台北:唐山出版社,2015年版,第238页。

文学视野的传统批评范式难以对其充分阐释与评价,应凸显文学批评的游戏向度,建构游戏批评范式。可从以下方面入手。

(一)在文学观念上,注意到游戏性、游戏功能在数字时代文学活动中的重要性,这成为人们参与文学的重要动机与活动特征

人们一般认为文学有认识功能、教育功能、审美功能等,其中审美功能具有基础地位,其他功能都以审美功能为依据与前提,有的学者在此之外又加上娱乐功能,并将审美功能与娱乐功能相区分,往往认为审美高于娱乐,娱乐有可能走向审美,但并非都具有审美因素。一般的文学概论教材较少提到游戏功能,或者笼统地以审美功能、娱乐功能代替。我认为在数字时代应适度强调游戏性与游戏功能。游戏功能不能等同于娱乐功能,它当然有娱乐成分,但相比后者,它还凸显了交互、操作、打破沉浸等含义,与数字时代的文学活动更为契合。比如按瑞安的分类来看,"文本作为世界"对应的文学具有娱乐性,人们沉浸其中,然而"文本作为游戏"对应的文学,比如后现代小说、超文本文学,需要读者努力探索,可读性较弱,这是一种游戏,但娱乐性不突出,或者说恰好是反娱乐的。娱乐功能暗示了读者的被动性,常以全盘接受对象的沉浸感为前提,游戏功能则更能体现主体性、参与感。游戏功能与审美功能有相通之处,比如康德、席勒的审美游戏理论都强调游戏的自由性、超越性,但相比审美的精英意味,游戏功能又带有世俗性、大众性意味,可以有效地把数字时代的泛审美、半审美现象涵盖进来。

从文学史传统来看,文学的娱乐功能、游戏功能经常遭到轻视与压抑。随着大众成为参与、互动的主体,数字媒介释放出被遮蔽的游戏性。面对数字时代的文学,用传统认识功能、教育功能、意义阐释、精英态度去理解并不完全适用,反而忽视了其娱乐性、游戏性;而从传统大众文化、娱乐功能去理解也是不够的,无法完全体现出数字时代的交互性、参与性与行动主义逻辑。游戏功能包含了娱乐、交互、交往等多重面向,比较契合数字时代的文学活动特征,也有助于理解当下文学的审美泛化状况。

游戏批评范式也便于我们辩证地理解游戏性,不夸大数字时代文学活动的主体性。人们对文学文本的游戏可以说充分表现了主动性,不过从数字资本主义的视野来看,这种游戏活动可能又重新沦为了劳动。读者的各种游戏化活动既为资本提供了具有广告价值的大数据,也形成了免费的生产、传播劳动,提供了内容生产的源泉。大塚英志认为二次创作将商品的生产与消费融为一体,这将导致消费社会的终结①,这显然过于乐观了,实际上利用粉丝的集体生产正是当下商业资本的常见策略。游戏重新沦为劳动,这是不同于传统物质劳动的剥削方式,人们处理的是非物质的信息,是以游戏、快乐的方式完成的劳动,是主体自觉自愿的行为。据此,韩炳哲悲观地认为"游戏者如服用兴奋剂一般沉迷,自我剥削,直至因此而倒下"②。现代社会成为功绩社会,劳动向日常生活扩散。当然,情况也并没有这么悲观,网友仍会生成"玩中之玩",建构身份认同与进行意义生产,同时也不能将所有游戏泛化为劳动,不过我们需要注意到政治经济学的这些侧面。

(二)在文学接受场景中,由传统"文本—读者"二元关系走向"文本—表演者—读者"的三元结构

传统文学接受活动主要是"文本—读者"的关系,而现在由于文学的游戏性,表演的重要性凸显了出来。乔纳森·卡勒曾指出这种趋势,认为

---

① Ōtsuka Eiji. *World and Variation: The Reproduction and Consumption of Narrative*, trans. by Marc Steinberg (bio), Volume 5, 01 (2010), pp. 99—116.
② [德]韩炳哲:《在群中:数字媒体时代的大众心理学》,程巍译,北京:中信出版社,2019年版,第50页。

在电子文本中,"表演研究"将在文学研究中具有重要性,因此不再只是将文本当作阐释的符号,而是看作表演。① 如前所述,游戏逻辑与口头传统相似,有学者据此认为,游戏与口头叙事都将表演者置于文本与读者之间,现场表演口头叙事的诗人将隐含读者现实化,同时又是文本和受众之间的中介,而在游戏当中,玩家同样既是表演者,也是受众。②

在此情况下,有些读者就成为表演者,这就生成了"文本—表演者—读者"的三元关系。结合数字时代的文学活动来看,这是实际情况,一些读者仍延续传统的阅读方式,只喜欢观看,而一些比较活跃的读者则成为表演者,比如读小说的时候热衷于发布"本章说",或者积极传播分享作品,甚至二次创作,成为文本与读者之间的中介。"文本—表演者—读者"的三元关系有助于我们理解当下读者身份的多重性。最重要的是,三元关系体现了新的文学观念,不再将阅读活动理解为"文本—读者"的线性传递关系,而注意到读者对文本的操作、挪用、戏仿、扮演等游戏活动,这有助于看清数字时代文学消费活动的复杂性。与此同时,由于突出了表演,数字时代的文学就不能再理解为一个业已完成的有形作品,而是变成了游戏或表演的事件。人们的内容体验转向交互交往体验,除传统的内容分析外,也要走向对游戏的活动交往的分析。

(三)由表征论走向模拟论,从模拟论角度去理解数字时代的文学

传统文艺理论关注表征(representation),研究表征对象(世界)、表征者(作家)与表征效应(接受)等关系,千百年来一直追求透明化的表征效果,再现论、现实主义都表达了这种诉求,心智被看成准视觉机能的自然

---

① [美]乔纳森·卡勒:《当今的文学理论》,生安锋译,《外国文学评论》,2012年第4期。
② [英]戴安娜等:《电脑游戏:文本、叙事与游戏》,丛治辰译,北京:北京大学出版社,2015年版,第104—105页。

之镜,背后体现的是符合论真理观,美国当代哲学家理查德·罗蒂把这种倾向称为以认识论为中心的"镜喻"哲学。表征与模拟(simulation)是对世界的不同描述方式,表征呈现世界的某个静态侧面,而模拟包含着世界的演化。也就是说,表征预设了故事的先在性、稳定性,是回顾性的,在时空上是延宕的,模拟则具有前瞻性,强调了不确定性、未完成性、生成主义与行动逻辑。从表征论出发,将故事看成已发生事件的时间序列,从模拟论出发,将故事看成各种可能事态的叠加。与表征相比,模拟在计算机时代获得了新的生命。显然游戏是最能呈现这种模拟性的,在游戏中,故事的生成与"现在"有关,而不是回顾性的,同时充分展示了故事多线发展的可能,最终的走向取决于玩家在多重可能性中的操作与选择。

对深受游戏影响的数字时代的文学来说,它显然与模拟论存在更大的契合度,比如超文本文学、超媒体文学,类似游戏,在多种可能世界中,读者通过选择将故事现实化,故事不是预先存在的,而是在活动中具有情境性、具身性的涌现与生成,在网络文学、轻小说、科幻文学中,它们虽然似乎仍是书面文学样貌,故事只能是已然发生的,但大量穿越、轮回与平行时空的描写,各种人生与历史的重来,与其说是在"反映"或再现,不如说是在模拟各种可能的结果,其中融入的正是游戏式的演化模拟体验。在这些文学中,人物常常面临着数字超文本世界特有的存在主义选项。人的选择改变了人生与历史的走向,这摆脱了决定论,凸显了偶然性与人的能动性。传统叙事关注的是过去发生什么,而模拟则关注可能发生什么、怎么发生,变革是可能的,将叙事的焦点转移到消费者,强调用户对故事世界的生成作用。实际上如前所述,这种模拟演示的行动主义快感也正是读者阅读的兴趣点之一,或者说这也反思了传统叙事理论不足,它常常预设故事的先在性,但就读者体验来看,它在故事世界中处于模拟状

态,并没有一个先在的故事,各种可能世界处于本体论的平等地位,故事的展开是虚拟态的事件序列不断现实化的过程。

模拟论也比较契合数字时代故事的创作机制:"表征乃其中一种可能性的意象,而模拟则是生产引擎,通过常量和变量参数的组合生成许多不同的事件线路。模拟是数字媒介特有的一种叙事模式,存在于故事生成程序和电脑游戏中。"①表征论关注现实化了的虚构世界的一种可能性,而模拟论容纳了更丰富的虚构世界序列,强调事件面向多种可能性,特定行动引发多种不同后果,这与前述数字时代创作渗透游戏的复数故事逻辑是一致的。

显然模拟论有助于我们去理解后现代的实验性文本、超文本与电子游戏,同时也让我们对受到游戏影响的文学有新的理解与更准确的诗学描述。当然,模拟论并非要取代表征论,只是拓宽对当下文学行为的认识。

(四)从游戏性角度去分析与阐释文学

阐释功能是文学批评的基本功能。游戏批评范式强调从游戏性角度去阐释文学,比如分析网友在文学中的扮演、戏仿、恶搞、互动、社交等活动的游戏性、心理动机及社会效应,分析作家的游戏生活、游戏文化背景、创作时的游戏机制、游戏心态。对职业作家来说,写作费时费力,可能难称"游戏",但对网上不计其数的二次创作来说,却常常是基于游戏心态的玩乐活动。当然,批评最重要的是回到文本上来,对读者活动与作家游戏文化背景的分析要进入文本层面,可从游戏性角度切入文本思想主题、叙述方式、写作技法、想象力等的分析。这一点我们在前面第三部分已有

---

① [美]玛丽-劳尔·瑞安:《故事的变身》,张新军译,南京:译林出版社,2014年版,第13页。

较多涉及。

人们常认为游戏与叙事形成了根本矛盾，叙事预设了线性时间与因果关系，而游戏则密布着非线性的分支结构。一些游戏研究者如阿塞斯、贡萨洛·弗拉斯卡（Gonzalo Frasca）、杰斯伯·朱尔（Jesper Juul）坚持认为游戏不是叙事，试图摆脱文学理论的帝国主义，挑起了游戏学与叙事学之争。但在我们看来，它们也不是纯粹对立的。有意思的情况是，当游戏的互动、分岔进入传统书面文学样式的文学中，会发生什么？从前面第三部分的论述来看，这种互动性、超叙事经验投射在了线性叙事中，数字媒体的文化逻辑内化在了书面文化的文本中。在此意义上，瑞安所说的"文本作为世界"与"文本作为游戏"的矛盾，也并不一定不能兼容。中国网络文学、日本轻小说这类文学，既有传统的故事沉浸体验，又融入了游戏的互动精神，它们不是游戏，却获得了某种超文本性；不是严格意义上的传统文学，却又具有传统叙事风貌，交互与叙事获得某种结合。对于这种情况，我们可称之为游戏性（gameness）对文学性的入侵。

（五）在娱乐时代充分发挥游戏批评的价值导向功能

文学批评在阐释之外还应有评价，需提高读者理解现实生活、辨别美丑善恶的能力，介入并推动社会进步。游戏批评范式虽然重视数字时代文学的游戏向度，但绝非否认批评的价值评判功能。新媒介很大程度上承载了当代文学生活，其广泛的社会效应要求文学有更大的责任，应在"以文为戏"中注入"以文为用"的社会参与精神。

游戏性包含了一定的娱乐性，这导致它有可能走向廉价的娱乐，难有严肃的人文关注。游戏对受众数量的追求也导致它执着于程式化的主题，难以从审美与政治两方面解放观众。不过游戏也并不必然与严肃性相矛盾。赫伊津哈认为："在游戏中，我们可以在低于严肃的水平下运

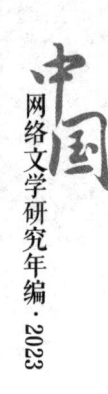

作,如儿童所为;但我们也可以活动在高于严肃性的水平上——在美和神圣的王国中。"①游戏模拟的政治学可以实现詹姆逊所说的"认知绘图"功能,以电子游戏《模拟城市》为例,它的建构规则表现了资本主义社会的形成与运转机制,利用游戏情节的重复性,可以让玩家掌握规则,洞察其意识形态。

利用游戏性生成人文性的可能也表现在文学中。如前所述,游戏性与娱乐性并不完全相同,传统文学强调寓教于乐,这种快乐主要是一种被动审美体验,而游戏性却可以借用游戏的主体性、行动主义逻辑、叙述方式与想象力生成严肃主题。以瑞安对网络互动艺术《我的男友从战场归来》(My Boyfriend Came Back From the War)的介绍来看,它正是利用了这一点。在这一"作品"中,屏幕刚开始显示语句"我的男友从战场归来;晚餐后他们离开让我们独处",随着不断的点击,窗口开始分裂,最后演化为17个空间,每个窗口的对话讲述一个故事。于是,"文本阅读成了一种游戏,尽可能多地创建框架,然后擦除其白色内容标记"②。在这种选择的游戏中,该"作品"生成了严肃主题。窗口分裂表明,士兵在长期分离后重回女友身边会出现多种可能,屏幕的连续分裂象征战争带来的分离、恋人心生间隙,以及沟通的失败。只有两条叙事线索是欢乐的结尾,但这是最短的线索,暗示可能是痴心妄想。这思考了战争的残酷、人的命运与感情的悲剧,匠心独运地融入了人文趣味。

如前所述,随着社交媒体的兴起,游戏性也表现在人们对文本的讨论、交流中,比如火爆的弹幕文化,而这也包含着艺术的创新可能。布莱

---

① [荷]约翰·赫伊津哈:《游戏的人:关于文化的游戏成分的研究》,多人译,杭州:中国美术学院出版社,1996年版,第21页。
② [美]玛丽-劳尔·瑞安:《故事的变身》,张新军译,南京:译林出版社,2014年版,第147—149页。

希特的史诗剧就具有这种游戏性,他将戏剧与论坛相结合,鼓励观众就相关社会、政治问题进行争论。戏剧也成为一种模拟,演示可能会发生什么,利用观众的互动与即兴演出,思考可能的解决办法,培养观众主体意识。目前文艺的生产强调"弹幕思维",即根据网友弹幕的情况设计剧情、制造话题点,这主要是一种商业行为,实际上文学可以利用这种话题点的制造,让人们对严肃问题进行辩论,实现文学与论坛的结合,在游戏性中实现人文关注。

数字时代的文学也可以借助游戏化的叙述方式实现严肃性。游戏的死亡往往被认为难以生成悲剧主题,因为死亡是可逆的,人们可以玩弄死亡本身。大塚英志因此否认了游戏重置经验带来的艺术可能性。东浩纪却提出"游戏现实主义"的说法,认为日本轻小说潜藏着这种游戏重置经验,将死亡的残酷性从故事层面(角色)转移到了超叙事层次(玩家),通过"让角色流血",最终促成的是"如何让玩家流血"[1],激起读者的思考与严肃体验。东浩纪所说的游戏现实主义也可以变成一种主动实践,或者说这也是网络文学、轻小说等流行文艺努力的方向,它们往往被看成垃圾小说、非文学,但在后现代的消费社会中,由于媒介场域的连接限制,精英文学的影响力日渐衰弱,反而是这些消费化产物中包含着积极的可能性,强化数字时代文学创作的"作家性",通过主动设计,实现人文关注,正如"以文为戏"这种说法所暗示的,我们需要在消费活动中、在游戏性中去实现文学性。

利用游戏性促成文学性,也许正是文学面临终结危机后可能的生长空间,它满足了数字时代人们的游戏动机,却也可能因游戏的主动性与行

---

[1][日]东浩纪:《游戏性写实主义的诞生:动物化的后现代2》,黄锦容译,台北:唐山出版社,2015年版,第180页。

动主义逻辑而强化文学的人文精神,游戏批评范式的重要性在于促成这种结合,发挥批评的价值导向作用,发扬游戏精神,推动数字时代文学的发展,在游戏性中实现人文性。

对数字时代的文学来说,游戏批评范式具有较大的阐释力,但它并非要取代种种传统的批评范式,而是根据当下文学变迁做出补充与发展。

原载于《文学评论》2023 年第 1 期

从作品本体到存在本体

——论网络文学研究的四个层面

祝晓风

网络文学需要一种综合定义,这种综合,意味着网络文学研究的多层面性。

中国社会科学院最新发布的《2022 中国网络文学发展研究报告》显示,截至 2022 年底,全国网络文学用户规模达 4.92 亿,网络文学作家数量累计超过 2278 万,"网络作家表现出主动的文化自觉意识,从而推动了网络文学的主流化进程"。"在多姿多彩、欣欣向荣的大众文化生活中,网络文学彰显中华智慧的原创性力量,继续发挥着传播主流价值、引领时代风尚、激发文化活力、繁荣社会主义精神文明的重大作用。历经约三十年的发展,网络文学生产机制基本成熟,对文学生产关系的结构性影响已经趋于稳定。"[①]

那么网络文学究竟是什么?一般来说,学界对网络文学的定义大致有广义与狭义两种。"广义的网络文学范畴甚广,涉及传统文学融合网络技术产生及创生的一切形态,包括网络小说、网络散文、网络诗歌、网络戏剧文学等。"[②]郑熙青认为,"在网络上原创、流通、消费的文学作品"就是中国学术界对网络文学所下的基本定义。[③] 也有学者认为网络文学可

[①]中国社会科学院文学所"网络文学发展研究报告"课题组:《2022 中国网络文学发展研究报告》,http://www.cssn.cn/wx/wx_xlzx/202304/t20230411_5619321.shtml,2023 年 4 月 11 日。

[②]刘燕南、李忠利:《网络文学 IP 价值评估体系探析》,《现代出版》,2021 年第 1 期,第 85 页。

[③]郑熙青:《中国当代独有的网络文学》,《人文》,2021 年第 2 期,第 63 页。

分为三类：传统文学文本实现的数字化传播；按传统文学模式创作，在各大文学网站上公开发表供他人点击阅读的原创文学作品；利用多媒体技术，融合文字、影像、音乐、动画等形式。使用超链接技术的多线性超文本作品。① 王万举则认为，网络文学是文学在市场机制和互联网机制的交互作用下展开其动力系统的艺术—文化形态。② 上述诸说即从广义角度来界定网络文学概念的。与此相对，从狭义上来说，"网络文学主要指基于数字技术创作并在互联网上首发，一般以付费或其他有偿方式供用户阅读或参与的网络小说"③。本文所论的网络文学，则在诸学者观点的基础上折中，比前举广义要窄，比狭义要宽，主要指在网络上发表的文字作品，强调其以语言文字为载体的作品本体形式，以及与传统文学作品相一致的文学形式，其中，小说是笔者讨论的主要体裁。

近年来学界关于网络文学的研究成果十分丰硕，据不完全统计，仅2019年，以"网络文学"为主题的研究文献就有1041篇，其中期刊论文690篇、学位论文110篇、会议文章9篇、报纸文章226篇，在此前后，也有多部比较厚重的研究专著问世。④ 在这样的背景下，从理论角度对网络

---

①欧阳友权：《比特世界的诗学——网络文学论稿》，长沙：岳麓书社，2009年版，第122页。

②王万举：《中国网络文学概论》，石家庄：花山文艺出版社，2020年版，第2—8页。

③刘燕南、李忠利：《网络文学IP价值评估体系探析》，《现代出版》，2021年第1期，第85页。

④如欧阳友权主编：《中国网络文学二十年》，南京：江苏凤凰文艺出版社，2018年版；欧阳友权：《走进网络文学批评》，南京：凤凰出版社，2019年版；欧阳友权主编：《网络文学批评理论与实践》，北京：中国社会科学出版社，2019年版；欧阳友权：《当代中国网络文学批评史》，北京：中国社会科学出版社，2019年版；陈定家：《文之舞——网络文学与互文性研究》，北京：社会科学文献出版社，2014年版；陈定家：《网络时代的文学转向》，北京：中国社会科学出版社，2020年版；范周主编：《网络文学批评》，北京：知识产权出版社，2019年版；夏烈：《网络文学的新传统与未来性》，杭州：杭州出版社，2019年版；王万举：《中国网络文学概论》，石家庄：花山文艺出版社，2020年版；王光东、常方舟编：《网络小说类型专题研究》，上海：东方出版中心，2019年版；等等。

文学研究进行概括与总结,显然是必要的,也是可能的,这便是本文写作的初衷。另外,郑熙青新近发表的《中国当代独有的网络文学》一文,探讨了中国网络文学发展的特殊历史和文化背景,指出中国网络文学"在外国和外语中极难找到有效的对应",近年来的网络文学研究实际上存在中文与英文的大众语境和学术语境对话的双重错位,研究者需要透过这种"范畴对应和视角的偏差,辨认出其中值得思考的问题"[①]。此文篇幅不长,但极具理论价值。《中国社会科学》近年也发表了多篇关于网络文学研究的论文,最新发表的是许苗苗的文章《网络文学:互动性、想象力与新媒介中国经验》。[②] 本文在某种程度上,也是对这两篇文章的回应。

本文探讨的主要问题是,已有的研究主要集中在网络文学的哪些方面?为什么会集中在这些方面?网络文学的哪些特性,决定并值得学界开展进一步研究?如何从一个更高的理论层面认识网络文学?

一、作为语言作品的网络文学

既然网络文学也是文学的一种,那么语言就是它最根本、最显著的属性,是其本体意义上的特征。"这种文学语言的特别本事能够产生一种特有方式的客观性和语言的组织性,通过这种本事作品所产生出来一切的东西都变成为一个统一体。"[③]雷·韦勒克指出,表面上看,文学作品与一件雕刻或一幅画一样,都是一种人工制品,但其实前者与后者之间有着本质不同,"如果我们毁掉一幅画、一件雕刻或一座建筑,我们就把它彻

[①]郑熙青:《中国当代独有的网络文学》,《人文》,2021年第2期,第63页。
[②]许苗苗:《网络文学:互动性、想象力与新媒介中国经验》,《中国社会科学》,2023年第2期,第120—139页。
[③][瑞士]沃尔夫冈·凯塞尔:《语言的艺术作品——文艺学引论》,陈铨译,上海:上海译文出版社,1984年版,第7页。

底毁掉了"①,但是"毁掉一本书或者它的全部版本却根本毁不掉作品","诗(或任何文学作品)能够在它们刊印的形式之外存在,而印好的人工制品包括了许多不属于真正的诗的因素"②,这道出了文学作品的本质特性,即它是语言作品,是人类以语言形式创造的人工制品。如果认同文学的突出特征是虚构性、创造性或想象性③,那么人们现在阅读和探讨的网络文学,恰恰也是符合这些特性的,或者可以反过来说,正是因为人们认为网络文学同样有着虚构性、创造性、想象性,所以才几乎从一开始,就把这种在网络上发生、流传的语言作品称之为"文学"。

正因网络文学是一种新的文学类型,所以,文学和作品层面的探讨,是网络文学研究的起点和基础。与传统文学相比,网络文学有自身的特色和优势,如情节紧凑、风格多样,能更好地反映现代人的生活、思想、情感和审美等。因互联网和数字化之便,有的网络小说篇幅远远超过传统小说作品,成为一大奇观。④ 但一部网络小说再长,也有主题、有情节、有故事、有人物、有叙述节奏、有语言风格。从文学角度考量其独特的语言、叙事、主题等文学性质,是研究网络文学的重要出发点。

有学者从主题和内容方面研究网络小说。汤俏从题材角度研究《铁骨铮铮》——一本立意于致敬和全景记录银西高铁建设光荣历程的工业题材作品,肯定其情节内容融入了项目建设中的许多一手材料,"刻画了

---

① [美]雷·韦勒克、奥·沃伦:《文学理论》,刘象愚、邢培明、陈圣生、李哲明译,北京:生活·读书·新知三联书店,1984年版,第148页。
② [美]雷·韦勒克、奥·沃伦:《文学理论》,刘象愚、邢培明、陈圣生、李哲明译,北京:生活·读书·新知三联书店,1984年版,第149页。
③ [美]雷·韦勒克、奥·沃伦:《文学理论》,刘象愚、邢培明、陈圣生、李哲明译,北京:生活·读书·新知三联书店,1984年版,第14页。
④ 房伟:《时空拓展、功能转换与媒介变革——中国网络小说的"长度"问题研究》,《文学评论》,2022年第4期,第150—157页。

一位兼具才华与情怀、符合年轻人审美取向的人物典型"——第一主人公刘建。① 陆月樱长篇小说《樱花依旧开》以新冠疫情的出现为故事背景，集中描写了同一个小区的一群居民，他们来自不同地方，有着各不相同的职业：有科研人员、医生、快递员、酒店总监，还有社区网格员。桫椤指出，他们的生活"既有欢爱浪漫也有一地鸡毛，亦如我们周围常见的普通人，甚至折射出读者自己的影子"②。这很容易让人联想到早年的小说《混在北京》③，《樱花依旧开》可以说是描写21世纪武汉生活的网络版《混在北京》。林华瑜解读《悟空传》，认为这部作品"叙事结构交叉往复"，"小说主题相当繁杂"，作品"最能打动人心的"是"弥漫在作品里那种浓郁的、成为英雄宿命的悲剧感"。④ 姜飞评论慕容雪村的《成都，今夜请将我遗忘》，认为作者"向市场投降了"，小说"不关心他人，不关心他人的苦难，这里没有工人、农民和一切底层人民的声音，没有坚硬的、艰辛的真实生活"，只有"小资"们的"无聊抒情、消费表述和纵欲狂欢"。⑤

　　还有学者从文本结构、文本范式角度，研究网络历史小说。马季从小说类型学角度出发，认为《芈月传》既有古代言情小说的重要特征，也具备了历史小说的基本要素，如历史人物、重大事件、史料依据、合理虚构等，"打通了古代言情小说和历史小说并行不悖的路径，弥合了网络与传

---

①汤俏：《中国速度、匠心传承与家国情怀——评工业题材网络小说〈铁骨铮铮〉》，《文艺报》，2021年9月17日。

②桫椤：《多角度讲述普通人的抗疫故事——评陆月樱长篇小说〈樱花依旧开〉》，《文艺报》，2021年1月29日。

③黑马：《混在北京》，哈尔滨：北方文艺出版社，1993年版。

④林华瑜：《英雄的悲剧、戏仿的经典——网络小说〈悟空传〉的深度解读》，《名作欣赏》，2002年第4期，第106页。

⑤姜飞：《"遗忘"：叙事话语和价值态度——评慕容雪村的网络小说〈成都，今夜请将我遗忘〉》，《文艺理论与批评》，2003年第2期，第50页。

统对历史小说认同的巨大裂痕"。①葛娟重点探讨了网络穿越小说的文本虚构与历史之间的复杂关系,指出"小人物通过穿越成为大人物或改变历史进程,这是人人皆知的谎言。这些情节之所以能大行其道,成为此类小说叙事的普遍法则,就在于这一叙事主题实际上表达了当代人的人生价值和理想诉求"②。上述论题显然是过去文学研究中经常被关注的问题,可以说,这些都是传统文学研究方法在网络文学研究中的成果体现。

综观网络文学的发展历程,早期网络文学作品通常较短,受技术条件限制,文字精练、情节紧凑,后来长篇网络小说出现,所表现的社会生活内容大大增加。一方面,玄幻小说、穿越小说、科幻小说风行,大量作品涌现,虽然与现实生活拉开了一定距离,但从大的范围讲,也为文学增添了更多主题、内容和风格样式,起到了繁荣文学、满足读者多方面精神需求的作用。另一方面,近年来也涌现出大量或反映现代人的生活、思想、情感和审美特点,或以艺术形式再现历史的优秀网络小说,如《庆余年》《欢乐颂》《遍地狼烟》等,这些作品完全是传统文学的自然发展。此外,网络文学作品的传播和阅读方式具有便捷、快速、低成本等特点,受众群体更加广泛和多样化,因此网络文学也是一个拥有广泛群众基础的文学领域。

正因如此,大多数传统文学研究的方法、概念,仍被许多研究者采用,这不仅说明这些研究方法是必要的,而且也在很大程度上说明这些方法

---

①马季:《〈芈月传〉:网络文本与传统文本的同构》,《南方文坛》,2016年第3期,第141页。
②葛娟:《论网络历史小说的文本范式和诗性建构》,《社会科学战线》,2014年第12期,第133页。

是有效的。爱·摩·福斯特的《小说面面观》①、布斯的《小说修辞学》②等经典小说理论,经常被运用于网络文学研究;近一百年来,几代研究者创立、运用、发展的各种理论、方法也仍然被继续运用。笔者认为,在作品/文学层面探讨网络文学作品的文学性质和特点,风格类型、叙事特点、体裁创新、人物塑造与人物性格、语言风格、故事类型,还有作品内容与作者的人生经验、主题思想和价值取向,以及作品的思想内涵或教育意义,等等,都仍将是网络文学研究的重要内容和任务。从这个意义上说,网络文学仍是文学,不可把它与传统文学过分对立,视为异物。

当然,也必须看到,网络文学毕竟是一个新生事物,仅仅用原有的文学理论,不能完全把握其特质和规律,其中最重要的一个原因,就是网络文学突出的媒介特点。

二、媒介特性直接形塑网络文学

什么样的武器决定什么样的战争形态。同样,什么样的媒介与载体,对文学形态及其内容呈现也会有直接而重要的影响。麦克卢汉说,"媒介即讯息"③,引申一下可以说,媒介即内容,媒介即形式。从媒介角度研究网络文学,可以更深刻地理解这一命题。"使网络文学区别于其他文学、得以在当代文化中立足壮大的首要因素是媒介特性。在网络文学中,媒介特性即新媒介的传播力、影响力和对人们交互方式的改变;文学在不

---

① [英]爱·摩·福斯特:《小说面面观》,苏炳文译,广州:花城出版社,1984年版。
② [美]W.C.布斯:《小说修辞学》,华明、胡苏晓、周宪译,北京:北京大学出版社,1987年版。
③ [加]马歇尔·麦克卢汉:《理解媒介——论人的延伸》,何道宽译,南京:译林出版社,2011年版,第16页。

同媒介阶段衍生出的不同路径和形态……"①

"网络文学"这个词,初看是个偏正结构的名词或名词词组,"网络"是修饰成分,"文学"是主体成分。但这其实是某种潜意识在作祟,因为人们长期习惯于阅读纸质文本的文学作品,如果换一个角度,把"网络"当作主体,便会有一种新的视角和认知:网络文学,即属于"网络"的文学,而不是"纸上"的文学,网络,在这里具有了某种主体意味。这种新的视角和认知,针对的不只是这个词,还包括这个词所代表的事物和现象。大略回顾一下文学史,可以更好地理解这一点。宋元讲唱文学盛行,作为"说话"艺术的文学底本——话本小说开始流行。"说话"一般讲究情节生动、语言通俗、声调铿锵、节奏多变,讲话人则态度鲜明,盛情饱满,因此"说话"的家数、叙述技巧,都体现在话本中。② 明清以后,民间书坊刻书流行,"凡所敷叙,又非宋以来道士造作之谈,但为人民闾巷间意,芜杂浅陋,率无可观。然其力之及于人心者甚大,又或有文人起而结集润色之,则亦为鸿篇巨制之胚胎也"③。不同的印制技术、不同的印刷主体,也对书的主题内容、语言有不同的影响与制约。④ 近代报刊业兴起后,文学刊物与报纸副刊,成为文学作品发表的最重要阵地,也是这些文学作品诞生与存在的物质形式。19世纪末开始流行的小报和刊物,则直接而有力地催动了近代通俗小说的兴盛,使中国出现了一个以刊物为中心的文学时代⑤,报纸副刊对文体形式更是有直接和独特的影响,"鲁迅的短短杂文,

---

① 许苗苗:《如何谈论中国网络文学起点——媒介转型及其完成》,《当代文坛》,2022年第2期,第43页。
② 胡士莹:《话本小说概论》,北京:中华书局,1980年版,第84页。
③ 鲁迅:《鲁迅全集》(第九卷),北京:人民文学出版社,2005年版,第160页。
④ 肖东发:《中国图书出版印制史论》,北京:北京大学出版社,2001年版。
⑤ 陈平原:《中国小说叙事模式的转变》,上海:上海人民出版社,1988年版,第279—280页。范伯群:《中国现代通俗文学史》(插图本),北京:北京大学出版社,2007年版。

即为适应副刊需要而写成"①。相较于之前的媒介载体,互联网和数字化信息技术具有前所未有的颠覆性。互联网使小说、诗歌等的保存与传播摆脱了铅字、纸张等有形介质,能够以极低的成本承载巨大的文字量和信息量,并将其快速传播开来,为作者提供了快速生成海量文字信息的便利条件。早在网络文学刚刚出现时,就有学者指出,网络文学具有双向沟通、即时海量、个人性和日常性等"区别于现成文学写作社会性和精神性"的几点不同。②回顾网络文学媒介平台的发展历程,最初的《华夏文摘》只是一种电子形态的文学期刊,且其内容不是原创的,这时,网络文学的互联网媒介特性尚未完全展露。待"论坛"横空出世,"互联网技术上的突破"便终于"落实为平台运行模式的突破,从而形成'人人皆可创作''时时都能评说'的新型文学制度,把印制文明'精英中心'主义制度下被压抑的文学力量大大解放了出来"。③

有学者指出,语言的符号媒介功能在不同时期不同主导媒介形态中的表现并不一致,"在口语主导时期,口语功能为主导,身体、表情的媒介功能为辅助;书写媒介主导时期,口语功能被抑制,书面文字功能被推向了高峰;在印刷媒介主导时期,文字功能开始下降;到了电子—数字媒介主导时期,文字功能遭遇了巨大挑战,地位滑向低谷"④。从媒介文艺学的视角看,"支撑写作独立性、反思性、教化性的'自我'主体观念也不过是两千多年书写—印刷媒介文化的建构物,'人类文化是人与

---

① 沈从文:《沈从文文集:第十二卷》,广州:花城出版社,1992年版,第204页。
② 王一川:《网络时代文学:什么是不能少的?》,《大家》,2000年第3期,第59页。
③ 邵燕君、吉云飞:《不辨主脉,何论源头?——再论中国网络文学的起始问题》,《南方文坛》,2021年第5期,第119页。
④ 单小曦:《媒介文艺学对语言论文论的改造》,《文艺理论研究》,2016年第5期,第9页。

技术或媒介不间断、互相依存因而互相影响互动关系'的结果"①。"口头传播的需要决定了诗歌的韵味特征,诗歌可以说是'口头文学';手写的局限形成了散文的文言规范,以便用简约的文字表达丰富的内容,散文可以说是'手写文学';印刷技术的成熟促进了小说的发展,长篇小说更是随着机械印刷技术的普及而走向繁荣的,小说尤其是长篇小说,可以说是'印刷文学'。这样一路梳理下来,'网络文学'这个概念自然就容易理解了。"②

尽管学者们在网络文学起源问题上存在分歧,但媒介特殊性是网络文学核心属性的说法,越来越成为学界共识。③近年来,关于这方面的论述较为集中,且理论创获颇多。许苗苗认为:"中国网络文学是世界范围内独特的媒介文化现象。"④"网络文学的特质即在于它不仅呈现为文本,也体现了文本外的活动。"⑤"互动性是网络文学独立于传统书面文学的最主要特征,支撑这种互动的,是网络的多媒体界面和共时交流的次生口语环境。"⑥新媒介时代文学的变革之一,就是网络将隐秘的构思转变为持续的交流,作品的创作呈现为动态过程。由此,写作从封闭的个人生命体验转化为公众视野中的人际互动。郑熙青也认为,中国网络文学的网络性更多体现在即时性和互动性方面。"即时性表现在作者和读者之间

---

①单小曦:《"作家中心"·"读者中心"·"数字交互"——新媒介时代文学写作方式的媒介文艺学分析》,《学习与探索》,2018年第8期,第158页。
②何弘:《网络时代之文学》,《网络文学评论》,2018年第4期,第1页。
③邵燕君、吉云飞:《不辨主脉,何论源头?——再论中国网络文学的起始问题》,《南方文坛》,2021年第5期,第117—123页。
④许苗苗:《网络文学:互动性、想象力与新媒介中国经验》,《中国社会科学》,2023年第2期,第120页。
⑤许苗苗:《网络文学:互动性、想象力与新媒介中国经验》,《中国社会科学》,2023年第2期,第120页。
⑥许苗苗:《网络文学:互动性、想象力与新媒介中国经验》,《中国社会科学》,2023年第2期,第121页。

迅捷的阅读和评论……互动性通常并不牵涉用户与系统之间的互动……强调的仍然是作者和读者通过网络的阅读、评论、回复、打赏等进行直接反馈。换句话说,中国网络文学的'网络性'相对更体现在网络环境中压缩的时间和空间维度。"①

网络文学的互联网媒介特性对网络文学内容的影响是直接、深刻而全面的。后来担任起点中文网总编辑的宝剑锋,于2001年在西陆BBS创建中国玄幻文学协会,并在网络上连载《魔法骑士英雄传说》,他自述道:"早期的网络作者是想到哪里就写到哪里,甚至刚开始都没细想,只有一条主线,就这样写下去,随意更新。很多网络作者一有事情了就不写了,断更。有很多很好的作品就这样埋没了。"②晋江文学城则对作者创作提出具体标准:"脖子以下不能描写。"③读者的口味、偏好,也直接影响到网络文学的风格与内容,如晋江的出品"小白化",是因为"很多读者就说现在我就是一点不想看虐文,我生活这么辛苦,不让我看点甜宠,我怎么活?"④无论是读者的口味要求,还是网站的创作标准,都对写作者施加了影响和限制。所以说,网络文学作品的互动性和开放性是网络媒介的特殊性所带来的,研究网络文学作品的互动性和开放性可以更好地把握网络文学作品的创作和阅读方式。

媒介特殊性决定了网络文学的特点和特性,也对网络文学的创作、传播和阅读产生了深远影响。网络文学作品的传播途径和方式与传统文学

---

①郑熙青:《中国当代独有的网络文学》,《人文》,2021年第2期,第61页。
②邵燕君、肖映萱:《创始者说:网络文学网站创始人访谈录》,北京:北京大学出版社,2020年版,第173页。
③邵燕君、肖映萱:《创始者说:网络文学网站创始人访谈录》,北京:北京大学出版社,2020年版,第261页。
④邵燕君、肖映萱:《创始者说:网络文学网站创始人访谈录》,北京:北京大学出版社,2020年版,第263页。

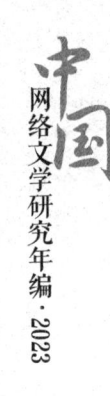

不同,具有网络化、数字化、交互化等特点。具体来说,其一,互联网具有即时传播、线上传播、无限容量传播等特性和优势,使网络文学作品摆脱了传统的出版发行机制,为其创作、传播和阅读提供了全新的渠道和平台。其二,网络文学作品的创作、传播和阅读都依赖网络媒介,网络媒介的特殊性不仅影响了网络文学作品的形式和内容,还影响了网络文学作品的传播和接受方式。例如,网络媒介的开放性和互动性使得网络文学作品的创作和阅读成为一种群体性活动,网络媒介的非线性特点也使得网络文学作品的形式和内容更加多样化和丰富化。其三,网络媒介的特殊性也为网络文学的发展创造了巨大的空间和可能性。例如,网络的互动性、开放性、非线性等特点,为网络文学的创作和阅读提供了更多的选择和灵感。

因此,从媒介与传播的角度来看,探讨网络文学的媒介特性和传播机制,有助于深入把握网络文学的本质和特点,以及网络媒介对文学创作和传播的影响,这是一个非常重要的课题。此层面的研究,需要探讨网络文学作品与互联网媒介的关系、网络文学作品的传播机制和传播效果等问题。当前学界对此已有一定程度的关注,笔者认为,以下论题具有进一步深入探讨的价值:一是从宏观的融媒体角度研究网络文学,从网络诞生的屏幕语境,进一步探讨移动端与阅读的关系,以及由此引发的"中国民众媒介生存文化面向的改变"[1];二是探讨新的媒介形式对文学文体的影响;三是研究网络文学的"超文本性"到底意味着什么?甚至有的学者已经进一步提出"网络性"概念,试图突破作品、文本、超文本等概念的局限性[2]。

---

[1] 王小英:《媒介突围:网络文学的破壁》,北京:商务印书馆国际有限公司,2022年版,第7页。

[2] [韩]崔宰溶:《网络文学研究的原生理论》,北京:中国文联出版社,2023年版。

三、社会文化层面的网络文学研究

为什么要从社会文化层面来研究网络文学？因为网络文学不仅是一种文学形式，也是一种社会文化现象。正如当年电影勃兴、流行音乐风行、通俗电视连续剧播放时的轰动一样，网络文学的流行自然也产生了深远的社会影响。网络文学在当今的社会文化中扮演着多重角色，发挥着多重功能：它作为一种新兴的文学形式，为人们提供了更加便捷、多元、丰富的阅读方式；作为一种文化现象，反映了当今社会的一些文化特征，如快节奏、碎片化、个性化等；此外，网络文学也成了人们表达情感、进行文化交流、传承文化的重要途径之一。同时，网络文学与社会文化是一种相互作用、相互影响的关系：一方面，网络文学的发展离不开当今社会文化的背景和氛围，比如信息化、网络化、个性化等社会文化特征；另一方面，网络文学也在不断塑造和影响着当今的社会文化，在文化传承、价值观传播、情感表达等方面起到了积极作用。

作为一种社会文化，网络文学以及网络文化已经形成一套自己的话语和文化系统，这种话语之独特，已经到了需要借助词典来"翻译"的程度。① 看看这些词，人们就可以体会网络文化/网络文学之特殊，已经到了什么程度："爽文""金手指""种田""种马文""白莲花"。如果没有专门解说，非网络中人是完全不懂得这些词的含义的。可以说，网络文学在精神文化层面的创造力、影响力，远远超出当年的电影和流行音乐。网络文学在当今社会文化中扮演着重要角色，它为人们提供了一个全新的文学空间，使得文学不再是高门槛、高成本的艺术形式，而成为一个更加开

---

①邵燕君、王玉玊主编：《破壁书：网络文化关键词》，北京：生活书店出版有限公司，2018年版。

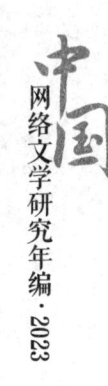

放和民主的文化现象。在互联网技术支持下,网络文学的创作、传播和接受都变得更加便利和快捷,为文学的传承发展提供了更多机会和可能。在传统文学日益商业化和大众化的趋势下,网络文学以其新颖、独特、多元的特点,满足了不同读者的口味和需求。同时,网络文学也反映了当今社会文化的多元化和个性化,以及现代人生活方式和价值观念的变化。可以说,在信息爆炸时代,人们多元、开放和包容性的文化需求,正是网络文学产生的背景。总之,网络文学具有强烈的社会性和文化性:网络文学创作者和读者的行为和交往,反映了社会文化的各种现象和特点;同时,网络文学作为一种媒介和文化现象,也受到社会和文化因素的影响。

因此,从社会文化层面来研究网络文学,可以更加深入地了解网络文学产生的社会背景和发展脉络,及其在当今社会文化中的作用和意义。当前学界在社会文化层面上开展的研究已有不少。有的学者着眼于宏观,从艺术生产角度探讨网络时代文学生产与消费的技术文化背景,包括媒介变迁、网络时代文学传承与创新,博客崛起与网络文学生产带来的多种变化,影视化、移动阅读等文学消费方式革命等问题。[1] 有的学者从平台经济角度研究网络文学的情感劳动和消费。[2] 还有学者从社会学角度,研究网络文学的社会功能,如 2020 年 2 月,阅文集团组织"我们的力量"抗疫主题征文,涌现出李开云《国家战疫》、梦凤《一诺必达》等作品。研究者认为,这类作品"容易将读者代入情节中形成沉浸感,作品可以融通读者在阅读小说时与身处现实中的两种感受,从而起到抚慰大众情感

---

[1] 陈定家:《比特之境:网络时代的文学生产研究》,北京:中国社会科学出版社,2011年版。

[2] 李敏锐:《网络文学的情感劳动、内容生产和消费解读——基于平台经济视角》,《社会科学家》,2021 年第 12 期,第 144—148 页。

的作用"。①

笔者认为,此层面的研究热点以及可以进一步探讨的问题主要有以下两个方面。一是对网络文学读者的研究。通过研究网络文学读者的阅读行为、审美取向、文化需求等问题,探讨当今社会文化中人们对文学的需求和期望,以及网络文学在满足这些需求方面的作用和意义。二是对网络文学创作和传播的研究。探讨网络文学创作者的创作动机、创作方式、创作成果,以及不同读者群、用户群、不同"部落"的阅读、接受与再创作,乃至不同人群的文化心理、精神状态等。

笔者还想重点强调的是,网络文学在不断影响和改变着社会文化的发展进程。网络文学拥有自己独特的社会文化地位和影响力,它不仅代表了现代人的审美趣味和文化需求,也反映乃至影响了当代社会的一些热点问题和文化价值观。一方面,海量的网络文学最大限度地反映和印证着"中国经验";另一方面,网络文学本身也是当下中国社会文化的一种形态和一种直接呈现。从这一视角开展研究,社会学、历史主义、女权主义、文化批评、接受美学等方法似乎都有用武之地,可发掘的论题亦极其丰富,举凡社会现实论题、理论文化论题,都可以在网络文学中找到丰富的材料与例证。当前,青年学者已在这一领域开展了专深研究。如高寒凝的《罗曼蒂克2.0:"女性向"网络文化中的亲密关系》重点关注面向女性受众的恋爱题材网络小说/网络剧、偶像粉丝活动、同人创作以及女性向手游等网络流行文化,从中抽取"亲密关系的虚拟化"和"亲密关系的商品化"这两个一以贯之的核心要素作为研究对象,并将其命名为"罗曼蒂克2.0",即浪漫爱情(romantic love)这一重要的亲密关系形态在网

---

① 桫椤:《多角度讲述普通人的抗疫故事——评陆月樱长篇小说〈樱花依旧开〉》,《文艺报》,2021年1月29日。

络时代的"升级版本"。该书考察以流量明星为"中心文本"的粉丝圈,揭示了作为偶像工业生产机制内核的"亲密关系劳动",已然达到相当的学术深度。① 显然,对于伴随网络文学而兴起的文化现象和亚文化现象,开展专门研究意义重大。

从网络文学对社会文化影响的广度方面着眼,可发现许多值得研究的课题,如网络文学在情感表达、社会交际、价值观塑造、文化传承等方面所起到的作用;如网络文学与文化多元性,网络文学的跨文化交流、文化差异和融合,以及在全球化背景下的发展趋势;又如"耽美"文化、"御宅族"文化等亚文化课题。此外,网络文学中表现的中国传统文化和文学元素,也已经受到研究者关注。②

四、网络文学在人类存在层次上的哲学意义

上述三个层面的问题,最后都可归结到"存在"的哲学层面,即人类的生存形式与生存意义。网络文学研究的人类生存(哲学)层面,即从哲学高度探讨网络文学对人类生存形式、人类存在本质发展的影响。数字化、网络化、信息化使人的生存方式发生了巨大变化,并由此带来一种全新的生存方式和生存活动空间。③ 随之产生的网络文学代表了现代人的一种新生存状态和文化需求,也展示了人类精神的复杂性和多样性,反映了人类的多元文化和文化交流的趋势。从哲学层面研究网络文学,不仅有助于深入探讨网络文学与人类精神文化的关系,还有助于更好地理解

---

①高寒凝:《罗曼蒂克2.0:"女性向"网络文化中的亲密关系》,北京:中国文联出版社,2022年版。

②胡晴:《走过传统——网络古言小说与明清小说的不完全观察》,秦皇岛:燕山大学出版社,2021年版。

③[美]尼古拉·尼葛洛庞帝:《数字化生存》,胡泳、范海燕译,海口:海南出版社,1997年版。

和把握人类生存的本质。

网络文学的出现,展现了人类新生存状态的到来,这种状态表现在多个方面。例如,网络文学意味着人们的文学阅读与创作方式发生了根本性的变化,人们可以通过网络在任何时间、任何地点,以更加自由、多样化的方式参与文学的创作、阅读和传播;网络文学的发展还催生了一批新职业,如网络作家、网络编辑等,改变了人们的生存状态;从存在主义的角度看,网络文学使得人们可以更加自由地表达自己的内心世界,是人类对存在与自由的一种表现;同时,网络文学中也有着对存在的思考与探索,如对生命、时间、人性等主题的探讨,这些也与存在主义的思想有关。麦克卢汉曾预言,进入电子文明后,人类将重新部落化,事实上我们已经开始步入这个时代。"在网络空间以'趣缘'而聚合的各种'圈子',其数量恐怕早已超过了人类历史上因血缘而繁衍的部落。这些网络新部落有着自己的生态系统和话语系统,彼此独立,又息息相通。"[1]

网络文学体现的人类精神状态,与人类的生存与发展密切相关。在人类历史上,文学一直扮演着重要角色,而网络文学的出现,又在更广泛的层面上放大了文学的影响。同时,网络文学也为人类提供了更加自由、多元的思想交流平台,促进了人类的文化交流与融合。新近有学者运用当代批判理论和文化人类学的"分体"(dividual)概念来研究分析网络小说,可以说已经是在"存在"层面上开展研究了。[2]

从哲学高度来看待网络文学与人类精神文化发展的关系,需要将网络文学放在更广阔的人类生存与发展背景下审视。网络文学的出现,反

---

[1] 邵燕君、王玉玊主编:《破壁书:网络文化关键词》,北京:生活书店出版有限公司,2018年版,序,第1页。
[2] 倪湛舸:《传统文化、数字时代与"分体"崛起:初探网络玄幻小说的主体构建》,《现代中文学刊》,2023年第1期,第14—23页。

映了人类精神文化的新发展,也呈现出人类思想、价值观念的多元化、复杂化趋势。从这个角度看,网络文学的出现和发展,实际上反映出人类生存状态的新变化。笔者更想说的是,以网络文学为代表的新的数字化形态,是人类整体生存形态的一大变化,使得人类从实体的生存形态向数字化、虚拟化、比特化的生存形态的转变,变得如此直观和真切。这种人类生存形态本身的变化,才是网络文学摆在人们面前的一个最尖锐、最根本也是最迫切的问题。其实,人类面对的基本问题是人的存在意义和价值问题,而这个问题的答案只能通过人自己的主体性和自由选择来解决。网络文学的出现和发展,反映了现代人在面对这个基本问题时所作出的一种自由选择,表明人类正在通过新的方式来探索和实现自身的存在意义和价值。事实上,网络文学中经常出现一些哲学思想和文化元素,它也正在以它自己的方式深入探讨人类精神文化的发展和变化。比如,网络文学中常常涉及人类生存的意义和价值、个体与集体的关系、人类与自然的关系等哲学问题,探讨和解答这些问题,对深化人类哲学思想和文化的发展至关重要。总之,从人类存在的角度研究网络文学,站在哲学高度审视包括网络文学在内的人类的各种文学艺术,有助于揭示人类精神文化的内在本质和发展规律,进一步推动人类哲学和文化的发展进步。

五、结语

总的来说,网络文学研究的作品/文学层面、媒介与传播层面、社会文化层面、人类生存(哲学)层面相互联系、相互作用,构成了一个复杂而丰富的网络文学研究体系。在这个体系中,不同的层面相互关联、相互支持,共同推动着网络文学的发展和相关研究的进步。从作品本体到存在本体,当然是一个提升的过程,但并不意味着这四个研究层面本身有高低之分,有重要不重要之别。同时,这四个层面并不是相互独立的,它们之间存在着复杂的相互关系。把握这四个层面之间的关系,需要一种综合眼光,在这里,马克思主义唯物辩证法仍是有效的。

首先,作品/文学层面是整个研究的基础,离开这个基础和主要目标,网络文学研究就会偏离方向。网络文学的文学性质及其与传统文学的异同点,为人们提供了一个新视角,使研究者可以更好地把握网络文学的创作特点和价值。

其次,媒介与传播层面是一个突出而有效的研究方向与领域。媒介特性是网络文学与生俱来的根本特性,网络文学作品的创作和传播,无不受到互联网媒介的影响,这使网络文学拥有了全然不同于传统文学的特质,也使网络文学的作品/文学层面和媒介与传播层面产生了密不可分的关系。可以说,媒介与传播层面的研究既是以作品本体为基础的网络文学研究的自然深化与拓展,在具体研究中又必须考虑媒介与传播层面对网络文学的作品/文学层面的影响和制约,重视作品/文学层面的特点和价值。

再次,社会文化层面的研究,是前两个层面研究的某种综合。没有对作品的准确把握,没有对网络文学媒介特性的深入研究,社会文化层面的研究也会流于空泛。但是,只是就作品谈作品,就媒介特性谈媒介特性,不结合现实的社会文化现象,前两个层面的研究也易失之狭窄、偏颇。

最后,如果认识到网络文学是人类信息化生存状态的一个直观体现,那么对其哲学意义进行探讨就是必然的,因此人类生存(哲学)层面的研究是一个更高层次的综合与探索。

总之,这四个层面互相联系、互为条件、相互支撑,虽有各自相对的论域,但互相深刻影响,密不可分。当这四个大的层面的综合研究都比较成熟的时候,网络文学研究就会进入新局面,网络文学的学科地位也会自然提升。至于文章开篇提到的网络文学的综合定义,只有在这个过程中自然形成,才会是比较全面的,也会是比较可靠的。

目前看来,学界从四个层面上开展的网络文学研究成果不少,但也有不足,可开拓的空间也不小。有学者指出,当前网络文学研究主要的问题包括:过于套用西方理论,脱离中国网络文学实际;仍然囿于传统纸质文学的概念,来观察、研究、评判中国网络文学;忽略发生在文本与文本之间,发生在整个文学网络当中的重要文学现象等。① 这些不足,恰恰也可以看作学界努力的方向,而本文所提的网络文学研究的四个层面,也许可以为今后的研究提供一个综合性的参考。

笔者还要说明的是,推进网络文学四个层面上的研究是一个多层面、综合性的过程,还需要多学科视角。网络文学的研究不仅仅是文学研究,还涉及传播学、社会学、文化学、哲学等多个学科。只有通过多学科的融合,才能更好地理解网络文学的本质和特点,把握其对人类精神文化的影响和启示。当然,研究网络文学也不只有这四个方面,但这四个方面无疑是最主要的。中国传统道德纲纪有"四维",本文所论网络文学研究的四个层面,也略可比之为"四维"。真正的好研究,需要以学术眼光,提出真正的时代之问。真正的学术创新,必然来自研究者们对网络文学更真切的"实地"研究,来自更大的理论勇气。只有深入考察这四个层面的内在关系,并在四个层面上开展专深研究,才能更全面地认识和把握网络文学

---

① [韩]崔宰溶:《网络文学研究的原生理论》,北京:中国文联出版社,2023年版,第18—21页。

这一重要的文化现象,更好地理解网络文学的意义和价值,更好地把握当下快速发展的新媒介文学形态,推动文学理论研究和文艺创作的创新与发展,为网络文学的发展和繁荣作出更大贡献。

原载于《湖北社会科学》2023年第7期

游戏现实主义与现实主义的"游戏"①
——象征界真实、想象界真实与实在界真实②

周志强

日本学者东浩纪提出"游戏现实主义"这一命题③，旨在说明现实主义在不同历史阶段所呈现出来的不同"理念"，这带给我们在虚拟现实时代理解现实主义的新思考路径。事实上，现实主义不仅仅是一种写作技法，还是特定时期知识制度和认知范式的"文体/样式（style）"。近代科学的发展，诞生了"新现实"④，人们使用科学性的理解方式来重新看待人与世界、人与物的关系，这就有了经典的现实主义。电影、电视等电子媒介的崛起，令艺术形象的生产呈现出新的可能性：越来越多的动漫形象被创造出来，这些形象不再是现实事物或人物形象的"反映"，而是使现实形象嫁接、变形，或干脆完全摆脱现实形象的影响，自成形象体系。这体现了东浩纪所论大塚英志提出的动漫现实主义之想象力环境的作用：动

---

①国家社会科学基金重大项目"虚拟现实媒介叙事研究"（21&ZD327）。本文刊发于《探索与争鸣》，2023年第11期。

②"实在界"即"The Real"，"实在界真实"在此特指摆脱了秩序规则而不能被符号化的事件，在文中也用"事件性真实"一词来表达。

③［日］东浩纪：《游戏性写实主义的诞生：动物化的后现代2》，黄锦荣译，台北：唐山出版社，2015年版，第43—57、135页。

④伯特兰·罗素曾说，现实世界是从17世纪开始的。从哥白尼、开普勒、伽利略，最后到牛顿，一系列新的关于世界的假说，创造了不同于传统的"有机世界图像"的新现实。对于新的世界图像来说，万有引力的假说，确立了一种"没有上帝（神）而世界可以自动运转"的现实。虽然牛顿并没有消除神的存在，却在"现实世界"的层面上确立了自动存在的秩序性世界的图像。由此，我们理解了"现实主义"的文体理念：一种假装故事自己发生的方式。这与牛顿的万有引力的新世界图景是逻辑统一的。可参看周志强：《敢于面对自己不懂的"生活"——现实主义的文体哲学与典型论的哲学基础》，《中国文艺评论》，2021年第8期。

漫的制作围绕角色生产展开,从而超越了经典现实主义的"生活逻辑",创生出一种动漫性的行动逻辑。而虚拟现实则颠覆了"传播"这一命题的关键内涵:在虚拟现实中,信息发出的时刻,就是身体感知到信息的时刻,"传播""媒介"仿佛都消失了一样;虚拟现实打破了传统文艺的存在形态,"读者、观众"这些概念将会消解,"玩家"这一概念成为新的艺术学和美学消费范畴。经典现实主义诉之于认识论而呈现真实,动漫现实主义诉之于想象界而呈现真实,虚拟现实则是"身体的直接现实"。经典现实主义与动漫现实主义让读者、观众待在文艺作品之外,以"心灵之眼"完成审美活动;虚拟现实却让人们的身体与作品中的角色共处一处,同行同声乃至同感,人们在虚拟现实世界"生活着",如同经历一个大型的游戏人生,以游戏的经验构建另一种现实,这就是"游戏现实",也就有了以"玩家"为中心的游戏现实主义。

简言之,虚拟现实时代,"游戏态"的生活正在提供真实的生命经验,游戏现实主义反转了现实主义的游戏规则,它令现实主义的"分析师辞说"消解,从而敞开了玩家通向实在界之途——游戏现实主义让虚拟时代的新型主体"玩家"站在了实在界的位置。

"象征界/历史真实"与"想象界/理念真实"

经典现实主义乃是一种象征界的真实,换言之,它需要把人们的生活现实经验纳入历史性的言说序列之中。张贤亮在《绿化树》(1984年)中讲述饥饿中的章永璘接受马缨花给他的一个白面馒头,他突然发现这个馒头上竟然有一个指纹印。

我已经有四年没有吃过白面做的面食了——而我统共才活了二

十五年。它宛如外面飘落的雪花,一进我的嘴就融化了。它没有经过发酵,还饱含着小麦花的芬芳,饱含着夏日的阳光,饱含着高原的令人心醉的泥土气,饱含着收割时的汗水,饱含着一切食物的原始的香味……

忽然,我在上面发现了一个非常清晰的指纹印!

它就印在白面馍馍的表皮上,非常非常的清晰,从它的大小,我甚至能辨认出来它是个中指的指印。从纹路来看,它是一个"罗",而不是"箕",一圈一圈的,里面小,向外渐渐地扩大,如同春日湖塘上小鱼喋起的波纹。波纹又渐渐荡漾开去,荡漾开去……

噗!我一颗清亮的泪水滴在手中的馍馍上了。①

"四年没有吃过白面做的面食"的人看到白面馒头这一场景,在作者笔下并没有出现动物对食物的生理性反应,而是爆发出诗意的感受:"宛如外面飘落的雪花","饱含着小麦花的芬芳","饱含着夏日的阳光"。而这个指纹印则"如同春日湖塘上小鱼喋起的波纹。波纹又渐渐荡漾开去,荡漾开去"。假如我们以弗洛伊德式的方式来分析这一段落,立刻就会感受到叙述者对"饥饿"这一创伤的执着迷恋,以及对"饥饿"这种痛苦本身的拒认。换句话说,张贤亮是要把"苦难"这种经历看作"苦难的历程",是达到人生另一种高度必然经历的磨炼,由此,"章永璘的饥饿"就不再是普通人的饥饿,而是一种富有历史命运感的"饥饿"。马缨花对这位"知识分子"的命运表达出悲叹:"她大概看见了那颗泪水。她不笑了,也不看我了,反身躺倒在炕上,搂着孩子,长叹一声:'唉……遭罪哩!'"

---

① 张贤亮:《张贤亮小说自选集》,桂林:漓江出版社,1995年版,第185页。

① 这就更加证实了主人公遭遇的"饥饿"与实际生活中众多人的"饥饿"有截然不同的政治含义:一个知识分子在"文革"中所遭遇的不公平待遇不仅值得普通人同情,而且值得大家一起去反思。"饥饿=遭罪",这就完成了经典现实主义对于"饥饿"这一生活真实经历的转义:饥饿的历史真实乃是"遭罪";反之,只有"遭罪"的饥饿才是真正的饥饿,或者说只有值得被历史反思和铭记的饥饿,才是真正的饥饿。另一个有趣的案例是中篇小说《涂自强的个人悲伤》(2013年)。来自乡村的主人公涂自强勤恳诚实,不畏艰辛,并努力拼搏;但是,涂自强考研时父亲自杀,丧失命运爬升机缘;工作后微末的工薪让他的生活捉襟见肘;老板逃跑、老母新生病,令其走投无路,终患肺癌离世。小说写一个失败青年的一生,把一个人所能遇见的苦难都集于一身。这种纯属偶然性的"个人悲伤"当然不属于"历史真实",从而也就被很多人视为"不真实"。这部小说当然是现实主义的,但是,又是被经典现实主义所拒绝的。

显然,经典现实主义要营造的是符合象征界秩序的现实,是呈现特定叙事规范和价值诉求的一种历史真实。对于经典现实主义来说,"符合生活"不是关键,"符合生活逻辑"——一种从历史视角叙述的"现实真实"才是关键。

动漫现实主义则体现出新的现实构建方式和角色行动逻辑。手冢治虫的《铁臂阿童木》(1952年)和万籁鸣的《大闹天宫》(1964年)名噪一时,但是,仍然与《米老鼠和唐老鸭》(1924年,华特·迪士尼)、《猫和老鼠》(1961年,吉恩·戴奇版;1965年,约瑟夫·巴伯拉版)有着截然不同的现实行动逻辑。前两者虽然是动漫作品,却遵循经典现实主义的行动逻辑,不仅故事事件有前因后果,角色的行为也是仿照人的行为进行,并

---

① 张贤亮:《张贤亮小说自选集》,桂林:漓江出版社,1995年版,第185页。

且其主题内涵也是对现实社会政治的表达或比照。而在后两个作品中，角色遵循不同于人的世界的行动方式：唐老鸭或者汤姆猫，都会在跑出悬崖后的悬空状态下继续奔跑，直到发现自己已经临空后才坠落；住在客厅里的猫（人的现实逻辑世界）被住在角落里的老鼠（动漫性的现实世界）到处追打；无论遭遇碾压还是锤击，他们也都会在"死"后突然复活，然后迅速行动去报复对方。

在这里，动漫现实主义并不是指动漫作品中的现实主义，而是指现实主义的一种新的文体理念：人类的生活现实不再是这类作品的直接所指，而是成为其隐秘的"终极所指"；对于不同角色生动行动的玩味和富有创意的制作，成为这些作品审美消费的重要方面；同时，动漫现实主义越来越有能力把想象界的现实呈现出来，并且把作品所创生的世界锁定在超级真实、愿望乃至欲望真实之中；而经典现实主义则塑造象征界的现实，追求深度意义的历史真实。

如同"最好吃的汉堡在海报上"，海报上的汉堡色泽饱满、形态完美，在现实生活的世界中，这个汉堡是无法找到的，它指向的是一种"汉堡的超级真实"：按照"汉堡"这种食物的理念来说，海报上的汉堡表达了汉堡能体现出来的人类可以想见的食物之本真状态。这正是动漫现实主义之"真实"：只有在自由使用符号进行表达，而不是按照象征界的法则来设置符号的时刻，人们对自身世界的愿望乃至欲望，才能在各种角色和角色行动的场景中暴露出"本真状态"。在《你的名字》（2016年，新海诚）中，不仅恐怖的"彗星撞地球"摆脱了灾难政治的象征界束缚，而且少男少女穿越灵魂、空间、身份和身体的爱情，更是呈现出人类愿望或欲望层面上的"爱情本真之真实"——还有比这种动漫现实主义作品中的爱情更像爱情的东西吗？在生活现实中，"爱情"是作为一种富有召唤魅力的事物被表达的,它也总是遭遇各种现实困境,甚至爱人的体臭都能成为戳破爱情神话的暗器;而在动漫现实主义中,这些生活现实的逻辑都被放置到了一边,爱情的"超级真实"面孔,即所谓"纯粹的爱情"活灵活现且光耀夺目。在《你的名字》中,灵魂的呼唤不仅变得简明扼要,不必计较是否合乎"生活逻辑",而且,男主人公为了一个仿佛有神秘关联的女生疯狂地在陨石坠落前去改变时空,这种爱情激情恰当地诠释了来自想象界的幻想却可能是世界之纯粹真理的道理——难怪那些充满爱情幻想的女生不愿意带男朋友一起看这部电影,因为现实生活中的男朋友,如何配得上这种"真正爱情"?

显然,经典现实主义致力于历史真实的呈现,动漫现实主义则无意识地暴露了理念真实(也许这种真实包含着撕裂和悖论),那么,在数字技术时代,游戏现实主义的真实性何在呢?

游戏现实主义的事件真实

"游戏现实主义"这一概念并非单纯地指向游戏中的现实主义,或游戏如何抵达现实等命题。东浩纪原本想追问的是一个相对简明的问题:像游戏一样设置小说,从而令小说呈现出新的现实主义特色。"东浩纪的原意'游戏经验的小说化'是以电子游戏为主体的,是将游戏叙事看作一种新形式、新时代的'现实主义',然后探索这种新式的现实主义如何被文学艺术理论所阐释。"[1]所以,游戏现实主义这个概念带出了这样一个命题:游戏叙事也是一种关于现实的叙事。

我们至少可以看到游戏叙事的两种形式。第一种将"游戏"作为一

---

[1] 孔德罡:《〈大多数〉与"游戏现实主义":电子游戏的跨阶层叙事尝试和超越面向》,《中国图书评论》,2023年第11期。

种叙事逻辑来构建小说。从升级打怪、修仙修真到重生逆袭、穿越玄幻，网络文学的叙事机制采用了电子游戏的模块性组合方式，而"常被认为是网络文学源头的作品《风姿物语》（罗森，1997）最初曾是日本电子游戏《鬼畜王兰斯》（1996）的同人小说；网络文学早期流行的西方奇幻设定受到桌面角色扮演游戏《龙与地下城》（1974）的重要影响；2004年左右形成热潮的'网游小说'以真实存在或虚构的网络游戏世界作为故事展开的空间，为此后拆除游戏系统的玄幻、修仙升级文的诞生铺平了道路；网络文学中千姿百态的幻想世界的出现，可能与电子游戏所带来的关于'平行时空'的感受密切相关；网络文学中'萌点'突出的'人设化'角色也直接或间接地受到日系角色扮演游戏与文字冒险游戏的影响……"①在这样的叙事中，依照生活逻辑建立起来的故事创造被依照游戏逻辑建立起来的故事设置替代，情节流程让位于模块化组合。所谓"一言不合，杀你全家"的网文俗套不过是一种比较实用的模块组合方式。隐藏在这种游戏性的组合方式背后的是人们的痛苦遭遇。这种遭遇被作者从其现实语境中剥离出来，也就是从人们对自身的痛苦遭遇不得不理解和接受的现实态度中剥离出来，让它变成游戏性叙事中处于不必理解和接受的事件，让原本看似合情合理的生活现实，变成痛苦境遇的事件性寓言。所以，诸多游戏性叙事中所制造的"爽"，归根到底乃是现实生活中的"不爽"，只是在现实生活中，这些不爽被附着了前因后果后变成了似乎有存在理由的东西。游戏性的叙事，恢复了苦痛遭遇的事件特性——任何苦痛，其实都是现实秩序的意外断裂，是现有的现实理性无法进行合理化叙事的证明。所以，那些赘婿文、重生文或逆袭文中的"一言不合，杀你全家"桥

---

① 王玉玊：《网络文学的"游戏化"向度及其"网络性"——（数码）人工环境与网络文学的自我实现》，《文学》，2023年第1期。

段,既显示了主人公对欺凌或侮辱自己的人所采取的报复方式之"爽",也"暴露"了现实生活中欺凌或侮辱的内在逻辑:任何时刻,之所以普通人遭遇欺辱,不过是欺辱他们的那些人掌握了欺辱他人的力量或位置而已。任何为欺辱他人的行为所做的合法性辩护都在这里失去了意义——"被欺辱的苦痛"乃不可被化约或解释的事件性真实。①

游戏叙事的第二种形式就是虚拟现实本身的叙事,即游戏本身乃是叙事。这集中体现在虚拟现实时代电子游戏叙事行为中。电子游戏借助特定的故事框架展开,这类似经典现实主义叙事,有时候也采用动漫现实主义的叙事,它构成了电子游戏叙事的内容层面;而"电子游戏叙事"还有另外一个叙事层面,即玩家通过"自己"在游戏中的行动"生成"情节的叙事。这是电子游戏叙事的行动层面。一方面,电子游戏采用故事建构其可玩性;另一方面,玩家借助这种可玩性,不断地使用电子游戏叙事内容生成属于自己的故事流程,即将各种各样充满逻辑的故事转换为自己玩游戏的不可知性,也就是将自身完全事件化。所以,典型的游戏现实主义让玩家成为真正的主人公,并"释放"玩家性格、性情或能力,构建截然不同的另类人生经验。

在这里,电子游戏让"遭遇"成为真实,而不是让遭遇的故事成为真实。"遭遇"不是玩家在电子游戏中遭遇的任务或故事,而是玩家与电子游戏本身的"遭遇":玩即事件性的遭遇。电子游戏,尤其是虚拟现实时代的电子游戏,允许玩家完全投入角色中,并且仿佛角色即自我。于是,

---

① 不妨以名为《重生之一代枭龙》这部"无脑爽文"为例:一个叫江志浩的人突然重生到了 2000 年。这个"重生"的故事亦如同类型小说情节一样,被一种诡异的快感所驱动:那些在现实生活当中深陷凌辱境地的孱弱者,其实也可以寻找机会,在合法合理的条件下,凌辱那些凌辱他人者。这个人物的塑造,与其说来自对道德理想人格的追求,毋宁说来自绝大多数与"财富"无缘的小人物们内心的"无能狂怒"——无数次遭遇嫌弃厌憎而形成的"社会性自卑"。

游戏现实主义将自我(主体)定位成玩家的时候,又是玩家让自我摆脱主体的社会性安排,不再追求同一性角色自我的时刻,是玩家自由地享受充满矛盾的自我角色的时刻。

在一款名为《极乐迪斯科》(Disco Elysium,2019年,ZA/UM)的游戏中,玩家所操纵的游戏主角会在游戏进程里接触到各种哲学思想和政治主张,这些观念构成了游戏的"思维"系统。其中,玩家给主角"装备"不同思维就会获得不同能力或数值提升,如玩家给主角"装备"上"无从解释的女权主义议程"思维,主角在对抗男性角色时"争强好胜"技能值就会提升两点,主角从数值层面被玩家塑造成一个"女性主义者"。但是随着游戏目标的不断变化,要"装备"的"思维"也需要随之改变:想要打倒身高体壮的男人,就要加强"钢筋铁骨",而若想说服一个聪明绝顶的商人,就得擅长"故弄玄虚"。① 简言之,思维的"装备化"使得主角不再是秉持某一观念的某个主义者,而是在各种思想里漫步的"游玩者"。在《极乐迪斯科》的故事里,任何"主义"都没能成为解决这个故事中问题的良药,每个"主义"都有自己的合理性和合法性,却又从未发挥理想的作用。游戏系统让主角变成一个摇摆不定的"思想小偷",持续接受着不同的思维观念,却从未信仰其中的任何一个;游戏故事将玩家被抛入没有任何解决方案的实在界之深渊,把玩家原本完整统一的文化政治身份打成碎片。

在《极乐迪斯科》的豆瓣网页中,我们看到了其中这样三条评论:

刚开始玩时,我以为我打开的是《乌合之众》《娱乐至死》《1984》《百年孤独》《黄金时代》。玩半个小时后,我发现我打开的是《共产党宣言》《纯粹理性批判》《查拉图斯特拉如是说》《战争与和平》《悲惨世界》《追

---

① "争强好胜""钢筋铁骨"和"故弄玄虚"均为《极乐迪斯科》中的技能名称。

忆似水年华》。(豆友63235291,2020年3月20日)

　　这不仅仅只是游戏,我认可自由主义的繁华与压迫,"康米主义"的激昂与疯狂,民族主义的团结与歧视,现代主义的张狂与迷茫,理想主义的伟大与虚幻,人道主义的仁慈与失意。我是个道德家,我是世界上最可笑的政治中间派,精通马佐夫社会经济学的康米之星,拥有遥视能力的天王巨星,法律的化身,新自由主义街区天字一号条客,昭示末日来临的第八封印者,传统主义疯狗,无可辩驳的女权主义者,形容枯槁的民族主义者……还是金曷城警督见识过的最好的警探,但我还是没有留住她,我无知又可悲,我真的被打击到了,我无法划清界限,我是混沌的、相互制衡的、万变的、彩色幽灵。(Paze,2022年9月22日四川)

　　我的脑子、我的意识、我的镜子,一切我碰过的东西都像诗人、哲学家似的,讲话文采飞扬、一套一套的,晚上睡个觉脑内简直在开写作研讨会。我本人一张口却满嘴屁话。贯穿全篇:我是谁？我要去哪儿？我信仰什么？我有怎样的核心价值观？……刚开始的时候猜测作者的政治立场、作者想要我有怎样的政治立场,不存在的,几乎是按着政治光谱把每种观点都踩一脚,大厦将倾之时你坚持什么理论都没用,总会在现实中碰壁。你只能站在人这边。通关后回想,几乎所有让我感动的人和事都是无关政治的,就一个个鲜活的人或生物或者一阵海风,在一个每况愈下的机器中带来取暖的相濡以沫的善良。就是不变坏,我抽烟喝酒依然是个好侦探。"你是我遇到过的,最美丽的生物。"("溏心冲浪板",2020年3月19日)①

　　显然,完整统一的自我不过是自我对自我的一种设定(主体化),游戏现实主义暴露了"自我角色"的完整统一的幻想性属性:自我角色的统

---

① https://www.douban.com/game/26935092/comments.

——不过是掩盖生命历程之无序性的事件真相。这里,重要的不是电子游戏玩了什么(经典现实主义和动漫现实主义的逻辑),而是"玩"这个行动的非逻辑性:玩就是玩本身,它不谋求确定性,逃离对它的意义规定。游戏现实主义真正让叙事文本的接受者——一个在传统叙事中被抽象化了的角色,恢复了其事件性的真实面孔。在游戏现实主义之外,"我"属于关于"人"的叙事的各种故事,而在游戏现实主义之中,"玩家"重返被各类事件冲散的"我"之症候:"我"不过是用来证明"我之同一性假象"的用语。

简言之,经典现实主义通过一种总是知道一切的方式创造出富有掌控力的"主体信心";动漫现实主义则凸显这种信心之放大后的"纯粹自我";而游戏现实主义却让"玩家"恢复了人之为人的根本性内涵:"我"的遭遇才是每个人生存的真实,而不是对这种遭遇的过剩性解释(象征界真实)或纯粹理念化(想象界真实)。

现实主义的"游戏"

1. 显然,从象征界真实、想象界真实到实在界真实,我们可以得到关于现实主义文体理念的三个层面:其一,现实主义是对生活的反映,现实主义致力于以写实的方式来表达现实生活的内在逻辑和历史真谛;其二,现实主义是对现实的反映,动漫现实主义以商品恋物癖式的迷幻表达世界的本真性;其三,现实主义是通达真实的游戏,游戏现实主义向人的生活的根本不可能性敞开,呈现世界之多异性,近似于"multitudes of multitudes"[①]。

[①] [斯洛文尼亚]斯拉沃热·齐泽克:《连线大脑里的黑格尔》,朱羽译,西安:西北大学出版社,2023年版,第17页。

作为"反映",现实主义确立了科学主义的人文精神:冷静客观的描写,乃揭示人类世界之真实性的有效手段;只有采用一种冷静客观的尊重生活的态度,真正的生活状况才能被认识和理解。所以,鲁迅、茅盾坚持写实主义的态度,因为只有这样,现实生活的残破不全和衰败颓废才能被反映出来,也才能激活人们的拯救意识。

作为"反应",现实主义又是对现实社会之生存状况的干预、介入,将特定的理念或精神作为叙事的意义框架,对现实的状况进行重组或改写。"约翰·康斯太布尔(John Constable)的著名油画《干草车》(*The Hay-Wain*)(1820—1821)提供了对乡村的不可否定的积极观点……农村是从和谐、美丽、安定、传统、和平、纯洁和美德的角度得到表征的。为什么这些意义被附加在这张画及其他相似的油画中的乡村上呢?约翰·巴洛(Jon Barrel,1980)给自己设置的任务就是揭示出在英国18和19世纪风景画(为富人而生产的著作)中起作用的意识形态,他是在即将到来的资本主义农业以及它所包含的阶级斗争的背景中阐释这些意识形态的……"①在资本主义的残酷掠夺与乡村优美的风景化之间,《干草车》构造了现实主义的"反应性"关系。

作为"游戏",现实主义却呈现了"真正面孔":现实主义归根到底乃追求关于人类生存的真实境遇的方式。游戏现实主义将人放置在了"实在界位置"上,"玩家"通过"戏弄人生",反而直面人生之实在界真实:我们在一次次的"游戏"中,追逐世界的变动不居和偶然汇聚,令其特定的秩序不断被打断,完成一次次的"玩"。"玩"恰是人类生存的"实在界真实",它把人类的社会生活从形而上的层面上解剖开来,也就把各种各样

---

① [英]阿雷恩·鲍德尔温等:《文化研究导论》,陶东风等译,北京:高等教育出版社,2004年版,第153—154页。

的"文化赋魅"行动变成了一种"游戏行为"。

显然,游戏现实主义体现了现实主义的新游戏方式:现实主义的文体理念中不仅仅有揭露和批判的拯救性政治,也有回到人自身而沉浸享乐的快感政治;现实主义的三种面孔,体现了理解"真实"的三种有趣方式:科学主义为主导的现实主义注重修辞的文体政治学方式,人文主义为主导的现实主义追求想象力大爆发的文体符号学方式,游戏性为主导的现实主义拥抱实在界的文体游戏学方式。

游戏现实主义乃以游戏的方式观察和理解现实,这样的设定体现了虚拟现实世界成为人们现实世界之法则的可能性。齐泽克曾经提到2016年的扩增现实游戏 Pokemon Go(任天堂、宝可梦公司、Niantic Labs):玩家用手机上的全球卫星定位设备及相机去捕捉、打斗以及训练虚拟的宝可梦(Pokemon),这些精灵在屏幕上出现的方式仿佛它们和玩家是在同一个真实世界的地点出现的一样;当玩家在真实世界内移动,代表他们的游戏角色同时在游戏地图中移动……我们通过电子屏幕这一幻想框架来观看现实以及和现实交接、互动,而这个中介框架利用虚拟元素增强了现实。这些虚拟元素支撑着我们参加游戏的欲望、推动我们现实中寻找它们,缺少了这种幻想框架我们将对现实完全不感兴趣。[①]

齐泽克想要说明的是游戏方式与当代意识形态建构方式的一致性。在齐泽克的论述中,人们使用 Pokemon Go 这款游戏,乃按照虚设的框架来支配自己现实的行为,所以,"虽然《宝可梦 Go》将自身呈现为某种全新的、建基于最新科技的东西,它实际上依靠的是一种旧的意识形态机

[①] [斯洛文尼亚] 斯拉沃热·齐泽克:《面具与真相:拉康的七堂课》,唐健译,桂林:广西师范大学出版社,2022年,第Ⅳ—Ⅴ页。

制。意识形态就是扩增幻景的实践"①。齐泽克在这里犯了一个致命错误，他看到了虚拟现实和意识形态共同的虚设性，却忽略了虚拟现实与意识形态之间政治功能的截然不同。意识形态是一种"说服"人们同意现实的方式，而虚拟现实却不仅仅是对现实的"扩增"，还是对现实的"重设"：在现实中不存在意义的地方去创生意义，这正是人们寻找"宝可梦"的逻辑。只有在这个意义上，齐泽克才是正确的："宝可梦迫使我们面对幻象的基本结构，将现实转化成一个意义世界的幻象功能。"②

游戏现实主义的秘密恰在于此：它将现实生活的逻辑"转义"为"游戏性"，令意识形态的说服性失去了现实硬核的支撑——对于电子游戏的审查制度，正无意中说明了这一点。③ 也许正因如此，经典现实主义在经由动漫现实主义而与游戏现实主义遭遇之后，才令其表意悖论浮出水面。一方面，现实主义秉持精神分析师一样的"辞说"，充满信心地将现实症候转换成健全理性；另一方面，游戏现实主义暴露出现实主义的德勒兹式悖论：症候可能恰好出在精神分析师身上，因为他疯狂地相信存在一种健全的理性。

原载于《探索与争鸣》2023 年第 11 期

---

①[斯洛文尼亚]斯拉沃热·齐泽克：《面具与真相：拉康的七堂课》，唐健译，桂林：广西师范大学出版社，2022 年版，第 VI 页。
②[斯洛文尼亚]斯拉沃热·齐泽克：《面具与真相：拉康的七堂课》，唐健译，桂林：广西师范大学出版社，2022 年版，第 VI 页。
③美国、日本、德国等都设立了比较严格的游戏审查机制，著名的审查机构有 ESRB、CERO 和 USK 等。

再现、呈现与模拟

——论网络文学与现实的三种关系

韩模永

文学与现实的关系是文论研究中最古老、最永恒的一个理论话题,自古希腊的赫拉克利特、德谟克利特、苏格拉底到柏拉图、亚里士多德,就开始了孜孜不倦的探讨。当下,在网络文学从幻想型转向现实题材的创作语境之下,文学与现实的关系,尤其是现实题材网络文学的创作再一次成为学界亟须关注和思考的问题。诸多学者提出了颇有创见的观点,如"新媒介现实主义"提出虚拟生存、数码化生存是当下数码技术带来的新的生存模式和"新现实",这种"新现实"正构成了网络文学的深层内容,网络文学的"架空"写作并不全然是对现实的逃避,而是"新现实"的反映[1];"及物的现实主义"要求"不管是否属于现实题材,最终都通向可感的活生生的现实,都在写实事,不务虚,都创造出了有血有肉的人物形象,能够让读者更好地理解社会风貌和现实世界,得以感受到真实的生活,体会真情、接近真相、领悟真理"[2];"情感现实主义"认为"网络小说文本与读者的日常生活经验之间会在'情感结构'上保持相似性,故读者可从中获得'情感支持'的力量,这种情感支持力量与读者的现实生活紧密关联在一起"[3]。"玄幻现实主义"则是网络文学现实主义中的一种独特形态,论者结合2018年几部相对重要的现实题材网络小说,认为后玄幻时代的

---

[1] 黎杨全:《网络文学:新媒介现实主义的崛起》,《中州学刊》,2019年第10期。
[2] 胡疆锋:《通向及物的现实主义》,《论网络文学的现实转向》,《社会科学辑刊》,2021年第1期。
[3] 孟隋:《网络小说的"情感现实主义"及其"情感支持"功能》,《贵州社会科学》,2022年第3期。

"现实主义"主要是现实题材和网络性表现的融合之作,网络性表现包括"穿越""重生""金手指"等手法的运用以及紧张的情节和悬疑设置等。[1]这些看法都注意到当下现实主义发展的新趋向、新特征,并做出了颇有见地的理论回应。但从某种意义上说,有些观点也扩大了现实主义的边界,或者说有些现实主义可能不是真正的现实主义,或者说不是经典现实主义,是一种"无边的现实主义"。进一步推衍,任何文学似乎都可以宽泛地理解为现实主义,因为文学一定要反映现实的。因此,这里需要厘清三个概念,即现实题材、现实性和现实主义的问题。

首先,文学创作题材多种多样,从不同的角度也可以作不同划分,如以再现客观现实世界为对象的现实题材,也包括表现想象世界的幻想题材,抒发情感的抒情题材等。其次,无论文学使用何种题材创作,哪怕是纯粹的想象,其归根到底都来源于现实,都是现实生活的反映。正如毛泽东同志《在延安文艺座谈会上的讲话》中所说,"作为观念形态的文艺作品,都是一定的社会生活在人类头脑中的反映的产物",现实生活"是一切文学艺术的取之不尽、用之不竭的唯一的源泉。这是唯一的源泉,因为只能有这样的源泉,此外不能有第二个源泉"[2]。从这个意义上说,任何文学创作都具有现实性。诸多学者将幻想型网络文学称之为现实主义也大多是从现实性这一层面考虑的。最后,现实主义则是一个具体的创作方法问题,其有明确的要求和规定。当然,这里所说的现实主义主要指的是经典现实主义,或者说是马克思主义意义上的现实主义,指的是"在19世纪现实主义理论与实践和马克思主义经典作家的现实主义观的基础上

---

[1] 闫海田:《后玄幻时代的"现实主义"——2018年现实题材网络小说创作综述》,《中国当代文学研究》,2019年第2期,第108—115页。
[2] 中共中央文献研究室编:《毛泽东文艺论集》,北京:中央文献出版社,2002年版,第63页。

归纳、总结出来的,是现实主义发展的最重要阶段"。其基本原则包括:"一是真实表现现实生活的本来面貌,包括严格地按照现实生活的本来面貌描写生活,表现生活的真实和强调细节的真实性等方面;二是正确处理主客关系,包括作者的主观思想要服从客观现实,作者的思想应该通过形象间接地流露出来,作者不能以自己的主观思想干扰作品中的生活与人物自身的逻辑等内涵;三是塑造典型环境中的典型人物,包括正确处理共性与个性、典型人物与典型环境的关系、运用好典型化方法等内容。"①进一步说,其一,经典现实主义要求严格按照现实生活本来面貌再现生活,其作品一般不把想象世界、超现实世界作为描写对象,如果要表现超现实内容,也"只能发生在意识和主观的领域,而不应发生在现实、客观的领域"②。因此,选择现实题材是现实主义创作的首要要求。其二,现实主义创作的成功之作还要求做到细节真实,处理好主客关系,强调客观冷静、再现典型环境中的典型人物等。用这些原则来考量当下的网络文学,我们会发现大多作品并非现实主义创作。但当下的网络文学,无论是现实题材,还是幻想型和"新文类",归根到底都是对现实的一种反映,只是反映的方式不同。大体看来,其与现实的关系主要包括三种,即再现、呈现和模拟。

一、再现:客观现实的模仿

众所周知,所谓再现就是指文学对社会生活和客观现实作具体、真实的刻画和模仿,这主要侧重于艾布拉姆斯文学四要素中的"世界"要素来考察文学活动的本质,其典型的文学思潮即现实主义。其与表现不同,表

---

① 赵炎秋:《经典现实主义及其反思》,《学术研究》,2021年第6期,第152—159页。
② 赵炎秋:《经典现实主义及其反思》,《学术研究》,2021年第6期,第152—159页。

现侧重于"作者"要素,强调文学是对作家思想情感、主观理想等精神活动的表现,其典型的文学思潮为浪漫主义。再现说或模仿说由来已久,这种观念在中西方均普遍存在,尤其是西方理解文学与现实关系中一种最具影响力和主导地位的理论观点,甚至雄霸西方文论两千年。从柏拉图认为文学是"摹仿的摹仿""影子的影子"到亚里士多德主张"文艺是人的行动的摹仿"等等,再现说得到了不断的发展和提升;中国古代文论中所主张的"感物说"本质上也是一种再现理论。尽管这些理论家、思想家所持的哲学立场、模仿对象、具体观点等存在差异,但均指向文学是对现实的刻画和模仿这一核心观点。马克思主义反映论则是在此基础上发展起来的一种成熟的、科学的理论,即认为文学归根到底来源于现实,是对现实的反映;同时,这种反映具有能动性和创造性,其所追求的是一种艺术真实,而非生活真实。因此,说文学是一种再现,旨在强调一方面文学要反映现实、面对现实、正视现实,要求文学具有客观性和逼真性;另一方面,再现也并不意味着文学就不可以虚构,相反,文学正是一种虚构,即一种艺术创造。乔纳森·卡勒在对文学的本质进行阐发时,也强调"文学是虚构"。只不过再现说要求其这种虚构本质上要合乎现实逻辑和理性逻辑,要"合情合理",正如亚里士多德所言,"诗人的职责不在于描述已发生的事,而在于描述可能发生的事,即按照可然律或必然律可能发生的事"[1],所谓可然律和必然律也是艺术真实的应有之义。

正因为再现中包含着虚构,因此作家在再现现实生活的时候,不可能原封不动地、如镜子一般地模仿生活,其中渗透着主动性和创造性,其再现现实的题材选择、创作方法等也千差万别。我们发现在网络文学中,尤其自2017年现实题材网络文学创作转向以来,坚守这种再现传统的现

---

[1] 伍蠡甫等编:《西方文论选》(上卷),上海:上海译文出版社,1979年版,第64页。

主义作品日益增多，2018年更是现实题材创作的"整体性崛起"。某种意义上说，现实题材网络文学创作正是再现说在网络时代的一种体现和延续。当然，这与主流意识形态、各类评奖赛事以及评论话语等的引导也是密不可分的。2015—2019年，国家新闻出版署和中国作家协会联合举办"年度优秀网络文学原创作品推介活动"，2020年，国家新闻出版署组织开始实施"优秀现实题材和历史题材网络文学出版工程"，这两项活动侧重推选追求真善美、传播正能量的现实题材网络文学作品，在当下的网络文学推优活动中具有标杆意义。2015—2020年分别推出网络文学作品21、18、24、24、25、9部，共121部，其中现实题材类作品为62部，占比51.2%。这62部作品的题材内容从各个层面反映、再现客观现实生活，表现出对现实问题的强烈关注。其内容主要有：一是展现产业变迁、唱响时代主旋律，如2019年的《大国重工》《大江东去》等；二是观照当下生活的新浪潮和新困惑，如2016年的《南方有乔木》、2018年的《网络英雄传》等；三是摹写基层工作的开展与创新，如2019年的《朝阳警事》等；四是关注特定群体、彰显人文关怀，如2017年的《全职妈妈向前冲》、2020年的《我不是村官》等。① 当前，网络文学创作更加关注现实题材，作品质量得到持续提升。根据《第49次中国互联网络发展状况统计报告》显示，2021年网络文学创作呈现出鲜明的现实主义特征，正能量题材成为创作潮流，现实主义作品质量不断提高。一是正能量趋势明显。2021年是中国共产党成立100周年，网络文学涌现了一批庆祝中国共产党成立100周年、决胜全面小康、决战脱贫攻坚等题材的作品。二是现实主义作品质量获得了社会认可。《大国重工》《朝阳警事》《大医凌然》和《手术直播间》等

---

①谭婧怡：《2015—2019"年度优秀网络文学原创作品"中的现实题材作品研究》，北京：北京印刷学院硕士学位论文，2020年，第8—24页。

现实主义题材作品入选国家图书馆永久典藏名单。现实主义题材作品《大国重工》首次荣获中国出版行业最高奖——第五届中国出版政府奖。

　　这些认可在某种意义上也正显示了现实题材网络文学所达到的现实主义的水平和高度，其与作品再现生活的深度和真实性是密切相关的，再现性是现实主义的基本特征。当然，在现实题材网络文学作品中，有相当一部分作品还是表现出"网感"+现实题材的双重特征，我们可简单地称之为网络现实主义，"网感"也正是网络现实主义区别于传统现实主义的独特性之一，有些缺乏鲜明"网感"的作品事实上其创作手法与传统并无根本的差异，这也显示了网络文学与传统文学的合流，网络文学创作是多元化的，这种合流也可能是网络文学未来发展的趋势之一。但就当下网络文学的创作现状来看，那些富有"网感"的现实题材网文则更加凸显网络现实主义的特异性。"网感"生成的要点是强调汪洋恣肆的想象力，娱乐化的故事讲述，而非逻辑深度的情节构架，通常使用一些独特的故事讲述的方法，甚至是一些非现实主义的手法。比如对悬念、铺陈的钟爱，悬念是电影讲述的惯有技法，而铺陈则是设置悬念的重要手段。铺陈着力于对描写事物、对象和故事的反复渲染和夸张，一方面，这种铺陈使得文本的叙述节奏变慢，故事进展延缓，鸿篇巨制成为可能；另一方面，铺陈也延长了故事发生的时间结构，恰当的设置将会使读者在延长的时间结构中体验焦虑或期待，悬念产生。在诸多网络文学作品中，主人公在较长篇幅之后才隆重出场，正是这种悬念表现的特有方式。还有一种"网感"生成在现实题材网络文学创作中尤其具有代表性，即在传统的现实题材叙事中加入非现实主义的设置，如穿越手法的运用。代表性作品如齐橙的工业党穿越文《大国重工》《工业霸主》《材料帝国》等，这些作品均有一个相似的故事套路："一个在当代从事科研或身处相关工业部门的工作者,穿越到20世纪80年代改革之初,借由穿越者自身的科工知识和历史眼界,不断帮助个人、企业和国家解决(重)工业和经济发展中的难题,创造一个又一个奇迹和辉煌。"①这种穿越使得主人公获得了超越其所处时代的思维和见识,这种"金手指"的设置自然也是诸多网文的常见套路。总体上看,这些作品虽然使用了一些非现实主义的艺术手法,但作品整体上仍在讲述、再现一个现实故事,如《大国重工》讲述的是国家重大装备办公室战略处处长冯啸辰穿越到1980年的南江省,与同代人齐头并进,铸就大国重工的故事。因此,作品大体上可以理解为现实主义,正如有学者在谈到现代现实主义时指出"现代现实主义虽然在经典现实主义的基础上有所偏离,但这种偏离实际上只是在表现手法和艺术技巧上,在对现实的看法与对世界的认识上,在创作方法的基本点上,现代现实主义作家仍是坚持至少基本遵循了经典现实主义的创作方法的"②。现实主义仍然是主要的要素,其他非现实要素占次要位置,《大国重工》亦如此,是一种网络现实主义。但有些现实主义,如超现实主义虽然表面上仍以现实主义命名,但其创作主张是力图超越现实,而未按照现实主义原则真实地再现生活,其内涵已发生了重大变异,本质上已不属于现实主义的范畴。

如果以经典现实主义的要求来看待网络现实主义,后者确实还存在诸多问题。最突出的便是再现现实的真实性程度还不够深入,存有伪现实主义的成分。以《大国重工》为例,首先是历史真实的问题。在《大国重工》的主人公冯啸辰身上有许多超越改革之初那样一个时代的观念和认识,作品的人物与环境、时代之间出现了内在的矛盾。如在作品第17

---

①林凌:《工业党的穿越之梦及其文学追求:以齐橙小说为例》,《文艺理论与批评》,2020年第2期,第54—66页。

②赵炎秋:《经典现实主义及其反思》,《学术研究》,2021年第6期,第152—159页。

章冯啸辰在和煤炭部资格最老的副部长孟凡泽谈论引进国外先进技术时,孟部长发出疑问:"人家的技术,凭什么要教给你?人家不怕教会了徒弟,饿死师傅吗?"冯啸辰回答道:"我的理由有二。第一,我们是付钱的,我们可以单独为技术付钱,同时把转让技术作为设备引进的前提条件。西方那些厂商要想获得中国市场,就必须拿技术来交换。中国市场是一块很大的蛋糕,不怕他们不动心。"这种市场换技术的观念在当时恐怕也是超越时代的。在作品中也有多处直接交代了这种超越,如在第34章:"谢成城当然想不到,所谓外文资料只是冯啸辰的一个幌子,他交给彭海洋的资料里,有许多知识是超越这个时代的。"这种超越本质上也并不符合马克思主义的反映论原则。就这一点而言,作为现实主义,《大国重工》这种穿越技法给主人公带来了独特的"金手指"光环,文本变得更加好看,但其历史真实性值得怀疑,这也正是穿越类网文普遍存在的问题。其次是细节真实的问题。在《大国重工》中这类问题也广泛存在,如在第11章提到了80年代初一盘炒肉丝可以卖到3块钱的生活细节,"本章说"激起了热烈的讨论和反响,共99条读者留言,大多集中在对价格太高的怀疑,表示这一细节并不符合当时的实际。有评论指出:"一盘肉丝写出了橙子的年代。"在第27章作者又写到,当时在一个旅馆开一个单间,一天就是1块多钱。前后对比,作者对当时的物价并未有精准的把握,细节的描写不够真实。最后是情节真实的问题。在《大国重工》中有些推动情节发展的"核心事件"并不合情合理,情节发展存在偶然性,"狗血剧情"时有发生。如第61章"海外关系"一章冯啸辰竟然在德国偶遇了自己的奶奶,而在此之前,他甚至不知道奶奶仍在人世。再比如,冯啸辰熟悉5门外语,父母却毫不知晓,这符合穿越逻辑,但并不符合现实逻辑。这种偶然性的确在现实生活中偶有发生,但在作品中如变成一种强

行安排,虽好看但不真实。总之,这些不真实也使得《大国重工》虽然在总体上再现了当时的时代境遇和现实情况,但离经典现实主义还存在一定的距离。

二、呈现:主观现实的展示

对于幻想型网络文学而言,很显然其与现实之间并非一种再现和模仿的关系,其体现出的表现性与虚幻性接近于传统的理想型文学,理想型文学重在表现,这里的表现侧重于对主观理想和情感世界等主观现实的表达和抒发。在一定程度上,幻想型网文着力塑造理想化的人物形象,其所具有的幻想大胆、情节离奇、表达主观情感等特征均符合理想型文学的特质,其反映主观现实的方式可以用表现来概括。但这种表现显然与传统的理想型文学不同,幻想型网文的表现更加具有画面感、直观性、去深度等特点,这与呈现突出地表现为视觉化、直接性、真实感等特征密切相关。因此,这里用呈现来表示可能更为恰当,即作为网络文学主流的幻想型文学,其反映现实的方式本质上是一种呈现,是对主观现实即幻想世界的展示。

列夫·马诺维奇在《新媒体的语言》一书中界定了"呈现"一词,他认为"新媒体对象即文化对象,因此,任何新媒体对象,不管是网站、计算机游戏还是数字影像,都可以被称作一种对外部所指的呈现或建构",与模拟相对照,"呈现指的是各种屏幕技术,例如后文艺复兴时期的绘画、电影、雷达和电视。我将屏幕定义为一个呈现虚拟世界的矩形平面,它存在于观众物质世界中,不会对现实视野构成阻断"[1]。可见,马诺维奇把呈

---

[1] [俄]列夫·马诺维奇:《新媒体的语言》,车琳译,贵阳:贵州人民出版社,2020年版,第14—15页。

现作为屏幕、新媒体技术对外部世界的一种反映,与模仿、再现不同,他引用了罗兰·巴特的解释,进一步指出"呈现并不应该直接定义为模仿:即使一个人摆脱了'真实''逼真''复制'的概念,只要一个主体(作者、读者、观看者、窥视者)将凝视投射到某一平面上,以其中的一部分作为三角形的底边,以他的眼睛(或者思想)作为三角形的顶点,那么呈现就仍然存在"①。这里的"平面"指的正是屏幕空间,屏幕建构的是一种被观看的呈现传统。显然,列夫·马诺维奇所言的呈现对象是视觉影像,是观看而非阅读的对象,是依赖屏幕得以实现的。而幻想型网络文学并非如此,对于绝大多数主流的"类型文"而言,其作品很少有视觉影像的展现。就技术而言,其可在屏幕上传播,也可以纸媒的形式出版。呈现在表面上似乎与幻想型网文无关。但进一步探究,我们可以发现相较于传统文学,幻想型网文甚至包括最广泛意义上的网络文学整体都发生了明显的空间转向,这种空间转向集中表现在对视觉化、空间性、直观性的追求,这与屏幕影像的呈现又存在沟通之处。而且,虽然网络文学可以以纸媒的形式出现,但在屏幕上的创作和阅读则有更鲜活的"网感"体验,网络原创和首发也是网络文学的基本要求,甚至有些类似于起点中文网的"本章说"一旦离开了网络,就难以实现。可见,没有网络就没有网络文学,屏幕技术对网文而言是必不可少的。因此,从这个意义上说,幻想型网文正是对幻想世界的一种呈现。

具体来看,幻想型网络文学的呈现首先突出地表现为一种视觉化的场景书写,这与呈现的屏幕技术依赖紧密相关。幻想型网文的描写对象虽是在现实中并不存在的幻想世界,且通过文字而非影像的方式刻画,但

---

① [俄]列夫·马诺维奇:《新媒体的语言》,车琳译,贵阳:贵州人民出版社,2020年版,第103页。

充满着鲜活生动的镜头感,如同现实一般呈现出来。其侧重于对空间场景的描写和展示,富于镜头感和画面感,虽不是真正意义上的影像传达,但从镜头语言到图像符号的转换则容易实现,这与网络文学 IP 转换的趋向具有内在的一致性。这种镜头感一方面来源于"场"的空间化的位置书写。穿越、幻想等常见的幻想型网文的艺术手法本身就带有非线性、跳跃性等空间性特征,对于一些致力于游戏改编的作品,其文本则容易勾画出清晰可见的游戏地图;另一方面,镜头感还依赖于视觉化的"景"的刻画。幻想型网文虽同样使用文字来塑造场景和形象,但其图像感、视觉化色彩更加强烈,甚至将画面直观地呈现在读者面前。当然,这种"景"并非真正的视觉影像,但相对于传统作品而言,幻想型网文所呈现的世界则更加逼真直观、鲜活生动,图像语言成为表达的常态,创造了众多充满艺术诱惑魅力的图像世界。"这些图像世界或美轮美奂,或神秘古怪,或逼近现实。图像语言占据了写作的话语权,感性直观、即时呈现的'语图文本'产生出文学的新质性。"[1]其次,幻想型网络文学的呈现表现为直观性的话语表达,应该说,这也是近些年来网络文学的普遍特征。与传统文学追求艺术性、含蓄性的表达不同,网络文学多使用日常化、直观性、剧本化的话语表达,弱化了文本的不确定性和想象空间,着力把故事和场景直观地呈现为"图像"。与此相适应,在网络文学尤其是幻想型网络文学中,动作和对话场景的铺陈、故事性的讲述较为常见,追求语言形式之美和塑造人物性格的心理描写则较为少见,正如有学者所言,"网络小说的语言表现出较为明显的直观化倾向,它基本不进行人物心理刻画,而是让人物

---

[1]禹建湘:《产业化背景下网络文学 20 年的写作生态嬗变》,《中州学刊》,2018 年第 7 期,第 151—155 页。

不断地说话和行动,营造出动态的画面感,让行动持续发展"。① 当然,少数有经典化倾向的网络文学则另当别论。最后,幻想型网络文学的呈现还表现为去深度的故事讲述。这种去深度与网络新媒介本身也密切相关,正如斯各特·拉什在《信息批判》中所言,"传统的媒介是再现的媒介……大众媒介与新媒介是呈现的媒介而非再现的媒介……再现本身是一个反思的过程,它需要时间,而在时间与预算的制约之下的呈现,则比再现要更机器性,更像工厂产品。此外,就你需主动走向老式的媒介而新的媒介却主动走向你这一点言之,后者也显然具有机器性。它们不是由交通机器来运送就是直接由信息机器来散播。它们的生产、散播与接收,无论用现实或是用隐喻的说法,统统具有机器性"②。可见,一方面,相对传统的再现媒介,新媒介是缺少反思时间的呈现媒介,依赖网络技术的网络文学也是如此,网文表现出普遍的去深度色彩正与此密切相关。跌宕起伏的好看故事是网文呈现的重中之重,深度的思想则是传统纸质文学追求的重点,这种"一看就懂"的创作模式正是文化工业的生产机制。另一方面,就网络新媒介的特质而言,其比传统媒介更具有主动性和机器性,也更具有主体性。也就是说,幻想型网文较传统文学更能主动地走向受众,受众的"使用与满足"得到充分的实现,网文创作中作者与读者的即时互动,"读者意识"的彰显则是这一特征的恰当印证。

这种对幻想世界的呈现与本雅明所言的现代艺术的展示功能虽处于不同的时代语境之下,但在某些方面也有类似之处。本雅明认为从传统艺术到现代艺术发生了从灵韵到震惊、从膜拜到展示的转变。具体而言,

---

①黄发有:《媒介融合与网络文学的前景》,《天津社会科学》,2017 年第 6 期,第 117—125 页。

②[英]斯各特·拉什:《信息批判》,杨德睿译,北京:北京大学出版社,2009 年版,第 117 页。

传统艺术具有"即时即地性""独一无二性"的艺术韵味,会让人产生一种心醉神迷的审美效果和膜拜价值;而现代艺术带给人们的则是震惊体验,审美韵味消失了,膜拜价值被展示价值所取代。进一步而言,膜拜作用于心灵,展示诉诸眼睛。"膜拜价值是用心去体验的,而展示价值是用眼睛观看的。这似乎也预示着我们进入了视觉文化时代"[①];膜拜是凝视观照,展示则是消遣接受。从这个意义上说,呈现也是一种展示。如此,幻想型网络文学的呈现也正是对幻想世界的视觉化、直观性和去深度的展示。

三、模拟:虚拟现实的沉浸

列夫·马诺维奇在《新媒体的语言》中也定义了模拟:"模拟指的是通过技术手段使观众完全沉浸于虚拟世界中,包括巴洛克式的耶稣教堂、19世纪的全景画、20世纪的电影院。"显然,在他看来,模拟传统由来已久,今天由数字技术所制造的虚拟现实只不过模拟传统的延续。在与现实的关系上,其与呈现传统也存在明显差异:"在模拟传统中,观众存在于一个单一的连续空间中——现实空间与虚拟空间形成了一体;而在呈现传统中,观众具有了双重身份,同时存在于现实空间和呈现空间中。"[②]也就是说,模拟体现了现实世界与虚拟世界之间界限的逐渐消失,读者往往能产生高度真实的在场体验,而呈现虽然读者也易产生身临其境的感觉,但现实世界与文本呈现世界之间的分隔仍然是清晰的。相对于马诺维奇对模拟的具体分析,鲍德里亚则更早地对模拟作了更为抽象和理论

[①] 卢文超:《艺术事件观下的物性与事性——重读本雅明〈机械复制时代的艺术作品〉》,《文学评论》,2019年第4期,第64—70页。

[②] [俄]列夫·马诺维奇:《新媒体的语言》,车琳译,贵阳:贵州人民出版社,2020年版,第112页。

化的论述,模拟(simulation)也经常翻译成仿真、拟真、虚拟等。在鲍德里亚看来,模拟是受代码支配时代的主要模式,它不是对客观现实的模仿,是"没有本体的代码"。"传统的现实在今天的拟真世界中全面崩溃了。他说,拟真,'对真实的精细复制不是从真实本身开始,而是从另一种复制性开始,如广告、照片等等——从中介到中介,真实化为乌有,变成死亡的讽喻,但它也因为自身的摧毁而得到巩固,变成一种为真实而真实,一种失败的拜物教——它不再是再现的对象,而否定和自身礼仪性毁灭的狂喜,即超真实'。"①显然,模拟不同于对客观现实的模仿,它指的是一种"不以客观现实为基础但又极度真实的符号生产和行为过程",其物化成果不是传统的形象,而是虚拟的"类像",即由"'仿真'行为所产生的那些极度真实但并无根由,无所指涉的符号、形象或图像"。这种"类像"与现实关系存在两种不同的形态:"一种'类像'是对客观世界中真实存在物的逼真再现和精确复制;另一种'类像'则通过现代科学技术创造出极度真实但客观世界并不存在的虚拟物象和虚拟场景。二者在程度和性质上存在着一些区别,但它们在本质上是相同的。两种'类像'都是现代高科技特别是现代微电子技术及信息技术迅猛发展的必然产物,共同对传统的真实观念起到彻底的颠覆作用。"②可见,一方面"类像"指向的是一种虚拟世界的建构;另一方面,从受众维度来看,这种"超真实"自然会带来沉浸性体验。因此,模拟正是虚拟世界的沉浸。

在网络文学与现实的关系之中,"新文类"网络文学可以视作这种模

---

① 张一兵:《拟像、拟真与内爆的布尔乔亚世界——鲍德里亚〈象征交换与死亡〉研究》,《江苏社会科学》,2008年第6期,第32—38页。
② 支宇:《类像》,《外国文学》,2005年第5期,第56—63页。

拟的代表形态。① 在"新文类"中，模拟借由媒介技术逼真呈现真实感，是虚拟现实中的拟真书写，读者易发生"感觉独占"的沉浸式体验。"感觉独占"侧重于感性逼真的沉浸场景、媒介图景构建，而"意识独占"则侧重于通过形象塑造形成深度的意识和精神沉浸；"感觉独占"可通过外在的媒介技术和沉浸环境来实现，而"意识独占"则只能通过想象和意识来实现，传统文学由于受到纸媒技术的限制，只能发生"意识独占"的沉浸。当然，与一些新媒体艺术相比，"新文类"的真实感和沉浸性程度还不够强烈，但这种虚拟体验是一脉相承的。具体而言，在"新文类"中，这种虚拟现实中的沉浸体验主要通过两个条件来实现，或者说其模拟主要通过两种方式来完成，即文本的临场感营造和交互性设计。首先是临场感营造。文本视觉化和多媒体呈现是临场感形成的基础条件，"新文类"尤其是多媒体文本综合运用文字、声音、图像、光影、动画等要素，类似于"文学的演出"，创造了真实生动的梦幻世界，读者易于形成逼真的、强烈的沉浸感。如诗人毛翰的多媒体诗集《天籁如斯》，其将文字、音乐和画面完美地融合起来，营造了真实、唯美的临场感，达到了比传统文本更易于产生沉浸体验的美学效果。再如南派三叔根据其作品改编推出的互动多媒体小说《盗墓笔记沙海》，小说以漫画形式、配合真人发声的对话，将单纯的文字讲述变成声画融合的多媒体效果，将文字建构的想象世界变成了一个可视真实的虚拟世界。加上小说的主人公黎簇将由阅读者扮演，并与故事中的人物发生对话，这种互动轻松地将读者拉入小说所构建的情境之中，沉浸性体验自然产生。正如南派三叔所言："自己是在替读者

---

① "新文类"具体形态参见韩模永：《从"意识独占"到"感觉独占"——论网络文学"新文类"的存在形态及沉浸式体验的嬗变》，《南京社会科学》，2022年第4期，第115—124页。

研究一种真实'穿越'的感觉。这样的尝试只有在触控操作的载体才有可能实现,面向的读者群体和实体图书的读者也并不冲突。反倒是很多熟悉内容的读者已经丧失了买书的习惯,可手上的触控屏并没有给他提供与体验相匹配的内容。"①在"新文类"中,这种临场感的沉浸体验广泛存在,只不过程度有所不同。其次是交互性设计。互动是网络媒介不同于传统媒介的核心特征之一,在超文本、多媒体文本、互动文本和机器文本等"新文类"网络文学中,这种交互性设计也是普遍存在的。"新文类"的交互通过在创造虚拟世界的基础上,并设计互动环节,强行将读者拉入作品的虚拟现实之中,从而产生沉浸体验。交互对于沉浸的主要意义在于"一方面,互动有利于真实感的判断……另一方面,互动也可以带来注意力的独占"②。读者不再是观看文本的一个冷静的旁观者,而成了其中的一个角色或关键要素,其结果是"他们在沉浸式情境中的一言一行、一思一悟,都可以将艺术作品推向截然不同的方向,故事结构也在受众的每一次'进场'和'互动'中产生了分叉的多路径阅读模式,从而衍生出不同的故事结局和中心意义"③。在"新文类"中,这种虚拟世界中的交互体验设计最为突出、最具代表性的无疑是橙光文字游戏作品:一方面,此类作品营造了逼真生动、如梦如幻的虚拟世界;另一方面,读者成为游戏中的一个角色,既是欣赏者,又是表演者,愉悦感和沉浸感油然而生,读者甚至会产生沉迷、成瘾体验。事实上,游戏作品的成瘾机制本质上正是一种深度沉浸。

---

①安智市场携手南派三叔力推多媒体阅读,http://www.97973.com/n/2013—12—31/1516755362.shtml。
②孔少华:《从 Immersion 到 Flow experience:"沉浸式传播"的再认识》,《首都师范大学学报(社会科学版)》,2019年第4期,第74—83页。
③王源、李芊芊:《智能传播时代沉浸式媒介的审美体验转向》,《中国电视》,2020年第1期,第67—71页。

当然,在"新文类"诸多作品中,生成这种虚拟现实中的沉浸体验是同时兼备以上两种条件的,即既有临场感营造,又有交互性设计。如在定位叙事作品中,这种虚拟现实甚至走向了增强现实,沉浸感更为强烈。除了视觉化的空间场景营造之外,定位叙事作品中读者的现实移动和互动成了完成作品必不可少的环节。空间性、移动性、互动性是定位叙事的重要特征。首先,空间性是定位叙事的突出特征。定位叙事的空间既包括文本的虚拟空间,又包括读者的现实空间。读者的阅读需要对应在特定的现实空间中才真正有效,甚至可以说,如果没有这种现实空间的激发和匹配,文本空间也就无法展示和生成。其次,移动性是定位叙事的新型特征。这正是移动互联时代技术与文学巧妙融合的结果,显然,移动与空间、定位均一脉相承,移动自然是空间的移动,有了移动,才有定位技术的发明和运用。在定位叙事中,移动和实时状态将成为开启文本的钥匙,读者只有移动、定位到特定的位置时才能打开文本,如詹尼特·卡迪夫的《逝去的声音》,读者只有在伦敦特定的区域中移动,才可收听和阅读文本。最后,与空间性、移动性密切相关,互动性也是定位叙事的重要特征。在定位叙事中,与传统文学不同,读者的互动不是可有可无的存在,如果没有读者的互动,文本则始终处于一种未完成的封闭状态,读者的空间移动既是"阅读"过程,也是参与"创作"和互动过程。在一定程度上说,读者的空间移动就大体相当于其他类型"新文类"作品中的链接,移动就是链接点的选择过程,而定位则是点击、打开链接,作者与读者、读者与文本的交互色彩明显,并共同推动着文本的面貌构形和故事进展。

需要指出的是,"新文类"通过模拟所实现的虚拟世界中的沉浸主要侧重于"感觉独占"的沉浸,这种沉浸如要进一步实现"意识独占"还有赖于文本内容、艺术技巧、主体状态等各种因素的综合力量,其中文本内容的创造尤其重要。"沉浸传播的形成主要还是通过内容构建达到意识的独占,虚拟现实技术只不过是一种媒介手段,如果不能合理使用,仅凭借简单的故事情节和叙事结构,即使有'视觉''听觉'等感觉的独占也无法实现虚拟现实媒介使用者的'意识'的独占。"[1]从这个意义上说,虽然"新文类"凭借先进的数字技术在感官沉浸的营造上超越了传统文本,但真正要实现深度的内容和意识沉浸还需要向优秀的传统文本学习,如此才能生成身心投入的、充满艺术魅力的沉浸式体验。

四、结语

综上,网络文学创作是丰富的、多元化的,其与现实的关系也是一种复杂多样的面貌。再现是客观现实的模仿,代表形态为现实题材网络文学;呈现是主观现实的展示,代表形态为幻想型网络文学;而模拟则是虚拟现实的沉浸,代表形态为"新文类"网络文学。从现实主义的维度来看,显然,再现客观现实世界的网文即主要是一些现实题材作品,其有可能达到现实主义的高度,再现是现实主义创作的基本要求,而呈现与模拟则与现实主义关联不大。同时,再现、呈现、模拟也并非截然分离、绝对分隔的关系,作为网络空间之中的文本,网络文学都存在一定的空间性、虚拟性和媒介技术性等特质,其具有内在的联系和融合之处。现实题材网络文学,尤其网络现实主义的再现也携带了一定的视觉性和图像性,具有一定的呈现特征。而模拟则是一种更加深入、更加逼真的呈现,模拟的临场感多媒体营造本身就是一种呈现。幻想型网文多呈现想象性的、虚拟性的"架空世界",并渗透了游戏的模拟基因,其与虚拟世界的模拟也存

---

[1] 孔少华:《从 Immersion 到 Flow experience:"沉浸式传播"的再认识》,《首都师范大学学报(社会科学版)》,2019 年第 4 期,第 74—83 页。

在一定的关联。当然,三者之间也存在着明显的差异,从与现实的距离来看,再现、呈现与模拟表面上与现实的距离逐渐缩小、真实感增强,但本质上则是虚拟性越来越强、真实性越来越弱;从境界刻画上来看,则从虚构的形象走向视觉化的图像,甚至是虚拟的"类像";与之相适应,读者的阅读也从想象联想走向"如在目前"的镜头感和身临其境的在场体验。可以看到,三者的差异事实上是在同一个逻辑上逐步深入和变化的,而这种内在的逻辑演变也许正是需要我们继续深入思考的问题。

原载于《中州学刊》2023年第10期

论中国网络文学中华优秀传统文化的"两创"面向及实践路径①

王婉波

自党的十八大以来,习近平总书记高度关注文化传承与建设工作,并发表了一系列重要讲话,为推进社会主义文化强国建设提供了明确方向和坚定引领。文化传承与创新作为其中重要的议题,不仅对推动文化高质量发展起到关键作用,同时也在增强文化自觉、巩固文化自信方面具有重要意义,是实现社会主义文化强国建设的主要途径。

文学是赓续中华文脉的重要桥梁。近些年,我国网络文学迅猛发展,其在类型书写、产业布局等方面都蕴含着鲜明的传统文化元素,影响力逐渐扩大,已成为中华文化"走出去"的一张亮丽名片。当下网络文学发展正在向高质量、经典化道路前进,这既给中华优秀传统文化的传承与创新提出了新要求,也为之营造了新的发展空间与环境。在新的时代条件和挑战下,网络文学如何展现优秀传统文化,如何探索传统文化创新路径,继续发挥文化传播的优势,激发其讲好中国故事、传播中国声音的更大活力,是本文试图讨论与解决的问题。

一、网络文学中华优秀传统文化书写的必要性

(一)中华优秀传统文化当代发展的挑战与机遇

2014年习近平总书记在主持召开文艺工作座谈会时指出:"中华优

---

①本文系河南省哲学社会科学规划项目"网络文学读者阅读范式研究"(2022CWX041)的阶段性研究成果。

秀传统文化是中华民族的精神命脉,是涵养社会主义核心价值观的重要源泉,也是我们在世界文化激荡中站稳脚跟的坚实根基。"①"我们要结合新的时代条件传承和弘扬中华优秀传统文化,传承和弘扬中华美学精神。"②2017年中共中央办公厅、国务院办公厅印发了《关于实施中华优秀传统文化传承发展工程的意见》(以下简称《意见》)。《意见》提出:"实施网络文艺创作传播计划,推动网络文学、网络音乐、网络剧、微电影等传承发展中华优秀传统文化。"③习近平总书记也多次在全国宣传思想工作会议上提出要推进中华优秀传统文化的传承与创新工作,推动中华文化"走出去"。习近平总书记在党的二十大报告上也再次明确要求"传承中华优秀传统文化""坚持创造性转化、创新性发展"④。实施中华优秀传统文化传承发展工程,是建设社会主义文化强国的重大战略任务⑤,我们需要结合时代发展和当下的文化环境,探索中华优秀传统文化创新发展的路径和方法。

习近平总书记在党的二十大报告中指出,要实现"两创",就要"守正创新","守正才能不迷失方向、不犯颠覆性错误,创新才能把握时代、引

---

① 习近平:《在文艺工作座谈会上的讲话(二〇一四年十月十五日)》,见《论党的宣传思想工作》,北京:中央文献出版社,2020年版,第114页。
② 习近平:《在文艺工作座谈会上的讲话(二〇一四年十月十五日)》,见《论党的宣传思想工作》,北京:中央文献出版社,2020年版,第114页。
③ 《中办国办印发〈关于实施中华优秀传统文化传承发展工程的意见〉》,《光明日报》,2017年1月26日,第1版。
④ 习近平:《高举中国特色社会主义伟大旗帜　为全面建设社会主义现代化国家而团结奋斗——在中国共产党第二十次全国代表大会上的报告(2022年10月16日)》,见《党的二十大报告辅导读本》,北京:人民出版社,2022年版,第39页。
⑤ 《中办国办印发〈关于实施中华优秀传统文化传承发展工程的意见〉》,《光明日报》,2017年1月26日,第1版。

领时代"①。2023年6月,习近平总书记在文化传承发展座谈会上就中华优秀传统文化"两创"工作做了全面阐述,为中国特色社会主义文化和中华民族现代文明建设提供了理论指导和行动指南。总体来看,现有研究成果较为丰硕,但存在着理论研究不够深入、实践研究不够具体、应用研究缺少实证性考察等问题。当前我国正处在以中国式现代化全面推进中华民族伟大复兴的关键时期,而中国式现代化又深深根植于中华优秀传统文化之中,故而,从各个领域、各个方面出发对传统文化的"两创"问题展开研究都是有必要性的。考察网络文学所受传统文化的影响,对网络文学优秀传统文化"两创"问题进行系统梳理与反思,推进其工作顺利开展,进而铸牢中华民族共同体意识,提升中华文化国际影响力,显得尤为迫切和重要。

　　随着数字媒介技术的发展,中华优秀传统文化的"两创"在当下面临着诸多挑战。结合网络文学的发展,其挑战主要表现在以下几个方面。首先,数字技术赋权下网络文学与传统文化的结合需要找到平衡点。传统文化的独特性和内涵需要在数字化过程中得到保留和传承,而技术的运用与文学的创作则需要尊重和展现传统文化的特色。数字技术赋权下文化内容的传播与接受变得更加便捷,但也带来了内容保护的问题。传统文化在网络文学创作中容易受到恶搞、任意编造、侵权等问题的困扰,如何保护、借鉴及有效运用传统文化成为一项重要任务。其次,网络文学为传统文化的传播与发展提供了更广泛的平台和渠道,但也面临着受众需求多样化的挑战。如何在数字化时代满足不同受众的需求,让传统文

---

①习近平:《高举中国特色社会主义伟大旗帜　为全面建设社会主义现代化国家而团结奋斗——在中国共产党第二十次全国代表大会上的报告(2022年10月16日)》,见《党的二十大报告辅导读本》,北京:人民出版社,2022年版,第18页。

化得以更好地被理解和接受,是一个需要思考的问题。网络文学的发展给传统文化的"两创"提供了广阔机遇,但也需要认真应对上述挑战,找到适合网络文学与传统文化融合的路径,保护和传承传统文化的精髓,实现网络文学与优秀传统文化融合的持续高质量发展。

(二)网络文学书写优秀传统文化的可行性

网络文学具有推动优秀传统文化"两创"的现实条件与基础。首先,在数字技术赋权下,网络作家了解和书写传统文化具有广泛的文化资源获取渠道,包括文献资料、历史记录、艺术考察等,以此掌握传统文化的内涵与精髓。其次,网络文学多样类型书写可以促进传统文化"两创"工作的顺利开展。如玄幻、仙侠等类型文对神话传说的吸纳,洪荒、志怪等类型文对儒、佛、道、哲学思想的承传。网络作家具有较强的创作自由度,可以尝试新的题材和形式,使优秀传统文化得到更加丰富和多元化的表达。同时,在网络文学 IP 产业化过程中,其多样媒介形式的转化与开发,也可激发优秀传统文化的多样式传播。如 VR、AR 等虚拟世界体验、网文改编"剧本杀"体验等,在虚拟和仿真中营造身临其境的传统文化空间;通过交互式体验,使读者进入故事情境中,与传统文化产生亲密接触。在此基础上,网络文学打破了传统文化受时空限制的局限,使得传统文化的价值和精髓能够跨越时空,以多种样式触及更广泛的读者群体。而网络文学读者群体的"部落化"和"社区化"发展,也使得传统文化的传承与发展得以更加深入。读者可以通过评论、点赞、分享等方式与作家和其他读者交流、互动,强化了读者对传统文化的感受,加深了他们对传统文化的认识和体验。

在内容书写上,网络文学可以在故事情节、人物形象塑造、语言表达、美学风格、思想与价值观等方面融入传统文化元素。故事情节方面,包括神话传说、历史事件、经典文学故事等。作者将其与现代情节相结合,使作品展现传统文化魅力。人物形象上,可创作具有传统文化特色的人物形象,如历史上的伟人、传奇人物、传统文学中的角色等,以此展现传统文化中的价值观念、思想体系和行为准则。语言表达上,可运用传统文化的语言风格、修辞手法和诗词歌赋等元素,赋予作品独特的文化韵味。而传统文化的美学观念和审美风格也可以在网络文学中得到体现,如将传统绘画、音乐、舞蹈等艺术形式融入作品之中,借用话本体、章回体、仿古体等叙事方式,呈现出独特的美学意蕴。另外,可以通过故事情节、人物对话等方式,传递传统文化中的哲学思想和价值观,如儒家的仁爱、道家的自然观等,进而引发读者的思考。

在以往的网络文学创作中可以观察到网络作家对优秀传统文化"两创"的实践,这为网络文学继续吸纳传统文化元素提供了范式。一方面,网络文学多样类型题材同步发展,各类型题材在多样书写形式中具有融入传统文化的可能。现实题材类小说中有书写非遗文化的《猎赝》《一梭千载》,悬疑类小说中有书写古典神话传说的《镇妖博物馆》《山海经密码》,玄幻、仙侠类小说中有为传统"侠文化"做出新解的《诛仙》,也有书写忠义、仁善至高精神的《紫阳》,等等。另一方面,传统文化作为小说创作的素材,帮助作者丰富作品内容,使其活化创新。如《美人羸弱不可欺》中融入药膳文化,《登堂入室》书写陶瓷文化,《茗门世家》展现茶文化。刺绣、曲艺、茶艺、瓷艺、中医、园艺、饮食等传统文化元素,都可成为网络文学书写的内容。诗书剑酒茶、琴棋书画、江湖人生等传统文人意趣,也同样借网络文学焕发新活力。

但网络文学书写传统文化需要在传承和创新之间找到平衡。作家需要尊重传统文化的原有精神,同时结合当代文化形态和审美标准,进行创造性表达,以保持作品的现代性与吸引力。另外,作者也要考虑读者需求和市场接受度,作品需符合当代读者的审美趣味和文化需求。

二、网络文学中华优秀传统文化"两创"的具体样态

中华传统文化是基于中华民族五千多年的劳动实践,历经先秦诸子思想争鸣、汉唐宋明承续发展及近代以来的开放交融,形成的蕴含中国人民精神品格和价值取向,体现中华民族思维方式与伦理规范的文化体系。[①] 从具体表现来看,其是指"中华民族发挥主观能动性,通过认识世界和改造世界所形成的各类物质的、精神的和制度层面的中华文明的结晶,具有物质文化、精神文化和制度文化等三种表现形态"[②]。

网络文学对中华优秀传统文化的书写,主要呈现创造性转化与创新性发展两大趋势,即守正与创新、既往与开来。创造性转化的重点是"面对过去",主要体现为网络小说以传统文化为基础,将之作为创作的有用素材,同作品主题有效结合在一起,对其资源进行辩证客观的选取和运用,以便更好地塑造人物、描写环境、架构故事等。同时,通过对文化典籍、民间传说的运用与阐释,深入把握"中国何以为中国"的问题。创新性发展的重点是"面向未来",主要体现为在创造性转化的基础上,对富有当代价值的内涵和形式进行转化和利用,旧的文化转化过来与现代社会、当代思潮等相协调,并继续推动着往前走。转化是过程、中介、环节,发展才是目的。创新性发展立足当下、着眼未来,从整体上观照新时代的新进步与新进展。同时,创新性发展立足中国、放眼世界,勇于将中华文化放置在世界文化谱系之中,展现的是中华文化与世界多元文明之关系

---

①王增福:《中华传统文化研究进展与展望》,《学习与实践》,2017年第10期。
②李红兵:《关于中华优秀传统文化传承研究的学术综述》,《中国矿业大学学报(社会科学版)》,2023年第4期。

以及人类命运共同体等问题。

(一) 网络文学优秀传统文化的创造性转化

中华优秀传统文化的创造性转化是一种资源型的转化。作者将多样文化内容与文本创作结合起来,对具有借鉴价值的内容与形式加以改造并汲取,以此服务于文本需要。这主要体现在古言、仙侠、玄幻等类型小说中,尤以物质文化、精神文化、官制礼制文化的借鉴与转化为主。

1. 物质文化的表现形态

物质文化主要体现在衣、食、住、行方面。首先,在建筑和环境方面,网络小说通过描述园林、庭院等场景,展现传统社会的建筑风格和环境特点。如《知否? 知否? 应是绿肥红瘦》中对闺阁、庭院的描写,将江南闺阁的秀气和侯门大户的气派展现无遗,对木、石、水、花、画等庭院装饰的描摹展现出深厚的建筑艺术和审美价值。其次,在服饰穿戴方面,网络小说继承传统古典小说的描写技巧,采用从上到下、从头到脚的描写顺序,颇具古典意蕴。头部饰物有帽、簪、髻、钗等,颈衣有花领、风领等,上衣多分为袄、坎肩、褂、褙子等,腰饰有宫绦、汗巾子等,下衣有裙子、裤子等,足饰则是鞋、靴、袜等。服饰装黛和人物的活动、心理、容貌体态等结合起来,起到修饰和彰显传统文化的作用。

再次,网络小说对中国饮食文化多有展现和描写。如《庶女攻略》描述了宴席之道,《后宫·甄嬛传》描绘枣泥山药糕、马蹄糕等糕点,不同饮品对应不同人物的性格特征和行事风格,既普及了传统食品类型,又形象化地展现出人物差异。同时,网络小说中也有对出行工具的描写。比如《步步惊心》中,皇室阿哥、格格等乘坐华丽轿子或骑马参加宴会;《花千骨》中花千骨和白子画泛舟江上,坐船回长留。不同的出行方式象征着人物身份的差异,也展现出不同的故事背景与文化背景。

2. 精神文化的表现形态

(1) 古诗词、古典名著及历史人物的化用

古典诗词是中华传统文化的重要瑰宝。在网络古言小说中,诗词歌赋是重要构成元素。《仙路烟尘》以诗词歌赋传递古雅的艺术情调;《庆余年》里范闲朝堂斗诗,展现古诗文之美;《绾青丝》引用《咏柳》《水调歌头》等唐诗宋词;《寂寞空庭春欲晚》《知否？知否？应是绿肥红瘦》等书名直接取自古典诗词。这在烘托气氛、衬托人物、推动情节发展的同时,也增强了作品的文化底蕴。

除此之外,网络小说还以古典名著或其中人物为原型展开创作。如以《西游记》为蓝本的《悟空传》《大泼猴》等,以《红楼梦》为蓝本的《我在红楼修文物》《红楼夜话》等,以《三国演义》为蓝本的《曹贼》《覆汉》等。同时,网络历史文中还常有对历史人物的再创造,如《芈月传》《天圣令》等对历史女性人物的书写。网络作家在古典文学与历史知识积累的基础上,根据个人喜好对原著故事情节、历史人物的命运遭际等进行重新创作。

(2) 神话传说的多样运用

在网络小说中,神话传说被广泛运用,以增强故事的神秘感、奇幻感和文化底蕴。其被运用的常见方式主要包括神话背景的设定、神话元素的融合、神话主题的改编和神话人物的出场。这些常出现在玄幻、奇幻、仙侠、修真等类型文中,如洪荒文,以《封神演义》和《西游记》中的神话体系为基础,以盘古开天地辟洪荒为始,梳理和展现了中国古代神话体系。又如九州系列,从其创世神话"墟"与"荒"、族群等背景设定可看出,创作者想作借用中国神话的框架与象征意象来创造具有文化记忆之地标的尝试。另外,《山海经》作为重要的参考对象,常出现在网络小说中,如《山海经密码》《巫神纪》等。三皇五帝、夸父、祝融等英雄神仙,鲲鹏、妖狐、灵兽等奇妖怪兽,成为书写的对象。混沌、昆仑、大荒等作为时空坐标,建构着宏大的时空观与世界观。

(3)多样民族精神的传递

民族血脉中流淌着的家国情怀、儒释道文化、侠义精神等是中华文化的集中体现,这也是众多网络文学作品的核心主旨。中华传统文化注重道德伦理和仁者之心,网络小说常通过人物形象和故事理念展现传统仁义道德价值观,比如,《诛仙》中重情重义的张小凡、《择天记》中拯救苍生的陈长生、《琅琊榜》中坚守信仰、捍卫正义的梅长苏等。除此之外,《斗破苍穹》体现了中华民族崇尚和平的理念,《仙逆》表现了中国人不媚权贵、心怀天下的正义精神,《烽烟尽处》展现了中华民族的爱国传统,《长风渡》《山河枕》等皆书写了忠贞不屈的爱国精神。

同时,网络小说也常传递天人合一等哲学思想。如仙侠小说借人物修道之事阐述人与天地自然之关系,也通过"何为道?人法地、地法天、天法道、道法自然"的思考展现道教文化。网络小说中常书写儒家文化,通过礼仪、道德观和家庭观念等塑造儒者形象。多样文化在网络小说中碰撞和融合,展现出中华文化的多样性与辩证思维。

(4)传统技艺等非物质文化描写

网络小说中有对绘画、茶艺、音乐、舞蹈、刺绣、织锦、医药等传统技艺的描写。比如,《画春光》中精湛的瓷器技艺,《花繁春正茗》中典雅的茶艺文化,《医手遮香》里高深的中医技法,《枕水而眠》中跃然纸上的国画技艺,《吾家阿囡》里生动精细的刺绣技艺,《宋时行》中精妙的宋朝礼乐与舞技。除此之外,《我花开后百花杀》融入了香学、茶道等元素,《他以时间为名》展现了敦煌壁画修复技艺,《茶滘往事》为粤北茶商立传,《相

声大师》展现相声、京剧、口技、评书等传统曲艺的消沉与没落,等等。随着网络文学的发展,其对传统文化元素的运用也愈加广泛,促进了中华文化的传扬,提升了其被认可度。

3. 官制礼制文化的表现形态

官制礼制文化常常出现在网络历史小说中。从早期的"文抄流"到"知识考古流"再到"文解流""知识谱系重建流"等,从其嬗变中可以窥见作者对历史事实所做的考据。《曹贼》《余宋》等对魏晋、唐、宋官制文化展开描写,《天圣令》对传统礼节仪式如十五及笄之礼、再生礼、宋代封后之礼、行册封皇太子之礼、祭庙告天等的描写颇为真实;《盛唐烟云》通过描述官员身份、职责和权力,展示唐朝的官僚体制;《唐砖》中,书写了唐朝时期的官员选拔制度;《大唐不良人》中通过对地方官员的塑造和地方风土人情的描写,展现了唐朝地方政府的组织结构和地方文化的多样性。另外,这些作品还反映了各个朝代深厚的社会等级制和家族观念。通过对家族争斗、世袭权力争夺等的书写,展现了各代朝堂的等级观念和家族势力。对官职等级、科举选拔、官员职责、官制礼仪等内容的书写,使读者更好地理解和感受中国古代的官制礼制等,丰富了故事背景及文化底蕴。

另外,古言小说还常描写古代封建社会的日常生活,展现作揖下拜、晨昏定省等礼仪规范。而传统节日、生日、婚礼、丧礼等更是作品书写的重要部分。如《庶女攻略》中,徐太夫人过生日,关于如何筹备宴席、确定宴请名单,如何提前送帖子、联系戏班子、各个宾客如何安置等内容,小说里都有着详细描写。《好事多磨》中作者对婚姻"六礼",即纳彩、问名、纳吉、纳征、请期、亲迎进行详细描写。网络小说通过对婚丧嫁娶礼仪的书写,展现了古代社会的家庭伦理观念和礼仪之美。

(二)网络文学优秀传统文化的创新性发展

1. 网络文学优秀传统文化的当代阐释

随着时代的发展,中华优秀传统文化也在不断衍生出新的内涵与精神。网络文学在自我发展与革新中不再满足传统旧有文化知识的普及与借鉴,而是在与时俱进、兼收并蓄的道路上将新时代的文化精神融入其中,源源不断地创作出新的优质作品,其对传统文化的传承从复古式的借用转为对时代精神的当下阐释。结合时代潮流与社会发展,与时俱进的中华精神体现为"以爱国主义为核心的民族精神,以改革创新为核心的时代精神"[①]。这包括革命时期的"五四"精神、抗战精神、长征精神、延安精神等,中华人民共和国成立后社会主义建设时期的"两弹一星"精神、焦裕禄精神、井冈山精神等,改革开放时期的创业精神、抗洪精神、航天精神等,以及新时代的"伟大创造精神""伟大奋斗精神""伟大团结精神""伟大梦想精神"。[②]

如果说,古言、穿越、历史、玄幻、仙侠等类型题材的网络小说对传统文化的继承是通过借鉴和引用来体现的,那么,现实题材类型的网络小说则从新的多样化角度阐释传统文化与彰显时代精神。一方面,网络文学展现了锐意进取、自我革新的时代精神。《遍地狼烟》书写了中华儿女英勇抗日的执着精神,《巍巍巴山魂》讲述了巴山红军游击队艰苦耐劳、勇击敌军的英勇事迹,《大山里的青春》书写了青年一代建设贫困山区、振兴当地教育的励志故事,《中国铁路人》展现了中国铁路事业的蓬勃发展,《大江东去》聚焦了近40年中国社会的发展变化,《荣耀之上》《生命

[①] 习近平:《在第十二届全国人民代表大会第一次会议上的讲话(二〇一三年三月十七日)》,见《论坚持人民当家作主》,北京:中央文献出版社,2021年版,第21页。

[②] 习近平:《在第十三届全国人民代表大会第一次会议上的讲话(二〇一八年三月二十日)》,见《论坚持人民当家作主》,北京:中央文献出版社,2021年版,第233—235页。

之巅》等行业文,展现不同行业人对国家发展与社会进步做出的贡献。网络文学创作群体的草根性、全民性特征决定了来自医生、工人、农民、教师等各类职业人员进入创作大军中,他们从各行各业、各自的生活经验与生命体验出发进行创作,其作品聚焦时代变革与社会现实,既有反映国家建设、社会发展的改革小说,也有描写城乡变化、基层建设的平凡故事;既有打造地域文化名片、展现地域民族特色的双语作品,也有关注社会热点、书写滚烫生活的现实故事。网络作家依生活而作,通过参观红色革命圣地、实地考察、蹲点体验等方式积累素材,创造出具有时代气息和社会意义的作品。

另一方面,网络文学也在兼收并蓄、多元汲取中展现自我革新的创新精神。近些年网络文学在类型写作的趋势下,结合不同的类型元素呈现新的创作风格,其中传统文化也得到新的体现。如口碑流量双丰收的《诡秘之主》,在东方玄幻、西方奇幻的碰撞与博弈中讲述故事,其将中华文化活化融入对西方蒸汽朋克、历史宗教的书写中;《道诡异仙》作为克苏鲁元素的传承之作,其将中国的修仙文化、神佛体系与克苏鲁元素相结合,展现出东方式的奇幻美学;《天庭出版集团》以跳脱的、碎片化的叙事方式,讲述了众多在神话传说中出现的神仙们的日常故事。网络文学像一个文化试验场,多样类型、多种元素、多类文化都被吸纳到其中,后现代主义、青年亚文化、消费主义、二次元文化等都有其生存空间。在大数据写作时代,其多样类型元素与写作风格在同传统文化的结合当中摩擦出不一样的火花。一方面,网络作家具有自我革新、自我实验的创作精神,想要通过多元文化与叙事模式讲述故事;另一方面,他们又深受中华传统文化的浸染,创作时不自觉地将中华文化、家国精神等融入其中,便出现了一大批蕴含中华文化精神但又形态各异的文学作品,它们共同建构着当下网络文学的创作景观。

2. 网文 IP 开发与海外传播中传统文化的体现

网络文学的 IP 化成为全球化与融媒体时代介绍中华文化、讲好中国故事，与展现国家形象、提升国家软实力的重要方式。近些年我国网络文学 IP 产业化发展逐渐成熟，IP 开发呈现出多元趋势。除传统的纸质出版外，还包括漫画、动画、影视、游戏等跨媒体的 IP 衍生形式。这些多元形式为作品的开发和变现提供了广阔的空间与机会。与此同时，网络文学的大 IP 与长尾 IP 现象并存，比如《择天记》《斗破苍穹》等具有广泛影响力的大 IP，在开发过程中将中国风、本土化风格演绎到了极致。比如《斗罗大陆》在其卡游的开发中，每张卡牌都采用唯美的中式水彩画，既有水墨晕染的恢弘壮阔的场景，也有精细雕琢的中式花纹。又如《庆余年》，在被改编为手游的过程中，传统文化成为构建游戏世界的基石。手游版《庆余年》不仅在剧情、场景、人物形象、世界观架构等方面做到了对原著的还原，还在古今融合的基础上为玩家打造了一个古代武侠世界。建筑风格、人物服装、文化民俗、诗词歌赋等颇具传统文化色彩的内容，都在《庆余年》手游中获得重要体现。此外，一些网文 IP 改编注重意境营造，呈现出东方美的意蕴。比如，《三生三世十里桃花》对昆仑、四海八荒等山川水貌、邦国诸神、奇禽异兽的呈现。仙侠小说在 IP 改编中注重对原始神话、民间传说等内容的利用，在沉浸式体验中为用户构建出亦真亦幻的仙侠世界。而网络文学的 IP 开发不仅在国内市场蓬勃发展，还逐渐拓展至海外市场。网络文学在走出国门时与 IP 开发相结合，两者共同致力于网络文学以及中华文化的输出与交流。党的二十大报告号召"增强中华文明传播力影响力"，"加快构建中国话语和中国叙事体系，讲好中

国故事、传播好中国声音,展现可信、可爱、可敬的中国形象"①。中国网络文学在发展过程中积极践行国家倡导的"推动中华文化'走出去'"战略,已成为中华文化海外传播的亮点,开拓了文化传播的地域空间。截至目前,我国网络文学作品已出海日、韩、越、泰、美等多个国家和地区。海外读者通过阅读网络小说深入了解中华传统文化和中国发展面貌,其中"中国"一词在读者评论中累计出现次数超 15 万次,儒道文化、武侠、诗歌、茶艺、中国功夫、中医等成为读者感兴趣的故事元素。在作品类型上,玄幻、奇幻、都市、悬疑等题材类别广受海外读者欢迎,如传递道家哲学理念、宣扬人性之美的《诛仙》,以孔子为原型讲述尊师重道文化的《天道图书馆》,讲述东方神话故事传说的《巫神纪》,书写儒家仁义、忠义、礼和的《琅琊榜》等。就创作而言,海外原创作家深受中国网文类型创作的影响。重生文、系统文、女强文等众多中国网络文学类型文成为海外原创文学借鉴和学习的对象,并在海外原创类型文排名中位居前列。就网站平台推广与发展而言,海外粉丝翻译网站"Wuxiaworld"设立有"中国道文化板块",读者可以在此学习道教文化知识,甚至有海外读者在论坛中以网文行话"道友"相称,在此语境下一改其以往语言习惯,浸润在中华文化之中。

而就网络文学 IP 出海而言,其涉及网络出版、有声、动漫等多种版权传播,其中《花千骨》《琅琊榜》《赘婿》等影视剧陆续进驻海外市场,迪士尼还获得了《庆余年2》影视剧的海外独家发行权。中国网络文学产业发展开始全球化布局,而网络文学影视化的出海也加快了中华传统文化的输出,如《后宫·甄嬛传》在剧情、服装、场景等方面处处见真章。古代皇宫建筑、后宫服饰、传统礼仪与习俗等通过视觉化效果展现出来,更便于

---

① 习近平:《高举中国特色社会主义伟大旗帜　为全面建设社会主义现代化国家而团结奋斗——在中国共产党第二十次全国代表大会上的报告(2022 年 10 月 16 日)》,见《党的二十大报告辅导读本》,北京:人民出版社,2022 年版,第 41 页。

海外受众了解中国传统文化。网络文学成为中华文化"走出去"的重要载体,从内容到模式、从区域到全球、从输出到联动,其系统、整体的发展路径,展现出了网络文学在推动中华文化出海方面的潜力。

三、网络文学中华优秀传统文化"两创"的未来路径

(一) 数字技术赋能网文传统文化的"两创"

习近平总书记高度重视数字技术赋能文化创新的时代意义,在二十大报告中提出了建设"科技强国""数字中国"、加快发展"数字经济"和打造"数字产业集群"的要求。由此,数字技术赋能优秀传统文化"两创"的工作,受到极大的重视。

数字媒介技术的革新推动网络文学发展,网络文学优秀传统文化"两创"工作的推进,也应积极拥抱数字新技术。首先,数字技术对文化资源的收集和存储服务于网络文学的生产。"数字技术提供了迄今为止最大的摄取、生成、存储和处理各种文化元素的能力。"[1]在数字化时代,数字技术最大化地覆盖了文化资源要素所在的各个领域,建设了传统文化的数据库。在数据编码下,人们可以便捷地查找、提取生产所需的文化资源,这影响着文化作品的产出效率。近几年,网络文学在数字化技术、人工智能等技术手段的助力下,其创作与生产方式已从传统的叙事范式转向了数据库范式,庞大的数据库资源为作家创作提供便利。在此背景下,传统文化资源数据库也正在成为后续网络文学生产的重要支撑来源。

在网络媒介环境下成长起来的"网络原住民"("90后""00后")呈现"数据库动物"的属性,表现出对片段式、散点式或随机拼接式的网络文学叙事模式的喜爱。古今中外的知识体系、人文景观、新闻事件等都可

---

[1] 江小涓:《数字时代的技术与文化》,《中国社会科学》,2021年第8期。

被作为素材收集到数据库中,进而构建大数据体系,其中包括角色数据库、爽点数据库、历史流数据库以及各种专业向的知识流数据库等,这种数据库的写作方式共享于网络世界,人人都可使用。数据库保持开放状态,新的知识结构、角色类型或叙事风格一旦诞生,立即会被收录到数据库中。数据库建构着网络文学世界,网络文学也建构着数据库。① 大数据技术将整个文化世界碎片化为海量的数据,传统文化也被囊括其中。依托于数据库海量资源的积累,传统文化基因正在不断地"嵌入"智能化的技术场景与文化生产领域。一方面,这为智能工具提供了更为强大的文化资源数据处理能力;另一方面,也带来了由算法助力的智能化生产转化方式,这都影响着网络文学传统文化的利用与再生产。前者为网络文学创作直接提供可用素材,后者在虚拟仿真与视觉技术下助力网文 IP 产业发展。如河南卫视多次出圈的"奇妙游"系列文化产品,在数字技术运用下,通过对文化资源要素的"符号化提取""虚拟植入""仿真再现"②,呈现出对传统意境和古典意象的还原,成为"两创"中的爆款文化产品。网络文学在 IP 转化或跨媒介传播时也可借鉴此种方式,提取其中的传统文化元素,依托数字视觉技术,在"数字光效"中将文字内容通过声视频方式展现出多维景观,准确地传达出故事的文化意境。

而数据库资源与数据库的构建之间是相互助力、相互补养的关系,如传统文化资源组成传统文化数据库,而传统文化数据库通过补养、训练智能工具的方式,助力传统文化资源的使用与转化。故而,推动智能工具在网络文学生产、传播中的适配与应用,是技术赋能网络文学传统文化"两

---

① 王婉波:《网络文学叙事机制下的"后情感"表征及心理症候》,《文艺理论研究》,2022年第5期。

② 王秀丽:《数字人文开启文化传播新路径》,《中国社会科学报》,2022年5月5日,第8版。

创"的未来趋势。比如 AI 写作工具、文字处理软件、在线编辑器等,依托数据库中的文化资源,帮助作家撰写、编辑和排版,提高创作效率。

  人工智能在图像、视频、语言感知等方面的深度学习,缩短了其"以'创意要素'为起点的文化生产路径,为传统文化'数据库范式'的生产新机制和更大规模的中华传统文化资源的'两创',提供越来越完备的技术支撑和越来越完善的机制链条"[1]。但目前这种技术在网络文学生产、传播中的应用还不够广泛,其传统文化资源的挖掘与文化产品的数字化开发之间,存在一定的技术障碍和割裂状态,传统文化资源中的意境、气韵、内涵等从提取、转化到表达并未形成一条数字化生产路径;同时,网络小说中传统文化资源要素的数据库建设得不够,导致传统文化资源的挖掘和再利用效率不高。因而,从这一背景出发,以国家为主导,以技术为驱动,"实现更广泛、更公益的传统文化资源要素的'数字编码',建立互联互通、面向所有创意劳动者开放的中华优秀传统文化数据库内容生产平台,打通传统文化资源要素到数字化外显的科学生产路径"[2],是当下网络文学优秀传统文化"两创"工作开展的可行路径。由此,网络文学也加入了文化生产数据库与数字产业发展的大军中。

  当下网文平台越发注重开发和改善读者的消费环境,对读者消费空间进行数字场景化的沉浸打造,营造独特新奇的文化"场景价值观"[3]和消费新体验。比如,《全职高手》的智能开发在知识图谱、角色对话等方面设置互动玩法。读者也可进行"角色养成",在作品之外获得更多内容

---

[1] 王育济、李萌:《数字赋能中华优秀传统文化"两创"的产消机制研究》,《山东大学学报(哲学社会科学版)》,2023 年第 3 期。
[2] 王育济、李萌:《数字赋能中华优秀传统文化"两创"的产消机制研究》,《山东大学学报(哲学社会科学版)》,2023 年第 3 期。
[3] 魏建:《以场景红利为核心提升城市品质》,《山东师范大学学报(社会科学版)》,2021 年第 1 期。

上的延展及情感联结。又如阅文集团和微软小冰启动的"IP唤醒计划",通过人工智能对虚拟人物进行处理,读者可与书中喜爱角色展开在线互动。读者还可以在阅读间隙与专属IP进入特定剧情,以此体验私人订制版的全天候"智能陪伴"。另外,针对读者的精准需求,阅文集团表示,未来此类IP开发将从文字群聊升级为语音对话,甚至拓展到三维形象,利用AR、VR、全息投影等技术开启更加生动的互动,不断丰富读者的接受体验,满足其多样需求。中国传统文化自带的建筑、服饰、习俗等要素天然地具有与数字技术相结合而产生数字沉浸式消费场景的优势,这"将成为未来最具颠覆性的文化消费模式之一"①。

(二)多方协调、共同促进两者融合

中华优秀传统文化在网络文学中的"两创"实践与发展,除了依托数字化技术外,还需要创作主体、传播平台、接受主体和监管主体的共同努力。首先,网络作家在写作时应有意识地对传统文化进行合理吸收与转化。作家要主动学习传统文化中的经典著作、民间故事、神话传说等,了解其价值观念、思想体系等,更好地把握传统文化的内涵和精髓。在对传统文化加以汲取时,一方面,应去芜存菁,以正向的价值观引领读者;另一方面,也应深究细考,用真实内容丰富传统文化元素。以此,提高网络文学作品的思想性、文化性与审美性。同时,宜逐渐打破网络文学类型书写间的叙事壁垒,在不同题材中融入传统文化元素,以此实现各类型间的"破圈",在叙事模式与类型风格等方面加以创新,拓展网络文学发展之路。

其次,网站平台作为网络文学的生产与传播载体,应在版面设置、创作支持、个性化推荐等方面促进传统文化与网络文学的融合。网站平台

---

① 李凤亮、单羽:《数字创意时代文化消费的未来》,《福建论坛(人文社会科学版)》,2018年第6期。

可以建立传统文化板块或专题页面,集中提供传统文化资料;举办传统文化专题征文大赛,鼓励作家将传统文化元素融入作品中;同时,也可以在创作支持或作者交流方面强化自身服务,如提供在线写作工具、创作指导、作家论坛等;另外,也可以利用数据分析技术,了解读者对传统文化的兴趣和喜好,从而提供个性化的推荐服务;还可以与传统文化机构、博物馆、艺术团体等进行跨界合作,整合各方资源,创造出蕴含传统文化元素的高质量作品。2022年阅文集团联合恭王府博物馆举办"阅见非遗"主题征文比赛,并通过共建文创基地、开发文创产品等多种跨界与对话形式,令传统非遗焕发新生命,以此传承传统文化、促进网络文学新发展。起点中文网在作家专区还特别推出了《如何将蜀锦元素融入作品情节》等文章,以此实现作者间的交流与学习。由此,网站平台成为传统文化资源的集散地,传统文化得到广泛传播和应用。

再次,读者作为接受群体,也可以促进网络文学与传统文化的融合。近几年,传统文化处于消费热潮之中,在微博、抖音等平台上,传统文化相关话题长期占据文化教育类话题榜单首位。一方面,这一现象展现了传统文化强大的吸粉能力,其正在成为新的消费宠儿;另一方面,从消费群体来看,以"网生代"为主的青年消费群体呈现出文化皈依与国潮消费的倾向。生产决定消费,而消费是生产的目的和动力。随着国潮消费浪潮的到来,一系列以优秀传统文化内容价值为核心、配以多种数字技术的文化产品纷至沓来,给受众带来全新的视听盛宴和感官体验,逐渐培养起受众对传统文化的接受度、喜爱度。消费的影响因素之一是文化认同,当下国潮已成为消费领域的热门之选,"网生代"成为消费大军,表现出对富含中华传统文化元素的本土产品的认同。在此背景下,以"网生代"为接受主体的网络文学读者,其对传统文化与网络文学融合的阅读需求更为

强烈,对相关作品的接受度也更大。网络作家创作时会积极考虑读者市场,故而,读者对传统文化的兴趣与反馈,也影响着传统文化在网络文学中的传承与发展。

同时,政府、作协等作为监管主体,可通过政策支持、资源建设、培训研讨、文化交流等措施,促进传统文化在网络文学中的运用与融合。比如,制定相关政策,提供相应奖励和支持措施,鼓励网络作家在作品中融入传统文化元素;也可以建立传统文化资源库,收集整理传统文化的经典作品、文化遗产和研究成果等;组织相关培训和研讨会,邀请专家学者和作家分享经验和观点,激发作者的创作灵感。团中央、中国作协曾多次举行网络作家基层行活动,带领作家们到革命基地实地考察和采访调研,从历史文化中汲取养分。2023年7月,中国作协和上海作协共同主办"网络作家文化传承发展高研班",在深入学习党的二十大及文化传承发展座谈会上习近平总书记的重要讲话的基础上,进一步明确网络文学的文化使命与社会担当意识。可见作协等部门已开始在舆论倡导、政策扶持等方面,加强传统文化与网络文学融合力度。

总而言之,传统文化在网络文学中的融入还有待提升,尽管网络文学在产业化发展之路上已开始开展传统文化传承与创新工作,但传统文化博大精深,作家融合意识与网站平台数字化创新意识等还有待进一步提升。目前网络文学中融入传统文化的优质作品尚显不足,有待提升。随着国家战略层面和文学发展布局日益重视传统文化的"两创"倡导,网络文学对优秀传统文化的转化与创新势必迎来新局面,并不断展现网络文学自身为建构中国话语体系、展现中华文化、创造人类文明新形态,所做的不懈努力及其表现出的创作活力。

原载于《文学评论》2023年第6期

第二辑

现象·思潮

网络文学产业的文创形态及其风险规制[①]

欧阳友权

网络文学的商业基因及其产业绩效,为中国打造世界上独一无二的"网络文学帝国"[②]提供了强劲的经济驱动,但产业化"利刃"在为网络文学开疆拓土的同时,其"功能性偏锋"也可能对文学的人文审美价值塑造产生"自伤"。如何让这一新兴文创产业基于"双效合一"的路径选择规避效用风险,以有效的正向功能助推行业健康前行,是"产业"施之于"文学"历史合法性的重要命题。

一、产业蓄势的"破茧之旅"

以文创产业视角来看,中国网络文学是文化资本跨界网络的产物,但究其业态架构的成型过程,真正实现网络文学的产业化经营则是在整个

[①] 本文为国家社会科学基金重大项目"我国网络文学评价体系的理论与实践研究"(16ZDA193)论文成果之一。

[②] 据中国互联网络信息中心第50次《中国互联网络发展状况统计报告》显示,截至2022年6月底,我国网民规模达10.51亿,互联网普及率为74.4%,文学网民4.93亿,占网民整体的46.9%。在作家作品方面,据中作协《中国网络文学蓝皮书》和第五届中国"网络文学+"大会发布的数据,截至2020年底,我国文学网站平台储藏的网络原创作品累计达2905.9万部,年新增原创作品300余万部(篇),新增作品字数年累计超500亿汉字,500余家文学网站聚集了超千万网络文学作者,其中活跃签约作者60多万人。从作家作品体量、产业规模和文化影响力看,中国的网络文学在全世界是独一无二的,我们用不到30年时间,就已经打造出世界网络文学的"中国时代"。

行业"马鞍形"①发展的"谷底"才破茧而出的。回首时间不长的网络文学发展史,诞生于北美的汉语网络文学自20世纪90年代中叶进入中国本土后,走过的是一条高开低走、终而曲线上扬的发展之路,它的起落变化深嵌于产业经营的市场化探索中,是与文创产业的历史实践相互催生并同步行进的。

20世纪90年代的"文青"式创作,让中国网络文学在起步期有了一个不低的文学起点。1994年加入世界互联网公约国后,1991年诞生于北美华人留学生之手的汉语网络文学迅速挺近中国本土,网络传媒的自由精神激发起一批具有文学情怀和创作热情的青年才俊投身网络写作,被称作"五大网络写手"的痞子蔡、安妮宝贝、李寻欢、邢育森等,用一篇篇充满浪漫气息或生活小确幸的人生故事点亮网络文坛,黑可可、沧月、中华杨、王猫猫、恩雅、老榕、吴过、朱海军……一批"文学键盘手"将网络上的文学星火打造成燎原之势。那时候的网络作品除来自台湾写手的《第一次的亲密接触》(痞子蔡)外,大陆作者多以短篇小说、散文、校园诗歌和纪实文学为主。尚爱兰的《性感时代的小饭馆》、王坚的《曹西西恋爱惊魂记》、安妮宝贝的《如风》等,均为几千字的小小说。老谷的《我爱上那个坐怀不乱的女子》风靡一时,也只有一万来字。这批筑梦为文的文青才子(女)入驻一个自由的虚拟空间恣意挥洒,他们不惧文字浅,也不为稻粱谋,迅速成为中国文学"数字化生存"的第一批拓荒人。尽管这时

---

① 中国网络文学30年的发展,在整体格局上呈"马鞍形"上扬态势——20世纪90年代起步时,它的文学起点并不低,李寻欢、邢育森、安妮宝贝、痞子蔡那一批"文青"写手的创作带有纯文学色彩。2000年互联网泡沫破灭,网络文学因未能找到自己的商业模式,整个行业陷入低谷,直到2003年起点中文网创立付费阅读体制后,网络文学才日渐走出经济困境,并一路高走,繁荣至今,打造出世界网络文学的"中国时代"。有关网络文学"马鞍形"的描述,可参见欧阳友权主编:《中国网络文学二十年》,南京:江苏凤凰文艺出版社,2018年版,第12—16页。

候的网络文学还只是"走进网络的文学"而非"融入网络的文学",在运行机制上尚未摆脱传统的"作家写作—审稿编发—读者阅读"的印刷文学模式,但它开启的"未来风口"无时不在酝酿着整个文学业态的"破茧成蝶"。

网文行业的"上扬拐点"是从生存的挑战中开始触底反弹的,而催生行业蜕变的"触点"便是那个绕不过去的"产业化"路标。我们知道,20世纪90年代后期的中国网络文学虽刚刚起步,却成长迅速,诞生于海外的"新语丝""橄榄树""花招"等文学网站挺近中国本土,国内也很快涌现出"黄金书屋""碧海银沙""凯迪社区""猫扑""西祠胡同""天涯虚拟社区"等众多网站平台。1998年"榕树下"上线运营时一度信心满满,风头无两,每天收揽超500篇的发稿量,让那棵绿荫如盖的"榕树"蕴藏着网络文学的无尽春色。但好景不长,随着2000年互联网经济泡沫的破灭,这一批文学网站因找不到自己的商业模式,经济上缺少造血功能而很快难以为继,榕树下不得不接连被转卖给贝塔斯曼和欢乐传媒公司,直到后来纳入盛大文学麾下才得以重振旗鼓。

事实已经证明,真正助推网络文学低谷崛起的是商业驱动,或者更确切地说,拿捏网络文学存活"命门"的是经营绩效,其标志性事件是2003年由起点中文网创立的付费阅读盈利模式。是年10月,掌控起点的吴文辉团队开始实行"VIP付费阅读"的运营新模式,尝试打通网络文学的商业逻辑取得成功,为这一行业提供了一套完整的电子支付和内容管理系统,从此,网络文学不再单纯依赖有限的线下出版盈利,却可以让网文平台和网络作家同时赚钱,形成"续更创作—营销爽文—微支付消费"的产业化经营体系,开启了中国网络文学的商业化时代。

可以说,这个基于市场化选择的商业模式,对中国网络文学的可持续发展有着划时代的意义,它能让利益各方形成一个坚实的"互惠联合体"。比如,就消费者而言,付费意味着钦定了他们的阅读选择,也喻示了他们的文学喜好,是对他们自由精神的一种认可,对他们个性的一份尊重,借用马尔库塞的话说,这是"由快乐原则与现实原则的和解而导致的生命本能的完整满足"①。对于创作者来说,付费的机制不仅让他们的文学写作有了稳定的收入,获得文学创作的经济回报,还让他们的职业选择得到肯定,使他们在一次次试错中找到了自己的文学定位,知道自己适于创作哪种题材类型、哪样的人设故事、哪类风格表达才能吸引特定受众人群,让个人的文学行为更符合自己的性情与特长。于是,上网"码字"成为"一种爱欲生产力的解放"②。而对于网站经营者来说,付费阅读模式的建立,让企业得以充分发挥"用户生产内容"的正反馈机制,在"创作"与"市场"之间架设沟通的桥梁:"一方面以'爽'抓住用户的刚需,把他们的'心流'变成现金流;另一方面,通过招揽最具 YY 属性的'小白文作家',建立包括'低保'福利制度在内的职业作家培养体系,将众多小白写手的写作欲望转化为文学生产力"③,既能通过市场细分让储备的作品适配变现,实现定向营销,又能以"利益绑定"方式让作家以稳定供给加快作品产出,促进边际收益递增,在不断优化的 SCP(结构-行为-绩效)增殖中,创造"利益互惠共同体",在文学网站平台成为"利益洼地"的同时,也让整个行业成为一个输出强劲、消费旺盛的"耗散结构"系统,从而打造出一个个云蒸霞蔚、俊彦济济的"网络文学帝国"——从起点领头雁到盛

---

① [美]赫伯特·马尔库塞:《爱欲与文明》,黄勇、薛民译,上海:上海译文出版社,1987 年版,第 106 页。

② 邵燕君:《以媒介变革为契机的"爱欲生产力"的解放——对中国网络文学发展动因的再认识》,《文艺研究》,2020 年第 10 期。

③ 邵燕君:《以媒介变革为契机的"爱欲生产力"的解放——对中国网络文学发展动因的再认识》,《文艺研究》,2020 年第 10 期。

大文学整装突起,再到阅文集团网站平台的豪华矩阵,从中文在线到掌阅科技,再到阅文集团的三大上市公司的博弈与竞合,支撑中国网络文学做大做强的因素很多,但最具经济支配力量的无疑是市场的力量、产业的力量,是文化资本及其价值规律这只"看不见的手"在起作用,网络文学的文化产业打造才是这一文学得以放飞未来的"破茧之旅"。

二、网络新文创的业态架构

所谓"新文创"即新型的文化创意产业,是一种以 IP 构建为核心的文化生产方式,其核心目标是打造更多具有广泛影响力的中国文化符号,被视为新时代互联网的六大趋势之一。① 网络文学是新文创的前沿领域,也是催生更多新业态的内容源头。网络文学的商业化经营必然要走向新文创——以不断创新的文化创意来壮大网络文化产业,把文学形态转化为文创形态,让网络作家的创作以更为丰富的存在方式走进消费者,得到市场的肯定。马克思在《剩余价值理论》中曾说:"作家之所以是生产劳动者,并不是因为他生产出观念,而是因为他使出版他的著作的书商发财。也就是说,只有他作为某一资本家的雇佣劳动者的时候,他才是生产的。"② 从这个意义上说,网络作家作为文学的生产者,让他的作品进入商业流通,是对他的"生产劳动者"身份的一种肯定,肯定作家是"生产的";同时也是对网络文学"产业属性"的市场化确认,确认网文作品不仅

---

① 新华社瞭望智库提出的互联网的六大趋势是:1. 颠覆性技术创新催生更多新业态;2. 网络安全与网络发展并重;3. 从消费互联网时代进入工业互联网时代;4. 新文创:新时代应有新的文化生产方式;5. "智数"来临:人工智能赋能大数据;6. 强力推动5G商用,促进物联网变革。参见新华社瞭望智库:《新时代互联网的六大趋势》,https://www.xinnet.com/knowledge/2142344751.html.

② 马克思:《剩余价值理论》,《马克思恩格斯全集》,第二十六卷,北京:人民出版社1973年版,第149页。

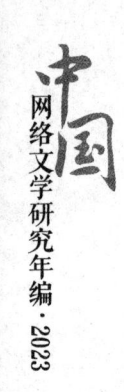

有"劳动力价值",还具有"必要劳动时间"之外的"剩余价值",新文创便是网络文学经过商业开发和业态转换的"价值增殖"方式。

历经20年的市场化探索,我国网络文学新文创产业已经形成了由线上(在线)和线下(离线)叠加而成的复式业态结构。

1. 在线经营:链路增殖的"文字江湖"

线上文创产业是一个链路增殖的文字江湖,其"江湖斗"主要在付费与免费两大领域展开。主业是在线付费阅读业务,它是线上经营的主打,并一度是原创文学网站平台收入的主要来源。文学网站的付费阅读方式常见的有两种。一是会员制。读者开通会员,采取包月、包季、包年的方式阅读,可以一次性购买,也可以连续购买,如咪咕阅读、掌阅小说、QQ阅读等文学网站主要采取的就是会员制。二是充值制。读者在试读了免费章节后,如想继续阅读后续章节,需充值购买,按照VIP的等级来收取费用,各个网站收费标准不一。有的按照章节收费,价格一般为0.10~0.15元/章;有的按照千字收费,价格一般在1~5分/千字。读者不但可以整本书购买,还可以购买其中部分章节。为了满足读者的不同需求,这两种模式常常混合使用,便于读者自行选择付费方式。

《2021年度中国数字阅读报告》显示,2021年我国数字阅读用户规模为5.06亿,有92.17%的用户曾为数字阅读付费。[1] 随着数字阅读习惯的养成,越来越多的用户愿意为高质量内容买单,付费意愿高达86.3%。其中,网络文学付费意愿达到49.9%,优质内容衍生的影视作品的付费意愿为37.9%,优质内容衍生的动漫作品的付费意愿为28.3%。[2]

---

[1] 中国音像与数字出版协会:《2021年度中国数字阅读报告》,2022年4月25日,https://baijiahao.baidu.com/s?id=1731047335417994465&wfr=spider&for=pc。

[2] 澎湃新闻:《年度阅读趋势研究报告:知识付费用户规模超4.77亿》,网络链接:https://baijiahao.baidu.com/s?id=1745312423155625202&wfr=spider&for=pc。

阅文集团公布的 2022 年中期业绩报告显示,2022 年上半年阅文在线业务实现收入 23.1 亿元,月付费用户达 810 万人,每名月付费用户平均月收入达 38.8 元,同比增长 6.6%。① 多年来的实践证明,尽管受到短视频和免费模式的冲击,付费阅读目前仍是原创文学网站的主营业务收入,也是网络作家特别是大神作家最重要的收入来源。付费阅读的读者黏性高,付费意愿强,为线上网文消费提供了保障。

在线上业务中,由付费订阅延伸出的月票、打赏等营销方式,是拿捏消费心理而生的营销附加值,其文创招数是让读者心甘情愿掏出真金白银献上爱心,体现了读者的情感活跃度和作品、作者的号召力。2023 年 1 月 3 日,阅文旗下的起点读书公布了 2022 年月票年榜前十的作品,《夜的命名术》(谁说话的肘子)以 225 万多票稳居榜首,打破起点单月月票纪录,成为起点全站首部单月百万票作品,《择日飞升》(宅猪)、《灵境行者》(卖报小郎君)、《不科学驭兽》(轻泉流响)等热门作品均在榜。② 打赏是读者粉丝更直接的"献爱"之举,现在大多数文学网站都开通了打赏功能,读者可以直接为自己喜爱的作者打赏,它体现的是粉丝对网络作家作品的喜爱度和忠诚度。如 2020 年起点中文网粉丝打赏起点币(1 元人民币等于 100 起点币)过亿的读者就有 7 位之多,排名第一的粉丝"烟灰黯然跌落"年累计打赏 245608887 起点币,排名第七的"karlking"的打赏也达 103753249 起点币。有统计,该粉丝共订阅作品 581 本,打赏作品 7670 本,投月票 10016 张,投推荐票 122789 张。③ 月票消费会有一定限

---

① 新浪财经:《阅文集团 2022 年半年报:收入 40.9 亿元,将加快 IP 视觉化》,网络链接:https://baijiahao.baidu.com/s?id=1741283974679054444&wfr=spider&for=pc。
② 网易:《2022 起点读书月票年榜发布〈夜的命名术〉〈择日飞升〉等入选十大人气作品》,https://www.163.com/dy/article/HQ6EHKN80514R9KQ.html。
③ 欧阳友权主编:《中国网络文学年鉴(2020)》,北京:新华出版社,2021 年版,第 138—139 页。

制(一般是一个读者一个月限投 3 张月票),打赏则可以无限制获得月票,如起点网每打赏 10000 起点币默认赠送 1 张月票,百度文学每打赏 500 纵横币可以获得 1 张捧场月票、消费 5000 纵横币则可获得 10+1 张纵横票,以此类推。从这里可以看出网络文学线上经营的商业智慧。

当付费阅读即将触达人数止增的天花板时,有网站平台及时开启了另一扇商业之窗——免费阅读业务,其产业盈利渠道是制造流量而由广告变现。2018 年 5 月,趣头条率先推出免费阅读 App"米读小说",同年 8 月,连尚文学推出"连尚免费读书"App。随后几年,七猫、番茄、得间小说、91 熊猫看书等数百种免费 App 纷纷上线,从而形成付费—免费"天下二分"的线上产业争锋格局。免费商业赛道的底层逻辑是将用户的时间"货币化",借用持续增长的网民规模汇聚流量,再通过广告来盈利,即"羊毛出在猪身上由狗买单"。统计显示,2019 年至 2021 年,我国网文免费阅读的活跃用户规模从 8140 万增至 1.52 亿,月人均使用时长也从 395 分钟提升至 863 分钟。也就是说,平均每天有上亿用户会花费 30 分钟在线阅读免费网文。番茄小说的 MAU(月活跃用户)在 2021 年年末就已有 9300 万以上,同比增长率高达 51.4%,七猫免费小说以 6346 万位列第二。①

免费模式的商业优势在于,第一,吸引下沉市场(如三、四线城市和广大农村)和付费敏感人群入网读文,而新增用户流量巨大,平台凭借大数据优势,针对不同用户个性推荐不同广告,就会有效实现利益最大化。第二,免费有助于遏制盗版,让猖獗的盗版行为失去市场空间,尽管它并未彻底终结"流量类"盗版。还有,免费阅读延长了作品的生命

---

① QuestMobile:《2021 中国移动互联网年度大报告》,2022 年 2 月 22 日,https://baijiahao.baidu.com/s? id=1725445934006926745&wfr=spider&for=pc。

周期,一大批经典作品如《斗罗大陆》《武动乾坤》《庆余年》《盗墓笔记》等在开通免费阅读后,均获得了"二次生命",有效激活了作品的"二次收益期"。

当然,免费阅读模式也存在一定副作用,如"广告+流量+阅读"模式会让阅读干扰增多,阅读体验变差。由于用户对广告的敏感度不断下降,会对各类广告产生强抗性,投放广告的转化率逐渐降低,以至于广告收入并不足以支撑投入的成本。免费阅读有可能影响原创作品的艺术质量,为免费而来的读者,大多只为"杀时间"消遣,他们需要的是不断投喂的爽点而非作品的艺术品质,加之这类读者黏性较低,作者与目标受众缺少互动导致对品质的约束力降低,而一味迁就低端市场会让作品质量失去保障,也让写手的"成神通道"被堵死。于是,在免费网文平台上,作品的质量是次要的,能够被更多人看到才是赚钱的关键,这就难保不出现跟风、抄袭、同质化和各种博眼球的花活儿。事实上,无论付费还是免费,"归根结底,网文是一门内容生意,而非流量生意,用户希望看到的是优质作品,而非千篇一律的灌水内容。毕竟在如今的互联网世界里,消磨时间的方式实在是太多,如果只是单纯为了打发碎片时间,那么简单直观的短视频显然就要比需要调动脑力进行想象的文字阅读更合适"①。

2. IP 赋能:离线拉伸的"产业链绩效"

"网文江湖"历经多年的产业拓展,无论是付费还是免费,抑或网络广告营收,时下的在线文创产业均呈现疲态。随着人口红利的逐渐消失和视频尤其是短视频的迅速崛起,线上网文消费人群出现增速放缓、盈利

---

①腾讯网:《高歌猛进四年的免费网文,在 2022 年"摔了一跤"》,https://new.qq.com/rain/a/20230111A08Y4Q00。

空间收窄的趋势明显且很难逆转。① 此时,网络文创行业开始面向两个新的维度施展拳脚:一是网文出海,跨文化传播拓展海外市场;二是转移赛道,开辟线下"大文娱"市场,以网文 IP 工具,做好全版权、多媒体、泛娱乐这篇大文章,用离线拉伸的产业链创造"文→艺→娱→产"的新业态,这里我们仅谈"产"的维度。

首先,产业重心的"线下倚重"催生离线文创升温。网络文学从原创作品付费盈利,转向版权转让、实体书出版、IP 改编增值,其产业重心出现"下游倚重"趋势,是市场倒逼行业盈利模式变化的产物。自 2019 年以来,我国网络文学用户数量便开始出现下滑。例如,2019 年 6 月,我国网文用户规模为 4.54 亿,占网民总数的 53.2%;2019 年 12 月,网文用户 4.53 亿,占网民总数的 50.4%,占比出现下降;2020 年 12 月,网文用户规模 4.60 亿,占比下降为 46.5%;2021 年 6 月,用户减至 4.61 亿,占网民总数的 45.6%,占比继续下降;2021 年 12 月,网络文学用户 5.02 亿,占网民用户总数的 48.6%,因疫情封控,文学网民数量略有增加;而到 2022 年 6 月,网络文学用户为 4.93 亿,网民使用率为 46.9%,再次下降 1.7%。② 文学网民减少标志着网文在线读者减少,用户数量下降则意味着线上网文经营绩效的收缩,此时网络文创从线上向线下挪移就成为一种不得已的选择。2011 年,腾讯率先提出"泛娱乐",2018 年又从泛娱乐升级为"新文创"和"大文娱",完全是数字化时代"眼球经济"规制和"变现注意

---

① 例如,我国网络文学龙头企业阅文集团的财报显示,2018 年至 2020 年,公司月付费用户占比分别为 5.1%、4.5%、4.5%。2021 年,付费用户出现明显下滑,尽管平均月付费用户仍有 870 万,但同比下滑 14.7%。2022 年上半年,阅文的月付费用户降至 810 万人,同比减少 12.9%。见阅文集团官网:https://www.yuewen.com/#&about,2013 年 1 月 28 日查询。

② 数据来源:根据中国互联网络信息中心(CNNIC)发布的《中国互联网络发展状况统计报告》(第 44—50 次)整理而成,参见 CNNIC 官网:http://www.cnnic.net.cn/。

力"引导的结果。我们知道,就娱乐性和市场渗透力而言,文字阅读远远敌不过视音频产品,《庆余年》《赘婿》《大江大河》《琅琊榜》《雪中悍刀行》这些热播的剧集较之它们线上营销的母体小说,其边际收益不可同日而语,甚至抖音、快手、优酷、微视等平台发布的短视频或微短剧都可以创造超越头部小说的惊人流量。于是,网文企业的业态架构从上游的"文字江湖"转向"线下倚重"就成了一盘新文创拓进的"大棋局"。2021年,腾讯影业、新丽传媒、阅文影视"三驾马车"整合为新文创业务矩阵,以推动文学与动漫、影视、游戏等视频产业的耦合,即是网络文学走向下游倚重、融入离线文创的成功实践。

其次,拉伸网文 IP 产业链创造"长尾效应"。以内容生产为基石,以版权运营为重心,延伸文创半径,是网文平台商业模式的新选择。这一商业模式的逻辑基石是版权,即网文 IP 的版权营销与产品开发。IP(Intellectual Property)被译为知识产权,指能被改编的智力成果权内容,权利人对自己的智慧成果享有占有、使用和收益等权能。而"网络文学 IP"是以网文作品为基础,运用文本自带的粉丝黏性,在文化产业上下游开发产品的版权。最早的网络小说影视改编可以追溯到 2000 年上影的《第一次的亲密接触》,同名电视剧也在 2004 年播出。2010 年张艺谋把艾米的网络小说《山楂树之恋》搬上荧幕,并实现票房与口碑双赢,让人们看到了网络文学潜藏的巨大商机。2015 年,由网络小说改编的电影和电视剧如《何以笙箫默》《花千骨》《琅琊榜》《芈月传》《伪装者》《左耳》《九层妖塔》等一路飘红,业界把 2015 年称为"IP 元年",从此网文版权市场迅速活跃起来。由网文 IP 分发版权而延伸的产业链主要有图书出版、电影、电视剧、网剧、微短剧、游戏、动漫、音乐、舞台演艺、有声产品、周边衍生品等,由此形成在全世界独一无二的全版权经营、多媒体开发、大文娱覆盖

的新文创业态,创造了一次性作品生产、全方位售卖版权、多形态改编产品的立体运营模式。近年来大众娱乐市场上的众多热门视听产品(特别是影视、游戏、动漫)大多来自网文 IP。2021 年网络文学 IP 改编影视剧目超过 100 部,在总播映指数前十的剧目中,网络文学 IP 占到六成①,由网络文学上下游产业链创造的新文创市场产值超万亿元。

最后,线下文创的"长宽逻辑"。如果延伸 IP 产业链是离线文创的业态之"长",那么这个产业链的绩效含量还取决于每一链环的效益之"宽"。一个网文大 IP 可以全版权多次转让、多媒体 N 次改编,其次第延伸的产业链越长,就越有利于形成"甘蔗效应"或"长尾增值"。如李可的网络小说《杜拉拉升职记》被改编为电影、电视剧、网剧、游戏(含手游)、话剧、音频听书,还出版了图书,无论票房、收视率还是流量、玩家、图书销量,均有不俗业绩,这便是"甘蔗效应",既增加了作品的传播面和影响力,也获得了"珠串式"累加收益。网络文学很多超级 IP 如《诛仙》《盗墓笔记》《斗罗大陆》《全职高手》等,都因为被多次成功地改编而成为文创品牌,创造了理想的经济效益。但这种"链长"模式还需要"链宽"效益来实现单品增值,即让每一次网文 IP 改编都做到"制作精良",创造最大的经济效益,既满足大文娱市场的消费期待,又能让每一次改编都打造新文创的产业品牌。例如,网文 IP 影片《失恋 33 天》以不足 900 万的制作成本获 3.5 亿票房,《三生三世十里桃花》改编的同名电影获票房 5.35 亿,《致我们终将逝去的青春》最终票房达 7.11 亿。根据猫腻的小说《庆余年》改编的同名电视剧 2019 年播出后,爱奇艺、腾讯视频两个平台播放量累计过 160 亿次,豆瓣评分 8.0 分,获年度网络文学 IP 改编影视剧用户

---

① 中国作家协会网络文学中心:《2021 中国网络文学蓝皮书》,《文艺报》,2022 年 8 月 22 日,第 3 版。

评论满意度排名第一的佳绩。那些获得良好口碑的改编作品，如《后宫甄嬛传》《琅琊榜》《步步惊心》《芈月传》《延禧攻略》《隐秘的角落》《赘婿》《大江大河》《司藤》《开端》《雪中悍刀行》……无一不是因做好了"宽"字大文章而成为IP改编作品的佼佼者；相反，那些粗制滥造的IP改编或因"魔改"而扑街之作，因失去"链宽"的效益赋能，即使想打造文创产业链，也只是链长无波的"草蛇灰线"，难成气候。

三、功能二重性及其风险规制

1. 网络文创的理论逻辑基于文学价值的二重性

网络文创的对象是网络文学，而文学是一种精神产品，精神产品一经文创便成为商品，进入流通，产生效益，形成文化产业。那么，若如是，"精神作价"的文学还是文学吗？回应这一问题的奥秘就在于揭橥文学背后所蕴藏的价值二重性——文学既具有人文审美和意识形态属性，又具有商品属性，即精神与经济的价值二重性。网络文创产业所开发的是它作为商品的经济属性那一面，或者通过人文审美来实现和挖掘它的商品经济价值。马克思在《资本论》中论及商品的属性时说："商品是一种二重的东西，即使用价值和交换价值。"又说，"商品或具有商品的形式只是由于它们具有二重的性质，即自然形式和价值形式。"[①]网络文学作为互联网时代文化资本与数字技术双重"孵化"的特殊商品，无疑具有"使用价值和交换价值"，也有着自身的"自然形式与价值形式"，网络文创产业的运营目标，就是要把网文作品的"自然形式"转换为"价值形式"，尤其是它的经济价值形式。美国传播学家苏特·杰哈利（Sut Jhally）说："当受众在收看商业电视的时候，就是在为媒介工作，由此生产出价值和

---

① 马克思：《资本论》（第一卷），北京：人民出版社，2018年版，第54、61页。

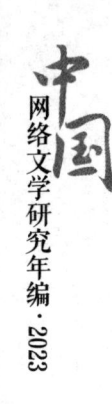

剩余价值。这并不是一种类比,收看电视确实是工厂劳动的一种延伸。"①网络文学的存在方式也是一样,无论线上阅读网文还是离线消费IP文创产品,都是在消费网文生产的剩余价值,同时也是在创造价值,即传播作品的人文审美价值、创造文创产品的商业价值。因为在这里,消费者获得的精神享乐和他付出的物质代价,与网络文学的艺术审美、人文情感及其文创商业价值的实现,是相存相依、同步实现的。这就是网络文学作为"文学"的二重性的理论逻辑和实践真相。

我们先看网络文学的精神价值。精神价值是精神产品的基本属性,也是精神产品与物质产品的根本区别。从艺术哲学看,文学创作是通过对象化的精神活动确认自身的存在,是人"按照美的规律"进行艺术生产的劳动实践,是创作者试图以精神的力量实现人的自由与全面发展。网络文学无论多么另类或叛逆,只要它属于精神产品,就应该蕴含这样的精神价值,赋予作品一定的精神品质和意识形态功能。因为说到底,网络创作是一种有意识、有目的的活动,是一种特定的意义承载和价值书写,"是人类本体各种心理功能的全部起动和自由迸发,是人的本性在科学理性澄明之中的定向展开和全面张扬,是人类摆脱自身的局限,实现主体对客体、理性对感性、精神对肉体、人类对自然的超越,并获得一种'天地与我并生,万物与我齐一'的自由的无限性和价值实现的自律性的生命升华过程。"②具体而言,网络文学的精神价值在文学生产中体现为:(1)感应时代的精神气质。优秀的文学作品是"时代的晴雨表""历史的回声壁",网络创作应该"通过更多有筋骨、有道德、有温度的文艺作品,书写

---

① [美]苏特·杰哈利:《广告符码:消费社会中的政治经济学与拜物现象》,马姗姗译,北京:中国人民大学出版社,2004年版,第93页。
② 欧阳友权:《数字化语境中的文艺学》,北京:中国社会科学出版社,2005年版,第7页。

和记录人民的伟大实践、时代的进步要求,彰显信仰之美、崇高之美,弘扬中国精神、凝聚中国力量"①,用刚健有为的文学力量参与建构我们这个时代的核心价值观,以艺术的方式讲好中国故事,反映时代精神,表达民族梦想,这在现实题材作品中体现得更为充分。(2)以文学想象舒张精神个性。从创作主体的艺术表达看,网络文学特别是网络类型小说,常运用天马行空般奔放的想象力,创造出一个又一个神奇瑰丽的艺术世界,猫腻、辰东、血红、我吃西红柿、唐家三少、天蚕土豆等一大批玄幻作家所创造的"位面世界",月关、酒徒、子与二、三戒大师、卖报小郎君等"历史架空"类作家的"脑洞"之作,事实上已经超越了昔日东方武侠和西方玄幻的艺术边界,那种巡天八荒、穷极浩渺的文学想象是个性舒张的精神表达,极大丰富了趣缘粉丝的精神世界。(3)重塑人的自由精神。马克思说,"人类的特性恰恰就是自由的自觉的活动"②,网络文学生产正是人的自由自觉活动的精神凝聚和价值体现,是人的本质力量——"自由的生命表现"③。人类在网络上的文学活动是人类自身本质力量的对象化实现,是以合规律与合目的相统一的方式体现人对于生命自由的无限追求,其所创造的是艺术世界,也是生命自由的境界。这是因为,"文学本来就是自由精神的产儿,它源于人类在生存中对自由理想的渴望,满足人类对自由世界的幻想,又以'诗意的栖居'为人类的精神打造自由的乌托邦。网络文学进一步解放了过去艺术自由当中的某些不自由,为文学更充分

---

①习近平:《在文艺工作座谈会上的讲话》,《人民日报》,2015年10月15日,第2版。
②[德]马克思:《1844年经济学—哲学手稿》,刘丕坤译,北京:人民出版社,1979年版,第96页。
③[德]马克思:《詹姆斯·德勒〈政治经济学原理〉一书摘要》,中共中央马克思恩格斯列宁斯大林著作编译局:《马克思恩格斯全集》第四十二卷,北京:人民出版社,1972年版,第38页。

地享受自由、更自由地酿造自由精神的家园插上了自由的翅膀。"①这便是网络文学精神的自由价值。

再看网络文学的经济价值。我们知道,在我国传统观念中,"耻于谈钱"似乎是文人的本分,"非功利"才彰显文学的高雅。实际上,文学艺术的商品属性一直都客观存在,到了消费社会和机械复制时代就更为明显,功能也更为强大。我们知道,物质生产与精神生产是人类的两大基本生产方式,所产出的物质产品与精神产品都是为了满足人类的基本消费,前者满足物质需求,后者满足精神需求,"商品性"是二者异体而同功的交汇点。文学生产要受到一个时代的生产力、生产关系和科学技术的影响,而文学消费也要受到价值规律、经济水平和消费市场的影响。本雅明(Walter Benjamin)曾说,艺术生产同物质生产一样是"有规律可循的一种特殊生产活动,即它们同样由生产与消费生产者、产品与消费者等要素构成,同样受到生产力与生产关系的矛盾运动的制约"②。无论从生产还是从流通、消费看,"商品性"都是文学摆脱不了的"胎记",即文学既有艺术审美属性,又有商品属性,只承认前者而否定后者,或者只承认后者而否认前者,都是偏颇的,也是行不通的。法国社会学家罗贝尔·埃斯卡皮尔(Robert Escarpit)举例分析道:"现在,写书成了一种职业,至少成了一种有利可图的活动,它是在经济体制的范围内进行的,经济体制对创作有着不可否认的影响,看到这一点对于理解作家不无关系。图书是一种通过商业发行渠道而流通的产品,因此要受供求法则的支配,了解这一点对于理解作品也不无帮助。总之,文学虽说特别,但无可非议,它是图书业

---

①欧阳友权:《数字化语境中的文艺学》,北京:中国社会科学出版社,2005年版,第215页。

②转引自马驰:《"新马克思主义"文论》,济南:山东教育出版社,1998年版,第126页。

'生产'部门,而阅读则是这一工业的'消费'部门,知道这一点绝不是无足轻重的。"[1]英国马克思主义者克里斯托弗·考德威尔(Christopher Caudwel)甚至把"艺术生产与盖房子、造帽子或种粮食的过程"等同起来,把文学生产看作"隐蔽的社会肌肤里的经济过程"[2]。由此我们可以从不同层面理解文学经济价值的逻辑原点:(1)经济价值不是外在于文学的,而是文学自身的质的规定性之一,它与文学的人文审美的精神属性同体而异用、异能而同功,都是我们理解文学的重要切口,是文学所具有的精神与经济二重性的题中之意。(2)文学经济价值与精神价值不可等量齐观。其中,经济价值是变量,精神价值是常量,前者是充分条件,后者是必要条件;精神价值是所有文学艺术作品不可或缺的基本品质,而经济价值可能是文学存续的重要"锚点",但它决定不了文学的"生死",甚至判定不了作品的"优劣",其与文学的精神价值之间并非对等平衡的关系,有许多文学精品在消费市场上远不及通俗读物的竞争力,决定作品变现力的还有许多非艺术因素,因而评价文学作品不能用单一的经济标准去衡量,而应该把人文审美的精神价值放在首位。(3)经济价值是文学连通社会的纽带。一方面,文学生产规定着文学消费,文学消费也制约着文学生产,二者形成的社会关系以子系统或亚子系统的方式,与一个社会的生产关系和生产力发生关联;另一方面,文学生产者(作家)、消费者(读者)和经营者(文化中介如出版商、营销商)作为"社会关系总和"的人,不仅彼此之间有着多重联系,还将与社会的政治、经济、文化生活产生复杂的互动关联,因而才有了"文学社会学"和现代社会的"精神经济"和

---

[1] [法]罗贝尔·埃斯卡皮尔:《文学社会学》,符锦勇译,上海:上海译文出版社,1988年版,第4—5页。

[2] [英]克里斯托弗·考德威尔:《浪漫主义与现实主义——对英国资产阶级文学的研究》,薛鸿时译,北京:生活·读书·新知三联书店,1988年版,第11页。

"文化产业",网络文创业亦便作为国民经济的文化服务业被纳入 GDP 统计范围。

2. 网络文创产业二律背反的隐形风险

作为文创产业的网络文学,其重心在"产业"二字,而产业的重心显然在商品经营、消费市场等经济效益层面而不是其他。但网络文创经营的对象是文学,是网络文学。网络文学作为精神产品,其首要的价值本体是艺术,是人文情感、思想伦理和价值导向,网络文创产业应该是正确的价值导向和丰富的人文审美基础上的产业形态。于是,网络文创产业就必然面临二律背反式的矛盾选择:一方面,需要通过经营线上内容和离线版权盈利,获取经济收益,追求利润的最大化,让文化创意和产业绩效为文化资本站台,把平台企业做大做强,而这个发展之路是矢量的、不可逆的,其合理性毋庸置疑;另一方面,网络文创需要发挥的人文审美和价值引领功能,又规制着文创产品必须朝着艺术的、审美的、伦理的、情感的和正确价值观的方向赋能和提升,而这一职能与它的产业绩效职能可能并不总是协调统一,而常常是矛盾的,甚至是对立的。问题的严重性还在于,网络文学愈繁荣发展,就愈需要网络文创产业为其提供更大的经济支持;而愈壮大网络文创产业,就愈有可能出现"经济"对"精神"的伤害,导致商业对艺术的反噬,让网络文学"沾满铜臭气"。这便是二者之间二律背反带来的隐形风险。这一风险的观念逻辑在下面两个层面展开。

首先,市场驱动的运营逻辑构成网络文学存续的经济支撑。

网络文学是高度市场化的产物,与传统文学相比,其存续和成长常常取决于文化资本的经济支撑力,因为网文行业的存续,在媒介载体上是由技术驱动,而在生存发展上则要靠商业驱动、市场盈利。在我国,几乎所有的商业网站都是企业体制,原创文学网站平台更是概莫能外。1998 年美籍华人朱威廉投资百万美元在上海创办的"榕树下"网站上线运营时,一度成为业界最大的原创文学网站,但维护一个大型网站是需要一定经济成本的,管理者为了该网站生存可谓绞尽脑汁,其间曾通过出版网站作品盈利以"补贴家用",却是杯水车薪,入不敷出,难以生存,三年后不得不折价转让。同期涌现的文学网站(有的是网络文学主页)如白鹿书院、博库、文学城、莽昆仑、中国原创文学网、麦田守望者、左边卫,等等,它们有的昙花一现,便消逝在网海,有的在市场竞合中败下阵来,不得不改弦易辙,有的则被其他网站兼并,只留下历史背影。不同网站命运多舛可能因由各异,但有一个重要原因是共同的,那就是找不到自己的商业模式而没有"造血"能力,终而失去经济支撑不得不退场。恩格斯《在马克思墓前的讲话》中说,"人们首先必须吃、喝、住、穿,然后才能从事政治、科学、艺术、宗教等等"①,建基于民营经济基础上的网文企业如果仅靠文化资本输血而没有造血功能,将难以生存,更无以可持续发展。历史的幽暗总是由拓荒者创新的烛光照亮的,2003年起点创立的"VIP付费阅读"模式成为历史的拐点,为整个行业带来生机,从此让处于低谷中的网络文学触底反弹,以持续上扬态势迎来20年的"黄金时代",直至生长出在世界上独一无二的网络文学上市公司:中文在线、掌阅科技和超级网文企业阅文集团。近年来又面向世界延伸传播半径,实施网络文学的海外经营和跨文化传播。阅文集团发布的财报显示,2022年上半年阅文实现总收入40.9亿元,其中,在线业务为23.1亿元,版权运营及其他收入为17.8亿元。经营利润从上年同期的14.8%提升至17.0%,环比增长14.3%。②

---

①[德]恩格斯:《在马克思墓前的讲话》,中共中央马克思恩格斯列宁斯大林著作编译局:《马克思恩格斯选集》第三卷,北京:人民出版社,2012年版,第776页。
②《阅文发布2022年半年报,收入40.9亿,经营盈利达6.9亿》,齐鲁壹点,2022年8月16日,https://baijiahao.baidu.com/s?id=1741266702683104698&wfr=spider&for=pc。

一家文学公司半年财报的各项数据以亿元计,如此体量和收益不仅为企业生产和扩大再生产奠定了经济基础,还为文化产业做出了贡献。这种由市场驱动的绩效增值模式对网络文学的意义在于:其一,以市场经济规律夯实商业运营逻辑,成就了网文行业的稳定架构与发展生态,既能确保行业发展的经济基础,又以不断创新的文创产品保持行业的可成长性;其二,塑造了网络文学行业的"利益共同体",铸造出"生产—经营—消费"的运营结构,网络作家、网站平台、网文消费者均可从中受益,并繁荣了社会文化市场,培育和壮大了网络文学的文创产业。

其次,规避文化资本对网络文创产业的商业反噬。

文化资本是一柄"双刃剑",它既能以"经济手臂"托举起一片行业天空,也可以让一个企业甚至一个行业跌入万劫不复的深渊。如果说,盈利是资本的天性,那么,由追求盈利所带来的贪婪就将释放人性中的"恶",让人的心性在与魔鬼的对赌中一败涂地。马克思指出:"资本来到世间,从头到脚每个毛孔都滴着血和肮脏的东西。"[1]又说,"资本害怕没有利润或利润太少,就像自然界害怕真空一样。一旦有适当的利润,资本就胆大起来。如果有10%的利润,它就保证到处被使用;有20%的利润,它就活跃起来;有50%的利润,它就铤而走险;为了100%的利润,它就敢践踏一切人间法律;有300%的利润,它就敢犯任何罪行,甚至冒绞首的危险。"[2]文化资本是网络文学发展的经济驱动力,但如果放纵资本的利己本性,如果不对商业经营设置法规边界、施加政策引导,仅有利益驱动而无方位规制,"资本偏锋"就有可能反噬网文行业本身,把网络文学的发展路向带偏。网络文学行业不同程度上存在的粗制滥造、媚俗猎奇、低级趣味,屡

---

[1] 中共中央马克思恩格斯列宁斯大林著作编译局:《马克思恩格斯文集》第五卷,北京:人民出版社,2009年版,第871页。

[2] [德]马克思:《资本论》第一卷,北京:人民出版社,2018年版,第871页。

打不绝的盗版侵权、融梗抄袭,以及唯流量、唯订阅量,倾销迎合市场的小白文等,无不是唯利是图的商业资本在作祟。有批评者从商业运营负面性的角度总结了网络文学的七宗罪"粗、水、俗、贪、昏、滥、假"①,虽说有些尖锐,却并非空穴来风,而产生这些现象的根源便是商业资本无序扩张和不当使用所致。总体上看,商业反噬带来的隐形风险主要有二:一是对文学的伤害,二是对社会的伤害。前者让网络文学变成文化资本的跑马场,使文学变成了非文学,失去价值引导、精神引领、审美启迪、温润心灵的正常功能;后者则让网文行业丧失"铁肩担道义"的社会责任,让人(尤其是青少年)失去向上向善的力量,不利于培育一个民族共同的情感和价值、共同的理想和精神,不利于社会的文明和进步。正确的立场应该是:"文艺不能当市场的奴隶,不要沾满了铜臭气。优秀的文艺作品,最好是既能在思想上、艺术上取得成功,又能在市场上受到欢迎。要坚守文艺的审美理想、保持文艺的独立价值,合理设置反映市场接受程度的发行量、收视率、点击率、票房收入等量化指标,既不能忽视和否定这些指标,又不能把这些指标绝对化,被市场牵着鼻子走。"②

3."双效合一",规制网络文创行业可持续发展

从文创产业的角度规避网络文学发展风险的基本举措,是追求社会效益与经济效益的统一(简称"双效合一"),以实现网文行业特别是网络文创产业的健康、可持续发展。2015 年,中共中央办公厅、国务院办公厅曾出台文件规定:"文化企业提供精神产品,传播思想信息,担负文化传

---

①充耳:《网络文学七宗罪:粗水俗贪昏滥假》列举的七宗罪是:质量低劣,模式套路化,文字无节制注水;粗制滥造,工作室和枪手批量生产;良莠不齐,码字者玩票或贪小利;口味单一,"低幼"读者但求读得爽;唯利是图,业界缺乏良性导向;恶性循环,劣币驱逐良币;虚假繁荣,IP 开发镜花水月等。见新浪专栏 https://tech.sina.com.cn/zl/post/detail/i/2015-02-02/pid_8470856.htm。

②习近平:《在文艺工作座谈会上的讲话》,《人民日报》,2015 年 10 月 15 日,第 2 版。

承使命,必须始终坚持把社会效益放在首位、实现社会效益和经济效益相统一。"①要贯彻实施这一目标需要把握如下几个基本理念。

(1)社会效益优先是"双效合一"的逻辑前提。如前所述,网络文创产业所打造的是精神产品,对文创精神产品的经营和消费才彰显其商业属性,产生经济效益,而精神产品的社会效果和社会责任要先于和优于经济利益,应该用文创产业的经济能量去传播正确的价值观,以文创产品的艺术感染力和文化渗透性助推社会的文明进步,如研究者所言:"文化生产具备巨大的经济能量,具有影响民族文化心理和整个社会关系的力量。文化产业性质是意识形态性的最佳载体和传播工具。任何一种价值观念和道德信仰的形成,都是通过文化产品和有效传播途径来潜移默化地被社会成员接受的。文化产业的规模、速度和效率以及产品的多样性,决定了文化意识形态传播力度、幅度和效率。"②网络文创产品主要服务于大众文化市场,人群覆盖面广、社会渗透力强、文化影响力大,尤其要把社会效益放在首位,在社会效益优先的前提下,实现经济效益与社会效益的统一;而当经济效益与社会效益发生冲突时,应该优先注重社会效益。网络文创产品的消费对象主要是青少年,网络文学及文创产品所蕴含的思想情感、价值取向,会影响他们对世界的认知、对事物的判断,干预他们的心灵和情感,直至影响他们的未来人生。唐家三少曾说:"有记者问过我,什么样的网络文学才算是合格的,我用一个最简单的方法来回答,作为一名作家,自己创作的东西敢给自己的孩子看,这是最基础的标准。如果自己的作品都不敢给自己的孩子看,又有什么资格给别人的孩子看呢?"③

---

①中共中央办公厅、国务院办公厅:《关于推动国有文化企业把社会效益放在首位、实现社会效益和经济效益相统一的指导意见》,《人民日报》,2015年9月15日,第6版。
②成赫:《谈文化生产的"二重性"》,《戏剧之家》(上半月),2010年第11期。
③搜狐网:《唐家三少聊网络小说写作标准:你写的东西敢给自己孩子看,这是最基础的标准》,网络链接:https://www.sohu.com/a/240564746_99921278。

这是每一个网络文学创作者和经营者应该有的觉识和立场。

（2）社会效益优先并不意味着可以忽视经济效益。资本有"逐利"的本性，这并没有错。网络文创企业遵循市场经济规则营利，以维系生存和扩大再生产，这是基本的市场法则。我们倡导"双效合一"是"双效"而不是"单效"，是"合一"而不是"取一"，当我们强调社会效益优先时，不得偏于一端，而把问题推向极致，割裂二者的辩证关系，忽视经济效益的重要性。把社会效益放在经济效益之上并不是不要经济效益，恰恰相反，一个文创企业如果不能创造经济效益，不仅企业无法生存，社会效益也将无从体现。在市场经济体系里，评价文创产品不能离开收视率、发行量、票房流量等效益指标，很难设想一部在市场上无人问津的作品能有什么社会影响，没有社会影响又谈何社会效益？正确的做法是，在不背离社会效益优先的前提下，兼顾和平衡社会效益与经济效益，在二者的互促互利中达到"双效合一"。

（3）追求"双效合一"需要综合治理，形成合力。一是要有刚性约束的政策法规干预。网络文创的精神价值和意识形态属性，注定要与主流的价值观和时代精神相关联。于是，网络文创业的发展不仅是一个"网络"问题抑或"文创"问题，而且是关系文化强国建设、大众文化消费，甚至文化软实力打造和国家形象传播等一系列重大问题，它与物质产品生产和单纯的娱乐消费是大为不同的，应该纳入国家战略和政府监管的范围，制定一定的政策法规进行监管和引导。近年来党和政府陆续出台了一系列重要的政策法规，如中共中央办公厅、国务院办公厅：《关于推动国有文化企业把社会效益放在首位、实现社会效益和经济效益相统一的指导意见》、全国人大《中华人民共和国文化产业促进法（草案送审稿）》、国务院《关于推进文化创意和设计服务与相关产业融合发展的若干意

见》、文化部《关于支持和促进文化产业发展的若干意见》、中宣部《关于开展文娱领域综合治理工作的通知》、国家新闻出版署《关于进一步加强网络文学出版管理的通知》、国务院办公厅《关于文化市场综合行政执法有关事项的通知》，等等。2017年，国家新闻出版广电总局出台《网络文学出版服务单位社会效益评估试行办法》，并同时颁布《网络文学出版服务单位社会效益试行评估指标和计分标准》。还有近年来实施的"净网行动""剑网行动""扫黄打非"等，它们对于网络文创业来说，都属于"以法治文"的刚性约束，目的是给行业设立边界，为文创产业建立规范引导机制、生产经营机制、自律承诺机制、市场监管机制和正向激励机制，以约束并正确引导文创产业的生产、传播和营销行为，它们对矫正各种弊端能起到引导、防范、止损和规避风险的作用。二是离不开网络文创企业的主动担责。实现"双效合一"，需要文创企业承命担责，让坚持正确导向、履行社会责任成为推动企业发展的内生动力。文化企业应主动转变思想观念，增强履行社会责任的主动性和自觉性，从创作生产的源头上抓正确导向，用文化创新传播先进文化，扩大优秀文化产品的覆盖面和影响力，培育文化产业的新业态、新模式和新动能。网络文学产业只有坚持正确方向、坚守正确道路，才能行稳致远，才不会在市场经济大潮中迷失方向，也只有这样，才能真正实现网络新文创的"双效合一"。

原载于《湖北社会科学》2023年第7期

消费主义视野中的"爽文学观"

高 翔

近些年来,无论从学者分析还是文化实践的角度,网络文学的"爽文"本质几乎是一个不言自明的观点。这一点首先体现在读者"代入式"的阅读模式中。王祥认为,网络文学的代入式阅读是为了获取"混合着快感与审美冲动的高峰体验"①,杨玲则从"体验经济"的角度出发来考察网络文学的代入式阅读,从而将网文阅读直接定性为获取爽感的消费行为。② 与之对应,爽文在网文内容层面上亦得到充分的彰显。邵燕君强调了网文写作的"爽文学观"的兴起,并将类型文视为"独特的快感机制"的传达。③ 庄庸将当代网络文学的写作潮流视为"爽点宇宙"的建构。④ 应当说,在网文写作充分市场化、资本化的今天,"爽文"已经构成了网络文学生态的基本定位和主体骨架,是网络文学所具有的"文化生产力"的基本内涵。

一、发源、内涵与语境:"爽"的文化基因

从网络文学的发展历史来看,"爽文"的形成并非不言自明的过程。作为新媒介语境当中孕育而出的、与纯文学写作迥然分立的文学样态,在

---

① 王祥:《网络文学的创作原理》,北京:中国人民大学出版社,2015年版,第4页。
② 参见杨玲:《体验经济与网络文学研究的范式转型》,《文艺研究》,2013年第12期。
③ 邵燕君主编:《网络文学经典解读》,北京:北京大学出版社,2016年版,第11页。
④ 参见庄庸等主编:《爽点宇宙:中国网络文学潮流阅读研究》,北京:中国青年出版社,2020年版。

摒弃了各种既有的意义体系之后,网络文学从其诞生之初就具有了追寻"快感"的内在驱力。然而,在世纪之交的早期网络文学实践中,这一"快感"体现在不同维度和层面。首先,在从沉重的启蒙主义书写走向轻松飘逸的自由创作的深刻变化中,网络文学就其写作伦理打开了新的快感空间。在《我的网络文学观》中,李寻欢提出自由、平等、非功利、真实是网络文学书写的特征;[1]正是对包括主流意识形态和市场机制的一切束缚的摆脱,使得网络文学成为一种彻底自由、自发的自我表达。在这一表述中,网络文学显现了席勒式的"游戏"特质,从而从审美层面表征了写作主体的快感机制。这一表述虽然不免具有早期网文时代的理想化色彩,但彰显了网络文学以不受规训的主体形象通达"情感真实"的可能性,并带来了余韵不绝的影响。

而对比这一写作主体层面的"席勒式"的审美快感,网络文学在文本层面呈现出另外一种快感机制。一些引发争议的作品,其对欲望的书写风靡网络并成为一种潮流,使得网络文学具有了"YY小说"的内涵。在此,正是因为网络空间成为一个与现实拉开了距离的幻想空间,在挣脱了自我的社会性束缚之后,弗洛伊德所描述的"白日梦"从一种潜藏的、象征性的结构,成为网络文学空间中一种大胆而直露的书写,并且伴随着"意淫"这一清晰的自我指认。这一从隐到显的变化,有着多重因素的影响:弗洛伊德的本我投射固然是其心理基础,但网络所提供的不同于日常生活的精神空间则成为其媒介前提。而在市场化语境与消费社会崛起的背景中,90年代以来的文学逐渐建构了欲望书写的传统,使得这一"意淫书写"显示了某种文学上的延续性。[2] 它将欲望书写从线下转向线上,从

---

[1] 参见李寻欢:《我的网络文学观》,《网络报·大众版》,2000年2月21日。
[2] 参见高翔:《玄幻小说中的时代伦理嬗变》,《中国图书评论》,2019年第7期。

精英转向大众,并具有了更为直露和鄙俗的幻想形态。在这个意义上,网络小说的"意淫"书写的泛滥,与彼时消费主义的兴起有着直接的联系:正是因为消费社会使得"现实原则和快乐原则达成协议"[①],欲望想象和快感追寻成为普遍的大众意识,才使得网络文学借助媒介之力,在进行"欲望满足"的层面上得到了深刻的爆发。

如果说在"YY小说"的阶段,网络小说具有作为"欲望满足"的文化功能的自我指认,但其书写多以自发完成为主,那么,随着2003年起点中文网VIP收费制度的建立,以及其后各方资本力量的入场,网络文学的消费性明显盖过了审美性。此外,伴随着网络的进一步普及和成熟,网络也从区别于日常生活的幻想空间,转化为日常生活的一部分。由此,网络文学嵌入日常生活之中,成为大众所指认的、提供"爽"这一情绪价值的文化商品。网络文学遂摆脱了"意淫"式的浮露的身体和力比多想象,演变为基于广泛的生活现实而进行的"快感机制"的建构,并衍化为各类有着基本设定与套路,从而可以提供不同"爽感"的类型文。"中原五白"所创作的玄幻、奇幻类型文取得的巨大成功,说明了"小白文"这一爽文模式成为市场的主流。而近年来,随着读者商品意识的进一步高涨,传统意义上的类型文已很难满足读者需求,遂产生了设定进一步细化、类型进一步深入的各色文类。这些文类,不仅包含了"团宠文""赘婿文""多宝文"等更为细化,堪称亚门类的各种写法,亦深入那种应读者特定需求,从商业角度堪称已经进入"定制"阶段的各种具体创作。[②] 在此,如果说"YY"是在消费主义语境中产生的快感方式,那么,"爽"则是嵌入消费主

---

① [英]齐格蒙特·鲍曼:《被围困的社会》,郇建立译,南京:江苏人民出版社,2005年版,第194页。
② 例如,快穿文善于编织非常多样的设定,读者则根据具体的设定选择购买特定的篇章,就体现了这一变化。

义生产体系的快感模式。

在《中国网络文学研究的困境与突破——网络文学的土著理论与网络性》中,崔宰溶运用"土著理论",从受众的角度最早研究了"爽文"相关问题。他指出"爽"是一种情绪价值:"'爽'的文学观自觉认识到它所追求的是即时、单纯的快感。"①时至今日,这一认知已不再新鲜,且由于网络文学通过 IP 改编向影视等媒介形式的延伸,基于网文的"爽文学观"越发成为一种蔓延到整个大众文化场域的"爽文化观"②,"爽"也日趋成为一种普遍的文化需求和社会情绪的表达。在这个意义上,如同大冢英志所描述的那样,在鲍德里亚意义上的"符号"消费以外,中国亦进入了广泛的"物语消费"的阶段。③ 然而,比之于大冢英志、东浩纪等人在"物语消费"具体形态上的延拓,当下中国的"物语消费"虽然也不乏类似的特质,但首先出现了基于"爽"这一"快感"的广泛表达。在这个意义上,"爽"与消费主义快感政治的关系,构成了对其进行深入研究的基本视角:在消费主义所弥散的"快感"机制中,"爽"居于何处,又如何与个体的生活结构相融合?这一点,需要围绕消费主义快感形态的变化进行考察。

在齐格蒙特·鲍曼看来,人类情绪价值是一种随历史而不断演变的认知。在现代性之前,无论是在塞涅卡的哲学沉思,抑或是基督教的神学体系中,作为一种尘世理想的幸福对于绝大部分人而言都遥不可及。只有在现代性以来,伴随着社会生产力的提高和政治理念的进步,幸福才真

---

① [韩]崔宰溶:《中国网络文学的困境与突破》,北京:北京大学博士学位论文,2011年。

② 例如,2018 年的宫斗剧《延禧攻略》,就因为其典型的"爽文化"内涵,不仅广受欢迎,还引发了舆论对"爽文化"的激烈探讨。而《延禧攻略》的宫斗主题,显然受到了由网文改编的 IP 剧《步步惊心》《甄嬛传》等的影响,可以视为从"爽文学观"到"爽文化观"的鲜明延伸。

③ 参见黎杨全:《从物语消费到数字消费:新媒介文艺消费逻辑的演进》,《江苏大学学报(社会科学版)》,2021 年第 1 期。

正成为大众的现实目标:"只有在18世纪,作为最高人生目标的幸福这种波澜壮阔的事业才真正出现。美国的《独立宣言》宣布,幸福是全体人类的普遍权利。成为一种权利,而非一种特权,这在幸福史上是一个真正的转折点。"①鲍曼敏锐地指出,在时间视野中,幸福总是具有"延迟满足"的特性:"幸福注定依旧是一个假设和一个期待:它的实现总是离现实有一定距离的那个诺言。"②在现代性语境中,人们对进步主义的笃信导致了普遍的幸福理想。

然而,伴随着后现代语境的到来,进步主义世界观逐渐走向衰弱。"流动的现代性"与"风险社会"等社会症候,导致了个体层面上不确定性的增强,这使得人们丧失对未来的信念:"我们不再相信,未来是前所未闻的幸福的仓库,未来的幸福能使目前的快乐相形见绌。"③由此,鲍曼揭示了时代个体"从幸福到快乐"的历史图景。不过,只有在消费主义的场域中,才能通过制造需要—满足需要的方式,将偶然性的需要—满足行为转变为一种具有普遍性的快感模式。在消费社会中,个体消费行为并不在于对商品的占有,而在于瞬时地使用和即刻地体验:"'占有'和'存在'在当前幸福生活的模型中并不重要,真正重要的是使用——立即使用,'当场使用',享受之后就没有了的使用,欢乐一结束就会得以终止的使用。"④由此,消费成为一个追新逐异,不断进行新鲜尝试的过程,而生活则成为一系列快感的集合。

---

① [英]齐格蒙特·鲍曼:《被围困的社会》,郇建立译,南京:江苏人民出版社,2005年版,第137页。
② [英]齐格蒙特·鲍曼:《被围困的社会》,郇建立译,南京:江苏人民出版社,2005年版,第138页。
③ [英]齐格蒙特·鲍曼:《被围困的社会》,郇建立译,南京:江苏人民出版社,2005年版,第141页。
④ [英]齐格蒙特·鲍曼:《被围困的社会》,郇建立译,南京:江苏人民出版社,2005年版,第154—155页。

在对消费主义语境中的"快乐"进行弥合的意义上,"爽"体现出其特定的意义和内涵。一般而言,"爽"延续了消费文化快感机制的基本形式,这使得它能够融入消费主义的"快感政治"之中。与鲍曼所描述的基于消费和使用的快感机制一样,"爽"也具有瞬时、即刻的特点,从而构成了对"延迟满足"的幸福观的反拨。从这个意义上来讲,网络文学所具有的消费—体验—快感机制,确实与通过消费和体验来获取快感的一般消费行为别无二致。不过,"爽"与基于一般消费行为的消费主义快感政治还是有着明显的不同。首先,一般消费行为往往需要较多的金钱付出,而网文阅读的经济要求相对而言几乎可以忽略不计,这使得"爽"克服了一般的经济壁垒。从这个意义上来说,"爽"成为消费快感得不到满足的一种弥补机制。而从时间视域来说,"爽"文化不仅有类似于"快乐"的即时性,同样也能在以网络文学为代表的爽文化中得到系统性的呈现。就此而言,"爽"克服了"快乐"伴随消费快速体验与逝去的特质,并形成了数据库式的稳定的模式和体系。最为重要的是,消费社会中的物—符号体系的建构,在审美—体验价值以外显现了进行身份表征的符号区分价值,这使得基于物的消费快感具有并不"纯粹"的社会性层面;而"爽"则是"不及物"的,消弭了主体层面的社会性风险,从而彰显了如崔宰溶所说的"单纯的快乐"。在这个意义上,"爽"成为一种更加纯粹、更具普遍性的快感机制,并由此成为消费主义快感链环的延拓和发展。

从另一个视角来看,作为一种情绪价值,"爽"亦是消费社会在结构层面的深化。在鲍曼的论述中,在从"固态现代性"到"流动现代性"的进程中,消费美学取代了传统的工作伦理,成为消费社会的普遍意义模式,并延拓到工作场域中来;"就像人生其他的活动一样,工作现在首先由美学来判断。"①而当代"爽文学"的兴起,恰恰是由于时代语境的改变,深刻影响了这一消费社会的意义流动方式。一方面,由于数字技术的广泛运用,当代个体面临着越发严密、苛刻的工作考核机制,承受了越来越残酷的竞争和压力。这使得消费美学所表征的意义体系越发无法覆盖沉重工作与生活的"创伤"体验,这一点,在近年来风行一时的"内卷"概念和"躺平"话语中得到了鲜明的呈现。另一方面,消费社会有着鲜明的准入机制,将无法成功消费的"新穷人"排除在体系之外;而其对欲望的广泛符号建构,也使得欲望想象和实现之间出现了越发深重的意识鸿沟,造成了"解放性压抑"的广泛语境。日本的"低欲望社会",中国所流行的"佛系"生活,都体现了这种在消费社会中的退避姿态。于是,"爽"在两个方向发挥了作用:一方面,它以对虚拟故事的沉迷,规避了对沉重生活经验的静观和反思;另一方面,它也消解了消费行为带来的压抑,提供了另外一种"快感路径"。消费社会语境中消费美学对生产的弥补,遂转向赛博空间的虚拟想象对现实生活的弥补;这种弥补伴随着"爽"文学弥散为一种爽文化,逐渐从赛博空间延伸到大众文化的场域之中。

由此,大众文化场域形成了一个典型的拉康式语境。一方面,以工作为核心的日常生活作为一种创伤体验,日益成为一个不被表现、晦暗不明的空间,在匮乏符号性表达的层面上,日常生活具有了越发浓厚的"实在界"之样态;另一方面,则是网络文学乃至大众文化以广泛的代入式、体验式阅读,成为一个建构"理想自我"的镜像结构,源源不断地生产出基于"爽"感的自我想象,大众文化场域遂具有了与"实在界"对应的"想象界"之色彩。吊诡的是,此处的拉康式结构并非天然呈现,而是消费主义

---

①[英]齐格蒙特·鲍曼:《工作、消费、新穷人》,仇子明、李兰译,长春:吉林出版集团有限责任公司,2010年版,第77页。

语境所建构的文化趋势:"正是在这一文化逻辑之中,大众文化日益成为制造消费快感的语义链条,而真切的物质性困境作为一种创伤机制,为这一消费主义符码体系提供源源不断的动力。"①从这个意义上说,"爽"即"创伤"的外显,它勾连着消费主义符号体系之外的个体生存症候,并必然反映到特定的故事模式中来。

二、主体、技术与伦理:"爽"的文本编码

在已有的研究中,不少论者对爽文的故事模式进行了分析。邵燕君将不同的类型文看作不同爽感的承载方式,建立了类型文与爽感的对应关系。黎杨全则总结了"爽"的典型情感模式(占有感、畅快感、优越感、成就感)和写作手法(先抑后扬、金手指、升级、扮猪吃虎),表明了爽文情感与情节表达的高度模式化特征。②而爽文的这种特性可以进一步延伸到微观情节中来,例如,玄幻小说《斗破苍穹》创造了"老爷爷流""退婚流"等桥段,使读者产生了极大的爽感。这些情节遂成为一种经典设定,亦是一种"梗",成为其他玄幻修仙小说可以借鉴和参考的写作模式。这种对能产生爽感的微观细节和设定的反复参照和运用,使得网络文学具有了东浩纪所说"数据库模式"的特性:"'文字''情节'或'梗',同样能够以数据库的方式进行解读。"③在此可以看到,从微观层面的"数据库模式",到整体层面的类型文表达,爽文呈现了鲜明的"结构化"特质。这一"结构"即是时代语境和个体心理的反映,并最终体现为消费主义语境中

---

①高翔:《消费主义的隐秘内核——论大众文化场域中的"中年"书写》,《文艺研究》,2022年第6期。
②黎杨全、李璐:《网络小说的快感生产:"爽点""代入感"与文学的新变》,《海南大学学报(哲学社会科学版)》,2016年第5期。
③肖映萱:《数据库时代的网络写作:如何重新定义"抄袭"?》,《文艺理论与批评》,2017年第5期。

的个体生存症候。

就网络文学以"镜像自我"弥补现实这一基本文体功能而言,"主体"乃爽文书写的核心线索。在当代语境中,"主体"是一个充满了悖论的范畴。鲍曼指出,由于经济方式和治理手法的改变,当代社会成为充斥着不确定感受的"流动现代性"社会。当代个体一方面有着充分自由的个体化生活样态,另一方面却要承担其所蕴含的社会风险的深刻冲击。"在作为必然之事(fate)的个体化和作为自主的实际的和现实能力的个体化之间的鸿沟正在加剧。"①在这一语境中,稳定的身份建构越发困难,个体遂转入以消费和欲望实现来进行流动的多变的自我表征。韩炳哲在某种意义上延续了鲍曼的理论,他看到了当代社会从传统的管控社会成为"绩效社会"并生成了"绩效主体"。绩效主体不受强制的压迫和剥削,却在追求绩效最大化的目的论视野中进行自我规训。"绩效主体"由此陷入与自我的战斗之中并产生了过量的自我指涉:"现代功绩主体没有能力从自身中抽离,无法抵达外在和他者,无法进入世界,只能沉湎于自身当中,却导致了矛盾的结果——自我的瓦解和空虚。"②尽管韩炳哲将这一绩效主体纳入"抑郁症"的病理机制当中未必完全契合中国语境,但他所勾勒的自恋的、内敛的、空虚的主体形象具有普遍的表征效力。鲍曼和韩炳哲的理论从工作和消费两个层面呈现了一个几乎悖论式的图景:鉴于自由所带来的压力与风险,当代个体有着自我建构的驱动力和冲动,但却日益面临主体的内敛、收缩和不稳定性。

正是在这一语境中,虚拟世界的代入式阅读成为建构主体的弥合机制,现实语境中个体的压抑遂转化为网络爽文中主体性的膨胀。这种主

---

① [英]齐格蒙特·鲍曼:《流动的现代性》,欧阳景根译,上海:上海三联书店,2002年版,第52页。
② [德]韩炳哲:《倦怠社会》,王一力译,北京:中信出版集团,2019年版,第74页。

体性膨胀,首先来自弗洛伊德式的以性欲满足为核心的欲望满足,这是构建自身面貌的最为本能的方式,亦是对消费社会中"解放性压抑"的虚拟满足。这种欲望可以延伸到"玛丽苏""团宠"等类型文的情感欲望,亦可以延展到社会、国族想象等更为宏大的层面。其次,则是将主体在现实生活中所遭受的压抑,转化为各种尽情释放的感性状态。所谓的"扮猪吃虎""逆袭"等"先抑后扬"的写法,正是带有日常生活的压抑这一"先在状态",才带来了真切的"爽"感。而这一主体建构的终极目的,则是将生活中的压抑个体转化为虚拟空间的无限主体,克服"流动现代性""绩效社会"所带来的不稳定、不安全感受,最大限度彰显自由意志,以抹平现实中自由与风险的悖论。《斗破苍穹》《吞噬星空》等玄幻修仙文当中,时间视野中的"永生"、空间视野中的无限延拓,是对这一"主体膨胀"的鲜明表达。这一主体膨胀的精髓,就是塑造出征服所有客体与对象的"绝对主体"形象,这是基于消费社会的力比多满足和绩效社会的自我实现在个体视角上的奇异耦合。

如果说主体膨胀是爽文关于自我的想象方式,那么技术化上升就是爽文中个体的自我展开方式。当代社会是一个技术化社会,这不仅指总体社会的日益复杂使得在生活中充斥着技术知识和专家话语,更为重要的是,技术日益成为一种生活原则,成为个体的自我展开与操持方式。然而,个体并不能掌控繁杂的技术,相反,个体成为技术的对象:"技术意味着将生活打碎成一系列的问题,将自我打碎成一个产生问题的多面体,每一个问题都要求单独的技术和单独的大量专门知识。"[1]技术遂导致了个体的碎片化。网络文学中的"技术性上升",表征了在无法摆脱技术化生

---

[1] [英]齐格蒙特·鲍曼:《后现代伦理学》,张成岗译,南京:江苏人民出版社,2003年版,第232页。

活的语境中,个体成为技术执掌者的主体性冲动。在修仙文、宫斗(宅斗)文和官场文等网络小说典型文类中,不仅显著指涉、象征了个体在职场、家庭、官场等进行操持的技术化经验,更表现出以技术实现目的这一绩效社会的鲜明语法。《凡人修仙传》侧重于各种技能与法宝的"唯物主义修真",《甄嬛传》写女性蜕变为在后宫残酷斗争中取胜的"黑莲花",《侯卫东官场笔记》甚至成为展现官场生存之道的"官场升级指南",这些都鲜明地体现了其目的论色彩和相应的技术语法。而这一语法同样可以延伸到情感领域,使得情感从古典时代的自然遇合转化为一种技术策略。《庶女攻略》《攻略男配的正确方法》等攻略类文本的流行,正是这一技术语法的鲜明写照。而近年来诸如《最强反派系统》等系统流作品的流行,不仅说明网络文学的技术内涵越发浓厚,更显现出吊诡的象征意味:个体虽然在象征着技术总体性的"系统"中获得了成功,但无力改变个体作为"技术对象"的事实。

与作为手段的"技术"相对应,自我上升是成功的具体呈现。当代社会呈现出显著的"层级化"状态。无论是韦伯所论述的官僚体系中的"科层化社会",还是市场语境中因资本能力而生成的等级化空间,都是时代语境中"层级"想象的直接来源。不过,大数据时代的来临,才使得从数字视角对个体进行度量成为显著的认知方式。在网络游戏建构了充分数据化的人物表征模式之后,网络文学充分吸收了这一特点[1],使得现实生活中的复杂个体被纳入清晰的、可度量的层级体系之中。自我上升遂成为大数据时代表征个体层级跨越的具有广泛象征意义的爽点。无论是玄幻修仙小说中对修仙境界的层层跨越,还是宫斗小说中女性身份的逐渐

---

[1]最早在网文中进行"层级化"想象的玄幻宗师黄易,就明显受到了电子游戏的影响。参见韩云波:《论黄易及其武侠小说》,《苏州教育学院学报》,2017年第4期。

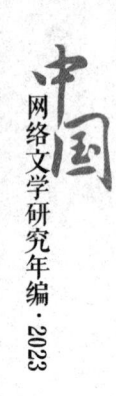

上升,无不体现了这一模式,并最终达到主体建构的终极状态。在网络文学中,"层级"可以反复运用,这是数字化时代个体生命结构的深刻呈现。与之相应,网络文学也往往具有了显著的空间结构,这种具有显著重复性的、模式化的呈现方式,与纯文学偏重于时间流变的历史书写形成了鲜明的对比。

从主体的建构冲动到技术化上升的自我路径,构建了网络爽文的典型语法模式。这一模式延拓出网络爽文的又一特征,即伦理上的淡漠状态。由于在流动现代性语境中无法与他人建立稳定的联系,孤绝的自我持存成为个体生命的真实写照。网络文学,尤其是玄幻小说中,独来独往的主人公颇为典型,其与他人发生的有限关联,也往往是在试炼、探险等"任务"中发生,这是"原子化社会"和"项目型社会"的真实写照。这种自我与他人的疏离,规避了网络文学进行深度伦理探讨的空间,是网络文学普遍忽视伦理和价值观建构的深刻现实基础。个体化的生存境遇,同时凸显了市场化的生存场域和经济人的自我指认。修真小说、宫斗小说等文体类型都广泛拟合了一个弱肉强食,进行惨烈生存竞争的社会达尔文空间,这是对现实语境中市场机制所营造的"内卷"等残酷竞争样貌的体现。与这一市场化逻辑相对应,充分自利的"经济人"成为一种深刻的自我想象,使得自我持存的理性价值观成为网络文学的深刻伦理前提,其内核在于关注自我(代入的主角),避免做出价值判断,承担伦理义务,遂显现出"伦理淡漠"的样貌。①

在世界观以外,就具体的文本内容而言,网络爽文热衷于塑造"绝对主体"形象来弥补个体化状态在现实生活中的压抑与风险,这一书写结

---

① 一般来说,进行价值观的探讨和宣扬会被认为是"夹带私货",被视为网络小说的"毒点",对于爽文来说尤其如此。

构凸显了拥有绝对掌控权和话语权的主体形象,使得一切的他者都沦为被征服的客体形象。列维纳斯从非对称的主体间性视野出发,认为他者具有逸出主体进行同一性建构的"外在性":"外在性是主体无法通过理解去统握的绝对无限,然而也正是这种外在性开启了主体面向他者的伦理维度。"①而网络爽文,恰恰是以自我膨胀的主体形象消弭了一切(他者)的外在性,这导致了"他者"视野中伦理的付之阙如。从文学视角来说,当代网文"回归"了巴赫金所说的前"复调"时期的文学,只是作者的权威地位被主人公的绝对主体性所取代,而其带来的后果是相似的,即网文缺乏不同人物和价值观的"对话",最终也规避了复杂的观念探讨。在网络爽文中,即使有着较多群像书写的文本,也往往只有基于主人公利益和情感偏厚的敌我阵营的二元建构,从而使其伦理书写停留在表面的、难以深入的层次。

从主体、技术和伦理三个视角,可以看到爽文的基本叙事语法,越是追求纯粹爽感的"爽文",越是契合这一模式。这一模式在商业法则加持之下,代表了最广泛的网文生态,但其弊端也是显而易见的:主体的膨胀造成了对欲望的过度渲染,亦带来对他者的遮蔽,使得网络爽文只有"一个人的声音"。而这个"绝对主体"也往往缺乏具体的个性,沦为"龙傲天""赘婿""霸道总裁"等类型化、符号化的形象。"技术化上升"作为网文普遍通用的模式,意味着人物以技术内涵取代了精神面向的挖掘,而与之对应的"空间化"世界观也意味着历史感的沦丧,这导致了人物和世界观的机械和僵化。而伦理淡漠的盛行,避免了主人公的道德负担,遂成为"爽"的基本原则,但这一姿态则带来了文本价值观的付之阙如。尽管由

---

①毕晓:《巴赫金与列维纳斯他者伦理学比较及其美学意义》,《文艺理论研究》,2021年第6期。

于商业上的定位和要求,这些"弊端"在大多数时候被认为是爽文的特色和趣味所在,但其内在的审美缺陷依然引发了广泛的分裂和矛盾,其模式化的书写亦会带来爽感本身的枯竭。故而,爽文虽然有着核心的文本样态和写作套路,但总是在不断地进行变化和迭代,这使得"爽文"成为一个更为复杂多变的场域。

三、寓言、情动与主体裂变:"爽"的自我延拓

就已经越发广泛深入的网络文学商业化书写体制来说,"爽文"已然是网络文学的标准形态。但是,不仅爽文文本模式有着内在的不足,其文体功能亦在很大程度上融入了消费主义的快感政治之中,成为消费主义结构链环的组成部分。这种情况下的爽文写作,必然受到消费主义意识形态的规训,将文学审美层面的快感窄化为消费式、体验式快感。针对这一爽文模式的不足,在读者、作者乃至主流意识形态的推动之下,总是存在着别样的书写样态和书写视角,网络文学遂展现出一个广泛的"反爽文"的维度。这一"反爽文"视野并非反对爽文书写,而是在写作伦理和模式上对于爽文的悖反,从而使过度强调商业化定位的网络文学融汇更多审美要素。有趣的是,这一"悖反"虽然僭越了爽文的标准模式和一般理念,但往往依然被统合在网络文学快感书写的整体框架之中。在这个意义上,这种"反爽文"写作作为网络文学的内部延拓,本身就拓宽了爽文的基本内涵。

"反爽文"的首要内涵,体现在网络文学对于现实的表征效力之中。网络爽文以"弥合现实"的文体政治功能取代了"表征现实"的现实主义

理念,体现出与经典文学观念的割裂。① 就爽文的文体政治功能来说,它以虚拟置换现实,恰恰成为个体在意识层面远离具有物质性的"实在界"的驱动力,网络爽文遂成为一种远离真实的"超真实"文本。但从另一个视角来看,网络爽文作为一种"魔法",对于现实创伤进行"治愈",又具有显著的意识形态功能。其中,"金手指"这一几乎不可或缺的设定作为"魔法"发生的时刻,具有最为显著的隐喻功能。例如,黎杨全就认为《斗破苍穹》等作品中的"老爷爷",是新媒介时代生活方式的隐喻:"而网络小说中这些不断兴起的'随身流',实际上正是网络、系统、机器与人的关系越来越密切的缩影。"②就此而言,网络爽文是一种症候性的呈现,它影射了个体在现实语境中的创伤,并可以追溯到特定的物质性困境。爽文结构越是自如饱满,其症候就越凸显。故而,网络爽文在文本层面是虚假的、反现实的。但网络爽文作为一个对象,却具有"寓言"式的解读现实的潜力。

正是在网络文学所进行的"寓言"书写的广阔语境中,"反爽文"体现了其独特的美学意蕴。完全契合爽文文本编码机制的"纯粹"爽文,其对于现实的表征效力是固定的、封闭的,是表观化的对于大众欲望的呈现;且随着特定爽文书写模式的固化,其对于现实的表征效力会迅速枯竭。而"反爽文"写作规避了越发标准化、套路化的爽文样貌,建构更为丰富繁杂的框架、设定与细节。它将爽文对于大众欲望的呈现,深入更为丰富深刻的层面。且它通过不断颠覆、改写既有的爽文写法和模式,保持了鲜活的意义空间和对于现实的表征效力。从总体层面来说,那种悖反标准

---

①学院派知识分子对网络文学与现实的脱离体现出鲜明的批判意识,最具代表的是陶东风对玄幻小说的尖锐批评。参见陶东风:《中国文学已经进入装神弄鬼时代?——由玄幻小说引发的一点联想》,《当代文坛》,2006年第9期。
②黎杨全:《虚拟体验与文学想象——中国网络文学新论》,《中国社会科学》,2018年第1期。

化的爽文写作模式,并摆脱简单直露的"爽文"定位的文本,都可以纳入这一"反爽文"的范畴。

在当代网络文学的书写语境中,超越"商品"定位的反爽文写作有着多重呈现。网文作家在个体层面上的自我超越①,主流意识形态所提倡的现实主义书写都可以纳入其中,二者从不同的路径体现了不同的"反爽文"美学。网络作家一般性的创作,往往是在对爽文模式的超出中蕴含了对于现实的表征效力。以引发热议的猫腻作品《庆余年》为例,主人公范闲一方面精擅权力逻辑,享受着庞大政治资源的保驾护航;另一方面又追求平等,同情下层人士,对权力有着警惕和厌恶,最终与代表着权力逻辑的生父决裂。这种颇为矛盾的道德立场,显现了当代个体追求价值超越(情怀),却始终无从摆脱"自利"的市场化伦理底色,遂陷入广泛的"精神裂变"的状态:"范闲价值追求的杂糅性,与其说是人物性格逻辑的必然演绎,还不如说是体现了作者的站位,一种从底层屌丝的自我设定出发对权力又恨又爱导致自我分裂的叙事伦理的投射。"②在这里,正是对于爽文固定文本特性(伦理淡漠)的突破,使得《庆余年》成为更具症候性的表征时代个体伦理的作品。在此,"反爽文"实际上是网文进行自我革新的基本内涵,并进一步关联到对于类型文和传统文体的突破之中。在这一过程中,文本类型的突破和表意模式的发散是"反爽文"的一体两面。③

---

①部分作家会在爽文写作中达成"反爽文"的意涵,如猫腻在作品中对"情怀"的呈现。部分作家则有意识地超越"爽文"定位,如愤怒的香蕉对《赘婿》经典化的追求、卧牛真人在《修真四万年》写作中明确的反爽文意识。在当下的写作生态中,"老白文"与"小白文"的不同,在很大程度上体现了"反爽文"对于"爽文"的超出。
②董丽敏:《角色分裂、代际经验与虚拟现实主义——从网络玄幻小说〈庆余年〉看当代中国青年文化症候》,《文艺争鸣》,2017年第10期。
③参见李玮:《从类型化到"后类型化"——论近年中国网络文学创作的新变(2018—2022)》,《文艺研究》,2023年第7期。

与之相对,网络现实主义作品则是在试图对现实进行表征的同时包纳爽文元素,这是网络文学的媒介因素使然。这不仅表现在《大江大河》《不得往生》等作品以"经济人"的成功颠覆传统文学书写的文人视角,从而带来了符合当代市场化语境的"爽感",还体现在《橙红年代》《重卡雄风》等作品中比传统通俗文学更胜一筹的强烈传奇元素,且内蕴"草根逆袭""以弱胜强"等网络爽文经典要素;甚至在《大国重工》《长乐里:盛世如我愿》等现实题材作品中,还直接运用了穿越手法,以全知全能的视角建构现实语境中的爽感。网络现实主义作品试图融汇"现实"和"爽感"的特性,恰恰说明"爽文"有着与表征现实并行不悖的、宽广的书写空间,这一对于一般性爽文书写和意义模式的拓展,正是"反爽文"的题中之意。

"反爽文"写作还在于对过度"读者向"写作模式的悖反。爽文模式的发展和完善,与"读者向"的写作机制是一脉相承的。当作者/读者完全转化为生产者/消费者的时刻,网络文学亦成为满足读者要求、实现读者欲望的爽文形态。尽管这一"读者向"的写作模式颠覆了传统写作样态中作者的绝对权力,但赋予读者以"霸权"地位。而作为一种广泛参与、自由灵活的书写机制,网络文学自诞生至今,始终有着高扬主体性的自由创作的意味,并由此构成了对于"爽文"的悖反空间。这一网络文学写作模式的冲突,可以在"情动"理论的视野中得到探讨。作为欧陆哲学近年来涌现的新的理论热潮,"情动"试图以情感进行主体建构:"人既不是一个心灵(意识)存在,也不是一个身体存在,而是一个情感存在。"[1]这一情动主体是一个不被体系和意识形态所预先规训的主体形象。然而,在当代语境中,"情感"同样是一个可以为资本所塑造与利用的对象,在"饭圈文化"等当代文化现象中可以显著地观察到这一点。有鉴于此,

---

[1] 汪明安:《何谓"情动"?》,《外国文学》,2017年第3期。

"情动"成为一个颇为分裂的场域：一方面，它有着摆脱传统的、基于理性和逻辑而建构的意识形态的特性；但另一方面，它又有可能沦入新的规训结构之中。

对于网络爽文而言，这种"分裂"同样存在：一方面，如果网络文学一味顺应读者的"情动"诉求，就在很大程度上融入了消费主义的快感政治之中，成为消费主义结构链环的组成部分。这种情况下的爽文写作，必然显著地受到消费主义意识形态的规训。与消费社会的快感政治一样，这类爽文写作追求直接、迅速、不断流变的快感体验。例如，"系统流"使打怪升级"程序化"，进一步将"技术"浓缩为更简单具体的数理逻辑，便于读者代入和获取爽感；"无敌流"省却了主人公进行技术性操持的过程，以"绝对主体"完成对于读者的"预先满足"；而近来的"飞卢风"更是通过对多设定和快节奏的强调，实现爽感的快速获取与流变。在此，如同"快乐"成为消费主义的核心意识形态那样，"爽"作为基于主体膨胀的普遍性的、同质化的体验模式，反而遮蔽了网络文学在感性层面更为丰富的呈现。故而，尽管从形式层面来说，网络文学与读者的"情动"紧密关联起来，但这一"情动"始终未能摆脱消费主义意识形态的窠臼。

而只有基于写作主体的"情动"，才能充分实现网络文学摆脱意识形态规训和资本规训的潜能，实现超越爽文维度的更为丰富的情感表达。网络文学始终存在着这样的创作趋势：从网络文学诞生伊始李寻欢等人所标榜和实践的自由书写，到基于兴趣与情感的自发创作[①]，再到遍布于网络文学体系中的读者与粉丝的同人创作，"情动"始终是一个广泛的创

[①] 网络文学中有很多自发创作，尤其是"粉丝向"创作的案例。如集体创作的《临高启明》，是摆脱资本规训的"情动劳动"的经典案例。参见林磊、冯应谦：《情动劳动(Affective labor)生产下的感性乌托邦——以〈临高启明〉的众创为例》，《新闻界》，2019年第9期。

作机制与现实呈现。只有在这一"情动"机制中的创作,可以真正生产不受规训的情感主体,并实现自我感性的舒张与解放。而从文本层面来看,"情动"以情感交互为核心机制,既和传统文学意义为先的书写结构保持了距离,又拓展和丰富了"爽感"的维度和层次,尤其是超越了局限于个体欲望的情感层次,并最终具有了"反爽文"的意涵。《完美世界》《人道至尊》等文本,以悲壮的"英雄史诗"建构对人族的守候,呼应了近代中国的民族记忆,从而给予了文本超越个体伦理的快感。《黎明之剑》《放开那个女巫》以工业化和现代科学的伟力,打破了混沌的魔法世界,将传统爽文中个体对自然的浮夸征服,改写为群体对蒙昧世界的改造,真正彰显了现代性的冲动与激情。这些作品将意义蕴含在情感之中,是爽感在群体层面的升华,显现了深刻的"情动"色彩。

"反爽文"最为核心的意涵,在于其文本层面对于"主体膨胀"这一书写模式的改变。"主体膨胀"是爽文的核心编码方式,是读者在代入式阅读中弥合现实的路径。对这一主体想象的改变往往并未脱离爽文范畴,但颠覆了爽文模式中主体的自我沉迷,消解了主体在"自我膨胀"之想象中的圆融统一,遂在契合现实的意义上,具有了更为真切的自我情感和精神表达。例如,《凡人修仙传》中主人公韩立谨小慎微、明哲保身的个体伦理,是对"龙傲天"式主角的反拨,从而塑造了更为真实的个体形象和价值伦理。《诡秘之主》则以克苏鲁世界观的疯狂与奇诡,将爽文模式中现代性视野下主体对客体的征服,转变为个人面对未知(不确定)世界时的迷茫与恐惧,从而更为深刻地表征了"流动现代性"语境中的个体状态。

只有"悖反"爽文模式,才能进行有着现实指向的主体性建构。女频文对此有着深刻呈现。早期的"玛丽苏"文注重女性视角和感受,从形式上树立了女性的主体形象,但过度沉溺于自恋式的情感获取,以欲望化书

写的实质消解了女性主体性建构的现实意涵。其后的宫斗文写女性从白莲花"黑化"的自我嬗变，在伦理层面树立了"大女主"的姿态，但依然没有摆脱"打怪升级"的核心趣味，遂以"爽"褫夺了女性主义伦理的深入表达。及至当下，女频文逐渐超越情感趣味，进行广阔的社会书写①，这是女性主体性建构进入新的阶段的表现。在这一过程中，"爽"感并非不存在了，而是从(情感)欲望获取一路延伸到更为丰富和深刻的层面。

  对于"主体膨胀"这一叙事语法的重构，蕴含在时代文化语境的变动之中。20世纪90年代以来，市场化的开启、消费主义的弥散，使得网络文学成为弗洛伊德式的"欲望化"书写，并投射到"主体膨胀"的书写模式之中。但在当下语境中，消费主义亦面临着越发浓厚的反思，无论是审美层面还是现实认知层面，部分读者都在寻求更为丰富的主体想象与表达。在玄幻小说中，《凡人修仙传》所代表的"凡人流"与之后颇有异曲同工之妙的"稳健流"，都在自我收缩的维度上，颠覆了自我膨胀的龙傲天式主角，并隐射了当代青年的特定文化心理。而近年来的《从红月开始》《道诡异仙》等作品，更是以"精神裂变"的诡异形象，彻底颠覆了浑然统一的爽文主体人格，体现了当代人内心的迷惘与矛盾。这些作品受到的欢迎与肯定，充分说明了在消费主义式的爽文模式之外，网络文学的主体想象有着广阔的"反爽文"空间。而从"主体膨胀"这一核心语法一路向下，"技术化上升"和"伦理淡漠"的爽文模式也在不断得到改写。《诡秘之主》的"扮演法"与"失控"书写，给予"技术化上升"以独特的人文色彩；而《修真四万年》《小蘑菇》等作品则以对于价值和伦理的全新开拓，颠覆了自利的经济人视角。这些近年来的创造性书写，体现了与爽文模式相

---

① 参见李玮：《论女频网络文学叙事结构的新变(2020—2021年)》，《江苏社会科学》，2022年第4期。

对应的,越发广泛和深入的"反爽文"美学的崛起。

从网络文学本身"欲望书写"的特质出发,在不可避免的商业化和资本化进程中,网络文学与消费主义快感政治达到了深度的契合,并树立了"爽文"这一基于文化生产的写作伦理。尽管"爽文"有着作为文化产品的合理性,并且日益从网络文学发散到整个文化场域中来,甚至成为世界范围内的文化潮流,①但越是如此,越是说明了爽文基于消费主义的意识形态作用,并显现了其文体政治、审美取向、写作伦理的不足。正是在这一视角上,才始终存在着广阔的"反爽文"维度。在提供审美快感的(大众)文化维度上,"反爽文"是对被消费主义狭隘化的"爽文"的丰富和发展。而当代网络文学的写作生态,也伴随着更多文化力量(反消费主义意识形态、国家主流意识形态)的深入,呈现出显著的分化图景:一方面,伴随着消费主义的发展,"爽文"不断创造着更为标准化、商品化、定制化的写作模式;另一方面,则是出现了广泛的"反爽文"创作,提升了网络文学的审美层次和意涵。认识到"爽文"之于网络文学的商业价值和基础作用,以及"反爽文"对网络文学审美路径的发展和提升,才能进一步推动网络文学打通消费快感和审美快感的沟壑,促进其更为积极、健康的发展。

原载于《南京社会科学》2023 年第 9 期

---

①近年来,"爽"作为一种文化理念在全世界的大众文化产品中都有鲜明体现,成为能否取得流行度的重要审美标准,《致命女人》《暗黑荣耀》等作品因为"爽"感取得了全球范围的成功。

网络文学原生评论的形态、特征与意义[①]

江秀廷

中国网络文学业已成为具有世界影响力的文化景观。网络文学的高质量发展，离不开网络文学批评的促进、引导作用。学界习惯于从批评主体出发，将现有的网络文学批评划分为三类："以传统形态的批评家为主体的专业批评、以媒体业者及媒体文章为主角的媒体批评、以网络作家尤其是博客文章为主干的网络批评。"[②]时至今日，与专业批评、媒体批评相比，"网络批评"的批评主体、表现形态都发生了很大变化，学界在这方面的研究尽管也取得了一定的成果[③]，但还是较为薄弱。一个显而易见的问题是，面对这一带有鲜明网络特质、与传统批评完全不同的批评形态，人们在其命名方式上并未达成共识，甚至同一研究者在不同文章中也会出现命名的差异。[④] 同时，在既有的命名中有些是比较含混的，如"网络文学批评"容易将传统形态和网络媒介形态的批评都包含进去，"在线批

[①] 本文为国家社会科学基金重大项目"中国网络文学评价体系建构研究"（18ZDA283）阶段性成果。
[②] 白烨：《文艺批评的新境遇与新挑战》，《文艺研究》，2009 年第 8 期。
[③] 这一方面主要成果包括：谭德晶的《网络文学批评论》（北京：中国文联出版社，2004 年版），黎杨全的《数字媒介与文学批评的转型》（上海：上海三联书店，2013 年版），欧阳友权的《当代中国网络文学批评史》（北京：中国社会科学出版社，2019 年版），以及禹建湘的《空间转向：建构网络文学批评新范式》（《探索与争鸣》，2010 年第 11 期），周兴杰的《网络文学在线阅读的临场评说》（《广西师范学院学报》，2018 年第 6 期）等。
[④] 如欧阳友权等在一些文章中用"网络文学批评"（欧阳友权、吴英文：《网络文学批评的价值与局限》，《探索与争鸣》，2010 年第 11 期），"在线批评"（欧阳友权、张伟硕：《中国文学批评 20 年》，《中国文学批评》，2019 年第 1 期），"网生文学批评"（程海威、欧阳友权：《"网生文学批评"的话语权生成及其功能承载》，《中州学刊》，2020 年第 4 期）等对其指称。

评""线上批评"难以区分网络原创和线上传播;有些是单一的片面描述,如"草根批评"或"粉丝批评"等命名方式只能涵盖部分评论主体,"神韵批评"也只是少数评论才具有的特征。

基于此,笔者决定以"网络文学原生评论"来命名,主要有以下三个方面的考量:一是明确评论对象是网络文学;二是"原生"体现了评论的网络媒介属性,并与网络文学的概念①相对应;三是用"评论"而非"批评",意在避免精英化、学术化倾向,凸显其大众点评色彩。网络文学原生评论是一个非常复杂的概念:从评论主体来看,多数评论者是匿名的、业余的普通网民,但我们不能简单地以某种身份来看待这一群体,网络作家、学者、粉丝和商业网站②也都是这一评论主体的有机构成。从存在空间来说,网络文学原生评论主要存在于贴吧、论坛、商业文学网站、手机App读书软件以及博客、微博、微信公众号等自媒体平台。在评论内容和形式方面,有些评论内容与网络作家、作品相关,有些则是脱离文本的自我情感的表达,只言片语的"即兴式短评""体悟式点评"和"鉴赏式长评"都属于网络文学原生评论。总之,网络文学原生评论是一种以网络文学为对象,网民大众参与的、网络原创的、内容和形式多样的评论。

---

①网络文学的概念有广义、本义和狭义之分,学界此前对此也颇多争议,现在基本达成"网络文学即网络原创文学"的共识,网络文学原生评论中的"原生"即与网络文学概念中的"原创"相对应,突出"网络性"特征。

②网络作家在知乎上关于网络文学的问答和原创文学网站上的"上架感言""请假条",学者、粉丝在微信公众号里首发的访谈、评论、调研,以及商业读书网站上的排行榜、推书广告等,都是网络文学原生评论。

一、网络文学原生评论的存在形态及发展动因

在印刷文学时代,评论与文本多数时候处于分离状态,这是由印刷文学自身的封闭性决定的。虽然明清时期的评点著作(如《脂砚斋重评石头记》)会在原作章回之间夹写评语,一定程度上起到了丰富、完善文本的作用,但这种阐释方式囿于物理空间的褊狭,作家与批评家难以展开对话,并未改变批评的单向度模式。数字空间则是无限的,基于数字技术的网络文学评论场具有无限的开放性,网络文学原生评论的存在形态和话语表达形式在不断地拓宽、延展。根据评论与文本的位置关系,网络文学原生评论可以分为以下三类:独生性评论,如在百度贴吧、天涯论坛、豆瓣等空间里的专门评论;伴生性评论,这种类型与网络文学紧密相连,以原创商业读书网站为主要"寄生"对象;衍生性评论,即网络文学(含伴生性评论)被进一步开发成次级产品(如漫画、有声读物等)后的二次评论,可视为广义的网络文学原生评论。这种分类方式以文本与评论的距离为标准,容易造成分析的简单化,下面从评论的创新性、陌生化视角讨论网络文学原生评论的存在形态。

其一,在线化注疏。注与疏,意指评论者对本文的注解及阐释注解的文字,是中国古代最为常见的批评方式。网络文学原生评论继承了注疏的阐释性、交互性传统,并以数字化、在线化的形式呈现出来,既有严肃性思索,也有宣泄式表达。网络文学原生评论通过段评、本章说、书友圈等,实现了对网络文学字词、段落、篇章的评点和注解,并构成了一套层级评论系统。段评最初也叫"间帖",是读者针对网络小说的字词、句子、段落进行的评论,有些类似于古代小说的评点,但评论主体和评论内容在理论上可以无限延展,以角标数字的方式粘连在字里行间。段评或间帖最早于2015年9月上线,由二次元阅读平台欢乐书客(后改名刺猬猫阅读)推出,因更加方便读者"吐槽",后来得以在其他平台推广。① 段评提高了读者的参与意识和粉丝的凝聚力,显示出强大的符号表征能力。很多热门小说的段论数量达到"99+",代表着作品极高的人气值。有些读者甚至在小说的标点符号、空白处进行"占位",他们声称相比读小说,看评论能带来更大的欢乐。段评打断了读者的线性阅读进程,拓宽了理解空间,延长了阅读时间,也拉近了作家和读者之间的距离。"本章说"是针对章节的评论,顾名思义,这种评论存在于小说章节结尾处的评论区。如起点读书上的小说,每一章的正文结束后,会有"看完这章,有请大佬发言……"的字样,鼓励读者发言。如果说读者在段评里针对词句进行论说、演绎,那么本章说里的文字更集中于评论小说的人物形象设定、故事走向、细节处理等方面。本章说为小说带来了"流量",其本身也受到热议,如网络小说《大王饶命》第一章后面的本章说里就有以下议论,"果然,评论区自古英雄辈出""本章说那么多,我又不想屏蔽,又喜欢翻,翻得又累……""1w6的本章说……怎么看啊"等。书友圈是在早期书评区的基础上建立起来的,一般包含书评、作家说、同人创作、周边等模块,既是整本书的讨论区,又是一个链接同类书籍的窗口,起到书籍推送的功能。长评和粉丝同人文创作活跃在这个区域,一些精华评论也常常出现在这里。段评、本章说、书友圈构成了网络文学原生评论的三个层级,几乎每一个主流读书网站和相应的 App 软件都会开辟出这三个区域(如下表所示),套用一句流行语——"无评论,不文学"。

---

① 参见邵燕君、肖映萱主编:《创始者说》,北京:北京大学出版社,2020年版,第416页。

网站(App)名称	特色标签	核心类型	第一评论层级名称	第二评论层级名称	第三评论层级名称
起点读书	男频为主	玄幻、仙侠、游戏	段评	本章说	书友圈
纵横小说	男频为主	历史、奇幻、军事	段评	章评	书友圈
晋江文学城	女频	言情、纯爱、衍生	无	章评区	书评区
番茄小说	免费阅读	赘婿、都市、玄幻	想法	本章评论	书圈社区
豆瓣阅读	文青	悬疑、女性、文艺	批注	本章讨论	书评
刺猬猫阅读	弹幕评论	科幻、玄幻、都市	间帖	弹评①	讨论/长评

其二，多媒体挂载。网络文学原生评论除了以文字在线注疏的形态存在，还有集声音、图像、视频等元素为一体的多媒体评论形式。多媒体挂载的生成依赖网络技术，以更为丰富、生动的表意方式吸引接受者加入其中。比如，不同读者面对网络小说文本里的同一个句子、段落时，会用不同方言、语调、情感、速度进行诵读表演，诵读不是简单的重复，而是代表读者对文本的不同理解向度。这种用声音代替文字的评论形式不是单纯的口语化复归，用美国媒介环境学家沃尔特·翁所提出的"次生口语文化"来解释更为契合，"电子变革又把人的意识提高到次生口语文化的新时代……但次生口语文化产生的群体比原生口语文化产生的群体大得多，甚至于难以估量"②。沃尔特·翁所提出的"次生口语文化"不应仅被视为后印刷文化时代语言表达的转向，还应是数字文学批评的自觉指征。

---

①弹评是体现刺猬猫阅读评论特色的评论形式，以页面为单位，置于正文下方，评论内容动态移动，类似于视频网站上的弹幕。

②[美]沃尔特·翁:《口语文化与书面文化:语词的技术化》,何道宽译,北京:北京大学出版社,2008年版,第103—104页。

如果说声音是对文学评论的听觉延展,那么图像的强势介入则增强了评论的视觉效果。比如,当网络小说的人物出场时,与这个人物相对应的画像(以漫画为主)也同时在评论区生成了,加上评论区里疯狂的"斗图"行为,"以图阐文"的评论逐渐成为司空见惯的表意方式,正如王宁所说:"文学创作的主要方式将逐渐从文字写作转向图像的表达,而伴随着这一转向而来的则是一种新的批评模式的诞生:图像或语像批评。"[1]声像表达改变了语言评论的抽象性、间接性特征,直接与评论群体的视听感官绑定在一起,消解了评论的深度模式。声像表达不仅承担了文本母体的阐释功能,还强调评论主体的主观意念和情感体验。显然,这种体验是与文化快感、消费理念紧密相关的。

其三,体认式评价。这里所谓的"体认",是文字注疏和多媒体评论之外的一种"超语言评价",这种评价源自评论者的感知认同,常常借助一些具体符码参与评论,使得网络文学原生评论具有了消费性评论的性质。读书网站、软件的页面上都设有虚拟按钮,"引诱"读者参与评论。体认式评价包括:订阅、打赏;推荐票、月票、角色红包;送花、比心和点赞。这种评论方式是无言无声的,却对网络文学的连载、榜单位置具有决定性影响。仍以起点读书中的评论为例,读者(评论者)每进行一次评论(消费),都能获得相应的粉丝值(如每投一次月票就能获得 100 粉丝值),粉丝值又决定着评论者的等级身份[2],文学评论主体就以这种方式被等级化了。文学评论历来都是建立在认知基础上的审美和价值判断,数字文化时代却转变成为一种经济、消费行为,或者说消费和评论合二为一了。

---

[1] 王宁:《当代文化批评语境中的"图像转折"》,《厦门大学学报》,2007 年第 1 期。
[2] 起点读书网设置的读者等级身份以粉丝值为标准,包括:见习(1 粉丝值)、学徒(500)、弟子(2000)、执事(5000)、舵主(10000)、堂主(20000)、护法(30000)、长老(40000)、掌门(50000)、宗师(70000)、盟主(100000)11 个等级。

文学评论的消费预设为读者的阐释行为设置了门槛，很多热门网络小说的粉丝群是根据粉丝值来设定的，粉丝值只有 500 的"学徒"就难以进入粉丝值 5000 以上的粉丝群。这样看来，读者的阐释能力并不重要，以金钱为支撑的购买力才是最重要的。当然，网络文学原生评论的存在形态在不同的网络文学网站和读书软件上有很大的差异，如以女频小说为主的晋江文学城有专门的评论频道，尤为注重长评，这比起点读书更容易培养起自己的"土著"评论家。

网络文学原生评论的存在形态是不断丰富、变化的，推动其发展的动因是什么呢？在笔者看来，除了作为显性评论主体的网民大众发挥作用外，网络技术、商业机制、管理机构、职业批评等隐形主体也起到了形塑作用。首先，网络技术为评论者提供了自由言说的平台，并从电脑网站、键盘录入走向手机 App 软件、手指触碰，评论主体与对象之间的物理间距被无限拉近，评论形态也由此与平台形成了紧密的关联。例如，微博上的推文贴能够用简短、凝练的语言概括、评析网络文学作品的故事类型、人物配对等要素，微信公众号则能够借助视图对作品进行深入细致的分析。其次，以"起点模式"为代表的商业机制也是网络文学原生评论发展的重要推手，资方一方面能从"体认式评价"直接受益，更重要的是评论能够聚拢人气，为粉丝介入叙事、宣泄情感提供端口。评论还能够很好地发挥"雪球效应"，起到建立口碑的作用，因而与起点中文、晋江文学城相比，没有评论区的文学网站的流量较低。同时，评论还是网站吸引读者订阅（消费）的重要手段，很多时候参与评论的前提是成为该网站（App）的会员。最后，管理机构也非常重视网络文学原生评论，通过"净网行动"、制定法规、锻造网络评论队伍等途径来引导评论健康发展。其中，2021 年 8 月公布的《关于加强新时代文艺评论工作的指导意见》明确要求，"用好网络新媒体评论平台,推出更多文艺微评、短评、快评和全媒体评论产品,推动专业评论和大众评论有效互动"。2022年6月发布的《国家互联网信息办公室关于〈互联网跟帖评论服务管理规定(修订草案征求意见稿)〉公开征求意见的通知》要求进一步明确责任主体,精准管理。此外,职业批评也认识到网络文学原生评论的价值,会与"网生评论家"进行对话,学习他们的"土著理论"。因此,我们可以综合以上论述建构起网络文学原生评论存在的"评论场",其中不同的评论主体基于各自的立场、习性,在不断争夺话语权的同时形成一种合力,共同推动网络文学原生评论不断向前发展。

二、网络文学原生评论的特征

当读者大众的兴趣、情感投射到赛博空间里的文学叙事时,就转变为我们所要探讨的网络文学原生评论。与印刷时代的读者批评不同,数字时代的网络文学原生评论有鲜明的"网络性"特征,这些特征主要表现在以下几个方面:

1. 超文本偏移

首先需要对两个问题进行正本清源:何谓超文本?中国网络文学是超文本文学吗?"超文本(hypertext)"一词由美国学者纳尔逊所创,意味着"非连续著述"(non-sequential writing),即分叉的、允许读者做出选择、最好在交互屏幕上阅读的文本,是一个通过链接而关联起来的系列文本块体,那些链接为读者提供了不同的路径。[1] 尽管人们对超文本这一概念内涵的理解有出入,但其核心特征被基本确定下来:非线性、超链接、多

---

[1] Nelson, Ted H. *Literary Machines*. Swarthmore, Pa: Self-published, 1981. Quoted from *Hypertext 2.0: the Convergence of Contemporary Critical Theory and Technology* by George P. Landow. Baltimore(Md.): Johns Hopkins University Press, 1997, p. 3.

媒体。以此为基础,黄鸣奋将电子超文本的特征归结为自然语言化的人机界面、转移无缝化的组织结构和更新即时化的管理机制,其主要范畴包括节点、链接和模板。① 在西方,出现了如《下午》《维克托花园》《黄金时代》等为数众多的电子超文本小说,他们被视为具有先锋性的、后现代主义色彩的文学实验。在中国,网络文学是数字文学的典型形态,所以早期很多学者都把中国网络文学纳入超文本文学的研究视野中来。② 但是,中国网络文学的存在形态与西方超文本文学有着明显差异,所以随后研究者做出中国网络文学并非超文本文学的判断。崔宰溶的质疑最具代表性:"这些网络长篇小说中,'超文本''多媒体文本''后现代主义'等网络文学的所谓'最主要的特征'并不显著。其实,脍炙人口的中国网络文学'作品'几乎都是很传统的大众、通俗小说。"③他还将网络文学"超文本"说归因为西方理论的影响力过于强大,其看法产生了极大的影响。学界逐渐在网络文学的定性问题上达成了共识:中国网络文学不是超文本文学,西方超文本文学理论不适合中国经验。中国网络文学研究在理论上似乎陷入了停滞,一些折中的提法,如认为中国网络"中间路径"说④,得到了很多学人的认可。

但是,生长在赛博空间里的中国网络文学难道不具有链接性、可选择性、交互性等超文本文学的基本特征吗?对超文本文学的既有限定是否过于狭窄化了?笔者不赞同这种彻底否定中国网络文学为超文本文学,

---

① 黄鸣奋:《超文本诗学》,厦门:厦门大学出版社,2002年版,第104—118页。
② 这方面的代表性成果包括黄鸣奋的《超文本诗学》(厦门:厦门大学出版社,2002年版)、欧阳友权的《网络文学本体论》(北京:中国文联出版社,2004年版)、陈定家的《比特之境:网络时代的文学生产研究》(北京:中国社会科学出版社,2011年版)等。
③ [韩]崔宰溶:《中国网络文学研究的困境与突破——网络文学的土著理论与网络性》,北京:北京大学博士学位论文,2011年,第13页。
④ 参见黎杨全:《虚拟体验与文学想象——中国网络文学新论》,《中国社会科学》,2018年第1期。

甚至否定其具有"超文本性"的观点,而是认为超文本叙事已经成为中国网络文学存在的底层逻辑。同时,网络文学是不断发展的,随着段评、间帖、本章说等评论形态的出现,网络文学的超文本形态已经发生了偏移,即从文本母体转向评论。因此,网络文学原生评论具有了超文本特征。首先,网络文学的节点链接正在不断增加,读者阅读时会随时从正文跳转出来,进入大众评论的世界,评论场里作家与读者、读者与读者间的言语交互构成了平行于正文的另一层叙事空间,网络文学的非线性叙事特征体现得越发明显。其次,声音、图像、视频的加入大大增加了网络文学原生评论的容量,这种多媒体叙事形态消解了评论的深度模式,增强了接受者的参与欲望。最后,网络文学原生评论正从其他文艺形态汲取能量。例如,刺猬猫阅读的弹幕评论就师承 Bilibili 这样的弹幕视频网站,在同一个阅读界面上,静态排列的文本母体与动态滑动、不断闪现的弹幕评论形成了强烈对比,因此将网络文学原生评论称为"解释性超文本"并不为过。

2. 交互性表演

网络文学所"寄居"的虚拟社区里发出各式各样的声音,只不过这些声音超出了文本范围,它们来自读者大众。传统文学批评往往是一个人的言说,代表着某位批评家的审美观念、学术修养和思想水平。网络文学原生评论主体是群体性的,他们在各层级评论里分析作品、讲段子、吐槽,和作者之间是多对一的关系。更为重要的是,网络文学原生评论以读者交互为主体形态,其内容涉及知识、审美和日常生活经验等多个方面。网络文学原生评论的交互性由以下三个方面决定。其一,从键盘输入到手指触屏,不断发展的数字通信革命提供了群体交互的技术基础,虚拟体验的真实感逐渐增强。其二,去中心化在网络文学场域里得到了全面的呈

现,人人都是作家,人人都是评论家,交互性的网络文学原生评论实现了文艺祛魅的效果。其三,评论逐渐成为一种文学参与的基本方式。从购物完成后的商品评价、外卖团购的服务点评到一些机构的信息反馈,评论在网络空间里已经延伸到各个行业。与单纯的阅读接受不同,网络文学原生评论能够起到承载叙事意志、文化习惯和心理诉求的作用。

网络文学原生评论是一种"在线狂欢",其交互性特征常以虚拟表演的形式表现出来。不同于传统文学批评的权威性、严肃性、有序性,网络文学原生评论因评论主体的身份匿藏,一定程度上摆脱了地位、职业、性别、年龄等方面的束缚,他们可以"戴着面具"自由表演。如果将网络空间视作说书场、娱乐场,那么评论者就是舞台上的演员,他们插科打诨、嬉笑怒骂,以一种游戏化的心态抒发自我情绪体验。以网络文学原生评论中的"吐槽"为例,当作者写出一段有歧义的或含混的语词时,评论者的表演时刻开启,他们通过谐音、误会、双关的方式故意曲解原意,而每一条评论下面都会收到后来者的点评,假如这条评论的点赞数量"名列前茅",它就会成为"热评",受到进一步的关注。如果说传统的文学接受、批评是"创造性误读",那么网络文学原生评论在很多时候就成为表演者的"起哄式歪读"了。

3. 自指性倾向

网络文学自诞生之日起,就被视为传统通俗文学的当代接续和数字时代的"新消遣文学"。商业付费阅读制度建立后,"小白文"大量出现,"爽文""YY小说"几乎成为网络文学的代名词。网络作家借助"金手指""玛丽苏",通过穿越、重生、架空等叙事手法,创造出数量庞大、不断演替的"种马文""女尊文""赘婿文""甜宠文"等带有强烈欲望指向的小说类型。网络文学体现出来的"欲望"与"快感",受到了越来越多研究者的审视,"网络文学的文学性、独创性,经常就是一些快感模式的审美指代,是欲望叙事的审美化成果"[1],"目前以网络类型小说为主体的、'以爽为本'的网络文学,遵循的自然是快乐原则,以消遣本身为目的"[2]。但是,学界对于网络文学的欲望研究多停留在创作和文本层面上,网络文学原生评论的欲望性特征未能引起足够重视。网络文学作为大众通俗文化的叙事呈现,取消了追求陌生化、思想性的深度模式,因而评论者的解读也常常指向欲望诉求。网络文学原生评论主体(还包括一些不发声的读者)的身份常常处于一种悬置状态:既是读者,也是随时可以转入创作的"前作者"。他们一方面寻找作品的"槽点"、与作者"互撩";另一方面同其他评论者讲段子,将爱欲、权力欲、好奇欲等不同层次的欲望以轻松幽默的言语形式表现出来。有时,欲望则以一种更加模糊、暧昧的形式呈现,读者与作家、读者与读者之间形成了一套只可意会、难以言传的欲望沟通机制。

为何学院派批评难以深度介入网文创作?一个很重要的原因是两者拥有两套全然不同的批评理论和实践话语。前者本质上是以作家、作品为中心,体现了鲜明的"他指"特征,而后者则完全指向自己,以满足自我为核心,"自己爽"才是评论的动力和出发点。龙空论坛这样的纯评论空间之所以能存在,是因为评论者总是想着吐槽、借鉴、学习,目的都是指向自我,为了成为一名成功的写作者。书评区里的同人文创作,兼具文学生产和评论两种功能,评论主体(创作主体)完全按照个人意念进行再创作和评点:场景是温馨的小浪漫,结局是自己渴望的大团圆,而他们所看重的对象可能仅仅是原文里毫不起眼的小人物。因此可以说,以欲望为基

---

[1] 王祥:《网络文学创作原理》,北京:中国人民大学出版社,2015年版,第14页。
[2] 邵燕君:《以媒介变革为契机的"爱欲生产力"的解放——对中国网络文学发展动因的再认识》,《文艺研究》,2020年第10期。

础的自指性倾向是网络文学原生评论区别于其他评论的重要特征。自指性倾向集中表现在以下三个方面：首先，评论总是紧贴着故事，少有深刻的反思和批判。因为评论者并不关心阅读对象能否提供哲思和美学价值，更注重故事好不好看，能否满足自己的核心欲求。其次，评论多集中于人物情感方面，评论者借助同人图、同人文，对网络小说这一亲密关系试验场进行额外的欲望延伸和情感反馈。再次，与传统批评话语的理性、抽象不同，来自普通读者和网文粉丝的评论语言更加直观生动，如玛丽苏、金手指、代入感，这些"黑话""行话"多源于人们的生理感受和生活体验。这说明评论者在行使批评权时并非客观冷静的主体，更多时候是对个人青春、热血、梦想、情怀的表达。

何以具备自指性倾向这一特征？这与多数评论的业余性有关，即绝大多数评论者并非科班出身，不具有长期学术训练后的知识素养。业余也使得他们免于学术体制的规训，敢于张扬自我。同时，评论具有伴生特征，评论者是一边读一边评论，这与传统批评全部阅读完文学作品后再做整体性评价不同。在漫长的追更/评论过程中，评论者受到日常生活经验、社会新闻事件的影响，并以积极评论的方式反馈欲求的满足程度。在这一过程中，他们本人的力比多（弗洛伊德）也充分释放出来，评论也就成为解放爱欲生产力的一种方式。

三、网络文学原生评论的意义

在一些学院派批评家看来，网络文学原生评论是嘈杂、喧闹、没有多少养分的文字游戏，他们质疑网络文学原生评论主体的客观立场、学理素养，否认评论内容的学术规范，因而网络文学原生评论及其主体长期不为学界重视。但是，文学评论是建立在阅读经验、审美实践基础上的，如果只坚持传统的批评观念,就难以在数字文学时代全面观照批评对象,不读网络文学作品、不深入网络评论现场的批评肯定是有缺陷的。网络文学原生评论的主体是以复数形式存在的,他们的评论内容或许浅显,但多数源自真情实感。客观地说,这些被学院派批评家视为"非批评""弱评论"的话语形态,实则有着十分重要的意义。

在网络文学内部,网络文学原生评论与作家、读者构成稳定的对话关系,形塑、浸润着网络文学作品的结构肌理和故事走向。网络作家除了在读书网站评论区与读者交流,还通过建立QQ粉丝群、创设微信公众号和在Bilibili上传视频、在抖音上直播等方式聚拢人气。在这些社区、圈子里,作家通过已经日常化的文学评论了解粉丝趣味、听取读者意见,并在此基础上修改设定、完善内容。在"龙的天空"论坛里,很多网络作家(以新手为主)会上传自己的写作大纲,供广大读者讨论、点评,此时的读者拥有了肯定或否定一部作品的权利,他们的评论甚至会影响、改变一个作家的"职业生涯"。多数作家会认真听取、积极接受这些意见,以网络作家知白为例,他就从评论中获益良多:

"之前写的那一章是童真,是我写得放肆了,也写得敷衍,对不起大家,这一章是覆盖在之前那一章上,删掉了之前所有内容,所以这一章应该不再收费,但是字数多了一千多,如果收费了,大家加群:51783××× ×,我给大家发红包赔礼道歉,态度上出了问题是我的错,我绝不再犯。"

"之前一章中描写火药包中放了大量铁钉,这不符合实际,欠缺考虑,已经修改。在这个环境设定下,铁钉的大量制作并不容易,所以改为碎石子和少量碎铁片以及箭头。[①]"

[①] 知白:《长宁帝军》,2019年7月30日,http://book.zongheng.com/book/751819.html。

网络文学原生评论不仅给作者带来写作上的建议，有时还直接成为创作的一部分。知乎上有一个"网文作家卡文的时候，都会怎么办"的问题，名为"404NotFound"的知友（也是网络作家）的回答获赞数量最多。他提供了两个方法，其中一个是"抄书评。你永远不知道读者多有才华。跟我念：抄书评一直爽，一直抄一直爽"①。而有一些作品，如吹牛者的《临高启明》，就是论坛评论（跑团活动）的产物，作者也多次表示感谢："小说里一些故事情节和技术资料，都来自当年团穿的参与者们，无意独美，在此表示感谢，你们的创造力给了这部作品无限的生机和活力。"②在这种情况下，作家和读者成为情感共同体，超越了单纯的写/读关系。这里还有一个较为感人的案例，从2009年9月到2011年2月，网络作家贼道三痴在起点中文网连载小说《上品寒士》，作者因病于2015年9月去世。这部作品没有因此被遗忘，直到今天，仍有一批忠诚粉丝为它撰写长评，借助段评、本章说纪念作者："从《雅骚》转过来的，作者确实内有锦绣，可惜没赶上网文大兴的好时候，如今正是网文泛滥成灾良莠不齐时，难得遇到好文，奈何斯人已逝，恨不能相交"；"道友驾鹤离去已五载了，想你定是进入书中成了笔下那个人，每日与我们在书中相见。不是吗？"③

由上可知，我们既往对网络文学的理解是不恰当的，网络文学不能仅仅等同于网络作家笔下的作品，还应该将网络文学原生评论纳入进来。离开了网络文学原生评论，网络文学就是不完整的，其作为数字文学典型

---

①知乎问答：《"网络作家卡文的时候，都会怎么办"》，2019年9月4日，https://www.zhihu.com/question/312046774/answer/598865242。

②吹牛者：《临高启明》，2009年6月7日，https://read.qidian.com/chapter/mJYiGTG-Szfc1/4GNJsqJwiusex0RJOkJclQ2/。

③《上品寒士》书评区，2020年9月15日，https://read.qidian.com/chapter/IKvxIn-i1fA1/emF2145LXDUex0RJOkJclQ2/。

形态的独特性也不能很好地体现出来。因而一部作品除了作者的声音外,还有无数评论者的声音,这部作品也就成为多个叙事主体共同合作的成果。随着时间的推移,评论者的声音会不断得到强化,因为网络作家的主体叙事终会结束,而评论者的后续参与不会终结。我们可以得出这样一个结论:只要评论区正常开放,一部网络文学作品理论上永远都处于未完成状态。

网络文学原生评论提供了大量的话语资源,很大一部分都是基于本土经验的提炼,这有助于推动中国文论话语建设。中国文论面临着原创性不足的危机,正如童庆炳所说:"我们基本上还没有建立起属于中国的具有当代形态的文学理论。我们只顾搬用,或只顾批判,建设则'缺席'。"①除了从西方搬用、拿来理论,我们更应该从现实经验中提炼、归纳,像网络文学原生评论中的"爽感""融梗""女性向"等,这些术语已经加入了很多研究者的"理论库",成为具有"前理论"性质的"土著理论"。② 同时,网络文学以读者为中心,网络文学原生评论来自读者群体鲜活的审美经验,这种经验在补足既有接受理论、建构数字时代接受美学方面具有重要价值。西方接受理论深受胡塞尔、英伽登的现象学和海德格尔、伽达默尔的诠释学影响,最终在以姚斯、伊瑟尔为代表的康士坦茨学派建立。按照伊瑟尔的本人的理解,接受理论又分为两派:"接受美学针对的是实际读者……而我本人的审美反应理论则集中探讨文学作品如何对隐含的读者产生影响,并引发他们的反应。审美反应理论根植于文本之中,而接受美学则产生于读者对作品的判断史。"③也因此姚斯的理

---

①童庆炳:《中国当代文论建设:对话与整合》,《文艺争鸣》,1998年第1期。
②参见[韩]崔宰溶:《中国网络文学研究的困境与突破——网络文学的土著理论与网络性》,北京:北京大学博士学位论文,2011年。
③[德]沃尔夫冈·伊瑟尔:《怎样做理论》,朱刚等译,南京:南京大学出版社,2019年版,第68页。

论被认为是宏观接受,而伊瑟尔的是微观接受。问题在于,接受理论所提出的"前理解""视野融合""期待视野""效果历史""召唤结构""隐含的读者"等核心概念,它们作为印刷媒介的产物,已难以解释网络文学的接受情况,即网络文学原生评论对传统的接受理论提出了严峻的挑战。比如,网络文学原生评论的广泛存在,一定程度上已经消解了"期待视野""隐含的读者"存在的合法性,之前那种暗隐的文学观念以一种可视化的文字和声像的形式凝定下来了。同时,纯粹的接受者在数字文学时代已经不复存在,它们是阅读/评论、消费/生产、接受/创造的间性复合体。传统接受美学更多停留在理论阶段,难以与阅读实践有效结合,这就是其迅速走衰的一个重要原因。网络文学原生评论为我们提供了丰富的话语资料,和以前难以存在的读者共时性交互体验,在建构包括新的接受理论在内的文论系统方面具有重要价值。

此外,网络文学原生评论对中国网络文学评价体系的建构也起到正面推动作用。目前,网络文学的批评标准与评价体系已经成为学界关注的焦点问题。[①] 从现有研究成果来看,设置综合性、多维度的评价指标已经成为一个基本共识。欧阳友权提出了"评价树"构想,他将网络文学的评价体系分为三个层次,由思想性、艺术性、网生性、产业性和影响力5个一级指标,以及18个二级指标和69个三级指标构成。[②] 周志雄认为这一体系应包括价值、理论、审美、文化、技术、接受、市场等多个维度。[③] 禹建湘所设定的维度由"三个统一"组成:虚拟真实与现实审美统一、爽文制

---

① 如欧阳友权主持的2016年国家社会科学基金重大招标项目"我国网络文学评价体系的理论与实践研究"(16ZDA193),周志雄主持的2018年国家社会科学基金重大项目"中国网络文学评价体系建构研究"(18ZDA283)等。
② 欧阳友权:《网络文学评价体系的"树状"结构》,《当代文坛》,2021年第6期。
③ 周志雄:《中国网络文学评价体系的维度及构建路径》,《中国文艺评论》,2017年第1期。

造与人文关怀统一、文化传承与艺术创新统一。① 显然,网络文学是跨越文学、商业、媒介的复杂存在,采用多维度的评价指标、标准是有合理性的。但是,过度强调综合就容易忽视重点,这么多的评价选项哪一个才是最重要的呢?单小曦对此有所质疑,在否定网络文学评价"普遍文学标准说""通俗文学标准说"和"综合多维标准说"的基础上,提出"媒介存在论"批评是最契合网络文学评价的关窍所在。② 媒介文艺、数字生产是单小曦的持论依据。而在笔者看来,网络性和读者是网络文学能够不断成长的动力,所以我们不妨将目光首先投注到网络文学原生评论上。一方面,网络文学原生评论数量庞博,建立标准和体系应该以大众的观念为基础,它是网络文学评价的地基和根脚。另一方面,读者大众的评论来自切身阅读体验,他们的趣味在很大程度上引导着网络文学的发展方向,思想性、艺术性应以可读性为前提。同时,网络文学原生评论是数字文学区别于传统印刷文学的一个显著标志,它不是网络文学的附加物,而是其不能剥离的一部分。重视网络文学原生评论,尤其是网络文学原生评论家的长评、精评,有助于建立起有效的评价体系。

网络文学原生评论的意义远不止此,它是保存史料的"存储器",是打击盗版的"保护器",还是推进 IP 开发的"辅助器"。但是,我们必须客观地审视网络文学原生评论的不足之处。一方面,评论话语多数时候是繁多而浅显的,内容多停留在感性认知阶段,低层次的欲望诉求、争吵喧闹、哗众取宠阻碍其走向深层次的理性反思,真正的批评应是"戴着镣铐跳舞",不能停留在评论"舒适区",这也是其受到很多学者指摘的主要原

---

① 禹建湘:《建构中国网络文学多维评价体系》,《中国社会科学评价》,2021 年第 4 期。
② 单小曦:《网络文学评价标准问题反思及新探》,《文学评论》,2017 年第 2 期。

因。另一方面,网络文学原生评论主体缺少代表性评论家,一些有过较为突出表现的评论家并未开发出他们应有的评论潜质——在网络文学原生评论上持续用力,而是简单地重复"低强度"评说,甚至从人们的视野中消失。这也说明,仅仅基于兴趣和一时的评论冲动是不够的,网络文学原生评论要想发挥更大的作用还有很长的路要走。

原载于《中国文学批评》2023年第2期

网络文学对古典小说叙事的转化[①]

贺予飞

自 1991 年第一家中文电子文学杂志《华夏文摘》创刊以来,网络文学已走过 30 余年风雨征程。[②] 据统计,目前我国网络文学的总量约 3204.62 万部,文学网民 5.02 亿,文学网站全年营收超 200 亿,更新作品字数超 1787 亿字。[③] 面对这一"巨存在"景观,学界普遍将网络文学冠以新兴文学之名,认为它是网络、技术、消费文化等合力的产物。我们沿着"网生性""媒介性""商业性"的路标不断行进,以西方的数字文化、媒介生态、粉丝经济等理论对网络文学加以阐释时,固然取得了不少有价值的成果,却有意无意忽视了它血脉里流淌着的"古典"基因。我国古典小说的叙事传统是中华民族传统文化的重要组成部分。网络文学对古典小说叙事的转化包含继承、创新、改造与调试等多种方式,对此深入研究不仅能揭示隐匿在叙事嬗变中的社会结构、民族情感以及文化症候,推动网络文学叙事学研究的本土化进程,而且可以促进中国古典小说叙事资源的创造性转化,为网络文学的创作和研究提供更为深厚和广阔的路径。

[①]本文为山东省社科规划项目"网络类型小说的审美特色与优化路径研究"(22DZWJ04)阶段性成果。
[②]贺予飞:《中国网络文学起源说的质疑与辨正》,《南方文坛》,2022 年第 1 期。
[③]数据来源参见中国音像与数字出版协会:《2021 年度中国数字阅读报告》,2022 年 6 月 8 日 http://www.cadpa.org.cn/3277/202206/41513.html;虞婧:《中国作协在郑州发布〈2021 中国网络文学蓝皮书〉》,2022 年 8 月 10 日,http://www.chinawriter.com.cn/n1/2022/0810/c404023-32499489.html;中国互联网络信息中心第 49 次《中国互联网络发展状况统计报告》,2022 年 2 月 25 日,http://www.cnnic.net.cn/hlwfzyj/hlwxzbg/hlwtjbg/202202/P020220721404263787858.pdf。

一、网络文学对古典小说叙事思想的构型

叙事是古老的文学传统。中国古代的神话、传奇、志怪小说等寄寓了古代先民的精神追求与价值信仰。而网络文学是当代"数码原住民""Z世代"最为追捧的文艺样式。古典文学与网络文学之间通过叙事搭建了一条穿越古今的隐秘通道。中国古典小说的叙事思想蕴含我国传统社会的文化精神、情感结构与心理需求,它们历经时间之流的疏瀹甄淘,在网络文学中发挥重要的模式构型作用。

1. 以中华民族文化精神为核心的价值叙事模式

首先,网络文学将古典小说中的家国天下思想转化为"个人—时代"叙事构想系统。修身、齐家、治国、平天下是我国古代文人志士的理想追求,他们将这一抱负志向在文学疆土上磨剑耕笔,形成了一种根植于中华民族精神命脉的叙事传统。中国古典小说中不乏家国叙事之作。《虬髯客传》将个人的命运放诸时代,在家国相连中书写"风尘三侠"的豪情大义。《杨家将》讲述了杨家一门三代前仆后继、戍关杀敌的报国之情。《红楼梦》通过贾、史、王、薛的家族变迁史揭示封建王朝由盛转衰的社会现实。这种"天下之本在国,国之本在家,家之本在身"的思想在网络文学中化形为个人积极投身家国大事、与时代同频共振的叙事构想系统。例如,愤怒的香蕉的《赘婿》沿"身—家—国—天下"的叙事结构铺展,以商贾家族赘婿的奋起之路书写"天下兴亡,匹夫有责"精神,在胡虏南下的动荡岁月中揭露国家、民族的百年屈辱与抗争历史。应景小蝶的《共待花开时》以2020年初新冠疫情暴发为背景,讲述了同一款游戏中的玩家们驰援武汉的经历,在大时代、小切口中展现医生、护士、警察、企业家、学生等连成一线全民战疫、共克时艰的奉献精神。家是国的基点,国是家的延伸。不论是时代久远的历史题材作品,还是当下火热的医学流小说,从近年来涌现的热门网文作品中可以看出,网络作家们已从早期网络文学的小叙事、私密叙事中跳出,通过家国意识打开"个人—时代"叙事格局,呈现出鲜明的主流化创作跃迁趋势。

其次,网络文学将古典小说的自强精神转化为"逆袭开挂"的升级结构。《周易》有云:"天行健,君子以自强不息。"作为中国传统文化精神,自强不息既反映了中华民族积极向上、勇攀高峰的人生态度,也体现出不畏艰险、刚健有为的人格特点。考验、磨砺、劫难是中国古典小说表现自强精神的惯用设置。譬如,《西游记》记述了唐僧师徒四人去往西天取经的传奇经历,他们路途中所经历的九九八十一难生动地诠释了百折不挠的意志与信念。这种层层关卡的历劫叙事流传至今,不仅成为网络文学反映生命自强不息的永恒注脚,而且逐渐塑型为"屌丝逆袭""废柴英雄"的升级叙事结构。在古典小说中,自强精神的主体对象多是文人、君子形象,而网络文学则更为强调"草根"形象。文学从大雅之堂飞入寻常百姓家,这种受众传播语境的转变使得网络文学的自强精神更多地向身份叙事、阶层叙事倾斜。当自强精神被网络作家抛入需要"逆袭"的生存环境中时,故事主角开局的苦难感、孤独感、悲剧感得以强化。在网络文学叙事开展的过程中,主角的升级结构并不是千篇一律的。这里面既有"莫欺少年穷"的小白文升级结构,也有"谋定而后动"的稳健流升级结构,还有"高筑墙,广积粮"的种田文升级结构,不同的类型流派赋予了主角不同的自强道路。而从结局来看,网络文学"逆袭开挂"的升级结构本身自带了积极结局的预设性。这使得以往基于自强精神而产生的成长叙事传统在网络文学中转化为成功叙事模式,故事主角的升级人生为自强精神增添了功绩色彩。

最后,网络文学将古典小说中的传统德行观转化为现代伦理叙事秩序。我国传统的德行观以"三纲五常"为主导,包括仁、义、礼、智、信、孝、悌、忠、廉、耻等德目。古典小说受传统德行观的影响,塑造了许多忠君报国、侠肝义胆、公正廉明、扶危济困的男性形象。他们的行动逻辑受传统德行观支配,其命运轨迹也遵循道德逻辑。譬如,岳飞的忠、宋江的义、包拯的公正等,这些带有德行烙印的人物被传颂至今,蕴含浓厚的伦理教化意味。古典小说中的德行思想传统不仅为网络文学的人物形象塑造树立了典范,而且对网络文学的伦理叙事秩序产生了积极影响。善与恶、正与邪、是与非、义与利的判断在网络文学的伦理秩序设定中占有重要地位。尤其是在玄幻、武侠、仙侠、探案等小说中,基本已形成一条"价值判断→维护戒律→重建秩序"的叙事逻辑。不过,网络文学没有全盘接收传统德行观,而是以批判性继承的姿态加入了现代社会的制度正义观与性别平等观,这在女性伦理叙事中较为典型。古典小说中的女性形象是遵循封建礼法规约的"道德化身",她们一方面需要按照男性的理想预设成长,履行相夫教子、守贞尽孝、德才品行兼备的角色功能;另一方面又受男性的欲望与审美逻辑支配,要保持貌美如花、温柔舒婉的女性特质。而网络文学在选取古代女性的家庭责任分工以及延揽品貌、才德等女性形象叙事的传统上,力图反叛"男尊女卑"的地位,通过"搞事业"跳出"闺阁"和"宅院",以男女并肩同行的和解式路径与"大女主"姿态获得女性的主体性地位,展现了"巾帼不让须眉"的"她时代"力量。

2. 以"七情"演绎为走向的情感叙事模式

其一,网络文学将古代的"七情"观转化为情感模型。传统儒学有"七情"之说,具体包括喜、怒、哀、惧、爱、恶、欲七大情感类型。中医情志学也将喜、怒、忧、思、悲、恐、惊作为人的基本情感。这种"七情"观在古典小说的抒情传统下形成了不同的情感叙事类型。不过,文学叙事传递的情感不是静态的,它随着故事情节的发展而变化,具有关联性和流动性。正如赛吉维克所言:"一个人会因为愤怒而兴奋,因为羞愧而恶心,或者因为喜欢而感到惊讶。"[1]这种情感的连续流变在古典小说中生成了情感演绎逻辑。而网络文学不仅将古典小说的情感演绎逻辑作为叙事动力,而且以装置的方式形成了W型、N型、V型、M型、倒N型、倒V型等情感模型。有学者曾用大数据文本分析软件"一叶故事荟"对2018年的749部网络小说进行考察,得出以W型、M型、N型、倒N型情节曲线为主的作品占总量的77%,其中W型的作品最多,可见"一波三折"式的情节在网文创作中较为普遍。[2] 这种情感的量化分析表明,网络作家在深入探寻文学抽象的心理态度体验时已总结出其中的逻辑规律,做出的叙事构型方案在实践中获得了网文市场的广泛认可。

其二,网络文学将古典小说移情、共情传统转化为融代入、共鸣、互动为一体的情感交互机制。从移情传统来看,人们在面对天地万物、自然节气、时代境遇时容易发生移情。"情以物迁,辞以情发。一叶且或迎意,虫声有足引心",这种以物移情的方式在网络文学中转化为"身份代入法",通过"人设"描摹引起读者的身份认同与情感认同。从共情方面来说,小说人物的理想信念、命运遭际、实践人生抱负的过程容易激发读者强烈的心灵感应。古典小说常以惩恶、激战、奇遇、夺宝等情节来引发共情体验。网络文学将这些能够引起人兴奋、愉悦、舒适等情绪的情节母题转化为"爽点"。反之,古典小说中的悲惨遭际、误会、构陷等引起读者悲

---

[1] [英]露丝·雷斯:《情感的演化:20世纪情绪心理学简史》,李贯峰译,武汉:华中科技大学出版社,2020年版,第44页。

[2] 战玉冰:《网络小说的数据法与类型论——以2018年的749部中国网络小说为考察对象》,《扬子江评论》,2019年第5期。

愤、哀伤、无奈甚至恐惧的情节母题也成为网络文学常见的"虐点"。网络文学基于"爽点""虐点"而形成的"爽感叙事""虐感叙事"是古典小说共情传统的延续。作品通过"爽点""虐点"的排布形成"压制—爆发—压制—爆发"的情感波动与叙事节奏,以此实现情感共鸣。网民读者的情感共鸣再通过网络的即时交流达成情感互动,从而形成"代入—共鸣—互动"的流程机制。这一套情感交互的机制与 W 型、N 型、V 型等情感模型融合,创建了网络文学独特的情感叙事模式。

3. 以凡俗欲望为逻辑的"造梦"叙事模式

网络文学将古典小说中的欲望逻辑与叙事结构接榫,形成了"造梦"叙事模式。从横向层面来看,欲望叙事能够反映在一定时间范围内较为稳定的大众心理状态与社会深层结构,体现出人类对权力、财富、荣誉、知识、寿命、情爱、家园等生存与追求方面的本能渴望。从纵向层面来看,欲望叙事具有承继性与动态生成性。陈晓明认为:"所有的传统并不是天然地存在于历史的某个段落或位置,它不过是当代根据自身的需要想象性地建构的产物。"[1]中国最早的图腾文化、祭祀文化等折射出先民对温饱的朴素愿望。古代神话与传说中的撒豆成兵、兴风唤雨、移山倒海、坐成山河、射日奔月、修仙长生等各种异能叙事更是反映了人类想要超越自身、突破束缚的愿望。明代李贽曾对古代世人的凡俗欲望进行过总结:"如好货,如好色,如勤学,如进取,如多积金宝,如多买田宅为子孙谋,博求风水为儿孙福荫,凡世间一切治生、产业等事,皆其所共好而共习、共知而共言者,是真'迩言'也。"[2]在时代更迭中,网络文学根据自身需要,对古老的欲望叙事传统进行想象性建构,形成了"造梦"叙事模式。英雄

---

[1]陈晓明:《遗忘与召回:现代传统与当代作家》,《当代作家评论》,2007 年第 6 期。
[2][明]李贽:《答邓明府》,《焚书 续焚书》,北京:中华书局,1975 年版,第 39 页。

梦、武侠梦、宫廷梦、长生梦、称王梦等充斥于各种网络类型小说中,它们不仅是当代社会的欲望投射,而且在叙事中发挥构型作用,形成了"寻梦—圆梦"的范式结构。尤其是近年来流行的无敌文、美食文、多宝文、明星文、系统流、迪化流等网文,将"造梦"叙事与故事结构融合,形成了类型各异的"造梦"文体。"梦"作为符号化叙事表征,能够在反抗现实困境与社会规训中体现人性的光辉,反映人类对自由和本真的追寻,表达人类改造自身的内在驱动力。这种叙事模式不仅极大地满足了读者的心理想象,给读者带来官能快感,而且也折射出大众的核心焦虑与时代症候。尤其是在当下,人们受到了来自社会、工作、生活等各方面的压力,"佛系""丧""躺平"文化作为焦虑人群的"保护色",恰恰昭示出他们不甘平庸的内心。而网络文学的各种类型文体正如同一个个"造梦"机器,对网民大众发挥补偿功能,实现抚慰与治愈效果。

二、网络文学对古典小说时空叙事的改造

在文学叙事中,时间与空间看似作为故事发生的背景而存在,实际上却蕴藏了丰富的自然与人文意涵。不同时空的选取不仅奠定了故事的基调、生发逻辑与运行秩序,而且被叙事者赋予了独特的意义密码。如果从更深广的层面来看,时空叙事传统是根植于一代又一代中华民族儿女脑海中对自然、宇宙、人生、社会的规律认识和集体记忆,能够提高文学叙事的厚度与重量。网络作家们在吸收古典小说时间叙事范型与空间话语模式的同时,还采用延续、创新、拓展与挪移等方式对时空叙事传统进行了多样化改造。

1. 古代时间叙事的改造

网络文学继承了古典小说的多种时间叙事模式,并通过穿插、跳跃的

方式实现时间跃动，具体表现为三个方面。一是线性叙事。古典小说常按照时间或事件发展的先后顺序进行叙事。历史传奇小说习惯将人物、事件放置于朝代纪年中，营造"实录"效果。世情小说常在线性的时间叙事中勾勒"人生一世，草木一秋"的生命轨迹。公案小说常以事件发展的顺序进行叙事，不同的事件连缀排布，发挥串珠构型作用。网络文学也延续这一传统，将朝代纪年、世代时间或自然时间潜藏于故事脉络中，重在体现人物的成长历程和生命轨迹。不论是《隋乱》《烽烟尽处》《血火流觞》中的历史时间，《琅琊榜》《择天记》《雪中悍刀行》中的架空时间，还是《他来了，请闭眼》《余罪》《第十一根手指》中的探案时间，其整体结构基本遵循线性时间逻辑，体现出清晰的叙事脉络。

二是循环叙事。古典小说叙事将"起灭""因果"逻辑贯穿于叙事单元，形成了循环式路线。这一叙事传统在网络文学中发挥了结构性作用，其中以生死轮回叙事最为典型。网络文学将古代神话"三弃三收"的情节范式与传奇中的相恋、误会、考验、复合等路线结合，形成了"三生三世"的叙事结构范型。以电线的《香蜜沉沉烬如霜》为例，女主角锦觅第一世是不通情爱的花界仙子，男主角火神旭凤对其动心。第二世锦觅与旭凤下凡历劫，两人相爱却不能相守。历劫归来，锦觅被许配给夜神润玉。旭凤伤心欲绝，在抢婚时因误会被锦觅刺杀。他保留最后一丝魂魄堕入魔道，开启第三世的相爱相杀模式。最后，男女主角以归隐人间的方式修得感情圆满。这类"三生三世"的叙事结构在《三生三世十里桃花》《三生三世枕上书》《重紫》《天妃白若：花开可缓缓归矣》等作品中皆有体现，故事男女主角都有三世情缘，作家将爱情超越生死的创作理念以轮回路线进行结构化演绎。实际上，网络文学的轮回叙事可从古人的生命观中溯源，回环式的结构昭示着生生不息、周而复始的生命理念。这一叙事模式来自古典小说的时间循环叙事传统,是古人自然观、历史观、生命观、审美观的诠释。不过,在线性时间的循环往复中,网络文学变革了古典小说顺应天命的叙事逻辑,以故事主角的反叛与不屈来展现"人定胜天"的理念,通过主体精神建构表达了对自然、宇宙、生命的整体把握与终极思考。

三是穿越、重生叙事。在线性时间路线中,穿越、重生通过叙事设定建立时间回溯机制,给读者带来超现实体验。实际上,这种叙事传统可从古典小说的"离魂"设置中追溯根源。先秦史籍、六朝志怪中不乏对"离魂"的记载,故事基本遵从一条时间主线,"离魂"在叙事中发挥预叙、补叙功能。到了唐代,传奇小说中的"离魂"巧妙借用时间并置法为故事开拓了多重时间主线。《南柯太守传》《枕中记》《三梦记》均以"入梦"的形式离魂,"梦里""梦外""梦境互通"等设置让同一主角身上出现多条人生路径的叙事逻辑合理化。而《离魂记》《灵怪录·郑生》《独异记·韦隐》等更是突出了"身"与"魂"的区隔,"还魂"叙事所呈现的求生意愿与生命张力对后世的重生设定具有启发性。网络文学中的穿越、重生叙事实际上是对古代"离魂"叙事传统的延伸与创新。网络作家通过濒死叙事、隧道效应、全知视角回忆等延长"离魂"的体验效果,采用跳跃、倒置、穿梭等方式加大叙事时间跃动的灵活程度。更为重要的是,网络文学中的穿越、重生叙事跳出了宿命论框架,以主体性反抗古代"天夺之魄""陈陈相因"的叙事模式,体现出了鲜明的变革意识,其叙事的现代性品格也由此塑成。其中,三国、宋、明、清等历史时期的历史穿越小说较为热门,不同历史时段的书写映射出作家不同的文化选择。故事主角从现代穿越到古代,或在现代与古代之间来回多次穿越的设置产生了时间的叙事间隔与跳跃。尤其值得关注的是,穿越为叙事建构了两种时间版本。一种

是依照历史发展的预叙路线，另一种是主角想要改变历史的新事件路线。面对提前预知的历史结局，故事主角凭借现代知识能力未雨绸缪和力挽狂澜，这既赋予了人物时空孤独感，又在现实与想象的时空交替中提供了新的叙事张力与独特的审美体验。清穿小说《步步惊心》中的马尔泰·若曦是现代穿越者。由于她深知众皇子的命运轨迹，因而在宫中行事小心谨慎。她想要远离权力中心，却又善良悲悯，在错综复杂的宫廷政治中越陷越深。尽管女主角没能改变历史的最终走向，但她的行动路线为叙事提供了更多的分支。若曦的命运遭际表明现代女性的主体意识在封建社会失效，这类穿越叙事不仅给历史人物增添了悲剧性色彩，而且也从侧面批判了封建社会的权力斗争与制度痼疾。而重生小说的时间设置则具有更大的反叛张力。主角从濒死边缘获得新生的经历意味着过往历史线和人生轨迹清零，前世记忆以"预警机制"的形式为主角提供了自我革新的叙事动力。近来盛行的重生历史文、复仇文、嫡庶文、打脸文皆深谙此道。细而思之，重生设定可以看作古代"发愤著书""不平则鸣"创作理念的时间化形。"前世之错"既揭示了大众读者在人生选择上的焦虑和无奈境地，也暗示出叙事者作为"过来人"的自省与批判心理。"重活一世"既满足了大众读者改变不可抗现实的愿望，也开创出一种新的处世哲学与伦理秩序。面对悲剧命运，叙事者不仅以重生的形式抒发愤懑，还以主观能动性改变原本的人生轨迹与事件走向，带来了时间清零与人生重构的审美想象体验。

2. 古代空间叙事的拓展与挪移

一是从幻想到架空的世界扩展。古典小说中不乏幻想空间叙事。《山海经》《神异经》《镜花缘》《西游记》《红楼梦》等作品或将现实世界与幻想空间交融，或建构"地府""人界""天宫""幻境"等空间并置结构，虚实切换、人物转场、叙事粘连等多样化的空间叙事方式给人带来"亦真亦假"的审美感受。网络文学借鉴了古典小说幻想空间的叙事模式,并将其转化为架空世界的设定,建构了一个或多个平行世界与位面系统。相比幻想世界,架空世界更强调其空间的虚拟性和结构性,因此架空所带来的审美感受也由"亦真亦假"向"虚拟真实"跃迁。在天马行空的"异世界"中自由驰骋,网民读者明知它是虚构世界,却更愿意将其当作真实世界。因为他们更容易在架空世界里放松紧绷的神经,更愿意投注满腔的热忱与真情,更相信这个世界是平行于现实时空的真实存在。架空世界的结构虽然脱胎于幻想世界,但比幻想世界更有体系感。譬如,玄幻、仙侠小说中惯用的"冥界—魔界—妖界—人界—天界"的空间结构不仅通过从地到天的方位划分了故事角色活动的势力范围,而且还包含了社会阶层与身份结构的象征意义。架空世界的虚拟真实性可以创造一个比现实世界更残酷的"真实",也可以创造一个比现实更美好的"真实",这种"真实"带有幻想、夸张甚至是扭曲的成分,以此跳出现实的束缚建构另一套世界秩序,为大众读者提供自由的审美体验。

二是从地理到地图的空间转换。古典小说的地理叙事有其悠久历史。不论是塞北、江南、昆仑、蓬莱等地域的自然风光,还是紫禁城、金陵、长安、洛阳等都城的繁华盛景,地理位置叙事在古典小说中不胜枚举。《山海经》是我国第一部地理神话奇书,它开启了以山川、海陆等地理位置为特色的叙事传统。网络文学将《山海经》中的地理叙事奉为宝典,《蛮荒记》《佛本是道》《完美世界》《山海经密码》《三生三世十里桃花》等作品中的昆仑、大荒、瑶池、黑水、涿鹿等地均取自《山海经》。除了继承这种地理叙事资源,网络文学还将位置叙事逻辑贯穿其中,形成具有整体版图性的地图叙事模式。黄鸣奋认为:"'位置叙事'主要是指以位置为

中心的叙事。它将自然环境作为自己最重要的基点,在宏观上涉及人在自然界的位置,在中观上涉及社会群体和所处地域的关系,在微观上涉及个人与所在地的关系。"①与地理叙事相比,地图位置叙事跟随主角行动路线不断扩张或转移。网络文学中的"地图"不仅意味着某一地理坐标及背后叙事者所赋予的意义停顿,而且还以一种"鸟瞰"视野构筑了整个故事世界的疆域、人物活动轨迹以及文化象征空间。譬如,《鬼吹灯》设置了精绝古城、龙岭迷窟、云南虫谷、昆仑神宫、黄皮子坟、南海归墟、怒晴湘西、巫峡棺山8处地图位置,以胡八一、王胖子、Shirley 杨三人的行动路线建构了"一线串珠"的版图模式。这种地图叙事将祖国的大好河山及其背后隐藏的地域文化密码徐徐展开,为读者解锁了奇谲诡秘的盗墓世界。从更远处来看,网络文学的地图叙事改变了讲故事的传统。网络文学讲述的不是故事,而是故事世界。多部网文作品共用同一个地图叙事资源,并通过各自不同的故事人物行动路线不断开拓新地图,从而形成一个更为宏阔的世界体系。相比西方的漫威宇宙、哈利·波特魔法世界,中国的九州世界、西游世界、洪荒世界、仙剑世界等已成为网络文学具有标识性的故事世界体系,它们以凝练核心 IP 的方式在世界文化之林打造了具有中国特色的故事文化与精神家园。

三是古典小说惯用场景的挪移。场景叙事是以场所为活动空间的叙事方式。在古典小说中常出现园林、家宅、宫殿、朝堂、寺院、街市、驿站等场景,它们不仅蕴含了独特的文化与审美意义,而且还为叙事提供了隐喻功能。古典小说的园林场景叙事以曲折尽致的园林布局、"壶中天地"的构造理念、园林牌匾的意蕴旨趣表达了古人的审美心理、精神取向与人文

---

①黄鸣奋:《增强现实与位置叙事:移动互联时代的技术、幻术和艺术》,《中国文艺评论》,2016年第6期。

情怀。才子佳人们的园林邂逅与情感交往,也是古代男女的爱情观与封建礼教制度的符号化影射。在家宅叙事中,外院与内院、前厅与后宅、墙内与墙外等叙事场景是男女社会分工、伦理空间的隐喻。不同叙事人物的院落屋所及其布局设置,也是家族关系、身份与权力地位的象征。皇宫、大理寺、相国寺、樊楼、上元灯市等古典小说中的惯用场景不仅是古代政治、律法、宗教、经济、文化、生活的微缩符号,而且反映了古代的社会结构、市民文化与风俗传统。网络文学叙事对古典小说这些惯用场景进行挪移,古代的社会结构、文化与伦理隐喻也随即转场,在拉近与读者的心理距离的同时也赋予叙事更多的象征意味。例如,《庶女攻略》《知否？知否？应是绿肥红瘦》《君九龄》等网络作品的园林设计、家宅布局、街市设置、寺庙场景等均可从古典小说场景叙事中寻见踪影。这些场景以"无声胜有声"的效果传递古代社会的性别文化与伦理观念,成为故事情节冲突与人物矛盾生发的重要叙事节点。《红楼梦》作为古典小说场景叙事的集大成者,被网络文学作品纷纷效仿,形成了别具一格的"红楼"小说流派。在晋江文学城,以"红楼梦"为标签的衍生作品多达3780部,《我在红楼修文物》《宝玉奋斗记》《林氏皇贵妃》《权臣之妻》等小说更是掀起了一股网文圈的"红楼美学"热。[1]

三、网络文学对古典小说叙事体例的转变

在以往的网络文学叙事学研究中,研究者多将叙事体例作为形式规制与技艺末流而关注不多。实际上,叙事体例是一种重要的叙事传统,它

---

[1]数据来源参见晋江文学城作品库,2022 年 8 月 13 日,https://www.jjwxc.net/bookbase.php? fw0 = 0&fbsj0 = 0&ycx2 = 2&xx0 = 0&mainview0 = 0&sd2 = 2&lx0 = 0&fg0 = 0&collectiontypes = ors&notlikecollectiontypes = ors&bq = - 1% 2C15&removebq = &searchkeywords = 。

对叙事起到了极为关键的结构定型作用。古典小说的哪些叙事体例对网络文学有重要影响？网络文学又如何将这些叙事体例转变成具有辨识度的叙事模式？深入揭示古典小说叙事体例在网络文学中的吸收与转化过程，不仅能够让古典小说叙事体例以现代化形式重焕生机，而且还可以为当代文学提炼出可供借鉴的叙事方式与操作法则，提升叙事的知识素养与审美品位。

1. 章回体的吸纳与精简

章回体是古典小说叙事的一大传统。罗烨在《醉翁谈录》中有云："说收拾寻常有百万套，谈话头动辄是数千回。"[1]网络文学篇幅体量动辄上百万字，叙事结构宏大，因此古典小说这种以分卷、分回讲述故事的方法在网络文学中应用颇为广泛。一方面，网络文学沿用了古典小说章回体的分卷叙事模式。以Fresh果果的《仙侠奇缘之花千骨》为例，其一、二卷目为"万福血冷沉野殍·临危受命上华巅""瀚海难御折千骨·经年约满斗群仙"，三、四卷目为"暗影浮香动浅夏·流光琴响太白山""情深我自凡尘练，宁为玉碎赴寒渊"，五、六卷目为"南无墟洞凄凉月·腐心蚀骨不能言""雾泽蛮荒终一统·三千妖兽复何安"，七、八卷目为"六界重归桃花旧·物是人非天地变""云顶冰心生若死·神灭魂离只此眠"。这八大卷目将故事的起承传合清晰勾勒，在"缘起—缘深—缘断—缘回"中谱写了一曲荡气回肠的仙侠恋歌。由此可见，章回体小说的分卷叙事模式能够迅速勾勒故事的"头—身—尾"，实现叙事结构定型。另一方面，网络文学借鉴了章回体的回目题设方式。古典小说的回目题设主要用于概括叙事内容，有单句和双句之分。网络文学的章目也按照此法设立。譬

---

[1] 罗烨：《小说开辟》，《醉翁谈录》甲集卷之一，沈阳：辽宁教育出版社，1998年版，第3页。

如 cuslaa 的《宰执天下》头两章的回目为"劫后梦醒世事更""摇红烛影忆平生",寥寥数语便简要概括了故事主角贺方遭遇空难意外穿越成为北宋韩冈的情节设定,以及原主韩冈的生平经历。这部小说 2000 余章,回目叙事将情节简要串联,清晰地呈现了主角从贫寒出身到一步步建功立业、执宰朝堂的故事脉络。相比古典小说的章回体,网络文学的回目题设更加灵活,无须讲究对仗工整,而且多以单句形式出现,使叙事内容的概要性得以强化。

除了分卷、分回等比较显眼的结构模式,章回体在文中还有"掐点""十进位章法"等叙事规制。古典小说章回体在每一回的上下分隔处常以"欲知后事如何,且听下回分解"结尾,这种"掐点"的体例给读者带来了"言已尽而意未尽"的审美效果。网络文学继承了这一模式,在章节的结尾处往往设置悬念,在故事兴头正起之时叙事中断,上下章节情节承接互联,体现出一种召唤式的审美结构。"十进位章法"是指每 10 章形成一个小的叙事单元,100 章形成一个故事结构。浦安迪认为:"《水浒传》《西游记》和《金瓶梅》的早期版本,大致都分成十卷,每卷十回。这个看来似乎是出于偶然的版本学细节,其实暗蕴明清文人小说布局的一个重要秘密。"[①]"《三国演义》明显地采用了以十回为段落的章法",董卓、吕布、曹操、刘备、诸葛亮等人均由以十回为单元的叙事结构组成。[②] 这种以 10 章作为一个叙事单元的体例在网络文学中也广为流行。徐公子胜治的《神游》讲述"阴神""窥道""化形"等故事时均以 10 章左右为一个单元。在天蚕土豆、我吃西红柿、会说话的肘子等人的作品中也可寻见这类布局模式,不同类型的网络文学作品每一个小的叙事单元基本在 10 章到

---

① [美]浦安迪:《中国叙事学》,北京:北京大学出版社,2018 年版,第 78 页。
② [美]浦安迪:《中国叙事学》,北京:北京大学出版社,2018 年版,第 83 页。

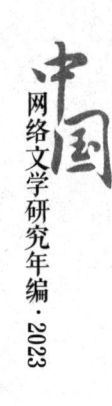

20章不等。尤其是近年来网络免费文的兴起让"十进位章法"愈演愈烈,"三章小高潮,十章大高潮"的叙事模式已成为一种网文创作的流行口诀。

2. 话本体的择取与延展

古代话本小说为了方便读者理解叙事意图,常用互动叙事的方式来拉近阅读距离。叙事者作为"说书人",时常跳出故事发表议论,与读者进行假想式交流。在信息技术发达的网络时代,尽管文学网站开通了书评区、"本章说"等可供作者与读者直接交流的空间,但网络作家仍保留了"说书人"的传统,常会在作品的前言、正文、文末等地方表达个人见解,和读者进行假想式对话。

在前言部分,文学网站的小说界面大多设有一行引子,用来引入故事或点明主旨。《神游》的引子便是:"我有书半卷,逍遥曰化形。挥请仙佛退,送与神灵听。副墨闻于讴,参寥传玄冥。一指掩天地,齐物自忘情。"此诗对仗工整,寥寥几语便将故事主角的修仙经历概括出来。这种以诗入话的叙事体例在冯梦龙、凌蒙初、李渔等人的话本小说中颇为常见。除了引子,许多网络小说的篇首也没有选择单刀直入,而是用于交代作者的故事创作理念以及创作情况。这种前言式的叙事体例最早可追溯至唐代话本。在《庐山远公话》的开篇中有言:"盖闻法王荡荡,佛教巍巍。王法无私,佛行平等。"[①]诸如此类的"入话"叙事在后世逐渐成为一种惯例,其主要功能在于引出正文、交代故事背景以及发表作者观点。由于网络文学中的大部分作品为超长篇网络小说,为了能快速吸引读者,网络作家们不仅继承了"入话"式的叙事传统,而且进行了更为精细化和个性化的延展。像《赘婿》《星门:时光之主》《夜的命名术》等高人气小说专门开辟了设定叙事,对作品的世界观、能力体系、势力组织、角色、大事件进行阐

---

① 王重民等编:《敦煌变文集》,北京:人民文学出版社,1957年版,第166页。

释,方便读者整体把握作品。在正文部分,网络小说的章节末尾也常附有备注,内容一般是对本章所涉及的知识词条或背景等进行补充说明,或针对剧情发表看法、提前剧透,甚至还专门对打赏用户表达感谢。譬如,离月上雪的《投行之路》在许多正文章节的末尾增加了"课外科普小知识"的贴士,形象地阐释了一些投行专业术语和知识。这种解释性说明在知识流小说和科幻文中较为常见,有助于加深读者对作品的理解。

3. "仿古体"的借鉴与化用

古典小说叙事体例有惯用的语言构件、表达程式和语体风格。从标题来看,网络文学借鉴了纪传体的命名惯例。近年来,《后宫·甄嬛传》《后宫·如懿传》《芈月传》《帝后·刘娥传》等网络女频小说的走红掀起了"帝后体"标题热。这种标题体例不仅能让读者一看便知是"大女主"叙事,使作品在最短时间内定位读者群体,而且还能让读者寻找到历史原型人物,提前获得阅读的真实感与信任度。而在男频网文中,既有《悟空传》《康王列传》《妖皇本纪》《邪影本纪》等颇具英雄叙事感的标题,也有《极品家丁》《凡人修仙传》《赘婿》等富有叙事反转张力的标题,还有《太上章》《家父汉高祖》《轩辕本纪》等沿用古典小说人物的标题。这些网文作品的标题延续了纪传体小说以人物为主的命名传统,而且文章内里也均为古风叙事,能够高效地吸引喜爱网络古风小说的读者用户。

网络文学化用古典小说的文言话语,创造了"古言体""后宫体""修真体""盗墓体"等仿古文体。在古典小说中,有许多涉及古代礼仪、服饰妆容、琴棋书画、诗酒、茶道、花艺、香典、药典、刺绣等方面的话语范式与术语表达。"古言体"吸收了这些话语资源,生成一套现代白话与古代文言融合的闺阁文化话语体系。在"后宫体"中,"本宫""臣妾""小主""圣恩""方才""闲来""罢了"等词以及"真真是""想必是""如此倒也"等短

语已成为惯用语和套语。《后宫·甄嬛传》更是让甄嬛、华妃等人的"宫斗"话语自成一派,"甄嬛体"也成为被网友们"刷屏""玩转"的流行语。与"后宫体"的宫廷文化体系不同,"修真体"深受道家文化滋养。古代的神话传说、传奇志怪、道藏仙传等为"修真体"提供了丰富的语料,"炼气""筑基""结丹""元婴""化神"等修炼术语体系已在修真、仙侠、玄幻等网络类型小说中普及化。而"盗墓体"则将民俗、地域、巫蛊等多元文化融合,创建了一套盗墓话语体系。"倒斗""元良""尸煞""摸金""搬山""卸岭""发丘"等盗墓术语从称谓到手法再到流派不一而足,逐渐成为网络文学中最具神秘未知性的话语体系。

近年来,随着大数据与人工智能技术的升级迭代,古典小说的叙事体例在网络文学中的应用范围得到了技术式扩张。快乐码字、超级作者、妙手师爷等写作软件以古典小说语料库为基础,不仅建成了人名、地名、人物外貌、装束、功法、坐骑、武器等更为专精化的仿古体语料库,而且还形成了程式化的叙事语法,大大降低了仿古体的创作难度。在"网文出海"热风之下,"仿古体"作为一种极具中国文学辨识度的文体,已经被翻译成英语、日语、韩语、俄语、印尼语、阿拉伯语等10余种语言,受到大量国外网友的青睐。当然,我们也明白古典小说叙事体例的继承与改造并非只有语言形式那么简单,而叙事传统则更加复杂,其背后包含了道德律令、美学规范、文化创意、伦理秩序与创作法则等一系列问题。网络文学对古典小说的叙事传统进行拆解、拼贴、续写、戏拟甚至颠覆,以重建叙事模式的方式回应传统的当代转化问题,由此文学叙事在古今交汇中获得了历久弥新的力量。

原载于《中国文学批评》2023年第1期

网络科幻小说的想象力资源及其审美范式[①]

鲍远福

科幻文艺最吸引人之处是其瑰丽雄奇的想象力生产方式及其文本再生产模式。科幻文学总是时代进步的变革性力量,想象力则是推动这种"自反性力量"生成的活力之源。如果人们不去"想象一个更好的世界会是什么样子,就无法改变世界"[②]。因此,不同时代的科幻作家都会使用特定的想象力资源来构建他们脑海中的未知世界、幻想情境与异己角色。读者要了解科幻叙事所构建的完整的"虚构图景"或"非现实世界"则需不断"变换角度,去体悟不同视角、不同构建的意义"[③]。作者与读者共享的想象力经验则在知觉—心理表象与虚构世界之间架设"沟通之桥",实现想象力资源的传递、接受与再生产。

一、想象力及其在科幻叙事中的运用

想象是人类借助各种符号手段对大脑中已有的表象(即建立在现象世界感知基础上的"心理遗存")进行加工改造并创造出新形象的思维过程。想象力是想象机制的"外化",也是人类与生俱来的能力。"从离开母胎至能在地上爬来爬去,我们一直把周遭的一切以地图的形式蚀刻进

[①] 基金项目:四川网络文学发展研究中心重点项目"网络科幻小说经典文本阐释研究"(WLWX-2021001)。

[②] Henry Jenkins, Gabriel Peters-Lazaro & Sangita Shresthova. *Popular Culture and the Civic Imagination: Case Studies of Creative Social Change*, New York: New York University Press, 2020, p. 5.

[③] 双翅目:《科学幻想:想象力的现代视角与迭代史》,《花城》,2021年第6期。

脑神经回路,接着在图上逆向刻下我们的行动轨迹,再标上记号,为它们命名,最后宣布我们对它们的所有权。"①大脑的想象机制借助制图功能对知觉"完形",并在虚构"格式塔"(符号)与现实对象物(观念)之间建立语义关联,实现对想象建构物(新形象)的编码和显义。"脑部扫描可以显示出我们对看到和触摸到的物体的认知过程所形成的直观功能图像"②,在神经信号的刺激和参与下,大脑完成"想象力制图学"赋义过程,因为"只有那些原则上能被知觉想象出来的东西,才会真正被人们理解"③。在人类认知实践中,想象力建构通过三个方面来实现。首先,人们将想象力理解为一种生理(神经元活动)机能,即人类将抽象符号与身体感知相互联结的能力。在古希腊语中,想象力被描述为人类对外在物象或心理表征进行模仿的"模式化生产"。想象力是"将不在场的事物带入当前的能力。这就需要想象力能将过去曾经存在过的,但当前并不在场的事物或情景进行再生产。为了完成这一任务,它就必须与某一知觉关联"④。想象力在此具有双重含义。一是对现实世界的临摹或模仿,属于联想的范畴,它会调动感知来完成,例如我们的回忆和梦境等。联想想象所依赖的"表象"是大脑生理活动(大脑的脑波和沟回间的相互碰撞)所产生的生理印象与知觉遗存,常带有偶发性、自动化特征。霍布斯将想象力理解为依赖于人类感知印象而存在的、会因为外在干扰因素的"屏

---

① [加]玛格丽特·阿特伍德:《在其他的世界:科幻小说与人类想象》,蔡希苑、吴厚平译,郑州:河南大学出版社,2018年版,第80页。
② [美]伯纳德·J. 巴斯、尼科尔·M. 盖奇:《认知、大脑和意识:认知神经科学引论》,王兆新、库逸轩、李春霞等译,上海:上海人民出版社,2015年版,第9页。
③ [美]鲁道夫·阿恩海姆:《视觉思维——审美直觉心理学》,滕守尧译,成都:四川人民出版社,1998年版,第394页。
④ [德]克里斯托夫·武尔夫:《人的图像:想象、表演与文化》,陈红燕译,上海:华东师范大学出版社,2018年版,第91页。

蔽"而"日渐式微的感觉"①。二是人类对纯粹表征物(现实世界无对应物之物)的凭空创造,即虚构想象。不管是联想还是虚构,想象力推动人类进行意义生产或"模式化生产"都要借助某种中介,它们可以是语言文字、视觉图像以及心理印象等。总之,生理感知层面的想象力建构的结果总是某种诉诸感官的仿拟物,抽象符号建构的意象世界被受者"还原""完形""重构",图像符号通过表象形式在受者知觉系统中显现,心理印象则通过回忆、冥想和抽象思维的参与而被受者理解。

其次,想象力是一种高级思维能力,它是人类"知觉统合"的抽象描述,康德将其理解为综合能力。"我在最普遍的意义上把综合理解为把各种不同的表象相互加在一起并在一个认识中把握它们的杂多性的行动。"它是"把各种要素集合成知识,并结合成一定的内容的东西"②。想象是人类通过对已有材料的拼接、黏合、夸张、变形与典型化而再造出新形象的高级思维过程。它要求想象主体从旧有表象系统中抽取必要元素或创造素材再对它们进行分析、重组并加入新的要素,创造出与"原始表象"有联系却又有本质不同的新形象。综合想象所产生的新形象被称为"想象表象"。一是存在但主体未曾感知的经验或事物的表象,二是历史性经验或与未进入主体认知体系的事物的表象,三是未来世界会有的事物或经验的表象,四是在现实中不存在的事物的表象③。想象表象"没有实在的外在客体对象,也不需要参照外在表象,就可以使不在场的客体现

---

① [英]托马斯·霍布斯:《利维坦》,陆道夫、牛海、牛涛译,北京:群众出版社,2019年版,第5页。
② [德]伊曼努尔·康德:《纯粹理性批判》,李秋零译,北京:中国人民大学出版社,2004年版,第86页。
③ 彭聃龄:《普通心理学》(第5版),北京:北京师范大学出版社,2019年版,第284—285页。

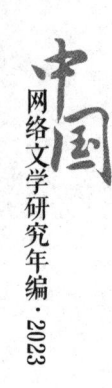

场化的同时,不再处理纯粹的想象"①。因此,想象力虽然建基于人类感知机能,却又超越了简单的生理活动,是一种纯粹的"精神思辨"。作为灵魂(主体精神)与大脑(生理机能)相互作用的结果,想象力推动人类创造性实践的发展。想象力还是一种动态的、能够创造"新语""新知"的高级思维过程。"想象不断生成、变化,随着时间流逝而愈加丰富。"②想象补足了既有的知识经验。现实生活中有许多经验是人类无法直接感知的,但我们可以通过想象力建构来补充知识经验的不足。例如,曹植《洛神赋》对洛神形象的描写是非具象的,"其形也,翩若惊鸿,婉若游龙""远而望之,皎若太阳升朝霞;迫而察之,灼若芙蕖出渌波""云髻峨峨,修眉联娟。丹唇外朗,皓齿内鲜,明眸善睐,靥辅承权"。这些体貌神态描写无法被直接感知,不过,我们却可以借助"修眉""皓齿""丹唇""明眸"等诉诸感官的表象与"惊鸿""游龙""朝霞""芙蕖"等诉诸知觉的隐喻并通过想象综合"重组""再现"洛神形象。文学想象通过驾驭综合虚构手段生成了丰盈充裕的审美意象谱系。

最后,想象力建构也因蕴含着巨大的意义整合功能而被视为审美创造能力。"想象力并不是自然而成,不只是基于对外在形式和表现的简单模仿,更多的是指对它本身的样子的创造性构建。"③这种观点起源于启蒙思想对人的主观能动性和创造力的伸张与确证。人从神的光彩中解放出来,自身能力和"自由意志"获得张扬,人类"情动本质"也在审美活动中突显出来。借助想象力创造,人类在叙事中构建超越现实的"超验

---

① [德]克里斯托夫·武尔夫:《人的图像:想象、表演与文化》,陈红燕译,上海:华东师范大学出版社,2018年版,第93页。
② [美]朱迪思·朗格:《文学想象——文学理解与教学》,樊亚琪译,上海:上海教育出版社,2015年版,第14页。
③ [德]克里斯托夫·武尔夫:《人的图像:想象、表演与文化》,陈红燕译,上海:华东师范大学出版社,2018年版,第94页。

认知系统",例如将已知世界"陌生化"为"异质的他域",将未知世界"具象化"为我们所熟知的"常规编码"(即将日常经验"嫁接"到"异域异世"中并理解它们),甚至将尚未发生的未来情境和超自然经验"置入"日常生活的"规训"之下(即以理性和逻辑来演绎、推导未来样貌)。创造性想象也会表现为某种自由形态,将创造属性寓于变化之中。"想象常常以一种弥散的形式呈现自己,它以一种瞬息万变的方式把握对象。一般说来,想象没有具体的固定形式。"①想象力如水流一般无所定形、不可捉摸,却又能够在瞬息间把握世界的动态本质。想象力在科幻叙事中转变为某种"解放力量",它不仅将人类认知潜能发挥到了极致,还在表意领域创造了新的认知话语范式。

二、网络科幻小说的想象力资源及其审美范式的演变

中国科幻小说创作源自晚清,在 20 世纪经历了三次重大"转型"。②晚清科幻小说的想象力资源丰富庞杂,既有来自传统文化的成果,如神话传说、民间故事等,也包括文学翻译界对西方现代文明、制度、器物和科技的想象。在文体和审美层面,晚清科幻小说的求新求变常让位于知识界对现代国家治理方式的想象与救亡图存启蒙使命的伸张。吴岩将晚清科幻的"未来想象"定义为"科幻未来主义",体现为"蓝图未来主义""体验未来主义"和"运演未来主义"。③宋明炜认为晚清科幻小说文本、主题与

---

①[德]沃尔夫冈·伊瑟尔:《虚构与想象——文学人类学疆界》,陈定家、汪正龙等译,长春:吉林人民出版社,2011 年版,第 2 页。
②詹玲:《当代中国科幻小说转型研究》,北京:中国社会科学出版社,2022 年版,第 23—158 页。笔者认为 21 世纪以来中国网络科幻小说的文体类型构建和审美范式革新标志着中国科幻小说的"第四次转型"。
③吴岩:《中国科幻未来主义:时代表现、类型与特征》,《中国文学批评》,2022 年第 3 期。

思想的"乌托邦想象的底蕴却大多来自对于中国传统复兴的信心"①。尽管如此,晚清科幻小说的想象力建构与美学观念变革仍然以学习西方、图强求存的创作宗旨为依托,并没有发生真正意义上的"想象力转型"。中国科幻文学"第一次转型"发生于1949年至20世纪60年代中叶,这一时期科幻小说在"向科学进军"重大决策背景下以模仿苏联科幻文学创作为旨归,突出强调其技术乐观主义价值与科普作用,其文体立足儿童文学视角来构建思想内容框架,体现物质生产奇观与精神生活蓝图的诗意想象。这次转型以《火星建设者》《梦游太阳系》《古峡迷雾》《布克的奇遇》等作品为代表。"第二次转型"发生于20世纪80年代初,起因是科幻界与科学界的"观念互动",即科幻文学"姓科"还是"姓文"的辩论。郑文光在辩论中提出"科幻现实主义"理念,用以概括科幻小说的艺术内涵与现实价值,即它像一面"折光镜"一样通过科学幻想来讽喻现实。这次转型的代表作品有《珊瑚岛上的死光》《月光岛》《飞向人马座》《温柔之乡的梦》《波》等。"第三次转型"发生于20世纪90年代,新生代作家在老作家的翼护下迅速成长,老中青少"四世同堂"奠定了中国科幻文学的繁荣格局。宋明炜套用"新浪潮"概念命名转型中的中国科幻文学,并将其视为中国科幻融入世界想象力舞台的起点。② 新历史书写与神话重述、生态危机与生物政治、太空歌剧与技术诗学、"赛博格"与"后人类"以及张扬女性主义的"她科幻",构成了这次转型的五种"头部主题"。内容题材的丰富性,创作环境相对宽松,新技术新媒介合力打造的传受语境与民族复兴的文化生态共同推动中国科幻文学的新转向。刘慈欣、郝景芳先

---

①宋明炜:《中国科幻新浪潮:历史·诗学·文本》,上海:上海文艺出版社,2020年版,第60页。

②宋明炜:《中国科幻新浪潮:历史·诗学·文本》,上海:上海文艺出版社,2020年版,第57—80页。

后获得"雨果奖"以及陈楸帆、飞氘、夏笳、双翅目等青年作家的"出圈"将这次转型推向高潮。

21世纪中国网络文学在新媒体文化场中强势崛起,作为其重要"亚文类"的网络科幻小说在创作伊始就体现出极高的质量与价值。网络科幻小说继承了传统科幻的想象力资源,又在想象话语建构中融合新技术、新媒介与"陌生化认知"经验,形成富有艺术感染力的想象话语系统。这一总体特征决定了网络科幻小说的想象多以视觉化的语言描写为基础,故事情节的呈现也多以视觉想象为主。传受过程的媒介化技术依赖性、人物形象塑造的类型化和图式化、文本结构的"非线性"和"星丛化"、叙事效果的场景化和奇观化等要素驱动着网络科幻小说想象力创造,帮助科幻小说文体实现跨媒介的文体迁移与意义转换,实现人类审美经验的更新。在创作方法、文体形态和审美风格层面,网络科幻小说已经从其科幻想象的艺术传统中脱颖而出,推动着中国科幻文学的"第四次转型"。

首先,传统科幻叙事转型为网络科幻小说提供了想象力资源。"科幻小说所呈现的对未来的文学想象,不仅是作者幻想的任意游戏,而且是建立在他们对科学技术的理解基础之上的,而这种理解也成为幻想故事不可分割的组成部分。科幻小说创造的未来愿景发生在一个被称为'时空体'的特定时空中,它通常发生在遥远的未来,位于某种不可接近或未知的领域,在那里时间和空间形成一个有意义的整体。"[1]传统科幻以"未来世界""超级科技""异族异事"想象为基础,构建出迥异于现实世界的"叙事时空体"并生成具有"陌生化认知"特征的审美经验系统。网络科幻小说延续了传统科幻文学的审美经验并借助新媒介新技术将其优化重

---

[1] Jana Tomašovičová. *Parallels Between Two Worlds: Literary Science-Fiction Imagery and Transhumanist Visions*, World Literature Studies, vol. 13, 2021(1), pp. 31-42.

组,生成更有未来感的新经验范式。网络科幻小说不仅继承传统科幻"软硬科幻"主题塑造,还探索出融合科幻与其他类型以驱动想象的方法。在"硬科幻""软科幻"的基础上,网络科幻小说开创了兼具中国特色与全球视野的"混合科幻""拟科幻"与"类科幻"①等"衍生题材",并逐步在网文创作中"升级"为与"软硬科幻"并列的主题类型。例如《间客》构建历史虚构、星际战争与修真世界彼此融合的未来世界;《修真四万年》呈现神话与现实、玄学与科技、仙魔与世俗等要素相互交织的超验想象;《第一序列》则将现实世界与赛博空间、废土求生与日常生活、骑士精神与人文关怀等"多元矛盾性"要素②有机整合,创造有情怀的复合型"爽文模式"。由这些"衍生题材"所生成的"进化变异流""废土末世流""穿越架空流""游戏升级流""克苏鲁神话"等想象类型也逐渐构成网络科幻叙事生态的主体和"顶流"。

在主题范式层面,网络科幻小说的"技术想象"拓展了叙事虚构的故事语境,创造出富有开创意义的"新语""新知"。这是科幻作者对人类历史上前所未有的、不可预测的和不确定的新事物、新观念与新方法的审美

---

①"混合科幻"是科幻与现实、历史、仙侠等题材交互融合的网络小说类型,这种混合也在叙事中扮演相似作用。"拟科幻""类科幻"则指其他叙事类型中包含科幻要素、科幻角色与科幻情节,但它们又不构成作品叙事生成的主要动因,如修真小说《飘邈之旅》穿插了中国古人被外星人"绑架"的情节,穿越小说《篡清》描写主角徐一凡"穿越"的原理等。这些带有科幻特征的情节只是小说的插曲、"噱头"或某种"梗",对小说叙事并无影响。

②"矛盾和多元决定"的概念是由阿尔都塞在《保卫马克思》中提出。他声称事物性质总是由内部相互矛盾的多元要素共同决定。"'矛盾'是同整个社会机体的结构不可分割的,是同该结构的存在条件和制约领域不可分割的;'矛盾'在其内部受到各种不同矛盾的影响,它在同一项运动中既规定着社会形态的各方面和各领域,同时又被它们所规定。"笔者用此概念表达"混合科幻"内部主题、思想、精神、价值与审美诸要素的互动融合关系。详见阿尔都塞:《保卫马克思》,顾良译,北京:商务印书馆,2010年版,第88—89页。

概括。① 网络科幻小说在传统科幻文学的基础上虚构"新语""新知",引发新的审美体验。例如《三体》同人小说《云氏猜想》不仅拓展了云天明的故事维度,而且用扎实的科学思维虚构"二维生物""光粒人"等新角色;为了突出云 sir 星际冒险的新奇性,小说还想象"脱水人"使用神乎其技的维度科技将他改造成同一意识栖身于不同躯体的生命形态("双体同识")。类似的还有《文明》创造了"念能空间"(第四空间)和"神级文明"的概念;《重生之超级战舰》想象各种"巨物",如"白矮星异兽""中子战星"等;《地球纪元》对"技术死结""缸中之脑"进行科学解读;《深空之下》描述了"大过滤器""小过滤器"等技术设想的哲学内涵;《千年回溯》《复活帝国》等提出了"宇宙文明世代论"观点,还利用想象综合重释"暗物质""虚粒子""逆熵"等概念;《星空之上》想象可观测宇宙和人类文明只是超级文明的电脑程序等。网络科幻小说叙述策略与语义编码的"新语""新知"不仅拓展了传统科幻文学的艺术认知观念,而且在叙事、文本与文体层面产生"陌生化""延异性"效果,甚至将"未经之事""未解之谜""未明机理"和"未来世界"等想象话语"置入"读者熟知的生活场景中,在想象力"变异综合"手段②的加持下产生"自反性"认知效果,引发读者惊诧、自省和警醒的情感—心理反应,体现了网络科幻小说虚构"新语""新知"的审美价值。

---

①Istvan Csicser-Ronay, Jr. *The Seven Beauties of Science Fiction*, Middletown: Wesleyan University Press, 2008, p. 59.

②吴岩将科幻小说想象力建构划分为"词汇暴接""感官诉诸""时间错配""情境极化""跨界隐喻"五种类型。详见吴岩《论中国科幻小说中的想象》,《中国现代文学研究丛刊》,2018 年第 12 期。不过,网络科幻小说的叙事想象则是修辞、文本、审美与思想等因素的"综合完形",而不仅是某种"简单聚合"(1+1=2),它们充分调动人类想象力诸元素而将它们"缝合"在一起,其中既有旧元素的吸收改造,也有新元素的叠加重塑,是融合了要素"变异"和"思维加工"的"创造性综合"(1+1>2)。

其次，网络科幻小说在应对现实科技实践诉求时也会为科幻文学理论提供新的想象力资源，"反哺"传统科幻文学的叙事想象，推动其文体话语创新。在叙事内容层面，网络科幻小说比传统科幻文学更具有创造力，它借助网络媒体的超链接和非线性叙事构建了与传统科幻文学迥异的文本结构方式，"副本叙事"最具有代表性。"副本"是相对于"正本"而言的叙述学概念。网络科幻小说常以多元形态的"支线"环绕"正本"但又各自拥有情节独立性的"副本"来构建区别于传统科幻叙事。商业化写作模式、"超长篇"叙事容量和"分层化"故事情节推动了网络科幻小说"星丛文本"的生成。一是"串联式"文本结构序列。《小兵传奇》作为早期"打怪升级""游戏爽文"的代表，就是一种串联式游戏文本。在《文明》《重生之超级战舰》《深空之下》以及《七号基地》等作品中，"移步换景""升级换地图"式的"副本故事"在情节上的渐进式推进关系也在语义层面构成相互关联的线性串联结构（图1）。

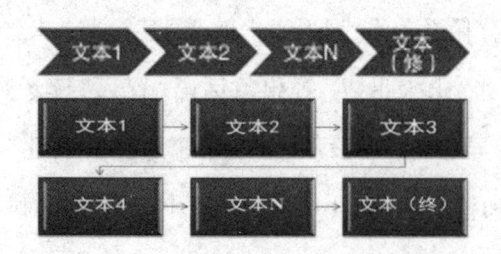

图 1　串联式文本的两种"变体"

二是"环状文本"结构系统。例如《地球纪元》以五个情节相对独立的"支线故事"（每一个都可以被视为具有独立情节的科幻长篇）和一个"番外故事"（一部情节独立的科幻中篇）建构人类未来史，形成了与传统科幻史诗（如《三体》）对位的围绕"构建未来人类命运共同体"叙事主线的"环状文本"系统。类似的还有《文明》（人类/沙星文明的故事+风雷帝国的故事+人工智能"降临者"的故事）、《深空之流浪舰队》（太空歌剧式的"正本"+支线副本+番外)和《宇宙的边缘世界》(造物主文明故事+人类文明故事+内宇宙与外宇宙故事)等,我们将它们称为"环状结构"的叙事文本(图2)。

图2 "环状文本"的两种"变体"

三是立体多元的"嵌套文本"或"星丛文本"。这类文本的结构生成受到叙述动作起承转合的驱动,时常因为某个关键要素(人物、情节、故事线等)的突转或断裂而终止,或出现某个"支线故事"中嵌套"更次级副本"的情况,形成了立体拓扑式文本结构(图3)。例如《千年回溯》讲述"最强兵王"在穿越中搬运未来科技以影响历史轨迹,最终战胜外星强敌的故事,其十个"穿越副本"如同游戏的容错机制般"嵌合"在拯救文明的"正本"中,拓展了叙事潜能;《复活帝国》描述两个宇宙文明"世代"的恩怨情仇,主角在人类超凡者的帮助下"无限复活",引发战争天平倾斜,帮助人类文明解除灭世危机。

图3 "星丛式文本"的两种"变体"

上述文本新形态不仅"复现"了叙述学对"理想文本"的经典构想,即

文本作为"织物之网"和立体分布结构其意义"于无限之文外生存"[①]而产生"无限衍义"。这说明,借助新意义生成媒介(超文本),网络科幻小说拓展了"文本"理论的阐释维度,"反哺"并重塑传统科幻叙事实践,推动科幻文艺想象话语体系的嬗变,还为科幻文艺理论提供想象力话语建构的新动力。

最后,网络科幻小说对"后人类叙事"与"后人类形象"的想象性建构,不仅为科幻叙事创造了具有镜鉴效应的"后人类美学"体系,还为科幻文艺理论提供了更多的"新场景""新范式""新经验"。"线上线下"科幻文本生产场与新旧想象力资源的碰撞融合共同推动科幻文学主题文类及其阐释话语的异变,丰富了科幻文艺批评话语系统,指导着科幻文艺想象力建构。一是"后人类形象"的"家族想象"及其所预示的"生物政治学"观念对人类中心主义价值观的冲击。黄鸣奋认为从生物学、形态学和功能学的不同角度看,后人类表征为不同的认知范式体系,这也给美学观念更新提供了多种可能性。[②] 网络科幻小说利用传统科幻想象力资源塑造类型多样的"后人类形象",如奇特的异族人与外星人(《寻找人类》的"三智者"、共生体"绿星人")、克隆人与生化人(《天阿降临》的"量子态生物"、《从红月开始》的"精神体")、赛博格与机器人(《群星为谁闪耀》的"半机械人"、《千年回溯》的超级人工智能等)、类智人与半兽人(《深空之下》的"蜥蜴人"、《废土》的"丧尸"),以及"超人"与"新人"(《大宇宙时代》的"觉醒者"、《深空之下》的"超凡者")等。这些"后人类"如镜子一般映射了人类中心主义的片面,彰显了"宇宙社会学"语境下"泛智慧物种命运共同体"(对标"人类命运共同体")的未来学价值。

[①] 罗兰·巴特:《文之悦》,屠友祥译,上海:上海人民出版社,2002年版,第47页。
[②] 黄鸣奋:《后人类伦理》,北京:中国电影出版社,2019年版,第45—46页。

二是网络科幻小说与传统科幻文学的"叙事共振"。除了为读者创造离奇诡谲的科幻故事外,年轻网络科幻写手也是高超叙述技巧的掌握者,例如彩虹之门、天瑞说符、会说话的肘子等。彩虹之门拥有对悬念节奏的出众把握能力,例如《地球纪元》对赵华生与"等离子生命体"的生死博弈与《星空之上》对许正华猜想与验证宇宙终极真相的叙述等。这些"中国未来故事"通过彼此勾连的"悬念丛"而被精彩展现,蕴含着技术与人文的双重维度。天瑞说符在"超级情境"的技术想象中将传统文学叙事技巧运用到了极致。《死在火星上》用平淡简洁的语言为读者营造了独具中国气质的"失落异星"氛围,日常的琐碎与技术的复杂被熔为一炉,呈现出理性克制又不失幽默的叙述文风;《我们生活在南京》里叙述者在故事中现身,故事时间与文本时间构成时空悖论的交叉纬度,严肃救世主题中流露出活泼轻快的游戏策略,这些叙述实验提升了哲理思考的力度。会说话的肘子对于网络文学叙事实践的贡献体现在叙述话语内隐的人文情怀。从《我是大玩家》《大王饶命》等"灵气复苏流"作品中刻意搞笑迎合受众的创作倾向向《第一序列》《夜的命名术》等末世生存文对叙事话语精细雕琢的转变,让我们看到他的叙事理念的成熟,这种反复提炼叙述话语内在审美品质、提高想象力再现水平从而提升小说艺术感染力的努力,既是科幻作家实现想象力突破的有益尝试,也契合了社会各界对网络文学高质量发展的内在要求。

三、网络科幻小说想象力建构的审美价值

想象力建构水平的高低是检验科幻小说质量的重要标准,传统科幻文学创作如此,以网络新媒介为载体、以新技术想象为旨归、以科幻未来主义为表现对象的网络科幻小说更是如此。对比与镜鉴、隐喻与反思、象

征与警示、寓言与劝诫是网络科幻小说"异族""异世""异境"与"异识"等审美价值意图的体现。

首先是"奇观化"叙事话语体系所激发的"奇情化"审美接受效果,其典型表征就是网络科幻小说自带的"爽文机制"在想象力再现过程中的编码、解码与"再编码"。网络科幻小说中的想象谱系,例如外星文明的"神迹"、异族生命的"怪诞"、未来世界的"奇观"与超级科技的"异象"等都是科幻写手借以映射和镜鉴现实生活的审美言说策略。通过审视"神话世界"及其"神迹"与经验世界之间的错位离析关系,网络科幻小说的想象话语是"以表达愿望和恐惧的形式所体现出的人类心灵的映射"。[1]这种以神话寓言形式所产生的虚构想象构成了科幻小说叙事形式的思维模型,也是我们判定一部作品是"现实向""科幻向"抑或"神话向"的理论依据。宋明炜认为,"作为通向新奇宇宙的科幻,很可能在两个意义上唤醒了文学的两个更早时期的精神,其一是神话",即"人类与怪物在残破的世界上相处共生"的想象力范式。其二则是"新巴洛克美学",即强调新感官冲击的想象力范式,"除了信息技术、人工智能、各种新宇宙论、新物理学构筑的认知变化上,还更为具象地体现在许许多多的科幻奇观上"[2]。奇观营造必然会引发传受过程的"奇情体验"。网络科幻小说对"神级文明"及其场所、器物、科技、制度与观念等要素的超视阈呈现不仅表现出人类渴求无限进化、突破肉身局限并掌控宇宙规律的话语逻辑,还呈现了不同于传统科幻叙事的那种以宏大深邃、浪漫绮丽和史诗气质为主要症候的新美学风格。

---

[1]参见[美]罗伯特·斯科尔斯、弗雷德里克·詹姆逊等:《科幻文学的批评与建构》,王逢振等译,合肥:安徽文艺出版社,2011年版,第23、30页。斯科尔斯将科幻小说理解为一种"结构性寓言",它依据的是"近期科学对人类前景的推断",以此来开展"虚构的探究"(类似于"思维实验")并揭示"自然科学中与人类生存相关的联系与发展"。

[2]宋明炜:《科幻作为方法:交叉的平行宇宙》,《外国文艺》,2021年第6期。

其次是网络科幻小说延续了网络文学的"爽文学观"及其"造梦机制"。周志强指出,"当代文艺——尤其是大众文艺正从象征型时段走向寓言型时段。诸多作品都隐藏了本身没有陈述的信息;各种压抑性的意义像幽灵一样在银幕与文字中游荡;快感正成为生活财产和生命印记"[1]。网络科幻小说意义生产也被打上"剩余快感"释放的烙印,它既可以充当作者解放想象力、升华白日梦的表征媒介,也可以为科幻迷宣泄情绪、消解焦虑并构建"替代性能指"。一方面,它通过逻辑理性"规训"人类想象力,如神话寓言中的蒙昧意识和神秘主义经过科幻想象"重述"演变为对未知世界和超级科技的探索欲望,古典叙事传统经由科幻叙事的编码改造转换成新的知识经验系统,让人类文明打破禁锢实现新飞跃。另一方面,网络科幻小说在大众文化场域内通过未来生活演绎、新感性语言塑造与现代性经验转喻来达成某种对现实经验缺憾的补偿。由于叙事内容专业、创作难度大、准入门槛高等因素[2],科幻小说是网络文学最具特性的"亚文类"。在商业写作模式下,科幻很难快速"变现"想象力资本,很多写手都是"靠爱发电","断更""埋坑"甚至"太监"风险极大,"剩余快感"的释放与"以爽文抒写情怀"[3]的动因成为网络科幻叙事想象的驱动力。作为"高级欲望"的"爽文情怀"既是人类想象力的符号表征,也是网络科幻艺术潜能释放的"解压阀",更是作者/读者实现心理—精神需求"兑现"的主要手段。网络科幻想象展现了人类的独特本质,即将不着边际的狂想与科学严谨的猜测糅合到科幻小说的虚构世界中寻求心灵寄托。想象功能借助这种带有"预叙"特征的叙事虚构完成,提供与现实

---

[1] 周志强:《剩余快感:当前文艺生产的驱动力》,《文学与文化》,2021年第4期。
[2] 鲍远福:《新世纪网络科幻小说的现实境遇与中国经验》,《中州学刊》,2018年第12期。
[3] 邵燕君:《从乌托邦到异托邦——网络文学"爽文学观"对精英文学观的"他者化"》,《中国现代文学研究丛刊》,2016年第8期。

生活平行的"拟换场景","让想象中的目标人物进入物理过程,就像虚拟的戏剧或冒险一样,将抽象过程转换为游戏,将确定性系统转换为体验场景"①。网络科幻小说"调和了理性物质限制的现实原则与实现了物质的充裕和智力超群的愿望,同时也产生了让人感兴趣且令人信服的新难题和困境。通过提出超科技和未来主义的方案来解决我们面临的问题,消除了读者的已知世界和虚构未来的虚拟世界之间的边界"。② 黎杨全将网络文学的"爽文机制"解读为日益"空心化与'物化'"的感官刺激③,借此反对将它们"经典化"。④ 但是,网络科幻小说通过想象构建"科学万能论"的乐观认知仍然具有现实价值,因为作为现实生活单向度、扁平化与缺憾性的"欲望补偿机制",科幻叙事想象是对人类现有认知经验和生存状况的超越、超脱与超验性构建,它能够激发科幻小说的逻辑思辨之理、引发写读双方的审美愉悦之情。它们对"异族""异域""异识""异思"的想象方式也为我们重审人类经验提供了新的认知工具、无害的"思维实验"与"没有代价的探索"⑤方法。

最后是网络科幻小说的"双向乌托邦建构"功能,其虚构想象方式提供了一条通向"双重乌托邦"的"符号越界"之旅。"现实栅栏被虚构拆毁,而想象的野马被圈入形式的栅栏,结果,文本的真实性中包含着想象的色彩,而想象反过来也包含着真实的成分。"⑥"双向乌托邦建构"具有

---

①代晓丽:《西方科幻小说新发展研究》,北京:清华大学出版社,2021年版,第193、198页。

②Istvan Csicser-Ronay, Jr. *The Seven Beauties of Science Fiction*, Middletown: Wesleyan University Press, 2008, p. 129.

③黎杨全、李璐:《网络小说的快感生产:"爽点""代入感"与文学的新变》,《海南大学学报(人文社会科学版)》,2016年第3期。

④黎杨全:《网络文学的经典化是个伪命题》,《文艺争鸣》,2021年第10期。

⑤吴岩:《科幻文学论纲》,重庆:重庆大学出版社,2021年版,第246页。

⑥[德]沃尔夫冈·伊瑟尔:《虚构与想象——文学人类学疆界》,陈定家、汪正龙等译,长春:吉林人民出版社,2011年版,第3页。

两种价值面向。一种是它通过叙述者所想象的未来去反思镜鉴我们生活的当下,借以引发批判和警示;另一种则是叙述者把当下想象成某种"幻想的未来的过去",引发读者的内省与外察。达科·苏恩文指出,"在20世纪,科幻小说已经迈进了人类学和宇宙哲学思想领域,成为一种诊断、一种警告、一种对理解和行动的召唤,以及——最重要的是——一种可能出现的替换事物的描绘"[1]。网络科幻小说借助这种"自反性建构"手段,"通过未来设想、回望过去或让假想替换一段真实的历史,质疑历史的必然性"[2]。历史、当下与未来的关联在网络科幻小说构建的"超级现代性"想象模式"倒逼"下被重塑,内化为对未来与未知的统摄力,拓展了历史与当下的影响力;科幻叙事对未来的态度也会直接影响叙述者对历史与当下的言说方式,这也将改写和重塑科幻叙事的形式。诚如詹姆逊所言,科幻虽然是未来想象,"但它最深层的主体实际上是我们自己的历史性当下"[3]。"历史性当下"和"当下未来化"是科幻叙事呈现"双重乌托邦"的价值表征。"历史性当下"是指科幻能够提供超脱的视角将当下"历史化",以相对超越的姿态审视当下的构成机制[4],而"当下未来化"则是将现实生活"未来化",它以充分想象综合能力的方式重构"乌托邦化"的变异现实,借此理性地审视未来的"潜在后果"。

---

[1] [加]达科·苏恩文:《科幻小说变形记:科幻小说的诗学和文学类型史》,丁素萍等译,合肥:安徽文艺出版社,2011年版,第13页。
[2] 代晓丽:《西方科幻小说新发展研究》,北京:清华大学出版社,2021年版,第193页。
[3] [美]弗里德里克·詹姆逊:《未来考古学:乌托邦欲望和其他科幻小说》,吴静译,南京:译林出版社,2014年版,第455页。
[4] 李静:《作为"新显学"的中国科幻研究:认知媒介与想象力政治》,《当代作家评论》,2022年第1期。

四、结语

网络科幻小说是人类想象力在网络文化生产场的符号再现,它对传统科幻想象力资源的再生产,为我们构建了符合时代特征与精神需求的新文艺形态。科幻小说不仅通过"新语""新知"重塑想象力,还为我们重新思考现实、进行文体革新提供材料。当代科幻文学的崛起意味着强烈的想象力功能的释放感与超越感,网络科幻小说也能够在启蒙功用与社会反思之外,相对自由地想象历史、当下和未来可能出现的"拟换经验",并以其独特的想象虚构方式为我们呈现某种"爽文机制"。这种补偿机制既兑现了创作者抒发人文情怀、实现文学社会干预的目的,又是对读者生存体验与想象力机制产生联动的心理—情感补偿的中介物。它们最终通过"双向乌托邦"修辞范式为我们提供了关于人类历史、当下与未来的"讽喻式反思"与"寓言化想象"。

原载于《中国文学批评》2023 年第 3 期

中国网络文学创作中的原创性和著作权问题

郑熙青

中国的互联网自 20 世纪 90 年代中后期才起步,比很多发达国家都要晚,但起步不久就已经出现了直接发表在网络上的原创虚构写作。中国网络文学至今在世界上仍是非常特殊的现象,而且从发展初期就开始"出海",不断进入海外读者的视野,并受到全世界读者的欢迎,成为独属于中国网络的一个奇特的文化景观,也是近年来"中国文化'走出去'"最成功的范例之一。然而,尽管网络文学已经渐渐成为影视行业和其他娱乐媒体所谓"IP 文化"的内容核心生长点,但在浪漫主义文学时代出现的文学天才观念和当下国际资本主义版权制度统御的系统中,网络文学经常会显示出它与这套话语体系的龃龉之处。网络文学出身于社群写作和网民游戏的写作,但在学界经典化和业界商业化的努力下,这些语境和特征却极易被删削裁剪,从而令这些在语境中边界和影响关系都暧昧模糊的作品割裂成一部部自成首尾的所谓"经典杰作"。我认为,这种在娱乐工业体系下被从 IP 化的作品四周切割掉的社群网络和文本网络,才是网络文学能生长壮大的决定性因素。面对娱乐工业和学院经典地位的收编,网络文学中与其产生最严重撞击的是有明显前文本的同人写作,其他类型的文学写作,尤其是网络上非正式的文学创作也会有类似问题。与既有的文学作品之间存在清晰的对应关系,实在地影响了这些文学创作在主流文化传播媒介中的可见性。迄今为止与网络文学相关的主流历史叙事,包括行业内部和学术界的,往往忽视同人写作在网络文学中的重要

地位。本文梳理当下全球版权制度的法律和文化来源,以及版权制度在当下文化娱乐产业中实际的操作形式,并指出,在当下对中国网络文学的讨论中,原创性、有独立版权和具有文学审美特性,这几点性质被微妙地混淆了。从后现代文学理论对文学和作者的理解这一角度看,原创性和独立版权之间是否具有紧密的关系,是值得再商榷的。从这个问题出发,我认为,对中国网络写作的研究和梳理,在关注获得市场成功的作家、作品和网站的同时,更重要的是了解整个文本生产的文化场域和经济制度,并明确这样的制度是如何规定文学、文化文本的合法性和可见性的。作为文学研究者,我们特别需要关注那些被大大遮蔽的文学写作和传统,因为它们包含着在当下文化制度中无法自动显形却往往特别富有生命力和创造力的文化生产方式。

在进入讨论前,我们首先必须理解"原创"和"创新"在当下中国的特殊重要性。20世纪末以来,中国在世界上深受"盗版"控诉之苦。近代欧洲的版权和知识产权观念在前现代中国一直不存在。这背后的原因并不是没有盗版、盗印,而是前现代中国缺乏在版权法背后的文学商品化和个人产权化的经济文化语境。虽然中国自清末起就开始有版权法(最早为1910年的《大清著作权律》),但执行一直不严格。中华人民共和国成立初期并没有加入资本主义世界的版权协定,然而改革开放以后,从1980年到1994年之间,中国签署了几乎所有国际版权公约,从此进入基于文学、文化作品商品化逻辑的世界知识产权系统。到1994年,中国的知识产权改革基本完成。然而,一个众所周知的事实是,从20世纪70年代末到21世纪初,从线下到线上的各种软件、影音和印刷产品,中国大陆有着普遍且泛滥的盗版现象。不可否认,在客观上,这些在道德和法律上处在灰色地带的文化产品,为普通人的娱乐生活提供了廉价的选择,并培养了一代涉猎极其广泛、爱好和品位都颇为国际化的音乐迷、电影迷和泛二次元社群。虽然从理论上来说,在一个没有发行渠道的国家的市场内,盗版并不损害正版的经济利益,但规模巨大的盗版现象和市场,连同常见且出名的"山寨"现象,必然会引发版权方的不满,并影响中国在知识产权和创新领域的形象。

随着中国的国力和人民经济实力迅速增强,也随着中国加入 WTO 等国际贸易组织和协定,这种由盗版构成的地下文化场域渐渐开始向正版化方向发展,很多以存储播放盗版视频起家的视频网站,都在这股风潮中开始购买影视作品的播映权。国际影视媒体公司不断的版权警告和中国社会对盗版的耻辱感在其中起着相当重要的作用。正如彭丽君所言,由于全球知识产权体系将知识产权与"创意"产业挂钩,在很多人看来,盗版就成了创造力低下、只会抄袭而自身缺乏创造性的标志。[1] 这在当下中国的文化生产中成为亟须摆脱的耻辱象征,于是"中国制造"向"中国创造"的改变除了在工业界发生外,也同样出现在文化娱乐圈。中国的网络文学以世界罕有的规模和速度发展扩张,并且获得了来自世界各国读者的爱好和称赞,也就很快从半正式的文学创作背景被推到了文化产业的前景。于是,以商业模式和工业化的影视改编为传播基础的网络文学,自然也和"原创性""中国创造"之间建立了紧密的话语联系。然而,在纯粹商业化背景下讨论网络文学的创新性,用本身也只是人为规定的版权制度来衡量、修剪这个特殊现象,必然会丧失这个论题中许多微妙而真正有价值的侧面。所以,在讨论这个问题的时候,我们首先需要询问的是"原创性"这个概念的来源以及它在当下文化娱乐领域中发挥作用的

---

[1] Laikwan Pang, *Creativity and Its Discontents: China's Creative Industries and Intellectual Property Rights Offenses*, Durham and London: Duke University Press, 2012, p.14.

方式。

一、知识产权的文化和法律依据

"创造"这个概念在犹太教—基督教的传统中,是一种独属于上帝的权力。按照雷蒙德·威廉斯对"创造"(create)一词的溯源和界定,"创造"和"造物"(creation)从17世纪开始与艺术直接产生关联,而到了18世纪才出现"创造力"(creativity)的概念。因为这个概念暗示着一种能力的主体,所以"创造力"一词的出现证明了"创造"概念从神的特权下降到人类的行为。① 现代性的一大体现正是创造力的民主化。彭丽君指出,西方现代性是由两种不同模式的创造性促生的,一种是柏拉图式的创造性定义,即可知的、有逻辑的"真理"的理性复制,另一种是希伯来传统中随心所欲的创世主的创造②。在现代性的发展过程中,犹太教—基督教传统中的创造性被严格限制在文学艺术领域,排除了与理性相关的因素,造成了科学和文艺对创造性的不同认知。这种横亘于科学与文艺之间的认知和创作范畴的差异,也进入了现代人类社会对文艺作品创造性的讨论中。这个转折大约出现于17、18世纪,此时文学家的身份被抬高和神化,文学创作开始追求独创性,文学作品开始作为商品流通并形成专门的市场。正如马克·罗斯(Mark Rose)指出的,这些转变不仅几乎是在同一时间段内发生的,而且有着显著的逻辑关联③。

在我们讨论一部文艺作品的原创性时,首先需要注意的是,资本主义

---

①Raymond Williams, *Keywords: A Vocabulary of Culture and Society*, New York: Oxford University Press, 2015, pp. 45-47.

②Laikwan Pang, *Creativity and Its Discontents: China's Creative Industries and Intellectual Property Rights Offenses*, Durham and London: Duke University Press, 2012, pp. 29-45.

③Mark Rose, *Authors and Owners: The Invention of Copyright*, Cambridge, MA: Harvard University Press, 1993, p. 6.

版权制度和作者天才论的观点并没有很长的历史。研究版权的学者会将现代版权的来源上溯到1557年,这一年英国书商工会获得了皇家特许印刷权,所有印刷出版的书籍都必须在该工会登记。① 类似法规的出现与古登堡的铜版印刷技术的发明(1461),以及该技术在全欧洲的普及有着直接的联系。马克·罗斯追溯了英美法系中版权的法律来源,特别强调了1710年英国《安妮法》的重要性。②《安妮法》被认为是世界上第一部版权法。按照《安妮法》的规定,国会首次将书籍版权给了作者(而不是出版商),附加要求是只有新作品才可以获得版权,并且将之前的永久版权限制在两个十四年的时间段。L.雷·帕特森(L. Ray Patterson)认为,《安妮法》的目的在于鼓励创造性,保证公众可以自由获得信息的权利,并终止了版权作为书报审查制度的功能。③

  在英美法系之外,其他一些国家和法律体系以其他方式保护作者权利。例如最早的作者"特权"于1486年出现在威尼斯公国。与前现代作者主要依靠赞助人出资维持生计不同,这种特权是王权赐予作者从自己的作品中获利的权利。在法国,所谓"作者权"主要涉及将作品印刷并获利的权利。这种权利出现于16世纪,此后,书商需要获得书的作者或其继承人的书面许可后才能印刷书籍。法国大革命后,法律中这个本来针对印刷的权利才改为作者自身的权利。有别于各国自身的版权法律体系,跨国共通的国际版权体系迟至19世纪晚期才发展规范起来,推动者

---

① 例如,马克·罗斯指出,威尼斯的作者特权和英国书商公会的皇家特许印刷权是两种并行的印刷管制制度,但后者对后来的版权制度有重要的影响。Mark Rose, *Authors and Owners: The Invention of Copyright*, p. 12.

② Mark Rose, *Authors and Owners: The Invention of Copyright*, Cambridge, MA: Harvard University Press, 1993, p. 4.

③ Suntrust Bank v. *Houghton Mifflin Co.*, 268 F. 3d 1257? Court of Appeals, 11th Circuit 2001, https://scholar.google.com/scholar_case?case=13094222792307527660.

包括少数发明家，如托马斯·爱迪生、维尔纳·冯·西门子，以及一些享誉全球的作家，如马克·吐温和维克多·雨果等人。在此之前，作者的版权只在一国之内有效。在国际版权体系建立和规范期间，最重要的文件是最初签订于1886年的《伯尔尼保护文学和艺术作品公约》。《伯尔尼公约》经历多次修订，至今仍在发挥功能。

正如马克·罗斯所言："创作者（author）与所有权人（owner）分别主导了现代以来文学观念与法律观念中的两个'作者'形象，它们其实是同时出现的，'是一对孪生子'。"[①]作者对文本至高无上的权力和印刷出版业的商业化有着紧密的逻辑关联，虽然并不一定是直接的因果关系，但只有作品被视为作家的个人产物才保证了一系列获得利益的权利转让具备基本的合法性。也就是说，作者正是因为靠自己的"天才"创作了作品，才能获得授权的合法性。这一系列逻辑链条最终指向了作者身份的定义。

在文学领域，作品是作者天才之体现的观念，和18世纪末兴起的浪漫主义文学有着紧密的联系。欧洲浪漫主义对"天才"概念的崇尚通常可以追溯到英国的爱德华·扬格（Edward Young），他的《试论独创性作品》(1759)强调了原创性的重要性，提出"天才"是至高无上的，认为内在的创新性胜过所有古典教条和新古典主义的模仿之作。他甚至认为，当时的作者应当敢于与古希腊、古罗马的伟大作家并驾齐驱。他说：

> 模仿有两种：模仿自然和模仿作家；我们称前者为独创，而将"模仿"一词限于后者……独创性作家是而且应当是人们极大的宠

[①] Mark Rose, *Authors and Owners: The Invention of Copyright*, p. 132. 译文转引自储卉娟：《说书人与梦工厂：技术、法律与网络文学生产》，北京：社会科学文献出版社，2019年版，第60页。

儿,因为他们是极大的恩人;他们开拓了文学的疆土,为它的领地添上一个新省区。模仿者只给我们已有的可能卓越得多的作品的一种副本,他们徒然增加了一些不足道的书籍,而书籍可贵的知识和天才却未见增长。①

扬格的文章直接影响了德国"狂飙突进"运动的一代,包括歌德、席勒等(歌德年轻时曾用扬格的文字学习英语)。从德国早期浪漫主义者开始的文学思潮也很快扩散到欧洲其他地区,雷蒙德·威廉斯在对"天才"(genius)一词的溯源中也发现,在17世纪,英语、法语和德语中,"天才"一词的意义和"才能"(talent)之间并没有明显的区分,直到18世纪才出现将"天才"独立于意义更加含混的"才能"之外,描述一种超凡能力和天赋的用法。② 也就是说,"天才"一词词义的新发展,与"创造"一词词义的变化是同时发生的,而且紧密相关。

这种对作者个人天才的强调非常明显地体现在浪漫主义文学理论中。英国浪漫主义诗人华兹华斯在《抒情歌谣集序》中强调来自生活(而不是对经典文学的模仿)的诗歌语言,颂扬从劳动人民那里模拟来的真实的境况和心绪。同时,他也将诗歌语言的力量溯源到天才诗人的敏锐洞察力和情感表达上:

好的诗歌是强有力情感的自然流淌;尽管上述为真,但诗歌的价值多种多样,好的诗歌并非任何主体都能作出,必须是特定的人,他

---

① [英]爱德华·扬格:《试论独创性作品》,《为诗辩护·试论独创性作品》,袁可嘉译,北京:人民文学出版社,1998年版,第82页。

② Raymond Williams, *Keywords: A Vocabulary of Culture and Society*, New York: Oxford University Press, 2015, pp. 98-99.

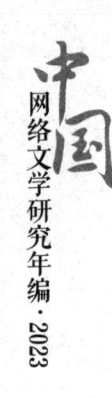

抱持着比常人更多的天然的敏感,也能思虑深远。①

华兹华斯认为,优秀的诗歌只能由有特殊才能且敏感的人写出,而作诗的过程就像是"自然流淌",类似一种浪漫化的天赋神启过程。另一位浪漫主义诗人和文学理论家柯勒律治在《文学传记》中评价了华兹华斯《抒情歌谣集》的贡献,也着重强调了从劳动人民的日常生活中获得语言的重要性②。他还认为只有天才诗人才能将这种语言完美地表述出来：

> 这是由诗歌天才本身造成的差别,这种天才维持并改变着诗人自己意志中的形象、思维和感情。在最理想完满的描述中,诗人内在的力量依据相互的价值和品位互相压制着,将人类完整的灵魂调动起来。他散发出一种语调,一种和合的灵魂,利用化合与魔法的力量互相混合着,(就像它本来的形态那样)熔合着；这种力量,之前我们一直只挪用了"想象"这个名称来描述。③

柯勒律治赞扬了天才诗人的能力,强调从本真的生活中获得最恰当、有力的语言是一种天赋,认为跟在天才诗人身后模仿的人只不过是在脱离了生活的语言系统中自我重复,而让这种语言系统成形的,却是最开始进行原创性写作的古典诗人。浪漫主义诗人打破了新古典主义崇尚模仿

---

① William Wordsworth,"*Preface to Lyrical Ballads, with Pastoral and Other Poems*", *The Norton Anthology of Theory and Criticism*, ed. Vincent B. Leitch, New York and London: W. W. Norton & Company, 2001, p. 651.

② Samuel Taylor Coleridge,"*Biographia Literaria*", *The Norton Anthology of Theory and Criticism*, pp. 672–682.

③ Samuel Taylor Coleridge,"*Biographia Literaria*", *The Norton Anthology of Theory and Criticism*, p. 681.

经典的教条,从民间寻找鲜活的语言,为自我表达寻找理论上的合法性。由此,席卷文学艺术等多个领域的浪漫主义树立了天才的崇高形象,并一直延续到现代主义艺术家那里。这种关于作者的观点渐渐成为主流,随着越来越多的欧洲作者开始依靠写作谋生,"版权属于作者"在文学理论、经济要求和法律等多个层面重叠配合起来,在不断的法律诉讼中渐渐完善,形成了当下资本主义知识产权世界体系中的思想、制度和文化基础。

二、无法追溯的天才作者和后现代的文本间性

在承认作家才能确实有区别的同时,我们必须看到,浪漫主义文论中确立的天才作者形象在文学史上无法回溯,而且本身也存在不少可商榷的疑点。一方面,在世界文学史上,尤其是漫长的前现代,可以将一部想象性的文学作品直接关联到单一作者或可以明确只有少数作者的情况,并不是常态,大量作品都是集体创作的成果。同时,将一本书冠名为一个作者的作品,其逻辑在历史发展过程中也多有变化。[①] 另一方面,文学作品都是在其自身的历史文化语境中出现的,无论其作者是否有天才的思维和创造力,它都不会是突然间出现的独一无二的造物。一个作者必然会在写作中体现出自己在学习和阅读过程中曾经接触过的前人作品的影响痕迹。即使不存在刻意的模仿和致敬,这种情况依然存在。类似观点在即使并非后结构主义文论拥趸的批评家,如哈罗德·布鲁姆那里也多有体现。布鲁姆着重讨论了前人中的"强者诗人"(如弥尔顿)对后辈作家不可避免的影响,认为无论是模仿还是刻意地避免模仿这位天才的前

---

① 例如,一些书籍上标明的作者是收集整理者或改编演绎者。

辈诗人,事实上都体现了这种影响的焦虑。① 按照结构主义文学理论的基本观点,人类所有的故事都是前人已经讲过的。弗拉基米尔·普罗普分析了俄罗斯民间故事中 31 种故事元素的功能,发现经过不同的排列组合可以形成不同的故事形态②;美国结构主义学者约瑟夫·坎贝尔提出的"千面英雄"理论则将各民族史诗和神话中的英雄传说的模式化叙事,一直联系到了现当代的科幻奇幻故事。由于《星球大战》的创作者乔治·卢卡斯的应用和推广,坎贝尔的这套理论与当代流行文化无缝衔接。③

朱迪斯·斯蒂尔(Judith Still)和迈克尔·沃顿(Michael Worton)梳理了西方文艺理论中关于文学作品的概念和界定,尤其讨论了摹仿论(mimesis)在西方文学史中的重要地位。④ 可以观察到,从柏拉图开始的西方诗学理论中,不少理论家述及文本之间的关系,并触及了"文本间性"概念。当然,文本间性直到朱莉娅·克里斯蒂娃才最终形成了一个固定的称呼和概念。摹仿论中文本与文本、文本与现实之间的关系有清晰的等级关系,而后结构主义文论中著名的"文本之外无他物"概念⑤,则消解了文学作品的神话地位。文本间性较为中立地描述了文本之间客观存在的联系,且不存在先后和主次分别。从巴赫金的"众声喧哗""多声复义"理

---

① 参见[美]哈罗德·布鲁姆:《影响的焦虑》,徐文博译,北京:生活·读书·新知三联书店,1989 年版。
② 参见[俄]弗·雅·普罗普:《故事形态学》,贾放译,北京:中华书局,2006 年版。
③ Chris Taylor, *How Star Wars Conquered the Universe: The Past, Present, and Future of a Multibillion Dollar Franchise*, New York: Basic, 2014, p. 126.
④ Judith Still and Michael Worton, "Introduction", in Judith Still and Michael Worton (eds.), *Intertextuality: Theories and Practice*, Manchester: Manchester University Press, 1990, pp. 1–44.
⑤ Jacque Derrida, *Of Grammatology*, trans. Gayatri Chakravorty Spivak, Baltimore: The John Hopkins University Press, 1976, p. 158.

论发展出的文本间性理论,强调文本之间交错互鉴的关系最终决定作品的意义。这样的理论在文学理论和实践中都在改变人们对文学的态度。

对"作者"身份这一问题,琳达·哈钦(Linda Hutcheon)概括道:"文本的创作者(至少从读者的角度来看)从来都不是真实的人物,即使只是推论中的真实人物也不是,却是读者从自己的位置推论出来的一种发声的实体。"①这种观看方式,事实上将读者作为文本意义重要(甚至可能是最重要)的决定者,正如罗兰·巴特在《作者的死亡》中提出的那样,"读者是构成写作的所有引证部分得以驻足的空间,无一例外;一个文本的整体性不存在于它的起因之中,而存在于其目的性之中,但这种目的性又不再是个人的:读者是无历史、无生平、无心理的一个人;他仅仅是在同一范围之内把构成作品的所有痕迹汇聚在一起的某个人"②。在巴特看来,随着作者神话的消失,文本的主体性也成为问题。单独的文本不再存在,存在的只有无边无际的文本间性,文本间性是所有文本的共性。

从实践的角度考虑,在世界文学史中,重新讲述一个人尽皆知的故事,或者给这个故事按照自己的想象加上之前或之后的故事,几乎是司空见惯的现象。仅以中国文学史为例,明清小说"四大名著"中只有《红楼梦》可以明确是由文人创作的故事,其他三部都多多少少源自历史记载。《三国演义》是基于三国时代历史故事的写作,《水浒传》最早的文本源自南宋时讲述北宋末年宋江起义的话本《大宋宣和遗事》,《西游记》除了唐朝高僧玄奘取经的故事,还融合了很多佛教讲经故事。这三部作品最终在明朝大致定型为自成首尾的作品前,都经历了长期的民间传播过程,其

---

① Linda Hutcheon, *A Poetics of Postmodernism: History, Theory, Fiction*, New York: Routledge, 1988, p. 81.

② [法]罗兰·巴特:《作者的死亡》,《罗兰·巴特随笔选》,怀宇译,天津:百花文艺出版社,2005年版,第294—301页。

间有长达数百年甚至上千年故事讲述者和表演者的传承、再创作,故事内容和形式有多次变化,绝不是现代意义上的天才作者个人思想的结晶。这些作品在某个写作者笔下大致定型后,在长期的民间流传过程中仍然会有规模不小的修改和评注,这是前现代叙事作品正式化、规范化、经典化的常见步骤。所以,这些作品与后世流传版本的冠名作者并没有确定无疑的关系。在某种意义上,冠于其上的作者之名倒确实印证了福柯在《什么是作者?》中提出的"作者功能"理论。① 也就是说,作者只作为多重话语网络中各种行为和意义的结构性发出者而存在,文本结构上的作者功能与真正写作的作者是谁没有直接关系。福柯对作者主观意志存在与否并不在意,因为在他的理论视角中,文本纯粹是以自身在社会文化结构中发生的作用来产生意义的,也就像他在文章最后的反问:"谁在乎说话的人到底是谁?"②

当然,后结构主义作者论和文本论并没有从根基上动摇传统的文学研究范式,"知人论世"的作者中心主义研究依然在很多学科中占据着中心地位,本文也无意挑战这种研究方式的合法性。通过上述关于文本间性的讨论,我希望指出的是,文本的原创性和作者的天才创意这样的观念本身就是历史和文化的建构。随着文本观察角度和方式的变化,对于文本的意义和原创性的判断也会随之改变,并不存在绝对客观的原创性判断。我们更应该关注的是这种原创性定义的历史文化来源,以及这种定义如何限制和塑造了文本的创作和流通方式。对于芜杂的中国网络文学

---

① Michel Foucault,"*What Is an Author?*", *Language, Counter-Memory, Practice: Selected Essays and Interviews*, ed. Donald F. Bouchard, trans. Donald F. Bouchard and Sherry Simon, Ithaca: Cornell University Press, 1977, pp. 113-138.

② Michel Foucault,"*What Is an Author?*", *Language, Counter-Memory, Practice: Selected Essays and Interviews*, ed. Donald F. Bouchard, trans. Donald F. Bouchard and Sherry Simon, Ithaca: Cornell University Press, 1977, p. 138.

生态而言，正因为它在正式与非正式、社群爱好和商业利益之间的摇摆，原创性的定义就显得尤其暧昧不定。

三、转化型写作、版权争议和可发表性

本文将在已有文本基础上重新想象和创作的写作行为称作"转化型写作"（trans-formativewriting）。这个名称沿用了英语粉丝文化中的一种命名方式，有些翻译也作"衍生写作"或"再创作"，指的是在已经成形的叙事文本的基础上，利用原作中的人物、情节和背景等元素，以新的目的、情感和表达方式讲述新的故事文本的写作行为。① 这个概念借鉴了法律用语，强调二次写作中的创造性，认为转化型写作是在原作的基础上添加新内容和改写，而不是毫无创新地重复甚至剽窃。采用这样的命名方式，主要是因为知识产权法在转化型写作相关的讨论中一向是最核心的几个议题之一。转化型写作有非常明确的原文本，故事中人物、背景和情节往往有不少和原文本一致的内容，而转化型写作也需要依靠和原文本之间的互动关系来表达意义。尽管如前文所述，文学史上有很多建立在前人作品基础上的文学创作，而其本身也成了著名作品并流传后世，但在当下的知识产权系统中，在有前文本的情况下，这样的作品在怎样的条件下还可以看作有原创性的？

有趣的是，在上述问题的判定中，决定性的因素不是文艺理论，而是法律实践。出现在正规图书市场和主流文学史叙事中的转化型写作，作家拥有著作权，而其原文本通常是早已进入公共版权领域内的作品，或者是没有特定作者的文本，如传说和民间故事等。特别出名的原文本有

---

① 参见再创作组织（Organization of Transformative Works）网站对"转化型写作"的解释，https://www.transformativeworks.org/faq/what?-do-you-mean-by-a-transformative-work/。

简·奥斯丁的小说(特别是《傲慢与偏见》)、福尔摩斯探案故事、莎士比亚的戏剧和各种民间神话传说,不一而足。这些转化型写作的最大共同点是利用原文本的故事和人物设定,在其上进行转化型写作,这样不会引发法律纠纷。这呈现出知识产权规定的人为性和荒谬性:同样都是用现有的虚构文本中的设定和人物讲故事,作者在世或去世不到五十年的(在一些国家是七十年甚至更长),则涉嫌侵权,不能正式出版,而作品进入公共领域的,则可以顺利写作并出版,差别只在作者的死亡时间。在转化型写作的可发表性问题上,最终决定者是各国的版权法和国际知识产权体系的规定。至于迪士尼这样依靠标志性动画人物获利的媒体公司,还不断通过游说来设法修改法律,延长对一个文本的占有和获利的时间。[1] 然而,同样是转化型写作,当一个商业娱乐公司选择一个公共版权领域内的故事,并以商业影视文本的形式呈现出来的时候,资本方却往往能将这种转化型写作变成可以用知识产权保护起来的内容,尽管这个故事其实来自民间。例如,劳伦斯·莱斯格(Lawrence Lessig)就批判了迪士尼公司在动画片中改编了公共版权领域内《格林童话》里的故事,却反而将人物作为自己的知识产权,并大力限制他人使用包括白雪公主在内的人物形象。当然,格林兄弟作为德国民间文学的收集整理者,在何种意义上可以认作这些童话的作者,又是另一个问题。在某种意义上,当今的知识产权法律与其说是在保护创作者的权利,不如说是在保护资本以这些文本营利的正当性。在这样的国际知识产权体系中,真正的创作者在卖出自己的作品后,却往往是无法从各种收费中获利的一方。[2]

---

[1] 参见如下报道,其中详述了美国知识产权法案修改进入公有领域时间的过程,https://www.washingtonpost.com/news/the-switch/wp/2013/10/25/15-years-ago-congress-kept-mickey-mouse-out-of-the-public-do-main-will-they-do-it-again/。

[2] Lawrence Lessig, *Free Culture: How Big Media Uses Technology and the Law to Lock Down Culture and Control Creativity*, New York: Penguin, 2004, pp. 23-25.

在以印刷出版为主要发表媒介的纯文学领域内,近年来英语文学界较著名的侵权案件是戏仿玛格丽特·米切尔《飘》的《飘过的风》(The Wind Done Gone),作者为艾丽丝·兰道尔(Alice Randall),出版于2001年。这部小说用一个黑奴和奴隶主的混血女儿辛纳拉(斯嘉丽同父异母妹妹)的视角,重新讲述了《飘》中发生的故事。虽然小说换用了代号来称呼《飘》中的绝大多数人物(例如,斯嘉丽被称作"另一个",而作为姐妹俩共同爱情对象的瑞德则被简称为"R",两本书中唯一称呼未变的是斯嘉丽的黑人奶娘,也是混血妹妹辛纳拉的母亲——"妈咪"),但小说出版后还是受到玛格丽特·米切尔基金会的控告,要求禁止该小说出版发行,但美国联邦第十一巡回上诉法院裁断认为,戏仿作品在美国法律中属于"合理使用"(fairuse),不属于侵犯知识产权的行为。[1] 最终,在《飘过的风》的出版社霍顿·米夫林公司(Houghton Mifflin)同意向亚特兰大的莫尔豪斯学院捐款后,原告方决定放弃继续诉讼。这个案例在有关英语世界戏仿作品的合理使用边界讨论中是重要论据。当然,在关注《飘》的法律和文化争议的同时,也可以看到,近几十年来英文文学写作领域存在对大量19世纪著名长篇小说的重新写作。例如,改写《白鲸》的《亚哈的妻子》(Aha'sWife,作者为赛纳·杰特·纳斯隆德[Sena Jeter Naslund],出版于1999年)、改写《哈克贝利·费恩历险记》的《芬》(Finn,作者为乔恩·克林奇[Jon Clinch],出版于2008年)、改写《小妇人》的《马奇》(March,作者为杰拉尔丁·布鲁克斯[Geraldine Brooks],出版于2006年)等。这些作品之所以可以正常出版和营利,是因为原文本早已进入公共版权领域,不再需要考虑原作者或原作版权方的意见,然而这些写作的创作方式

---

[1]Suntrust Bank v. *Houghton Mifflin Co.* ,268 F. 3d 1257? Court of Appeals,11th Circuit 2001, https://scholar. google. com/scholar_case? case=13094222792307527660.

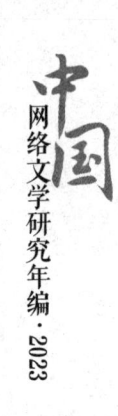

和《飘过的风》并没有本质区别。

回到中国的语境中,我们可以发现,关于转化型写作相关的法律争议在中国当代文学写作和市场中较为罕见,部分也是因为当下中国的版权体系建立时间相对较短。少数相关法律纠纷中,最著名的莫过于2017年武侠小说作家金庸以著作权被侵犯为由状告网络作家江南的小说《此间的少年》。这一案件在网络上引发了热议,之后被广泛地称作"中国同人第一案",成为现在中国法律界和同人文化圈对同人写作法律讨论的重要参考依据之一。《此间的少年》创作于2001年,初次发表于"清韵书院"网站,此后迅速在网络上走红。这部作品将金庸小说中的著名人物,例如《射雕英雄传》中的郭靖、黄蓉、杨康和穆念慈,《天龙八部》中的萧峰和康敏,《笑傲江湖》中的令狐冲等,放置在20世纪90年代中国大学生的生活中,让他们成为"汴京大学"的学生,并上演一段段校园爱情故事。在小说走红后,2002年即以《此间的少年:射雕英雄的大学生涯》为名由西北大学出版社实体出版,并多次再版,并曾于2010年分别由北京大学和南京大学的两个团队改编为学生DV电影。《此间的少年》用了金庸书中人物的名字、人物性格、人物关系和部分情节设定,但并没有获得金庸的授权。作品能够通过出版社出版,主要是因为当时出版界对转化型写作出版及其营利的边界问题还不甚清晰。金庸早在2004年就在采访中表示知道这篇小说的存在,并不点名地批评江南为"文抄公",然而,他一直对此采取忍让态度。直到2016年华策影业宣布将此书改编为商业电影后,金庸终于采取法律手段状告了江南。这个案件的一审结果是江南败诉,《此间的少年》被要求停止出版并销毁库存,同时赔偿金庸的经济损失。2023年最新的终审结果更是追加了侵犯知识产权和抄袭的认定。中国网络文学最著名的作品之一遭遇法律困境,并不代表早期中国网络文学,或者说像《此间的少年》这样以他人的故事为灵感开始的写作缺乏灵气和原创性。相反,这个问题事实上反映了中国网络文学生长脉络、文化环境和需要清晰产权界定的文学商业化体系不相容。换句话说,网络文学在其开端之初,就存在一种在现行知识产权法律制度下无法商业化的写作脉络,而这一写作脉络在网络文学的商业化和"IP化"风潮中被自然地排除在外,并因此系统性地在关于网络文学的叙事中隐形了。

当然,值得指出的一点是,和《此间的少年》创作时间相仿,流行和经典化的步骤也相当于类似的另一部著名网络小说——今何在的《悟空传》(最早于2000年在"金庸客栈"网站上连载,最早线下实体出版于2001年,于2009年在由中国作家出版集团和中文在线主办,《长篇小说选刊》杂志社等承办的"网络文学十年盘点"活动中入选"网络文学十年盘点十佳人气作品")却从来没有遇到过类似的版权问题。考虑到这部小说与《西游记》以及20世纪末在中国青少年中风靡一时的电影《大话西游》之间有相当直接的关系,其版权议题缺失背后的原因并不是《悟空传》更具有原创性,而仅仅是因为《西游记》的故事本身已经在公共版权领域之内。与终于难逃下架命运的《此间的少年》不同,《悟空传》在出版二十多年的时间内,已经成功成为"IP转化"的对象之一,加入了2015年前后井喷的《西游记》题材电影的改编制作风潮,并且一直在印刷书籍市场上畅销。

仔细阅读金庸起诉江南案件的一审判决书,可以发现不少耐人寻味的问题:判决典型体现了当下版权相关判决"保护表达,不保护思想"的原则,"著作权法所保护的是作品中作者具有独创性的表达,即思想的表

现形式,不包括作品中所反映的思想本身"①。法院认为,《此间的少年》虽然使用了金庸小说中的人物姓名和部分情节要素,但脱离了具体故事情节的人物名称、人物关系、性格特征等单纯要素难以构成具体的表达,且《此间的少年》对金庸小说中人物的性格特征、人物关系和故事情节在具体表达上并不一致,所以《此间的少年》与金庸小说的"人物名称、人物关系、性格特征和故事情节在整体上仅存在抽象的形式相似性"②,无法构成相似的欣赏体验。因此,一审判决认为《此间的少年》并未侵害金庸的改编权、署名权和保护作品完整权。但同时,法院认为《此间的少年》使用的金庸小说中的人物,利用金庸原作中的元素,借助金庸的市场号召力与吸引力提高自己作品的声誉,客观上形成了不正当竞争。

有趣的是,这一判决中,法院援引的法律,无论是《中华人民共和国著作权法实施条例》,还是《中华人民共和国反不正当竞争法(2017 修订)》,对转化型写作都没有专门的规定和限制,在判决中多次强调的是"诚实、信用","公认的商业道德"③。

由这个案例可知,在中文同人社群中流传甚广的许多说法,如"同人写作是侵权","同人写作本身就低人一等",在实际法律的判例中并没有那么极端和绝对。判定转化型写作是否侵犯原作作者的著作权,需要进行非常细致的讨论和对比,并不存在一刀切的判定方式,并且作家创造的

---

① 《查良镛与杨治、北京联合出版有限责任公司著作权权属、侵权纠纷、商业贿赂不正当竞争纠纷一审民事判决书》,https://m.tianyancha.com/susong/7aeaea6ed20a11e8a8b47cd30ae00894。

② 《查良镛与杨治、北京联合出版有限责任公司著作权权属、侵权纠纷、商业贿赂不正当竞争纠纷一审民事判决书》,https://m.tianyancha.com/susong/7aeaea6ed20a11e8a8b47cd30ae00894。

③ 《查良镛与杨治、北京联合出版有限责任公司著作权权属、侵权纠纷、商业贿赂不正当竞争纠纷一审民事判决书》,https://m.tianyancha.com/susong/7aeaea6ed20a11e8a8b47cd30ae00894。

人物本身不包含知识产权成分，一审法院没有支持金庸保护人物名字和形象知识产权的要求。然而，一审判决的重点在于商用和获利。也就是说，在金庸诉江南的案件中，一审法院认为江南侵犯法律的行为并不是以金庸的人物和故事为原文本进行创作，而是从自己的转化型写作中赚取商业利益。因为两位作者都处在当下的文学市场中，存在竞争关系，于是江南营利的行为构成了不正当竞争。换句话说，这个判例证明了在中国现在的知识产权法律框架下，经过认定具有独创性的同人写作完全不侵犯原文本作者的著作权，而进入商用的转化型写作则会受到处罚。本案的一审判决书中清晰地写明了查案过程中文本比对烦琐，耗时耗力，这证明了同人作品是否侵犯原作者权利并非非此即彼的定性判断，同人社群中广为流传的"官方告同人耗时多，赔偿少，不划算"是真实存在的。这种判决方式事实上认定了一种无法依靠商品化变现的创造性，这种创造性参与建构的作品作为创造性的物化体现本身，无法作为具有交换价值的物品独立存在。当然，以上详述的是一审判决。在法学界也引发重重争议的终审结果，部分否定和推翻了一审判决的很多推论和假设，进一步限制了转化型写作，甚至从道德层面以"抄袭"的罪名否认了转化型写作的合法性。这更让我们思考，面对充满了各类转化型写作的文学实践，企图清楚分割出"原作"原创性的司法实践是否具有合理性。

四、中国网络文学的同人传统和商业化困境

转化型写作之所以与中国网络文学有着尤其紧密的联系，主要是因为中国网络文学写作特殊的文化背景。同人写作一直都是中国网络文学中最重要的写作方式和类别之一。虽然因为不可发表和改编，同人写作的影响一直局限在网络平台的社群中，在后来"出书—影视改编—IP

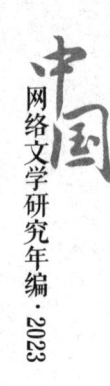

化—学院经典化"的脉络中也基本隐形,但同人写作和同人社群事实上和被显性化的文学创作有千丝万缕、不可分割的联系。网络文学发展中出现的很多创作方式、文类、主题等,都和互联网早期的同人写作有着关键联系。在网络小说中以女性为主要受众和写作群体的一些文类,例如"宫斗文""种田文"等,如果追根溯源,都可以上溯到一些二次创作的写作文本和写作类型。在女性向网络文学发展脉络中地位重要的穿越小说,本质上就是历史同人。所谓的"清穿三座大山",即金子的《梦回大清》、桐华的《步步惊心》和晚晴风景的《瑶华》,和世纪之交一些以清朝宫廷为主题的电视剧有直接的影响关系,完全可以视作清宫戏的同人写作。特别是根据二月河原作改编的电视剧《雍正王朝》(胡玫导演,1998年),塑造了清穿小说对清朝宫廷的想象,对"九龙夺嫡"这一题材的偏爱尤其可以反映二月河作品和清穿小说的直接联系。然而,因为原作是历史小说和历史小说改编的影视作品,这样的转化型写作却往往可以绕过中介物,在文本网络中独立与历史原型产生联系,因此可以避免商业改编的版权麻烦。

储卉娟以"说书人"和"梦工厂"两个比喻,形象地描述了前现代的文学创作方式和当下网络文学中由资本主导的生产消费模式,两者都脱离了被浪漫主义神化了的大写的"作者",强调文学写作的重复性和民间性。① 在这个意义上,印刷时代的"纯文学"反而是文学史上异常的间奏。然而,正如储卉娟所说,资本主导的"梦工厂"本质上体现的是网络文学野蛮生长后"铁笼"的回归。② 这里想强调的是,在网络文学的体系内讲

---

① 参见储卉娟:《说书人与梦工厂——技术、法律与网络文学生产》,北京:社会科学文献出版社,2019年版。
② 储卉娟:《说书人与梦工厂——技术、法律与网络文学生产》,北京:社会科学文献出版社,2019年版,第248—249页。

故事,其经济和文化结构与前资本主义时代的民间创作并不能等同起来,尤其考虑到文化娱乐业在互联网时代进入平台一体化的阶段,面对的是比前互联网时代更复杂、细致的法律限制和规定,与前现代民间叙事所处的环境有本质差异。随着互联网资本的不断介入,"梦工厂"中的作品也会不断进入主流。与通常的文字、绘画创作不同,影视作品、大型电子游戏的制作和运营、多媒体形式的改编等,除了是一种改写和艺术创作,更是牵涉大量人力劳动和资本的工业生产。当文本进入这样的生产领域,甚至成为类似当下中国娱乐工业中"IP 产业"的核心内容时,为了规避商业和法律风险,我们看到的不是前现代故事流传方式的复兴,而是对文本题材和表达方式等方面的限制。这些限制更多是出于经济和法律考量(例如引用或戏仿的内容是否进入公共版权领域),在文学和文本内部逻辑上,这些限制则往往显得相当随机,并无逻辑。

必须在这里插一句,虽然同人写作、盗版和抄袭都是有可能侵犯知识产权的行为,但这三者包含的感情色彩可以说天差地别:通常人们会坚决在道义上反对抄袭,却对盗版抱有暧昧的情感,至于同人,很多人甚至意识不到这是会引发知识产权争议的行为。我们固然不能把三者混为一谈,但必须看到,这三者之间又有着千丝万缕的联系。抄袭是用其他人的创意和文字作为自己的作品,侵犯了原作者的署名权;盗版是将他人拥有产权的商品拿来复制,并从中牟利;而同人则是将已经存在的故事重新改写,并在写作中明确地体现出与文学史中前文本的关联。本文简要解释了版权制度和作者神话的来源,并挑战了创造力和版权独立性之间似乎必然的关系。然而,对文本间性的强调和作者原创力的祛魅是否会导向对抄袭合法性的辩护呢?正如上文所述,以转化型写作的方式侵犯知识产权,和以抄袭侵犯原作者的署名权,在经济意义上和道德意义上都不一致。本文无意将讨论扩大到抄袭这个话题上,但必须指出,在知识产权的意义上讨论抄袭必须同时处理更多道德和经济上的争议,因此更需谨慎。

当下的知识产权保护概念和系统是一种人造的机制,以至于一些马克思主义学者认为知识产权体系是另一种物化体系[①]。事实上,盗版虽然并不必然指向反抗资本控制,但它确实以一种负方向附着在既有的系统中,对抗资本主义不公正的全球知识产权体系。当然,这个观点在仍然在普及知识产权观念的中国似乎还过于超前。因为中国的"正版"氛围并不浓厚,普通的消费者,包括粉丝社群中的参与者往往也只能从朴素的道义上支持正版,并以此为由发展出了一套"用自己的钱供养喜欢的创作者"的话语。但文化娱乐领域的现实是,版权的拥有者和执行者往往不是事实上的创作者,而是获得了创作者作品的资本方。在当下的文化环境中,实际上更加棘手的是,"正版化"后,原先在版权灰色空间内成长起来的文化表达力和创造力,被渐次收拢进资本主义知识产权制度所能允许的文化空间里,反而压缩了粉丝和普通接受者自由选择、表达的空间。

梅尔·斯坦菲尔(Mel Stanfill)指出,当下大型平台网站(例如 YouTube)和媒体制作公司事实上采用的限制性措施比各国的知识产权法严苛得多,而普通人缺乏知识产权法律的知识,使这种过度的裁断对公众有吓阻效果。然而,她同时指出,这些对知识产权的过度保护措施,其实并没有提高公众的利益。[②] 尤其考虑到一些平台网站大多有隐藏的霸王条款,用户想使用平台就必须让渡部分著作权,平台方却拒绝承担任何风

[①] Laikwan Pang, *Creativity and Its Discontents: China's Creative Industries and Intellectual Property Rights Offenses*, Durham and London: Duke University Press, 2012, p.73.

[②] Mel Stanfill, *Exploiting Fandom: How the Media Industry Seek to Manipulate Fans*, Iowa City: University of Iowa Press, 2019, p.114.

险。无论是哪里的社交媒体,对于需要社群感却没有资本创建自己的社交平台的粉丝来说,这样的霸王条款在个体层面上都是无法反抗的。①

和上文中引用的彭丽君的观点类似,斯坦菲尔在分析当下网络环境中的媒体文化时同样指出,粉丝的参与是一种基于爱意的劳动,会为他们参与的媒体文本提供附加值,但无法收到与他们所创造的价值等价的回报。在这种意义上,粉丝创造的是一种纯粹的剩余价值,媒体资本通过粉丝的工作来创造价值,本质是剥削。② 在劳动的粉丝看来,他们是出于自己的爱意和兴趣劳动,并且不愿意直接用金钱衡量自己的劳动成果;而在另一个层面上,媒体公司却能将这些劳动成果据为己有。这也是所有类似普通民众在知识产权制度的天花板下进行参与式活动时必然遇到的问题:当版权制度和媒介资本决定了怎样的劳动是受欢迎的、怎样的写作是合法的,并进一步定义了文学市场中的"创新"概念时,我们将如何理解和认识接受者在当下文学和媒介文化中的地位和贡献?当知识产权事实上造成创意生产者和劳动者被剥削时,我们是否需要重新评估商业背景下观众和粉丝参与的存在方式?这些都是值得进一步思考的问题。

结 论

要讨论转化型写作中的原创性和著作权问题,是因为法律和商业上的限制从根本上决定了我们能在什么样的平台和媒介上看到什么样的转化型写作。同时,这些限制又审查并形塑了平台使用者的创造力。转化

---

①参见孔令晗:《新浪微博"用户协议"引争议》,http://www.xinhuanet.com//legal/2017?09/17/c_1121675 508.htm。该文讨论了新浪微博 2017 年 9 月修改的新用户条款中对"未经微博平台事先书面许可,用户不得自行授权任何第三方使用微博内容"规定的解读。但即使按照新浪方的解读,该条款仍然侵犯了用户的权益。

②Mel Stanfill, *Exploiting Fandom*: *How the Media Industry Seek to Manipulate Fans*, Iowa City: University of Iowa Press, 2019, p.125.

型写作的可见性在本质上是由它的法律和文化环境决定的，之所以我们在主流文学出版界一般只能看到对古典文学作品、神话传说等文本的转化型写作，本质上是因为这些作品不存在知识产权的获益方，而大量基于当代文学和影视作品的转化型写作则不得不停留在"地下"，在网络上以非营利的社群性写作流传。转化型写作的合法性来自一系列基于"创意"的通过精神劳动赚取经济利益的商业标准。但在文学层面上，讨论转化型写作的各种权利，也就是讨论文学艺术中体现出来的创造性的主体。后结构主义文论消解了浪漫主义时代大写的"天才作者"，在某种意义上也否认了文本中存在独一无二的主体，但知识产权制度下的经济主体仍然牢不可破。如何在这样的整体文化语境中讨论文学文本的创造性，尤其是讨论大幅度依靠文本间性表意的转化型写作的意义和创造性，是具有现实性和挑战性的问题。具体在中国网络文学中，转化型写作较为清楚的脉络在可出版与不可出版的界限影响下被分割得异常零碎，而"是否能出版"又成了"是否会违法""是否会侵权"的某种直接指征。在这种背景下，转化型写作之于创造性的关系在很大程度上受到知识产权系统规定的制约，这造成当下网络文学中商业化和同人写作这两个完全不同的写作发表路径和社群存在方式。同时，无法商业化，往往也拒绝商业化的同人写作在事实上构成了很多商业化写作的灵感来源和文化基础。充满创意、生机勃勃且与商业化网络写作有着千丝万缕的联系的同人写作，不仅从侧面证明了网络写作的社群性质，而且证明了网络写作的生产机制并不必然导向商业化。文化资本及其配套的知识产权系统与其说是从芜杂的网络文学创作中筛出了符合其要求的作品，不如说是遮蔽了广泛存在于网络写作中的文本联系，特别是转化型写作的文化实践，割裂出少数文本并将其在孤立状态下进行改编和经典化。

本文并不想提倡网络写作的去营利化和去商业化。事实上,很多商业网站上推广的网络文学免费阅读,本身也是深刻地纠缠在商业网络和逻辑之中的,"免费"只是事实上获取数据劳动(以及数据价值)的方式。相反,我想指出的是,文学艺术的源头早先并不是,本质上也从来不是彻底由经济利益驱动的。也就是说,即使当下在中国网络文学生产中占据主流地位的几大商业网站(如起点和晋江)及其 VIP 付费制度,因为种种内力和外力最终无以为继,网络上的文学生产依然会继续存在下去,因为写作生产的驱动力其实是资本管辖之外的领域。

原载于《文艺研究》2023 年第 7 期

"可见即收益":网络文学平台化生产的可见性研究

蒋晓丽　杨钊

随着网络文学产业的蓬勃发展以及手机等智能移动终端的当代普及,"看小说"已经成为大众度过碎片化时间的重要方式。不同于传统文学作品,网络文学的特点在于内容的动态更新以及互动性,读者、作者与文学平台之间形成了以付费阅读为主导的契约关系。然而,大众的注意力终究是有限的,并非所有的网文作品都能被"看见",对网文读者注意力的争夺始终是作者、编辑以及平台关注的焦点,并形成了一套平台化的生产体系。在此情况下,什么样的作品能够"被看见"?是否存在某种隐藏的机制,支配着网络文学作品的生产与分配?本文在"可见性"的视角下,试图去理解网络文学平台的生产机制,以及作者、读者、编辑、平台之间的协商与互动,揭示其中的权力关系与逻辑动因,为智能时代网络文学的健康发展提供一种新思路。

一、可见性:权利与权力的双重视角

就其本质而言,"可见性"并非全新的概念,人类最基本的日常交往,都会面临"可见"与"不可见"的问题。在视觉占据感官中心的时代,"可见"往往是"可识别"与"可认知"的基础,汉娜·阿伦特、米歇尔·福柯等学者都曾讨论过"可见性"的问题。在研究者看来,互联网提供了前所未有的"可见性"。汤普森(2005)认为,新媒体展现的可见性决定了社会行动者在公共领域中的出现与消失。丹尼尔·戴扬(2013)则提出,所谓

"可见性"是指能否被他人看见、能否获得他人的注意力。当获得的注意力达到一定规模时,即产生了可见性。随着智能技术的广泛应用与社会化媒体的兴盛,"可见性"与"可供性"一起,成为学界关注的热点。研究者理解的"可见性"既有媒体的议程设置比如"能见度",也有受众的"关注度",并从功能主义和权力批判两种不同的路径入手去讨论"可见性"问题。① 具体而言,一部分研究者遵循戴扬的观点,将"可见性"视为一种权利——被看见的权利,以自己的方式被看见的权利,使他人和其他事物被看见的权利,去讨论互联网空间中的公共事件,如李玮(2014)、姜红(2017)、周葆华(2022)等。"这一概念将媒介话语从单纯地提供信息、生产文本的禁锢中解放出来,并赋予它全新的理论维度。在这层维度下,媒介的公共领域不仅仅是社会持续对话的有机组成部分,更是一种提供展现和表演的可见性空间。"② 一部分研究者从福柯的路径出发,将"可见性"视为一种权力,探究媒介技术的赋权与夺权现象,如曾丽红(2021)指出从女性身体与情感的入圈"可见"到女性公共议题的破圈"可见"彰显了强大的性别解放潜力与政治意涵。尹连根(2021)则认为可见性是一把双刃剑,作为一种劳动蕴含着经济的不平等与权力的控制。布尔迪厄曾指出,文学场实质上也是一种权力场,因为参与文学场生成的各种行动者都依其所占有的文化资本来行使权力,文学场实际上是这些不同文化权力的资本持有者的斗争场所。③ 因此,本文选择作为权力的可见性,相比于"什么被看见"的问题,网文作品"为何能被看见"以及"如何被看

---

① 胡翼青、王沐之:《作为媒介性的可见性:对可见性问题的本体论探讨》,《新闻记者》,2022年第4期。
② 转引自秦朝森、梁淑莹:《多棱角的可见:城市青年流动群体的短视频生产影响研究》,《现代传播(中国传媒大学学报)》,2021年第5期。
③ 周兴杰:《场域分析:探讨网络文学性质的一种途径》,《暨南学报(哲学社会科学版)》,2008年第4期。

见"的问题更值得关注,而要回答这些问题离不开对网络文学生产过程中权力关系的探讨。

其实,在网络文学研究中已有研究者注意到了作者与平台之间的权力关系问题。胡慧与任焰(2018)的研究发现,以互联网技术为基础的平台资本通过众包生产体制,将大众的创造性活动纳入网络文学的生产过程,隐蔽地将网络作家转变为文学产业平台的知识劳工。[①] 从"文艺青年"到"数字劳工"不仅是身份的转变,也是异化劳动的体现。蒋淑媛与黄彬(2020)指出网络作家数字劳动异化是主体地位逐渐弱化的过程,也是在生产机制和商业模式创新推动下不断从属于雇佣劳动关系的过程,更是在技术升级换代的作用下主体地位慢慢被蚕食分化的过程。[②] 在这一过程中,平台代表的资本实现了利益最大化,张铮与吴福仲(2019)发现在资本、技术与市场的共同作用之下,网络文学签约写手的数字劳动呈现出雇佣弹性化、生产社会化以及地位层级化的趋向,经由风险转嫁、全景监控以及劳动赋权等内在逻辑,作用于写手的主观体验、生产过程以及行为意愿,并最终实现了资本的增值。[③] 这类研究多从"数字劳动"的理论视角考察网络文学生产过程,阐明了作者与平台之间的不平等关系。然而,单一的剥削理论框架不足以解释当下如火如荼的网络文学生产,面对国内众多的网络文学平台与复杂的作家群体,亟须引入新的理论视角。鉴于此,本文选择国内最大的网络文学平台 A 与网络文学社区 B 作为网

[①] 胡慧、任焰:《制造梦想:平台经济下众包生产体制与大众知识劳工的弹性化劳动实践——以网络作家为例》,《开放时代》,2018 年第 6 期。

[②] 蒋淑媛、黄彬:《当"文艺青年"成为"数字劳工":对网络作家异化劳动的反思》,《中国青年研究》,2020 年第 12 期。

[③] 张铮、吴福仲:《数字文化生产者的劳动境遇考察——以网络文学签约写手为例》,《同济大学学报(社会科学版)》,2019 年第 3 期。

络观察田野,使用 App 漫游法①来观察平台上的内容呈现、用户互动及平台关系,观察时间为 2021 年 5 月至 2022 年 5 月;同时,采用半结构式访谈②的质性研究方法,了解作者、编辑等网络文学场域行动者的认知、态度与行为,以作为田野资料的补充。通过以上两种研究方法,考察文学平台化生产的"可见性",理解网络文学平台和作者深度"互嵌"的过程,揭示其中的权力关系,并探析作者等网文场域的行动者如何基于媒介技术"驯化"实践,来开展一系列策略性"战术"以争夺"可见性"。

表 1 受访者信息表

编号	性别	年龄	职业	工龄
F1	男	21	网文作者	3 年
F2	男	23	网文作者	4 年
F3	女	23	网文作者	5 年
F4	男	36	网文编辑	6 年
F5	女	40	网文主编	10 年
F6	男	34	网文作者	8 年
F7	女	24	网文作者	4 年
F8	男	19	网文作者	3 年
F9	男	42	网文作者	4 年

---

①App 漫游法(App walkthrough method)是一种新兴的数字体验方法,通过对应用软件进行细致考察,研究者得以熟悉平台的界面设计、功能结构、内容、理想用户和具体实践,从而在整体上把握平台的生态特性,最早由国外研究者 Ben Light、Jean Burgess、Stefanie Duguay 于 2018 年发表在 New Media & Society 一文中提出,国内研究者孙萍等(2022)用此方法研究了交友类 App 的监视可供性问题。

②笔者通过随机招募与滚雪球的方式选出了 9 名访谈对象,其中有 7 名作者、2 名编辑,从业时间都在 3 年及以上,年龄区间在 18—40 岁,符合网络文学从业者的整体年龄特征;同时他们在 A 平台与 B 社区中都较为活跃,对平台机制较为了解。访谈以线上的方式进行,为保护受访者隐私进行了匿名化处理。

随着技术、资本与市场的深度介入,平台化的生产机制已逐渐取代了作者个体创作式的模式。"在网文生产过程中,基于文本的关键词对比分析,将构思、撰稿与润色进行分拆搭配的合作流程,以及定向教学、流量为王的生产思路等,均与以往源于个体神思的文学创作不同,这反映出新媒介文化生产机制的转变。"①在平台化的生产体系中,网络文学生产者的范围逐渐扩大,不仅读者从消费者转变为生产者,编辑的创作参与度也越来越高,还出现了专业的工作室进行集体生产。他们的日常实践表明,网络文学平台建立了以"数据"为中心的内容生产机制、作者成长机制与作品推荐机制,对"可见性"进行生产、维护与分配。

二、内容之"可见":可见性生产

在平台化生产模式下,平台呈现的不只是作者原创的文学文本,还包括作品简介、作品评价、章节评论等伴随性文本,这些文本共同构成了一部网络文学作品的内容。内容是否"可见"会直接影响创作者是否能获得潜在的关注、阅读、评论、分享、打赏和追读。因此,为了争取内容的"可见性",使得作品从没有读者与评论的"单机"状态变为有稳定付费读者与热烈评论区的"爆款"状态,创作者会开展可见性生产。

(一)"学包装":数据主导下的新书创作

一般而言,一部网文作品要经历"构思—大纲—初稿—签约—上架—更新—完本"的生命历程。而并非所有的作品都能够与平台签约并进入数据库,获得读者检索与阅读的"可见性"。作者在创作新书时,往往需要在书名、封面、章节名、简介等外观层面"多下功夫",提升作品的

---

①许苗苗:《"网文"是怎样诞生的:文学会成为工业化产品吗?》,中国文艺评论网,http://www.zgwypl.com/content/details24_29920.html,2021年12月2日。

外在吸引力,激发读者的阅读兴趣。一位主编曾在 A 平台作家专区中分享了《作品如何包装》:"书名对于一部作品而言,相当于一个人的脸面,在这个看脸看颜值的世界,长着一张吸引人的'脸'有多重要不言而喻……一个好看的,独特的、甚至于有版权的封面,能让整部作品'带妆出门',瞬间高大上不少……简介可以给读者一个直观的第一印象,第一印象好,就有点开文试读一下的欲望,第一印象不好,可能有部分口味比较挑剔的读者就直接叉掉了……"[1]在成功吸引了读者的注意力之后,为了维持"可见性",作者还需要依据读者的喜好与编辑的意见修改写作大纲,并注重对评论区的引导与维护,培养出核心读者群体。"网文有'黄金三章'的说法,前三章是最重要的,如果写不好没有吸引力,读者一般就弃书了"(F1),"评论区很重要,读者都不喜欢这个角色,你还一直让TA 活着,就等着掉收藏吧"(F2)。一部作品从封面等"表面文章"到内部的主要内容,从开头到结尾,都要为了"可见性"服务,收藏、订阅、点击等"数据"主导了作者的创作活动。

(2)"赚佣金":货币激励下的受众阅读

在平台化生产模式下,网络文学的阅读端也被纳入了生产体系。不仅阅读从传统线性静态的信息内化过程变为信息获取、个性表达、社群交流、认知输出、文本生产等综合复杂过程,阅读群体不再仅仅是信息接收者,更成为数据生产、内容创作和汇聚流量的生产者。[2] 通过将阅读生产化,制造出读者对虚拟货币的需求,以此激励读者突破传统的阅读模式,从"只看不写"变为"边看边写",转变为内容生产者。首先,读者只能免

---

[1]起点主编花椒:《新手教程 | 作品该如何包装》,https://write.qq.com/portal/content?caid=17293836905167201&feedType=2&lcid=1427989741534737202020—06—24。

[2]吴永贵、周小莉:《智媒时代阅读群体劳动现象及应对之思》,《编辑之友》,2022 年第 5 期。

费阅读小部分公开章节的内容,大部分的付费章节需要支付"书币"这类虚拟货币。换言之,对读者而言,"书币"是文学文本"可见"的必要条件。除了直接充值之外,书币还可以通过签到打卡、提高阅读时长、点赞评论、完成阅读任务等方式获得。其次,书币还可以用来在平台商城购买商品与兑换礼品,读者拥有的书币数量越多,可以获得的商品价值也就越大。随之而来的是读者可以获得更多的积分,提高在平台的身份等级,享受"专属字体""专属背景""阅读折扣"等权益,获得比普通用户更多的"可见性"。

因此,为了"免费"获得虚拟货币,读者往往会打破"不可见"的"潜水"状态,活跃于平台的各个频道、专区与页面,积极参与网络文学的内容生产。一方面,读者通过创作长评论、推荐语、本章说等伴随性文本来进行自我表达。另一方面,读者通过为网络文学续写情节、创作同人、制作微漫画等形式的个性化改编实现文本再生产。这些文本共同构成了一部网络文学作品的内容,并且由于"看书先看评论区"日益成为主要的阅读偏好,读者生产内容的"可见性"甚至可以对网文作品的"可见性"发挥重要作用。然而,有研究者指出,"在丰厚积分回馈的诱惑下,分享、订阅、评论的数量成为衡量用户积分奖励的标准,此过程中,阅读用户实则担负着为平台终端宣传推广商品价值、聚拢积攒流量人气的劳动者角色"[1]。平台将虚拟货币打造为"佣金",为用户编织了"看小说也能赚钱"的幻象,吸引读者不断生产内容,在作品内容变得"可见"的同时不断增强作品的"可见性"。

---

[1] 吴永贵、周小莉:《智媒时代阅读群体劳动现象及应对之思》,《编辑之友》,2022年第5期。

三、作者之"可见":可见性维护

在平台化的生产模式下,作者的成长体系也与平台的数据评价体系挂钩。一般而言,网络文学作者要经过签约、上架(网络文学作品进入付费阅读环节)、品牌作家、大神作家(白金作家)、独立 IP 作家等过程,才能从众多的写手中脱颖而出,实现"一字千金"的梦想。在这类竞技式的作者培养体系中,网文作者面临激烈竞争,有实力的新人作者不断涌现,而已经成名的大神作者拥有大部分资源。为了获得持续的"可见性",使作者从默默无闻的"小白"成长为万众瞩目的"大神",网文场域中的行动者会进行可见性管理。

(一)"养笔名":平台社交中的作者展演

作者生产出来的网文作品必须达到一定的要求才能与网站签约,而在这之前的创作行为,一般是"为爱发电",很难获得收益。在签约之后,作者会获得一份"底薪",而要获得更多的收入,就离不开付费读者的打赏与平台的流量分成。

有研究者指出,"网络文学作者跟精英文化圈里的作者不同,他们在读者面前展现出来的形象不是单一的,而是具有表演性、角色扮演性的"[1]。吸引与取悦读者是作者的主要任务,其创作行为也脱离了个体神思的范畴,被纳入工业化的生产体系中,作者在这一体系中往往以"笔名"的形式存在。对作者而言,一个"吸引目光、留下印象、辨识度高、符合形象"的好笔名是"成神的第一步",因为笔名是一位作者最早,也是最难修改的"作品"。在虚拟的网络文学世界中,作者的可见性在一定程度

---

[1] 林俊敏:《"经典边界"的移动——论网络文学的主流化和经典化》,《暨南学报(哲学社会科学版)》,2019 年第 5 期,第 91—101 页。

上等同于笔名的可见性。作者注册"笔名",上传作品完成身份塑造之后,还需要依托"笔名"与读者、编辑、作者等平台用户进行互动,以维护形象,俗称"养笔名"。

一位访谈对象认为,"养笔名能让作者在开新书的时候,就有不错的读者基础,从而得到更好的推荐位置。长远来说,养好笔名,哪怕很长一段时间不写文,也能保证一个不错的收入,如果笔名太分散,收益可能会大打折扣"(F9)。而"养笔名"是一个长期投入的过程,不仅需要保证作品的质量,还需时常与读者交流互动,"经常有作者,尤其是新人作者,想找个地方养笔名,可以静下心来,思考下自己能不能提供好服务,小说是否可以保证质量、是否在乎读者看法、是否愿意经常更新微博,如果做不到,还不如当个独行侠"(F6)。在他们看来,"养笔名"能否成功的关键在于能否为读者提供好的"服务",并通过社交媒体与网络文学平台的更新让自己处于"在线"的状态。那么,该如何维持作者的"可见性"呢?首先,作者会利用"拉票"的方式吸引读者。一般在文字章节的结尾,作者会向读者设置阅读任务:当"推荐票"达到一定数量时,将会改变以往的更新节奏,增加每日更新的字数或章节数。其次,在聚集了一批用户黏性高的读者后,作者会选取粉丝中的意见领袖——"盟主"来组建网络社群,与读者进行更加日常化与私域化的互动交流,并在平台举办评选活动时组织粉丝进行"打榜",与其他作者争夺"可见性"。最后,在出现文字错误、情节冲突、未能更新等降低"可见性"的情况时,作者一般会在评论区或章节中"鞠躬道歉"或"卖萌请假",将"不见"转化为"可见"。总之,通过角色扮演性的社交互动,作者打造出符合作品设定、满足读者期待的"人设"。"笔名"的实质是培养核心读者群体,以获得持续的"可见性"。

（二）"教新人"：造神运动中的编辑把关

在网络文学作品的签约与上架环节，网络文学平台的编辑充当了"把关人"的角色。一般而言，作者要先将万字左右的初稿与写作大纲发给分类编辑，编辑会依据故事情节、文字表达、人物认定等要素判断是否与其签约。在签约之后，编辑会依据作者的创作状态、作品的数据表现以及对市场的分析判断决定是否推荐作品进入付费阅读环节。除此之外，编辑还需要在日常工作中对负责的作品进行运营与维护，以吸引读者更多的订阅与收藏。"在作品层面，编辑不仅要对连载作品进行审查，不断关注作品创作过程以减少'太监'作品（作者中断写作的作品）及'烂尾作品'（草草结尾的作品），同时编辑的意见能够影响到作品本身的情节发展和人物设定。"[①]因此，编辑的日常把关会影响作者的"可见性"，"一个好编辑首先是一个好作者，但编辑和作者最大的区别，就是对一个市场是否有自己的认知和判断"（F4）。虽然成为一名网文作者的门槛有所降低，但新人作者要想成长为大神作者，在网文市场上变得"可见"，离不开编辑的"调教"。

然而，编辑作为网文平台的雇佣劳动者，其把关行为也会受到平台规则与利益的影响。起点在2005年推出"起点职业作家体系"，并于当年7月选出了8名职业作家签订保底年薪协议，拉开了网文平台打造明星作家的序幕。2006年，起点又推出"白金作家签约计划"，并公布每一年的白金作家榜单。对于编辑而言，能够培养出一名"白金作家"也是"职业理想"。"然后大约是2009年，我就给自己定下了两个目标：写书成神，或是做一位网文编辑。就是当时感觉，能够指导出那么多大神的编辑，绝

[①] 宁传林、夏德元：《场域理论视角下网络文学作者、编辑、读者的角色认知》，《编辑学刊》，2018年第1期。

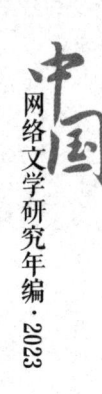

对是牛×的,羡慕得不得了。"(F4)为了培养出"大神"作家,编辑会为作者提供写作指导,"我们现在就是轮询,主编要做一个轮询表,把全部的作者排个时间表,每天抽出半天,专门找作者聊书,目前一个月,一个作者大约能轮到一天或者半天时间,通过这种方式,提高作者的写作水平,避免一些偏差"(F5),并将"推荐位"等资源向有"成神"潜力的作者倾斜。"主编推荐和编辑重点推荐,是运营在后台挑选同批字数不超过八万字,VIP 用户收藏量偏多的。新书强推,目前来看,八万字以上,都是 20000VIP 用户收藏量以上,有更高概率上,是找我们责编申请,然后我们和运营申请,那边按照同批书比较后安排。"(F4)在这一机制下,作者要获得"可见性",出现在人气榜、点击榜、推荐票榜、收藏榜、月票榜等排行榜上,往往不在于编辑的个人喜好,而在于数据的好坏。"这意味着你现在的作品能不能上榜,能不能入库,很大程度上并不是编辑的决定,或者商业消费机制'利益最大化'的选择,而是这种'数据库'在筛选。"①在平台的"造神运动"中,作者的"可见性"与其说离不开编辑的把关,不如说是算法机制的选择。

四、平台之"可见":可见性分配

随着起点、晋江、掌阅等文学网站纷纷推出兼具阅读与社交功能的移动客户端,并逐步嵌入了算法机制与社交机制进行作品分发,成为读者消费网文作品的主要渠道。通过对作品的数据化管理和对读者的数据画像,平台在作者与读者间形成了连接。然而,并非所有的作品都能被读者"看见",平台会依据"数据"进行可见性的分配。

---

①庄庸:《网络文学"中国名编辑"如何诞生——〈意见〉对网络文学编辑再造和重塑思路》,《中国出版》,2015 年第 4 期。

(一)"去PK":算法主导的作品推荐

与作者的成长体系类似,平台A的作品推荐机制遵循"试水推荐—分类强推—分类封面或六频推荐—三江推荐—强推"的晋级模式。在通过编辑的审核之后,作品会进入平台的书库系统①,供读者检索与阅读。嵌入了算法机制的书库系统一方面会基于内容进行作品推荐,从读者浏览过的作品内容出发,向其推送与此作品具有相似性的其他作品;另一方面会基于协同进行推荐,为读者寻找与他浏览过相近作品的其他读者,向其推送这类读者感兴趣的其他作品。对作者而言,平台的"推荐位"代表着更多的"可见性",当一部作品出现在网站或者App的推荐栏目中,意味着有机会实现数据的快速增长,作者也会在社区发帖散财庆祝。"我拿过网站的热门分类、App上的编辑精选、App上的限时免费。限时免费的效果是最好的,一天时间涨了5000收藏,但是订阅增长不多。"(F7)

然而,平台的"推荐位"资源是有限的,新书在"试水推"之后,想要获得更高一级的推荐,必须与同类型的作品进行竞争,获胜之后才能进入下一轮效果更好的推荐序列,作品才能从鲜有人关注的"扑街"到粉丝规模庞大的"神作"。平台以可视化的形式强化了这种竞争,"它按照特定标准从高到低将作者、作品依次排列成榜单,例如点击榜、收藏榜、热销榜等,并将其放在网站页面最显眼的位置上。在榜上出现的频率越高、占据的位置越前,就代表该作家与作品获得的读者支持越多,而读者支持又使

---

①书库系统由两部分组成:一个是能按照指定标签(如类型、体裁、字数等)来存储、管理和展现网络文学内容的在线开放空间,即文学网站的所有公开页面;另一个是确保用户可以与这个空间中的各部分内容进行交互的工具组件,即作者、读者个人账户中的管理页面,作者可以借它自由地发布、更新和删除文章,读者则靠它方便地寻找、阅读和收藏作品。(参见项蕾、高寒凝:《文学网站的算法逻辑——以起点中文网内容分发机制为例》,《中国现代文学研究丛刊》。)

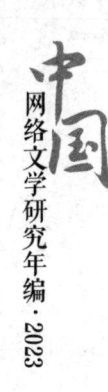

他们在网页上更为显眼、在传播中更具优势"①。因此,作者不仅面临定期更新的内容生产压力,也面临"去PK"的同行竞争压力。要获得平台的"可见性",不仅需要符合市场需求的优质内容,还需要适应算法技术主导的平台推荐规则。

(二)"做数据":驯化技术的工作室运营

有研究者在考察作为集体艺术生产活动的网络直播时发现,直播公司会通过运营、导流与打榜等方式来管理可见性,以追求平台的可见性。② 在网络文学产业中,也有专业的"工作室"负责对作者与作品进行运营。工作室有三种类型:一类是平台组建的工作室,将主编责编集合起来,全力打造精品内容;一类是个人成立的工作室,围绕大神级作者组建写作团队,集中生产内容以获取收益;一类是"皮包型"工作室,招募职业写手进行批量制造,转卖大纲与初稿。虽然创建目的与作品质量都不同,但这三类工作室存在一个共同点,就是熟悉平台的运行规则。它们可以通过"做数据",驯化算法技术,提升平台可见性。

一方面,工作室会推出作品推广业务,作者只需要购买"流量套餐"即可提升作品的相关数据。某工作室曾在B社区发布公告来宣传:"新书推广保证至少增长500收藏,每天固定会员点击200+,赠书评!送红票!不怕恶意举报!我们承诺:只要参与我们的新书超级推广,第一周肯定能上分类新书榜(表现出色的作品还有机会冲击首页新书榜);第二周肯定在分类新书榜的前几名(同时有很大的机会冲上首页新书榜);第三周肯定能上首页新书榜(杰出作品更有机会冲击前十的名次);第四周同

---

①项蕾:《推介去中心与消闲货币化:数字资本主义对网络文学场域的重塑》,《文艺理论与批评》,2021年第4期。
②叶韦明、金一丹:《平台·公会·主播:不确定数字产业中的生产组织》,《国际新闻界》,2021年第12期。

样会在首页新书榜上!"①即使平台推出了监控系统,但其仍能通过人工"刷数据"的方式让作品获得推荐。另一方面,如果说中下层作者的作品面临着"短期推荐位"的激烈竞争,能够为平台带来更多收益与掌握了更多运营资源的"大神"作者的作品则可以获得"长期推荐位"。"大神作家一般都有自己的专业工作室,冲榜的能力自然不是一般作者能够比的,就凭他们的更新能力和运营能力,长期霸榜是正常的事情"(F2),而凭借自身的象征资本,大神级作者在与平台签订新书合约时,也能获得"封面推荐"等优厚条件。

五、"可见即收益":作为商品的可见性

在平台化生产模式下,"可见性"成为网络文学场域的行动者争夺的焦点。对作者而言,更多的曝光度能给自己带来更多的收益;对读者而言,大部分作品需要通过付费才能阅读,从"隐藏"变得"可见"需要更高的参与度;对编辑而言,"让作品可见"不仅是最主要的职责与权力,也是培养优秀作者的重要方式;而对平台而言,人工审核与算法分发组合设置的"推荐位"则是吸引流量,提升关注度的主要端口;对工作室而言,能够帮助作品获得更多的"可见性"是最有价值的卖点。简言之,"可见"即收益。然而,网络文学平台既是网文作品的阅读空间和作者、读者、编辑的互动空间,也是商业资本制造出来赚取利润的商品空间。因其在各类行动者中具有交换价值,平台资本将"可见性"塑造为一种商品,并通过"可见性"的组织实现对作者与读者的剥削与控制。

在网络文学平台化生产的过程中,内容可见性、作者可见性与平台可

---

①《推出超性价比新书推广套餐,真正的模拟读者,安全信誉为先》,https://www.lkong.com/thread/964458,2014-04-25。

见性都被转换为交换价值。内容可见性商品化表现为平台内容的二次售卖。阅读页面不仅存在广告,而且还被嵌入了二次跳转功能,将用户导入销售界面,成为平台广告投放收入的一部分;同时,读者生产的伴随性文本往往会被平台精选出来,用作作品推广与版权议价的筹码。作者可见性商品化则表现为平台数据的流量变现。为了塑造与维持个人形象,作者通过社交展演来吸引读者追读、打赏与分享,而平台则通过这些数据对读者进行数据画像以推送定向广告;平台用户聚集产生的数据,还可以转为作品 IP 开发的基础。平台可见性商品化表现为平台推荐的数字劳动。为了满足平台的推荐规则,获得更多的"可见性",作者与读者通过"拉票""打榜"等方式进行可见性劳动,为平台免费宣传与聚集人气;作者还可以通过直接购买"数据套餐"来获得工作室制造的流量,获得平台的"推荐位"。可见,当前网络文学平台化的生产模式,虽然看似实现了读者书单的个性化定制与作品去中心化推荐,但实质上将作者、读者与编辑等网络文学生产者纳入了商业资本的盈利体系,形成"可见性经济",进行隐形的剥削。并且,随着媒介技术的进步,掌握了技术优势的平台可以强化对生产者的控制。"算法与大数据的结合,不仅可以实现更大程度上对可见性的商品化,还可以通过排序、标签化、关键词、增加权重等措施,对可见性进行操纵,以更符合平台规则和平台资本利润需要的方式组织可见性。"[1]

六、结语

当前,媒介技术深度嵌入了大众的日常生活,互联网平台逐渐成为休闲娱乐的主要场所。本文在"可见性"的视角下,考察了网络文学的平台

---

[1] 尹连根、刘运来:《短视频平台的技术赋权与可见性劳动——基于传播政治经济学考察》,《未来传播》,2021 年第 6 期。

化生产。基于网文作品的"可见性",平台建立了以数据为中心的生产体系,使得"可见性"不仅成为带有稀缺性的"商品",更是掌握了数据技术与流通渠道的资本主导的权力资源。在可见性生产环节,作者需要通过对作品的"包装"来吸引读者,读者则在"佣金"的激励下开展文本生产与平台参与,以获得内容的可见性;在可见性管理环节,"笔名"是作者的平台化身,作者需要通过与读者的交流互动维持形象,编辑则需要为作者提供写作指导并对作品内容进行把关,以维持作者的"可见性";在可见性的分配环节,平台大多采用技术主导的推荐模式,并以可视化的"排行榜"加强了作者竞争,工作室则通过"做数据",驯化算法技术,提升平台的可见性。

总之,"可见即收益",网络文学平台化生产的可见性背后,隐藏着流量分成、虚拟货币交易、IP 转化等商业逻辑。网文平台充当了作者与读者之间的中介,掌握了组织、管理与分配可见性的权力。这一权力的不平等使得网文作者与读者都成为数字劳工,受到了以文学网站为代表的平台资本的剥削与控制。在"万物互联"的时代,互联网平台提供了前所未有的"可见性",大众也在上演"平台化生存",而本文对网络文学的考察表明,我们不应忽视可见性商品化的本质,即平台资本的隐形剥削。值得一提的是,部分网文作者曾发起"五五断更节",以期改变与平台间的不平等关系。然而,掌握了权力与资本的平台不仅可以获得更多的可见性,还可以通过操纵和影响边缘群体的可见性条件来维持优势地位。A 平台作为国内一家互联网巨头扶持的下属企业,其在网文产业中的垄断地位短期内难以撼动,中下层作者的符号式抗争难免陷入"自娱自乐"式的困境。要真正实现对创作者权益的保障,健全的法律制度、行业的自律规约、社会的舆论监督等要素必不可少。

原载于《编辑之友》2023 年第 2 期

赛博银河里的文学繁星

——中国网络作家代际谱系观察

马 季

网络文学是一个很笼统的概念,一般说来,借助互联网或移动互联网发布的原创文学作品,都属于这个范畴。而真正意义上的具有研究价值的网络文学却有专指,即与传统文学形成对应关系,被当作新生事物看待的发布于网络的文学作品。也就是说针对网络文学"创新性"展开研究,并进一步察看它的"时代性"与"大众性",以及网络写作者与时代的关系,有助于我们认清和把握网络文学的本质。莫言说,文学与人的关系就像头发与人的关系。其实,网络文学与时代、网络写作者与时代的关系同样如此。网络文学最初由70后一代肇始,但其蓬勃发展,呈泱泱之势主要是80后奋力所为,90后作为继承者拓展了全新空间,如今Z世代(也称网生代)已经走上赛道,面朝更加广阔的文学世界。以代际为群体对他们在不同阶段的创作进行分析比较研究,或许可以从杂乱的网络文学现场梳理出一条线索,并由此将他们汇入当代文学研究领域。

文学动力原点的移位

在世纪交错的那几年时间里,网络在人们生活中发挥的巨大作用尚未显现出来,通过网络传播的文学作品却如报春鸟一般,迫不及待地告诉大众:新的文学力量正在和网络一起成长。从台湾痞子蔡的《第一次的亲密接触》到大陆安妮宝贝的《告别薇安》、李寻欢的《边缘游戏》、邢育森的《活得像个人样》、雷立刚的《秦盈》、瞎子的《佛裂》、胡彬的《网恋》、稻壳的《流氓的歌舞》，以及 flying-max 的《灰锡时代》、庹政的《第八种武器》、沧月的《星空战记》、楚惜刀的《莫呼洛迦》等，一股由 70 后作家掀起的都市小说和武侠小说旋风从网络腾空而起，迅速席卷中国文坛。他们习惯称自己为"写手"，把网络写作叫作"码字"。他们的文字没有 50 后、60 后父兄一辈作家那么凝练、精致，却多了一份率性与坦然，字里行间透露的信息则表明他们试图从使命意识回到对生活本身的感受与领悟。可以发现，尽管代际的承袭性并未断裂，但文学作品产生的动力原点出现了移位，与上一代作家相比，由于文化背景和传播方式发生了深刻变化，70 后网络作家的记忆方式和经验方式不再以"纵"的形态回望从前，而是以"横"的形态深植于当下。个体生存经验成为他们的第一感知，身体成为写作的出发点，换言之，写作的个人化倾向明显增强，历史感和社会意识有所减弱。

强烈的自我表现欲望与时代大变革形成的混响效果，通过互联网的传播，引发了新的文学浪潮，其势头之迅猛，丝毫不逊于彼时文坛正在热议的"美女作家"与"身体写作"。然而，都市青年的生存状态与情感方式作为 70 后网络作家的主流话语，只是一个短暂的碰撞，他们迅速越过了这一壁垒，向新的领域发起冲击。及至今何在的《悟空传》、慕容雪村的《成都，今夜请将我遗忘》、江南的《此间的少年》，以及酒徒的《家园》、猫腻的《间客》出现在电脑屏幕上，70 后网络作家在文学另一侧攀登所达到的高度，已经与 70 后纸媒作家难分伯仲，未来的文学史家或将对此做出更为公允的评价。

为人低调的今何在是 70 后中最具创新精神的网络作家，尽管作品数量不丰，却不得不提。《悟空传》无疑是网络文学早期的经典之作，它的蝴蝶效应至今仍未平息，今何在的作品由典籍而来却直指当下，作为另一

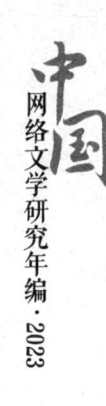

种模式的精英写作，我们可以发现人文关怀正随着时代发展改变话语方式。不知什么缘故，这部在 70 后一代人中产生强烈影响的作品，上一代人却关注甚少，或许他们不习惯今何在对经典做出颠覆姿态，但如果认真阅读，你就会发现，作者的本意不在颠覆，他所做的努力是在建构而非毁坏。我甚至认为这部不到 10 万字的小说，可以称得上中国古典神话文脉的最佳传承之作。

《成都，今夜请将我遗忘》于 2002 年 4 月在天涯社区首发，并被大量网站转载，总点击量超过十亿人次。读者惊喜地发现，这部小说的作者慕容雪村视野开阔，直面现实，文风犀利，以全然决绝的态度看待生活和爱情，坦然地把人生放在利益的刀刃上滚过。相对于传统作家，慕容雪村的写作显露出原生态的倾向，甚至有点刻意冷酷，但恰恰是这一点，生猛而果敢地切入现实，让他得到不同阶层网络读者的追捧，这在 70 后网络作家中是罕见的。虽然有 70 后网络作家仍然对纸媒抱有强烈兴趣，但能够像慕容雪村这样打通网络与纸媒、成功跨界的网络作家为数不多。

江南的写作语境更复杂一些，他在北京大学毕业之后留学美国攻读分析化学硕博，其间创作了以金庸多部小说人物为基础的同人小说《此间的少年》，以及幻想小说《九州·缥缈录》《龙族》架空世界系列。《此间的少年》迄今共出版了 5 个版本，超百万册销量，并于 2010 年由北大学生自导自演，改编为公益电影，在全国各大高校上映。江南虽以《此间的少年》一举成名，其主要成就却在幻想小说方面。2011 年和 2012 年，江南先后作为中国青年作家代表出访埃及和英国，做了致《幻想与世界》及《我和我的世界》的专题报告。类似江南这样人生经历的作家，可能是未来中国作家的一种类型。他们具有理工科学历背景和海外生活经验，对文学的理解与认识突破了固有的戒律，创新成为他们的自然状态和天然优势。

早先活跃于网络的70后作家,采取的仍然是精英写作姿态,客观上他们与网络文学商业化也没有产生过关联,这批作家在网络文学风起云涌之后陆续退出网络"江湖",究其原因,排斥写作过度商业化也是其中之一。在坚守阵地的70后网络作家中,猫腻是最被看好的一位。他是极少数具有大量拥趸,却又保持一定精品意识的网络作家。和同代作家相比,猫腻在网络成名较晚,直到2007年30岁时,他的《朱雀记》才在新浪原创文学大赛玄幻类中获得金奖。随后,他的小说《庆余年》在起点中文网引起重大反响,这是猫腻写作的转折点,此前他曾用马甲"北洋鼠"写过《映秀十年事》,汶川地震后有读者慨叹"映秀十年事,生者庆余年",可见其作品在读者心目中的地位。为猫腻赢得声誉的主要是《间客》《将夜》和《择天记》这三部作品。《间客》是一本个人英雄主义式的幻想类武侠小说,文字朴素、凝重,气韵深远,而《将夜》却清新幽默,追求一种禅意的表达,《择天记》则因为成功改编电视剧而得到有效传播,放大了影响力。猫腻的小说故事构架宏大,但能有效把控主体脉络,全文的整体感在网络作家中独树一帜。时至今日,猫腻终以网络幻想类作品代言人的形象,让人们看到了文坛70后作家的另一个身影。当指认金庸、路遥和鲁迅是三位对他影响最大的作家时,我们忽然发现,猫腻的文学自信和传统写作者并无二致,同样来源于固有的文学理想。那么,我忍不住要下这样的结论,由网络催生出猫腻这样一批作家,他们与传统作家各执一方,遥相呼应,丰富了中国当代文学生态系统,乃时代之机缘,更是文学之幸事。

萧鼎毕业于福建工程学院,2003年创作的《诛仙》在古典仙侠领域具有开创性,开启了一个独具魅力的东方仙侠传奇架空世界,这部小说最早连载于幻剑书盟,被业界人士誉为"后金庸武侠圣经",小说主人公张小

凡的人生经历满足了千万网络读者对幻想世界的期待，以及平凡人对成功的渴望。架空世界、架空历史，是网络小说连接古代和未来的神奇法宝，《诛仙》之所以具有开创性，跟作品运用架空手法想象世界有着直接关系，此后的网络文学在这条路上越走越远。

作为国内悬疑小说代表作家，蔡骏的写作始终跨界于网络和传统之间，自2000年在"榕树下"发表短篇小说《天宝大球场的陷落》以来，他陆续出版了二十多部中长篇小说。在网络文学出现之前，当代文学业界极少有人关注类型小说，而欧美、日本等国家自二战以来，类型小说或者说畅销书的影响力已经深入人心。蔡骏专注于特定领域的写作，为类型小说在网络的发轫起到了一定的作用。作为一种写作现象，类型小说建构了读写全新模式，进而使得文学在互联时代获取了区别于传统写作的新的动能。中国当代文学借助网络重新打开了类型小说这扇大门，从另一个角度也可以说，文学的大众性在网络获得了新生。

烟雨江南毕业于复旦大学，担任新华社记者数年后旅英留学，取得金融专业硕士学位，回国后从事证券分析与投资、风险投资、并购与重组业务。留学和职场生涯锻造了烟雨江南的人格，并引导他走向了典型的网络创作之路。2004年在奇幻式微的时候，烟雨江南逆流而上开始创作奇幻作品《亵渎》，在俊男美女充斥的网络文学中，他自出机杼，选择了略有些猥琐的胖子作为人设，开创了网文的"胖子流"一时间跟风者云集，屌丝逆袭的文风开始盛行。这说明《亵渎》塑造的平民人物形象与网络读者内心的契合度很高。此后，烟雨江南创作了古典仙侠作品《尘缘》和《狩魔手记》，一度被封为"网络文学经典制造者"。

天下霸唱的《鬼吹灯》系列于2006年开始在天涯社区连载，随即掀起了网络悬疑小说的浪潮，作品中虚构的"摸金校尉"在历史上实有其人,起源于东汉末年三国时期,专司盗墓取财,贴补军饷。但在《鬼吹灯》中这个特殊的人物设定成为后来网络小说"金手指"的重要源头之一。

石章鱼供职于一家肿瘤医院,连续 10 年创作了十部长篇小说,是一位有鲜明语言风格的 70 后网络作家。网络性在石章鱼的写作中得到了充分释放,《医统江山》《医道官途》《斗无不胜》《我是传奇》等作品构思奇妙,故事情节跌宕起伏,糅合了历史、武侠、后宫、科幻等多个元素,具有极强的娱乐性和抒情性。石章鱼善于用简洁、幽默的语言描绘人物行为,尤其是对女性的描写,细腻精准,入木三分,在历史题材和都市题材领域拥有极高的人气。

无罪毕业于中南大学热能工程与动力机械专业,在 70 后网络作家中以适应多种类型创作而著称。2004 年创作武侠题材小说《无神不灭》,2006 年以《流氓高手》开创了中国网游竞技小说,之后又以《剑王朝》在仙侠小说领域取得突出成绩。

骁骑校的写作韧性在 70 后网络作家中独树一帜,从《武林帝国》《橙红年代》《铁器时代》《国士无双》到《长乐里:盛世如你愿》,骁骑校由讲好一个故事到尝试复杂的情感描绘,让粉丝们看到一个不断挑战自我的写作者的勤恳与执着。

齐橙是一位后发制人的 70 后网络作家,作为一名工科博士、大学教授,他凭借深厚的专业基础创作了一系列工业题材小说,从《工业霸主》《材料帝国》到《大国重工》《何日请长缨》,开创了网络小说"硬核"概念。"硬核"的本意是厉害、很酷、剽悍,用在网络文学上是指那些吸引读者的精准描述和生动细节。读者受到感染产生共情是"硬核"的必要条件。"硬核"甚至涉及我们对某个领域的认识和理解,涵盖真实性、启发性等层面,是网络文学走向精品化的重要标志。

可以说，70后网络作家开创了类型小说的新天地，几乎每个门类都有他们活跃的身影。如今仍然广泛流行的玄幻仙侠小说起步于70后网络作家，老猪的《紫川》、萧鼎的《诛仙》都是其中的扛鼎之作。云天空、树下野狐的东方玄幻小说《邪神传说》和《搜神记》，徐公子胜治、忘语的仙侠小说《神游》和《凡人修仙传》，流浪的蛤蟆、说不得大师的魔幻小说《魔幻星际》《佣兵天下》，以及管平潮的《仙路烟尘》、骠骑的《龙渊》、苍天白鹤的《武神》、雾外江山的《大道独行》、缘分0的《仙路争锋》等作品，传承中华文脉，借鉴西方文化，极大丰富了网络文学类型。架空历史小说和穿越小说也属70后网络作家集中发力的类型，酒徒的《家园》、禹岩的《极品家丁》、曹升的《流血的仕途》、月关的《回到明朝当王爷》、灰熊猫的《窃明》、孑与2的《唐砖》等都在历史叙事方面展露了独特的创造力。文青文是70后网络作家受到传统作家影响而产生的一种独特门类，贼道三痴的《上品寒士》《雅骚》追求清丽的文风，在网文圈为人称道。在另类题材方面，70后网络作家同样获得了空前的成就，如当年明月重叙历史的《明朝那些事儿》，刘猛、纷舞妖姬、流浪的军刀的军事小说《最后一颗子弹留给我》《弹痕》和《终生制职业》，蘑菇的世情小说《凤凰面具》，范含的IT业小说《电子生涯》，文舟的西幻小说《骑士的沙丘》，七十二编的科幻小说《冒牌大英雄》，何员外的青春校园小说《毕业那天我们一起失恋》，三十的都市青春小说《和空姐同居的日子》，小桥老树、更俗和夏言冰的官场小说《官路风流》《重生之官路商途》和《宦海无涯》，何常在和卓牧闲的现实题材小说《浩荡》《朝阳警事》等作品，充分展示了70后网络作家各具特色的探索姿态。

70后女性网络写作亦有异峰，早期的安妮宝贝、南琛、黑可可等已离开网络，在她们之后如随波逐流、海宴的架空历史小说《随波逐流之一代军师》和《琅琊榜》，蒋胜男的《芈月传》《燕云台》《天圣令》在女频古代历史小说中出类拔萃，晴川的成长小说《韦帅望的江湖》，可蕊的都市幻想小说《都市妖奇谈》，李可、崔曼莉和携爱再漂流的职场小说《杜拉拉升职记》《浮沉》和《办公室风声》，菊开那夜的都市情感小说《空城》，王雁、鬼古女的悬疑小说《大悬疑》和《碎脸》，沧月的武侠奇幻小说《镜》，海飘雪、宁芯的穿越小说《木槿花西月锦绣》和《琴倾天下》，寂月皎皎、闲听落花和天下尘埃的古代言情小说《君临天下》《九全十美》和《浣紫袂》，仙人掌的花的官场小说《女教委主任》，苏曼凌的中医文化小说《百草媚》，吉祥夜的都市悬疑小说《写给鼹鼠先生的情书》等作品陆续在网络上各放异彩，展现了 70 后女作家的独特风貌。

  70 后这一代人本是一体的，没有传统和网络之分，但由于 20 世纪 90 年代中期互联网的出现，他们站在了传播渠道的岔口上，自然而然出现分野，这从另一个角度证明文学写作的多种可能性。然而，我们发现，关于 70 后网络作家的文学批评和理论研究苍白到了令人羞愧的程度，就连 70 后批评家们也极少过问自己同时代的网络写作者，这是一种让人匪夷所思的现象。网络写作造成了文学动力原点位移现象，这是不争的事实，但我们必须看到网络文学不是凭空而降的怪物，它的出现有历史原因，更多的是源自社会变革的需求。理论批评的失语无疑是写作伦理的缺失，或将在一定程度上阻碍 70 后网络写作有可能达到的高度。或许，70 后网络作家从未有过得到嘉奖的期许，他们努力做到表达"自己"，并且努力得到读者的认同，他们悄悄地、勤奋地码字，不事张扬。他们不同于 50 后、60 后父兄一辈，也不同于 80 后一代，前者站在文坛炫目的中心舞台，后者敢于挑战前辈、我行我素。在类型文学相对贫瘠的环境中，70 后网络作家就像剪刀手爱德华一样，在不为人知的角落默默修剪他的植物、冰

雪和爱情……

新的美学原则在变革中产生

如果说70后网络作家的文学视野与父兄辈之间出现了"移位",那么在这个基础上,80后网络作家则与前辈逐渐形成了文化趣味和思维方式上的错位。可以这样说,网络文学与传统文学之间的差异,折射了由社会生活发生变化所导致的审美视域转换。尽管文无定法是一种普适性的原理,但进一步探求80后网络作家的写作,就会发现他们的创作资源更加丰沛,无论是故事架构、叙事方式还是人物设定,都超出了既有的理论评论范畴。甚至可以说,他们的创作改变了现当代文学的美学原则。在他们身上中国古代文化与西方现代文化的杂糅之趣,显然超出了五四新文化传统的影响之虞。如果我们坚持将网络文学纳入当代文学研究范畴中,就有必要对这个现象进行认真思考。我的初步答案是,80后网络作家没有接踵前人并非偶然,因为时代变革对他们产生的影响是"垂直"而深入内心的,虚拟世界对他们而言其实也是一种真实的存在。

无论在什么时代,新文学的产生无疑脱胎于传统,所有反叛都是基于对原有体系的重新认知,但其变化过程中产生的文化意义更值得探求。经过二十多年发展,网络文学的社会价值正在逐步得到证实,其裂变过程所积聚和释放的能量在汇入中国社会变革的洪流之后,产生了超出文学范畴的意义。尽管存在标新立异、哗众取宠、迎合受众的成分,但无论是在题材选择,还是在表现手法,乃至审美诉求等方面,网络文学在今天的确引发了美学变革。80后网络作家的各种写作尝试,如同人类对太空的探索一样,大胆而机敏、执着而顽强,他们的话语体系或将直接影响中国文学的未来走向。

第一批80后网络作家出现在2003年,当时网络文学正处在"阵痛期",商业化尝试屡遭挫折,这批摩拳擦掌一心打算以网络写作谋生的年轻人遇到了职业生涯的困境,不过他们没有轻易放弃自己的激情与梦想,其中有一部分人开始筹划建立自己的商业网站,起点中文网由此诞生。经过反复尝试,2004年起点中文网推行的VIP付费阅读制度试水成功,随着网络作家签约制度的确立,第一批签约作家很快成为玄幻小说领域的耀眼明星。

毕业于武汉大学计算机专业的血红,工作不久后辞职,2003年加入起点中文网涉足网络创作。2004年血红成为第一位年收入超过百万的网络作家。这位二十刚出头的小伙子在网络上一时声名鹊起,二十年来他始终保持旺盛的创作势头,先后创作了流氓四部曲及《升龙道》《逆龙道》《邪风曲》《神魔》《巫颂》《人途》《天元》《邪龙道》等十余部小说,创作总量达7000万字,作品总点击率高达数十亿次。

2003年,玄雨创作的科幻小说《小兵传奇》以一介小兵的身份崛起于混沌的宇宙中,由此展开了绚丽的人生传奇。这部作品开了网络小白文的先河,被称为三大网络奇书。此后,玄雨陆续创作了《合租奇缘》《梦幻空间》《八方战士》《孤独战神》《神武飞扬》等一系列玄幻小说。

2004年2月,刚刚度过23岁生日的唐家三少,因工作经历屡不如意,索性辞职回家,着手创作自己的第一部小说《光之子》。2005年3月,被书友们戏称为"网络时代赛车手"的唐家三少带着他的最新座驾《善良的死神》驶入起点中文网。此后,唐家三少一直未间断更新,笔锋也越来越成熟,《惟我独仙》《狂神》《空速星痕》《冰火魔厨》《生肖守护神》《琴帝》《斗罗大陆》《酒神(阴阳冕)》《天珠变》《神印王座》《斗罗大陆Ⅱ绝世唐门》等陆续上线连载。唐家三少的作品符合大部分读者阅读习惯,因此

受众广泛,成为起点的不倒之神。

跳舞,曾用名小五,猎国游戏策划之一。自2004年创作《嬉皮笑脸》以来在网络人气旺盛,已完成了《恶魔法则》《至尊无赖》《邪气凛然》等七部作品,多部作品完成网络游戏跨平台改编。

阿越曾经从事火车头电器检修工作,自幼酷爱历史,后通过自学考入四川大学历史文化学院,不断深造,终于获得历史学博士学位。2004年开始创作《新宋》,迅速在网络上产生重要影响,其严谨的创作态度,为历史题材网络文学写作开辟了新的空间。

骷髅精灵毕业于华东政法大学经济法系,2004年《猛龙过江》一举成名,此后创作了《海王祭》《机动风暴》掀起机甲风潮,《猛龙过江》成为网游类小说的扛鼎之作。

梦入神机2006年以《佛本是道》涉足网络,开创洪荒小说之门,成为仙侠小说的代表作者。梦入神机在网络以特立独行著称,其作品《黑山老妖》《龙蛇演义》《阳神》《永生》《圣王》《星河大帝》几乎包揽了起点中文网所有重要年度奖项,《永生》一书点击率接近三亿。在梦入神机的故事里,读者既能看到宏大,也会发现精巧,更能体会到当代青年的锋芒。

辰东以《不死不灭》《神墓》《长生界》《遮天》和《完美世界》等作品崛起于网络,他的作品在热血中暗藏人性的挣扎、世情的悲凉,在看似欢喜的结局中潜藏对社会的隐忧,因善于设置悬念,被读者们称为"坑神",是当前网络小说界最具有影响力和代表性作家。

南派三叔以《盗墓笔记》系列风靡网络,南无袈裟理科佛跟随其后以《苗疆蛊事》系列扛鼎网络神秘探险小说,丰富了网络文学的地域文化书写。

我吃西红柿毕业于苏州大学数学系,是一位创作锋头强健的作者。

在大学读书期间开始网络创作,先后创作《寸芒》《盘龙》《星辰变》《九鼎记》《吞噬星空》《莽荒纪》等玄幻长篇小说,其作品阅读人数众多,每部作品均排在榜单前列。

天蚕土豆出生在 1989 年岁末,只差三天就进入 90 年代。他是新生代网络作家的代表人物,2008 年凭借处女作《魔兽剑圣异界纵横》一举折桂新人王,跻身人气顶尖网络写手之列,2009 年创作的《斗破苍穹》更是在起点中文网获得高达一亿三千多万的点击率,因此奠定了在网络原创界难以动摇的地位,此后还创作了《武动乾坤》《大主宰》等作品。步入手机阅读时代后,天蚕土豆旋即成为新的流量王。

在 80 后网络作家大行其道之际,玄幻仙侠类网络小说长期霸榜各主流网站,耳根的《仙逆》、卧牛真人的《修真四万年》、高楼大厦的《太初》、风御九秋的《紫阳》、小刀锋利的《无疆》、风凌天下的《凌天传说》、观棋的《万古仙穹》、鹅是老五的《弃宇宙》、善良的蜜蜂的《修罗武神》等作品在读者中享有很好的口碑,广为传播。在网络文学幻想类领域,如果说 70 后网络作家继承了武侠小说的"侠义精神""英雄主义",80 后网络作家则突破了武侠定义的牢笼,进入宇宙形态的幻想阶段,但小白文横行和套路化流行导致作品精神及"哲理"缺乏深度。网络文学的快速扩张,在商业上取得的成功成为自身前进的辎重。

爱潜水的乌贼和马伯庸是 80 后网络作家中最有创作个性的作家,爱潜水的乌贼不断尝试新领域和新文体,作品《奥术神座》《一世之尊》《武道宗师》《诡秘之主》,或开创新的文体类别,或对已有的文体形成挑战,尽管作品题材在网文圈属于小众,却凭借其精彩的剧情、考究的细节和缜密的世界观成为网络作家创新的代表。马伯庸既有扎实的文史功底,又有着出众的讲故事的能力,还能将这两者结合在一起,这在同一年代的作

家群里,确实极其少见,他的《长安十二时辰》《风起陇西》和《古董局中局》具有鲜明的个人风格和辨识度。

蝴蝶蓝,网络平台内少有的男女通吃的网络作家,代表作《全职高手》已成为网络文学全产业链的标志性作品。蝴蝶蓝的作品在80后网络作家中具有代表性,主要体现在IP转化方面,这也是网络文学进入2.0时代的标志。网络文学外溢,向其他艺术领域不断破圈,凸显了网络文学多文本的特性,并因此与传统文学文本产生差异化的对应关系。

烽火戏诸侯和愤怒的香蕉是80后文青文的两位重要代表人物。前者的作品《极品公子》《陈二狗的妖孽人生》《剑来》订阅极高、口碑极好,《雪中悍刀行》成功登录荧屏,博得一拨大流量,后者的《赘婿》成为现象级作品,一时仿效成风,改编电视剧后产生重大影响。所谓文青文,大致是说文本具有传统审美倾向,遣词造句比较讲究,注重人物形象刻画和适当的心理活动描述,但从根本说,仍然是网络文学的书写方式,故事是第一位的,爽点必不可少。

80后网络作家的最大特征是在文学类型化方面开疆拓土,有所斩获,每一个大类型不断分化形成若干子类型,这不仅优化了网络文学生态,而且确立了类型文学在网络文学中的主导地位。同时,他们在网络文学IP方向和海外传播方向上取得的成绩世人有目共睹,客观上为中国文学"走出去"迈出了坚实的步伐。如阿菩的神话探源小说《山海经密码》、柳下挥和鱼人二代的都市小说《猎赝》《校花的贴身高手》、zhttty开创的"无限流"小说《无限恐怖》、任怨和志鸟村的系统流小说《神工》《大医凌然》、方想开创"卡片流"的科幻小说《卡徒》、失落叶和林海听涛的竞技类小说《网游之纵横天下》《冠军之光》、cuslaa的历史穿越小说《宰执天下》、宅猪的东方玄幻小说《牧神记》、常书欣的刑侦小说《余罪》、李枭的谍战小说《无缝地带》、紫金陈的悬疑小说《长夜难明》、丛林狼的现代军事小说《最强兵王》，以及张小花的《史上第一混乱》、横扫天涯的《天道图书馆》、二目的《放开那个女巫》、出水小葱水上飘的《原始动力》、减肥专家的《问镜》、雨魔的《驭兽斋》、国王陛下的《从前有座灵剑山》、圣者晨雷的《剑道》、静夜寄思的《警察三部曲》、妖夜的《焚天之怒》、三戒大师的《大官人》、石三的《不死传说》、犁天的《三界独尊》、奥尔良烤鲟鱼堡的《星河贵族》、知白的《长宁帝军》、净无痕的《绝世武神》、我本纯洁的《神控天下》、善水的《书灵记》、乱世狂刀的《足球修改器》、步征的《龙皇武神》、牛凳的《大唐不良司》、梁不凡的《医道生香》、我本疯狂的《一世兵王》、青狐妖的《妖孽保镖》、心在流浪的《护花高手在都市》、梦入洪荒的《官途》、纯情犀利哥的《诸天至尊》、纯银耳坠的《一起混过的日子》、荆柯守的《青帝》、录事参军的《重生之官道》、上山打老虎额的《明朝好丈夫》、猪三不的《基因大时代》、全金属弹壳的《黄金渔村》、刘阿八的《半神之境》、大地风车的《上海繁华》、晨飒的《重卡雄风》等作品均在不同领域具有一定的开创性，极大丰富了类型小说的谱系。

80后女作家同样是群星璀璨，在记述中难免挂一漏万。

桐华是新一代言情小说代表作家，以穿越小说盛名于网络，在网络上连载作品时曾用笔名张小三。已出版作品有《步步惊心》《大漠谣》《云中歌》《最美的时光》（原名《被时光掩埋的秘密》）《那些回不去的年少时光》《曾许诺》《长相思》等。《步步惊心》被改编为电视剧后产生巨大影响。

顾漫是早期网络言情小说作家，2003年9月起在晋江文学城连载长篇小说《何以笙箫默》声名鹊起，此后创作的《微微一笑很倾城》以游戏环境为读者展示了现实和虚拟两个世界的情感，逐渐形成"暖文"治愈系

风格。

2005年末,流潋紫开始从事业余写作,陆续在各大杂志上发表短篇小说及散文,并成为文学网站专栏写手。2006年2月,流潋紫开始尝试写长篇小说,8月转战新浪博客从事博客文学创作。2007年2月,由花山文艺出版社出版三卷本长篇小说《后宫·甄嬛传》,后成功改编为电视剧《甄嬛传》,在海内外广泛传播,网文由此出现大量宫斗小说。

辛夷坞,独创"暖伤青春"系列女性情感小说,《我在回忆里等你》《原来你还在这里》《山月不知心底事》等小说一经面世即被改变成影视作品,最具影响力的作品《致我们终将逝去的青春》讲述为爱情付出代价的成长过程,成为一代人的青春经典故事。与顾漫的"暖文"治愈系有所不同,辛夷坞小说中弥漫着一种伤感情绪,但这种伤感不是悲叹,而是追忆和怀念,是向上的情绪而非低落。

丁墨毕业于北京大学数学系,以独特的甜宠悬爱风格自成一脉,尤其善用双线并进的手法推进故事,《如果蜗牛有爱情》《他来了,请闭眼》《美人为馅》等作品具有一定专业知识含量。男女主角无不智商在线,有的结合商战,有的结合探案,有的结合科幻,相爱相杀,最终形成爱和智慧的结晶,令人回味。

天下归元作为大女主穿越小说代表作家,《燕倾天下》《扶摇皇后》《女帝本色》《山河盛宴》等作品具有多元色彩和强烈的女性意识,善于布置悬念迷局,故事情节大起大落,人物命运悲欢离合。天下归元的小说均为架空历史,格局宏大,情感描述真挚自然,有时也不乏锐利和决绝。

月斜影清是网络文学女频中不多见的多面写手,创作领域宽阔、魔性十足,对生活的敏锐捕捉和积极发声,使她讲述的故事充满鲜活的色彩。她的作品中既有搞笑爆款文《拐个皇帝回现代》《六宫无妃》,有书写上古神话故事的《古蜀国密码》，也有现实题材小说《没有故乡的她们：枳生》，还有揭示了当下婚恋困境与观念谬误的《我的塑料花男友》。

Fresh 果果以一部《花千骨》成功塑造仙侠玛丽苏形象，打破了男频独霸仙侠奇幻小说风光的现象，开辟了女性向小说热门类型。这部讲述少女花千骨与长留上仙白子画之间关于责任、成长、取舍的纯爱虐恋故事感动了网上网下千万读者，成为影视、游戏、动漫全产业链的现象级作品。

言情、穿越和重生是网络女频小说的三大重点领域，言情又分为古代言情和现代言情，穿越、重生则和言情交织在一起。女频言情小说代表作家藤萍、匪我思存、寐语者、缪娟、明晓溪等都是 80 后。另外，如金子、鲍鲸鲸、唐欣恬、殷寻、水晶珠链、九夜茴、苏小暖、意千重、吱吱、希行、阿彩、priest、犬犬、祈祷君、蒋离子、陈词懒调、夜神翼、施定柔、姒锦、西子情、唐七、MS 夫子、关心则乱、玖月晞、蓝色狮、墨舞碧歌、鱼歌、红九、麦苏、鲜橙、米西亚、清扬婉兮、沐清雨、八匹、解语、安知晓、柳暗花溟、冬天的柳叶、墨香铜臭、侧侧轻寒、墨宝非宝、云霓、莞尔 wr、纳兰若夕、童童、顾七兮、狐小妹、恍若晨曦、紫伊 281、王巧琳、会做菜的猫、囧囧有妖、月壮边疆、随侯珠、何堪、顾西爵、冰可人、顾天玺等一大批各具创作优势的 80 后女作者先后在网络上大放异彩，共同创造并形成了良好的女性写作生态。

然而，80 后网络作家多数成长于网络文学商业化时期，他们的写作受到多重困扰，首先是网络文学催更，其次是不由自主地跟风，此外还面临严重盗版。当然，他们自身也存在诸多问题，其中最突出的是缺乏对文学的大局意识，多数作者缺少文学自觉，只顾埋头创作，较少阅读、思考，有的甚至缺乏应有的社会价值和历史价值认同。就创作本身而言，他们主要依靠个人想象力，天马行空、无拘无束，但文学仍然需要一定的规约，需要足够的学养来支撑，否则将难以为继。放马出山，何以入圣？想象力

这匹飞驰的天马,既是他们的价值所依,也是他们的辎重所在。

除了创新,如何继承现当代的文学传统?对 80 后网络作家来说是值得深思的重要问题,由于他们对此并未引起足够重视,所以需要特别提出来,大家共同面对。在我看来,无论哪一个阶段的写作一旦忽视传统,能走多远都值得怀疑,其结果很可能是某一天忽然觉醒,则必须花费翻倍的力气回到传统中来。不管你是什么类型的作家,不管你采用哪种方式写作,如果不能成为历史的一环,就连被作为"孤星"的可能恐怕都难以成立。80 后网络作家的写作与父兄辈的差异性显而易见,中国当代文学在他们身上出现了清晰的分水岭,尽管这不是个人的选择,但你毕竟身在其中。总之 80 后网络作家不是臆想出来的,他们是真实存在的一代,是现实与幻想同构的一代;他们用文学写作参与时代变革,努力创新求变,讨论他们的写作,是对变革中的中国文学的正视与尊重。

脑洞大开的新一代文学探路者

类型文学作为网络文学的重要表现形态,经过将近三十年的脱胎和演变,在 90 后和 Z 世代进入网络写作之后,作品的结构方式、叙事策略、想象空间和表现手法不断深化,产生了一套"自洽迭代"的写作伦理,网络文学的读写谱系也因此逐步臻于完善。如果以网络出现为基点,以写作的民间性和阅读的广泛性为标准回望文学史,这条文脉可以上溯自吴承恩《西游记》、冯梦龙"三言二拍",到蒲松龄《聊斋志异》、李汝珍《镜花缘》,再到张恨水《金粉世家》、还珠楼主《蜀山剑侠传》,其后出现的便是大家熟知的当代作家金庸、古龙、梁羽生、温瑞安和黄易,女作家系列则以张爱玲、琼瑶、亦舒、梁凤仪、李碧华和席绢为代表,网络作家在 20 世纪 90 年代末出现,很显然这是中国大众文学发展的基本脉络。

在传统文学期刊将发现和推出新人当着一项使命去完成的同时,网络文学也在积极培育自己的新生代作家。起点中文网、中文在线、晋江文学城、掌阅文化、七猫小说、吾里文化等重点文学网站开始了他们的"造星"计划。起点中文网自建站之初就设立了年度"新人王"推广机制,老牌文学网站中文在线 17K 小说网和纵横中文网也以"新人王"名义推出了一批新人。

由于 90 后网络作家的兴趣偏好和关注领域愈加丰富和具有前沿性,他们创作的作品也呈现出多元化、交叉化的特点。幻想、轻松和搞笑在他们的视野里并非逃离现实,通过调侃、戏谑、解构等方式,能够更真切地表达自己对生活的理解和认知。纵观 90 后网络作家十年来的创作,主要成果集中在科幻、仙侠、都市幻想、轻小说、电竞、二次元和脑洞文等类型,其他如架空历史、恐怖惊悚、重生等类型也有所拓展。

90 后网络作家最初藏身于 80 后网络作家之间,只有个别出道较早的作家引人注目,云起书院叶非夜的都市言情小说《国民老公带回家》、晋江文学城疯丢子的科幻小说《同学两亿岁》、纵横中文网烈焰滔滔的都市生活小说《最强狂兵》、17K 小说网伪戒的《我们都是坏孩子》和风青阳的《龙血战神》最先崭露头角,这几位作家至今都有十年以上的写作经历。2015 年、2016 年网络文学经历了一次版权销售高潮,一时间洛阳纸贵,版权卖出天价,2017 年逐渐趋于平缓,网络文学也因此遇到了天花板。此后各大文学网站相继出现陌生面孔,似乎是一夜之间,90 后网络作家在网络空间刮起一股旋风。他们似乎是带着使命进入网络写作领域的,因为网络文学此刻正呼唤新的变革,需要补充新的能量。

2017 年 1 月,洛城东在掌阅小说网连载玄幻小说《绝世武魂》,讲述了少年陈枫偶得至尊龙血,神秘古鼎,从此横空出世逆天崛起的故事。

2017年8月，会说话的肘子在起点中文网连载都市玄幻文《大王饶命》，语言风趣幽默，表现手法新颖独特，在读者中产生强烈反响；最新连载的《夜的命名术》既是奇幻的"群穿文"，又是科幻的"赛博朋克"，讲述了一个关于两个平行宇宙来回穿梭的故事。2018年6月，我会修空调在起点中文网连载恐怖惊悚小说《我有一座冒险屋》讲述主人公陈歌在翻旧物时寻得黑色手机，在手机的指引下探寻、侦破冒险屋里发生的鬼怪事件和命案，刚刚完结的新作都市悬疑小说《我的治愈系游戏》讲述在未来科技非常发达的时代，人类的游戏技术已经能做到让人完全身临其境，一款名叫"完美人生"的虚拟游戏可以帮助人们体验各种美好的生活，弥补人生遗憾，从而达到治愈效果。

网络科幻小说是网络文学里的一个不起眼的门类，偶尔出现一部作品就会引起人们的关注，网站、作者和读者都对这个类型寄予了期望，一直在等待科幻爆款文的出现，却始终听见脚步声不见人下楼，直到90后网络作家的出现，终于打破了沉寂。2015年11月晨星LL在起点中文网连载《我在末世有套房》拉开序幕，开启了全新的科幻创作之旅。小说主要讲述了主角穿越于核战之后的末世与现代都市生活的故事。2018年6月晨星LL的第二部科幻作品《学霸的黑科技系统》手法更为娴熟，作品讲述了主角陆舟意外获得一套黑科技系统，借助系统的引导不断学习、研究，攻克各种科学难题，登上科学巅峰的故事。这部作品彻底打破了科幻文不温不火的局面。2018年11月，95后网络作家天瑞说符的科幻小说《死在火星上》引起业界关注，这部兼具专业性和人文关怀的硬科幻网文获得第30届中国科幻银河奖"最佳网络文学奖"，两年后天瑞说符的另一部科幻小说《我们生活在南京》再获此奖。《我们生活在南京》讲述了生活在南京的高三学生白杨，通过无线电意外联系到了生活在2040年南京的半夏,在得知 2040 年后的地球被黑洞生物吞噬,地球危在旦夕且只有半夏一个人类幸存,于是毅然与其联手,开启了一段艰难刺激的南京人跨时空拯救地球之旅。

2018 年 1 月历史穿越小说《秦吏》上线,2019 年 10 月《汉阙》上线,七月新番作为历史小说新人立刻引来众人的关注。以往获得成功的历史小说作者年龄都偏大,极少有 30 岁以下的作者被大众认可,但 90 后网络作家改变了这一状况。2018 年 3 月,榴弹怕水的历史穿越小说《覆汉》上线,这部小说的叙事方式新颖独特,无论是作者的脑洞设计、主角身份的设定、剧情的时间切入点,以及每章结尾处的处理,都有别于其他穿越历史文,手法新颖独特。2019 年 12 月,榴弹怕水的第二部历史穿越小说《绍宋》讲述当代普通大学生赵玖穿越到刚刚登基的"宋高宗"身上历经种种困难,收复故国河山的故事,作品对南宋官僚体制和一些风俗习惯的介绍非常鲜活,对历史人物、事件的发生进行了深层次的发掘和思考。通过一切方式展现新的文学表现技法,并从中获得新的阐释空间,已经成为 90 后网络作家默认的写作共识。

玄幻仙侠是网络文学的重点类型,一批开创类型的作品既是 90 后仰慕的高山,也是他们的"路障"。90 后采取的办法是避开锋芒另辟蹊径,将原本不食人间烟火的仙侠文代入现实环境中,产生了全新的阅读效果。2019 年 10 月,言归正传的洪荒流仙侠小说《我师兄实在太稳健了》上线,一改以往仙侠文的套路,以"稳健"二字为灵魂,用幽默诙谐的手法写小人物的大智慧。2020 年 6 月,卖报小郎君的《大奉打更人》上线,作品将俗世朝堂背景,百家文化与仙侠修炼结合起来,并设计了一个个精妙的案件作为引线,一步步展现出了一个波澜壮阔的全新世界,为仙侠题材的创作开辟了新的方向。青鸾峰上的《无敌剑域》和飞天鱼的《万古神帝》的

玄幻小说延续80后的写作方式,但在节奏上更加明快,杂糅了更多对宇宙奥秘的想象。

网生代的创作者和读者都诞生在网络环境,对于他们而言,网络环境是现实世界之外的第二世界。网络环境下产生出来的语汇也构建起他们的语言体系和逻辑体系,因此网生代创作家和读者之间形成了文化默契,搞笑文、脑洞文、梗文也应运而生。当我们阅读这些完全超出日常经验的故事时,会体验到一种打开眼界重新认识世界的快感,那是一种摆脱现实烦恼、灵魂获得自由的美妙感受。网络文学与生俱来的"寓言"性,在90后、95后身上得到了强烈释放。

2020年2月,老鹰吃小鸡在起点中文网连载都市异能小说《万族之劫》讲述的是面对万族欺压人族,人族底蕴几乎耗尽之际,主角凭借万族图册以及超级无敌气运趁势而起,劫杀万族走向巅峰的故事。2022年5月完结的新作《星门》讲述了主人公李皓在危机中勇面挑战、探索星门、迎接光明的故事。唐四方的都市类小说《相声大师》《戏法罗》通过对民国年间北京市井风貌的讲述,唤起年轻一代对传统曲艺的关注与喜爱。七英俊是一位写作风格鲜明的90后网络作家,从2016年和在微博连载的群穿文《有药》可窥见她的创作风格,2020年8月在微博连载《成何体统》,以"穿进穿书文"的无限反转,揭示"纸片人"实为非"穿越者"的烧脑故事。

在一些传统题材的写作上,90后、95后网络作家注意突破旧有框架,以创新变种的元素赋予经典题材以新面貌。水千澈的都市重生小说《重生之国民男神》、一路烦花的都市言情小说《夫人你马甲又掉了》、关外西风的都市幻想小说《重回1990》、总攻大人的都市言情小说《我在泉水等你》、陈忱的都市悬疑小说《谜离》、胡说的现实题材小说《扎西德勒》、眉师娘的现实题材小说《奔腾年代——向南向北》等作品各具特色。

进入新世纪第二个十年,90后网络作家已成为网络写作的中坚力量,其中代表作家有柠檬羽嫣、耳东兔子、连玦、浮屠妖、海胆王、萧瑾瑜、懿小如、高冷的沐小婧、蒔蒔、板栗子、三水小草、月下蝶影、荔箫、笑佳人、长洱、平凡魔术师、姜小牙、木子喵喵、风蝉、零下九十度、十里剑神、天下青空、十里剑神、匣中藏剑、叶之凡、李暮歌、柳银银、猫毛儒、深蓝水浅、红绡帐暖、爱笑的苡苡、安姿苡、姜杨行言、柒月甜、惑乱江山、寒子夜、叶阳岚、姬朔、三月棠墨、青酒沐歌、梁清墨、火神、韭菜盒子、秦照青、四七十三、顾存诗、方圆、大圣巡山、萌心小手等。而95后网络作家则以崛起之势成为增长最快的群体,其中代表作家有枯玄、茨木妖、段九歌、慕惜、素子花殇、九荟、墨泠、极品妖孽、青灯无尘、东城白小生、无心舍、杏嫣、木木子苏、木白、不周、火舞夕萝、风南渡、轩逸等。

和传统作家相比,网络作家的代际更迭似乎更为迅捷和明显,代际差异也较为显著。这大概是由于网络生态环境变化较快所导致,一方面社会变革加速,信息流变影响人的欣赏习惯和审美趣味;另一方面,互联网技术发展迅猛,给文化输出创造了条件,加之在网络文学领域的激烈竞争中,网生代作家更趋开放,不断推陈出新,共同构建了网络文学丰富多彩的生态系统。总之,网络作家与时代的关系,与社会生活的关系更为密切,他们对生存环境变化的敏感度和表达欲望明显超出了传统作家,而在生活积淀与思想沉淀上也存在缺失和短板。可以说传统文学和网络文学恰好形成了当代文学的两翼,两者之间的互补关系有可能推动中国文学在新世纪迈向一个新的台阶。

原载于《南方文坛》2023年第4期

从类型化到"后类型化"

——论近年中国网络文学创作的新变(2018—2022)

李 玮

经由数十年的发展,网络文学曾表现出明显的类型化特征。诸多研究者也从"类型文"的角度界定网络文学,阐释网络文学的价值。类型文视角固然使得学院研究贴近了网络文学现场,使得诸多在纯文学观念框架下难以容纳的网络文学作品得以分析和阐释,并且能够呈现网络文学与大众文化心理、现代性爱欲之间的关系。但是,如果仅以此种视角观察网络文学,也容易将网络文学等同于大众文化工业,从而遮蔽网络文学中具有先锋性、实验性的思想元素和形式特征。

2018年后,网络文学类型出现了迭代升级的趋势,网络文学创作呈现反套路、元素融合等"去类型化"趋势,特别是,大量"类型之外"的新经验和新形式,也使网络文学超越了从2003年左右开始蓬勃发展的"类型化"发展方式,进入"后类型化"的时代。"网生代"所携带的网络文明新经验成为当下网络文学新变的主要倾向。他们在网络文学现场进行集体性的身份书写,由此网络文明新经验取代印刷时代的文化、文学经验进入网络文学的钩织与衍生之中,构筑新的时间和空间,勾连虚拟与现实的重新想象,表达关于人类和非人类、欲望与反思新的关系。这使得网络文学作家不能被纳入我们习以为常的,以自然时间为划分的文学代际之中,从而与60后、70后、80后、90后这些命名方式相区隔。从资源借鉴到表征

---

① 本文为国家社会科学基金重大项目"社会主义文学经验和改革开放时代的中国文学研究"(项目批准号:19ZDA277)成果。

方式,网络文学正以"非文学化"的姿态参与文学表达,塑造着新的语义系统。用"后类型化"对网络文学近年的新变加以概括,通过描述并分析网络文学如何走向一种新的表征方式,有助于我们探索不限于用通俗文化与资本浪潮谈论网络文学的方式,进一步探查网络文明中的欲望表达方式与情感维度,重读属于赛博空间的修辞与隐喻,更深入地思考未来文学的发展可能性。

一、近年网络文学主流类型增势放缓

在相当长的时段中,网络文学都被称为"类型文学"。自2003年,起点中文网实行阅读付费制度,2004年盛大集团对其进行收购,由此标示商业资本进军网络文学,类型化写作就成为网络文学的关键词之一。由初始阶段萧鼎的《诛仙》、萧潜的《飘渺之旅》、当年明月的《明朝那些事儿》等类型化的探索,到2008年前后类型化写作成为网络文学创作的主潮,网络文学发展至今,形成了玄幻、仙侠、游戏、科幻、古言、现言、历史、都市生活、现实题材等诸多类型,也衍生出诸多风格化的"家丁流""技术流""数据流""无限流"等亚类,或是文体化的"同人文""种田文""甜宠文""赘婿文"等等。

2008年前后,各类型中都出现了极具影响力的作家。如创作玄幻类题材的网络文学作家唐家三少、天蚕土豆、玄雨、辰东、跳舞、无罪等;创作历史类题材的网络文学作家当年明月、月关、酒徒、天使奥斯卡、禹岩等;创作言情类题材的网络文学作家天下归元、辛夷坞、金子、桐华、顾漫、三十等;创作修仙类题材的网络文学作家忘语、耳根、我吃西红柿、流浪的蛤蟆、梦入神机、爱潜水的乌贼等;创作都市类题材的网络文学作家南派三叔、骁骑校、卓牧闲、阿耐、鲍鲸鲸等;创作御兽类题材的网络文学作家雨

魔、鱼的天空等；创作网游类题材的网络文学作家蝴蝶蓝、失落叶、发飙的蜗牛、骷髅精灵等；创作仙侠类题材的网络文学作家烽火戏诸侯、管平潮、萧鼎等。每一种类型都有相应的人设、架构，模式化的反转、逆袭、升级、"发糖""发刀"，以及各种 NPC 设定等①，因此也就有了特定类型的阅读期待和相对固定的读者群。沿着类型化的发展路径，网络文学在召唤大量的文学创作者和读者的同时，也被贴上了"通俗文学"的标签。不难看出，各种类型化写作的元素、设定和结构，来自诸多"通俗"意义上的文本，诸如好莱坞电影、日漫、武侠小说、港台玄幻、推理小说或是传统演义小说。中国香港黄易的《大唐双龙传》或是金庸的武侠系列等被认为是中国网络文学的源头。

　　随着被称为"网络文学 IP 元年"的 2015 年的到来，类型化网络文学 IP 转化的集中爆发，这使得网络文学类型化的价值得到呈现。由此，学界对"网络文学是一种类型文学"的理解开始深入。有研究者以量化分析的形式呈现类型特征与受众欢迎程度之间的相关关系，用大数据统计类型之中的关键词，并辅以概貌描述、样本分析，分门别类地对各个类型进行剖析，试图测绘网络文学。② 提炼类型特征、考察类型叙事，在某种

---

①千幻冰云对这些网络文学套路化写作经验加以概括，写作为《别说你懂写网文》，被认为是网络文学创作"秘籍"。参见千幻冰云:《别说你懂写网文》，哈尔滨:黑龙江教育出版社，2014年版，第1页。

②数据剖析例如战玉冰:《网络小说的数据法与类型论——以 2018 年的 749 部中国网络小说为考察对象》，《扬子江评论》，2019 年第 5 期；张永禄、杨至元:《圈层设定下网络武侠小说的创作走势与问题——基于 2019—2020 年的平台数据分析》，《西南大学学报》(社会科学版)，2021 年第 6 期；刘鸣筝、付娆:《网络小说内容类型特征与读者偏好关系初探》，《文艺争鸣》，2021 年第 8 期等。类型解读例如李榛涛:《重构理想的网络游戏新世界——网游小说类型研究》，《上海文化》，2017 年第 10 期；高寒凝:《小径分叉的大清:从"清穿文"看女频穿越小说的网络性》，《南方文坛》，2021 年第 2 期；陈晓明、彭超:《想象的变异与解放——奇幻、玄幻与魔幻之辨》，《探索与争鸣》，2017 年第 3 期；肖映萱:《不止言情:女频仙侠网络小说的多元叙事》，《扬子江文学评论》，2022 年第 3 期；等等。

程度上是关注通俗文化中的"大众性",于是是否应该"向下俯拾",又如何抬起网络类型小说的价值成为争论焦点。在网络文学评价体系与评价标准这一亟待建设的框架中,作为能够把握网络文学"在地性"特征的重要视点,以类型学为理论切入口建立批评范式也是学界共识。① 2022年吉云飞以"类型小说是网络文学的主潮"为题再次强调类型小说这一形态的重要性,认为在传统雅俗秩序之外的价值重建、对大众"爱欲"的承认与解放都使得类型小说可以成为当前网络文学的"主导形态"。② 类型小说是否可以主导网络文学的判断,对应着有关网络文学起源的论述。邵燕君等回溯金庸客栈这一论坛模式,提出社区性与大众性为趣缘结合体向文学消费者的转变提供了生长土壤。③ 而不主张于此的人,则看到除却类型小说以外的文类价值,新兴媒介所包孕的属性、可能性、复杂性也许曾以更多元的姿态表征着网络文学的起源与枝蔓。④ 各方对于起源的指认无不来自对网络文学内涵的特定理解,对"网络文学是类型文学"的认同,必然带来对网络文学的"过去"的种种"发明"。在类型主导的视野下,生产机制的迭代鲜明,李灵灵从"创作"到"制作",论述这一批量化生产所带来的同质化现象,呈现了商业资本与新媒介共同作用之下的文

---

①江秀廷:《如何建构中国网络文学评价体系与批评标准——"中国文艺理论学会网络文学研究分会第六届学术年会暨'中国网络文学评价体系与批评标准'学术研讨会"会议综述》,《当代文坛》,2021年第5期。

②吉云飞:《类型小说是网络文学的主潮——从中国网络文学的起源论争说起》,《南方文坛》,2022年第5期。

③邵燕君、吉云飞:《为什么说中国网络文学的起始点是金庸客栈?》,《文艺报》,2020年11月6日。

④参见黎杨全:《从网络性到交往性——论中国网络文学的起源》,《当代作家评论》,2022年第4期;贺予飞:《中国网络文学起源说的质疑与辨正》,《南方文坛》,2022年第1期;许苗苗:《如何谈论中国网络文学起点——媒介转型及其完成》,《当代文坛》,2022年第2期。

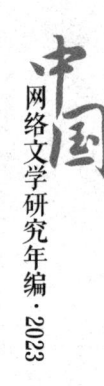

学生产机制的变革。① 类型化写作的大行其道,既被看作一场技术与资本的"合谋",也被看作一种媒介革命后生产力解放的产物。近年随着现实题材的倡导与盛行,网文"玄幻现实主义"等类型概念被提出,学者开始认识到突破旧有类型的边界才能生成更具有先锋性的批评概念。② 研究者一方面对类型化网络文学的特征进行概括,探讨其能够吸引大众、广泛传播的原因;另一方面也指出类型化的网络文学止步于靠情节吸引读者,靠爽感打动读者,思想陈腐、形式守旧等问题。如许苗苗所说,"网络文学"这一赋名的边界模糊内涵不清,类型小说的出现为网络文学提供了"清晰、实在的实指",但类型小说的商业性所致使的程式化写作、迎合乃至自我削减等问题限制了文学的进一步创新。③ "类型化"的提出,本身与"大众工业"的思路相契合,以"套路"的大规模复制实现再生产,这一发展也固化了网络文学是一种"娱乐性文学""工业化文学"的认知。但网络文学是否只有类型化这一个方向?每年250多万本④增量的网络文学是否都是类型化套路的文学?

近些年来,网络文学类型化的发展速度已然放缓,玄幻、女频等主要网络文学类型的阅读数据跌势明显,诸多类型作家的后续创作都稍显乏力。玄幻类作品《斗罗大陆》系列如《斗罗大陆 IV 终极斗罗》(2018—2021)、《斗罗大陆 V 重生唐三》(2021—2022),修仙类作品《凡人修仙传》的系列文《凡人修仙传之仙界篇》(2017—2020)的订阅成绩不够理

---

① 李灵灵:《从创作到制作:网络新媒体视域下文学生产方式转型》,《文艺理论研究》,2020 年第 4 期。
② 闫海田:《中国网络文学"先锋性"问题新论——"关键词"或"新概念"生成》,《当代作家评论》,2021 年第 6 期。
③ 许苗苗:《网络文学 20 年发展及其社会文化价值》,《中州学刊》,2018 年第 7 期。
④ 中国作家协会网络文学中心:《2021 中国网络文学蓝皮书》,《文艺报》,2022 年 8 月 22 日。

想,猫腻的《大道朝天》(2017—2020)等新作也并未能取得与预期相符的口碑等。天下归元曾以"大女主文"为写作路径在古言频道名列前茅,近期完结了《辞天骄》(2021—2022);现代言情写作者丁墨以《他来了,请闭眼》《如果蜗牛有爱情》等悬疑爱情题材作品闻名,近期完结了《寂静江上》(2021),但这些作品的成绩与既往类型化高潮时期创作的成绩完全不能同日而语。除却作者自我重复等因素,更多是与典型类型的发展态势有关。诸多已成名的网络文学作家也纷纷转型,放弃自己熟悉的类型套路。如曾为玄幻类"大神"的我吃西红柿今年转写科幻《宇宙职业选手》(2021—2022);关心则乱是《知否?知否?应是绿肥红瘦》《星汉灿烂,幸甚至哉》等经典宅斗文的作者,新近转向写作武侠群像类作品《江湖夜雨十年灯》(2021—2022);叶非夜擅长创作《国民老公带回家》《高冷男神住隔壁:错吻55次》等"霸总文",新近作品《你的来电》(2021—2022)去除了"霸总"的人设;缪娟作为"言情天后"曾推出《翻译官》《堕落天使》《丹尼海格》等言情力作,如今转向现实题材创作,新近作品为立足社区生活的《人间大火》(2021—2022)等等。

伴随着主要类型的增势放缓,依靠这些类型的平台也出现衰落趋势。以主打"大女主文"的潇湘书院为例,潇湘书院在2007年开始实行VIP付费制度,在女性原创文学网站中具有领先性,晋江文学城直到2008年才开始实施这一制度。天下归元在2008年上架《燕倾天下》之后,相继推出《扶摇皇后》与《凰权》跃升为古言大热门,莫言殇的《白发皇妃》订阅成绩突出,风行烈的《傲风》创造了单章订阅突破5万的纪录……同类经典作品的集中出现让潇湘书院成为女频"大女主文"的集结地。"女性向"的"打怪升级"、女性的成长逆袭故事,女性职业智慧超群的设定成为接下来潇湘书院头部作品的统一风格。2011年蒻羽的《妖娆召唤师》、

2013年凤轻的《盛世嫡妃》、2014年妩锦的《且把年华赠天下》、2015年连玦的《神医废材妃》等作品都是在平台影响下创作的成熟类型文。2013年的潇湘书院就已经订阅过亿,但2018年后,大女主文的热度便不复从前,潇湘书院也在2022年决定改版升级。红袖添香曾因孵化"霸总文"而借势而起,也随"霸总文"的淡化而呈现衰颓之势等。

无论是主流类型代表作家相应类型创作的影响力不复往日,还是平台发展所呈现的众多主流类型整体的增势放缓,都表明,商业资本入驻促成的网络文学类型化仅仅是网络文学在一个时间段的一种潮流。当下形成的关于网络文学诸多类型化的认定,或者是为诸多网络文学从业者从热衷的"套路"的时效性边界已然显现。

二、"反套路""变体"和"去类型化"

在网络文学主流类型增势放缓的背景下,近年出现的"爆款"网文呈现出诸多以忽略网络文学类型化套路,甚至故意"反套路",寻求"变体",打破类型化规约的特征。甚至可以说,打破类型化套路,成为近年网络文学重新召唤情感共同体的"奥秘"。

诸多网络文学作家都把爱潜水的乌贼于2018年上架的《诡秘之主》作为网络文学创作新的范本,其理由不是因为《诡秘之主》符合主流网文类型设定,而是认为该部作品打破了网文类型化程式,体现了"网文还可以这么写?"[1]的新质。当程式化的经验要求网络文学开篇千万不能"太复杂"[2]时,《诡秘之主》的开头以晦涩闻名。知乎上就有"《诡秘之主》我

---

[1] 黑山老鬼等:《网文:引领大众阅读想象力的风帆——黑山老鬼访谈》,《青春》,2022年第4期。

[2] 千幻冰云对这些网络文学套路化写作经验加以概括,写作为《别说你懂写网文》,被认为是网络文学创作"秘籍"。参见千幻冰云:《别说你懂写网文》,哈尔滨:黑龙江教育出版社,2014年版,第82页。

为什么读不下去?"的帖子。同时,《诡秘之主》风格阴郁,线索隐晦,设定繁杂,升级艰难。叙事多细节,却无 CP,少情感线;虽有升级,但多"游历",少"开挂";虽有战斗,但作者也经常做"反高潮"处理,改变全知视角采用限制性叙事……上述种种都"回避"了"爽"的套路。甚至相较于更多借鉴通俗文学的既有类型,《诡秘之主》的文学资源偏纯文学。谈及《诡秘之主》的文学资源,爱潜水的乌贼说"最早是看福尔摩斯探案集接触到,之后又看了《呼啸山庄》《雾都孤儿》《双城记》等这一时代的名著……"爱潜水的乌贼同时翻阅了诸多学者对维多利亚时期的研究,诸如《维多利亚时期英国中产阶级婚姻家庭生活研究》《剑桥欧洲经济史》《深渊居民:伦敦东区见闻》等。特别是杰克·伦敦的《深渊居民》,爱潜水的乌贼在接受扬子江网络文学评论中心的访谈时提到,其中对贫民苦难的描写让他有很深的触动。[1]《诡秘之主》的行文穿插维多利亚时代诗人或作家的作品,如丁尼生、卢梭、杰克伦敦等。异能"小丑"被杀死的瞬间,他张开嘴巴,于喉结不动的情况下,纯粹用本身灵性共鸣了周围的空气,虚渺的、飘忽的、古怪的声音随之响起,吟诵起英国诗人克莱尔的《月见草》……按照既有网文类型化的套路规约,《诡秘之主》的这一系列特征都应该被放在"必扑"的行列,但《诡秘之主》连载期间均订破十万。纵深的叙事、思想的深度,甚至对"资本"的反思出现在畅销榜作品中,这似乎标识新的力量在突破网文类型化套路的规定性。

虽然不能否认近年畅销榜的网文作品仍保留诸多类型化的特色,但特别要注意的是,打破垂直类型壁垒,不局限于某种类型套路,也成为成就新作品影响力的关键。"元素融合"和"变体"成为新近兴起的一门创

---

[1] 爱潜水的乌贼等:《网络文学不断"升级"的"奥术"——访爱潜水的乌贼》,《青春》,2022 年第 12 期。

作技巧。如卖报小郎君的《大奉打更人》(2020—2021)集各类型成功元素于一身,在"金手指""升级打怪""种马"等要素之外,还有类似《庆余年》的朝堂权谋、类似《将夜》的理念斗争,修仙升级、仙侠江湖、悬疑探案,各种元素轮番上场,营造密集的"梗"与爽点,做成了2021年的"爆款"。以《恰似寒光遇骄阳》《许你万丈光芒好》《余生有你,甜又暖》等作品在都市言情领域出击的囧囧有妖,新作《月亮在怀里》(2022)中融合了体育元素,"击剑""射击""游泳"等技能纷纷上阵,还加入了"农学"和"网络直播"等新兴设定,被读者誉为"转型"之作,连载成绩十分可观。除了元素的融合,类型的变体成为"爆款"的关键,言归正传的修仙类作品《我师兄实在太稳健了》(2019—2020)着意"反套路",讲究驾云飞行的高度,默念"见义勇为不可取",处处保留底牌,以"稳健式"的修仙模式,开创了修仙类型中的"稳健流"打法;三弦的《天之下》(2020—2022)摒弃了传统武侠或"复仇"或"寻宝"的模式,向"无限流"变体。九大门派的暗流涌动中,"江湖"越过快意恩仇的风味走向游戏设定,对于规则的挑战越过以往的朝野冲突与民族叙事而走向文明的反思,由此式微已久的武侠类型在变体之中获得些许新的生机。但问题在于,"元素融合"和"套路变体"意味着类型内部的成熟,糅合、嵌套、反转,都是在旧有类型的基础上进行"技术性"作业,而有失创新意味。因此,《大奉打更人》虽是年度"爆款",却被评价为"超级缝合怪";相较于《凡人修仙传》搭建"修仙"世界观的创造性,《我师兄实在太稳健了》更像是对修仙文的补充和发展;《天之下》的精彩,也不能改变武侠类型的落寞。

相较于"热门""冷门"类型的简单交替、元素融合的"技术性"作业,"反套路"的盛行则是从思想性层面为网络文学注入新内容。具体表现为通过反转套路,与既有套路形成"互文"。诸多"穿越""穿书"设定的网络文学的套路是：主人公穿成作品中"主角"，自带主角光环（美貌、道德和运气等），拥有预知未来的"金手指"，并由此"开挂"。而七英俊的《成何体统》（2021）以反"穿书"套路的叙事受到关注。作品中，主人公没能穿成"主角"，反而穿成了一个"工具人"。这个"工具人"是叙事学语义系统中主角的"敌人"。这个"工具人"本应作为女主在美貌、道德和运气上的衬托而存在，其命运被设定为失败、死亡，以此成就女主的成功和价值。原书的叙事套路成为"穿书者"需要抗争的"命运"，并且在抗争的过程中，"工具人"张扬起主体性。作品不仅制造出种种与既有"套路"错位的幽默感，并由此具有解构套路的功能，而且通过"配角"在"边缘"的反抗的叙事，打破原"套路"中叙事语义的等级，消解"套路"中的话语暴力，从而具有了平权的文化价值指向。红刺北的《将错就错》（2022）与既有的"霸总文"形成"互文性"。红刺北的创作具有"大女主文"的特征。"大女主文"改变了"霸总文"中女性柔弱的刻板印象，但诸多"大女主文"采用男女双强的结构。而《将错就错》则将"霸总文"的性别语义结构进行逆转，由男强女弱改变为女强男弱。女主成为"霸总"本人，被赋予"直白果决"与"不解风情"等设定，承担行动元功能，展开感情线与事业线的双向追逐，与此同时，男主的职业设定则是"调香师"，性格设定为一株忧郁敏感的"铃兰"。这种"错位"给读者带来耳目一新的感受的同时，也消解了网文既有的性别叙事套路中的性别观念。闲听落花的《暖君》（2019—2020）讲述了一个重生不复仇的故事，女主身为亡国公主之女、前朝末帝的唯一血脉，因身世之故受尽苛待，但她拒绝去做争权夺利的一面旗帜，认为一朝一姓并不重要，国泰民安才是江山本义，由此与大多数重生设定所指向的"有仇报仇，有怨报怨"等情节预设相背离，营造了效果上的出奇，形成了"反情节"。吱吱以"宅斗文"《庶女攻略》闻名，但她

近年创作的《表小姐》(2019—2021)虽仍是古代言情题材，却不注重人际斗争，而是强调生活日常。女主王晞以"表小姐"的身份到永城侯府做客，与贵族小姐们喝茶交往，以婚恋作为人生最主要的筹谋，使作品颇具简·奥斯汀小说的风格。与此类似，近年来"美食文"兴起，如天下归元的《山河盛宴》(2019—2020)、紫伊281的《锦堂春宴》(2019—2020)、空谷流韵的《大宋清欢》(2020—2021)、李鸿天的《异世界的美食家》(2016—2018)，或是以宋代为背景铺设历史风物，或是接续大女主人设塑造个性人物，都着力于描绘日常生活的细节，不厌其烦地叙述"素鸭子""锦绣兜子""茶盐鸡脯"等菜品的做法，以"煎炒烹炸"的场景化动作与"大列食单"的叙述篇幅代替了对于设定的铺排与线索的设计，由此冲淡了网络文学情节化的色彩。又或者从思想性中进行一种反思，例如"反财富积累"。"爽文"讲求欲望上的满足，尤其是对于金钱、两性关系、社会名望等资源的索取，当"爽文"以主人公持续不断的财富积累作为目标时，青山取醉的《亏成首富从游戏开始》(2019—2021)则以"反财富积累"作为主人公升级的必要条件，甚至在作品中思考了阶层固化、马太效应、阶级区隔等问题。

"反套路"的盛行，尤其在女频中开展，由此带来了一种"去女频化"的趋势。既有的女频类型如"宫斗文""宅斗文"等衰落，或是叙写宫廷中的日常，以"种田"远离宫廷，又或者将"宅斗"比重大大缩小，用作女主进阶过程中的一个微末起点，无论是借由情节铺排，还是借人物宣之于口，都在指涉"宫斗"与"宅斗"的无趣。叙事场景的开阔、人物视野的拓展让看似未变的类型中满是对套路的"逆行"，由此消解了男权中心意味的逻辑色彩。以往，"女频"总是和"言情"相提并论，以"恋爱叙事"代替"女性叙事"，但近年来这一套路在被有意打破，呈现"言情+"特点，其中"言情"不再居于叙事的中心位置,而是被边缘化,成为一种底衬或是一种要素性的存在,"言情"以外的元素与故事性则至关重要。沉筱之的《青云台》(2020—2021)、南方赤火的《女商》(2020—2021)、戈鞅的《财神春花》(2021—2022)、行烟烟的《光鲜》(2021)、御井烹香的《买活》(2021—2022)等诸多作品都呈现了"事业向"的叙事转变,离开"雌竞"与"恋爱",走出男权中心视域后的女频作品,选择进入公共空间开展行动或驱动主体书写成长路线。尽管江湖风味与仙侠风格各不相同,但"朝野博弈"与"生活经营"的主动性尽数收归后,改变的不只是价值序列,还有频道整体的思想性面貌。由此也带来了题材的多元裂变,当故事不再以"言情"为中心,便可以从其他视点切入进行界定,于是,悬疑文、仙侠文、权谋文、网游文等题材趋向繁荣,"爱情"以外的相关议题,诸如"职业"与"理想"、"命运"与"人生"、"权力"与"自由"、"意识"与"无意识"的问题成为作品中所讨论的核心概念。

"反套路"和"去类型化",一方面通过反转叙事给人耳目一新的感觉,另一方面也反映出网络文学文化指向性的变动。重生穿越、霸道总裁、升级打怪、夸张"狗血"等,通过迎合读者被压抑的欲望,让读者在"白日梦"中获得宣泄与释放,激发"爽感",因此网络文学也一度被称为"爽文"。而近年,"反套路"和"去类型化"则突破了网络文学的"爽感"叙事,不再单纯地迎合欲望,而是在叙事中渗透思想性,以"反穿越"思考时空秩序与人的身心问题,以"反霸总"突破性别的固化认知,以"重生不复仇"改变"成王败寇"的胜败逻辑,以"反情节"融入日常生活美感的同时取消宏大叙事,以"反财富积累"反思资本问题与社会建构,网络文学由此超越生理快感,也在摆脱类型化"爽文"的标签。

三、类型化之外:引入网络文明新经验

在"去套路化""去类型化"的变动中,不仅网络文学类型化的边界变得模糊,诸多无法为"类型化"所规约的创作大量出现,而且网络文学正越发显示出包括严肃纸媒文学和通俗文学在内的既有文学所不能容纳的网络文明经验。如果说类型化时代的网络文学在汲取古今中外流行文化的元素的话,那么在突破类型化藩篱的同时,网络文学则是越来越和网生代,诸如Z世代、M世代的经验联系在一起。"新经验",特别是既有文学所未能表现的新经验,成为构筑新的时间和空间,勾连新的虚拟和现实的关系,表达精神和肉体之间的关系,或是人类和非人类主体的新的想象的思想资源。

当2016年后"虚拟现实"成为年度热点,2021年"元宇宙"成为年度文化关键词时,虚拟体验、虚拟世界正成为当下"经验"的重要组成部分。瓦格纳所说的"第二人生"[①]与"第一人生"交织共融,虚拟现实经验越来越深入现实日常、时空的感觉,关于身份的主体性认定或是情感欲望的生成方式都发生诸多变动。如果说此前作为"类型文"的网游文学,如蝴蝶蓝的《全职高手》、骷髅精灵的《网游之近战法师》、失落叶的《网游之纵横天下》等,仍是依托网络游戏而次生的文学作品。那么2018年后,"游戏"就不再只是一种玩物、一种二维界面,或者是一种分层的次生空间。游戏化的虚拟世界渗透进思维层面,成为网络文学构筑时空的主要方式。诸多类型都出现"游戏化转向"的特点。2018年《死亡万花筒》的创作之后,"门"影响到玄幻文的设计,如三九音域的《我在精神病院学斩神》

[①] 参见[美]瓦格纳·詹姆斯·奥:《第二人生:来自网络新世界的笔记》,李东贤、李子南译,北京:清华大学出版社,2009年版。

(2021)等。各个类型的网络文学创作也都出现游戏化转向的趋势,"言情"的游戏化转向如楚寒衣青的《纸片恋人》(2018),"御兽文"的游戏化转向如轻泉流响的《不科学御兽》(2021—2022),"废土流"的游戏化转向如晨星LL的《这游戏也太真实了》(2022)。平行时空的设定由此大量出现,并经由IP改编进入影视端口,《开端》《天才基本法》等诸多时间循环、平行时空题材改编剧的播出让2022年成为当之无愧的"时间循环年",游戏般的试错、存档、技能增加与反复重开的虚拟经验成为这些故事中的重要规则。"时间循环"的源头看似无处可寻,只是一个被默认而无须解释的前提,实则来自Z世代现实中的人生体验,由此区别于乌托邦式的科幻构想。

当下,新增网络文学作者大多为所谓"网生代"①,他们大部分的生活时间、社交方式,以及接受信息的来源都在虚拟空间,经营游戏或观看影视的过程中都使用着虚拟化的身份,当这种生活成为一种时代日常,信息、想象与情感的激发都来自此,或许就将改变感知或表征世界的方式。在"宅文化"的影响下,在赛博世界的生活经历是一种更为重要的经验组建方式,人际交往、文化碰撞,又或对生活方式的践行,都在虚拟空间中发生,由数字与画面所营造的虚拟世界似乎容纳了更多的情感流动与资源辗转。虚拟现实与日常现实之间日渐模糊,并且因为虚拟现实经验的高度嵌入,现实经验囊括情感、欲望、想象和身份认同等,都会经受虚拟经验的塑造与矫正。虚拟世界在"高度仿真"的同时,又为现实世界的语境加诸了一层虚拟化、游戏化的语境。由此,这一可以被"批阅增删"、体验"打卡"、多频互动的世界,成为对现实的一种认知方式。东浩纪在分析

---

① 中国作家网:《中国作协在郑州发布〈2021中国网络文学蓝皮书〉》,http://www.chinawriter.com.cn/n1/2022/0810/c404023-32499489.html,2022年8月10日。

日本"御宅族文化"时谈到了社会图像的变迁。如果说一个现代化的世界"是一个由大叙事所支配的时代"、一种实在的世界,而文学作为一种表征方式也只是对实在世界一个侧面的再现与衍生性表现,读者或感受者经过语言之网来感受整体性世界。那么网络的出现、虚拟世界的普泛化则让世界进入一种后现代化的模式,"拟像增值",整体性趋势"粉碎",一切都先成为"表征"。① 虚拟世界构成了所谓的"元宇宙",而这种"元宇宙"并非整体化、中心式的,而是一种碎片化、表征式的世界。曾经在现代世界图像之中的各种表征进入后现代世界后,变成了"元宇宙"中的虚拟影像,与电影屏幕、游戏投影、社交媒体界面上所显示的数据并无不同,而这些表征就构成了世界本身与现实本身。后现代世界的表现或者是叙事,成为一种数据库式的写作,一种杂糅、融合,充满了杂质的设定。当我们的生活感受、社交情感、想象欲望无孔不入地被虚拟世界所占据的时候,那么有关世界的感受与表征方式将发生巨大的变化,而传统文学缺乏对这种变化的呈现。网络文学中大量的游戏化的设定,将叙事解构为要素,第二性时空的再造由是成为现实本身。线性时间和物理性空间被打破,代之以可以随意穿越、循环或平行的时空,游戏化的网络文学由此书写了不同于印刷传媒所呈现的一种后现代的社会景观。

虚拟现实再造时空的同时,网络文学对主体的呈现也表现出发散性特征。倪湛舸借用文化人类学和数字资本文化批判理论中"分体"(dividual)理论,指出网络文学东方玄幻小说中的"身体"超越了一元论或二元论,表达数字资本时代特有的"分体"观念。② 倪湛舸对网络文学创作

---

① [日]东浩纪:《动物化的后现代——御宅族如何影响日本社会》,褚炫初译,台北:大鸿艺术股份有限公司,2012年版,第48—55页。
② 倪湛舸:《传统文化、数字时代与"分体"的崛起:初探网络玄幻小说的主体建构》,《现代中文学刊》,2023年第1期。

中"分体"的讨论,呈现出网络文学创作中的"主体"不再拘囿于印刷媒介人文主义框架下的"灵肉合一"的身体。数字传媒和虚拟时空的设定下,中心化的"身体"成为发散性的"分体"。这些"分体"可以随意离散或组合,打破一元或二元的结构,人—"非人"之间"杂糅"在网络文学的创作中大量出现。在后现代的理论中,霍米巴巴认为打破这样一个二元结构必须从边界入手,提出了"杂糅"①。"杂糅"的身体本身就是一种对世界结构的反抗宣言,具有解构人和"非人"二元对立的意义。通过"杂糅"复活"斯芬克斯"②,就使主体突破了人和"非人"之间的界限。近年来,网络文学作品中,出现了大量动物植物、病毒、真菌和人进行杂糅的身体表征。一十四洲的《小蘑菇》(2019—2020)中,人类基地无时无刻不需防备荒野动物基因的污染,男主就是一只真菌与人的基因杂合而成的"异种"蘑菇。鹳耳的《恐树症》(2022)中设置了一种"树灾",异植聚合体的"花粉"将人进行"树化",与树融合的人被称为"树种"或"共生体"。柯遥42的《为什么它永无止境》(2021)中,感染了"螯合菌"的人,身体表征与行动如"龙虾",皮肤是鲜红色,以双臂为钳进行攻击。云住的《霓裳夜奔》(2021)中,门氏病毒的入侵将人的形体变为粘贴黑色淤泥的朽木。在建构"杂糅"的主体之外,网络文学还呈现了自然的多重视域,书写这主体所见的世界。在人类中心的框架中,世界弥漫着人的目光,以拉康意义上的凝视使自然被定义,被分配,从而差异化。区别于福柯的"全景窥视",

---

①霍米巴巴提出"杂糅"这个概念,是对既非"自我"也非"他者"之物的再表述,或者说"翻译",这个概念同时抗辩相关概念和边界,从而具有实现转型的价值。(My illustration attempts to display the importance of the hybrid moment of political change. Here the transformation value of change lies in the rearticulation, or translation, of elements that are neither the One nor the Other but something else besides, which contests the terms and territories both.)(Homi K. Bhabha, *The Location of Culture*, London and New York: Routledge, 1994, p. 28.)

②赵柔柔:《斯芬克斯的觉醒:何谓"后人类主义"》,《读书》,2015 年第 10 期。

拉图尔将这种人类中心视角下对于一切的覆盖称为"独景窥视"。①《小蘑菇》《恐树症》《霓裳夜奔》等作品试图以非人之"眼",以感官的多重性重新模拟一种感受世界的方式,将世界进行陌生化处理,跨越海德格尔的"深渊",呈现人类凝视之外的存在,打破"独景窥视","分体"或"杂糅"是解构以"人类为中心主义"为中心的一切有关等级化和权力化的系统。残疾、性别,以及阶级、种族压迫、工业化等问题在传统文学如《推拿》等作品中并不乏相关讲述与反抗性的呈现,但以后人类为表达中心的网络文学离开了"感同身受""同情"或"改良"的思考模式,表现出更彻底的结构性革新的倾向。

游戏化的世界观与发散性的主体,标识网络文学中所呈现的内容已不再局限于我们熟知的"大众文化"或"通俗文学",它与数字网络时代新的经验和新的表达相联系。深入"情感"层面,近年网络文学也开始超越类型文所依赖的"欲望匮乏"的结构。网络文学类型化阶段最常见的结构是"升级打怪",在逐步攀升的过程中获取力量、财富、名望或爱情,但这种结构并不指向一种"满足",反而印证一种"压抑"——被资本压抑的现实,只能通过制造幻梦实现掌握资本的欲望,这一循环成为拉康所说的"匮乏"结构。② 从类型化网络文学中所得到的想象性"满足"并不可能实现其现实性,反而会产生现实性欲望的沟壑,这也是诸多研究者对网络

---

①拉图尔在福柯的"全景敞视"(panopticon)之上构造了"独景窥视"(oligopticon),意在指明主体的一种自我中心性。在经验层面,主体往往以自我为视点构建世界,比之"全景"的"大世界","独景"顽固地构建了一个异常狭窄的视域下的整体。From oligoptica, sturdy but extremely narrow views of the (connected) whole are made possible(Bruno Latour, *Reassembling the Social: A introduction to Actor-Network Theory*, Oxford and New York: Oxford University Press, 2005, p.181.)

②[法]拉康:《主体的颠覆和弗洛伊德无意识中的欲望的辩证法》,《拉康选集》,褚孝泉译,上海:上海三联书店,2001年版,第616页。

文学的批判来由:网络文学以"YY"①掩藏艰苦的现实,服从乃至强化认同了资本所塑造的欲望,而且这种塑造欲望的机器更加有效。然而近年来,网络文学的新变,不仅在"反套路"意义上呈现大众文化心理的变动,而且那些无法被类型化的虚拟设定和发散性主体所表达的"欲望"开始具有所谓"欲望生产"②意义上的反抗性。爱潜水的乌贼的《长夜余火》(2021—2022)设定了一个有关"无心病"的末世谜团,"为了全人类"的追求代替个人的财富积累和升级,成为一条叙事的核心线索,由此揭开旧世界毁灭、新世界诞生的奥秘。《长夜余火》在叙事过程中并没有完全否定技术,否定私欲,甚至反复强调"知识就是力量",产生"私欲"才是拥有智慧、礼貌的机器人瓦格纳成为"人"的关键。承认知识、技术、私欲的重要性,但仍以"为了全人类"这样一种口号来对其进行反思,产生诸多有关知识、私欲的矛盾性表达。会说话的肘子的《第一序列》(2019—2021),也是一部非写实的末世"废土流"作品,末世对于资源的垄断激发了主角任小粟对于"无壁垒时代"的想象。青衫取醉的《亏成首富从游戏开始》(2019—2021)设置了一个双版本游戏《奋斗》,"穷人版"和"富人版"之间的不可沟通,指陈了阶层之间超越物质层面的区隔。这些作品当然还没有实现真正理性意味的批判,未曾拒绝以"升级"为叙事线索,也不否定"私欲"的存在,甚至肯定个人欲望和意志的重要性,但它们能够通过一种内生性的想象,以虚拟化的游戏模拟和反观来建构"现实",

---

①"YY(歪歪)是'意淫'的拼音首字母组合……泛指一切超越现实的想望,即'白日梦'……"参见邵燕君、王玉玊主编:《破壁书:网络文化关键词》,北京:生活书店出版有限公司,2018年版,第224页。

②参见[法]吉尔·德勒兹、菲利克斯·加塔利:《反俄狄浦斯·欲望机器》(上),董树宝译,《上海文化》,2015年第8期;[法]吉尔·德勒兹、菲利克斯·加塔利:《反俄狄浦斯·欲望机器》(中),董树宝译,《上海文化》,2016年第6期;[法]吉尔·德勒兹、菲利克斯·加塔利:《反俄狄浦斯·欲望机器》(下),董树宝译,《上海文化》,2018年第8期。

将既有类型文之中的"欲望"转换为一种冲破壁垒,探索出路的反思力量。

此类网文所表现的情感和欲望,不同于类型文,它们超越了大众文化批判所指认的商品化欲望,亦不同于既有文学中的批判现实主义。此前,诸多网络文学研究援引法兰克福派的观点谈论网络文学技术化的问题,认为技术作为资本主义的产物,强化了流水线作业,也强化了剥削的效率和力度。无论是阿多诺、霍克海姆在《启蒙辩证法》之中对大众工业的批判,还是马尔库塞在《单向度的人》之中对技术的批判,他们都认为技术实现了对工人最为有效的一种控制,由技术所催生出来的技术理性使人变成了"单向度的人",所以我们需要一种超越现实的审美,纠正人的异化。以此理论观照此前的网络文学类型文毋庸置疑是卓有成效的,但当艺术不可避免地受到技术带来的新经验的影响时,就不能否认艺术通过吸收工业化成果而实现新价值的可能。在写作《审美意识》的过程中,阿多诺也意识到,技术虽有对艺术的垄断与压抑,但既然生活在一个技术化的世界里,"现代艺术绝不能否认有关经验与技术的现代意义的存在"[1]。对技术与艺术更加辩证的思考,使得德勒兹看到电影作为大众工业生产的现代意义,德勒兹指出电影重构了"现实"本身,"影像的自身,就是物质"[2]。巴迪欧延续德勒兹的讨论,认为电影虽然是一种技术化的产物,但在现实之中仍然能够看到一种艺术反对"不纯性"的斗争具有的"从基本的不纯性中摆脱出来的纯粹性"的功能——"当你看一部电影时,你实际上是在看一场战斗:一场与材料的不纯性展开的战斗。你不仅看到了结局,不仅看到了时间—影像或运动—影响,还看到了斗争,这是艺术反

---

[1] [德]阿多诺:《美学理论》,王柯平译,成都:四川人民出版社,1998年版,第60页。
[2] [法]吉尔·德勒兹:《运动—影像》,谢强、马月译,长沙:湖南美术出版社,2016年版,第94页。

对不纯性的斗争。"①沿用这一系列思考,辩证地分析2018年后出现的在混杂的叙述中反思资本的表达,可以看出网络文学对欲望的呈现,并未止步于仅仅用白日梦满足匮乏的欲望。首先以《亏成首富从游戏开始》等为代表的网络文学不对技术、资本做二元对立的批判,这些文本中将当下生活的技术化和资本的作用转化为具体的,虽然是虚拟的世界设定。这些作品不去构想去除资本和技术的"乌托邦",也不先验地对技术和资本进行负面语义的叙事处理,而是充分描述技术和资本的联合(如《第一序列》),或是阶级分化、财富垄断成为一个"系统"(如《亏成首富从游戏开始》)。呈现的本身就意味着反观。《第一序列》不仅表现垄断者的优势,还书写底层的困境和抗争。《亏成首富》不仅写出了"系统"创造财富的强大功能,还讽刺性地揭露了"财富"分层固化的奥秘。可以说,网络文学是充满"杂质"的模拟化表征,在其中,不乏欲望、权力和等级,但恰恰是它们及时、敏锐地表征了这些"杂质",呈现了"杂质"的方方面面,也使得它们所书写的"抗争"(巴迪欧所谓"从基本的不纯性中摆脱出来的纯粹性")具有独特的价值。

结　语

从主流类型的衰落,到元素融合、反套路和去类型化成为网文创作新潮流,网络文学越来越超越自2003年前后发生的类型化发展的道路,特别是近年不能为既有文学资源容纳的网络文明新经验和新表征大量在网络文学中出现,可以说网络文学进入"后类型化"时代。"后类型化"并不意味着网络文学的落寞,相反,也许这意味着网络文学的"再出发"。首

---

①[法]阿兰·巴迪欧:《论电影》,李洋、许珍译,上海:华东师范大学出版社,2020年版。

先,"后类型化"的网络文学打破了类型的规约,改变了依托于消费欲望、性别定势,满足于仅从"通俗文学"、文化工业中汲取资源的类型文创作模式,实现了网络文学趣味升级。"后类型化"的网络文学不再止步于写"爽文",反而以"反套路"与"爽文"之间构成具有反讽意味的互文,打破了"爽文"的幻境,客观上实现了对被塑造的"欲望"的反思和批判。其次,网络文学表现了文化变动,不仅注入了Z世代的时空感受,而且显示了当下的社会热点和社会变动、性别文化与阶层反思等。再次,呈现了与世界文学"同时代人"意义上的思考和表达。以上种种都表明网络文学不简简单单是一种类型化的重复、套路的套用,而且存在着极具先锋性的探索意味,着重于创造和表达文学经新经验。这种新经验并非简单地对现实经验的铺展,而是一种有关世界结构、主体创造、抵抗方式的意义系统。网络文学正以富有创造性的具象表征,以"非文学化的方式"生成全球化背景下的文学"新经验"。

原载于《文艺研究》2023年第7期

2023年网文IP改编剧集：在流量密码与喜闻乐见之间

谌 幸

2023年，中国网络文学改编电视剧继续探索自身的叙事风潮，将绚丽多彩的文字想象融入视觉的盛宴。从古装玄幻到现代都市，多元的素材搭配多样的视角，这一年作品纷至沓来，各具特色。在文学与影视的交汇之处，我们看到了创新与经典的碰撞、情感与理性的较量。在视觉媒体时代，网络文学如何在传承与创新中发展？电视剧如何与时俱进，把握网络文学的精髓？年终盘点既是对网络文学作品的总结，又是对未来网络文学电视剧改编方向的思索与感悟。

现代现实题材：破圈与落空

整体来看，今年现实题材的都市剧无疑是破圈成功的，但如果从口碑和反馈来看，破圈成功不代表成功破圈。在优秀的职业影视剧中，我们可以沉浸式地借由角色之眼目睹行业运转的基本规律，并随着剧情游走于以职业为中心延伸出的社会空间。这种体验既包含了现实性，也包含了知识性，甚至在这两者的基础上颇有教育性。

纵观今年的现实都市题材改编剧，我们不难看出创作者对艺术理想的追求，既有对职业剧的深耕细作，也有立足于不同职业的多样化尝试。精彩之余着实有不少遗憾，从不够真实到脱离现实，从职业细节到职业图景，今年的网文改编电视剧市场很难说给出了足够让观众"喜闻乐见"的作品，应该借着都市职业剧外壳下讨论怎样的现实，无疑需要创作者们持续思考。

《我的人间烟火》剧照

　　当代网文改编剧对职业群像有了更丰富的呈现,编剧对职业的嗅觉无疑是敏锐的。改编自《一座城,在等你》(玖月晞)的现代情感剧《我的人间烟火》展现出的消防队员形象,既包含了作为主角的宋焰,也包含了整个消防小队构成的消防员群像,其中不乏专业的消防救火场景和职业守则展示。与此同时,这部剧备受争议之处恰恰也是因消防员身份而产生的诸多细节上的瑕疵,无论是以灭火器为"浪漫爱"道具的细节,还是消防员职业标签下男主性格的刻板化处理,都使这部破圈之作在真实性和职业性上构成了双重失落。同样,年底播出的改编自《错撩》(翘摇)的都市言情剧《以爱为营》在女主的职业塑造上也颇具争议,在越来越多的都市职业者将恋爱与工作分开的现实语境下,《以爱为营》中的女主角作为一个财经女记者,不断以性别话语代替专业话语,构成了一场与大众情感相悖的"逆流",郑书意不断将恋爱与工作糅合,让职业剧专业性消解的同时也让观众难以从中看到角色在职场上的高光,更难以与主角共情。职业剧特有的魅力在读者对于现实职业人生的好奇,好奇之下产生的代入感与共情让职业题材的电视剧具有重要且独特的价值。改编自吉祥夜同名小说的《听说你喜欢我》、改编自御井烹香同名小说《只因暮色难寻》的《暮色心约》、改编自耳东兔子同名小说的《三分野》虽然以多元化的职业人设作为剧作的重要标签,然而落到情节上,主线依然是对男女主相恋时你来我往的过程的详尽展现。种种出圈与不出圈的作品,让我们不免担心都市职业剧的叙事重点是否过于偏颇,重情之外的职业之"理"显然更需要当代文艺去书写。

浪潮之下,改编自柳翠虎同名小说的《装腔启示录》显示出其可贵之处。作者通过足够真实的细节还原了当代都市白领对"装腔"的"信仰",也刻画出都市男女"装腔"之下的疲惫与不忿。剧中借用主角之口说出"烧仓房"的比喻,提出了对职场权力、性别权力结构的质疑,更是让整部剧有了高光时刻。《装腔启示录》依旧以"爱情"抚慰疲惫的都市人的心灵,证明了这样的编剧思路的确可行:与其编织脱离大众共情范畴的粉色泡泡,不如戳破幻象直面残酷真实,哪怕面对真实,影视剧给出的仅仅是一句或几次叩问,也比预设和虚设的回答更胜一筹。

古装玄幻题材:创新与架空

古装类题材作为网文改编的重要类型,无论是仙侠玄幻剧还是古装偶像剧,2023 年的改编作品都在去年热门作品的基础上尝试新的突破。2022 年《苍兰诀》的成功,引发了观众对宏大背景下身份反差的人物之间相互拯救的故事的共情,今年多部作品延续仙侠玄幻题材"爱一人"与"爱苍生"的矛盾冲突,在《三生三世十里桃花》构建的经典轮回情节模式的基础上,进一步精品化制作。改编自藤萝为枝小说《黑月光拿稳 BE 剧本》的《长月烬明》在数据层面无疑是成功的,故事的结构以神女对魔神的拯救为主轴,主角团在三界轮回中开启多个身份副本,女主背负灭族之恨穿越时空,不惜克服万难以爱拯救苍生,达成这一目标所依托的方式是以爱感化"魔神"男主,以私情的完满促成天下的太平。这样的剧作结构无疑极富野心且荡气回肠,然而其中情感的转化是否自然,情节承接是否合理,则是仁者见仁、智者见智。相较于强调灭世与救世的《长月烬明》,改编自九鹭非香同名小说的《护心》对宏大叙事的追求相对较弱,设定也从男女主皆为"神魔"强者,变为肉身皆有缺陷,需要互相补足、共同成长

的"弱者"设定。从双强到双弱,新设定下人物的成长弧光与情感变化双线并进,结局"舍一人"而"救苍生"的选择,不失为一种更具现实意义的处理。

另一方面,网络文学改编的周期长短不一。2023年的改编作品中,《一时冲动,七世不祥》(九鹭非香)、《尘缘》(烟雨江南)等是10年前的网文,《重紫》(蜀客)原作完结的时间也与《花千骨》相近,能否把握好经典旧文内涵的华点,并使其适应当下的电视剧形式,是当下改编剧面临的挑战。《七时吉祥》的改编将原著的重点分散,试图在仙侠"无限流"之外构建更宏大的"阴谋与爱情"。在原著中,"七世轮回"的副本相对简单,包含着丰富的日常,也正是这些日常点滴的累积推动着主角的情感发展,让永生不死的"仙"逐渐体会到凡人凡心之"爱"。在电视剧的改编下,历情劫的天仙配故事增加了更多的"阴谋"与"悬疑",循环的恋爱副本被万年前的仙界阴谋所笼罩,结局看似完满的有情人终成眷属,也随之变得不确定起来。《重紫》的改编思路与《七时吉祥》相反,贴近原著师徒恋的同时,不断强化这一设定下男女主的行为模式:师父强大而包容,徒弟愚笨但率直,本应充满禁忌的设定被弱化为男强女弱的甜宠模式,伴随着突然转折下的"生虐",时隔数年唤起观众对《花千骨》的记忆,也让观众很难再次接受这一没有进步的玄幻恋爱观。《星落凝成糖》改编自一度君华的同名小说,将"错嫁"故事旧瓶装新酒,单纯讲好性格迥异的人物的恋爱故事不失为一种深耕方法,利用喜剧元素消解仙侠叙事中的宏大悲情,反而使得叙事在反差中见出新鲜感。

仙侠电视剧被视为网络文学尤其是女频小说的重要成果,纵观今年的仙侠玄幻改编剧,"仙"的奇观也许通过不同妆发、特效的加持,力图避免同质化,然而当真的"心系天下"的"侠"之义难以落到实处,对超凡者的想象脱离不了"恋爱"范畴,仙人神魔的世界被架空时,"恋爱"故事本身也会越来越重复、乏味,虽有奇观美学上的成功与东方画韵下的境界构筑,但故事本身的新意和伦理上的新思,也许是古风仙侠玄幻未来更应该重视的方向。

2023年的古装偶像剧虽然逃不开经典套路和故事模型的"影响的焦虑",但形式上的新变无疑是丰富的。刻画古代日常生活方式更加游戏化的《田耕纪》,更加大胆地将男女恋爱与战争权谋结合的《长风渡》《乐游原》,具有更加丰富多元的人设背景的《宁安如梦》《为有暗香来》……这些创新都使得今年的古装偶像剧在以"谋爱"为中心外,展示出更多私情外的思考。改编自《重生小地主》(弱颜)的《田耕纪》一次性将网络文学中的"种田"和"游戏"元素吸收进电视剧,无疑在形式探索上前进了一大步。编导的野心也没有流于形式。哪怕游戏化的"种田"进入故事,男主和各大亲戚角色都被设置为NPC,《田耕纪》中的宅斗故事依然充满了现实的沉重感,以至于让抱有"爽感"期待的观众对此感到疲惫。而在女主角的形象塑造上,试图调和现代玩家和封建儿女的道德观念的尝试,反将女主推入了不够自洽的"圣母"境地。改编自墨书白同名小说的《长风渡》对于"先婚后爱"的创新体现在整部剧的叙事视野从家宅走向了家国,将商贾联姻后的男女主成长历程与家国动荡的背景紧紧联系,让初期作为纨绔子弟的男主和唯唯诺诺的、彷徨的女主经历成长,最终投入宏伟的家国叙事,剧作立意是高远的,但最终所呈现的是否体现了男女主成长中的真实性,而非强行推进的儿戏,就交由观众判断了。改编自匪我思存同名小说的《乐游原》同样是将双强男女主投入战争背景的权谋场中,势均力敌的男女主在乱世斗智斗勇,最终驰骋乐游原的景象构成了原著作

者匪我思存向粉丝所保证的圆满结局。《乐游原》展现出的龙凤斗无疑满足了观众对棋逢对手式的男女主爱情的想象，只是这样的对手戏虽美却旧，俊男美女、文武兼备，过多熟悉的情节之下依旧少了令人为之一振的锋芒。

女性叙事：怠情与过时

2023年的网文改编电视剧和原创IP电视剧相比，剧作的女性向偏好明显，无论是以恋爱救赎为核心的仙侠玄幻剧，还是以恋爱加职场为主线的都市现代剧，从作品宣发到主题定位，都显示出对女性成长的高度关注。追根溯源，这与晋江、豆瓣等网站作为网文改编的头部阵地有关，也与当代电视剧市场在宣发中对流量密码的把握，尤其是与女性话题相关的流量密码的把握密切相关。然而，这样的"殷勤"是否真的产生了优秀的女性叙事？在流量密码的牵引下，国产IP改编剧离真正的群众喜闻乐见还差多远？我们不妨从当下作品的女性叙事中略窥一二。

改编自《坤宁》（时镜）的《宁安如梦》和改编自《洗铅华》（七月荔）的《为有暗香来》除了都是女主"重生"后的一女三男模式，"撞车"之处还在于恶女重生后的成长状态。在这两部剧中，《甄嬛传》中尚被肯定的无爱战神精神，在重生的起点处被打倒，换来第二次人生的女主们，人生主题纷纷从舍我其谁的气势变为不矜不伐的保全，虽然两部剧中的权谋与悬疑因素占比不少，但细究其中女性的行动轨迹，似乎并非越来越解放，而是越发如履薄冰。另一方面，《我的人间烟火》中的"伪骨科"叙事作为今年出圈的情节之一，让这部剧首次被关注，之后改编自竹已同名小说的《偷偷藏不住》似乎也在原著的基础上发展了相似的甜宠配置，如何有深度地表达亲密关系中"陪伴"与"成长"的主题，显然是现代恋爱剧需要深刻思考的问题。"伪骨科"仿佛一剂速效药，足够温暖亲昵的同时又因为淡淡的距离感不至于让人肉麻，这样的处理作为配菜也许尚可，作为主线则难免显出故事创作上的怠惰与过时。

刻画更熟龄女性的生活困境的都市情感剧《好事成双》改编自郎朗的《双喜》，难免让人想到《我的前半生》，两部剧都是讲述全职妈妈再就业：正如罗子君在闺密和闺密前男友的帮助下开始人生第二春，林双也在联合江喜后接受青梅竹马的顾许的帮助再度振作。且不说如此两女一男的三角关系从现实伦理层面来说有怎样的虚幻性，稍稍细想便会发现，女性的成长依然没有脱离外在金手指的点化，女性自身内在的驱力始终没有具象成为匹配其独立主体性的能力，因而结局再圆满、噱头再轰动，似乎也只是为真实的困境提供了一个虚假回答。

今年改编自李薄茧同名短篇小说的《九义人》也许给出了一个现实主义精神与拟古文本有机结合下颇有新意的案例，"致敬林奕含"的立意让《九义人》从内核层面便有了足够坚实的文学超越性支撑，合格的群像塑造和颇为无奈的结局更是让剧作虽是讲古，却与当下的女性处境有了现实性的共振。《九义人》当然不够完美，但其艺术层面的探索为网文改编剧的市场提供了新的方向。

原载于《文艺报》2023 年 12 月 22 日

超媒介叙事模式下网络文学内容生产与开发的策略研究

杨 扬

随着媒体融合不断向纵深发展,近年来网络文学不再满足于传统的文本叙事模式,而是开启了基于超媒介叙事模式的探索。亨利·詹金斯(Henry Jenkins)最早给出超媒介叙事(Transmedia Storytelling)的定义:"一个超媒介故事横跨多种媒体平台展现出来,其中每一个新文本都对整个故事做出了独特而有价值的贡献。超媒介叙事最理想的形式,就是每一种媒体都在传播信息中承担独一无二的作用。"[①]

根据亨利·詹金斯的定义我们可以看出,超媒介叙事不同于传统叙事,它不是局限在一部网络文学的文本里完成故事的叙事,而是利用电影、电视、动漫、游戏等多种媒介平台的不同特点,构筑起一个连贯、完整的故事世界。每一种媒介都发挥自己独特的价值,叙述整个故事世界中的一部分。超媒介叙事是媒体融合下的必然产物,它不仅仅是一种叙事模式,还是一种创新思维,它注重的是对互联网和各种新媒体的运用、线上线下的互动,更注重的是打破各种媒介平台之间的界限,整合不同媒介内容生产团队的资源,实现内容生产的系统化和协作化。

一、超媒介叙事的特征与意义

超媒介叙事作为一种具有创新思维的内容生产模式,主要包括三大

[①] [美]亨利·詹金斯:《融合文化:新媒体和旧媒体的冲突地带》,杜永明译,北京:商务印书馆,2012年版,第7页。

特征。一是系统性。传统的叙事通常建构的是单一封闭文本,而超媒介叙事模式构建的是一个开放的、可以无限延伸的系统。这种模式的关键在于系统性,以"元故事"为基础,通过多种媒介平台不断拓展叙事文本,这个故事可能首先是一个小说,它可以扩展到电影、动漫、游戏等,逐渐构建出一个丰富的故事世界。同时每一个媒介平台的叙事又是一个完整和独立的故事,为整个故事世界的叙事添砖加瓦。二是互文性。从故事建构的视角看,"互文"是超媒介叙事的关键。围绕"元故事"的核心元素,各媒介平台发挥自身不同的优势进行独立的叙事,各媒介平台生产的不同的故事具有很强的关联性,呈现的人物、情节等互相指涉、彼此呼应。这些不同媒介平台上独立,互文的故事通过跨媒介的协同作业又扩展出更加完整的故事世界。以美国漫威漫画公司为例,漫威漫画的角色和叙事既保持独立又互文共生、互相影响、互相渗透,建构了一个统一的架空世界。[①] 三是互动性。粉丝的积极参与和互动生产是超媒介叙事的重要特点。亨利·詹金斯认为,粉丝的参与式文化与盗猎相去不远。比起盗猎,粉丝参与的力量在于,通过对媒介产品的某些材料进行修改、改装、扩展,大大增强视角的多样性,并逆向回馈主流媒介,制造出新的意义。[②] 根据超媒介叙事的特征,超媒介叙事模式对网络文学内容生产与开发具有重要的意义。

1. 有助于提高网络文学内容生产质量

超媒介叙事模式打破了单文本叙事的局限性,丰富了叙事的内容和层次。一个成功的超媒介叙事首先要具备一个优质的"元故事",这个"元故事"是完整叙事的核心文本,是整个故事世界的内核,它包括故事

[①] 匡霞、杨扬:《超媒体叙事下大众出版融合发展策略研究》,《出版发行研究》,2019年第1期。

[②] 施畅:《跨媒体叙事:盗猎计与召唤术》,《北京电影学院学报》,2015年第3—4期。

内容核心的价值观、故事的脉络、关键的情节和人物关系。这个"元故事"可以首先是一个网络小说，然后拓展到电影、电视、动漫、游戏等等，构建出一个丰富的故事世界。借助超媒介叙事思维进行网络文学内容生产，网络文学作者只有注重"元故事"的创意和质量，才有可能完成整个故事世界的建构。超媒介叙事是一种能够提高故事质量和吸引力的艺术表现手法。网络文学作者掌握并运用超媒介叙事思维，可以有效提高网络文学的内容生产质量。

2. 有助于促进网络文学内容呈现方式更加满足受众需求

超媒介叙事不同于多媒介叙事。多媒介叙事是故事内容在不同媒介上的复制，即便版本稍有变化，也是这同一个故事利用不同的媒介手段和形态以不同面貌来讲述和呈现。对网络文学来说，多媒介叙事要通过跨媒介改编来实现，"改编"的着重点在讲述者，无须也无意让受众过多参与。① 而超媒介叙事是为创造完整的叙事体验，在不同的媒介平台上叙述整个故事世界中的一部分，充分利用不同媒体平台的优势互补，进行相对独立而又互文共生的内容生产的过程和传播形态，从而达到最佳的叙事效果。在超媒介叙事模式中，人物角色的统一性和连续性有着异乎寻常的重要地位，每一个成功的故事世界的内容生产者，都会严格遵循这一原则。运用超媒介叙事模式可以确保各媒介平台上的人物角色形象都保持高度统一，从而提高跨媒介内容生产的质量，有效满足用户对跨媒介阅读的需求。

3. 有助于加强网络文学内容生产的互动性

超媒介叙事模式要求将多文本的内容进行系列化重组，使得内容有序发展，并且互相交融，这种生产过程本质上有利于将不同故事的粉丝都

---

① 程丽蓉：《跨媒体叙事：新媒体时代的叙事》，《编辑之友》，2017年第2期。

集中起来,赢得广大粉丝群体的支持。超媒介叙事模式是用户导向的内容生产模式,这意味着运用超媒介叙事模式进行网络文学内容生产时,内容生产者在创造故事世界时不仅会主动容纳更多的参与者成为粉丝,还会在内容生产的初始阶段就设计出一套可供粉丝互动的规则,以便吸引粉丝加入内容生产,增强粉丝的参与感和成就感。

二、网络文学内容生产与开发的问题

二十多年来,我国网络文学异军突起,以超乎想象的速度蓬勃发展,目前网络文学在我国的读者人数超过 4.5 亿人,注册作者超过 1700 万人,签约作家超过 100 万人,存量作品约 2500 万部,并以每年超过 200 万部的速度增长。[1] 网络文学规模超乎想象地高速增长,改变了我国文学的发展格局。近年来,网络文学与大众娱乐文化领域深入融合,从电影、电视到网剧、游戏、动漫,从实体出版到有声出版和周边产品,网络文学已经撬动了一个庞大的泛娱乐文化产业。与此同时,从超媒介叙事的视角来看,随着网络文学的野蛮生长,其在内容生产和开发上还存在一些问题。

1. 类型化生产内容缺乏超媒介叙事的思维

网络文学经过 20 多年的发展,题材越来越丰富,类型不断细分,呈现"类型化"发展模式。2011 年,盛大文学将网络文学分成奇幻、玄幻、武侠、仙侠、言情、都市、历史、军事、游戏、竞技、科幻、悬疑、灵异、同人等类别,这是我国最早推出的网络文学分类标准。这一题材分类框架逐渐成为网络文学类型化的普遍标准。我国网络文学发轫之时,没有类型化创作一说,网络文学的作者大多是一些具有一定文学修养的文学爱好者,他们进行创作主要是出于爱好,为了表达自己的观点、看法,抒发自己的才

---

[1] 何弘:《中国网络文学发展现状探析》,《人民论坛》,2020 年 7 月下。

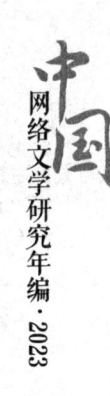

情。随着网络文学的蓬勃发展和网络文学平台商业化模式的运作,网络文学很快走向了类型化生产的道路。为了获取商业利益,网络文学的创作者越来越倾向通过类型化创作来保证大批量标准化的生产。一旦某一类型或某一部网络小说取得商业上的成功,该内容创作者或其他网络写手往往会选择模仿跟风,进行同类型创作,于是类型化生产被不断强化。

  网络文学类型化的生产模式存在固定的套路,可以将网络文学内容生产者训练成创意流水线上的螺丝钉,以迎合市场的需求。[①] 这种内容生产的套路导致了内容同质化趋向严重,使得网络文学平台上充斥着许多题材、情节都极为相似的作品,有创意、高质量的移动阅读内容稀缺,鲜见有价值的原创内容。比如,《甄嬛传》爆火之后,"宫斗"题材的网络文学内容大量涌现,即使市场已经过度饱和,也仍有相当数量的内容生产者以每天5000字以上的字数疯狂产出。从网络文学平台的把关机制来看,网络文学网站编辑的职业重点不在于内容把关,而在于签约作者,提醒作者更新,以及进行内容发布与推荐等。[②] 很多平台设置了各种奖励机制,评判的标准往往只是字数的多少。一些平台推出"全勤奖"作为最低工资保障,内容生产者需要每日维持更新3000~6000字的文字数量,以获得月均1000元以下的固定收入。而一些内容生产者并不止步于"全勤奖"设定的字数标准,单日文字更新量可达上万字。[③] 这些平台的奖励机制在很大程度上纵容了内容生产者的灌水行为,很多网络文学内容专业生产者仅把内容生产当作满足自身利益需求的工具,不追求内容的质量,

---

[①]张铮、吴福仲:《创意流水线:网络文学写手的劳动过程与主体策略》,《中国青年研究》,2020年第12期。
[②]陈洁、吴申伦:《社群参与式的网络文学版权构建模式构想与运营实践》,《出版发行研究》,2019年第10期。
[③]张铮、吴福仲:《创意流水线:网络文学写手的劳动过程与主体策略》,《中国青年研究》,2020年第12期。

只追求内容的数量,导致越写越多,越写越长,不仅有日更万字的高产现象,还有内容字数动辄数百万甚至上千万字的现象。网络文学内容的生产本该是创意和质量的比拼,结果却变成了多方共谋下的产量竞赛。这种只注重数量不注重质量的类型化生产方式,使得网络小说创作者缺乏超媒介叙事的思维,不能充分利用不同媒介的特点来呈现和扩展故事。许多网络小说(包括相对优秀的网络小说)的叙事结构、语言风格和题材特点难以转化为电影、电视剧、网剧、游戏等其他媒介内容。各媒介平台也很难在此"元故事"的基础上发挥自身不同的优势进行独立的叙事。以《择天记》为例,这部相对优秀的网络小说翻新了传统仙侠题材,引入了大量的修炼系统和内心世界的描写。然而在将其改编为电视剧时,遇到了内容不能适应超媒介叙事改编的挑战,小说中的内心独白以及修炼系统等元素很难通过视觉呈现。受众无法直接了解角色的内心想法,也难以深入体验修炼的复杂过程。为了解决这个问题,剧组不得不对小说中的情节进行大幅修改,加入更多的视觉元素和戏剧性冲突。但这种修改又导致了电视剧版本与网络小说原著在叙事风格和内容上形成很大差异,影响了受众的情感共鸣。

2. IP改编缺乏对超媒介叙事的理解和运用

IP(Intellectual Property)原意是"知识产权",包括著作权、专利权和商标权,其中著作权又称版权。在文化产业领域,IP的定义已不局限为法律上的知识产权,它的实质是指拥有一定价值基础,并且可以跨媒介进行再生产的"内容",可以是某一部著作、某一人物,甚至可以是某一个符号,其再生产的形式包括影视、网剧、动漫、游戏、周边衍生品等。近年来,网络文学IP改编经历了从爆火到降温、从无序到有序、从粗制滥造到精品频出,国内影视圈诞生了不少现象级的IP改编作品,比如《甄嬛传》

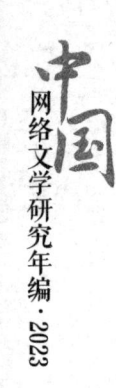

《琅琊榜》《庆余年》等。在网络文学IP内容产业生态圈中真正运筹帷幄的是资本,资本对IP价值的跨媒介开发和跨界延伸使其成为网络文学IP内容生产的操盘手。腾讯、阿里巴巴等互联网头部企业纷纷下场投资内容产业,积累网络文学IP资源,不断开发这些IP的影视、游戏、衍生产品,构建起一个"IP帝国"。①

在资本的急功近利和"快餐式"的文化消费主义作用下,很多热门的原创网络文学经过跨媒介改编后,并不能满足用户的阅读需求。一方面是因为缺乏严肃的生产改编态度,只是为了在短期内赚快钱。比如,根据热门网络小说《鬼吹灯》系列改编的电影,由著名导演陆川执导的《九层妖塔》除了人物名字以外,故事与原著内容大相径庭,而且无法重建一个自圆其说的"故事世界",被受众和各路影评人批得体无完肤,最后还因为过度改编被原著作者告上法庭。又比如,根据南派三叔的网络小说《盗墓笔记》进行跨媒介改编的网剧和电影口碑全面"扑街",尽管电影版本由原著作者南派三叔亲自编剧,但剧情仍然被改编得不伦不类,豆瓣评分仅为4.8分。《盗墓笔记》本来是一部盗墓探险类小说,内容核心在于紧张刺激的探险和环环相扣的悬疑情节,然而电影版为了凸显主角,加入了许多科幻和动作元素,让整部电影偏离了原著主题。②另一方面是因为网络文学内容生产者缺乏统一构思的超媒介叙事模式,没有掌握跨媒介改编的规律。很多网络文学作品的跨媒介改编都只是简单地将原始文本的内容换一种形式在不同媒介平台出版,而没有利用不同媒介平台的不同特点,构建起一个完整的"故事世界"。以唐家三少的网络文学《斗罗大

---

①曾一果、杜紫薇:《数字媒介时代网络文学IP改编的再思考》,《中国编辑》,2021年第6期。

②杨成:《媒介融合语境下IP电影内容生产的跨媒体叙事模式》,《当代电影》,2018年第6期。

陆》为例,其同名改编动漫、同名网剧、同名广播剧、同名游戏等跨媒介平台作品都只是将"元故事"换了一种不同的形式,并没有对"元故事"进行扩展,构建起一个完整的"故事世界",因而没有为受众提供新鲜的乐趣。

3. 网络文学内容生产缺乏超媒介叙事所需的互动性与参与感

网络文学发源于社交互动活跃的互联网社区。网络社交氛围激发众多文学爱好者以文学创作的形式来表达自己的某种情感和欲望。网络社交的匿名性、平等性、交互性为快捷、便利、直接、多向的情感交流提高可能。① 从创作的动因来说,用户的点击、关注、评论和转发等社交行为对网络文学的创作者来说都至关重要,这些是作者创作的原动力,如果作者的创作俘获了众多粉丝,引发了热烈讨论,其创作的欲望和动力就会更强。随着移动互联网技术的飞速发展,网络文学的媒介环境发生了重要变化,使用手机等移动端阅读网络文学的用户在人数和使用时间上都不断增加,网络文学的社交互动更加频繁和便利。受众可以借助社交媒介以话语表达的方式广泛参与到泛娱乐内容的生产中去。在移动阅读中,平台是"内容工厂",用户不仅扮演受众的角色,还充当着内容生产的角色,是"内容工厂"中一个必不可少的产出节点。受众借助社交媒介可以自发对某个感兴趣的内容作品、故事或人物发表看法或进行改编,并通过与其他用户的互动,形成社群。当这个社群足够大时,他们的话语权就像滚雪球一样越滚越大,具有影响专业内容生产的力量。比如,很多网剧借助视频网站的弹幕功能,让用户在观看内容的同时发表自己的观点,吐槽、评论、聊天应有尽有。这种互动模式对内容的传播起到了有效的促进作用。不过,整体而言,目前网络文学内容在阅读平台上的互动比较欠

---

① 王江红:《论网络文学的"社交化"特征》,《温州大学学报(社会科学版)》,2019年第3期,第88—93页。

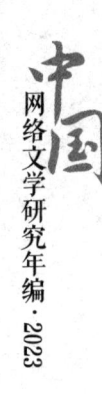

缺,即使有互动,也很少能对内容生产起到作用。比如阅文小说 App、米读小说 App、豆瓣阅读 App 等移动阅读平台上能看到不少用户的评论,但这些评论缺乏热度和持续性,不能丰富粉丝之间的网络关系,也很少参与故事世界的构建或者创造新的内容。一些粉丝乐于表达,具有较强的创作热情。比如在移动阅读平台上,关于国产电影《唐人街探案》的同人网络小说有数十部,这些内容大多是粉丝根据"唐探"剧集已有的情节进行的延伸与拓展,带有网络文学"大众化、世俗化、口语化、速食化"的特点。遗憾的是,粉丝的这些创作并没有被《唐人街探案》制作方所认可和接受,所以该系列并未在现阶段的作品中体现出真正的互动。①

4. IP 开发缺乏超媒介叙事所要求的版权整体性理念

网络文学内容开发是否成功,很大程度上在于跨媒介改编的作品是否保持完整和统一。要实现这一点,网络文学 IP 开发必须保证版权的整体性和明晰性。然而在现实中,网络文学 IP 开发中时常出现版权归属分化或版权不清晰的问题。这些版权问题,不仅可能引发法律纠纷,阻碍 IP 跨媒介改编项目的正常推进,也会导致跨媒介生产的内容以及角色形象风格不统一,从而引发受众的不满。根据《鬼吹灯》改编的网剧《鬼吹灯之精绝古城》与《鬼吹灯之黄皮子坟》由于版权归属分化,很难按照统一的构思在不同平台上展开多向叙事,这就导致制作风格迥异,严重影响后续跨媒介内容的开发。对于跨媒介改编来说,很重要的一点是改编的角色形象要与原作保持高度一致,然而很多跨媒介改编对人物形象进行了颠覆,使得角色形象不伦不类。以于正工作室出品的网剧《笑傲江湖》为例,网剧对东方不败这个角色形象进行了颠覆式的改编,东方不败不仅

---

① 齐伟、黄敏:《论华语系列电影的跨媒体叙事与"故事世界"建构》,《北京电影学院学报》,2021 年第 3 期,第 46—55 页。

被改编成女儿身,甚至还展开了一段虐心的"三角恋"。① 这样的角色形象设计完全颠覆了原作,最终生产出的跨媒介内容与原作南辕北辙、毫不相符,不仅伤害了原著作者和粉丝的感情,还对原作跨媒介的开发和拓展造成了负面影响。再比如,网络小说《全职高手》的作者将该作品各种形式的版权全部转让于阅文集团,但阅文集团把该作品的漫画改编权卖给了童时网络,结果漫画版的改编和运营一波三折,最后还产生了法律纠纷,引发了《全职高手》粉丝的严重不满。

阅文集团还把《全职高手》的手游改编权卖给了北京飞流九天科技有限公司,结果游戏制作方在游戏场景、角色技能等方面的呈现过于简单,与原著相差甚远,破坏了粉丝的信任。又比如网络小说《斗破苍穹》被改编成漫画、动画、影视、游戏等跨媒介作品,但在跨媒介改编的过程中,阅文集团将版权授权给了多家公司。具体来说,漫画版权所属公司为知音漫客,动画版权所属公司为北京光线影业有限公司,游戏版权所属公司为搜狐,影视剧版权所属公司为万达,动画版权所属公司为腾讯。由于版权归属分化,不同的版权方对原著的理解和创作风格不同,改编作品的质量参差不齐,缺乏故事世界的完整性和统一性,导致跨媒介改编效果不尽如人意。

三、网络文学内容生产与开发的超媒介叙事策略

亨利·詹金斯认为,超媒介叙事作为一种创新思维和叙事策略,特别适用于那些人物形象有不同系列,叙述的故事世界非常丰富,并拥有强大的背景或幕后故事的故事,可由电影、电视、动漫等不同媒介的具体片段

---

① 邓思贤:《我国 IP 影视改编的娱乐化问题及对策研究》,广州:暨南大学硕士学位论文,2017 年,第 29 页。

延伸开去。① 超媒介叙事不是强调从技术的角度去推动媒体融合,而是强调从文化的角度去构建受众与媒介之间的一种新的关系,进行更有价值的内容生产。根据超媒介叙事的思维和特征,针对网络文学内容生产与开发中的问题,从受众视角出发,提出网络文学内容生产与开发的超媒介叙事策略主要有以下几点。

1. 系统预设故事世界的架构,提升情节设计的独特性和创意性

随着媒介融合技术的不断发展,一部成功的网络文学作品越来越需要具备超媒介叙事的思维和理念,而超媒介叙事的内核首先是要具备一个优质的"元故事"。"元故事"在超媒介叙事中往往呈现出开放、多元的叙事结构,为受众提供了广阔的想象空间,这种叙事的结构的扩展使得受众能够从多个角度、多个层面理解和解读故事,提高了受众的想象力和创造力。因此网络文学内容生产者在"元故事"策划的最初阶段要对故事世界做好顶层设计,如果一个"元故事"设定了一个良好的故事世界,这个故事世界就有可能会不断被挖掘,故事的角色会不断被丰富和扩充,整个故事会得以延伸并产生更多跨媒介文本,从而对受众产生持久的吸引力。在进行内容生产前,网络文学内容生产者需要对故事世界的结构和秩序进行系统预设,以便让不同媒介平台上的每一个独立的故事都携带上故事世界的叙事基因,同时,清晰的故事结构和明确的文本秩序都有利于不同媒介的内容生产者有序地持续扩张故事世界。在"元故事"的创造中,应该注重情节设计的独特性和创意性,减少"类型化"的套路,构建出具有吸引力的故事世界。好的情节设计可以吸引受众的注意力,使受

---

①Jenkins H, *Seven Myths about Transmedia Storytelling debunked*. 2011 年 4 月 8 日, http://www.fastcompany.com/1745746/ seven-myths-about-transmedia-storytelling-debunked.

众对故事世界产生浓厚的兴趣和好奇心,建立起受众和故事世界之间的情感联系,通过情感共鸣,受众可以更加深入地了解故事世界的人物和情节,进一步提升故事世界的传播效果和影响力。超媒介叙事不是简单地将同样的文本复制到不同媒介平台进行叙事,而是着重关注生产的内容是如何通过巧妙的情节设计以及不同媒介平台的优势互补实现最佳的叙事效果的。一方面,网络文学内容生产者需要高瞻远瞩、系统谋划,掌握各种媒介平台提供内容生产的优势和劣势,对故事世界的各个阶段进行媒介设置,构建一个既复杂又统一有序的故事世界。另一方面,网络文学内容生产者应提高内容生产质量,避免单纯追求数量的"灌水行为"。注重通过细腻的描写和生动的语言来增强故事世界的画面感和表现力,从而便于满足在不同媒介平台上的叙事。

2. 构建不同媒介之间的叙事体系,保持故事世界和角色的一致性

超媒介叙事是通过多种媒介叙事体系构建故事世界。多种媒介叙事体系增加了受众接触文本故事的机会,使得受众可以更完整地体验故事世界,同时又推动了故事世界的不断延伸和发展。运用超媒介叙事模式,内容生产者一方面要确保在统一的故事世界之下,不同媒介形态的内容之间既要互相指涉、彼此呼应,又要互相独立;另一方面也要确保内容适应媒介形态的不同特征。一般来说,网络小说因为篇幅较长,可以详细叙述剧情,并对人物形象和性格进行充分的塑造。换句话说,网络小说是故事世界的主要载体,承载故事世界的主线内容和详尽的人物关系。电影媒介因为时间限制,通常承担故事世界中的独立角色或独立故事的叙事。游戏媒介最大的特点是为用户提供角色体验,可以让用户理解游戏角色在整个故事世界的心理活动和情感。在美国和日本,有很多通过超媒介叙事改编的游戏,这些游戏内容仅与原剧情有关联,但不是原剧情的重现。网络

文学的内容生产者在创造故事世界时,还要注重设置叙事线索,确保各媒介的角色关系、故事剧情以及时空背景等叙事元素形成互文结构,实现协作叙事。同时,角色的一致性是超媒介叙事中保持故事世界一致性的关键之一。网络文学内容生产者应设定清晰的角色性格、背景和关系,并确保在不同媒介平台上的角色表现和互动都能够符合这些设定。

3. 以吸引粉丝参与为导向,设计粉丝互动生产规则

超媒介叙事结构的互文性、时空的开放性使得叙事中的很多元素成了"谜",粉丝接受超媒介叙事的过程仿佛是一次侦探探案,通过一个又一个的信息线索,完成整个"知识拼图"。网络文学内容生产者应在故事世界的策划阶段,设计出一套可供粉丝互动的创意规则,给予粉丝一定的创作空间,在叙事过程中留下叙事缝隙或叙事洞,吸引粉丝群体参与到整个故事世界的构建中去,有序地进行自下而上的内容生产,发挥自己的智慧。网络文学内容专业生产者应对粉丝自下而上的内容生产采取一种积极态度,建立与粉丝直接对接的虚拟通道,鼓励粉丝直接参与内容生产,并对粉丝生产的内容及时进行回馈,对于粉丝生产的优质内容可以采取一套合理的激励和签约制度。需要强调的是,粉丝互动生产不是完全自由或随意的,粉丝在互动环境中能够进行的互动生产都是技术设计者预先架构好的。在粉丝社交互动的过程中,粉丝中也形成了新的内容话语体系,这也激励着原创内容生产者对故事世界扩大再生产,从而形成网络文学内容生产的良性循环。

4. 以特许经营为理念,确保 IP 品牌完整性

超媒介叙事模式的关键在于版权的整体性,而版权的整体性在于特许经营权。作为一种商业经营理念,它为超媒介内容生产和延伸起到了重要保障作用。特许经营是指网络文学 IP 原创者将版权出让给第三方,并以协定的方式授权其使用内容相关资源进行跨媒介创作,为了保障网

络文学IP品牌的完整性和版权利益，对IP人物及故事主题做了相应的限定。以漫威为例，20世纪90年代，漫威采取特许经营的策略向索尼、福克斯等电影公司出售了旗下部分漫画角色的版权，包括电影、电视、动画、游戏等不同的产品形态。漫威以条约的形式规定了授权的角色形象设计要与原作保持高度一致，如美国队长的形象不管是出现在电影故事里，还是出现在相应的游戏、漫画作品中，其标志性的盾牌、面具与徽章总要如出一辙，其个人性格与超能力也几乎是不可改变的。同时漫威会参与电影的前期改编与制作的全过程，确保生产的内容符合漫威风格。这种强力性的约定使得漫威超级英雄的形象深入人心，其鲜明的品牌化特征得以强化，从而有效地保障了漫威英雄故事的系列化拓展。[①]

四、结语

当前，我国网络文学内容生产已全面跨界连接、融通共生，一些网络文学IP通过跨媒介改编，增强了对受众的吸引力，提升了商业价值。但我国跨媒介内容因为只注重数量不注重质量的类型化生产模式越来越严重以及版权归属分化等问题，网络文学IP生产和开发的质量远远不能满足用户阅读需求。超媒介叙事作为一种内容生产和开发的创新模式，有助于提高网络文学内容生产的质量，有助于网络文学IP利用各种媒介平台的优势，构建完整的故事世界，实现最佳的叙事效果，从而满足用户对故事需求的体验。超媒介叙事为我国网络文学内容生产和开发提供了一种新的思路和可能。

原载于《中国出版》2023年第19期

[①] 杨成：《媒介融合语境下IP电影内容生产的跨媒体叙事模式》，《当代电影》，2018年第6期，第61—64页。

网络文学,讲好中国故事的有力载体

杨晨 何叶

一、引言

甫一接触《斗罗大陆》等中国网络文学作品,英国小伙卡文·杰克·夏尔文(Jack Kawin Sherwin)就被其中升级打怪的爽感和那种"永远连载不完"的劲头狠狠"击中"。① 他尝试自己动笔写点东西,将中西方元素融合在一起。目前,卡文正在创作的《我的吸血鬼系统》(*My Vampire System*),已经累计更新超过2300章内容,成为阅文集团旗下海外门户起点国际(WebNovel)上阅读量常居榜首的作品。

卡文的网文阅读和创作经历,是数以万计的海外网络作家的缩影。《2022中国网文出海趣味报告》显示,截至2022年底,起点国际已培育约34万名海外网络作家,推出约50万部海外原创作品;上线约2900部中国网文的翻译作品,其中9部作品阅读量破亿。②

以网络文学为代表的网络出版,业已成为推动中国故事走向世界的重要力量。其原因是网络文学记录中国,又联系世界。前者,是网络文学的个性和吸引力;后者,则是网络文学的共情和感染力。正因为如此,网文作品才能被不同语言、肤色的人们所喜爱,拥有超越文化差异的传

---

① 卡文:《尝试将东西方元素融入作品,给读者带来独特的阅读体验》,2022年12月17日,https://wap.xinmin.cn/content/32283409.html?cantowap=yes。
② 《〈2022中国网文出海趣味报告〉发布》,2023年3月13日,https://rmh.pdnews.cn/Pc/ArtInfoApi/article?id=34436020。

播力。

纵观"出海"历程,被媒体誉为"世界四大文化奇观"之一的中国网络文学,如何在世界文化版图上占有一席之地?当下它又面临着怎样的发展浪潮?本文将就这三个问题阐述一二。

二、"网文出海"的演进脉络:从全球共读到全球开发的纵深发展

早在2001年左右,起点中文网的前身中国玄幻文学协会(CMFU)就已开始小说的海外传播之路,当时的传播主要面向海外华语群体。2005年,中国网络文学开启外文出版授权,正式进入出海1.0时代。十余年来,从以数字版权与实体图书出版为主的1.0时代,到建立海外门户、规模化翻译输出的2.0时代,再到原创模式输出的3.0时代,中国网络文学经历全球共读、全球创作,进入全球开发新阶段,为文化交流搭建起更加广泛连接、深入交流互鉴的舞台。

1. 从区域到全球,冲破同源文化圈

好故事天然具有感染力和情感共通性,这是其能够跨越国界、超越文化差异的依凭和力量。在十余年的"出海"实践中,中国网络文学从东南亚破局,在传统华语市场深耕,后又冲破同源文化圈,向欧美市场进发。在全球扩散影响力的同时,网文故事正在将中国精神、中国力量带向世界。

因为文化的共通性,"网文出海"最初瞄准的是东南亚华语市场。2001年左右,借助港澳台地区已授权的中文繁体版作品,中国网文逐步打入泰国、越南等东南亚国家与地区。这时的"网文出海"处于萌芽期,输出作品主要为言情类小说,或是在国内已具备人气基础的作品,例如天下霸唱的《鬼吹灯》和萧鼎的《诛仙》。

2010年前后,中国网文作品在东南亚积累了相当可观的读者群体。历史题材小说后来居上,和言情类作品一起,成为最受当地读者和出版企业喜爱的两大类型。《寻秦记》《回到明朝当王爷》《锦衣夜行》等作品均在这一阶段实现外文实体出版。在这一时期,中国网络文学的海外传播实现了传播方式和对象的双重拓展:除实体授权出版外,海外网文翻译网站开始出现;中国网文也形成了向日本、韩国等东亚国家传播的雏形。

至2015年前后的高速发展期,网文海外传播的一个显著表征是大量海外翻译网站的建立,以及国内阅读平台的海外门户上线。例如俄文翻译网站 Rulate、英译网站 Wuxiaworld 等,都在这一时期迎来了用户数量的快速增长,中国网文开始大规模地在欧美市场传播。作为网络文学"出海"的先行者之一,2017年,阅文集团上线海外门户起点国际(WebNovel),这是中国网络文学第一个正版外语平台和品牌。截至2022年底,起点国际累计访问用户数约1.7亿,遍及全球200多个国家和地区。[1] 从国家分布来看,美国的用户数量位列第一,澳大利亚、英国、加拿大等主要英语国家的用户数量也进入前十。[2] 中国网络文学日益受到来自更加广泛、多元文化环境的读者群体的关注与喜爱。

2. 从内容到模式,培植海外原创生态

能否让用户融入并参与,是一种文化形式能否真正落地生根的核心。就中国网络文学而言,其海外传播发轫于翻译作品的实体出版和数字阅读,而在海外的落地生根则得益于原创模式的输出。

2018年,起点国际开放原创功能,海外用户不再只是故事的阅读者,

---

[1]《〈2022中国网文出海趣味报告〉发布》,2023年3月13日,https://rmh.pdnews.cn/Pc/ArtInfoApi/article?id=34436020。
[2]《2022中国网络文学发展研究报告》,2023年4月11日,https://www.cssn.cn/wx/wx_xlzx/202304/t20230411_5619321.shtml。

他们可以成为多元网文世界的创作者、设计师。网络文学的付费模式，也第一次出现在英文长篇网络原创作品中。商业模式以及配套的作家培育、扶持、激励机制的落地，使得海外网络文学作家规模持续扩大，网络文学的国际市场空间被不断拓宽。

多数海外原创作品深受中国网文的主题设定、世界观架构、写作方式、经典元素等的影响。"东方奇幻"是海外创作者钟爱的创作题材之一，许多这一类型的作品带着浓浓的"中国风"。如乌拉圭作家谢天(XIETIAN)获得起点国际全球年度有奖征文大赛金奖的作品《血术士：魅魔在末世》(*Blood Warlock: Succubus Partner in the Apocalypse*)，主要角色均以中文命名。印度作家大空士(Grand Void Daoist)在笔名中加入了"Daoist"这一单词。他回忆道，这个笔名是在自己做中文小说英译本的时候朋友帮忙取的。当时修真题材在海外盛行，类似"道友"风格的称谓在海外网文圈子中极为流行。在大空士创作的两部作品中，主角都是中国人。他认为，"修真题材很大程度上立足于中国神话和文化，自然应该包含中国元素"①。

海外创作者在网文阅读中对中国的文化精神、价值内核耳濡目染，又潜移默化地将其融入于笔下的作品、角色人物。这是一条经由内容输出，反馈于海外原创，又通过海外原创作品继续向外传播的文化落地路径，已成为中国网络文学模式输出的重要价值体现。

3. 从输出到联动，加强在地化传播

在国内阅读平台海外门户示范效应的基础上，"网文出海"开启与海外数字出版机构深度融合的在地化、纵深化发展阶段。在与本土产业的

---

① 张熠：《"狂飙"的网络文学》，2023 年 3 月 12 日，https://www.jfdaily.com.cn/news/detail?id=591620。

通力协作下,"水土不服"问题被大大缓解,中国网文能够更为精准地捕捉海外受众需求,更加高效地触达韩语、泰语、越南语、法语、印尼语等多语种读者,同时推动在国内已相对成熟的网文孵化-运营模式,真正进入国际出版产业体系。

第29届北京国际图书博览会首次设置"网络出版馆",推动产业融合发展与国际合作。泰国知名传媒集团Amarin Group的海外版权负责人Sutheemon Laoniyomthai在会上介绍说,Amarin旗下有十余家出版社,专门从事中国小说的翻译和发行。① 2017年至今,阅文集团与企鹅兰登、Amarin、Libre等66家海外出版机构开展合作,积累了相对丰富的对外合作经验。其合作方之一——泰国OokbeeU阅读的业务负责人皮波在其他场合分享道:"泰国每个月有10%的人在我们平台看网络小说。"②这充分体现了中国网络文学的魅力,以及与本土伙伴产生的化合效应。

三、"网文出海"的传播动力:高质量内容体验的持续触达

21世纪以来,伴随互联网的迅猛发展,跨国界、跨语言的信息触达屏障在极大程度上被消解,全球语境互联互通成为可能。2023年4月,起点中文网收到一封日本读者的来信,整整四页,全部都是汉字手写。这封信是写给《天启预报》作者风月的。信中提及,《天启预报》中"有很多流行语、网络语言和游戏语言,看上去很有节奏感,很美"。为了读懂这本书,这位日本读者边看边查阅不认识的汉字;为了让更多日本朋友都来看这本书,这位读者自己翻译了一些日文小册子做安利。这是一个以高质

---

①许旸:《BIBF亮点|上海出版"出海"提升中华文化能见度》,2023年6月15日,http://wenhui.whb.cn/zhuzhan/xinwen/20230615/526151.html。

②张鹏禹:《中国网文的"摆渡船",海外作者的"孵化器"》,2023年3月23日,http://ent.people.com.cn/n1/2023/0323/c1012-32649620.html。

量内容体验,触达并触动海外读者,引发其自主传播的生动案例。

内容为王,是行业的铁律。不可否认,"网文出海"的"续航"能力,依赖于一个适合海外土壤的门户平台的打造,也依赖于与当地本土产业的通力协作和深度融合。但作为内容行业的一环,中国网文的海外传播、原创模式的海外扎根,究其根本在于好故事的持续生产和放大。而实现这点,需要作家创作能力和平台运营能力的进一步提升,二者缺一不可。

1. 百花齐放的内容生态

近十余年来,在翻译出海和原创出海的协同驱动下,"网文出海"已形成15个大类、100多个小类的多元化格局,都市、西方奇幻、东方奇幻、游戏竞技、科幻成为五大题材类型。①

阅文集团作家爱潜水的乌贼作品《诡秘之主》,融合奇幻冒险、克苏鲁、蒸汽朋克、维多利亚时代风情多种文化元素,自连载之初就是中英文同步更新,吸引了大量海外读者阅读。英文版在起点国际有超过3900万的阅读量,接近满分的4.85分评分。2020年泰国曼谷国际书展期间,《诡秘之主》泰文版由泰国知名媒体出版集团SMM PLUS首发上市。外媒对《诡秘之主》泰语版上市和全球风靡之势进行了报道解析,认为它是"中国网络文学面向全球市场的里程碑式作品,是全世界读者都能轻松感受到其内容魅力的好故事"②。

同样深入人心的中国网文故事,还有植根于中国优秀传统文化的作品,如:传递"尊师重道"理念的《天道图书馆》,根植东方神话故事传说的《巫神纪》等。反映当下中国面貌与现实思考的作品,往往具有跨越文化

---

① 《〈2022中国网文出海趣味报告〉发布》,2023年3月13日,https://rmh.pdnews.cn/Pc/ArtInfoApi/article?id=34436020。

② 邱峻峰、曾琦:《红星专访 | 成都作家现象级小说〈诡秘之主〉泰文版在曼谷国际书展首发》,2020年10月10日,https://www.sohu.com/na/423747562_116237。

环境的吸引力，引发众多海外读者追更，如：体现现代中国医学发展的《大医凌然》，体现现代女性经营爱情与事业的《抱歉我拿的是女主剧本》等。题材融合创新，是海内外网文创作所共同经历的发展趋势之一。将科幻与游戏题材相结合的《超神机械师》、主打青春奋斗与星际传奇的《超级神基因》等，也在海外读者群体中具有较高的接受度和认可度。

受中国网文翻译作品的影响和启发，海外创作者在类型选择、人物设定、世界观架构等方面常见"中国风"元素。起点国际近95%的东方奇幻题材作品由海外作家原创，将道法、武侠、熊猫、高铁等中国元素融入其中。在起点国际排名前十的原创作品标签中，半数是"重生""系统流""凡人流""修仙""无敌流"等典型的中国网文类型模式。① 2022年起点国际全球年度有奖征文品牌活动金奖作品《无限升级系统》(*Leveling Endlessly with the Strongest System*)，就充分融合了"重生"与"系统流"的元素。

2. 多元可持续的创作者生态

"网文出海"呈现出的百花齐放的内容生态，离不开海外网络作家的快速成长。自2018年上线原创功能以来，起点国际的海外原创作家数增速迅猛，年复合增长率超130%。截至2022年底，起点国际培育了约34万名海外网络作家，推出约50万部海外原创作品。② 而这两个数字，正随着近些年海外阅读行为的线上转移，在进一步加速提升中。

与国内网络作家年轻化的趋势相呼应，在海外原创作家中，青年人业已成为创作主力。据统计，起点国际"Z世代"作家合计占比超过三分之

---

① 《〈2022中国网文出海趣味报告〉发布》，2023年3月13日，https://rmh.pdnews.cn/Pc/ArtInfoApi/article?id=34436020。
② 《〈2022中国网文出海趣味报告〉发布》，2023年3月13日，https://rmh.pdnews.cn/Pc/ArtInfoApi/article?id=34436020。

二,其中,"00 后"作家占比 37.5%,"95 后"作家占比 29.5%。①

青年创作者更易洞察年轻读者群体中的流行趋势、热门话题和喜好偏向,也更易与年轻读者合力,推动网络文学的内容创新和题材转向。在海外青年作家中,"一书成名"屡见不鲜。2022 年起点国际全球年度有奖征文品牌活动获奖者的平均年龄只有 27 岁,超四成作家是首次公开发表小说。②

该活动 2022 年的入围奖获得者"不朽先生"(Mister Immortal)就是一名印度"95 后"作家。他从 17 岁开始阅读中国网络小说,极为欣赏中国网络文学的东方玄幻概念,受《放开那个女巫》《国王万岁》《巫界术士》等历史题材和种田基建题材作品的影响,走上网文创作道路。他认为,网络文学大大降低了普通人成为作家的门槛,"中国网络文学真的推动了行业发展"③。

作家群体创作能力的持续提升,一方面得益于有生力量的持续涌入,带来焕新的创作视野和方向;另一方面也受益于平台的扶持、保障和激励。2019 年以来,起点国际陆续推出一系列举措,如:发掘和培养海外潜力创作者的全球年度有奖征文品牌活动 WSA(WebNovel Spirity Awards),联合新加坡国立大学、新加坡南洋理工大学发起的全球作家孵化项目(Global Author Incubation Project),以作家福利升级为核心的"作家职业化发展计划"等,在内容储备、编辑培养、资源整合等方面进行全线升级,持续激活创作者生态。此外,针对不同国家和地区的潜在作家需求,起

---

① 《〈2022 中国网文出海趣味报告〉发布》,2023 年 3 月 13 日,https://rmh.pdnews.cn/Pc/ArtInfoApi/article?id=34436020。
② 《〈2022 中国网文出海趣味报告〉发布》,2023 年 3 月 13 日,https://rmh.pdnews.cn/Pc/ArtInfoApi/article?id=34436020。
③ 张熠:《"狂飙"的网络文学》,2023 年 3 月 12 日,https://www.jfdaily.com.cn/news/detail?id=591620。

点国际还设置了更有针对性的创作奖金体系,为作家提供安心创作的保障。

有别于国内的网文创作体系,"网文出海"增加了翻译这一核心环节。正如余光中先生所言,翻译是一种有条件的创作。译者的能力,也左右着创作质量的高下。网络文学的翻译,不同于传统出版,一套适合的内容生产机制至关重要。经过摸索,起点国际创立了集内容评估、翻译招募、评判、合作、问题把控于一体的翻译模式和方式。这套体系最大的创新之处在于,读者全程介入内容选择、翻译评判和质量跟踪反馈。

当前,起点国际与分布在北美、东南亚等世界各地的译者和译者组进行合作,组建了约300人的译者团队,已上线约2900部中国网络文学的英文翻译作品。这些作品正在得到越来越多全球读者的欢迎与认可,《许你万丈光芒好》《抱歉我拿的是女主剧本》《天道图书馆》《放开那个女巫》《超级神基因》等多部作品阅读量破亿。

3. 同频互动的运营模式

中国网络文学的突出特征之一,在于社交共读场景的普遍化。对于读者而言,看网络小说不仅意味着阅读一本电子书,更是一种基于共同价值观的社交分享。在国内,网络文学的社区化是一条已经基本跑通的增强粉丝黏性、提升 IP 价值的路径。对于"网文出海",社区化也是为跨文化交流注入动能的强劲方式。

以起点国际为例,在将国内的社区搭建经验移用海外的同时,其更加注重社区的内核筑造,即基于中国文化的粉丝社区打造。目前,这套互动系统已经基本成型,用户可以通过这套系统评论、追更、了解作品文化。

起点国际的留言数量屡次刷新纪录,单日最高评论数突破 10 万。① 社交共读已经成为海外网络文学的核心场景,百万评论已经成为人气作品的标配。

借由开放的创作生态和互动社区,用户能够在网文阅读过程中感知当代中国的网络常识,深入了解中华文化元素。2022 年,起点国际的读者评论中,提及"中国"相关单词超过 15 万次;道文化、美食、武侠、茶艺、熊猫等,均成为提及率居前列的中国元素。②

对于平台而言,海外网络文学作品运营的方向,一是打造并充实互动阅读社区,注入文化交流的动能;二是辐射更广泛的圈层,将更多读者卷入这一全球共读的场景之中。实现后者,就要根据作品的内容调性和定位,匹配不同渠道、不同受众面的推广资源。2018 年起,起点国际即开始通过谷歌和 Facebook 等渠道传播好故事,增加优秀作品的曝光。在渠道投放的助力下,作家每月可以获得从数百美元到数万美元不等的收入,为想挖掘潜力或靠讲故事谋生的作家开辟了全新的路径。

海外原创作家"不朽先生"曾感慨:"以前,我很担心找不到工作,但写作让我随时打开笔记本电脑就能工作。"③中国网络文学的付费阅读模式输入海外市场,构成海外作家得以通过写作获得酬劳的基础;而平台的运营投放,帮助作品赢得更多读者和社会关注,又为其开辟了更为广阔的营收空间。原创模式出海的社会影响,在这一链路中得以体现一二。

---

① 侯晓楠:《网文出海让中国故事走向世界》,2023 年 5 月 29 日,https://web.shobserver.com/sgh/detail?id=1038872。
② 《〈2022 中国网文出海趣味报告〉发布》,2023 年 3 月 13 日,https://rmh.pdnews.cn/Pc/ArtInfoApi/article?id=34436020。
③ 张熠:《"狂飙"的网络文学》,2023 年 3 月 12 日,https://www.jfdaily.com.cn/news/detail?id=591620。

四、"网文出海"的未来图景：AIGC 浪潮下的新一轮升级迭代

在作家创作能力和平台运营能力的持续提升下，丰富多元的翻译作品和海外原创作品得到更为广泛的拥趸，以"网文出海"为代表的数字文化对外贸易持续繁荣，网络文学成为讲述中国故事的主流形式之一。

同时，近年来随着 AI 技术的多场景化应用，AIGC 赋能已经成为网文出海的下一个机遇点。一方面，AI 语言模型的优化能够有效提升翻译效率，推动全球化多语种的网文内容同步；另一方面，AIGC 作为 IP 生产的助推器，大幅度缩短了文字作品的视觉化周期，让 IP 开发的链路更通畅、更便捷。毫无疑问，对于海外数字出版从业者而言，充满希望的未来已经近在眼前。

1. 拥抱 AIGC 浪潮，攻坚技术及其场景应用

伴随网络文学海外传播的浪潮迭起，一个新痛点浮现——翻译问题成为限制其快速、规模化输出的一大桎梏。具体有几个表现，包括专业译者人才匮乏、翻译效率低、翻译质量不足、翻译状态不稳定等。而要有效缓解这一语言隔阂困境，则要引人工智能翻译入场，与专业译者校对、读者纠错形成优势互补，提升网络文学的出海效率和规模。

对于海外读者而言，作品的更新速度和翻译质量是其选择作品及阅读平台的主要看重因素。[1] 与之相对应，在网文作品内容出海的场景下，翻译的效率和质量起到决定性作用。网络文学翻译确实存在难点，不仅包括中文与外语间的语言结构转化，还包括中国语言环境下一些文化概念、网络语言的译介。以东方玄幻作品为例，针对"炼器""元神"这些具有中国特色的术语，译者既要在外文语库中匹配表意最精准的词汇，又要

---

[1] 上海艾瑞市场咨询有限公司：《2021 年中国网络文学出海报告》。

加以解释让读者理解其背后的文化含义。而这类名词的转化,在"网文出海"早期并没有归纳为一个统一的词库,早期译者只能通过自己的理解进行解释,造成了名词翻译的不统一,大大增加了海外读者的理解和接受成本。

翻译的难点直接导向出海作品更新速度和质量不稳定的困局。起点国际的译者温宏文(CKtalon)就曾遇到过读者的留言催更,包括其在内的专业译者始终在寻找破局的发力点。在专业译者的共同努力下,起点国际建立了一个全平台的词汇库①,囊括近千个专有名词的翻译方法,有效避免了不同作品之间针对同一术语翻译不统一的问题,改善了平台读者的阅读体验。

与此同时,在网络文学海外传播多语种布局加速的背景下,阅读平台也在致力于用技术破局。起点国际已经启动 AI 翻译训练,以既往优秀的译本、标准核心词库等作为对 AI 模式进行集中性专项训练的语料。同样篇幅的作品内容,借助 AI 翻译能将工作效率提升,帮助平台快速实现语言迁移。在此基础上增加专业译者润色、读者纠错反馈流程,能够有效克服人工智能在语言文学性和情绪感染力上的弱点,并帮助 AI 模型不断进化。

AIGC 浪潮为网络文学海外传播带来的变革机遇,绝不仅仅体现在翻译这个应用场景。AI 可以成为创作者的强大助力,帮助作家的创意得到更大程度地释放;也可以通过多模态 IP 体验,让读者沉浸式与角色互动;借助 AI 加速文字作品的视觉化,让 IP 开发提速,可以助力更多海外原创作品获得改编机会,辐射更广泛的用户群体。人工智能将凭借其在数字

---

①张熠:《首届上海国际网络文学周开幕 中国网文"破圈""出海"》,https://j.eastday.com/p/1605564689025194.

出版及 IP 开发全产业链的场景应用优势，成为"网文出海"内容生态升级的加速器。

2. 多模态联动融合，全球共创 IP 生态圈

以网络文学为基石、以 IP 培育和开发为核心的生态体系，能够大大延展文学作品的生命力，这是业界近年来的实践经验和共识。AIGC 技术浪潮对内容生产的重塑，不仅作用于网络文学的文字生产环节，还有望大幅提升 IP 开发效率，为实现多模态 IP 体验打开新空间，将基于 IP 的全生态影响力持续放大。

近年来，网络文学 IP 全生态输出渐成规模，其中包括国内成熟的衍生作品向海外输出，和海外原创作品的全 IP 打造。阅文集团作家蝴蝶蓝的作品《全职高手》，就见证了从出版授权到翻译上线再到动漫出海的"网文出海"模式升级迭代。《全职高手》日本版于 2015 年由日本三大出版社之一的 Libre 出版，为了让日本读者能够理解作品中的网络竞技词汇，网站还专门开辟了《用语解说》栏目。两年后，其英文版本上线起点国际，迄今阅读量突破 1.3 亿。同名漫画于 2021 年在日本 Piccoma 平台上线，长居人气榜前三。2023 年，改编动画电影《全职高手之巅峰荣耀》官宣将于 7 月 8 日在日本上映，消息一经公布即登上海外平台热搜。这一"未播先热"态势，来源于此前多年间 IP 多模态出海积累的受众基础。

目前，国内网文 IP 影视化改编"出海"业已初具规模。文字作品通过视觉化形式得到更加立体、丰富地呈现，通过更多细节展现中华文化的深厚底蕴。由阅文集团 IP 改编的国内爆款剧集《庆余年》英文版 *Joy of Life* 海外发行涵盖全球五大洲多种新媒体平台和电视台，海外粉丝一边看剧一边讨论中国传统文化，例如中国古代的衣食住行，关注点之细诸如古代枕头的材质。独特的文化体验和感染力引爆剧集人气，《庆余年》第

一季完播不久后,迪士尼就预购了第二季的海外独家发行权。

除《庆余年》外,《赘婿》《斗罗大陆》《锦心似玉》《雪中悍刀行》《风起陇西》《卿卿日常》《天才基本法》等具有国内影响力基础的IP剧集先后登录YouTube、viki等欧美主流视频网站,在全球上百个国家和地区"圈粉"。电视剧《赘婿》影视翻拍权出售至韩国流媒体平台,IP影视作品不仅停留于海外播放,还成为海外剧集的内容源头,可见网络文学的海外影响力在逐步攀升。

借鉴国内成熟的IP产业模式,"网文出海"的平台门户也在联动全球合作伙伴,进一步加速海外原创作品的IP开发。创作起点国际热门作品《机械之神》的荷兰作家伊克鲁尔(Exlor),对IP开发充满热情:"我期待自己的作品被改编成漫画,让喜爱这部作品的人沉浸在一个更加激动人心和有趣的宇宙中。"①

"网文出海"的IP生态正处于升级提效的关键阶段。伴随技术浪潮对内容产业格局的重塑,IP生态从孵化到视觉化、商品化,将形成更敏捷的产业路径。这个开发链路,也有望从孵化阶段就卷入更多读者和用户,进行IP的视觉化共创,打通多载体的用户情感,为IP一体化运营奠定基础。

3. 机遇与挑战并存,知识产权保护亟待各方联动

虽然"网文出海"势头强盛,翻译效率和质量不足的问题可以乘技术风口突破,IP的多模态联动也为网文故事提供了覆盖更多人群的时代机遇,但从长远发展来看,盗版侵权等问题和隐患仍旧阻碍着文化传播的广度和深度扩大。

---

①张聪:《迪士尼预购〈庆余年〉第二季海外独家发行权,网文IP出海渐成规模》,2023年6月17日,http://www.ctdsb.net/c1476_202306/1794773.html。

文字内容盗版问题不仅困扰国内数字出版行业多年,还在网络文学出海过程中,侵占着海外创作者、正版平台及出版方的核心利益。以起点国际排名前100的热门翻译作品为例,在海外用户流量排名前10位的盗版文学网站中,对这些作品的侵权盗版率高达83.3%。[1]

盗版侵权主体的复杂多元,以及盗版内容传播阵地的强隐蔽性及分散化,大大拉高了追溯、取证的难度,受侵害方的维权之路道阻且长。盗版出版社、盗版翻译组,以及一些早期的外译网站,都曾在未经许可的情况下,大量翻译中文网文作品。搜索引擎成为盗版的最初聚集地;后随用户软件使用习惯变迁,盗版主阵地又向论坛、网络云储存服务等新媒体平台转移。而海外维权还存在适用法适配这个难点。简而言之,与维权效果相比,网文海外盗版维权的人力和时间成本都过高——打个官司要花费数年时间,但盗版平台花费极低的成本就可以新建一个盗版站点。

为了中国网络文学出海的稳健发展,协同读者、创作者、行业伙伴等多方努力,制度化、规模化打击盗版侵权是必由之路。2021年下半年起,阅文集团联合行业和作家,开始开发一套更为主动和高效的"反盗版"体系,在国内数字出版行业文字盗版治理方面取得突破:全年拦截盗版访问攻击1.5亿次,追溯到有效盗版线索62.5万条并进行精准打击,每500本书的单日泄漏链接数从18万条下降至0.8万条,同比下降95.6%,有效保护了原创内容生态。

纵观"反盗版"阶段性经验,可知技术攻坚是打击盗版侵权的根本依仗,通过技术手段截断源头流出,能够有效缩小盗版侵权规模;借由技术监测盗版侵权链路,也能够大大降低取证的难度。同时,作家、读者、行业

---

[1]《网络文学发展报告》课题组:《社科院:2020年度中国网络文学发展报告》,2021年3月27日,https://www.sohu.com/a/457663460_152615。

伙伴始终是最为稳固的联合"战线",只有充分调动起各方力量,形成"反盗版"维权合力,才能有效抵制盗版侵权的滋生蔓延。这两点经验,在国内数字出版行业以及数字出版物出海过程中,都将有所适用。

五、结语

2022年,《赘婿》《赤心巡天》《地球纪元》《第一序列》《大国重工》《大医凌然》《画春光》等16部中国网络文学作品,被收录至世界最大的学术图书馆之一——大英图书馆的中文馆藏书目之中①,可见中国网络文学已成为极具全球意义的内容产品和文化现象。

从区域到全球,从内容输出到原创模式的移植和本土化,再到联动各方共抓时代机遇、建立全球IP生态产业链,中国网络文学的"出海"之路不断进化。未来,网络文学的桥梁纽带作用将持续深化,进一步促进文化交流和文明互鉴,推动中华文化走向世界,让全世界共享中国精神、中国价值和中国力量。

好故事可以超越语言,承载梦想,赢得热爱,这正是网络文学的魅力所在。

原载于《出版广角》2023年第13期

---

①曹玲娟:《中国网络文学作品首次被收入大英图书馆》,《人民日报》,2022年9月16日,第14版。

第三辑

访谈·评论

网络是浮躁的，但网络文学不是

远　瞳

最早期的网络文学作者们，是在一种一片空白的市场环境、行业环境下开始的创作。"无经验、无约束、无边界、无远虑"是那一时期的典型特征，那个时候的作者们大多数都不是专业的文字工作者，更多的人是全凭一腔热血以及个人喜好投身到了这一全新的领域中。

就像拓荒一样，大家想到什么就去写，写不下去了就天马行空地转折，转折不下去了怎么办？就出现了一大堆填不上的天坑——然后在一大堆天坑里面，留下那么几个经典之作。可以说，那时候的网络文学最大的特征，就是"活力却又浮躁"。

三条书评，两条是广告

等到我入行的时候，网络文学其实已经度过了最一开始那种极端荒蛮的阶段，市场开始正规了，创作者中也有了有资历的"前辈"，网文中也有了不少成功的例子，可以说我是在一个非常好的时机进入了这个行业——它正在从浮躁转向沉稳。

但作为一个纯粹的新人，那时候我入行最大的感受仍然是晕头转向。不知道该写什么，也不知道大家爱看什么，不懂任何规矩，也不懂什么技巧，仅有的一点写作经验是当初在杂志上写小短文——但这点经验用在网络长篇连载上好像派不上用场。

所以我几乎是在完全懵懂的状态下开启了自己的第一部作品——

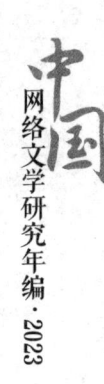

《希灵帝国》，完全的稚嫩之作。

这部作品稚嫩和不成熟到了什么程度呢？

更新一段时间之后，书评区只有三个评论，其中有两个是广告。

对于一个新人作者而言，这是会产生很大压力的事情，我相信绝大多数作者在面对这种成绩的时候都会毫不犹豫地把坑弃掉。

但或许是因为脑子太轴，也可能是因为压根没注意到自己其实扑得挺严重，我并没有弃掉那个坑——在前期几乎没有什么读者反馈和成绩的情况下，我选择了把那本不成熟的稚嫩之作埋头写下去。

而就是这样一个"埋头写"的过程，我积累了最初的经验，完成了对文笔、剧情架构、人物刻画等各方面的基本功训练，并积累出了自己最初，也最忠实的读者们。

《希灵帝国》这本书，有着极不成熟的前部，存在大量试验性、积累性内容的中部，以及相对成熟、结构完整的后部，一本八百多万字的小说，几乎可以视作一场漫长的实验、积累和训练。

第二部作品《异常生物见闻录》、第三部作品《黎明之剑》，是在这种积累和训练的基础上，同时延续这种训练习惯的前提下，取得成功并不断提高成绩的。

而我在这个过程中产生的最大感悟，就是"稳"对创作的重要意义。

创作中最需要的是"稳"

网络文学在从浮躁转向沉稳，能够成功走下来的作者们，也在从浮躁转向沉稳，"稳"，是让我们能在这条路上长远走下去的基础。

"稳"，稳的是心态，也是自己的写作状态，同时也是一种持之以恒的态度，网文的创作者众多，其中不乏一定天赋的作者，对于这些作者而言，怕的不是某一部作品的成绩糟糕或某一段时间的状态差劲,怕的就是没有这种"稳"的状态。

开书时患得患失,过于关注成绩起伏导致心态大起大落;写作时思考太多与作品无关的事情导致心浮气躁,最终把大量精力都消耗在跟写作无关的事情上,而在自己的作品面前只留下身心俱疲,最终无奈选择弃坑跑路——这是很多作者曾面对过的问题。

有不少作者是习惯弃坑、"腰斩"的,习惯于关注开书早期的成绩,一旦成绩不佳,不思考具体原因便选择弃文跑路,然后匆匆忙忙开启新书,观察新书成绩,成绩不好就再弃再开……形成了恶性循环,便永远没有提升的机会。

因此,对于习惯弃坑、"腰斩"的新人作者,如果你有着足够的精力,能够支付一定的时间成本,那么我的建议是,至少稳下来,稳稳当当地完成一部作品——完整地将一个故事从开端到发展到高潮到结局构筑出来,要经历这样一个完整的创作过程,积累一次完本经验,在这个过程中的收获,是远远大于连开七八个"坑"的。

当然,这种"完成一本书"的过程需要的不只是"硬着头皮写","稳"不仅仅是要求写完一本书,更是要在这个过程中主动去思考,去积累经验,去有意识地训练自己。如果抱着完成任务般的心态去写作,而在这个过程中不思考、不总结,那么仍然是没有提升和助益的,这种完本其实是另一种意义上的浮躁。

真正的"稳",是可以耐住性子,在相对孤独、不佳的创作反馈下,仍然能够有意识地学习和训练自己,这样才有意义。

而"稳"的另一个要点,是对自己精力的取舍。

人的精力是有限的,把过多的精力放在写作之外的事情上,那么能放

在写作上的精力就注定不够——要关注成绩,但不能过度关注成绩;要重视读者反馈,但不能对所有的读者反馈照单全收;要和同行或读者交流,但要避免陷入牵扯精力的纠缠、冲突中。这些都是对精力的取舍,要时刻提醒自己,作为一个创作者,作品是第一位的,在这方面,只有自己的作品有资格占据自己的大部分精力,除此之外的一切,都有可能是自己心态的"搅局者"。

一定要避免这些分散精力的东西破坏自己心态上的"稳"。

当然,在做这种精力取舍的过程中也要警惕落入"闭门造车"的陷阱,这是必须注意的。

总而言之,沉淀下来,平稳心态,网络是浮躁的,但网络文学其实不是。我们是借助网络传播速度快和受众面广的优势来进行创作,而创作本就是一个漫长的过程,耐不住性子的人是很难在这条路上走下去的。

最后,祝愿所有想要踏入这个行业的新人,以及已经在这个行业中默默耕耘的作者,文思泉涌,下笔有神,祝愿网络文学事业蒸蒸日上,前路坦荡。

原载于中国作家网 2023 年 3 月 31 日

如何搭建赛博游戏感的小说世界

桉 柏

虽然很早就接触了网络文学,也曾在数年前就尝试过写一些有趣的故事,可惜少年人思维活跃跳脱,我难以对某一种事物保持长期的热情,是以那些故事大多无疾而终。直到我步入大学,半只脚踏入社会,思想逐渐成熟,又在晋江文学城这个网络平台上认识了一些跟我一样喜欢读和写的朋友,在他们的鼓励下,我才努力完成了第一篇完整的故事,有了自己的一批读者。

一篇网文的诞生,始于表达欲。"我想了一个故事,我很喜欢,想将它分享出来,让更多的人看到。"这就是我的初心。写作的过程对于我来说就是分享快乐的过程,有很多读者因为我的文字与我产生共鸣,我从读者们激烈的讨论中汲取成就感、充实自身,形成了一种正向循环,充满了写作和表达的动力。因此我写作的主旨只有一条,那就是"写自己想写的,写自己喜欢的"。

一个故事首先要创作者自身喜欢,读者才能喜欢,一个题材作者首先要有深入的了解,才能将这个题材的魅力更好地展现给读者。比如我喜欢游戏,喜欢赛博朋克元素,那我就将二者相结合,写我最热爱也最擅长的。

用提取关键元素的办法搭建世界

网络文学发展到现在,一些流派已经相当成熟,有的流派始于脑洞大开灵光一闪,有的流派直接取材于现实。当看过足够多的同类型小说、电

影、游戏、漫画时，就会很自然地从这些同题材作品中提取出相同的元素，作为搭建自己小说世界的砖瓦。

当提到"赛博朋克"这个词，你能想起什么关键元素？末日世界、资源垄断、阶层矛盾、机械科技、人工智能、仿生人、霓虹灯。当提起"游戏"这两个字，又能想起什么元素？升级、打怪、组建公会、推 BOSS、收集装备。不过"游戏"这个关键词有些笼统，网文中有"游戏文"这个单独的分类存在，而游戏文大多归属于爽文或剧情流，细分之下还有全息网游、键盘网游、第四天灾群穿等细微分类，这些类别的小说有不同的侧重点，但其主线大都可以简单地用三个词描述，即升级、打怪、收小弟。

于是元素提取，赛博朋克世界观与游戏题材组合，基本可以呈现一个清晰立体的世界架构。不过赛博朋克和游戏都已经是老题材了，只是复刻元素也没什么意义。所以我决定加入新的流行元素"克苏鲁"，不管在游戏领域还是在小说领域，克苏鲁元素都很受读者欢迎。那么克苏鲁元素都包含什么？崇高的古神、渺小的调查员、不可直视的恐惧、诡异的呓语、不可名状之物、疯狂……我的脑海里冒出来这些关键词。为了更好地理解这个元素，我还专门去寻找了各种克苏鲁元素相关的游戏进行试玩，扮演猎人与奇特的怪物搏杀，初步确定了如何将这个元素融入故事中。有读者评价我小说中的异生物种描写很生动，打斗场面也很利索、有画面感，大概得益于此。

利用反差感为角色填充血肉

如何写出一个让读者喜爱、共情的主角，如何让文章内的配角血肉充盈，都是小说创作的重要问题。我主要思考的是，如何让主角和配角看起来不再是"纸片人"，而是从内到外拥有灵魂，仿佛他们真实存在于那个世界。

我的方法是合理运用"反差感",为角色增添更多维度的内核。例如:某大佬大权在握高高在上实际上却是个猫奴、这个杀手看起来是个冷面酷哥其实本质上是个吃货、这个反派十恶不赦坏事做尽却从来不伤害老人和小孩、这个大善人好善乐施人人敬仰可背地里是个人渣……诸如此类,不管是在影视作品中还是在各类小说中,反差型角色都是最受读者欢迎的那类角色。

这些反差型角色很容易引起读者的探究欲望,一个人身上存在截然相反的两种性格特征,可以让人物设定变得更为丰满,给人留下深刻的印象。这样的反差型角色也可以方便作者着墨,将设定展开,讲明角色拥有"反差"的原因和背后的故事,将人物设定、人物支线与主线剧情相勾连,如此一来,角色血肉充盈的同时,文章的主线剧情也逐渐变得血肉充盈,角色和主线剧情有机地结合在一起,彼此不分,互相成就。

在我的笔下,没有绝对的好人和绝对的坏人,人们各有各的立场、各有各的信仰,成为敌人可能是因为利益冲突立场对立。比起让笔下的角色成为单纯的用来作恶和增添剧情波折的工具人,我更想让其成为有信仰、有立场、有灵魂的"真人"。正如网文青春榜评语说的那样,《穿进赛博》在不断探讨"是在感性挣扎中灭亡,还是在绝对理智中重生"的话题,然而,在人性与权力的斗争中,女主身上展现出来的"永不放弃,追求自由"的人格魅力才是本文最想要表达的人性之光。

要主动"惹事",不要规避冲突

写作的过程也是学习的过程,许多人写作初期面临的一个最大的问题是剧情平淡,少有波折和起伏,包括我在内。针对这个缺点,我进行了有意识的学习和弥补。写作上的有些道理是非常浅显易懂的,但是融会

贯通却很难。

要让剧情有波折和起伏，解决办法很简单，那就是让主角遭遇危机。

作者需要做的就是有意识地为主角制造危机，用小危机来铺垫大危机，并且还要给主角解决危机的能力，抓住读者的心理。如果一味地制造矛盾而不解决矛盾，剧情就会有憋屈感，读者会丧失追文体验。

我在和身边的作者朋友交流时，发现许多新人都会犯主动规避矛盾的错误，例如此处剧情可以增添矛盾，却让这个情节就平稳地度过了，主角的成长过于顺利，顺利到让人觉得平平无奇。问及原因，得到的回答通常是：不知道该怎么解决这个矛盾，怕读者感觉憋屈，所以干脆就不加矛盾了。

与其说这是制造矛盾的能力不到位，倒不如说是思维没有转变过来，作为作者首先要想的是制造矛盾，接着才是解决矛盾，而不是矛盾还没产生就开始瞻前顾后。敢写、敢想、敢做，是优秀剧情文作者应该具备的素质。

入行四五载，从纯萌新到现在摸索出一点属于自己的技巧，离不开"输入"与"输出"。输入为"看"和"听"，多看多阅读书籍、多看影视作品，多涉猎不同领域，听取意见，这是一个充实自我的过程。输出为"写"，多写多练，不要怕犯错，而要在错误中明白自身不足，这则是试错纠错的过程。

时至今日，我依然在重复着输入与输出的循环，也时刻保持着谦卑的学习心态。许多时候我以为自己懂了很多，可我懂的东西也不过是九牛一毛浮于表面罢了。很幸运在写作这条路上有许多人与我一同摸索前行，今后的道路，也与诸位共勉了。

原载于中国作家网 2023 年 2 月 17 日

基建文会是下一个风口吗？

御井烹香

不知从何时开始，基建文作为长期以来存在于网文界的一个冷门分类，逐渐走上台前，进入了广大读者的视线之中，敏感的从业者俨然注意到了这一新类型的浮现，撰写基建文也成为一个令人感兴趣的方向。

我从2010年起在网络小说领域进行尝试，男频、女频、历史、军事、言情诸题材都有涉猎，但基建文领域是近年来逐渐产生兴趣的，2022年才开始创作《买活》，目前还在连载中，取得了一定成绩。受中国作家网邀请，我就一些基建文创作中常见的问题，抛砖引玉，浅谈自己的理解，希望能得到更多同行的真知灼见，启发自己的创作思维。

读者为什么选择基建文

基建文，顾名思义，通常指主角以重生、穿越等途径，携带现代科学知识回到较落后的科技环境中，运用知识，率领一地一国的人民在科技和民生领域取得突破，提高生活水平的文章类型。需要注意的是，虽然"争霸"和基建往往密不可分，但以"争霸"为主题的文中，基建往往是一笔带过，并不会成为叙述重点，战争、权谋、英雄个人戏，甚至是主角的感情戏，重要程度都超过了基建部分。而基建文偏好依靠国力平推敌人的情节，很少描写势均力敌的惊险战斗。可以说，争霸文以个人英雄主义为主题，着重展现三五英雄人物在时代大潮中的突出表现，而基建文的视角则更偏向于集体主义，突出描绘的并非一人能力，而是更多平民百姓在基建过

程中所获得的生活水准的提升。

所以读者在看基建文时，追求的是怎样的阅读体验？作者需要追求怎样的创作调性？当读者阅读基建文时，希望看到的究竟是英雄美人、王侯将相挥斥方遒，还是普通人勤勤恳恳劳作一天，所获得的一顿饱餐？我认为更偏向于后者。

基建文的流行，一如扶贫纪录片、美食纪录片也有相应受众一样，随着网文的不断下沉，在题材上也呈现显著的宽泛化，读者的阅读需求不再局限于代入英雄人物叱咤风云，转向更贴近自身的写实快感。因此，基建文的调性应该趋于平实亲民，以描述大众的生活提升为主要旋律。在基建文中强调主角的出众外貌、出尘气质不太合适，由于基建文本身极其贴近现实的视角，读者在阅读中会不自觉地代入现实生活中的逻辑，比起英雄人物的外貌，他们更关心自己入口的食物与自身的前程。

此外，我们可以发现，基建文中关于美食的部分，越贴近市井，越容易得到活跃的评论，而过分聚焦于主角和权贵之间的感情纠葛，则容易被读者吐槽，这就是调性矛盾的鲜明体现。基建文本身的调性和言情文常见的虚幻调性容易发生冲突，这是创作者需要额外注意的节点。

多视角的切换是基建文的必须

一旦作者采取平实的创作基调，便会发现新的问题随之浮现，正所谓"文似看山不喜平"，文章的创作需要戏剧冲突，这也是超现实的人物设定和人物关系始终无法离开文学创作的主要原因。我们可以描述农夫的一个普通的清晨，使得这个场景唤起大量读者对田园生活的共鸣，但很显然，如果把这个清晨一直重复，文章将不成为文章。

基建文最常面临的问题就是，平实的视角往往乏味而不易引起丰沛的冲突。毕竟,现实生活中,人们的一生往往也在单调的重复和有限的、无逻辑的冲突中度过。而如果我们把视角凝聚在超常人物,也就是主角上,就会发现小说容易偏离重点。因为基建文最主要的爽点,是平民百姓的生活变化,这恰恰和主角的生活距离很远。

所以一篇成功的基建文,需要常常采用多视角切换,用主角、百姓、中层人员等多种多样的视角,来观察、体会基建给生活带来的变化,塑造一个又一个在大时代的浪潮中迎难而上的形象。这种多视角的切换几乎是基建文的必须,一定要运用好视角切换这个工具,来从容地掌握文章的节奏,使得读者既可上天揽月,又可下海观鲸,既能明了大开大合的政策变化和科技进步,又能下沉到一饮一食之中,观察科技进步给小民生活带来的每一个细微的改变,以及民风民俗因此相应产生的变化。

以拙作《买活》为例,穿越者谢双瑶的纯粹视角戏份反而比重不大,小说以农民、青楼女子、手工业者以及饱受压迫的其余底层人民为主要视角,着力描写了他们饱受禁锢、压迫的生活。其中青楼女子与千金小姐联合逃亡,离开表面花团锦簇、实则饱含压迫的苏州城的情节,获得了许多读者的好评,并因此使得读者对人物命运更加关心,有感同身受的共情,这样的情感并非宽泛描述政策、英雄人物所能轻易激发的。

这也给基建文的创作提出了最大的挑战——作者必须拥有丰富的观察和积累储备,塑造出各个阶层中栩栩如生的百姓群像,使得他们的心声能被读者认为是合理的,同时也唤起他们的情感共鸣。这种设身处地的功夫,要比塑造一个超凡视角,或者一个凡人视角更困难,因为每个人的性格和认知都是不同的,不能让所有人都拥有一种性格,同时又要在这些性格之中塑造出戏剧冲突,维持文章一定的紧张感,这是基建文创作的主要难点。

要培养这样的素养,需要在生活细节中多留心、多下功夫,不能只阅读古籍资料(当然,这仍是必不可少的一步),也要在生活中注意观察古今共通的人性,唯有彻悟人性,才能塑造出典型性格在典型条件下的典型反应,形形色色的人物才能立住。以冷静观察的目光留意身边因人性而起的悲欢离合,才能把这些养分映照在文中。一旦攻克这个关口,那么一篇基建文的成功也就近在咫尺了。

基建文的精神内核是对现实的辉映

确定了主题、调性,接下来就要架构一篇文章最重要的筋骨了,那就是为基建文选择核心要旨。每一个故事、每一篇文章都有自己的核心思想,无思想的创作注定是散乱的。当然,文章内核的构成可以十分复杂,或者甚至用意象来传达,譬如很多奇幻修仙文,所要传达的是含蓄而感伤的情绪,是青山犹在、物是人非的怅惘,大量的言情文传达的则是男女主遇到一生所爱、终能相守的喜悦。

架构在历史背景之上的基建文,其精神内核也有许多方向,有些表达的是历史的宿命和必然,是无法逃脱的历史规律所带来的怅惘,当然也有些历史网络小说表达的则是因穿越而改变了个人命运的志得意满,这类小说格局相对较小,目标指向在于市场性成功。

在我看来,作为一种较为特殊的分类,基建文的精神内核应趋向于高尚,它所反应的恰恰是真实历史中,新中国成立以来,经过几代人艰苦卓绝的奋斗,国力极大提升,百姓生活水平提高的光辉荣耀,在读者心中的映射。几乎所有读者都是真实基建的巨大受益人,这份自豪和感恩,唤起了阅读领域中相应的需求,基建文的精神内核正是对现实的辉映。

因此,我个人认为,基建文的内核要以百姓为本,以民为本,只有坚持这样的内核，才能在创作中做到逻辑自洽，真正地说服读者，让读者能进入剧情设计之中。否则，小说剧情发展到共同体建立之后，其后续的发展将会变得棘手，过于理想化的设计脱离现实，令读者们出戏。而一旦采用了帝制架构，进入王朝奠定之后的剧情推演，则又要进入土地兼并、民众生活水平下降的老套路之中，丧失了基建文的全部爽点，回到了历史文"历史规律无法逃脱"的怅惘之中了。

虽然基建文的创作要求较高，需要的知识面比创作小视角作品更大更广阔，但不可否认，这仍是极有前景的类型领域。基建文能给予读者的正反馈，能映射的社会层面与历史规律，在所有类型中较为突出。一篇成功的基建文犹如对作者的一场大考，对于谋篇布局、人物塑造、矛盾铺排都能起到极强的锻炼作用，从小类型文起步的作者，在往大类型文转换时，不妨于基建文领域多加尝试，相信一部成功的基建小说在读者心中能留下极为特别的印象。目前，这一类型的"镇圈之作"似乎还在路上，但仅以如今较为出色的作品来说，每一本都具备可观的人气和讨论度。作为创作者的一员，愿与诸位网络作家共勉，希望能早日丰富这一类型，让基建文的风吹得再大一些！

原载于中国作家网 2023 年 8 月 25 日

工业题材小说中的工业逻辑

龚江辉

什么是工业题材小说？

工业题材小说，就是符合工业逻辑的小说。

与之相对应的，是披着工业外衣但内在逻辑是情感逻辑的言情小说，在这些小说里，车间、机床、工作服等都只是道具，是为男女主人公的情感纠葛而提供的背景。基于情感逻辑的小说，即便是发生在工厂里，也不能称为工业小说。

工业逻辑是一个内涵和外延都十分模糊的概念，粗略地展开，可以分为产业逻辑、技术逻辑、经营逻辑和行为逻辑等。

产业逻辑是工业逻辑的宏观层级，具体来说就是工业发展的大背景。从全球的工业发展来看，从最早由蒸汽机的发明而带来的第一次工业革命，到内燃机、电动机的出现，再到20世纪90年代开始的信息技术革命，其产业变迁的时代脉络是非常清晰的。中国的工业发展，包括20世纪50年代以"156项重点工程"为代表的初步工业化，60至70年代在遭受东西方联合封锁之下的自力更生，80年代至90年代的技术引进，以及新世纪以来中国工业在各领域的全面发力。在架构工业题材小说时，必须符合上述的产业脉络，在特定的时间内要对应特定的发展阶段，如果超越特定的阶段，则违背了真实的产业逻辑。

举例说，一家企业由于某个零件受国外"卡脖子"而陷入经营困难，最终干部职工群策群力用土办法突破瓶颈，打破封锁，这样的故事放在

20世纪60年代至90年代，都是可以的。但如果放到新世纪，尤其是在近10年间，则缺乏了真实性。这倒不是说当今的中国不会受到国外"卡脖子"的威胁，而是进入新世纪以来，中国的工业体系已经达到空前的规模，即便是遇到这种"卡脖子"的问题，也完全可以通过产业协作来解决，工业瓶颈的特点以及解决问题的方式都与从前大不相同了。

技术逻辑是指工业生产中的技术路线。以上述提到的零件瓶颈为例，制造一个零件所需要的因素，不外乎设计、工艺、材料、设备和工人。一个零件之所以能够成为瓶颈，不外乎这几个因素中间的某一个或者某几个无法得到满足，而解决问题也必然是从这些因素入手。

例如，如果是材料方面的障碍，则解决方案包括开拓新的渠道以采购到所需要的材料、组织技术力量开发所需要的材料、采用其他材料替代这种无法获得的材料。具体采用哪个方案，取决于小说情节的需要，但情节设计不能超出这些方案的范畴，否则就不符合工业逻辑了。

工业生产是以企业为单位进行的，工业企业的经营，包括投资、研发、销售、采购、招聘、培训、生产、管理等诸多方面，所有这些方面构成了工业小说中的经营逻辑。

一部工业小说，需要展现的是一家企业如何融资、如何开发新产品、如何开拓市场，而每一项经营活动都有其规律性。例如，市场的开拓首先要区分买方市场和卖方市场，在供不应求的条件下与供过于求的条件下，市场策略是完全不同的。在面对竞争者时，企业可以采取压制策略，也可以采取回避策略，这取决于企业自身的实力，有时候也与经营者的个人性格相关。比如，有些市场竞争可能是你死我活的结果，对于双方的经营者来说，就是一场"比谁先眨眼"的游戏，经营者的个人性格在其中所起的作用是非常大的。

技术逻辑和经营逻辑，共同构成了工业逻辑的中观层级，是创作者设计情节的基本逻辑。一部小说能够称为工业题材小说，要求其情节是由工业生产中的技术逻辑和经营逻辑推动的。

以本人的作品《何日请长缨》为例，故事的开头是老国企临河第一机床厂陷入严重亏损，机械部派出机关干部周衡和唐子风前往临一机任职，帮助临一机脱困。周衡上任后，第一件事情便是要解决工人工资发放的问题，于是派出唐子风前往客户企业金尧车辆厂讨要欠款。

在这个情节设计中，首先考虑了宏观背景，即20世纪90年代全国工业企业中普遍存在的"三角债"问题，这个问题在此前和此后都是不存在的。其次，讨要欠债这一情节是由经营逻辑推动的。老国企陷入经营困难，工人工资长期拖欠，这就影响了工人的生产积极性，不解决这个问题，后续的脱困方案都无法实行。这样一来，讨要欠债这件事的重要性就彰显出来了，各种矛盾冲突便可以围绕着这个环节全面展开。

在收回第一笔欠款，给职工发放了第一次工资之后，小说进入下一个情节，即开发废旧金属打包机床，培育企业的经营增长点。在这个情节中，涉及了大量的技术逻辑。首先，临一机是一家生产切削机床的企业，而金属打包机床却属于压力机床。临一机能否研发出压力机床，需要有一个合理的解释，这需要分析金属打包机床的特征，最终从技术上证明这个设想是可行的。其次，临一机的打包机床要在市场竞争中脱颖而出，需要有其技术优势，小说中用"小包块设计"和自动控制为其提供了支撑。最后，为了避免产品被山寨企业模仿，临一机在产品中设计了技术陷阱，诱导模仿者走入歧途，这一情节设计还为小说中女主角的出现提供了铺垫。那么，什么样的技术陷阱才能够骗过模仿者，就需要充分考虑技术逻辑。

许多工业题材小说最终变成了言情小说,其原因就在于创作者不了解或者不愿意了解工业中的技术逻辑和经营逻辑,从而无法根据这些工业逻辑设计出小说中所需要的冲突,只能依靠男女主角的情感冲突来推动情节,把企业的兴衰完全归因于霸道总裁与傲娇秘书间的爱恨情仇,这就是把企业经营当成了儿戏,让人不禁怀疑这样一家企业如何能够在市场竞争中活过前三集。

最后一项是工业中的行为逻辑,这是工业逻辑的微观层级。所谓行为逻辑,是指工业领域中特定的行为规范和行为习惯,这是使一部工业小说看起来更有"工业味"的关键。

现代工业与传统手工业的重要区别,在于产品生产严格地遵循工艺规范,工人个人能力的发挥被限制在一个极小的范围内,别出心裁的行为在生产过程中一般会被视为违反操作规范,这是应当受到批评而不是表扬的。

在军事题材小说中,描写一位士兵在战场上智计百出,想出各种新奇的方法克敌制胜,是很精彩的内容。但在工业题材小说中,如果写一位工人在生产中脑洞大开,不按常理生产,产生的效果往往会让人贻笑大方。

工业生产的每一个步骤都是有科学依据的,工人必须按照工艺文件的要求,不折不扣地进行生产操作,这样生产出来的零件才具有通用性,前后工序之间才能够完美地衔接。如果一名工人自己创造一套生产方法,或许有其创新性,但会破坏整体的生产协作关系,最终影响生产大局。

恩格斯在《论权威》一文中曾形象地描述说,在工厂的大门上应当写上一行字,"进门者请放弃一切自治",其含义就是工业生产需要有严格的纪律性,不能随心所欲。人们常说工人阶级是具有高度纪律性的,其原因正在于此,大工业的特征要求每一个工人都是生产环节中的一枚螺丝

钉，不能为所欲为。

有些工业小说为了制造矛盾冲突，刻意设计出各种生产中的违规行为，男女主角在车间里打情骂俏，一言不合就敢拉电闸让整个车间停电。殊不知，这种行为在工业生产中堪比烽火戏诸侯，任何一家企业对这种行为都不会是简单地罚酒三杯，而且这种行为的后果也往往会是极其严重的。

究其原因，不外乎作者对工业中的行为逻辑缺乏了解，同时也缺乏敬畏之心，只考虑情节需要，而不在意是否符合实际。这样的结果，就是作品中屡屡出现"雷人"情节，让读者瞬间出戏。

产业逻辑、技术逻辑、经营逻辑和行为逻辑共同构成了工业逻辑，一部工业小说，必须服从于这些逻辑。推而广之，其他题材的小说，例如农村题材小说、军事题材小说、律政题材小说等等，也有其对应领域的逻辑。小说题材的区分，其实上就是内在逻辑体系的区分。一名特定题材的作家，需要对自己所撰写题材的内在逻辑有充分的了解，才能够写出真正意义上的类型题材作品。

原载于《网络文学研究》（第六辑）

"悬疑喜剧":网络悬疑新风格
——陆春吾访谈

陆春吾　邢　晨　张珈源

引　言

　　陆春吾连载于豆瓣阅读的作品以"小众"的网络文学题材体察"大众"之相,呈现出鲜明的人文内核。迷雾缭绕,因果循环,她讲述着平凡的人们如何奋力突围出荒诞而悲凉的命运,为无言的他们谱写俊丽而澎湃的赞美诗。"喜剧"与"悬疑"元素的调和并进,为苍翠荒凉的行文底色添加一抹橘黄色暖光,编剧与作家的双重身份更让陆春吾在共创与独创之间开拓出属于自己的文艺道路。

　　邢晨:陆春吾老师您好!很高兴能够有这样一个机会与您交流。我们在您豆瓣阅读的个人主页了解到,您是现当代文学专业出身,可以谈一谈是怎样的契机让您进入网络文学创作的吗?

　　陆春吾:契机来自一种"断层感"。"学院派"对文字是非常"苛刻"的,在专业学习的过程中,因为要做文学评论,保持文字的纯净度,我们就会有筛选地阅读。哪怕是非常成功的通俗小说作品在严肃文学的话语体系里依旧是较为边缘的。然而踏入社会之后,我发现文学阅读在群体之间是"断层"的。我在学校时阅读或者喜欢的作者和书籍,进入工作之后,发现大家几乎不怎么看,这让我在和大家吃饭聊天的时候有些无所适从。

　　于是我开始重新审视网络文学,不再从一个批评者的角度,而是作为

一个纯粹的读者,去思考大家为什么爱看网络文学。我身边很多亲人朋友都是网络文学的狂热爱好者,每天都在追更。那么我觉得,这些网络文学作者一定很会设置情节,吸引读者,也肯定有值得我学习的地方。在大量的阅读之后,我也确实发现了许多特别厉害的作者。我逐渐明白网络只是一种载体,就像八九十年代纸媒这种载体也一度盛行。与杂志相比,网络是大众更为便捷地获取知识、娱乐信息的渠道。它就是一个平台而已,并不代表整体性文字水准的下降,文字水准是自己对自己的要求。

于是,我试着以网络为载体,延续严肃文学的内核,以文字的精准度为要求去做一种创作尝试。然后我起了"陆春吾"这个笔名,是为了纪念我的姥姥,笔名里包含着她的名字,虽然她现在已经不在了,但这样会有一种她一直陪伴我的感觉。

其实一开始写网络小说的时候我还是不好意思告诉我的朋友,觉得自己写的东西太俗了。有一次和同专业的朋友吃饭,聊起最近在做什么,我说我在写小说。我都已经准备好听她的说教了,但是她说写小说能有人订阅就很厉害了。她还问我:"为什么你就假定了大家爱看的作品是俗的,而严肃文学推崇的作品就是雅的呢?"我当时如醍醐灌顶,才发现是潜意识中的"精英文学"观念让我抱有一种居高临下的视角,而这实际上是不对的。所以当时就坚定了自己的目标:我要写普通人都爱看的小说,从人民中来,到人民中去,做"人民艺术家"。我会特别在意包括我的妈妈、我的邻居、我的同学对我作品的看法。如果他们觉得好看,能有所触动,那我觉得我做的事情就是有意义的。

邢晨:您当时为什么选择豆瓣阅读这个平台连载作品?

陆春吾:一是因为我比较懒,跟不上其他网站作者动辄日更万字的写作强度;再一个是因为我的第一部小说《欧阳钢柱想不通》既不属于修仙玄幻,也不属于言情,风格比较混杂,有点"四不像",不知道合适的分区在哪。当时豆瓣阅读恰好有一个文艺版块,我就放在这个分类里了,阴差阳错地,也就这么一直在豆瓣阅读写下去了。

然后在豆瓣阅读写作的过程中,我收到了很多的支持和善意,也认识了不少志同道合的朋友。其实我对自己的写作水平是一直没什么自信的,但是在这里大家都很包容我,无论是工作人员、同行朋友还是读者们,感觉大家一直是以鼓励我为主,这对敏感、"社恐"的我来说尤其珍贵。

邢晨:您的第一部网络文学作品是发表于2020年的《欧阳钢柱想不通》,这是一个具备文艺质感与时代气息的现实故事,区别于大部分网文快节奏、高爽感的特点,它相对舒缓、日常。您当时为什么想要创作这样一部作品?

陆春吾:我从初中开始断断续续地写小说,但是基本上有头无尾。《欧阳钢柱想不通》是我第一部有头有尾的作品。当时我给自己定了规矩,一旦开始写就不要停,无论怎样都要完成它。后来发现,网文读者希望看到快节奏的作品,而不会喜欢特别个人化的叙事,但纯文学的读者谁会去看一部叫作《欧阳钢柱想不通》的作品呢?两面不讨好,我当时也挺苦闷的。

创作这部小说的时候,我刚步入职场,我的同事都非常善于表达、热情而且时髦,我有些格格不入,"知识宝库"毫无用武之地。为了适应环境,我会尽量隐藏起自己的存在,去观察,这似乎是一种知识和行动上的"退行",我好像一下子被推回了童年。小时候我看不懂成年人的世界,刚进社会的我好像也看不懂他们的世界,这两种状态是很相近的。我只能尽自己所能地去理解、平衡这两套话语体系及其中的落差,这就是《欧阳钢柱想不通》。

小说里形形色色的人物都不是无本之木。小时候我住在大杂院里，邻居有干苦力的，有拉车的，也有小商小贩，天南海北的人都有，大家经济和文化水平都不高，一个院子里能看到许多种人生。孩童眼中美好纯洁的东西，放在成年人世界中可能就会是复杂的、晦暗的，这就会产生对冲的感觉。这也是这篇小说要表达的内核，即从儿童视角出发的一种对世界的认知。一些儿时想不通的问题，现在我依然觉得是无解的、存疑的。我很喜欢余华、莫言，也喜欢老舍那种"含泪的微笑"，老舍非常辛辣，"捅刀"的时候也绝不手软，他会让你笑着哭，我也喜欢写拉远了一些距离的苦难。一些读者认为我写的故事特别悲苦，但我并没有贩卖焦虑，故意去写苦难，而是那就是我见到过的形形色色的人生。

邢晨：您的第二部作品《全息乌托邦》是科幻类型的作品，将目光投向了无垠的宇宙，更以有笑有泪的剧情设置给读者们留下了深刻的印象，从家庭日常走向宇宙科幻，这种转变出于怎样的原因？

陆春吾：因为《欧阳钢柱想不通》发了一年，一共才33个读者，其中一半还是我自己的亲戚朋友。我知道这是我写作中必经的失败，决定改变自己的写作方法，包括选题以及笔法，写点大家都爱看的东西。

《全息乌托邦》的转变很明显，无论是节奏还是题材，都跨入了一个特别大的新领域——悬疑+科幻+喜剧，因为想尝试更商业化的方向。这个尝试也不算成功，可能也确实是不适合。喜剧这个东西，它的"梗"真的是千人千面，点在一起的人就会特别契合，点不到一起的就会尴尬。而且我的数学和物理特别差劲，写这部的时候很痛苦，每天研究量子力学、天体物理学，完全不理解，但是还要抓耳挠腮地看各种纪录片、英文课程，第二天再把它写成喜剧，精神状态直线下降。

《全息马托邦》的内核是"活下去"。这句话是给每个读者的，也是给我自己的。当时我处于事业转型期，很迷茫，看不到未来，不知道选择哪一条路才是正确的。家庭和社会不断给我施压，我的同龄人可能已经结婚生子，有一份体面的工作了，而我出于种种原因，年薪才刚刚过万，根本养不活自己。我们整个摄制组都是学电影的、学舞美的，却只能接一些无法挑选的、落差很大的商单。白天在非常世俗地为了"糊口"而奔波，晚上回去还要研究天体物理学，每天的生活是"割裂"的，也很痛苦。但当时我就跟自己说要坚强地活下去，活着就有希望，虽然短期内可能看不到答案，但在足够长的时间轴上，命运与时间会扶我们一把，会给我们一个结局。

后来也有一些读者留言，觉得在欧阳身上能看到自己的影子，是人生没有什么可以期待的小人物。我就回复道，我们很多时候认为自己是无足轻重的、不被看到的小人物，但实际上每个人都是宇宙间的奇迹。一个人要想健康地活到现在很不容易，因为从出生到成长过程中，我们会碰到各种意外、灾难和疾病，很多人是没有机会过普通平静的日子的。"活着"还是挺幸运的一件事情。许许多多的人都在生活中苦撑、挣扎，但我希望我的读者无论发生什么，都要和身边的人相互加着油活下去，这就是《全息乌托邦》。

邢晨：随后您创作了《一生悬命》，从科幻转至社会派悬疑，于疑云丛生与人性斑驳之中，以强烈的抒情性笔调与架构故事的强大笔力，描绘四个人因果循环的蹉跎半生。这部作品入选了豆瓣阅读2022年"悬疑幻想"类年度榜单。《一生悬命》也有着鲜明的"剧本杀"特质，我们想知道"剧本杀"对您的创作是否有影响呢？

陆春吾：确实有。以前我没玩过"剧本杀"，但当时有人找我写一个"剧本杀"本子，我就去了解了一下，发现原来还可以这么写东西，很有意

思,大家喜欢玩确实有一定的道理。在写的过程中,我发现它跟剧本有很多契合的地方,都要写人物小传、大纲、故事线。这为我之后写悬疑打下了基础,因为悬疑是讲究逻辑的,比起文笔,读者们更关注你的"bug"(漏洞)。这种新的写作方式对我来说也是一种突破。感觉每一部小说都让我学到一些新东西,不断发现自己的漏洞,然后贴上补丁。

邢晨:除却完全是悬疑类型的作品,您的其他几部作品其实也都带有悬疑元素。

陆春吾:我喜欢写悬疑。不同的民族有不同的思考方式和讲话方式,我想探寻中国式的悬疑、本土化的悬疑应该如何落地。另外,悬疑一向被看作男性专长的题材,一些读者看到女作者写悬疑就会先入为主,觉得作品一定会欠缺逻辑,比较情绪化。但这些所谓的感性与理性的特质只是一种偏见,女性作者可以写好悬疑,阿加莎也是女性作者。写什么都是可以的,意义不由外人假借,而是要自己创造,只要自己觉得是有意义的,这件事便有意义。虽然每天写作的压力都很大,会有想要放弃的瞬间,但这条艰难但正确的道路就像雪上的脚印,当我也在这条路上行走时,就能和所有喜欢写悬疑的女孩一起将道路走得更宽。

邢晨:《一生悬命》之后,新作《迷人的金子》选择延续《全息乌托邦》的特质,将喜剧与悬疑这两种看似"对冲"的元素融合,也消解了"社会派悬疑"一贯的严肃板正。虽然您在文末以"轻松无脑的喜剧"形容这部作品,但其中诸多突转依然给予读者惊心动魄的阅读体验,轻松愉悦与紧张刺激多维并举,也不失深刻的洞见与思考。您如何把握、平衡作品中的这两种特质?

陆春吾我:我是想用《迷人的金子》让大家开心一下,而且写完一本正经的《一生悬命》,我也需要一点喜剧犒劳一下自己,不能一直沉重。

至于喜剧与悬疑这两种元素,我并没有刻意地去融合。"喜剧"效果来源于我的性格,我生活中就是嘴很碎、爱搞笑、有点黑色幽默的人,每天活得也很有戏剧性,包括《全息》里的欧阳也是我自己很多时候的缩影。所以不是说我刻意去写喜剧调和故事,而是因为我平时说话就是这样。写《一生悬命》的时候,我还要努力提醒自己要忍耐写喜剧的想法,别写"烂梗",保持严肃。

邢晨:纵观您的创作脉络,鲜明的人文内核是几部作品中最为重要的精神底色。在您笔下,社会的边缘人有着如野草般顽强而茁壮的生命力,值得拥有属于自己的赞美诗。从《欧阳钢柱想不通》中的欧阳一家,到《全息乌托邦》中放走主角三人组的无名老人,再到《一生悬命》中的徐庆利、吴细妹、曹小军,最后到《迷人的金子》中的马大骏,"小人物""普通人"更是您几乎所有作品的主角与描绘对象。您如何理解自己作品中的这种倾向与关怀?

陆春吾:我的思考与对人生的判断都反映在我的文本中。我是一个普通人,要写的是给普通人看的作品,所以自然而然就有这样一种关怀倾向。我们每个人都会有被忽视、被损毁的那一个瞬间,在这样的"至暗时刻",如果有读者能通过我的小说获得一丝慰藉,或者看我的喜剧笑了一下,那就算是我的功德了。

其实有些题材不是我不想写,而是我写不了。我就是一个普通的小镇居民,也不知道所谓时尚精英们怎么谈恋爱。我就能写马大骏的爱情,他能想象的就是,你爱"村上"的作品,他就在地摊上给你买一本盗版的"木寸上"的作品。小时候,我妈就经常去市场买按斤称重的书,不管买的是什么就一起扔给我看,其中就有我非常喜欢的《故事会》,现在我还会去找八九十年代的《故事会》来收藏。之前看过一个评价,那条评价说

我的文笔特别"故事会"。我会觉得《故事会》大家都爱看，多好啊，大家不喜欢看的东西为什么一定是更高级的呢？我喜欢这种野性的、蓬勃的、不"温驯"的文字，就像我喜欢喜剧一样，具有解构的力量。

我写的底层人，其实就是我自己。一个人如果经济不宽裕的话，反倒会很在意面子，越有钱会越松弛。就像《欧阳钢柱想不通》中的那个情节，欧阳建带着他妻子、妻子的前男友三个人去吃高级餐厅，他处处被那个有文化、有钱的前男友比下来，他最后的脸面就是一定要由他来结账。他们拉扯的过程中就不小心把他廉价羽绒服的人造毛领给扯掉了。这是很尴尬的场景，但是我生活中真实发生过类似的场景。当时我还想帮我的朋友把领子安上去，但扣子已经掉下来了。那是他唯一一件还算得体的冬季外套，走路时一半的毛领挂在帽子上，一半拖在后背上，就像一个巴掌，每一步都在扇他的脸。当时很心酸，现在想又有点好笑。我们都会有这种时刻，这是人在生活中的必然。包括曾经的经济不富裕，曾经的没见过世面，绝对不是什么见不得人的经历。我写这些不是说消费苦难或者消费底层，只是想告诉大家，我们都会有这种瞬间，没什么大不了。这个也是我写作想表达的一个主旨：一切都会好起来的。

邢晨：许多情节的构建来自您的生命体验，这也可以看出您也是一个非常敏锐的人，能够捕捉到形形色色的生活细节。

陆春吾：这种敏感是一把双刃剑，会让我把自己的情绪放在别人的情绪之后，感知他们情绪的变化。如果不写作的话，就会内耗，这种胡思乱想就会投射到生活中。所以我觉得，既然上天给了我这个天赋，能够敏锐地捕捉细节，不如把它用在合适的位置上。

邢晨：您的作品表达有着独特的影视化特质，很多场景的构建包括整体的作品观感都带有明显的电影质感，编剧的职业经验对您的创作又有着怎样的影响？

陆春吾：编剧思维帮了我很多。比如在框架上，先写大纲，搭好框架，再写细纲，每一章有自己的故事线。我无法忍受漫无目的的写作，一定要有始有终，锚点在哪里先确定好，不至于偏题到找不到家。中间可以自由发挥，让灵感"流淌"。

比起写小说，做编剧是一个层层筛选的创作过程，自己满意不行，要摄像、导演、制片人、投资人、审核都觉得行才行，是团队作业。写剧本需要使用镜头语言，没有办法像小说一样直接写"他是一个外冷内热的人"，那摄像就会不知道怎么拍。从评论转向编剧会有一个问题，就是文字很书面化，但其实剧本就像说明书，需要"直给"，小说可以直接说"他很痛苦"，但剧本就需要去写他的动作、表情，写别人看到的他是什么情态。一定不要把你想表达的那个题眼直接点出来，那是很偷懒的做法。不过这些镜头语言也不是我有意使用的，可能是不自觉的职业习惯，也可能因为我从小就喜欢在讲故事的时候"添油加醋"，讲出 drama 的味道。

邢晨：中国现当代文学专业的学习经历对您的创作有着怎样的影响？

陆春吾：从现当代专业一个被培养的评论者的角度出发，评论和小说写作是很不一样的，知识体系和判断标准都是很割裂的。专业训练的经历也有两面性，有时反倒会是一种阻碍，包括喜欢打磨，写得慢；作品读得太多了，也不太看得上自己写的东西；又比如不太会用网络用语，也不会特别追求时下的热点。我一开始创作的时候，就有点上不去、下不来的拉扯感，比如《欧阳钢柱想不通》非常明显地有严肃文学的风格，但我又试图在网络平台上获取受众，就有点两面不讨好。

最初我的文字是不"接地气"的，只知道一篇文章怎么让我的导师满意，不知道读者们想看什么。后来能慢慢"接地气"，与我的打工经历密

切相关。这也证明人生没有哪一步路是白走的。包括被劈头盖脸地说我的剧本根本不会有人看,接了急单好不容易写完了,然后在阶梯教室一群人把稿件从头到尾地批。那时候写完小品还要自己去演,演员说自己没有时间彩排或者放我鸽子,我就只能自己戴上头巾去演村姑逗大爷大妈们笑。夏天在商场里穿那种卡通人偶逗小孩们开心,我个子高,但还要穿高跟鞋,就得半蹲在人偶装里面,有的小孩会照着我的头猛拍。当时我在衣服里面流泪,想不明白我为什么会在这儿。有一次我记得很清楚,场工说他们要凌晨才能来搬走舞美的设备。夜里三点多,我自己抱着一杯奶茶坐在商场里等。看着商场里的灯一盏一盏关掉,当时有一种巨大的空虚感,它们是很光鲜亮丽的,但那时候的我是狼狈的。有一个保洁阿姨问我:"小姑娘,你为什么不回家呀?"很多很多的经历打破了我所有不"接地气"的东西,我只知道如果对面的甲方不喜欢我的作品,我就拿不到这个钱。那时候我的文字就完全落地扎根了,而且觉得没有什么不好,大爷大妈喜欢这个本子,就会直接说"编剧老师真厉害,文化人儿",给出一种非常直接的认可,让我获得一种成就感。

如果说长久的专业训练带给我什么不同,那就是坐冷板凳。我非常习惯坐冷板凳,写一篇作品之前做大量的调查、功课,必须言之有物,对每一个文字负责。像写论文一样去知网里面找根据,比如《迷人的金子》里大金就是鞭炮厂的,我会去查一些论文,看鞭炮到底怎么做,包括鞭炮厂的规章制度,虽然这些细节可能无人在意,但我不能胡说八道。我会抱着一种写论文的心态去写小说,写之前会做大量的背调,包括大家在看什么,等等,在大量的阅读中找到创作的空间。

在此分享一下写作心得,就是不要执着于写出完美的作品。我一开始就决心一定要写出满意的作品,后来发现是不可能的,越写越会知道自己的短板在哪儿。每个作者都是这样,包括很有名的作者,也不是一开始就是最高水准,所以就要大胆地去写。第一步很难,但肯定会越写越好的。而且需要通俗一点,如果我们用评论的模式去写小说,每一句都特别重逻辑、重叙述,反倒会使读者产生畏难情绪,觉得读起来费劲。

邢晨:您的下一部作品《下神》依然是悬疑题材,简介非常抓人,您对后续作品的创作有着怎样的计划与安排?

陆春吾:《下神》是一部女性视角的悬疑小说。文学作品中的女性人物可能更多的是柔弱的、纯洁善良的,是需要被救赎、被照顾、被拯救的,但很少是"愤怒"的。《下神》就写母亲兼为女性的"愤怒",将会讲一个母亲如何为自己的女儿讨回公道,探讨在灯光不能完全照到的地方,该如何与阴影博弈。这对我又是一个新的挑战,我一直改不了"文以载道"的"毛病",总要给自己找一点意义。

徐志摩有一句诗,"我骑着一匹拐腿的瞎马,向着黑夜里加鞭",可能就是我的状态。我不知道未来在哪儿,也不知道下一部作品会怎么样。所以我写作的时候会刻意地"闭关",只关注作品本身。我有一个习惯,就是从来不会回头看自己的作品,创作每部作品时都把自己当成一个新人从头写。

邢晨:最后想问,网络文学对于您的意义或者您对创作道路的期待是什么,能否跟我们分享一下?

陆春吾:一方面是想写给普通人,让大家茶余饭后娱乐一下,闲暇之余,看书总是件好事。另外,也希望有朝一日我的悬疑小说能够告诉现在还年轻的女性作者们,我们也有逻辑、有理性,有无尽的未来,也有不设限的创造力,可以创作出优秀的悬疑作品。城墙上的烽火,晚上彼此看不见,但其实是相连的,一个亮起来,其他的就会一个接着一个亮起来。我

也希望成为这样的一簇光,用文字去照亮些什么。

邢晨:感谢您接受我们的采访,也感谢您为我们带来的这些洋溢着人间烟火的,像一场场电影般的精彩故事!

原载于《青春》2023 年第 8 期

"终焉之地"的灯塔亮起,"回响"生生不息

杀虫队队员

2023年有一本火出圈的小说《十日终焉》。一开始读这本小说的时候,我只是被它的谜题和悬疑推理、大逃杀的诸多标签吸引,人物背景扑朔迷离,解题环节扣人心弦。读着读着我发现,作者要说的好像不只是生存游戏。"终焉之地"看起来很大没有边界,不清晰过去,看不到未来,甚至认不清现在,但好像又很小,就是很多很多未界定的念头、抉择,在一个小小的人性幽暗的缝隙里游离、涤荡,所有的恶都汇聚在这里,但善又未殆尽。

杀虫队队员说"虫"是bug的中译,杀虫就是填坑,写作的时候就是挖坑必填,我却觉得,他在填好一个个逻辑的坑的同时,也在填补着那些人性的bug,一切都是为了点亮那"终焉之地"的灯塔。

虞婧:《十日终焉》作为悬疑推理的无限流网络小说,已经成为网文圈的"爆款"作品,能不能跟我们谈谈这本小说的创作灵感来源,是什么启发了《十日终焉》的创作?

杀虫队队员:在写《十日终焉》之前,我在上一部作品《传说管理局》的中后期采用了大量的烧脑和反转的元素,效果非常好,于是我就开始构思一部主打烧脑和反转的作品。当时我在阅读和写作方面都算是新人,只能想办法找一条适合自己的赛道,于是便构思出了一部比较另类的作品。

虞婧:这部作品的标签很多,我看您在更新的时候还温馨提示"不后

宫、不套路、不无敌、不系统、不无脑、不爽文,介意者慎入",您自己更想把它定位成什么样的小说,您在决定开始写的时候是不是就有了一个主题,因为我感觉小说虽然看起来是悬疑、游戏向的,但和现实世界的关联性还是挺强的,也有一些观念的传递。

杀虫队队员:我确实想通过小说反映一些社会问题。小说本身的设定是"来到'终焉之地'的人都是罪人",每个人物都有自己的故事背景。大家都在隐瞒着自己身上所背负的罪孽,并且想办法找到一条生路或是"救赎"之路。其实这些"罪孽"不都是犯罪行为,也有未被清晰界定的灰暗地带,如"键盘侠"、重男轻女、说谎等等。各式各样的人带着自己的秘密聚集在了"终焉之地",众人被谎言缠绕,故事也变得扑朔迷离。

我通过故事剖析出这些问题时,也希望这些情况能够被更多人关注,得到改善。我在写有关章律师的章节时,书友群便有一个粉丝私聊我,她告诉我她今年大一,来自某省山村,花费了许多努力才考上一个普通的大学,可是父母不想让她继续上学,希望她能省下学费并且马上出嫁,家里人就能用她的彩礼钱还债。我很感慨也很难受,虽然我笔下的故事来自各个年代,但有许多社会问题是今天还在发生的。隔着一条网线我感觉非常无助,甚至不知道该如何帮助对方,我只能告诉她"一定要读书"。作为写作者,大概也要克服这种难受把问题写出来。虽然故事中的每一个人都背负着罪孽,但读完全文就会发现,有一股正面向上的力量一直在教人向善。这是我对这本小说的定位。

虞婧:是的,我能在阅读过程中感受到这股隐秘的力量,是沉重但带着光明的。您是从哪年开始写网络小说的,之前的专业和从事的工作和文学创作有关吗?您之前是不是资深的网络文学读者,现在创作的类型有没有受到过之前喜欢的作品的影响?

杀虫队队员：我大约是在 2021 年底开始创作小说的，到现在快两年多的时间了。在此之前我所做的工作、所学的专业以及自己的业余生活，可能都和网络小说不太沾边，看得也不太多。我看过的小说有三五部，都是一些大"爆款"，如《诛仙》一类，是因为这些作品确实火出圈了，我也跟着看了一下，但当时也没有萌生写小说的想法。我之前做过的行业比较多也比较乱，创业过五六年的时间，成绩还算不错，后由于全球性不可抗因素搁置，转行成为游戏主播、UP 主，甚至还开过淘宝店，投稿过有声小说等等，写小说也是我的一次尝试，没想到会有很多人喜欢，所以在这条道路上留了下来，并选择持续前进。可能之前爱折腾的经历成为我的某种写作沃土，因缘际会成为讲故事的人，同时我自知自己是个新人，需要学习和改进的地方还有很多，未来会朝着"作家"的道路继续努力。

出题比解题难，填坑比埋坑累

虞婧：阅读《十日终焉》是一个不断解谜的过程，从最开始想要出去到探索、追问"终焉之地"和余念安到底是什么，一个谜团连着一个谜团，读起来很烧脑也很有趣，常常有"脖子有点痒，要长脑子了"的读者评价。几卷本近千章下来，设定和架构是一场大工程，想问您是在最开始就先把所有谜团的答案都设计好，还是先建好一个大的框架，然后一边写一边填补细节？

杀虫队队员：这确实是个比较现实的问题，我在写之前其实构思好了约 60% 的大纲，这个大纲经过一次次的推翻、重演、发展，最后成为一条完整的主线，后续在继续创作的过程当中，这个大纲会继续补充，最终达到 100%。其实我不害怕挖坑和填坑，因为我留下每一个坑的时候都想好了要如何填，这可能是构建完整大纲的好处，但这同样也会有一些其他苦

恼，比如读者会不断地深挖我的大纲，但好在我自认为自己的大纲设定得足够复杂，不容易被读者猜到，嘿嘿。

虞婧：作为读者，我也想问一下，您脑子里哪来这么多奇奇怪怪的小游戏？还有马太效应、水桶定律、米格-25效应、恺撒密码、无限猴子定理，您是怎么知道这么多定理名词和含义的，是平时日积月累了解的还是为了创作做了搜索和准备。又是怎么把这些元素顺畅地融入小说，运用到关卡设计里的？

杀虫队队员：其实我的游戏设定是逐渐变得复杂的，一开始的"人级"游戏是一些寻常的逻辑问题，喜欢逻辑学或者逻辑思维的朋友应该司空见惯，并且很容易找到答案。但从"地级"游戏开始，我便开始了和读者"博弈"，不断将游戏变得更加复杂和有趣，而且融入了许多国风元素。至于各种理论、效应等等，其实也算是主角另一个方面的"金手指"。因为我的小说设定便是脱离依靠超能力，所以主角要解开这些谜题，不能够使用"系统提示"等，所以为了解决这些难题，我只能让他博学。为了让他博学，我也只能先变得博学。

虞婧：《十日终焉》这部采用了一个谜团套一个谜团的方式吸引读者向下阅读，这种写法对逻辑思维能力、节奏把控的要求都比较高。您会担心在写的过程中出现逻辑漏洞吗？现在很多数据不那么好的无限流小说都存在一些逻辑漏洞，您有没有什么好的经验可以分享？

杀虫队队员：我觉得逻辑漏洞其实是难免的，我不敢说我的书里完全没有逻辑漏洞，但我也在刻意减少，尽可能地提高读者的阅读体验。我认为大概有两个方法，第一便是我上面提到的，需要完整、详尽的大纲，这能避免80%的逻辑漏洞。第二便是时时关注读者的反馈，我每一次在发表新章节之后，都会在一两个小时之内反复查看最新的读者评论，毕竟一个人的思维是有局限性的,有时聪明的读者会提出很新颖的点子和一些特殊角度抛出的问题,这些问题会让《十日终焉》变得更强大,也会让我变得更强大。这是属于网文的一把双刃剑,实时沟通的模式会让许多人觉得难度骤增,但也会让我收到足够的反馈。

虞婧:故事最初用的是一个大逃杀的模式,让人很容易想到日剧《弥留之国的爱丽丝》,后面也有很多游戏环节,但是现在大多数无限流小说更喜欢写副本,用一个一个小故事串起来,您好像用的是复合的"游戏+副本"的形式(副本主要体现为每个角色的个人自述小传)?写游戏很多时候是靠机制的"意想不到"和硬核的推理过程吸引读者,难度很高,您在写的过程中有没有因为设计机制卡过文?会不会担心有一天突然没有灵感写不出来或者越写越不如以前?

杀虫队队员:当然会卡文,卡文可能是网文作者的常态。可能我卡文的时间比别人更多,我不仅要设计一个游戏,甚至还要设计解法、反转,以及兼顾每个人的人设和他们应该做的事,这对我来说其实是个不小的难题,我也确实会担心有一天我的大脑停转,但好在目前为止还没有这个征兆,就算真的要停转,我也可以按照既定的大纲给读者们讲完这个故事。

另外,其实我并没有把自己的作品定义为"无限流",因为通读过这部作品的人应该会知道,我的作品中有一条非常明确,并且一直在推进的主线,这条主线既是齐夏的妻子"余念安",也是众人的最终目的"逃离"。如果游戏是"副本"的话,那游戏的数量也是有上限的。如果人物小传是"副本"的话,配角的数量也是固定的。所以理论上我的小说没有办法进行"无限",从各个角度来看都是"有限"的。我的最初计划便是一群人、一座城、三十天的时间内,发生了二百万字的故事。可能这个流派不太好分类,于是我成了一名无限流作者。

精彩的故事要比有趣的设定走得更长远

虞婧：您说的"不爽文"，主要指的是主角不是"金手指"吗？齐夏虽然很聪明，但总是失败，甚至被杀，在十几万字的篇幅里，主角迟迟都没有出现，配角占比很重，甚至有几万字的自传。

杀虫队队员：是的，他无论解决了多大的难题，都得不到任何奖励，简单来说，毫无爽点可言，只有一个又一个难题等待被解决。有人会说我简介里的"不爽文、不无敌"等有些高傲，好像故意在区别于其他网文。但其实不是，那是因为传统网文我根本不会写（心虚）。我写出来的只是我心中所认为的故事，读者们有可能会在各个角色身上找到自己的影子，我因为个人原因不太喜欢主角一人独大的作品，所以给每个人都设计了丰满的背景、独特的人设，等等。

虞婧：我感觉"回响"算是一种"金手指"，但您做了限定，"回响"的激发是有条件的，功能也是有限的，这也是有意识的"不爽文"吗？这种情况很有意思，我在另外一本古言爆款小说里也看到类似的情况，节奏慢，主角出场晚，穿越的角色没什么金手指，数据也很不错。您觉得为什么会出现这种情况呢？是读者看腻"爽点"了吗？还是网络小说在进行某种更新和升级，"金手指"和"爽感"不再是必须，而慢慢趋向于一种对技术、理智、干货、深度情感和深刻社会思考的追求？比起以往的网络小说，读者似乎更喜欢有血有肉、有缺点有无奈的主角了，并非需要"金手指"的战无不胜。这是不是意味着有一部分读者从单调的"爽文"中进阶了，您怎么看？

杀虫队队员：我认为网络小说被称作网文，虽然传播媒介是"网"，但归根结底还是"文"。"文"是否精彩，取决于作者是不是给读者讲了一个好故事。

虽然一提到网文,很多人的想法是"脑洞大开""构思新颖"等,但纵观这些年火爆全网的网文,无一例外都讲述着非常精彩的故事。新颖的设定和奇妙的构思通常只是外皮,一个震撼人心的好故事才是它们的内核。

通常情况下,一个有趣的"金手指"或是爽文设定可以吸引读者,但并不见得能够留下读者,因为读者最关注的还是故事。一个精彩的故事要比有趣的设定走得更长远,也更能提高读者黏性。

虞婧:但我其实还是有感受到主角"金手指"的,主要在于"全知视角"无限开大,几乎什么游戏都能通关,什么事件原委都能猜出来,什么人物本性都能作出判断,理解规则的能力就像是他是规则的制定者。这一点对于"故事"来说会有点僵硬,但似乎又是大逃杀游戏性质的文类不可避免的。

杀虫队队员:我在写文的时候会有个习惯,就是把每一个问题归根结底得写出原因。就像《十日终焉》中,我解释了主角齐夏为何全知全能的原因。大部分游戏是齐夏本人参与设计的,所以与他的解题思路不谋而合。此外,他为了让自己变得更博学,在成为生肖的七年之中连续不睡阅读所有书籍,这就能解释许多读者的疑问。齐夏是以一个普通人的身份,在"终焉之地"中成长战斗了几十年才呈现出本文第一章的场面,越看到后期越会明白我想要表达的核心价值观,其实天才还是少数,主要谁付出足够多的努力,谁都可以是天才。

虞婧:您为什么把它命名为"回响"呢?为什么把齐夏的"回响"设定为"生生不息",有什么寓意吗?

杀虫队队员:我个人认为"回响"是个很有意思的设定。"回响"这个

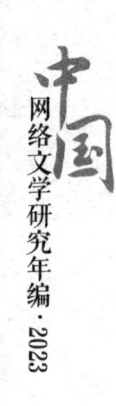

名字随着世界观的展开,其实已经有了明确的定义,它是来源于一种叫作"灵闻"的超能力,拥有"灵闻"的人听到别人觉醒超能力,会听到"回响"。而书中引人注目的显示屏,就是一个"灵闻"能力者创造的,它在其他人获得超能力时,会显示"我听到了回响",所以读者们以它的视角来看,便把所有人的超能力统一称作"回响"。同样,随着郑英雄这个角色的出现,读者也可以得知其他的城市中,有人将能力者称作"波纹战士"(来自灵视)、"清香者"(来自灵嗅)等。

所以"回响"是世界观冰山一角的展现。也有读者们解释为"念念不忘,必有回响",我也承认这是我有意为之,毕竟不管是"余念安","不忘"还是"回响",都是围绕主角的重要因素。至于"生生不息"就是世界观的设定了,由于这一次"造神计划"的最终目的是创造一个女娲,而关于女娲最出名的神话故事,除了补天之外便是造人了,齐夏觉醒成"生生不息"并不是偶然,这是一条他自己铺设了几十年的路。

虞婧:200章左右,对肖冉的刻画我印象很深刻,化用了社会新闻事件,进入人物个体心理活动,描绘人性之恶,从个体呈现梳理了犯罪动机,同时也很好地把社会观察和思考带入小说里了。小说中是否还有更多这样的安排,您这么处理的目的是什么?

杀虫队队员:其实一开始"终焉之地"的设定便是所有人都犯了过错,仔细想想应该是部全员恶人的作品,但可能我本人的性格比较温和,我发现在塑造完了大批角色之后,每一个角色都不够恶。可实际情况并不是这样,我意识到这种设定有些太过理想化了,于是开始将我能想到的所有"恶"都归纳起来,并且让一个角色全部吸收,这个人便是肖冉。这些"恶"有的来自我自己所认识的人,有的来自社会新闻,还有的来自其他人的讲述,每一个都骇人听闻,让人恨得咬牙切齿,总之在让角色完全吸收了之后,一个完全体肖冉就诞生了。

但值得一提的是,由于吸收了完整的人生,吸收了从童年到成年的各种经历之后,我所创造的肖冉并不是一个纸片人,纵观她的故事,她有完整的动机线,整个人的逻辑也是非常自洽的。当写到肖冉的自传时,我甚至恍惚间认为我就是肖冉,当读者开始在段评痛骂肖冉这个角色时,有那么一瞬间我认为骂的就是我,但又因为"我是肖冉",所以别人越骂,我会越趾高气扬,这便是这个角色的特殊之处,也是她独特的恶。

我其实在小说之中描绘了许多人性之恶,我为这些恶感到深深的悲哀,但由于曾经代入过肖冉,又让我产生了一些无力感,我认为很多作恶的人,他们需要被改变的不是自己的想法,而是一种价值观。

于是我想在书中传递一种属于我的正向的价值观。也正因如此,书中的人大抵分为两种,第一种是现实中作恶,到了"终焉之地"依然作恶的人,这种人不会有任何好结果。第二种便是现实中无心作恶,到了"终焉之地"也保持本心的人,这些人是"终焉之地"的灯塔。

给世界一些国风震撼吧

虞婧:应该如何理解"终焉之地"呢?您说过这是一个由您缔造的"人人有罪,但人人都有机会赎罪的世界",我也看到过一条非常入心的来自读者"请博君一笑"的评论,似乎能做些阐释:或许我早就死了,死在潮湿的童年里,死在搞砸的亲情里,死在破碎的理想里,死在无能为力的感情里,死在回忆里,但其实我还活着,活在生活的压力里,活在社会的角落里,活在旁人的舆论里,活在亲人的期望里,活在儿时的梦里。社会弃民的挣扎地,到底要成为什么,怎么继续活下去。

杀虫队队员:在我看来,《十日终焉》的故事不仅仅是书中人物的自

我救赎，更是给读者们心灵上的启示，他们既可以看到齐夏在面对绝境时迸发出的斗志，又可以看到他坚持几十年的毅力。从微观角度，书中正面人物持续地输出正确的三观，从大事小事的抉择上将持续影响着我的读者。

一些在其他网文当中常见的情节，带入《十日终焉》里就是一个值得探讨的问题。比如在一个没有法治的异世界，人们就真的可以自相残杀了吗？

当拥有了比其他人更强大的能力，就真的能够统治其他人吗？

我从庞大的世界观切入，反映出一个个真实的人在面对绝境时的选择。

虞婧：我注意到小说有很多武打场面，武打动作写得非常细致、精彩。您平时特别爱看武术类节目、电影？

杀虫队队员：说起来，我的上一部作品被人说过不太会写战斗场面，于是我特意去学习了这个方面，但我学的可能比其他人更偏门一些，我研究了一下综合格斗的各种技巧，到最后我有信心写出一个没有什么异能，但能够使用各种格斗技法的乔家劲。虽然《十日终焉》的打斗场面非常少，但我也尽我所能把它做好。

虞婧：小说的语言功底还是不错的，许多环境描写很有画面感，您有意识地做过这方面的专业训练吗？我做过实验，现在的 AI 没法在核心情节主动写作，但用于环境描写会非常实用，您是否尝试过？

杀虫队队员：在 AI 刚刚火爆的时候我确实研究过，我和 ChatGPT 深聊好几天，但也发现了一些 AI 的弱点。正如您所说，AI 可能会使用大量的环境描写来写一个非常简单的情节，这可能跟我的写作风格大相径庭。另外，AI 所描写的环境跟作者写出来的方向也不同。若是写一阵风，我可能会根据现场的情绪,告诉读者这是一阵令人沉默的风,或是令人安心的风,可对于 AI 来说,风就是风,它不存在情绪,这可能是真人和 AI 最大的区别吧。就像网络段子所说的"没有感情,全是技巧",可通常一个优秀的作者是用情绪来创作作品的,作者愤怒,读者就愤怒;作者心碎,读者就心碎;作者痛哭流泪,读者也黯然神伤。这是 AI 所不能取代的。

虞婧:您也在小说中融入了不少亲情、友情、爱情方面的价值观,故事中的各种情感描写也很让人感慨。比如阿劲和九仔"拳头"和"大脑"的设定以及他们对仗的文身:天地本宽,而鄙者自隘;风花雪月本闲,而扰攘者自冗。既表现了兄弟情,也表达了某种世界观、江湖情怀。围绕情感描写,您再举一两个例子展开分析分析?

杀虫队队员:目前故事中登场的所有人,除了齐夏之外,每一个人都是有血有肉的,读者在阅读的时候应该可以清楚地感受到这个角色的情绪。许多我们认为的坏人可能本性不坏,也有很多我们认为的好人,却做过十恶不赦的事情。人本来就是这样复杂而多面的。就拿章律师来说,她的故事主要反映了重男轻女的社会现象,在同一个时代,同一个角色身边,我们既可以看到重男轻女的父母和弟弟,又可以看到尊重女性、理解女性的小孙,但我作为笔者,只能把这些社会现象揭露出来,是非对错留给大家自己评判。其实我在书中传递的不仅是我的三观,还有我的情绪。

每一个作家写书所运用到的工具都不同,有的作家运用的是"灵感",有的作家运用的是"脑细胞",还有的作家运用的是"知识储备",而我更多用的是"三观"和"情绪",所以书中的每一个人身上都有我的影子,我也让他们在我的影响下活了起来。所以我的上限决定了作品和角色的上限,我可能始终都写不出杀伐果断、阴狠腹黑的主角,但我会在其他方面弥补这个缺陷。

虞婧：那我觉得正是作家本身的特点造就了独树一帜的作品风格。《十日终焉》的读者参与感和体验感很强，主角、作者、读者很像是处于同等位置，彼此之间进行着智力竞争，阅读的过程如同一场智力竞赛或者智力游戏，每个"反转"都是作者和读者看不见的互动。作为作者，您对这样的互动有什么感受吗，是不是很好玩，压力也很大？

杀虫队队员：我认为悬疑小说跟其他小说最大的区别，因为我们有一个"底"。比如修仙类小说，每个读者都知道主角最后会变成最强者，他们想要看的是一步一步变强的过程，是不断获得珍奇异宝的过程。再比如言情类，谁都知道男主女主最后会相爱，追求的依然是相爱的过程。可悬疑小说却反其道而行之，人们之所以会看过程，全部都是为了探求"结果"。

这可能也是悬疑类、推理类小说不容易出圈的原因，一旦没有足够精彩的故事、足够深沉的设定、足够复杂的"底"，那此类作品在网文里很难出头，因为聪明的读者很多，他们会拿走你的"底"，发表到评论区，等到半年或者一年之后，追读的读者们发现作者所写出来的底是他们几个月前就猜到的结果，将会大失所望。您喜欢猜灯谜吗？有的人喜欢猜谜过程，有的人喜欢听别人说谜底。不管是哪一类读者，都会在《十日终焉》里找到自己的归宿。

虞婧：网络文学浩瀚如海，如果用一句话总结《十日终焉》的独特之处，您会怎么评价自己的这部作品？

杀虫队队员：我总结为"另类网文"。有一个作者说过我的书是"同归于尽流"，现在这个说法广为流传。所谓同归于尽，是说读者和作者的脑细胞谁都别想活。

而所谓"另类"，是因为《十日终焉》几乎踩了所有网文的雷，但是集万千雷点于一身之后,居然变得有些自洽。首先我的主角不无敌,他经常会被杀,而且他在被杀时通常毫无还手之力,连"莫欺少年穷"都说不出口。其次我的配角剧情占比非常大,甚至一个小配角都有上万字的第一人称自传,这在其他网文里有可能是致命的。再次我的主角每次解完谜题都不会得到任何奖励,没有宝箱掉落,没有系统奖励,有的只是无尽的谜团。最后我的每一个角色都有非常明显的缺点,数不胜数,仔细想想就会发现齐夏的偏执、焦虑,乔家劲的愚忠、呆傻,陈俊南的轻浮、圣母,其他角色更是每个人都有值得诟病的地方。但正是有这么多"雷点",才有了今天这一部区别于其他作品的《十日终焉》。

虞婧:《十日终焉》的影视版权已经售出,这个故事设定上比较宏大,感觉会比《弥留之国的爱丽丝》难拍,您有想象过影视化的成品吗?我本人还是蛮期待的。

杀虫队队员:我也很期待。现在一提到赌命游戏,很多人第一时间就会想起《弥留之国》《鱿鱼游戏》等作品,确实也都是一些优秀的作品,可它们不属于我们。所以我想创作出一部带有怪诞国风的作品,很多读者会发现我至今为止所设定的所有游戏中,极少出现西方元素。甚至连那些最常见的扑克牌、塔罗牌、狼人杀、俄罗斯轮盘赌等都没有出现,有的只是我绞尽脑汁构思的国风游戏,毕竟我们有自己的文化,我始终在想,假如真的有一天能够改编成影视,那就给世界一些国风震撼吧。

虞婧:您未来的写作规划是什么样的?

杀虫队队员:我可能依然会"我行我素",创作出属于我的另类小众作品。

原载于《青春》2023 年第 2 期

写作开始于"胸怀突然激烈",之后是"冉冉征途"
——访《赤心巡天》作者情何以甚

情何以甚 吉云飞等

引言:2023年7月,作为网文新人的情何以甚,以字斟句酌的苦更之作《赤心巡天》登临起点中文网"三榜第一"。不按所谓网文套路出牌,新人新作却依然登顶,这既是作家的骄傲,也是网文界本身的荣誉。作者只要写好小说,就不会被埋没,就一定能出头。中山大学中文系(珠海)的青年学生李重阳和关浩延作为《赤心巡天》的粉丝对本访谈颇有贡献,在此一并致谢。

吉云飞:网文读者大都是通过《赤心巡天》才知道了"情何以甚"这个名字,但你在此之前其实已经出版了武侠长篇《豪气歇》、神话长篇《西游志》和短篇故事集《我爱你的时候剑拔弩张》,也被认可为知乎大神级作者。想了解你是怎样走上职业作家道路的,为什么在这个文学相对落寞的时代选择成为"一个以文字为毕生伴侣的人"?"情何以甚"的笔名又从何而来?

情何以甚:2016年的某一天,我在知乎上看到了一个问题,"有哪些跟刀有关的故事"。那一刻有一种奇怪的悸动,所谓"胸怀突然激烈"。我想到了骑驴吹笛的春院里跳舞的姑娘,和寒夜里闪烁的刀光。于是便一"笔"而就,写下了那个故事,八千字的短篇《漫磋嗟》。这篇故事,为我赢来了巨大的关注,赢来了雨点般飞来的合约,也开启了我的职业写作生涯。

我喜欢写字,写字是我与这个世界相处的方式。难过的时候我不喜欢痛哭,我也不喜欢向别人倾诉。我在文字里寻找生活的解药,我自己开解我自己。我常常觉得存在另外一个世界,那个世界拥有无限可能,那个世界里,理想是不被嘲笑的,人的光辉可以刺破长夜。什么都有可能离开你,你的文字不会。你的一切都会消失,但你的文字证明你来过。所以我说,我以文字为毕生伴侣。

至于"情何以甚"这个笔名,它表达的是"用情为什么可以这么深"。常常会被误读为"情何以堪",所以我常常要解释自己"不土"。

吉云飞:你是在知乎开启了自己的职业写作生涯,起步是在网络但很快转向出版,一直到2019年10月才开始到起点连载《赤心巡天》。这也让你成为网文大神中,少有的从短篇写到超长篇、从实体出版转向在线连载的,这中间经历了什么?

情何以甚:《漫磋嗟》之后,我在网上建了一个专栏,写短篇练笔,免费给人看。每天一篇两三千字的短篇,武侠都市古言现实什么风格都写,风雨无阻,笔耕未辍。这些短篇让我的知乎账号在很短的时间里有了超过十万的关注者,专栏也累积了三万多名关注者。每篇文章都有几千人点赞。但写着写着,我发现短篇已经不能够再提升我了。两三千字的篇幅太逼仄,转个身就没空间了。所以我就停笔,转向超长篇写作。

也是因为当时的经纪公司擅长画饼从不兑现。我浪费了大概两年的光阴,想办法解约之后,觉得还是写连载吧——只要你写得好,就能被看到。噢,在这之前我还参加了两个很大的比赛,都拿了奖,都是要签全版权才给奖,所以我都没有要。我感觉自己实在无法应付这些,就想着还是找个可以安心写作,也只用考虑写作的地方。

吉云飞:可以谈谈你的个人经历和阅读经验吗?你应当是一个武侠爱好者吧?又是从什么时候开始看网文的?

情何以甚：准确地说，我是一个文字爱好者。阅读始终是我最重要的娱乐方式。无拘于古今中外，什么风格，只要写得好，我就看。

我的外公外婆是老师，我小时候跟着他们住在学校里，每天放学就抱一本书看。学校图书室里的书，全被我看遍了。也经常会去新华书店，拿本书看一下午。

我的阅读可以说是跟着通俗文学的发展史在发展，武侠、奇幻、玄幻、修真这样，网文经典作品，我绝大部分都读过。

吉云飞：在转向连载前，有哪些网文给你留下过深刻印象？你有了解读者的喜好和学习网文的套路吗？

情何以甚：《无限恐怖》。当年第一次看，惊为天人。怎么有这么精彩的脑洞？所谓的网文套路，我倒是没有学习过。我始终认为写作是没法学习的，只能自我探索。对情绪的捕捉，对情感的把握，包括语感这些，都是天生的。而那些人生认知，都是每个人独有的。

我写作想的是取悦自己。我觉得作者和读者的关系应该是这样的——写一个自己最爱的故事，寻找知音的人。自然有人与你同行，也自然有人离开你。没关系，这就是人生。

吉云飞：你形容自己是"文字上的完美主义"，但在网文日更的连载模式下，对文字的雕琢往往会降低更新速度和连载频率，常常是吃力不讨好的。你在文笔和更新之间怎样平衡？你又是如何理解什么是好文笔的？

情何以甚：写精彩的四千字，优于写无趣的四万字。这是我的个人取舍。在写作的时候，我的脑海里会出现很多画面。所谓"文笔"，就是用文字将这些画面描绘出来。画面越清晰、具体、生动，在我这里的文笔评分就越高。此外就是对情绪的调动，若你能轻易调动读者的情绪，这一段让读者笑,下一段就让读者哭,我认为这就是好文笔。

吉云飞:你现在的更新速度基本上每天四千字,为了这精彩的四千字,你大概要写多久?日常的创作状态又是怎样的?

情何以甚:说起来蛮弱的。我每天九点左右起床,稍稍运动,吃过早餐就开始写作。一直写到中午十二点之前,这个时间段是用来精修文章的。倘若状态好,就能提前开始写第二天的更新。

午睡之后,一点左右开始写作,写到下午五点。然后我就要去跑步了。

晚饭后,是八点开始写作,一般写到十点。基本可以状态比较好地完成工作,但也有很多卡文的时候。那就说不定了,熬到转钟也是有的。总之更新一定要写完。

每天的写作时间,就是这些,大约九个小时。产量如各位所见,能够拿出来更新的,只有四五千字。

在剧情节点我会爆发一下,那时候情绪很饱满,写作也很连贯,基本会从早写到晚,除了吃饭睡觉,不做别的事情。这种状态下,最高达到过九千字的产量。

吉云飞:你说过"实体与网文之间,也毕竟有它的差别",你认为主要是哪些方面?除了日更模式,超长篇的网文创作还有哪些让你需要调整、适应的地方?短篇创作的经历又为你写超长篇带来了哪些优势?

情何以甚:最大的差别在于连载网文更需要"即时满足"。实体书你买到手了,通常都会翻到最后一页,这就容许你做许多不那么吸引人的铺垫布局。连载网文不行,这章不精彩,马上挨骂,马上失去读者。我认为自己最需要调整的,就是如何把铺垫写得更有趣。而短篇的练习,让我懂得如何用很少的文字,就勾起读者的兴趣,引导读者的情绪。

吉云飞：《赤心巡天》是你的第一部网文大长篇，但设定其实非常宏大、饱满且相对自洽。你曾提到自己在正式连载前有一本数万字的设定集，里面包含了哪些内容？这些设定都在小说中落实了吗？

情何以甚：设定集是在不断完善的，现在已经不止几万字了。基本上所有的设定都在小说里有所体现，因为我的世界就是在这个基础上搭建的。至于内容，包含的方面太多了，等我写完我会公开的。

吉云飞：你将故事世界设定在战国的大争之世中，有何考虑？这也让我想起无罪的《剑王朝》，《赤心巡天》有在设定或是气质上受到同类作品的影响吗？创作的资源主要从哪里来？

情何以甚：我只是在想象，一个真实的仙侠世界究竟是什么样子的？人类在拥有个人伟力之后，社会体系是怎样构建的？其实我也一直在问——赤心的读者可以发现，整个赤心的世界，是一直在发展的——小说里面许许多多的人，都在问这个问题：这个世界应该是怎么样的？

从人皇到诸圣，到神话时代，到仙人时代，再到一真时代……从宗门时代到国家时代。无数人杰都在思考这个世界的未来。我并不确定哪一种思考更正确，但我会呈现他们的思考，让每个人寻找自己的答案。

最后选在国家体制大兴的时间点，是一种无意识的行为。可能是潜意识里受到中国古文化的影响，我比较喜欢那种"人类群星闪耀时"的璀璨感觉。类似于春秋战国的背景，大争之世，百家争鸣，再恢宏不过了。所谓创作的资源，就来自我生活的环境，我生长于此的祖国，我们五千年的历史。这片土地上有太多星辰闪烁，滋养了我的幻想。

吉云飞：和流浪的蛤蟆感受不同，小说开篇节奏给我的感觉其实是很"网文"的，甚至我都觉得压得有点狠了，这种激烈是你有意为网文读者所做的改变，还是在短篇创作中就有的？

情何以甚:其实我没有想那么多。我只是在想象那个仙侠世界的时候,忽然出现了那样一个画面——一个乞儿,在糜烂的血肉里寻找生的希望。然后我就翻了翻设定,以河谷之战为背景,写了开篇那一场战斗。

那么乞儿为什么会在血肉里摸索呢？因为遭遇了背叛啊——故事逻辑就是这么顺下去的,我感觉我写下去好自然。我写了一群想好好生活下去的人,写了一群为了国家利益不惜一切的人,写了一群为了自己可以牺牲所有的人,写了一群敢爱敢恨的人。亲情友情师徒情,理想与现实……当他们碰撞到一起时,故事就发生了。

吉云飞:《赤心巡天》的伏笔往往要一卷甚至多卷才会收束,并由此迎来一段剧情高潮,这需要有极精细的构思。你的创作会有大纲乃至细纲吗？还是只有某个高潮在前面作为目标,然后凭感觉向那里出发？

情何以甚:每一卷都有大纲,这是把控总体方向。在细纲上我跟通常大家做的那种不太一样,我的细纲是一个个画面碎片。我心里会想到一个场景,有时候记录为一句台词,有时候记录为一幅画面。我只要看到,就能想起那个场景。它有些时候是高潮,有些时候只是一个笑容,很随机地散落在旅途中。这段路起点明确、终点明确,中间的风景,则来自人物自然的碰撞。

吉云飞:《赤心巡天》重"侠"气,有豪情,也愿意写价值观的冲突,这是它超出一般升级打怪换地图的网文之处。你认为主角姜望身上的"赤心"到底是什么？

情何以甚:这个问题很值得讨论。其实它的道途就是一种回答,即为"真我"。它的神通也是一种回答,"不朽之赤心,永不为异志所染"。但这不是终极答案。

会在结局的时候给出来的。我认为这个问题应该用姜望的一生,或

者说整本书来回答,而不是现在我的某一句话。它不是那么简单的一个东西。

吉云飞:我的阅读感受是《赤心巡天》节奏并不慢,但会因为细腻和充实以及由此带来的慢更而导致追更的读者感觉情节推进较慢,但在小说"养肥"后,这一饱满就会让读者少有重复、枯燥之感。不知道你是否同意我的判断?你会认为细节的讲究会是小说最终脱颖而出的关键吗?

情何以甚:我非常同意。我认为细节的讲究是小说脱颖而出的关键之一。细节所带来的真实感,会让读者更容易"相信"。当你相信那个世界是存在的,你又怎么会不为那个世界里的故事而感动呢?

吉云飞:第五卷是全书的一个高潮,使你收获了许多读者。但随着读者群体扩大,他们的声音更多样,特别是批评的声音也会更刺耳。你怎样看待网文读者和作者的即时互动?读者的"本章说"对你的创作有何影响?

情何以甚:任何一个社群,人越多,就越接近社会的本貌。什么人都会出现,什么声音都会有,有一部分声音是毫无价值的,是单纯的情绪发泄,却比其他声音更刺耳。倘若作者还始终以读者很少时候的心态,把每一个读者都当作信任的朋友,自然就会受到伤害。

但从另一个方面来说,作者需要及时接收读者传来的讯息,以此判断自己是否达成了写作目的。因为读者视角和作者视角是不相同的。作者总览全局构架,有时候也会被自己的"知见"束缚。

我是一个很爱阅读本章说的作者,"本章说"对我的创作影响,我个人觉得是利大于弊的,且远远大于。

吉云飞:《赤心巡天》已过六百五十万字,并在 7 月斩获起点三榜第一的荣誉。但如你所言,写作的难度也在水涨船高。大长篇越到后期越难,你认为的难点或压力在哪？是自身的筋疲力尽,还是创作难度的陡然提高？

情何以甚:自身的筋疲力尽和创作难度的拔高兼而有之。读者的期待更是极难满足,因为他们的阈值已经拔得太高,这意味着你只是"保持"还远远不够,你需要不断进步,不断超越之前,才能让读者继续获得阅读满足,也让自己获得写作满足。

吉云飞:你预计小说会在什么时候结局,大概最终长度是多少呢?

情何以甚:我预计小说会在两年内完结,最后两卷早已设计好,现在正坚定地朝那条路上走。最终长度还是要看剧情的碰撞,但我希望能够在一千万字以内,填好所有的坑,完成我所有的仙侠表达。

吉云飞:对下一部书有构思了吗？能否给读者预告一二？

情何以甚:其实还没有。先好好写完这本书吧,能够按照我的大纲,顺利把故事推进到我所期待的那个画面,我就已经很满足了。下一部作品的记录,交给下一段旅途的我。

吉云飞:谢谢！超长篇的连载实在是场漫长的征途,祝愿你旅途顺利！

原载于《青春》2023 年第 10 期

没有网文最初的时代,就没有我

——藤萍访谈录

王 颖 藤 萍

前言:藤萍在网文圈里,是一位不得不说的人物,她身上有许多身份和标签。其一,"侠情天后"。2000年她以《锁檀经》出道,此后相继出版大量作品,收获大批读者,奠定了在武侠言情网络小说领域的地位,被称为"侠情天后",是当时的女频顶流。其二,2018年4月第12届中国作家富豪榜之"网络作家榜"公布,藤萍以年收入2500万成为榜单前十的唯一一名女性作家。其三,2018年5月在第三届"橙瓜网络文学奖"评选中,位列百强大神。其四,2022年入榜第四届"茅盾新人奖·网络文学奖"。

一、网络文学的时代

王颖:作为和中国的互联网同时成长起来的一代人,可否请您谈谈是如何与网络结缘的?不知您有没有熬夜去过网吧的经历?都喜欢去网上哪些地方冲浪?记得您在温瑞安本人也会去的"小楼"论坛活跃过,还会去榕树下等文学网站或BBS,在里面潜过水吗?对初创时期的互联网有着怎样的印象?

藤萍:我刚上大学的时候,宿舍里是没有电脑的,后来就在学校的电脑店租了一台电脑,再后来到大三搬回广州校区,我就买了一台电脑。过程和00级的大部分大学生应该都差不多吧,一点也不稀奇。我从来不去网吧,好像到现在为止也没去过网吧。当年上网基本上都在神侯府·小楼,那是我们自己的论坛,就天天刷论坛,榕树下和清韵只是经常过去看看,我不记得有没有发过帖子了,可能是没有。最初的互联网内容并不多,大部分是大学生在一起写一点华丽的文字互相批评和学习,当年的作品结构都比较松散,注重文笔,大概就是因为我们都是从高考作文那里发展过来的。

王颖:当时有喜欢的网络作家、作品吗?

藤萍:当时喜欢小椴,现在也依然喜欢啊。

王颖:有些作家的创作缘起或动机,是原本只是一个网文读者,但读着读着觉得不过瘾了,要么是因为作者的更新太慢,或者断更了留下了坑,就想自己来填坑;要么像《三体X》一样想给喜欢的小说续写,给故事别的走向和结局;要么是觉得有些作品写的烂尾或未能达到预期,就想自己上手,您的情况是怎样的呢?

藤萍:当时……就没什么网文,我们自己就又是读者又是作者,大部分都是互相读互相写啊。那时候太早了,还没有网络文学的概念。大家找到自己感兴趣的圈子,就自己写,互相看,然后互相批评,再互相进步。当时贴一篇文出来下面挂一串逐字逐句的点评非常正常的,没有人点评的话,作者会觉得自己好失败没有受到重视,大概就是这种感觉,是非常好的写作环境。

王颖:是什么促使您开始写作的?记得当时您在同学的建议下,把《锁檀经》文稿寄给《花雨》杂志社,被推荐参加他们举办的第一届"花与梦"全国浪漫小说征文大赛,获得第一名,这是您的处女作吗?此前您就已经有写作训练了,还是从新手小白开始的?您的创作是从大学还是更早的中学时代就开始了?

藤萍:我从五年级就开始写了,如果是没发表过的处女作不知道有多

少。这不叫写作训练,这就是不务正业不好好读书自己私下玩儿,是一种游戏,和现在的小朋友不爱做作业爱偷偷打游戏没什么区别。

王颖:其实我们对网络文学的概念一直众说纷纭。如果从狭义的角度说,您在《吉祥纹莲花楼》之前走的是出版写作的道路,但当时您在网上已享有盛名,您的作品在网上也可以找到,因此从广义的角度我们会称您为网络作家。自《吉祥纹莲花楼》您正式开始网络连载,之后一直与火星小说合作,您认为网络是否影响了您的写作?

藤萍:我虽然不是一个标准的网络作家,但是的确是网络给了我创作的平台,我在神侯府·小楼结识了很多志同道合、惊才绝艳的网友,在彼此的影响和鼓励下,才逐渐形成了自己的风格,建立了审美和取舍的标准。网文写作影响了我整个写作的状态,没有网文最初的时代,没有神侯府·小楼论坛的许多朋友,就没有我。

二、小说的类型

王颖:请问青少年时代受到的文学启蒙是什么?平时喜欢阅读哪些类型的作品?喜欢的作家有哪些?除了温瑞安先生、金庸先生、古龙先生,还有传统文学的作家吗?从哪些作品汲取了写作养分,从哪些地方获取了创作灵感?

藤萍:青少年时代受到的文学启蒙……或许是《射雕英雄传》和《神雕侠侣》?我从二年级开始看的第一本书就是《射雕英雄传》,那时候太小没怎么看懂,就又同时看了《神雕侠侣》,看懂了《神雕侠侣》再回头去看《射雕英雄传》,就看懂了。平时喜欢阅读哪些类型的作品?我从小到大,喜欢任何类型的作品,除了武侠小说和言情小说之外。除了整个小说类之外,我还喜欢一切看起来稀奇古怪的杂科,比如说《我是怎样造飞机的》《完全肉食指南》或者《孟德尔妖基因简史》之类的,什么奇怪看什么,各种字典也可以。喜欢的传统作家也很多啊,我也喜欢鲁迅先生,不是从课本里学的,而是真心实意地喜欢,他很可爱。还有刘震云老师写的《我不是潘金莲》,我觉得写得很好。至于从哪些作品里汲取了写作养分,我不是很清楚"写作养分"的概念,可能就是看得越多,感受到的境界越宽广,就越觉得可以尝试的方向太多了吧?至于"创作灵感",对我来说,一般就是看到了更加稀奇的东西,或者是心情不好的时候,特别有灵感。

王颖:从那时到现在,能大致谈谈您对文学的认识和理解吗?

藤萍:我不敢谈"文学",我觉得"文学"是一个历史性的词,可能要过好几十年后,回过头来看,才知道那段时间的文学是在关注什么。我只能谈文字,文字是一种工具,但它又是一种真诚,对我来说,文字应该是真诚的、私人的,是自己与彼岸对话的渠道。

王颖:这么多年来,您的阅读趣味和审美取向有没有发生过变化?

藤萍:没有耶,我的阅读趣味覆盖的范围太广了,几十年也没什么变化。至于审美取向,我小时候可能只喜欢一两类特定的主角,现在我什么主角都能喜欢,只要文章写得好,什么都可以。

王颖:您说过从小喜欢武侠小说。小学二年级就开始读《射雕英雄传》,能谈谈最喜欢金庸先生的哪部作品吗?

藤萍:我最喜欢《鹿鼎记》。

王颖:武侠基本是被男作家统治的领域,从平江不肖生的《江湖奇侠传》、赵焕亭的《奇侠精忠传》,到还珠楼主的《蜀山剑侠传》、宫白羽的《十二金钱镖》、王度庐的《卧虎藏龙》,再到金古梁温的时代,但您的武侠言情在以男作家为主流的写作中独树一帜,被称为"侠情天后"。在网络江湖群雄逐鹿的时代,您怎么看待这一称谓?

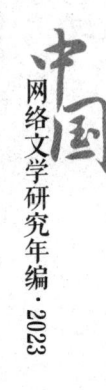

藤萍：其实写得比我好，比我武侠的网络女作者多得去了，只是她们可能没有出版的机会，所以不为人所知。如果武侠是以以上这些作品为基准的话，那我的水平真是差得太远了，毕竟在这种刀光剑影的环境中，我既不够大气，也不够豪迈，更不够血性和壮烈。但我也觉得，以上这些作品，描写的主角的情感、道德、成长……它都有一些不符合我的审美的地方，不管是作为一个当代人还是当代女性，我觉得我的三观或者我的审美和以上这些有出入，所以我就会做出尝试，试图写一个属于我的武侠故事。

王颖：您如何看待金古梁温的新派武侠小说？如何汲取前人的写作经验运用到自己的写作中？

藤萍：我觉得新派武侠小说……可以算国粹之一，它不但弘扬中国文化，它还弘扬"侠之大者、为国为民"，金古梁温所共同塑造的江湖武林，已经融入中华文化中，永远不可分离了。至于如何汲取前人的写作经验，对我来说，写作经验只能自己练习和累积，每个人的观感和着眼点不同，写法都不太一样。可能你只能做到尝试去理解前人他为什么这样写。

王颖：在我心中，您是我们这个时代武侠的白月光，您心中武侠的白月光是谁？

藤萍：我心里武侠的白月光依然是金庸、老温和小椴。

王颖：您觉得我们这个时代的武侠和他们那个时代相比，哪些地方变了？

藤萍：思想变得更开放，人物之间的关系更平等，而"江湖武林"更宽广了。

王颖：网络时代的武侠，有哪些自己的特色？

藤萍：网络时代的武侠太有特色了，它兼容各种不同的类型，游戏武侠、修真武侠、现代武侠、玄学武侠、言情武侠……什么都可以,什么都有。也许很多人要说这不纯粹,这些不算武侠,但时代和思维在高速发展,谁说武侠一定要是一百年前或者五十年前的样子呢？武侠,最主要的毕竟是"武"和"侠",凡是能展现出这种特质的文章,我觉得都可以。

王颖:您的小说也涉及许多不同的类型,除了武侠、言情、悬疑、推理,还有幻想,例如《中华异想集》是一个典型的山海经世界观架构下的奇幻世界,如一场华丽烟火的百鬼夜行,例如《末亡日》是一个充满脑洞的末世科幻题材。似乎您喜欢颠覆自己、突破自己,每一次动笔都有着里程碑式的意义,这是否源自您广泛的兴趣爱好？对生活和探索世界充满热情？在您的心底最深处有最喜欢的类型吗？

藤萍:是啊,我的兴趣爱好太多了,什么我都爱好一点。小时候的梦想是当博物学家,然而没有文化,只能想想。我对一切偏僻冷门的鬼东西都非常好奇,只是因为好玩。在我心底最喜欢的类型还真的是武侠,浊世翩翩佳公子,永远是少女的梦啊。

王颖:您认为纯文学、传统文学、通俗文学、网络文学之间的关系是什么,如何看待这些区分？

藤萍:我认为这些都是文学,对我来说没任何区别。不同之处只是它们写的内容和情感不一样,难道网络文学作家就一定写不来纯文学？纯文学作家就一定写不来通俗文学吗？文字是互通的,一篇文章好不好,不在于它是什么文学,而在于它表达的情感是否真诚,是否引起共鸣,文笔是否真诚自然,有没有矫揉造作等等,而不是它是什么文学。

三、一个人的写作

王颖:从创作状况看,您十分高产,从 2001 年的《锁琴卷》(情锁之人

篇),到 2017 年的《未亡日》,已累积了几十本著作,网文的体量比传统文学大很多,坚持写网文,是需要付出非常多心力的一件事,您又有本职工作,您认为写作与平时的生活和工作相关联,还是独立分开的呢?能否分享一下您是怎样平衡两者的关系的?警察的工作对您的创作有影响吗?您爱推理和工作有关系吗?

藤萍:基本是独立分开的,我一般要找一个比较长的能独处的时间段才能认真码字,不然像我这样长年累月没时间的作者,经常找不到状态。我肯定是先照顾家庭和孩子,其次安排好工作,最后才码字的。警察的工作一开始对我的创作是没有影响的,我喜欢推理和本职工作没太大关系,毕竟在派出所的时候我是户籍警,我不会办案。但是现在是有影响的,我做了快二十年民警,所有的时间都在基层,看见了太多人世间的细节,就会写得比年少的时候更现实一点。

王颖:距离您的第一部作品《锁檀经》已此去经年,现在回过头看,您会如何评价这部作品?它在您的创作经历中,有怎样的意义和地位?或者在您心中,哪部作品有着特殊的意义或地位?

藤萍:诚恳地说,《锁檀经》对我来说没有太大的意义,我从五年级开始乱写,像锁檀经这样的故事和人物,我反复写过很多个,就是可能年纪小,都非常幼稚和荒唐。包括《吉祥纹莲花楼》里面藤妈恨得要死的肖紫衿,这个名字也是我小时候各种乱七八糟的主角常用的名字之一。在我心里,我写过这么多故事和人物,肯定是《吉祥纹莲花楼》对我来说有特殊的意义和地位,大部分的作品完结,我就不再回忆和思考了,但李莲花即使过了这么多年,我还记得我大概写了什么,以及为什么这样写。

王颖:网友认为您笔下的侠义人物"连缺陷都唯美绝伦",您怎么看这句话?您最喜欢自己笔下的哪个人物?可否谈谈对她(他)的塑造?

藤萍:这是非常大众的少女审美,就十全十美不够美,一定要整点缺陷才会美啊。我最喜欢的就是李莲花了,对他的塑造就是从何太哀那来的,那前世今生得非常明显,差不多就是同一个人。

王颖:您是如何保持旺盛的想象力的?

藤萍:我也不知道,可能是杂书看得太多了?

王颖:现在还会读其他作家的网文吗?有比较关注的作者吗?

藤萍:那当然了,我喜欢的作者太多了,比如蝴蝶蓝和P大。

王颖:您在写作中喜欢与读者互动吗?会根据读者的实时反应,调整写作的故事走向等细节吗?

藤萍:我写作中一般不看读者的反应。写作对我来说是一件私人的事,是一个游戏。

王颖:这些年网络环境的变化对您的写作有没有影响,会因此调整自己的写作还是坚持自我?

藤萍:网络环境的变化的确是有影响我的,我也迷茫过,试图学习当一个标准的网络作家,但事实证明我不适合干这个。我只适合把写作当成一个快乐的游戏。

王颖:除了小说创作,您平时还会创作别的体裁的作品吗?

藤萍:打油诗吗?一般我也不写打油诗,我只写小说。

王颖:回顾创作,您认为这么多年来走过怎样的变化?

藤萍:人总会迷失,会迷茫,但只要还是喜欢写的,总还是能在追求快乐和理想的路上继续努力。

四、江湖之上,莲花楼

王颖:能否谈谈当初《吉祥纹莲花楼》的创作动机和灵感来源?《吉

祥纹莲花楼》是不是您创作的分水岭?

藤萍:这本书创作的动机是因为我觉得《九功舞》除了华丽的词语和人设,在故事和情节上一无是处……我想尝试写一个完全不同的东西。一开始我写了何太哀,后来因为他是个瞎子,瞎子探案探一两个故事还行,如果是几十个故事让他个个用手来摸线索,那不是在不停地自我重复?于是我放弃了何太哀,写了李莲花。

《吉祥纹莲花楼》在《九功舞》和《中华异想集》之后,的确是我创作的分水岭。它更像我的网文,在这之前,我的言情和我的网文其实风格完全不同。

王颖:《吉祥纹莲花楼》写武侠,也写探案推理。您喜欢本格推理还是社会派推理或其他?有喜欢哪些推理作家和作品吗?

藤萍:我喜欢一切推理,我不但喜欢福尔摩斯,还喜欢阿加莎,也喜欢霍桑,也喜欢柯南和金田一。

王颖:我很喜欢李莲花这个人物,饱经风霜又满怀赤子之心。一念心清净,莲花处处开,于是从李相夷到李莲花就有了佛学或哲学的意味。他的人生是特别的,江湖风波恶,楼里莲花清。一般的网文喜欢讲草根逆袭,猫腻的玄幻写得很好,但也没有脱开草根逆袭成天下第一,您却反其道而行之,一开篇就是天下第一的武林盟主跌落神坛,成为江湖游医,又有几分特意被塑造成方多病嘴里的江湖骗子形象,最后再拨乱反正。李莲花的退隐之路,就像朴树唱的《平凡之路》一样,充满人生的况味。您在创作这个故事时融入了哪些思考?请谈谈创作李莲花这一灵魂人物时的想法吧。

藤萍:我写的时候,完全没有想过这是什么逆行人生或者佛学还是哲学或是玄学……只有直觉。我仅仅是因为本身喜欢这样的人物,因为看过了那么多武侠，里面全是升级打怪的少年，要不然就是复仇冷血的少侠，要不然就是悍匪巨盗，要不然就是风流浪子，我只是想看一点别的，纯粹就是怀着一种"我们可不可以不这样"的心情，写一个自己喜欢的人物而已。而李莲花为什么是这样的，他身上大家各自理解和找到的哲学，其实不一定是来自我，而是来自人物本身。一个人物，当角色背景和性格确定完了以后，他就是活的，他对我来说是真实存在的，他为什么会这样会那样做选择，是因为他是这样的人，而不是因为作者是这样的人。我做的是我尽力去理解和描绘他，就像文章本天成，妙手偶得之，有些有趣和美丽的灵魂可能他本来就在那里，只是有一天我偶遇了他，然后努力让他在我的故事里闪了闪光。

王颖：《吉祥纹莲花楼》写到形形色色的人物，写到现实和世道人心，触及了人与时代的改变、感情的真挚与背叛、道德的反思与辩证，等等。我感动的是您一直写得很克制，这是网文里相对稀缺的属性。我们的创作终是想通过小说表达自己的观点，世界观、人生观、价值观、历史观，等等。您曾提到觉得尚未写出金庸先生那种厚重扎实的武林，我认为轻盈恰恰是这个时代的特性。能谈谈您对这个时代的看法吗？

藤萍：这是个很浮躁和焦虑的时代，很轻微的一点沟通不顺，就会引发巨大的误解和情感创伤。但我写故事的时候，并没有想过要表达什么"世道和人心"这样宏伟的主题，我只是想要写有这么一个人，希望真的有这么一个人，他能波澜不惊，能耐心地听你讲完你想讲的话，也能理解你没讲完的话，能真心实意地不嘲笑你和不嫌弃你，如果大家真的有这样一个朋友，那是很好的事。

王颖：小说最后李莲花弃了少师剑和莲花楼，令人感慨世间再无莲花楼，一蓑烟雨任平生。可偏偏是您塑造的莲花楼，一辆随时可以拉着走的

房子,给了很多读者精神的皈依,就像毛姆说的阅读是我们随身携带的精神避难所。莲花楼和李莲花互为映照,李莲花以残破之躯,重塑肉身,回归人间,自在心性,莲花楼可以看作李莲花精神内核的外化象征。您在营造莲花楼时是否想到了东方美学和古典意趣?让我们得以窥见莲花舒展的生命真谛。

藤萍:我只是单纯为了"吉祥纹莲花"那个图案刻在木头上很美,中华文化美的细节非常多,道具老师做出来的莲花楼也很温馨,住在里面是很幸福的。

五、从小说到影视

王颖:您谈到影视改编的要领时说,要找到原小说最打动人心的东西,并理解它,不要放弃它。您认为电视剧呈现的主旨和您在写小说时的主旨是否相同,或者不同在哪里?大致保留了您的精神内涵吗?

藤萍:电视剧呈现的主旨和我写的略有不同。电视剧在说,论情怅满身的李相夷如何放下;而我在说,论惊才绝艳的李相夷如何接受。这两个问题是略有不同的,但并不是对立的。我看到有一个网友评论说,这两个李相夷最终都变成了李莲花。这也是我大体上的感受,他们似是而非,但他们仿佛一对半身。书花可能更坦然一点,剧花可能更遗憾一些,但他们都从容地接受了发生在生命中的每一件事,并最终不以为意。很多人都在遗憾李莲花没有恢复武功,但武功和荣耀在人生中仿佛一时的功名利禄,你一会儿得到,一会儿失去,经历过得到和失去,剩下的,就是你独一无二的有趣的灵魂,也就是你为什么成为现在的你。

王颖:您谈到对这部剧总体还是满意的。这些年有的流量剧为了抬咖魔改,而这部剧每个主要人物都立体丰富、个性鲜明。我认为从呈现的效果看,属于有效改编。方多病与原著相比改动最大,在剧中为贴合演员形象,改成初涉江湖天真热血的少侠方小宝,后又有他的成长,他自创多愁公子剑,有点武林传承的味道,李相夷后继有人了。剑眉星目阳光直率的曾舜晞也很好地诠释了这一改动后的角色。还有将师兄单孤刀塑造为明面上的大反派,以增加戏剧冲突,推进情节发展。我觉得剧版最突出的一点是,女性大放异彩。苏小慵、乔婉娩、角丽谯、两仪仙子等人的个性都得到了丰富。女宅案更是典型地表达了女性"独立之精神,自由之思想",您对剧版女性角色的展现、女性群像的刻画是否满意？是否延伸了您的表达？

藤萍:剧版对女性角色的描绘超出了我的书,我的书里没有把这些女孩子拔高到这么优秀的地步,这是剧版非常优秀的地方,我很喜欢。书里大多数女性配角出场的篇幅很少,大多数属于工具人,没有机会体现像剧版那样多姿多彩的精神世界。

王颖:最近《莲花楼》在海内外热播,不仅受到许多网友的追捧和好评,还受到来自央媒的官方肯定,这些对您接下来的创作会不会有影响？

藤萍:可能……不会,我可能就是习惯于不看评论回家写自己的那种宅女。

王颖:您还会用微博或其他社交媒体和网友们互动吗？

藤萍:偶尔会吧,其实一般我也不玩微博。

王颖:是否觉得网络也是一个江湖？

藤萍:网络不但是一个江湖,还是一个小世界啊。

六、网文出海与文化传承

王颖:网络文学一开始就是以草根性、互动性兴起的,创作者和读者

互相启发,亦师亦友,影响着网文的更新与变化。后来随着起点 VIP 付费模式开启,网文逐渐进入第二阶段,开始塑造大神的运动,进入诸神狂欢。随着网文进入全产业链的第三阶段,IP 转化、网文出海成为新发展点。您对您的作品的 IP 转化有什么设想?

藤萍:目前我对作品的转化还没有什么设想,毕竟二度集体创作本身就是很难的事,我尊重为此努力的所有人。

王颖:现在我们谈传承中华优秀传统文化,赓续历史文脉,谱写当代华章。我想恰恰是通俗文学因为接近读者在这方面大有可为。金庸先生曾经说过,大作家的出现,可以提升一个文学类型的品位。这个世纪武侠小说的出路,或许取决于"新文学家"的介入,取其创作态度的认真与标新立异的主动,以及传统游侠诗文境界的吸取,注重精神与气质,而不只是打斗厮杀。其实小说属于什么类型并不重要,重要的是达到了何种境界。祝愿您能继续创作好作品以飨读者。能否大致谈谈您的写作计划?还会继续书写江湖的故事吗?

藤萍:我未来的计划是把已有的坑填完后,写一个新的悬疑故事,然后再写一个武侠故事。

原载于《文艺报》2023 年 11 月 10 日

"我"寄雄心与明月[1]

——论新世纪大众文艺中的晚明想象

李 强

晚明[2]想象自明亡之后便已产生,它犹如明月,在不同历史天空投下了纷乱迷离的重影[3]。新世纪以来[4],中国大众文艺领域掀起了一股"晚明热"。其形态多样,既有纸质出版的历史非虚构作品,也有历史剧和网络历史小说;其制造者甚众,有专家学者,亦有业余的文史爱好者;其内容丰富,有帝王将相的风云翻涌,更有小人物的"穿越逆袭"。那么,在新世纪的天空里,晚明究竟有几重投影?这些投影反照了新世纪大众文艺的哪些特质?

---

[1] 本文系中央民族大学青年教师能力提升计划项目"媒介融合视野下的新世纪历史文学研究"(2022QNPY10)的成果。

[2] 一般来说,"晚明"时段是指万历元年(1573)至崇祯十七年(1644),但这一分期具有弹性,一些学者为了更好地解释明朝的转型、衰亡过程,将晚明的时间上限前移到正德乃至成化时期。(参见赵强、王确:《何谓"晚明"?——对"晚明"概念及其相关问题的反思》,《求是学刊》,2013年第6期;刘晓东:《"晚明"与晚明史研究》,《学术研究》,2014年第7期)新世纪的大众文艺作品中的"晚明",重在对明朝衰败之势的分析。相应的,本文所论"晚明",也采用相对宽泛的时段划分,范围大致为正德元年(1506)至崇祯十七年(1644)。

[3] 关于历代晚明想象的梳理,可参考秦燕春《清末民初的晚明想象》(北京:北京大学出版社,2008年版)、吴秀明《当代历史小说中的明清叙事》(《文学评论》,2002年第4期)、李从云《中国当代文学中的晚明叙事研究》(武汉:武汉大学博士学位论文,2007年)、林云《论90年代长篇历史小说中的明清叙述》(福州:福建师范大学博士学位论文,2017年)、鲍良兵《抗战时期的"晚明"言说与想象(1931—1945年)》(上海:华东师范大学博士学位论文,2017年)。

[4] 在当代语境中,"新世纪"特指21世纪,本文沿用这一说法,并将"新世纪以来"的讨论下限设定为本文写作时的2022年。

一、在新世纪想象晚明的路径

进入新世纪,大众文艺生产中最显著的变化是媒介变革。电视的普及和互联网的蓬勃发展,为大众文艺带来了新的生产传播方式,也催生了新的历史想象模式。"媒介并不简单地传递信息,它发展了一种作用力,这种作用力决定了我们的思维、感知、经验、记忆和交往的模式。"① 不过,新世纪的媒介环境较为复杂,并非新媒介彻底取代旧媒介,而是传统纸质、影视、网络等多种媒介的融合共生。具体到历史想象方面,不同的媒介形式,能吸引、会聚不同的作者与读者群体,创造出不同价值理念和情感强度的历史想象。

以媒介区分,新世纪的晚明想象主要有三种形态:第一种是主要依托于纸质出版渠道的"讲晚明",代表作有《明亡清兴六十年》(阎崇年)、《明朝那些事儿》(当年明月)等。"讲晚明"的部分内容孕育于电视、网络等平台,后被书商运作出版,成为畅销书。第二种是依托于电视平台的"演晚明",电视在新世纪初期是普及率最高的文化传播渠道②,但《正德演义》等历史演义类的电视剧反响平平,口碑较好的是历史正剧《大明王朝1566》。第三种是依托于网络的历史穿越小说的"回晚明",代表作有《回到明朝当王爷》(月关)、《窃明》(灰熊猫)等。网络是新兴媒介,在新

---

① [德]西皮尔·克莱默尔:《传媒、计算机和实在性之间到底有何关系?》,选自西皮尔·克莱默尔编:《传媒、计算机和实在性——真实性表象和新传媒》,孙和平译,北京:中国社会科学出版社,2008年版,第5页。

② 据《中国广播电视年鉴(2000)》数据,截至1999年底,全国电视人口覆盖率达91.59%。国家广播电影电视总局《中国广播电视年鉴》编辑委员会编:《中国广播电视年鉴(2000)》,北京:中国广播电视年鉴社,2000年版,第83页。

世纪迅速普及①,生产传播门槛相对较低,包容性强。

这三种晚明想象的生产传播方式有融合之处,受众也有重叠。但总体而言,三种晚明想象凸显了影响新世纪大众文艺的不同力量:"讲晚明"代表着大众文艺中的传统力量,它借助于新媒介渠道重焕光彩;"演晚明"里口碑较好的历史正剧,代表了大众文艺中官方意识形态的力量;"回晚明"则代表了新兴的网民群体的力量,具有包容性和探索性。在新世纪媒介融合环境下,这三种力量都是鲜活的,"新"与"旧"兼容发展,"民间"与"官方"各得其所,共同创造了新世纪大众文艺的热闹图景。

二、"讲晚明":寻找"法则"与"智慧"

"讲晚明"是古老的"讲史"传统在媒介融合时代转型的产物。"讲史"是指以有文字记载的历史为依据的讲述,"讲史"源远流长,从先秦到宋、元,逐渐演变为职业化的活动。② 后来,历史演义小说逐渐替代了口头的"讲史"。到了21世纪,"讲史"传统则借助新媒介得以"复活"③。

新世纪"讲晚明"的有专家和历史爱好者。"讲晚明"的专家,主要是阎崇年,他在中央电视台科教频道《百家讲坛》栏目主讲《明亡清兴六十年》,讲稿整理出版后,与其《袁崇焕传》等著作一起推动了新世纪晚明想

---

①据中国互联网络信息中心统计数据,1997年10月我国共有上网用户数62万,互联网普及率约为0.03%(余俊杰、白瀛:《在通向网络强国的征程上稳步前进》,《人民日报》,2019年3月21日)。截至2021年12月,我国网民规模达10.32亿,互联网普及率达73%。

②楼含松:《从"讲史"到"演义"——中国古代通俗小说的历史叙事》,北京:商务印书馆,2008年版,第33、34页。

③相关论述可参考许道军:《论当代历史小说演进中子类型的消涨与激活现象》,《贵州社会科学》,2010年第11期。

象的发展。学者"讲晚明",以扎实的学术研究为支撑,也体现出电视节目以受众为中心的特点(《百家讲坛》的栏目宗旨是"让专家、学者为百姓服务"),在品评历史人物时往往将其放到普通人的位置,分析历史事件时注重与现实的对话,让晚明历史变得鲜活起来。

"讲晚明"的历史爱好者主要有十年砍柴、当年明月、赫连勃勃大王等。十年砍柴的《皇帝、文臣和太监:明朝政局的"三角恋"》最初发表在《燕赵都市报》上,作者擅长从权力运转的视角去分析历史,解释一些看起来不合常理的历史现象。例如,他认为张居正不可能重用海瑞,因为"在封建官场中要干大事,仅仅凭借道德的力量是远远不够的,对这点张居正深有体会,他在官场上的发达已证明了要有大作为,是不能保持个人品德的高洁,有时还得不择手段,自污名节"①。这一"讲史"视角,来源于流行的"潜规则"思想。"潜规则"是吴思提出的一种理解历史的视角,他认为实际支配官吏集团运转的,并不是他们所宣称的那些仁义道德、忠君爱国思想,而是"非常现实的利害计算"②。这种"寻找古人智慧""探究'潜规则'"的"讲史",具有强烈的实用主义色彩。进一步上溯,"讲晚明"的一些内容与《厚黑学》(李宗吾)也有共通性:它们都以讲述"历史规律"的方式来解释做官、经商和处世的法则。因而有人认为,一些打着明史旗号的图书"应该属于管理或励志类图书"③。

"草根说史"以《明朝那些事儿》最有影响力。在网络连载时,《明朝那些事儿》(连载时名为《明朝的那些事儿》)有一个副标题"历史应该可以写得好看"。作者称,自己要写的"是一部可以在轻松中了解历史的

---

① 十年砍柴:《皇帝、太监和文臣:明朝政局的"三角恋"》,南宁:广西人民出版社,2007年版,第121页。
② 吴思:《潜规则:中国历史中的真实游戏》,昆明:云南人民出版社,2002年版,第1页。
③ 程缙:《明朝热的背后》,《紫禁城》,2007年第8期。

书,一部好看的历史"。"好看"就是通俗、有趣。当年明月在"好看"的基础上,还加入了很多个人体悟。例如,他对张居正的历史定位,与十年砍柴相似,也认为张并非"道德完人"而是"权臣",他还结合自己的人生经历来评价张:"十年前,当我即将踏入大学校园时,在一个极为特殊的场合,有一个人对我说过这样一番话:你还很年轻,将来你会遇到很多人,经历很多事,得到很多,也会失去很多,但无论如何,有两样东西,你绝不能丢弃,一个叫良心,另一个叫理想……直到我真正读懂了张居正……(他)不是好人,不是坏人,他是一个有理想、有良心的人。"①在这里,当年明月直接把个人的生命感悟带入历史人物评价中,将理想人格投射到了历史人物身上。除了张居正,当年明月在塑造王阳明、于谦、袁崇焕等人物时,也用了类似处理方式。这就使其在格局上高出了一般"讲史"者,他并未满足于对"潜法则"的揭示,而是上升到思想精神层面,形成了"人生智慧",具有抚慰、激励读者的积极作用。

新世纪"讲史"中呈现出的晚明想象,虽是帝王将相的故事,但选取的都是普通人关心的内容,且讲述方式通俗易懂。这些内容,与其说是晚明的"遗产",不如说是满足新世纪大众所需的"创造"。通过对"社会法则"与"人生智慧"的展示,"讲晚明"有效地建立了历史想象与大众的联系,做到了"从历史中来,到大众里去"。

三、"演晚明":时代宏大议题的投影

新世纪以晚明为背景的戏说类的历史剧,如《正德演义》《万历首辅张居正》等影响力一般,但历史正剧《大明王朝1566》收获了新世纪国产

---

①当年明月:《明朝那些事儿》(第6部),北京:北京联合出版公司,2011年版,第218—219页。

历史剧乃至整个中国电视剧中最好的口碑①。

《大明王朝1566》的诞生是由市场与政治合力推动的。2002年,海口市政府为拓展文化旅游产业,打造"海瑞故里"的名片,准备借助影视剧将海瑞这一清官形象传播出去。据时任海口市委副书记的张松林回忆,"当时有一个剧本,但感觉不好,我们想请《雍正王朝》的编剧刘和平先生创作",与此同时,"一位中央领导人到海南视察时专程凭吊海瑞墓,感叹'海瑞的精神今天仍然深深地感染着我们,共产党的干部来海南一定要到海瑞墓看看'。这加速了《大明王朝》的诞生"。②领导人的表态也使得这部剧从一开始便具备了"主旋律"作品的特征。刘复生认为,"主旋律"作品是"反映国家所倡导的主流意识形态或社会文化价值的作品",不过,"主流意识形态并不仅限于官方政策或政治合法性的层面,而是宽泛地指称国家肯定或赞赏的各种社会主流价值"③。世纪之交的"主旋律",是一座架设于旧有的意识形态(论证国家的"合法性"主题)与新意识形态(市场化改革和发展)之间的浮桥。④《大明王朝1566》中的海瑞形象也有这样的"浮桥"特征:他是传统意义上无私无畏的清官,一个古老的文化符号,同时他也是一个身处发展困局中的有血有肉的官员。清官形象是鲜活的"浮桥",奸臣形象同样如此。在第12集中,严嵩父子被嘉靖呵斥后走出宫门,外面大雨如注,严嵩径直走到雨中,推开了儿子严世蕃打的伞。他说:"大明朝只有一个人可以呼风唤雨,那就是皇上!只有一个人可以遮风挡雨,那就是我,不是你!你和你用的那些人没有谁替

---

①在豆瓣电视剧评分里,《大明王朝1566》评分长期位居国产电视剧第一。
②张立伟:《海瑞当官:一部历史剧的背后》,《现代领导》,2007年第3期。
③刘复生、汪荣:《询唤与协商:"主旋律"文学的创作现状与发展走向》,北京:社会科学文献出版社,2017年版,第1页。
④刘复生:《历史的浮桥——世纪之交"主旋律"小说研究》,开封:河南大学出版社,2005年版,第12页。

我遮风挡雨,全是在招风惹雨!皇上呼唤的风雨我遮挡二十年了,你们招惹的风雨没有人能替你们遮挡!"在暴风骤雨中,大明王朝的权力运行机制借严嵩之口被清晰地呈现出来。王朝危机四伏,勉力支撑其运转的"权臣",也感到无奈。对危机有着清醒认识的严嵩,不再是脸谱化的奸臣,而与《走向共和》中的李鸿章一样,是腐朽制度下的"糊裱匠"。"遮风挡雨"也罢,"糊裱"也好,他们都无力回天,只能尽力而为,至死方休,让观众不禁心生同情。《大明王朝1566》中的所有人都同处困境之中,用刘和平的话来说,他们"都是精神的囚徒"①。

通过呈现困境,新世纪的宏大议题被成功投射到晚明时空:在不合理的制度下,所有人都是受困者,唯一的出路便是改革。《大明王朝1566》以改稻为桑开局,写出了包括海瑞在内的嘉靖君臣破除危局的努力。在此过程中的道路之争、义利之辨,也投射了世纪之交的改革与发展的种种难题。在这个意义上,《大明王朝1566》可以看作《张居正》(熊召政)改革书写的延续②。

《大明王朝1566》起初是为中央电视台量身打造的历史正剧,后来被湖南卫视高价买断了版权,但在首播时收视率惨淡,很快被雪藏。③ 湖南卫视以综艺娱乐节目见长,观众群体显然并非"主旋律"的理想受众。十年之后,《大明王朝1566》在网络平台优酷视频上线,大受欢迎,遗珠再耀。这部制作精良的历史剧的遭遇,也反映了新世纪初期中国大众文艺市场的特征:在日益细化的电视媒介上,大众文艺作品的传播者应该有明

---

①刘和平:《无中生有写大明》,《大明王朝1566》自序,广州:花城出版社,2016年版,第2页。

②关于《张居正》与改革议题的研究可参考刘复生:《历史小说的转折与〈张居正〉》,(《文艺报》,2020年7月20日第8版)、陈娇华:《"从历史关注今天":历史小说〈张居正〉中的改革书写》(《苏州科技大学学报(社会科学版)》,2021年第4期。

③吴一唯:《〈大明王朝1566〉传播失利的原因》,《艺海》,2020年第4期。

确的受众意识和类型观念。但在媒介融合的环境下,多种生产传播渠道交融互补,拓展了大众文艺作品影响范围。大多数文艺作品最终都能通过多种通道抵达其理想受众。

四、"回晚明":用穿越弥补历史遗憾

"讲晚明"和"演晚明",是以既定的历史人物和故事为基础的晚明想象,想象者并不能改变"已经发生的历史"。"改变历史"的使命,需要借助新的设定来完成。在新世纪初期的网络空间里,人们已不再满足于讲述、演绎历史,而是直接"参与"到历史之中,借助"穿越"①的设定去改写历史,依靠现代知识和记忆,让历史往理想的方向发展,这便是网络历史穿越小说。

"穿越"设定古代便有,例如《枕中记》《南柯记》等,而直接影响了中国网络历史穿越小说的则是《交错时光的爱恋》(席绢)、《寻秦记》(黄易)。其中,《寻秦记》开创了男性穿越改写历史,满足个体的世俗欲望的模式;《交错时光的爱恋》开创了"女性穿越回去谈恋爱"的模式。经过多年发展,以晚明为背景的历史穿越小说("明穿"小说)确立了成熟的类型模式。② 笔者综合点击量、读者评价等标准,选取 15 部已完结的"明穿"小说制成下表:

---

①网络小说中的"穿越"是指主角因为某种原因(通常是意外事件)到了过去、未来或平行时空。参见邵燕君、王玉玊主编:《破壁书:网络文化关键词》,北京:生活书店出版有限公司,2018 年版,第 263 页。
②关于"明穿"小说模式的发展演进过程,参见李强:《作为数字人文思维的"网文算法"——以"明穿"小说为例》,《中国现代文学研究丛刊》,2020 年第 8 期。

序号	作品	信息(作者、网站、连载时间、体量)	穿越者		
			穿越的时代	穿越前身份	穿越后身份
1	《回到明朝当王爷》	月关,起点中文网,2006—2008,共370万字	弘治十六年(1503),主要活动是正德年间。	郑少鹏,九世轮回(做过公务员、富商、明星等)	杨凌,秀才
2	《命运的抉择》	黑色柳丁,起点中文网,2005—2007,共318万字	崇祯十三年(1640)	孙露,推销员	孙露,无业
3	《恶明》	特别白,起点中文网,2007—2008,共208万字	嘉靖五年(1526)	江峰,中专学厨师	江峰,锦衣卫
4	《窃明》	灰熊猫(大爆炸),起点中文网,2007—2008,共149万字	万历四十六年(1618)	黄石,身份不详	黄石,乞丐
5	《顺明》	特别白,起点中文网,2008—2009,共275万字	崇祯五年(1632)	李孟,金融押运公司	李孟,军户子弟
6	《重生之大明国公》	兵俑,17K小说网,2009—2013,共625万字	隆庆元年(1567)	张凡,酒店服务员	张凡,秀才
7	《铁血大明》	寂寞剑客,起点中文网,2009—2012,共152万字	崇祯十四年(1641)	王璞,社会混混	王朴,大同镇总兵
8	《明末边军一小兵》	老白牛,起点中文网,2010—2016,360万字	崇祯七年(1634)	王斗,历史教师	王斗,宣府镇军人

续表

序号	作品	信息（作者、网站、连载时间、体量）	穿越者 穿越的时代	穿越者 穿越前身份	穿越者 穿越后身份
9	《刺明》	拉丁海十三郎，起点中文网，2010—2011，共475万字	崇祯七年（1634）	张准，退役士官	张准，军户
10	《锦衣当国》	特别白，起点中文网，2010—2012，共351万字	万历三年（1575）	王通，成功创业人士	王通，锦衣卫的儿子
11	《龙啸大明》	木林森444，17K小说网，2011—2013，共440万字	崇祯十五年（1642）	商毅，特种兵	商毅，猎人
12	《明末风暴》	圣者晨雷，起点中文网，2012—2013，共233万字	崇祯五年（1632）	俞国振，身份不详	俞国振，家仆
13	《晚明》	柯山梦，起点中文网，2012—2014，共227万字	天启七年（1627）	陈新，总经理助理兼办公室主任；刘民有，项目负责人	陈新、刘民有，二人均无业
14	《明扬天下》	何昊远，起点中文网，2013—2015，共322万字	崇祯十六年（1643）	秦牧，军校毕业生	秦牧，落第举人
15	《帝国崛起》	断刃天涯，起点中文网，2014—2016，共279万字	天启七年（1627）	陈燮，快递员	陈燮，无业

这些小说的模式可归纳如下：

在背景设定方面，大明帝国内忧外患。内部政治腐败，西北、山东地区农民造反，后金蚕食辽东，鞑靼、瓦剌等势力虎视眈眈。外部还有倭寇、佛郎机（葡萄牙）等来自海上的威胁。

这些小说中的人物形象多是符号化的，缺乏成长性。皇帝耽于享受，无所作为。宦官没有大局意识，但很务实，是穿越者可利用的对象。文官集团思想守旧，党同伐异。一些奸臣反而能够踏实办事。武将被文官压制，内部腐化，只有少数热血军官可纳入麾下。土匪流寇目光短浅，破坏力十足。后金的努尔哈赤、皇太极狡诈残暴。作为主角的穿越者，有现代知识技能，同时也有强烈的民族主义倾向。

这类小说的情节模式一般可概括为三个阶段：①主角穿越到晚明，了解环境，规划未来。制造机会，或经商，或从军，或治国。②主角得到机会，逐步执掌权柄，开展行动，具体包括制度改革、军事斗争，进行原始积累与殖民扩张。③成功改变晚明历史。主角或在封建体制内取皇帝而代之，或位极人臣，或建立君主立宪体制，成为该体制的守护者，或直接退隐海外。

这些小说中修改历史走向的策略，主要是发展工商业，保护晚明的"资本主义萌芽"，开展对外贸易，再辅以现代科技（包括发现新农作物）。这些"策略"基本都来自中学历史教科书或是黄仁宇、樊树志等人的晚明史著作。

通过上述类型模式，历史穿越小说想象性地"弥补"了晚明历史的遗憾。这些弥补遗憾的方法，是现代人的"后见之明"，是现代思想的产物。但是，这些历史穿越小说中随处可见的殖民称霸、物化女性等观念，是现代思想要批判的对象，却被作者当成"个人的合理欲望"给统摄到了"穿

越救亡"这个宏大命题下,可以说网络历史小说里的"救亡压倒启蒙"。

"回晚明"这种激进的历史想象方式,将"讲晚明"的个体权谋智慧和"演晚明"的改革发展的时代议题结合了起来,既追求个人的价值,也力图呼应时代情绪,尝试重建历史宏大叙事,这些都体现了网络历史想象的探索性与融合性特征。

五、在"大国崛起"时代想象晚明

新世纪晚明想象的形态或许不止上述三种,但不管如何复杂,这些想象的制造者都来自新世纪。正如克罗齐所说,"只有现在生活中的兴趣方能使人去研究过去的事实。因此,这种过去的事实只要和现在生活的一种兴趣打成一片,它就不是针对一种过去的兴趣而是针对一种现在的兴趣的"[1]。那么,诱发晚明想象的"现在的兴趣"又是什么?

进入新世纪,中国的一个最直观的变化是跃升为全球第二大经济体。"中国崛起"成为热门话题,中国人更加自信起来,"一种前所未有的'大国情结'开始撞击每一个人的心胸"[2]。新世纪以秦、汉、唐等盛世为背景的热门历史作品,如《大秦帝国》《汉武大帝》《贞观长歌》等,便直观地呈现了这种"大国崛起"情绪。此时与中国历史想象构成参照的,是电视系列片《大国崛起》(2006),该片主要讲述15世纪以来的世界大国葡萄牙、西班牙、荷兰、英国、法国、德国、日本、俄罗斯、美国的崛起历程,探究其兴盛背后的原因。在这个参照系下,人们发现了《大明王朝1566》的独特价值:"它讲述的不是'大国崛起'的经验,而是一个大国衰落的教训。这是

---

[1] [意]贝奈戴托·克罗齐:《历史学的理论和实际》,[英]道格拉斯·安斯利英译,傅任敢译,北京:商务印书馆,1986年版,第2页。
[2] 吴晓波:《激荡三十年:中国企业1978~2008》,北京:中信出版社,2008年版,第145—146页。

中国封建社会由盛而衰的关键时段。"①新世纪中国之"崛起"与晚明之"衰落"形成了对照,作为新世纪的历史想象者,情绪自然是自豪与自卑混杂的。于是,晚明再次像清末民初时那样被指认为"痛史","崖山之后无中国,明亡之后无华夏"②带有狭隘民族主义色彩的观点,再次流传开来。

问题在于具有"民族遗恨"特质的历史时段并非只有晚明。其他的历史时段,特别是晚清的屈辱史,可能更加深入人心。那么,为何不是晚清,而是晚明在新世纪成为一种历史热潮?

从大众文化发展脉络看,新世纪的晚明想象是从20世纪90年代的明清想象中分离出来的。许多研究者将20世纪90年代的晚明想象与清朝想象并提,注重阐释这些作品中的明清鼎革书写的文化意义③。仔细对照可发现,新世纪大众文艺中晚明想象的基本模式,在20世纪90年代兴起的清朝想象里都已孕育了出来:在出版领域,侧重挖掘"为官处世"之道的"讲史",在举例时是将曾国藩、李鸿章等晚清重臣与张居正、严嵩等晚明大臣并举的。在电视上,20世纪90年代兴起的《戏说乾隆》《宰相刘罗锅》《还珠格格》等"清宫剧"模式,被复制到了《正德演义》《神机妙算刘伯温》《大脚马皇后》等"明宫剧"里,但观众反响一般。究其原因,是

---

①杨青:《网络、出版、荧屏三把火烧旺"明史热"》,《深圳商报》,2007年3月8日,第C01版。

②在流传时,该句里的"中华"可与"华夏"互换。"崖山之后无中华"是以宋元最后一次战役崖山海战来指代南宋灭亡。此说的相关脉络梳理可参见许静波:《狂欢抑或失范:新媒体场域下历史类话题的发酵与传播——以"崖山之后无中华"为例》,《湖南工业大学学报(社会科学版)》,2017年第1期;罗玮:《驳"崖山之后无中国"说》,《历史评论》,2021年第4期。

③代表成果有朱水涌的《社会鼎革与文化转型的历史呼应——谈90年代反映明清时期的历史小说》(《福建论坛[文史哲版]》,1999年第1期、吴秀明的《当代历史小说中的明清叙事》(《文学评论》,2002年第4期)、林云的《论90年代长篇历史小说中的明清叙述》(福州:福建师范大学博士学位论文,2017年)。

"明宫剧"没有突破"清宫剧"的"戏说"套路,风流皇帝、机智大臣、刁蛮公主/皇后的组合,让观众产生了审美疲劳。《雍正王朝》《康熙王朝》《走向共和》等探讨改革议题的"正剧"模式,则被成功"迁移"到晚明背景下(《大明王朝1566》正是由《雍正王朝》的编剧刘和平与《走向共和》的导演张黎联手打造的)。在网络历史小说中,"明穿"小说和"清穿"小说几乎同时出现,但"清穿"小说(《异时空——中华再起》《1911新中华》等)在叙事模式、人物设定等方面更加成熟,后来被大规模运用到了"明穿"小说中。从整体来看,明、清两个朝代的人和事,在大众文艺作品中都只是"构件",可以拆解、替换。当然,在生产具体作品时也需要创新,找到新的共情点,不然就会造成像"明宫剧"那样的失败。

有了基本叙事模式,大众文艺的制作者们是想象晚明还是想象清朝抑或其他朝代,并无根本差异,因为"过去的事实"只是一个连通"现在的兴趣"的入口,重要的是能把握"现在的兴趣"。新世纪中国的社会语境是20世纪90年代的延续。20世纪90年代是大众文化产品快速兴起发展的时期,"戏说"与"正说"的清朝想象形成了相对成熟的模式。清朝想象在世纪之交仍保持了几年的热度,后来,"崛起"的时代情绪更加激昂,大众文化产品也需要模式更新。内外的综合原因,促成了晚明想象从明清想象中分离出来,在不同的媒介中形成了新的想象模式。

六、个体化之"我"的复杂历史想象

随着"大国崛起",中国社会发生了个体化的深刻变革。社会学家齐格蒙特·鲍曼、安东尼·吉登斯和贝克夫妇(乌尔里希·贝克、伊丽莎白·贝克-格恩斯海姆)均阐释过"个体化"概念,它包括两层基本含义:一方面,个体化意味着既有社会形式的解体,比如阶级、社会地位、性别角色、家庭、邻里等范畴的日趋弱化;另一方面,个体化指的是现代社会新的要求、控制和限制被强加给了个体。个体化与个人主义不同,它并非个体自由选择的结果,而是自反性的、强制的结果。①阎云翔受贝克启发,认为中国的个体化也呈现了去传统化等特征,但与西欧的个体化模式不同,中国的个体化加速了社会经济分化,个体化进程中的个人主义发育不良,个体必须在身份建构和心理发展层面上面对独立的自我与传统的集体约束力之间的矛盾和张力。"中国的个案同时展现了前现代、现代与后现代的状况,中国的个体必须同时应对这些状况,这些使得中国的个体化模式具有多层次与多时间维度混合的特点。"②因此,这种个体化之"我"也呈现为兼具现代与传统的特征,游离于集体与个人之间的复杂形态。新世纪晚明想象中的不同主题,也反映了个体化之"我"的复杂性:"讲晚明"的"社会法则"和"人生智慧",是"小我"的成功学和抚慰剂;"演晚明"的主旋律,是"大我"的时代诉求;在"回晚明"的穿越小说中,主角拯救晚明,既完成"大我"的"民族大业",也满足了"小我"的成功欲望。

在新世纪"晚明热"中,"我"的历史想象的复杂性,还体现在对晚明历史人物的争论中。其中最有代表性的,是关于袁崇焕形象的争论。在纸质书、电视和网络三种媒介形态中,袁崇焕形象存在差异。

在当代大众文化领域,较早书写袁崇焕形象且形成了影响力的是金庸的《碧血剑》(1956)。他在《碧血剑》修订版(1975)后记中说:"《碧血剑》的真正主角其实是袁崇焕,其次是金蛇郎君,两个在书中没有正式出场的人物。""《碧血剑》中的袁承志,在性格上只是一个平凡人物。他没

---

①[德]乌尔里希·贝克、伊丽莎白·贝克-格恩斯海姆:《个体化》,李荣山、范譞、张惠强译,北京:北京大学出版社,2011年版,第2、3页。
②阎云翔:《中国社会的个体化》,陆洋等译,上海:上海译文出版社,2012年版,第341—345页。

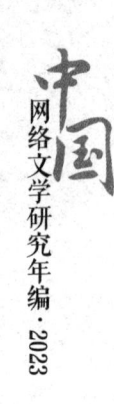

有抗拒艰难时世的勇气,受了挫折后逃避海外。""袁崇焕却是真正的英雄,大才豪气,笼盖当世,即使他的缺点,也是英雄式的惊世骇俗。他比小说中虚构的英雄人物,有更多的英雄气概。"①金庸着力塑造的袁崇焕,是一个悲情的英雄形象。

在新世纪,研究和宣传袁崇焕较多的是历史学者阎崇年。2006年,他出版了《袁崇焕传》(中华书局)。同年,中央电视台《百家讲坛》栏目邀请他去讲《袁崇焕》。② 阎崇年对袁崇焕的评价极高,认为"袁崇焕以陨星的悲鸣与光亮,划破君主专制沉寂与黑暗的天庭,换来千万人的智慧与觉醒"。③

在《明朝那些事儿》中,袁崇焕的形象就变得复杂了。当年明月认为,"袁崇焕绝不是叛徒,也绝不是一个关键性人物","但是他一直在努力,他坚信,自己的努力终将改变一切"④。这个评价与金庸、阎崇年对袁崇焕的评价是一致的。但当年明月认为,袁不是死于"反间计",而是死于温体仁、周延儒与钱龙锡的政治斗争。当年明月感慨说,"或许到人生的最后一刻,他都不知道自己为什么会死,他永远也不会知道,在这个世界上,有着许多或明或暗的规则,必须适应,必须放弃原则,背离良知,和光同尘,否则你有多么伟大的抱负、多么光辉的理想,都终将被湮灭"⑤。这个解释虽然让袁崇焕的死更添悲剧色彩,但也强化了吴思的"潜规则"

---

①金庸:《袁崇焕评传》,见《碧血剑》,北京:生活·读书·新知三联书店,1999年版,第799、685页。

②但在央视节目播出前的问卷调查中,有的观众并不知道袁崇焕是谁,栏目组认为"这会影响收视率",商量将片名改为《明亡清兴六十年》,开讲篇目仍是"袁崇焕之死"。参见阎崇年:《袁崇焕传》(修订本)后记,北京:中华书局,2016年版。

③阎崇年:《袁崇焕传》,北京:中华书局,2006年版,第3页。

④当年明月:《明朝那些事儿·大结局》,北京:中国海关出版社,2009年版,第98—99页。

⑤当年明月:《明朝那些事儿·大结局》,北京:中国海关出版社,2009年版,第115页。

思想:在仁义道德、大义的背后,总是那些不可告人的利害算计在发挥着作用。

到了网络历史穿越小说《窃明》里,灰熊猫对袁崇焕的评价则走向极端。他从一些事件(杀毛文龙、卖军粮给后金等)中推测出袁崇焕不仅不是英雄,反而是大汉奸。《窃明》只是网络空间讨论袁崇焕问题的一个出口。早在2005年,在春秋战国论坛、龙空军史论坛、SC论坛上,就兴起过"倒袁风"。"虽然'挺袁派'人数众多、实力雄厚,但'倒袁派'并不落于下风。讨论的焦点主要围绕袁崇焕在负责辽东军务问题上的一系列行动,包括与后金议和,'五年平辽'的计划是否符合实际,诛杀毛文龙是否名正言顺,等等。"①《窃明》的穿越故事设定来自SC论坛,有众多网友参与,出谋划策。② 也就是说,灰熊猫对袁崇焕英雄形象的质疑并非个例,而是以"集体智慧"为支撑的。③ 围绕对袁崇焕的看法,网友们分裂成为"袁黑"(批判袁)和"袁粉"(支持袁)两大阵营。网上甚至流传这样的说法:"看了《袁崇焕评传》,你会成为袁粉。看了《窃明》,你会成为袁黑。"④

相对于纸质和影像媒介,网络中的晚明想象总体上更为激进,分歧与争论也鲜明。这是因为网络空间让许多无法发声的"草根"获得了发言

---

① 林洛:《袁崇焕评论》,发布于铁血论坛,2008年7月4日,引自http://bbs.tiexue.net/post2_2893241_1.html? &from=androidqq。

② 2006年,网友独孤求婚在SC论坛的军事架空版上提出了一个问题:"如果我们携带大量现代物资穿越到了明末,会怎么活下去并改变历史?"论坛网友积极参与这个帖子,贡献资料,出谋划策。形成了一些故事,《窃明》是其中最早的一部,后来还形成了群体穿越小说"临高三屠":《迷失在一六二九》(陆双鹤,2008—— ,起点中文网)、《一六二二》(石斑鱼,2009—— ,起点中文网)《临高启明》(吹牛者,2009—— ,起点中文网)。

③ 具体可参见灰熊猫:《袁崇焕系列问题及其与〈窃明〉的关系总略》,《窃明·6》,北京:长征出版社,2009年版,第301—351页。

④ 临风听蝉:《〈袁崇焕的那些事儿〉之一"粉黑"篇》,发布于"临风听蝉"新浪博客,2009年8月24日,引自http://blog.sina.com.cn/s/blog_60ebf8760100ectu.html。

权,这让想象晚明的形式更加丰富,但也让历史想象背后的一些崇高价值理念受到了挑战。那些激进的晚明想象多少都有个人主义、功利主义的影子,历史被降格为一段段表达个人欲念的破碎"素材"。想象者们不断强调"我认为历史是这样",即便能组织材料论证个别观点,也无力更进一步地解释"历史何以如此",而只能将历史简化为权谋之术与心灵鸡汤,进而也就无力反思"我们何以如此"。历史想象者应该如何在尊重观念差异的基础上凝聚共识,避免历史想象走向虚无,这是仍需要思考、解决的难题。

余 论

近年来,在网络空间还出现了所谓的"入关学"。"入关学"是用明末清初的东亚秩序来比拟当今世界秩序,认为当下中国类似入关前的女真,美国相当于主导正统秩序的大明。"女真只有入关之后,才能打破大明压制……正如今天中国无论如何努力并坚持和平发展,都被西方视作'蛮夷',遭遇各种蛮横打压。中国必须崛起,必须'入关'。"①"入关学"将此前晚明想象中的主客反转,大明不是需要被"拯救"的主体,反而成为敌人,后金是需要被理解和承认的"崛起者"。"入关学"的提出,与当下中国的国际处境相关。"入关"叙事的核心是"弱者逆袭",这仍是从崛起之"我"出发的晚明想象。从"救亡"到"入关",晚明想象变迁背后的激进情绪是一致的。

---

① 编者按:《专题:"入关学"与网络键政话语生产》(《东方学刊》,2020 年第 3 期)。"入关学"相关材料,参见微信公众号"山高县"的文章《入关学总论篇》《写给小白的入关学入门百科》《入关学的哲学思辨和最终目的》《浅谈疫情后的险恶国际形势及我们的应对》,微信公众号"关宁锦评论"文章《为何入关:在百年大变局之下,对中国人追求美好未来的思考》,引自 https://zhuanlan.zhihu.com/p/137449516? utm_medium=social&utm_oi=7232549950703947776。

需要说明的是,新世纪大众文艺作品中也有其他风格的晚明想象。例如《龙门飞甲》(2011)、《绣春刀》(两部,2014/2017)等电影,将武侠类型片模式移植到了晚明;《柳如是》(2012)、《大明劫》(2013)等电影在明末剧变的背景下探讨了人性、制度等议题。从总体来看,这些影片制作精良,但属于"新瓶装旧酒"。新世纪晚明想象中较为小众但值得关注的是表现"晚明风流"的作品,例如贼道三痴的网络小说《雅骚》(2012—2013)、《清客》(2013—   ),赵柏田的文化散文《南华录:晚明南方士人生活史》(2015)。这些作品没有主旋律的凝重和历史穿越小说的激进,重在"复现"晚明文人的雅趣,弥漫着苍凉愁绪。在"大国崛起"的"雄心"之外,亦有盛世浮华下的"愁心",它书写"前朝梦忆",表现艺术的"无用之美"。但在新世纪,寄"愁心"于明月者,毕竟是少数。

在"大国崛起"的语境中,大众文艺里的晚明想象折射了新世纪中国社会的复杂图景。这些晚明想象多是自我独白式的,"明月"变成了单向度的崛起雄心的寄托,看起来无比自信的历史叙述,反倒证明了深刻的自卑。这使得他们无法深入批判诸如"崖山之后无中国,明亡之后无华夏"之类论断背后的意识形态,反倒陷入了自相矛盾的境地。[1] 关于晚明的想象,不应只是以"我"为中心的表达,而应该有更多反思,对激进之"我"背后的狂热个人主义、狭隘民族主义展开清理,弥合历史想象的分裂。如此一来,新世纪的晚明想象便不再是纷乱的旧时月影,而是具有独特创造力的"新月",它将烛照当下、召唤未来。

原载于《网络文学研究》(第六辑)

---

[1] 罗玮认为,"崖山之后无中国"的观点与20世纪日本右翼历史学家的"元清非中国论"有密切关系,"本质上是为日本发动侵华战争提供舆论支撑而臆造出来的说辞"。见罗玮:《驳"崖山之后无中国"说》,《历史评论》,2021年第4期。一些狭隘民族主义者在大肆宣扬"崖山之后无中国"的观点时,无形中也变成了自己所厌弃的"汉奸"。

当你凝视深渊时,深渊也在凝视着你

——《道诡异仙》读札

陈泽宇

苏格拉底和希庇阿斯曾就"什么是美"展开过翔实的论辩:他们从美的特征开始讨论。"美的东西之所以美,是否也由于美?""是的,由于美。""美也是一个真实的东西?""很真实,这有什么问题?"讨论逐渐延展到对美的具象进行指认,美丽的年轻女士、美丽的母马、美的竖琴各有所美,美的汤罐、美的象牙、美的云石也相互展露出不同的形态……希庇阿斯阶段性地总结道:"我们可以说,使每件东西美的就是恰当。"但问题到了这里显然不算完结,当对话深入关于美的价值属性、时境范畴和绝对品质时,苏格拉底发现用是否恰当或是否满足效用都不足以概括美,因为美并不是善,而是善的原因。最终,经历了一系列类比、排除、归纳、阐释之后,二人还是没有得出关于"什么是美"的结论,只留下了美学史上的千古一叹——"美是难的"。

之所以要在文章开头不厌其烦地重述这段源于柏拉图《文艺对话集》的经典理论问题,是因为苏格拉底和大希庇阿斯曾面对的困惑现在又一次摆在了我们的面前。每当新的美学特征涌现于新的文学样本中,如何对正在进行时态的美学范式加以命名,就成为批评界亟须重视的话题。所以,将网络作家狐尾的笔最新完结的这部作品置于案头上,我们的确可以小心翼翼又大胆地说(尽管也不无心虚的成分):美是难的,《道诡异仙》是难的。

一、"而今空气中充满了作祟的精灵"

倒推十年,仙侠文学在整体上还处于它的田园时代。田园孕育着作物,也萌生着新变。告别了古典仙侠阶段的"宇宙星空流"之后,一大批"种田文""凡人流"迅速登场,这种以"开局一个异宝"为核心及变种的写法果断占领这一文类的市场。以文类流变的角度考察,"金手指""打怪升级""换地图"的文本结构写作思路来源于网游文学,它用扁平化的方式有效治理了庞杂经验的分散性,从而将大量的类型小说元素集中规训,并在相对统一的叙事框架中加以管理,这在强化了仙侠文学类型知识学的同时,也大大提高了文本生产的效率。《凡人修仙传》《紫府仙缘》等作品堪称田园时代的仙侠文学典范之作。这一时期,无数的道士、修真者、仙徒面对的是灵石矿脉、仙植、天材地宝,虽然过程艰辛,但前途是光明的——循序渐进不断修炼早晚可以羽化登仙飞升上界。不过吊诡的是,田园时代的仙侠文学很轻松地弃置了"人"的主体性存在,同一时间存在于传统文学中的"情义危机",也确实出现在仙侠文学中。显然,这种马尔库塞意义上的"单向度的人"无法长久,仙侠文学很快又完成了新一重的文学史迭变。《道诡异仙》即在这个向度上展开。

"而今空气中充满了作祟的精灵,又有谁晓得,怎么去逃开呢?"如同谶语,这句出自《浮士德》的对白几乎完美地概括了"克系小说"的形态。洛夫克拉夫特在著名的小说集《克苏鲁神话》中将恐怖与奇幻相结合,其作品中的恐怖氛围与忧郁气质相辅相成,禁忌、原罪、恐慌的原始情愫暗自生长,诡异、怪诞的传说取代了现实逻辑,倾注于人物的精神世界中。《克苏鲁神话》对当代亚文化产生了强大的影响力,仅以近年来的网络文学作为观照对象,就不难发现有多部小说均是通过对《克苏鲁神话》等作

品的模仿而取得了现象级的成功。继《诡秘之主》凭借精彩的剧情、考究的细节和缜密的世界观一跃为年度网文顶流后,《道诡异仙》也顺势登顶,以克系小说拓宽仙侠文学的边界。

《道诡异仙》的开头谈不上惊艳,甚至有些乏味。主角李火旺在一个阴暗鬼畜的地下洞穴里负责制药,他身边的同伴要么肢体不全,要么患有重疾,受制于所谓的"师傅"。这种"弱势者"起底的营造方式,在仙侠小说中屡见不鲜。与周围人不同,李火旺除了身处的"道诡"世界外,还能不断穿梭到一个"现实世界"——在那边他有父母有女友,从正常高中生变成精神病人后的他正在接受治疗。随着情节的推进,我们发现这种"现实"反倒是主角的虚构,他所在的"道诡"世界是真正的"现实"一种,不受控制穿梭过去的另一端则是他的想象。小说中,作者将具备这种能力者命名为"心素",分不清现实与幻觉,被嵌套在真实与迷惘的两端之间。显然,传统仙侠写作里常见的美好气氛被涤荡一空,在这个充满荒诞的世界里,疯癫成为一切事件的主导。《道诡异仙》中,疯癫的背后是虚无,虚无的背后是下一程疯癫,二者相互交错,互为表里,形成了极具克苏鲁气质的"克系小说"精神内核。

李火旺的穿越形式基于常见的"反穿",又在传统模式上变形,以异世界为纲,熟习现实为线索,共同构建文本世界框架。然而,对于人物来说,认识世界和改造世界之间存在着难以言喻的鸿沟,纵使他对"空气中充满了作祟的精灵"没有恐惧,那前路将往何处去依然是一个巨大的挑战。走,是向未知的疯癫进发,克服已知的疯癫之后,新的疯癫很快又将人覆盖,那么继续往前走就站在人性的对立面上;不走,则九死一生,甚至生不如死。《道诡异仙》从一开始,就将环境塑造成一个"死局":几乎无路可走,但又无路可退。更为压抑的是,"心素"天生沉浸于迷惘,可李火旺每次需要做出决断时，连犹豫的机会都没有。

二、"娃啊，你着相了"

"娃啊，你着相了。"在《道诡异仙》提供的无数"爆梗"里，这是最被广泛引用的一句。"着相"本是佛教用语，"相"指事物在人脑内被型塑的认识概念，"着"则意为这种认知概念因执着于外相、虚相或个体意识而偏离了本质。小说中，李火旺与"道诡"世界格格不入，很大程度上因为他容易"着相"，即他习惯性地以正常的思维来对标混乱，并试图为混乱的世界梳理出若干条有序的生活路径。李火旺的思维基点源自他想象中的"现实"，一个与我们所处世界无异的现代社会，秩序、规则与逻辑是我们的价值主流，却是"道诡"世界的价值反面。李火旺的反复"着相"，其实是不断揭示和解释着他的性格与命运。

李火旺的命运不由自己掌握，但小说又并非只用简单的宿命论进行本质化的图解。柏拉图曾提出著名的"洞穴隐喻"，设想在地穴中有一批从未走上地面的囚徒，他们看见投射在墙壁上的影像，便错将这些影像当作真实事物。"道诡"世界也存在着类似结构的"洞穴隐喻"，虚空里浮动着的"白玉京"如同柏拉图意义上的"理念世界"，白玉京中掌控各类意志的神明司命通过自己的手段操纵着下界的命运，下界的修仙者以层出不穷的模仿手段出让自我意志，通过让渡自身获取假定性的"真实"。司命不仅在抽象意义上象征着理念世界的绝对真理，还通过具体的神通牵引着修仙者的力量。比如小说中反复提到的"祆景教"，即是借《大千录》的修行方法献祭痛苦，以此获取白玉京中掌管痛苦的司命"巴甶"的力量。李火旺习得《大千录》之后，很快发现献祭越多的痛苦，获得的力量就越大。与上个时代的仙侠文学区别明显，《道诡异仙》中修仙者力量的来源

需要假借外物,个人修行的重要性明显降低,独立的、自洽的"我"被部分地割舍了,作品通过搁置个体自我的完善的走向对崇高客体的体认。

干扰李火旺命运的还有"坐忘道",一个"道诡"世界中臭名昭著的反派集团。在小说中,"坐忘道"与"袄景教""罗教""跳大神"等修行流派不同,"坐忘道"门徒信仰着象征虚假的神明司命"斗姥太阴",从欺骗完成的快感中不断汲取敬信、断缘、收心、简事、真观、泰定、得道等七层神通。他们没有明确的修炼规则,主要通过使用各类骗术不断欺骗他人,骗到的人越多就能获得越多功力。何为"坐忘"?《庄子》内篇《大宗师》中借颜回与孔子的对话解释道,"堕肢体,黜聪明,离形去知,同于大通,此谓坐忘"。在庄子看来,所谓"坐忘"即通过与现实世界的心理隔离来完成一种精神上的超脱。对应到《道诡异仙》,小说中的疯癫世界里,"坐忘道"完全混淆了真实世界与虚幻世界的边界,通过蒙骗世人来感受纯粹精神意义上的形而上的"理念",以此达成对司命的模仿。"坐忘道"们的自娱自乐可视为对绝对自由的极端构拟,他们排斥了疯癫的"道诡"世界,将自身置于无限恐怖之外,也就曲径通幽般的"同于大通"了。

从叙事功能上看,"坐忘道"除了具有引导情节的作用之外,还不断消解着叙事可靠性。作品的前半部分,每当李火旺对"道诡"世界产生些许信任,就有"坐忘道"们出现打消他的信任感,也同时取消了读者对小说建构一个整全世界的依赖感。可以说,《道诡异仙》的悖反性在"坐忘道"这一设定上得到了集中体现:它要求人物不断沉浸式地"着相",又以离奇的行为使人"离相",于亦真亦幻之间形成对恐怖、怪诞的克苏鲁世界的中式仿真。此外,《道诡异仙》的叙事动力也在一定程度上由李火旺的"着相"频率所决定,小说中节奏较快的部分往往是他沉迷于偏执的阶段,而被网友吐槽的情节拖沓部分,李火旺却基本保持着思绪的清醒。这种独特的叙事动力恐怕不是作者有意为之,不过也的确为仙侠文学的传统写法提供了新的文本策略。

三、"当你凝视深渊时,深渊也在凝视着你"

在无数次的抵触、惊骇以及强烈的压迫感之中,李火旺的精神主体不断地被自我确立:疯癫。《道诡异仙》的核心词是"疯癫"。《道诡异仙》带有经典洛氏克苏鲁的外壳,让人如临深渊、如履薄冰,仿佛文本和屏幕的背后就是黑洞洞的一片,阅读的过程就是和不可知的祂互相凝视的过程,"当你凝视深渊时,深渊也在凝视着你"。

小说中,李火旺无法面对诸葛渊善意的谎言,一方面是因为从"大齐"到"大梁"的心理落差令他无法接受,另一方面则是因为关于疯癫体验感的互认。故事讲述到中后期,丧失愉悦感已经成为李火旺生活的家常便饭,疯癫从一种状态过渡到情绪、行为和价值。牛心山白莲教误杀事件之后,一切枯燥的旅途都被李火旺搁置了,他将压抑转化为释放,用痛苦取代了发泄。"为了他人的幸福,我甘愿牺牲自己的生命",李火旺试图以个体的破碎来补全整体的完整性,他寄望于通过隐没自身来拯救世界。《道诡异仙》后半程的旅途主要用情义的实现来克制恐惧的生成,让疯癫感不断涵括更多的元素,使得小说的整体风格进一步凝实。

从整个网络文学的脉络来看,疯癫都鲜少成为一种正面力量被加以审视,《道诡异仙》中的李火旺是中国网络文学有史以来的第一位疯癫主人公。按照福柯的理论,疯癫绝非自然的现象,而是文明的产物。"没有把这种现象说成疯狂并加以迫害的各种文化的历史,就不会有疯狂的历史。"《道诡异仙》叙写的疯癫及拯救,同样暗示着现代性的后果。李火旺在他幻想中的"现实世界"里被关押进精神病院,从一个正常人被认定为

疯子,因为"现实世界"中他的一举一动都和"道诡"世界中的一举一动保持同步。他在"道诡"世界中自卫反击的时候,"现实世界"中的李火旺看起来就像在大杀四方。可见,疯癫并非一种疾病,而是随着时间、地点、情境不断转移而产生的异己感,它是文明背后的隐忧,也是理性的暗面。李火旺沉浸在痛苦中寻觅世界的真相,徘徊在怀疑、孤独、冲突之中,他用非理性取代着自身的理性,因为对于疯癫来说,"非理性"恰恰是属于"理性"的,非理性规定着疯癫程度的同时,也在警示着未被显露的、潜在的欲望。李火旺与"坐忘道"一派里"红中"的隐秘联系,充分说明"非理性"用于评估疯癫的合理性,他必须在"坐忘道"前自证丢失的迷惘,从而完成"非理性"面对疯癫时充满痛苦的斗争。在小说结局处,这种充满痛苦的斗争达到了顶点,并获得了自身的圆满:大司命季灾(李火旺)用"迷惘"收容了整个世界,以抵御更深重的外力的侵蚀。

说到底,李火旺还是"着相"了,他面对未知的深渊,从自然跨越到超然。故事最后,"白玉京"中的季灾以迷惘获胜,投影在"道诡"世界中的李火旺也恢复了独立的意识。他捧着那些可以被复活的鬼魂欣喜若狂,李火旺终于可以开始和自己珍视的现实共存共处,这令人感慨,也令人欣喜。当然,从另一个阐释的维度看,深渊的更深处依然会有不断的凝视,福生天以及祂的碎屑投影是无法被穷尽的。但这在此刻并不重要了。因为李火旺也保持了他对深渊的凝视,这种凝视就如同另一种关于美的论辩——就像苏格拉底和大希庇阿斯的论辩——美不是事物的不同形态,也不是一种效用的是否满足,它是说不清道不明的东西,是和这个疯了的世界生活在一起。最终,"疯癫"选择了李火旺,李火旺选择了"疯癫"背后那咬紧牙关的、刻骨铭心的、绵绵不绝的勇气。

原载于《青春》(网络文学评论专号)